精美散文

书中所选散文在思想性和艺术性方面都有独到之处，字字珠玑，给人以语言之美；博大深沉，给人以思想之美；感人肺腑，给人以情感之美；立意隽永，给人以意境之美。这些作品不仅为读者提供了一个可供参照、学习、研究中外散文的范本，也能使读者领略文学艺术的神奇魅力。

一生的读书计划 永恒的收藏经典

精美散文

朱自清等 著
琢言 主编

中国华侨出版社
北京

图书在版编目（CIP）数据

精美散文 / 朱自清等著；琢言主编 .—北京：中国华侨出版社，2013.5（2018.8 重印）

ISBN 978-7-5113-3601-9

Ⅰ.①精⋯ Ⅱ.①朱⋯ ②琢⋯ Ⅲ.①散文集—世界 ②散文评论—世界 Ⅳ.① I16 ② I106.6

中国版本图书馆 CIP 数据核字（2013）第 104028 号

精美散文

著　　者：	朱自清等
主　　编：	琢　言
出 版 人：	方　鸣
责任编辑：	良　臣
封面设计：	韩立强
文字编辑：	黎　娜
美术编辑：	盛小云
图片提供：	www.quanjing.com　www.icpress.cn
经　　销：	新华书店
开　　本：	720mm×1020mm　1/16　印张：27.5　字数：780 千字
印　　刷：	北京市松源印刷有限公司
版　　次：	2013 年 8 月第 1 版　2018 年 8 月第 8 次印刷
书　　号：	ISBN 978-7-5113-3601-9
定　　价：	69.00 元

中国华侨出版社　北京市朝阳区静安里 26 号通成达大厦 3 层　邮编：100028
法律顾问：陈鹰律师事务所
发 行 部：（010）58815874　　传　　真：（010）58815857
网　　址：www.oveaschin.com　　E-mail：oveaschin@sina.com

如果发现印装质量问题，影响阅读，请与印刷厂联系调换。

前　言

　　散文是文学殿堂中一种备受广大读者青睐的文体。古今中外的文学大师们，以其洞幽入微的观察力、超凡尘世的秉性、细腻激扬的情愫，凭借生花的妙笔，写下了无数文采斐然、脍炙人口的散文名篇。这些经历了时间考验的散文佳作，不仅丰富了世界文学宝库，而且还感染和影响了成千上万的人们，叩击着一代又一代人的心灵，给人们以精神上的享受和艺术上的熏陶。

　　在充满竞争和诱惑的现代社会，不断汲取知识的营养，提高自身的素质，已成为大多数人的共识。散文作为文学殿堂中一种举足轻重、影响广泛的文体，是人们不可或缺的精神食粮之一。正如"读一部好书，就是和许多高尚的人在谈话"一样，读一篇优美的散文，就是和一颗至纯至美的心灵在晤谈。因为优秀的散文，是文学大师们至情至性的杰作，它们或讴歌自然，或解析社会；或赞颂真善美，或鞭挞假恶丑，其优美文辞的背后，总是蕴蓄或阐释着深刻的自然或社会哲理，给人以思想上的启迪和行为上的观照。

　　一个人在其一生中，阅读若干篇文辞优美、思想深邃的散文，不仅可以开阔自己的视野，拓宽自己的知识面，还可以净化自己的思想，荡涤自己的心灵，从而摆脱尘世观念的侵染，使自己的思想进入一个高尚博大的境界，以此静观社会，审视人生，检视自己的言语和行为，使自己的人生臻于完美。

　　然而人生匆匆，一个人要想在短暂的一生中，穷经皓首式地遍阅文学大师们的所有散文佳作，既不现实，也不经济。为了让广大读者在较短的时间内迅速、有效地了解中外散文的创作成就，获得绝佳的阅读效果，编者从浩如烟海的散文卷帙中遴选出100余篇被公认为一流的上乘之作，辑录成书。

　　本书选文多为名家名作，如培根、纪伯伦、朱自清、徐志摩、巴金等中外著名作家的经典文章，比较客观地反映了中外散文的发展脉络和杰出成就，所有作品在思想性和艺术性方面都有其独到之处，字字珠玑，给人以语言之美；博大深沉，给人以思想之美；感人肺腑，给人以情感之美；立意隽永，给人以意境之美。情至深处无言辞，落于笔端即华章，本书不仅为读者提供了一个可供参照、学习、研究中外散文的范本，也能使读者领略文学艺术的神奇魅力。

　　值得一提的是，在编排方式上，我们以崭新的思路，精心设计出一本图文并茂，融文学性、美学性、鉴赏性、典藏性于一炉的彩图版散文读本，突破了图书市场上同类图书纯文字型的单调平板的窠臼。在体例上，设计了"入选理由""名篇原文""作者简介""美文赏析"四大板块。"入选理由"点明每篇散文的独特之处，让读者在阅读前对作品有个初步的认识。"名篇原文"为了保持原文风貌，对于一些作者在20世纪二三十年代写成或翻译的作品，其中个别用字和当今现代汉语语法不统一的现象，我们都没有改动，以带给读者原汁原味的美文享受，同时我们还富有创意地为每篇文章配置了契合文意、形象精美的图片，以文带图，以图衬文，图文相映，帮助读者从美学、现实、立体的角度去品味原文的主旨、情境、意蕴，在给读者以视觉上的愉悦享受的同时，也给读者带来丰富的想象空间。"作者简介"以简练的文字对作者的生平、求学经历、文学成就和影响等作了扼要的介绍，使读者对作家有一个清晰概括的了解。"美文赏析"以凝练的文字，对原文的写作背景、语言特色、创作技巧、思想哲理等进行精当到位的解析，使读者从深层次上去咀嚼原文，以达到曲终韵留、余味缭绕之效。

　　我们诚挚地期望，通过本书，能够引领读者登堂入室，管中窥豹，领略中外散文的真貌，同时启迪心智，陶冶性情，进而提高个人的审美意识、文学素养、写作水平、鉴赏能力、人生品位，为自己的人生添上光彩亮丽的一笔。

目 录

• 上篇 中国卷 •

秋 夜 / 鲁迅 ………………………………………………………………… 2
从百草园到三味书屋 / 鲁迅 …………………………………………………… 4
故乡的野菜 / 周作人 …………………………………………………………… 7
苦 雨 / 周作人 ………………………………………………………………… 9
乌篷船 / 周作人 ……………………………………………………………… 11
我的母亲 / 胡适 ……………………………………………………………… 13
银 杏 / 郭沫若 ……………………………………………………………… 16
春日游杭记 / 林语堂 ………………………………………………………… 18
钓台的春昼 / 郁达夫 ………………………………………………………… 22
故都的秋 / 郁达夫 …………………………………………………………… 27
风景谈 / 茅盾 ………………………………………………………………… 29
我所知道的康桥 / 徐志摩 …………………………………………………… 32
背 影 / 朱自清 ……………………………………………………………… 39
荷塘月色 / 朱自清 …………………………………………………………… 41
匆 匆 / 朱自清 ……………………………………………………………… 43
杨 柳 / 丰子恺 ……………………………………………………………… 44
渐 / 丰子恺 ………………………………………………………………… 47
海 燕 / 郑振铎 ……………………………………………………………… 49
济南的秋天 / 老舍 …………………………………………………………… 51
又是一年芳草绿 / 老舍 ……………………………………………………… 53
青 岛 / 闻一多 ……………………………………………………………… 56
小橘灯 / 冰心 ………………………………………………………………… 58
寄小读者（通讯七）/ 冰心 …………………………………………………… 60
荷叶母亲 / 冰心 ……………………………………………………………… 62
桨声灯影里的秦淮河 / 俞平伯 ……………………………………………… 63

1

在玄武湖畔 / 李金发	68
桃源与沅州 / 沈从文	71
西湖的雪景 / 钟敬文	76
雪 / 梁实秋	80
雅舍 / 梁实秋	82
风雨中忆萧红 / 丁玲	84
镜泊湖 / 臧克家	87
雨中登泰山 / 李健吾	91
菜园小记 / 吴伯箫	95
花潮 / 李广田	98
春雨 / 梁遇春	102
囚绿记 / 陆蠡	105
故园春 / 柯灵	107
鲁迅先生记 / 萧红	110
八十述怀 / 季羡林	112
荔枝蜜 / 杨朔	115
茶花赋 / 杨朔	117
采蒲台的苇 / 孙犁	119
黄山记 / 徐迟	121
天山景物记 / 碧野	126
长江三日 / 刘白羽	131
澜沧江边的蝴蝶会 / 冯牧	137
桂林山水 / 方纪	141
葡萄月令 / 汪曾祺	147
昆明的雨 / 汪曾祺	151
紫藤萝瀑布 / 宗璞	153
西湖漫笔 / 宗璞	155
思台北,念台北 / 余光中	158
我的空中楼阁 / 李乐薇	162
苏州赋 / 王蒙	164
种一片太阳花 / 李天芳	167
珍珠鸟 / 冯骥才	169
白色山茶花 / 席慕蓉	171
梦里花落知多少 / 三毛	172
守望峡谷 / 周涛	175
庭院深深深几许 / 刘墉	179
成千上万的丈夫 / 毕淑敏	185
三游华山 / 贾平凹	188

西藏大地 / 马丽华	191
凡尘清唱 / 林清玄	193
风铃 / 林清玄	195
女孩子的花 / 唐敏	196
融入野地 / 张炜	200
绝地之音 / 马步升	209

下篇 外国卷

热爱生命 / 蒙田	214
要生活得写意 / 蒙田	215
西敏寺漫游 / 约瑟夫·艾迪生	216
圣皮埃尔岛上的欢乐 / 卢梭	218
生活在大自然的怀抱里 / 卢梭	224
西西里 / 歌德	226
自然 / 歌德	233
美洲之夜 / 夏多布里昂	235
悼念乔治·桑 / 雨果	237
莱茵河 / 雨果	239
烦扰的心灵 / 霍桑	245
光荣的荆棘路 / 安徒生	248
尼亚加拉大瀑布 / 狄更斯	252
冬日漫步 / 梭罗	254
树林和草原 / 屠格涅夫	257
青春的呼唤 / 屠格涅夫	262
在海边的一个冬日 / 惠特曼	263
从阿尔卑斯山归来 / 都德	265
送你一朵玫瑰花 / 法朗士	267
二草原 / 显克微支	269
雪夜 / 莫泊桑	273
夜宿松林 / 斯蒂文森	275
黎明 / 兰波	279
贝多芬百年祭 / 萧伯纳	281
萨哈林纪行 / 契诃夫	285
美 / 泰戈尔	292

对 岸 / 泰戈尔	294
观 舞 / 高尔斯华绥	295
远处的青山 / 高尔斯华绥	297
伦敦塔 / 夏目漱石	300
红叶之旅 / 德富芦花	312
海 燕 / 高尔基	318
刚果之行 / 纪德	320
在八月 / 蒲宁	324
静 / 蒲宁	327
我的梦中城市 / 德莱塞	331
论老之将至 / 罗素	334
郁金香 / 德佩雷拉	336
林中小溪 / 普里什文	341
生活对我意味着什么 / 杰克·伦敦	344
农 舍 / 黑塞	349
林 中 / 瓦尔泽	351
在寺院门口 / 纪伯伦	352
贪心的紫罗兰 / 纪伯伦	355
夜 莺 / 劳伦斯	358
比睿古寺记游 / 若山牧水	363
当玫瑰花开的时候 / 佩德罗·普拉多	368
父亲与我 / 拉格奎斯特	370
金蔷薇 / 帕乌斯托夫斯基	372
大川河的水 / 芥川龙之介	379
肖邦故园 / 伊瓦什凯维奇	383
欧洲的城市 / 森田玉	389
花未眠 / 川端康成	392
我的伊豆 / 川端康成	394
归来的温馨 / 聂鲁达	396
春将至 / 井上靖	398
日 落 / 列维·斯特劳斯	401
听 泉 / 东山魁夷	406
四季生活 / 沃罗宁	408
生之爱 / 加缪	412
你们不要忘记翠鸟的名字 / 布吕克纳	416
与海明威相见 / 马尔克斯	419
与荒诞结婚 / 琼·迪迪昂	423

上篇
中国卷

□ 精美散文

秋 夜

鲁迅

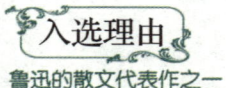

鲁迅的散文代表作之一
一篇优美的托物言志的散文诗
为象征散文诗的民族化提供了全新的风范

在我的后园，可以看见墙外有两株树，一株是枣树，还有一株也是枣树。

这上面的夜的天空，奇怪而高，我生平没有见过这样的奇怪而高的天空。他仿佛要离开人间而去，使人们仰面不再看见。然而现在却非常之蓝，闪闪地䀹着几十个星星的眼，冷眼。他的口角上现出微笑，似乎自以为大有深意，而将繁霜洒在我的园里的野花草上。

我不知道那些花草真叫什么名字，人们叫他们什么名字。我记得有一种开过极细小的粉红花，现在还开着，但是更极细小了，她在冷的夜气中，瑟缩地做梦，梦见春的到来，梦见秋的到来，梦见瘦的诗人将眼泪擦在她最末的花瓣上，告诉她秋虽然来，冬虽然来，而此后接着还是春，蝴蝶乱飞，蜜蜂都唱起春词来了。她于是一笑，虽然颜色冻得红惨惨地，仍然瑟缩着。

枣树，他们简直落尽了叶子。先前，还有一两个孩子来打他们别人打剩的枣子，现在是一个也不剩了，连叶子也落尽了。他知道小粉红花的梦，秋后要有春；他也知道落叶的梦，春后还是秋。他简直落尽叶子，单剩干子，然而脱了当初满树是果实和叶子时候的弧形，欠伸得很舒服。但是，有几枝还低桠着，护定他从打枣的竿梢所得的皮伤，而最直最长的几枝，却已默默地铁似的直刺着奇怪而高的天空，使天空闪闪地鬼䀹眼，直刺着天空中圆满的月亮，使月亮窘得发白。

鬼䀹眼的天空越加非常之蓝，不安了，仿佛想离去人间，避开枣树，只将月亮剩下。然而月亮也暗暗地躲到东边去了。而一无所有的干子，却仍然默默地铁似的直刺着奇怪而高的天空，一意要制他的死命，不管他各式各样地䀹着许多蛊惑的眼睛。

"哇"的一声，夜游的恶鸟飞过了。我忽而听到夜半的笑声，吃吃地，似乎不愿意惊动睡着的人，然而四围的空气都应和着笑。夜半，没有别的人，我即刻听出这声音就在我嘴里，我也即刻被这笑声所驱

鲁迅与进步文学青年在一起

逐,回进自己的房。灯火的带子也即刻被我旋高了。

后窗的玻璃上丁丁地响,还有许多小飞虫乱撞。不多久,几个进来了,许是从窗纸的破孔进来的。他们一进来,又在玻璃的灯罩上撞得丁丁地响。一个从上面撞进去了,他于是遇到火,而且我以为这火是真的。两三个却休息在灯的纸罩上喘气。那罩是昨晚新换的罩,雪白的纸,折出波浪纹的叠痕,一角还画出一枝猩红色的栀子。

猩红的栀子开花时,枣树又要做小粉红花的梦,青葱地弯成弧形了……我又听到夜半的笑声;我赶紧砍断我的心绪,看那落在白纸罩上的小青虫,头大尾小,向日葵子似的,只有半粒小麦那么大,遍身的颜色苍翠得可爱,可怜。

我打一个呵欠,点起一支纸烟,喷出烟来,对着灯默默地敬奠这些苍翠精致的英雄们。

作者简介

鲁迅(1881~1936),原名周树人,字豫才,浙江绍兴人。青年时代受进化论、尼采超人哲学和托尔斯泰博爱思想的影响。1902年去日本留学,原在仙台医学院学医,后从事文艺工作,企望用以改变国民精神。1909年,回国任教。1918年5月,首次用"鲁迅"的笔名,发表中国现代文学史上第一篇白话小说《狂人日记》,奠定了新文化运动的基石。1919年,成为"五四"新文化运动的主将。1921年12月发表的中篇小说《阿Q正传》,是中国现代文学史上的不朽杰作。1930年起,先后参加中国自由运动大同盟、中国左翼作家联盟和中国民权保障同盟,反抗国民党政府的独裁统治和政治迫害。1936年10月19日因肺结核病逝于上海,葬于虹桥万国公墓。

鲁迅像

· 美文赏析 ·

《秋夜》最初发表于1924年12月1日的《语丝》周刊第3期上,后收入散文集《野草》。这是一篇托物言志的深刻而优美的散文诗。作者采用象征手法,赋予秋夜后园中不同景物以人的性格,代表不同类型的社会人物,"奇怪而高"的天空象征着压迫和摧残进步力量的恶势力,在冷的夜气中瑟缩做着"春的到来"的梦的小红花象征着善良的弱者,耸立在后园的两株枣树,象征着与黑暗势力抗争的进步力量。通过对这些景物的含蓄描绘,作者表达了对黑暗势力的抗争和愤怒,对英勇抗击黑暗势力的革命者的崇敬和赞美,也表达了自己与黑暗势力作韧性战斗的意志。《秋夜》语言精致,意象空灵,结构严谨,为象征散文诗的民族化,提供了一种全新的风范。

□ 精美散文

从百草园到三味书屋

鲁迅

入选理由
鲁迅的散文代表作之一
中国现代文学史上描写童年趣事的典范之作
收入中学课本

我家的后面有一个很大的园，相传叫作百草园。现在是早已并屋子一起卖给朱文公的子孙了，连那最末次的相见也已经隔了七八年，其中似乎确凿只有一些野草；但那时却是我的乐园。

不必说碧绿的菜畦，光滑的石井栏，高大的皂荚树，紫红的桑葚；也不必说鸣蝉在树叶里长吟，肥胖的黄蜂伏在菜花上，轻捷的叫天子（云雀）忽然从草间直窜向云霄里去了。单是周围的短短的泥墙根一带，就有无限趣味。油蛉在这里低唱，蟋蟀们在这里弹琴。翻开断砖来，有时会遇见蜈蚣；还有斑蝥，倘若用手指按住它的脊梁，便会啪的一声，从后窍喷出一阵烟雾。何首乌藤和木莲藤缠络着，木莲有莲房一般的果实，何首乌有臃肿的根。有人说，何首乌根是有像人形的，吃了便可以成仙，我于是常常拔它起来，牵连不断地拔起来，也曾因此弄坏了泥墙，却从来没有见过有一块根像人样。如果不怕刺，还可以摘到覆盆子，像小珊瑚珠攒成的小球，又酸又甜，色味都比桑葚要好得远。

长的草里是不去的，因为相传这园里有一条很大的赤练蛇。

长妈妈曾经讲给我一个故事听：先前，有一个读书人住在古庙里用功，晚间，在院子里纳凉的时候，突然听到有人在叫他。答应着，四面看时，却见一个美女的脸露在墙头上，向他一笑，隐去了。他很高兴；但竟给那走来夜谈的老和尚识破了机关。说他脸上有些妖气，一定遇见"美女蛇"了；这是人首蛇身的怪物，能唤人名，倘一答应，夜间便要来吃这人的肉的。他自然吓得要死，而那老和尚却道无妨，给他一个小盒子，说只要放在枕边，便可高枕而卧。他虽然照样办，却总是睡不着，——当然睡不着的。到半夜，果然来了，沙沙沙！门外像是风雨声。他正抖作一团时，却听得豁的一声，一道金光从枕边飞出，外面便什么声音也没有

浙江绍兴的三味书屋旧址。鲁迅12岁至17岁在这里读书。

了,那金光也就飞回来,敛在盒子里。后来呢?后来,老和尚说,这是飞蜈蚣,它能吸蛇的脑髓,美女蛇就被它治死了。

结末的教训是:所以倘有陌生的声音叫你的名字,你万不可答应他。

这故事很使我觉得做人之险,夏夜乘凉,往往有些担心,不敢去看墙上,而且极想得到一盒老和尚那样的飞蜈蚣。走到百草园的草丛旁边时,也常常这样想。但直到现在,总还是没有得到,但也没有遇见过赤练蛇和美女蛇。叫我名字的陌生声音自然是常有的,然而都不是美女蛇。

冬天的百草园比较的无味;雪一下,可就两样了。拍雪人(将自己的全形印在雪上)和塑雪罗汉需要人们鉴赏,这是荒园,人迹罕至,所以不相宜,只好来捕鸟。薄薄的雪,是不行的;总须积雪盖了地面一两天,鸟雀们久已无处觅食的时候才好。扫开一块雪,露出地面,用一支短棒支起一面大的竹筛来,下面撒些秕谷,棒上系一条长绳,人远远地牵着,看鸟雀下来啄食,走到竹筛底下的时候,将绳子一拉,便罩住了。但所得的是麻雀居多,也有白颊的"张飞鸟",性子很躁,养不过夜的。

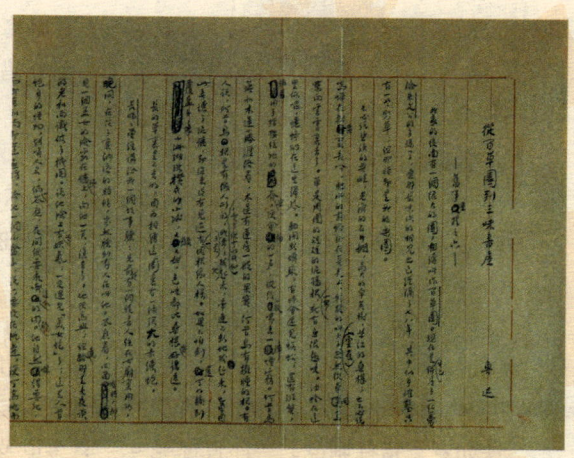

《从百草园到三味书屋》手稿,现珍藏于国家图书馆。

这是闰土的父亲所传授的方法,我却不大能用。明明见它们进去了,拉了绳,跑去一看,却什么都没有,费了半天力,捉住的不过三四只。闰土的父亲是小半天便能捕获几十只,装在叉袋里叫着撞着的。我曾经问他得失的缘由,他只静静地笑道:你太性急,来不及等它走到中间去。

我不知道为什么家里的人要将我送进书塾里去了,而且还是全城中称为最严厉的书塾。也许是因为拔何首乌毁了泥墙罢,也许是因为将砖头抛到间壁的梁家去了罢,也许是因为站在石井栏上跳了下来罢,……都无从知道。总而言之:我将不能常到百草园了。Ade,我的蟋蟀们!Ade,我的覆盆子们和木莲们!

出门向东,不上半里,走过一道石桥,便是我的先生的家了。从一扇黑油的竹门进去,第三间是书房。中间挂着一块匾道:三味书屋;匾下面是一幅画,画着一只很肥大的梅花鹿伏在古树下。没有孔子牌位,我们便对着那匾和鹿行礼。第一次算是拜孔子,第二次算是拜先生。

第二次行礼时,先生便和蔼地在一旁答礼。他是一个高而瘦的老人,须发都花白了,还戴着大眼镜。我对他很恭敬,因为我早听到,他是本城中极方正,质朴,博学的人。

不知从哪里听来的,东方朔也很渊博,他认识一种虫,名曰"怪哉",冤气所化,用酒一浇,就消释了。我很想详细地知道这故事,但阿长是不知道的,因为她毕竟不渊博。现在得到机会了,可以问先生。

"先生,'怪哉'这虫,是怎么一回事?……"我上了生书,将要退下来的时候,赶忙问。

"不知道!"他似乎很不高兴,脸上还有怒色了。

□ 精美散文

我才知道做学生是不应该问这些事的,只要读书,因为他是渊博的宿儒,决不至于不知道,所谓不知道者,乃是不愿意说。年纪比我大的人,往往如此,我遇见过好几回了。

我就只读书,正午习字,晚上对课。先生最初这几天对我很严厉,后来却好起来了,不过给我读的书渐渐加多,对课也渐渐地加上字去,从三言到五言,终于到七言。

三味书屋后面也有一个园,虽然小,但在那里也可以爬上花坛去折腊梅花,在地上或桂花树上寻蝉蜕。最好的工作是捉了苍蝇喂蚂蚁,静悄悄地没有声音。然而同窗们到园里的太多,太久,可就不行了,先生在书房里便大叫起来:

"人都到哪里去了?"

人们便一个一个陆续走回去;一同回去,也不行的。他有一条戒尺,但是不常用,也有罚跪的规则,但也不常用,普通总不过瞪几眼,大声道:

"读书!"

于是大家放开喉咙读一阵书,真是人声鼎沸。有念"仁远乎哉我欲仁斯仁至矣"的,有念"笑人齿缺曰狗窦大开"的,有念"上九潜龙勿用"的,有念"厥土下上上错厥贡苞茅橘柚"的……先生自己也念书。后来,我们的声音便低下去,静下去了,只有他还大声朗读着:

"铁如意,指挥倜傥,一座皆惊呢~~;金叵罗,颠倒淋漓噫,千杯未醉嗬~~……"

我疑心这是极好的文章,因为读到这里,他总是微笑起来,而且将头仰起,摇着,向后面拗过去,拗过去。

先生读书入神的时候,于我们是很相宜的。有几个便用纸糊的盔甲套在指甲上做戏。我是画画儿,用一种叫作"荆川纸"的,蒙在小说的绣像上一个个描下来,像习字时候的影写一样。读的书多起来,画的画也多起来;书没有读成,画的成绩却不少了,最成片段的是《荡寇志》和《西游记》的绣像,都有一大本。后来,因为要钱用,卖给一个有钱的同窗了。他的父亲是开锡箔店的;听说现在自己已经做了店主,而且快要升到绅士的地位了。这东西早已没有了罢。

· 美文赏析 ·

《从百草园到三味书屋》写于1926年,后收入《朝花夕拾》。这是一篇追忆作者童年时代妙趣生活的文章。全文描述了色调不同、情韵各异的两大景片:百草园和三味书屋。作者写百草园,以"乐"为中心,采用白描手法,以简约生动的文字,描绘了一个奇趣无穷的儿童乐园,其间穿插"美女蛇"的传说和冬天雪地捕鸟的故事,动静结合,详略得当,趣味无穷。三味书屋则是一个完全不同的世界。作者逼真地写出了三味书屋的陈腐味,说它是"全城中称为最严厉的书塾",儿童在那里受到规矩的束缚。但作者并未将三味书屋写得死气沉沉,而是通过课间学生溜到后园嬉耍、老私塾先生在课堂上入神读书学生乘机偷乐两个小故事的叙述,使三味书屋充满了谐趣,表现了儿童不可压抑的快乐天性。

6

故乡的野菜

周作人

入选理由
中国早期白话散文的名篇
周作人的散文代表作之一
一幅生动地描绘浙东的风俗画

我的故乡不止一个，凡我住过的地方都是故乡。故乡对于我并没有什么特别的情分，只因钓于斯游于斯的关系，朝夕会面，遂成相识，正如乡村里的邻舍一样，虽然不是亲属，别后有时也要想念到他。我在浙东住过十几年，南京东京都住过六年，这都是我的故乡；现在住在北京，于是北京就成了我的家乡了。

日前我的妻往西单市场买菜回来，说起有荠菜在那里卖着，我便想起浙东的事来。荠菜是浙东人春天常吃的野菜，乡间不必说，就是城里只要有后园的人家都可以随时采食，妇女小儿各拿一把剪刀一只"苗篮"，蹲在地上搜寻，是一种有趣味的游戏的工作。那时小孩们唱道："荠菜马兰头，姊姊嫁在后门头。"后来马兰头有乡人拿来进城售卖了，但荠菜还是一种野菜，须得自家去采。关于荠菜向来颇有风雅的传说，不过这似乎以吴地为主。《西湖游览志》云："三月三日男女皆戴荠菜花。谚云，三春戴荠菜花，桃李羞繁华。"顾禄的《清嘉录》上亦说："荠菜花俗呼野菜花，因谚有三月三蚂蚁上灶山之语，三日人家皆以野菜花置灶陉上，以厌虫蚁。侵晨村童叫卖不绝。或妇女簪髻上以祈清目，俗号眼亮花。"但浙东人却不很理会这些事情，只是挑来做菜或炒年糕吃罢了。

黄花麦果通称鼠曲草，系菊科植物，叶小微圆互生，表面有白毛，花黄色，簇生梢头。春天采嫩叶，捣烂去汁，和粉作糕，称黄花麦果糕。小孩们有歌赞美之云：

黄花麦果韧结结，

关得大门自要吃：

半块拿弗出，一块自要吃。

清明前后扫墓时，有些人家——大约是保存古风的人家——用黄花麦果作供，但不作饼状，做成小颗如指顶大，或细条如小指，以五六个作一攒，名曰茧果，不知是什么意思，或因蚕上山时设祭，也用这种食品，故有是称，亦未可知。自从十二三岁时外出不参与外祖家扫墓以后，不复见过茧果，近来住在北京，也不再见黄花麦果的影子了。日本称作"御形"，与荠菜同为春天的七草之一，也采来做点心用，状如艾饺，名曰"草饼"，春分前后多食之，在北京也有，但是吃去总是日本风味，不复是儿时的黄花麦果糕了。

扫墓时候所常吃的还有一种野菜，俗称草紫，通称紫云英。农人在收获后，播种田内，用

□ 精美散文

作肥料,是一种很被贱视的植物,但采取嫩茎瀹食,味颇鲜美,似豌豆苗。花紫红色,数十亩接连不断,一片锦绣,如铺着华美的地毯,非常好看,而且花朵状若蝴蝶,又如鸡雏,尤为小孩所喜。间有白色的花,相传可以治痢,很是珍重,但不易得。日本《俳句大辞典》云:"此草与蒲公英同是习见的东西,从幼年时代便已熟识。在女人里边,不曾采过紫云英的人,恐未必有罢。"中国古来没有花环,但紫云英的花球却是小孩常玩的东西,这一层我还替那些小人们欣幸的。浙东扫墓用鼓吹,所以少年们常随了乐音去看"上坟船里的姣姣";没有钱的人家虽没有鼓吹,但是船头上篷窗下总露出些紫云英和杜鹃的花束,这也就是上坟船的确实的证据了。

作者简介

周作人(1885~1967),原名櫆寿,字启明,后改名奎绶,自号起孟、知堂等,笔名仲密、药堂、周遐寿等。祖籍浙江绍兴,鲁迅之弟。1901年秋考入江南水师学堂。1906年赴日本,先后入东京政法大学、立教大学文科学习。曾与鲁迅共同翻译《域外小说集》。1911年回国后在绍兴任中学英文教员。1917年任北京大学文科教授。1920年参加新潮社,被推选为该社主任编辑,并负责主持北京大学歌谣研究会。1921年参与发起成立文学研究会并起草宣言。"五四"前后除继续翻译介绍外国作品外,还发表大量白话诗文,成为新文化运动的骨干之一。"五四"以后,作为《语丝》周刊的主编和主要撰稿人之一,写了大量散文,风格平和冲淡,清隽幽雅。在他的影响下,20世纪20年代形成了包括俞平伯、废名等作家在内的散文创作流派。

周作人像

· 美文赏析 ·

《故乡的野菜》于1924年4月5日发表于《晨报·副刊》上,后收入散文集《雨天的书》(1925年北新书局出版)。

在这篇散文里,作者以浓郁的怀旧情绪,介绍其故乡常见的野菜:荠菜、马兰头、鼠曲草、紫云英,它们的形状、颜色与用途,以及与其相关的浙东民俗。作者引经据典,并以东洋习俗同中国习俗相比印照,将浙东民俗置于一个横的文化比较剖面上和深厚的文化背景里。周作人的散文,语言质朴平淡,风格从容平和,但富于哲理、情趣,《故乡的野菜》即是一个印证。

苦 雨

周作人

入选理由

平和中传达淡淡的哀愁
带有作者风格转变痕迹的文章
平常的题材写出不平常的韵味

伏园兄：

北京近日多雨，你在长安道上不知也遇到否，想必能增你旅行的许多佳趣。雨中旅行不一定是很愉快的，我以前在杭沪车上时常遇雨，每感困难，所以我于火车的雨不能感到什么兴味，但卧在乌篷船里，静听打篷的雨声，加上欸乃的橹声以及"靠塘来，靠下去"的呼声，却是一种梦似的诗境。倘若更大胆一点，仰卧在脚划小船内，冒雨夜行，更显出水乡住民的风趣，虽然较为危险，一不小心，拙劣地转一个身，便要使船底朝天。二十多年前往东浦吊先父的保姆之丧，归途遇暴风雨，一叶扁舟在白鹅似的波浪中间滚过大树港，危险极也愉快极了。我大约还有好些"为鱼"时候——至少也是断发文身时候的脾气，对于水颇感到亲近，不过北京的泥塘似的许多"海"实在不很满意，这样的水没有也并不怎么可惜。你往"陕半天"去似乎要走好两天的准沙漠路，在那时候倘若遇见风雨，大约是很舒服的，遥想你胡坐骡车中，在大漠之上，大雨之下，喝着四打之内的汽水，悠然进行，可以算是"不亦快哉"之一。但这只是我的空想，如诗人的理想一样地靠不住，或者你在骡车中遇雨，很感困难，正在叫苦连天也未可知，这须等你回京后问你再说了。

我住在北京，遇见这几天的雨，却叫我十分难过。北京向来少雨，所以不但雨具不很完全，便是家屋构造，于防雨亦欠周密。除了真正富翁以外，很少用实垛砖墙，大抵只用泥墙抹灰敷衍了事。近来天气转变，南方酷寒而北方淫雨，因此两方面的建筑上都露出缺陷。一星期前的雨把后园的西墙淋坍，第二天就有"梁上君子"来摸索北房的铁丝窗，从次日起赶紧邀了七八位匠人，费两天工夫，从头改筑，已经成功十分八九，总算可以高枕而卧，前夜的雨却又将门口的南墙冲倒二三丈之惜。这回受惊的可不是我了，乃是川岛君"伉俪"俩，因为"梁上君子"如再见光顾，一定是去躲在"伉俪"的窗下窃听的了。为消除"伉俪"的不安起见，一等天气晴正，急须大举地修筑，希望日子不至于很久，这几天只好暂时拜托川岛君的老弟费神代为警护罢了。

前天十足下了一夜的雨，使我夜里不知醒了几遍。北京除了偶然有人高兴放几个爆仗以外，夜里总还安静，那样哗喇哗喇的雨声在我的耳朵已经不很听惯，所以时常被它惊醒，就是睡着也仿佛觉得耳边粘着面条似的东西，睡的很不痛快。还有一层，前天晚间据小孩们报告，前面院子里的积水已经离台阶不及一寸，夜里听着雨声，心里糊里糊涂地总是想水已上了台阶，浸入西边的书房里了。好容易到了早上五点钟，赤脚撑伞，跑到西屋一看，果然不出所料，水浸

□ 精美散文

满了全屋,约有一寸深浅,这才叹了一口气,觉得放心了;倘若这样兴高采烈地跑去,一看却没有水,恐怕那时反觉得失望,没有现在那样的满足也说不定。幸而书籍都没有湿,虽然是没有什么价值的东西,但是湿成一饼一饼的纸糕,也很是不愉快。现今水虽已退,还留下一种涨过大水后的普通的臭味,固然不能留客座谈,就是自己也不能在那里写字,所以这封信是在里边炕桌上写的。

这回大雨,只有两种人最喜欢。第一是小孩们。他们喜欢水,却极不容易得到,现在看见院子里成了河,便成群结队的去"趟河"。赤了足伸到水里去,实在很有点冷,但是他们不怕,下到水里还不肯上来。大人们见小孩们玩的很有趣,也一个两个地加入,但是成绩却不甚佳,那一天里滑倒了三个人,其中两个都是大人——其一为我的兄弟,其一是川岛君。第二种喜欢下雨的则为虾蟆。从前同小孩住高亮桥去钓鱼钓不着,只捉了好些虾蟆,有绿的,有花条的,拿回来都放在院子里,平常偶叫几声,在这几天里便整日叫唤,或者是荒年之兆吧,却极有田村的风味,有许多耳朵皮嫩的人,很恶喧嚣,如麻雀虾蟆或蝉的叫声,凡足以妨碍他们的甜睡者,无一不痛恶而深绝之,大有欲灭此而午睡之意,我觉得大可以不必如此,随便听听都是很有趣味的,不但是这些久成诗料的东西,一切鸣声其实都可以听。虾蟆在水田里群叫,深夜静听,往往变成一种金属音,很是特别,又有时仿佛是狗叫,古人常称蛙蛤为吠,大约也是从实验而来。我们院子里的虾蟆现在只见花条的一种,它的叫声更不漂亮,只是格格格这个叫法,可以说是革音,平常自一声至三声,不会更多,唯在下雨的早晨,听它一口气叫上十二三声,可见它是实在喜欢极了。

这一场大雨恐怕在乡下的穷朋友是很大的一个不幸,但是我不曾亲见,单靠想象是不中用的,所以我不去虚伪地代为悲叹了。倘若有人说这所记的只是个人的事情,于人生无益,我也承认,我本来只想说个人的私事,此外别无意思。今天太阳已经出来,傍晚可以外出去游嬉,这封信也就不再写下去了。

我本等着看你的秦游记,现在却由我先写给你看,这也可以算是"意表之外"的事罢。

十三年七月十七日在京城书。

· 美文赏析 ·

周作人的作品从风格角度来看大体分为两类:一类是具有时代批判意义的杂文,以新文化运动时期的杂感、随笔为代表;另一类是他开创的闲适小品文,这在20世纪20年代中期已初步成形。这类散文,笔触伸向生活的各个领域,山川风物,涉笔成趣;草木虫鱼,皆成文章。《苦雨》就是这一时期的一篇小品文。《苦雨》写于1924年,这时周作人仍认为知识分子是社会的精英,是精神的贵族,只不过是现实社会没有启蒙的条件,因此在思想立场比较模糊,精神上比较苦闷。而且此时他正在尝试着"闲适"文体,所以文字朴实、自如,哀愁之情也是淡淡的。文章中作者借着回忆、想象,来叙述"雨",各种各样的"雨"被搬到笔下,写得相当自如。他用一般人不常使用的材料入文,而却能写出超于一般人的味道,正是其深厚文学功底的体现。从思想上来说,作者自己也承认"于人生无益","只想说个人的私事",有所指而又无所指,这也是作者当时思想立场的一种暗示。就文章形式来讲,《苦雨》使用的是书信体,借着这一私人化文体,娓娓道来。

乌篷船

周作人

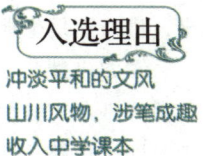

入选理由
冲淡平和的文风
山川风物，涉笔成趣
收入中学课本

子荣君：

　　接到手书，知道你要到我的故乡去，叫我给你一点什么作参考资料。老实说，我的故乡，真正觉得可怀恋的地方，并不是那里；但是因为在那里生长，住过十多年，究竟知一点情形，所以写这一封信告诉你。

　　我所要告诉你的，并不是那里的风土人情，那是写不尽的，但是你到那里一看也就会明白的，不必啰唆地多讲。我要说的是一种很有趣的东西，这便是船。你在家乡平常总坐人力车、电车，或是汽车，但在我的故乡那里这些都没有，除了在城内或山上是用轿子以外，普通代步都是用船。船有两种，普通坐的都是"乌篷船"，白篷的大抵作航船用，坐夜航船到西陵去也有特别的风趣，但是你总不便坐，所以我就可以不说了。乌篷船大的为"四明瓦"（Symenngoa），小的为脚划船（划读 uoa）亦称小船。但是最适用的还是在这中间的"三道"，亦即三明瓦。篷是半圆形的，用竹片编成，中夹竹箬，上涂黑油；在两扇"定篷"之间放着一扇遮阳，也是半圆的，木作格子，嵌着一片片的小鱼鳞，径约一寸，颇有点透明，略似玻璃而坚韧耐用，这就称为明瓦。三明瓦者，谓其中舱有两道，后舱有一道明瓦也。船尾用橹，大抵两支，船首有竹篙，用以定船。船头着眉目，状如老虎，但似在微笑，颇滑稽而不可怕，唯白篷船则无之。三道船篷之高大约可以使你直立，舱宽可以放下一顶方桌，四个人坐着打麻将——这个恐怕你也已学会了罢？小船则真是一叶扁舟，你坐在船底席上，篷顶离你的头有两三寸，你的两手可以

□ 精美散文

乘船看社戏
社戏是绍兴特有的一种文化现象。社戏原为每年祭土地神时演的戏。绍兴社戏不一定祭祀土地神，逢年过节或农闲，请来戏班演一天戏，都为社戏。绍兴是水乡，河道交叉，湖泊棋布，社戏舞台多临水，所以，看绍兴社戏不仅可以在台下地上看，还可在船上看。

搁在左右的舷上，还把手都露出在外边。在这种船里仿佛是在水面上坐，靠近田岸去时泥土便和你的眼鼻接近，而且遇着风浪，或是坐得稍不小心，就会船底朝天，发生危险，但是也颇有趣味，是水乡的一种特色。不过你总可以不必去坐，最好还是坐那三道船罢。

你如坐船出去，可是不能像坐电车的那样性急，立刻盼望走到。倘若出城，走三四十里路（我们那里的里程是很短，一里才及英里三分之一），来回总要预备一天。你坐在船上，应该是游山的态度，看看四周物色，随处可见的山，岸旁的乌桕，河边的红蓼和白苹，渔舍，各式各样的桥，困倦的时候睡在舱中拿出随笔来看，或者冲一碗清茶喝喝。偏门外的鉴湖一带，贺家池、壶觞左近，我都是喜欢的，或者往娄公埠骑驴去游兰亭（但我劝你还是步行，骑驴或者于你不很相宜），到得暮色苍然的时候进城上都挂着薛荔的东门来，倒是有趣味的事。倘若路上不平静，你往杭州去时可于下午开船，黄昏时候的景色正最好看，只可惜这一带地方的名字我都忘了。夜间睡在舱中，听水声橹声，来往船只的招呼声，以及乡间的犬吠鸡鸣，也都很有意思。雇一只船到乡下去看庙戏，可以了解中国旧戏的真趣味，而且在船上行动自如，要看就看，要睡就睡，要喝酒就喝酒，我觉得也可以算是理想的行乐法。只可惜讲维新以来这些演剧与迎会都已禁止，中产阶级的低能人别在"布业会馆"等处建起"海式"的戏场来，请大家买票看上海的猫儿戏。这些地方你千万不要去。——你到我那故乡，恐怕没有一个人认得，我又因为在教书不能陪你去玩，坐夜船，谈闲天，实在抱歉而且惆怅。川岛君夫妇现在偶山下，本来可以给你介绍，但是你到那里的时候他们恐怕已经离开故乡了。初寒，善自珍重，不尽。

十五年十一月十八日夜，于北京。

· 美文赏析 ·

　　《乌篷船》是周作人闲适散文中比较有代表性的一篇。它以回友人信函的形式，介绍了有关家乡乌篷船的情形。乘坐乌篷船在作者眼里有三趣。第一是"船趣"，作者说最适宜的是"三明瓦"的船，细致地描写它的构造、形体以及装饰，意在突出这种船的静态之趣味。作者揉入自己的恋乡之情，对船进行细致勾画，使其成了一道独特的水乡景致。在静物描摹之后，文章顺流而下，叙写乘船的"行趣"，而三明瓦上的和小脚划船上的，两者之中自然是前者最好。接着，承接"行趣"，又重点放在乘坐乌篷船的沿途所见，即"景趣"上面。而冲淡平和的悠然心态，则是领略、体味这些"景趣"的基础，一切趣味都是由此生发。而"三趣"的凝聚点也正是这种随意自然、闲适恬静的人生"情趣"。这才是此文的真正蕴意所在。

我的母亲

胡适

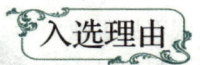
胡适的散文代表作
中国散文史上追思母亲的散文名篇
层次分明,文笔流畅,感人至深

我小时候身体弱,不能跟着野蛮的孩子们一块儿玩。我母亲也不准我和他们乱跑乱跳。小时不曾养成活泼游戏习惯,无论在什么地方,我总是文绉绉地。所以家乡老辈都说我"像个先生样子",遂叫我做"穈先生"。这个绰号叫出去之后,人都知道三先生的小儿子叫做穈先生了。即有"先生"之名,我不能不装出点"先生"样子,更不能跟着顽童们"野"了。有一天,我在我家八字门口和一班孩子"掷铜钱",一位老辈走过,见了我,笑道:"穈先生也掷铜钱吗?"我听了羞愧的面红耳热,觉得太失了"先生"身份!

大人们鼓励我装先生样子,我也没有嬉戏的能力和习惯,又因为我确是喜欢看书,故我一生可算是不曾享过儿童游戏的生活。每年秋天,我的庶祖母同我到田里去"监割"(顶好的田,水旱无忧,收成最好,佃户每约田主来监割,打下谷子,两家平分),我总是坐在小树下看小说。十一二岁时,我稍活泼一点,居然和一群同学组织了一个戏剧班,做了一些木刀竹枪,借得了几副假胡须,就在村口田里做戏。我做的往往是诸葛亮、刘备一类的文角儿;只有一次我做史文恭,被花荣一箭从椅子上射倒下去,这算是我最活泼的玩艺儿了。

我在这九年(1895~1904)之中,只学得了读书写字两件事。在文字和思想的方面,不能不算是打了一点底子。但别的方面都没有发展的机会。有一次我们村"当朋"(八都凡五村,称为"五朋",每年一村轮着做太子会,名为"当朋")筹备太子会,有人提议要派我加入前村的昆腔队里学习吹笙或吹笛。族里长辈反对,说我年纪太小,不能跟着太子会走遍五朋。于是我便失掉了学习音乐的唯一机会。三十年来,我不曾拿过乐器,也全不懂音乐;究竟我有没有一点学音乐的天资,我至今不知道。至于学图画,更是不可能的事。我常常用竹纸蒙在小说书的石印绘像上,摹画书上的英雄美人。有一天,被先生看见了,挨了一顿大骂,抽屉里的图画都被搜出撕毁了。于是我又失掉了学做画家的机会。

但这九年的生活,除了读书看书之外,究竟给了我一点做人的训练。在这一点上,我的恩师便是我的慈母。

每天天刚亮时,我母亲便把我喊醒,叫我披衣坐起。我从不知道她醒来坐了多久了。她看我清醒了,便对我说昨天我做错了什么事,说错了什么话,要我认错,要我用功读书。有时候她对我说父亲的种种好处,她说:"你总要踏上你老子的脚步。我一生只晓得这一个完全的人,你要学他,不要跌他的股。"(跌股便是丢脸出丑。)她说到伤心处,往往掉下泪来。到天

□ 精美散文

大明时,她才把我的衣服穿好,催我去上早学。学堂门上的锁匙放在先生家里;我先到学堂门口一望,便跑到先生家里去敲门。先生家里有人把锁匙从门缝里递出来,我拿了跑回去,开了门,坐下念生书,十天之中,总有八九天我是第一个去开学堂门的。等到先生来了,我背了生书,才回家吃早饭。

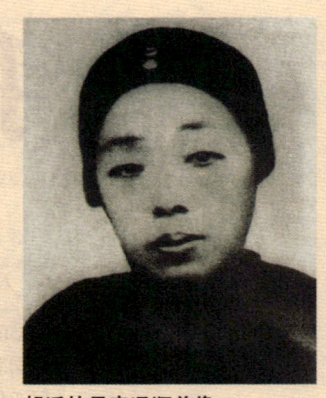

胡适的母亲冯顺弟像

我母亲管束我最严,她是慈母兼任严父。但她从来不在别人面前骂我一句,打我一下,我做错了事,她只对我一望,我看见了她的严厉眼光,便吓住了。犯的事小,她等到第二天早晨我眠醒时才教训我。犯的事大,她等到晚上人静时,关了房门,先责备我,然后行罚,或罚跪,或拧我的肉。无论怎样重罚,总不许我哭出声音来,她教训儿子不是借此出气叫别人听的。

有一个初秋的傍晚,我吃了晚饭,在门口玩,身上只穿着一件单背心。这时候我母亲的妹子玉英姨母在我家住,她怕我冷了,拿了一件小衫出来叫我穿上。我不肯穿,她说:"穿上吧,凉了。"我随口回答:"娘(凉)什么!老子都不老子呀。"我刚说了这句话,一抬头,看见母亲从家里走出,我赶快把小衫穿上。但她已听见这句轻薄的话了。晚上人静后,她罚我跪下,重重的责罚了一顿。她说:"你没了老子,是多么得意的事!好用来说嘴!"她气得坐着发抖,也不许我上床去睡。我跪着哭,用手擦眼泪,不知擦进了什么微菌,后来足足害了一年多的翳病。医来医去,总医不好。我母亲心里又悔又急,听说眼翳可以用舌头舔去,有一夜她把我叫醒,她真用舌头舔我的病眼。这是我的严师,我的慈母。

我母亲二十三岁做了寡妇,又是当家的后母。这种生活的痛苦,我的笨笔写不出一万分之一二。家中财政本不宽裕,全靠二哥在上海经营调度。大哥从小便是败子,吸鸦片烟、赌博,钱到手就光,光了便回家打主意,见了香炉便拿出去卖,捞着锡茶壶便拿出押。我母亲几次邀了本家长辈来,给他定下每月用费的数目。但他总不够用,到处都欠下烟债赌债。每年除夕我家中总有一大群讨债的,每人一盏灯笼,坐在大厅上不肯去。大哥早已避出去了。大厅的两排椅子上满满的都是灯笼和债主。我母亲走进走出,料理年夜饭、谢灶神、压岁钱等事,只当做不曾看见这一群人。到了近半夜,快要"封门"了,我母亲才走后门出去,央一位邻居本家到我家来,每一家债户开发一点钱。做好做歹的,这一群讨债的才一个一个提着灯笼走出去。一会儿,大哥敲门回来了。我母亲从不骂他一句。并且因为是新年,她脸上从不露出一点怒色。这样的过年,我过了六七次。

大嫂是个最无能而又最不懂事的人,二嫂是个能干而气量很窄小的人。他们常常闹意见,只因为我母亲的和气榜样,他们还不曾有公然相骂相打的事。她们闹气时,只是不说话,不答话,把脸放下来,叫人难看;二嫂生气时,脸色变青,更是怕人。她们对我母亲闹气时,也是如此,我起初全不懂得这一套,后来也渐渐懂得看人的脸色了。我渐渐明白,世间最可厌恶的事莫如一张生气的脸;世间最下流的事莫如把生气的脸摆给旁人看,这比打骂还难受。

我母亲的气量大,性子好,又因为做了后母后婆,她更事事留心,事事格外容忍。大哥的女儿比我只小一岁,她的饮食衣服总是和我的一样。我和她有小争执,总是我吃亏,母亲总是责备我,要我事事让她。后来大嫂二嫂都生了儿子了,她们生气时便打骂孩子来出气,一面打,

14

一面用尖刻有刺的话骂给别人听。我母亲只装做不听见。有时候,她实在忍不住了,便悄悄走出门去,或到左邻立大嫂家去坐一会,或走后门到后邻度嫂家去闲谈。她从不和两个嫂子吵一句嘴。

每个嫂子一生气,往往十天半个月不歇,天天走进走出,板着脸,咬着嘴,打骂小孩子出气。我母亲只忍耐着,到实在不可再忍的一天,她也有她的法子。这一天的天明时,她便不起床,轻轻地哭一场。她不骂一个人,只哭她的丈夫,哭她自己苦命,留不住她丈夫来照管她。她先哭时,声音很低,渐渐哭出声来。我醒了起来劝她,她不肯住。这时候,我总听得见前堂(二嫂住前堂东房)或后堂(大嫂住后堂西房)有一扇房门开了,一个嫂子走出房向厨房走去。不多一会,那位嫂子来敲我们的房门了。我开了房门,她走进来,捧着一碗热茶,送到我母亲床前,劝她止哭,请她喝口热茶。我母亲慢慢停住哭声,伸手接了茶碗。那位嫂子站着劝一会,才退出去。没有一句话提到什么人,也没有一个字提到这十天半个月来的气脸,然而各人心里明白,泡茶进来的嫂子总是那十天半个月来闹气的人。奇怪的很,这一哭之后,至少有一两个月的太平清静日子。

我母亲待人最仁慈,最温和,从来没有一句伤人感情的话;但她有时候也很有刚气,不受一点人格上的侮辱。我家五叔是个无正业的浪人,有一天在烟馆里发牢骚,说我母亲家中有事总请某人帮忙,大概总有什么好处给他。这句话传到了我母亲耳朵里,她气得大哭,请了几位本家来,把五叔喊来,她当面质问他,她给了某人什么好处。直到五叔当众认错赔罪,她才罢休。

我在我母亲的教训之下住了九年,受了她的极大极深的影响。我十四岁(其实只有十二零两三个月)便离开她了,在这广漠的人海里独自混了二十多年,没有一个人管束过我。如果我学得了一丝一毫的好脾气,如果我学得了一点点待人接物的和气,如果我能宽恕人,体谅人——我都得感谢我的慈母。

作者简介

胡适(1891~1962),字适之,安徽绩溪人,著名学者、文学家。1910年起先后在美国康奈尔大学、哥伦比亚大学求学。1917年回国后任北京大学教授,以倡导"五四"新文化运动而著名。1928年后历任中国公学校长、北京大学文学院院长、北京大学校长。1948年赴美,后迁居台湾。

胡适像

美文赏析

胡适幼年丧父,其母23岁时就守寡,承担起操持家庭和抚育子女的重担。这篇文章写的就是胡适与其母亲相依为命的童年经历。作者在开篇并未直接写母亲,而是写自己童年九年中的几件小事,看似无意,实则是为下文写母亲作铺垫。接着作者顺势转入正题,选取几个与母亲有关的重点事例作陈述,以委婉平实的语言叙述了母亲的爱子情深、教子有方、气量大、性子好、待人仁慈、温和又不失刚气的情怀与个性,将一个中国传统的农村社会中典型的寡妇形象生动地展现在读者面前。篇末点明母亲是影响自己的性格及人生道路的第一人。全文脉络清晰,层次分明,文笔流畅,文字明白如话,娓娓道来,感人至深。

□ 精美散文

银 杏

郭沫若

入选理由
郭沫若的散文代表作之一
形象刻画了中华民族自强不息、从不屈服的精神风貌
巧妙运用多种修辞手法

银杏，我思念你，我不知道你为什么又叫公孙树。但一般人叫你是白果，那是容易了解的。

我知道，你的特征并不专在乎你有这和杏相仿的果实，核皮是纯白如银，核仁是富于营养——这不用说已经就足以为你的特征了。

但一般人并不知道你是有花植物中最古的先进，你的花粉和胚珠具有着动物般的性态，你是完全由人力保存了下来的奇珍。

自然界中已经是不能有你的存在了，但你依然挺立着，在太空中高唱着人间胜利的凯歌。你这东方的圣者，你这中国人文的有生命的纪念塔，你是只有中国才有呀，一般人似乎也并不知道。

我到过日本，日本也有你，但你分明是日本的华侨，你侨居在日本大约已有中国的文化侨居在日本的那样久远了吧。

你是真应该称为中国的国树的呀，我是喜欢你，我特别的喜欢你。

但也并不是因为你是中国的特产，我才是特别的喜欢，是因为你美，你真，你善。

你的株干是多么的端直，你的枝条是多么的蓬勃，你那折扇形的叶片是多么的青翠，多么的莹洁，多么的精巧呀！

在暑天你为多少的庙宇戴上了巍峨的云冠，你也为多少的劳苦人撑出了清凉的华盖。

梧桐虽有你的端直而没有你的坚牢；白杨虽有你的葱茏而没有你的庄重。

熏风会媚妩你，群鸟时来为你欢歌；上帝百神——假如是有上帝百神，我相信每当皓月流空，他们会在你脚下来聚会。

秋天到来，蝴蝶已经死了的时候，你的碧叶要翻成金黄，而且又会飞出满园的蝴蝶。

你不是一位巧妙的魔术师吗？但你丝毫也没有令人掩鼻的那种的江湖气息。

当你那解脱了一切，你那槎枒的枝干挺撑在太空中的时候，你对于寒风霜雪毫不避易。

那是多么的嶙峋而又洒脱呀，恐怕自有佛法以来再也不曾产生过像你这样的高僧。

你没有丝毫依阿取容的姿态，但你也并不荒伧；你的美德像音乐一样洋溢八荒，但你也并不骄傲；你的名讳似乎就是"超然"，你超在乎一切的草木之上，你超在乎一切之上，但你并不隐遁。

你的果实不是可以滋养人，你的木质不是坚实的器材，就是你的落叶不也是绝好的引火的燃料吗？

可是我真有点奇怪了：奇怪的是中国人似乎大家都忘记了你，而且忘记得很久远，似乎是从古以来。

我在中国的经典中找不出你的名字，我很少看到中国的诗人咏赞你的诗，也很少看到中国的画家描写你的画。

这究竟是怎么一回事呀，你是随中国文化以俱来的亘古的证人，你不也是以为奇怪吗？

银杏，中国人是忘记了你呀，大家虽然都在吃你的白果，都喜欢吃你的白果，但的确是忘记了你呀。

世间上也尽有不辨菽麦的人，但把你忘记得这样普遍，这样久远的例子，从来也不曾有过。

真的啦，陪都不是首善之区吗？但我就很少看见你的影子；为什么遍街都是洋槐，满园都是幽加里树呢？

我是怎样的思念你呀，银杏！我可希望你不要把中国忘记吧。

这事情是有点危险的，我怕你一不高兴，会从中国的地面上隐遁下去。

在中国的领空中会永远听不着你赞美生命的欢歌。

银杏，我真希望呀，希望中国人单为能更多吃你的白果，总有能更加爱慕你的一天。

银杏因具有巍峨洒脱的外表、顽强不屈的生命力，千百年来一直受到人们的敬仰和赞誉。

郭沫若像

作者简介

郭沫若(1892～1978)，原名郭开贞，四川乐山人。1914年留学日本。1921年出版第一本诗集《女神》，开创了一代诗风，成为中国新诗的奠基人。同年与成仿吾等人发起成立创造社，是创造社的骨干成员。后又发表诗集《星空》《恢复》等。抗战期间写了《屈原》《虎符》《棠棣之花》等历史剧及大量诗文。1949年后，历任中国科学院院长、中国科学院哲学社会科学部主任、历史研究所第一所所长等职。先后出版诗集《新华颂》《潮汐集》《东风集》等，历史剧《蔡文姬》《武则天》等，学术专著《石鼓文研究》等。

· 美文赏析 ·

《银杏》写于1942年5月，正是抗日战争处于艰苦的相持阶段，而国民党政府媚外降敌，不时掀起反共和专制逆浪。作者在文中抨击了国民党政府中那些消极抗日、反共投敌的民族败类。这是一篇托物言志的散文。文章综合运用赋、比、兴、拟人、象征手法，赋予银杏一种特殊的象征意义，即象征着整个中华民族自强不息、从不屈服的精神风貌。文章以饱含诗意的笔调讴歌了银杏的"真""善""美"，含蓄地抒发了作者坚信抗战必胜的信念，鞭挞了国民党政府倒行逆施的抗战举措，激励人们要像银杏一样不畏强暴、刚直不阿，争取抗战的胜利。

□ 精美散文

春日游杭记

林语堂

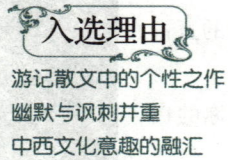

入选理由
游记散文中的个性之作
幽默与讽刺并重
中西文化意趣的融汇

一

　　由梵王渡上车，乘位并不好，与一个土豪对座。这时大约九时半。开车后十分钟，土豪叫一盘中国大菜式的西菜。不知是何道理，他叫的比我们常人叫的两倍之多，土豪便大啖大嚼起来，我也便看他大嚼。茶房对他特别恭顺。十时零六分，忽然来一杯烧酒，似乎是五茄皮。说也奇怪，十时十一分，杂碎的大菜吃完，接着是白菜烧牛肉，其牛肉至十二片之多，我益发莫名其妙了。十时二十六分，又来土司五片，奶油一碟。于是我断定，此人五十岁时必死于肝癌。正在思索之时，又来一位油脸而黑的中山装少年。一屁股歪在土豪旁边坐下，一手把我桌上的书报茶杯推开，登时就有茶房给他一杯咖啡，一盘火腿蛋。于是土豪也遭殃了。青年的呢帽一直放在土豪席上位前。我的一杯茶，早已移至土豪面前，此时被这帽子一推，茶也溢了，桌也湿了。我明白这是以礼义自豪之邦应有的现象，所以愿以礼相终始，并不计较。排布定当，于是中山装青年弯下他的油脸，吃他的火腿蛋。我看见他身上徽章，是什么沪杭铁路局的什么员，又吃完便走，乃断定他这碟火腿蛋一定是贿赂。这时土豪牛肉已吃到第九片，怎么忽然不想吃

了。于是咳嗽、吐痰、免冠、搔首，颇有饱乐之概。十时三十一分茶房来，问可否拿走。土豪毫不迟疑地说"等一会"。经此一提醒，土豪又狼吞虎咽起来。这回特别快，竟于十时四十分全碟吃完。翻一翻报，脸上看不见有什么感触，过一会头向桌上一歪，不五分钟已经鼾然入寐了。我方觉得安全。由是一路无聊到杭州。

到杭州，因怕臭虫，决定做高等华人，住西泠饭店，虽然或者因此与西洋浪人为伍，也不在意。车过浣纱路，看见一条小河，有妇人跪在河旁在浣衣，并不是浣纱。因此，想起西施，并了悟她所以成名，因为她是浣纱，尤其因为她跪在河旁浣纱时所必取的姿势。

20 世纪 30 年代的客运火车内景

到西湖时，微雨。拣定一间房间，凭窗远眺，内湖、孤山、长堤、宝俶塔、游艇、行人，都一一如画。近窗的树木，雨后特别苍翠，细草茸绿的可爱。雨细蒙蒙的几乎看不见，只听见草叶上及田陌上浑成一片点滴声。村屋五六座，排列山下，屋虽矮陋，而前后簇拥的却是疏朗可爱的高树与错综天然的丛芜、蹊径、草坪。其经营毫不费工夫，而清华朗润，胜于上海愚园路寓公精舍万倍。回想上海居民，家资十万始敢购置一二亩宅地，把草地碾平，花木剪成三角、圆锥、平头等体，花圃砌成几何学怪状，造一五尺假山，七尺鱼池，便有不可一世之概，真要令人痛哭流涕。

二

半夜听西洋浪人及女子高声笑谑，吵得不能成寐。第二天清晨，我们雇一辆汽车游虎跑。路过苏堤，两面湖光潋滟，绿洲葱翠，宛如由水中浮出，倒影明如照镜。其时远处尽为烟霞所

西湖十景图（局部）清 王原祁
此图描绘西湖十景，摹仿黄公望笔意，出神入化。画面笔墨简淡，线条流畅，风格古雅秀丽，将旧时西湖十景，如苏堤春晓、曲院风荷、平湖秋月、断桥残雪、柳浪闻莺、花港观鱼、雷峰夕照、双峰插云、南屏晚钟、三潭印月等，描摹得淋漓尽致。

掩，绿洲之后，一片茫茫，不复知是山是湖，是人间，是仙界。画画之难，全在画此种气韵，但画气韵最易莫如画湖景，尤莫如画雨中的湖山；能攫得住此波光回影，便能气韵生动。在这一幅天然景物中，只有一座灯塔式的建筑物，丑陋不堪，十分碍目，落在西子湖上，真同美人脸上一点烂疮。我问车夫这是什么东西。他说是展览会纪念塔，世上竟有如此无耻之尤的留学生作此恶孽。我由是立志，何时率领军队打入杭州，必先对准野炮，先把这西子脸上的烂疮，击个粉碎。后人必定有诗为证云：

　　西湖千树影苍苍
　　独有丑碑陋难当
　　林子将军气不过
　　扶来大炮击烂疮

　　虎跑在半山上，由山下到寺前的半里山路，佳丽无比。我们由是下车步行。两旁有大树，不知树名，总而言之，就是大树。路旁也有花，也不知花名，但觉得美丽。我们在小学时，学堂不教动植物学，至此吃其亏。将到寺的几百步，路旁有一小涧，湍流而下，过崖石时，自然成小瀑布，小石潺潺之声可爱。我看见一个父亲苦劝他六岁少爷去水旁观瀑布，这位少爷不肯。他说水会喷湿他的长衫马褂，而且泥土很脏。他极力否认瀑布有什么趣味。我于是知道中国非亡不可。

　　到寺前，心不由主地念声阿弥陀佛，犹如不信耶稣的人，口里也常喊出"O Lord"。虎跑的茶著名，也就想喝茶，觉得甚清高。当时就有一阵男女，一面喝茶，一面照相，倒也十分忙碌。有一位为要照相而作正在举杯的姿势，可是摄后并不看见他喝。但是我知道将来他的照片簿上仍不免题曰"某月日静庐主人虎跑啜茗留影"，这已减少我饮茶的勇气。忽然有小和尚问我要不要买茶叶，于是决心不饮虎跑茶而起。

　　虎跑有二物：游人不可不看，一、茅厕，二、茶壶，都是和尚的机巧发明。虎跑的茶可不喝，这茶壶却不可不研究。欧洲和尚能酿好酒，难道虎跑的和尚就不能发明个好茶壶？（也许江南本有此种茶壶，但我却未看过。）茶壶是红铜做的，式样与家用茶壶同，不过特大，高二尺，径二尺半，上有两个甚科学式的长卤。壶身中部烧炭，四周便是盛水的水柜。壶耳、壶嘴俱全，只想不出谁能倒得动这笨重茶壶。我由是请教那和尚。和尚拿一白铁锅，由缸里挹点泉水，倒入一长卤，登时有开水由壶嘴流溢出来了。我知道这是物理学所谓水平线作用，凉水下去，开水自然外溢，而且凉水必下沉，热水必上升，但是我真无脸向他讲科学名词了。这种取开水法既极简便，又有出便有入，壶中水常满，真是两全之策。

三

　　我每回到西湖，必往玉泉观鱼，一半是喜欢看鱼的动作，一半是可怜它们失了优游深潭浚壑的快乐。和尚爱鱼放生，何不把它们放入钱塘江，即使死于非命，还算不负此一生。观鱼虽然清高，总不免假放生之名，行利己之实。

　　观鱼之时，有和尚来同我谈话。和尚河南口音，出词倒也温文尔雅。我正想素食在理论上虽然卫生，总没看见过一个颜色红润的和尚，大半都是面黄肌瘦，走动迟缓，明系滋养不足。

　　因此又联想到他们的色欲问题，便问和尚素食是否与戒色有关系。和尚看见同行女人在座，不便应对，我由是打本乡话请女人到对过池畔观鱼，而我们大谈起现代婚姻问题了。因为他很诚意，所以我想打听一点消息。

"比方那位红衣女子，你们看了动心不动心呢？"

我这粗莽一问，却引起和尚一篇难得的独身主义的伟论。大意与柏拉图所谓哲学家不应娶妻理论相同。

"怎么不动心？"他说，"但是你看佛经，就知道情欲之为害。目前何尝不乐？过后就有许多烦恼。现在多少青年投河自尽，为什么？为恋爱，为女人！现在多少离婚，怎么以前非她不活，现在反要离呢？你看我，一人孤身，要到泰山、妙峰山、普渡、汕头，多么自由！"

我明白，他是保罗、康德、柏拉图的同志。叔本华许多关于女人的妙论，还不是由佛经得来？正想之间，忽然寺中老妈经过，我倒不注意，亏得和尚先来解释：

"这是因为寺中常有香客家眷来歇，伺候不便，所以雇来跟香客洒扫的。"其实我并不怀疑他，而叔本华、柏拉图向来并不反对女人洒扫。

作者简介

林语堂（1895～1976），福建龙溪人。原名和乐，后改玉堂，又改语堂。1912年入上海圣约翰大学，毕业后在清华大学任教。1919年秋赴美哈佛大学文学系。1922年获文学硕士学位。同年转赴德国入莱比锡大学，专攻语言学。1923年获博士学位后回国，任北京大学教授、北京女子师范大学教务长和英文系主任。1924年后为《语丝》主要撰稿人之一。1926年到厦门大学任文学院长。1927年任外交部秘书。1932年主编《论语》半月刊。1934年创办《人间世》，1935年创办《宇宙风》，提倡"以自我为中心，以闲适为格调"的小品文。1935年后，在美国用英文写作。1944年曾一度回国到重庆讲学。1945年赴新加坡筹建南洋大学，任校长。1952年在美国创办《天风》杂志。1966年定居台湾。1967年受聘为香港中文大学研究教授。1975年被推举为国际笔会副会长。1976年在香港逝世。

林语堂像

· 美文赏析 ·

游乐本是随意，所以游记无须一定规章。林语堂《春日游杭记》正是别有一格，可以见出"野老散游，即景行乐"的光亮，用闲谈或称娓语的笔调来述游，显出作者风趣和评论世情的态度，正是"可以形容世故，可以札记琐屑"的小品文做法。他有略带着旁观的幽默冷笔，所谓"不妨夹入遐想及常谈琐碎"，此正是他游记文章的独特之处。由梵王渡上车，作者特写对座的一位土豪似的老饕同一位油脸而黑的中山装青年，只看这二人不雅的吃相和饱乐之态，不经意起笔透出闲适的气派，逸笔画出的人物，一副脸孔，一种神态，皆带着幽默趣味。之后进入栖禅空谷，坐忘清泉，是虎跑的佳境。但观人照相，竟"已减少我饮茶的勇气。忽然有小和尚来问我要不要买茶叶，于是决心不饮虎跑茶而起"。在文章的末段，玉泉观鱼本属赏心乐事，偏又同和尚来一番关乎现代婚姻的对话，神似庄周和惠施邀游濠梁论辩鱼乐的旧典。"所记类皆笔谈漫录野老谈天之属"，与中国正宗游记有着相同的意趣。但林氏这等轻松放谈式的笔墨，在古今风景散文中，实不常见。西湖胜景，到他笔下，只一勾绘，淡扫清简数笔，色调的明丽，意境的幽远，便如画师的写意而境界全出，并有抒怀的畅快。

□精美散文

钓台的春昼

郁达夫

入选理由
现代早期知识分子的另一种风气
对自然的自我情绪化书写
收入中学课本

因为近在咫尺，以为什么时候要去就可以去，我们对于本乡本土的名区胜景，反而往往没有机会去玩，或不容易下一个决心去玩的。正唯其是如此，我对于富春江上的严陵，二十年来，心里虽每在记着，但脚却没有向这一方面走过。一九三一，岁在辛未，暮春三月，春服未成，而中央党帝，似乎又想玩一个秦始皇所玩过的把戏了，我接到了警告，就仓皇离去了寓居。先在江浙附近的穷乡里，游息了几天，偶尔看见了一家扫墓的行舟，乡愁一动，就定下了归计。绕了一个大弯，赶到故乡，却正好还在清明寒食的节前。和家人等去上了几处坟，与许久不曾见过面的亲戚朋友，来往热闹了几天，一种乡居的倦怠，忽而袭上心来了，于是乎我就决心上钓台访一访严子陵的幽居。

钓台去桐庐县城二十余里，桐庐去富阳县治九十里不足，自富阳溯江而上，坐小火轮三小时可达桐庐，再上则须坐帆船了。

我去的那一天，记得是阴晴欲雨的养花天，并且系坐晚班轮去的，船到桐庐，已经是灯火微明的黄昏时候了，不得已就只得在码头近边的一家旅馆的楼上借了一宵宿。

桐庐县城，大约有三里路长，三千多烟灶，一二万居民，地在富春江西北岸，从前是皖浙交通的要道，现在杭江铁路一开，似乎没有一二十年前的繁华热闹了。尤其要使旅客感到萧条的，却是桐君山脚下的那一队花船的失去了踪影。说起桐君山，却是桐庐县的一个接近城市的灵山胜地，山虽不高，但因有仙，自然是灵了。以形势来论，这桐君山，也的确是可以产生出许多口音生硬、别具风韵的桐严嫂来的生龙活脉。地处在桐溪东岸，正当桐溪和富春江合流之所，依依一水，西岸便瞰视着桐庐县市的人家烟树。南面对江，便是十里长洲；唐诗人方干的故居，就在这十里桐洲九里花的花田深处。向西越过桐庐县城，更遥遥对着一排高低不定的青峦，这就是富春山的山子山孙了。东北面山下，是一片桑麻沃地，有一条长蛇似的官道，隐而复现，出没盘曲在桃花杨柳洋槐榆树的中间，绕过一支小岭，便是富阳县的境界，大约去程明道的墓地程坟，总也不过一二十里地的间隔。我的去拜谒桐君，瞻仰道观，就在那一天到桐庐的晚上，是淡云微月，正在作雨的时候。

鱼梁渡头，因为夜渡无人，渡船停在东岸的桐君山下。我从旅馆踱了出来，先在离轮埠不远的渡口停立了几分钟。后来向一位来渡口洗夜饭米的年轻少妇，弓身请问了一回，才得

富春山居图　元　黄公望
此图描绘了富春江一带的初秋景色，峰峦坡石，起伏回转，丛松云林，萧瑟苍简，其间村落亭台，渔人扁舟，以及姿态各异的草木树石，景致虽繁，却步步可观。

到了渡江的秘诀。她说："你只须高喊两三声，船自会来的。"先谢了她教我的好意，然后以两手围成了播音的喇叭，"喂，喂，渡船请摇过来！"地纵声一喊，果然在半江的黑影当中，船身摇动了。渐摇渐近，五分钟后，我在渡口，却终于听出了咿呀柔橹的声音。时间似乎已经入了酉时的下刻，小市里的群动，这时候都已经静息，自从渡口的那位少妇，在微茫的夜色里，藏去了她那张白团团的面影之后，我独立在江边，不知不觉心里头却兀自感到了一种他乡日暮的悲哀。渡船到岸，船头上起了几声微微的水浪清音，又铜东的一响，我早已跳上了船，渡船也已经掉过头来了。坐在黑影沉沉的舱里，我起先只在静听着柔橹划水的声音，然后却在黑影里看出了一星船家在吸着的长烟管头上的烟火，最后因为被沉默压迫不过，我只好开口说话了："船家！你这样的渡我过去，该给你几个船钱？"我问。"随你先生把几个就是。"船家的说话冗慢幽长，似乎已经带着些睡意了，我就向袋里摸出了两角钱来。"这两角钱，就算是我的渡船钱，请你候我一会，上山去烧一次夜香，我是依旧要渡过江来的。"船家的回答，只是恩恩乌乌，幽幽同牛叫似的一种鼻音，然而从继这鼻音而起的两三声轻快的咳声听来，他却似已经在感到满足了，因为我也知道，乡间的义渡，船钱最多也不过是两三枚铜子而已。

到了桐君山下，在山影和树影交掩着的崎岖道上，我上岸走不上几步，就被一块乱石绊倒，滑跌了一次。船家似乎也动了恻隐之心了，一句话也不发，跑将上来，他却突然交给了我一盒火柴。我于感谢了一番他的盛意之后，重整步武，再摸上山去，先是必须点一枝火柴走三五步路的，但到得半山，路既就了规律，而微云堆里的半规月色，也朦胧地现出一痕银线来了，所以手里还存着的半盒火柴，就被我藏入了袋里。路是从山的西北，盘曲而上，渐走渐高，半山一到，天也开朗了一点。桐庐县市上的灯火，也星星可数了。更纵目向江心望去，富春江两岸的船上和桐溪合流口停泊着的船尾船头，也看得出一点一点的火来。走过半山，桐君观里的晚祷钟鼓，似乎还没有息尽，耳朵里仿佛听见了几丝木鱼钲钹的残声。走上山顶，先在半途遇着了一道道观外围的女墙，这女墙的栅门，却已经掩上了。在栅门外徘徊了一刻，觉得已经到了此门而不进去，终于是不能满足我这一次暗夜冒险的好奇怪僻的。所以细想了几次，还是决心进去，非进去不可，轻轻用手往里面一推，栅门却呀的一声，早已退向了后方开开了，这门原来是虚掩在那里的。进了栅门，踏着为淡月所映照的石砌平路，向东向南的前走了五六十步，居然走到了道观的大门之外，这两扇朱红漆的大门，不消说是紧闭在那里的。到了此地，我却不想再破门进去了，因为这大门是朝南向着大江开的，门外头是一条一丈来宽的石砌步道，步道的一旁是道观的墙，一旁便是山坡，靠山坡的一面，并且还有一道二尺来高的石墙筑在那里，大约是代替栏杆，防人倾跌下山去的用意，石墙之上，铺的是二三尺宽的青石，在这似石栏又似石凳的墙上，尽可以坐卧游息，饱看桐江和对岸的风景，就是在这里坐它一晚，也很可以，我又何必去打开门来，惊起那些老道的恶梦呢！

空旷的天空里，流涨着的只是些灰白的云，云层缺处，原也看得出半角的天，和一点两点的星，但看起来最饶风趣的，却仍是欲藏还露，将见仍无的那半规月影。这时候江面上似乎起了风，云脚的迁移，更来得迅速了，而低头向江心一看，几多散乱着的船里的灯光，也忽明忽灭地变换了一变换位置。

这道观大门外的景色，真神奇极了。我当十几年前，在放浪的游程里，曾向瓜州京口一带，消磨过不少的时日。那时觉得果然名不虚传的，确是甘露寺外的江山，而现在到了桐庐，昏夜上这桐君山来一看，又觉得这江山之秀而且静，风景的整而不散，却非那天下第一江山的北固山所可与比拟的了。真也难怪得严子陵，难怪得戴征士，倘使我若能在这样的地方结屋读书，颐养天年，那还要什么的高官厚禄，还要什么的浮名虚誉哩？一个人在这桐君观前的石凳上，看看山，看看水，看看城中的灯火和天上的星云，更做做浩无边际的无聊的幻梦，我竟忘记了时刻，忘记了自身，直等到隔江的击柝声传来，向西一看，忽而觉得城中的灯影微茫地减了，才跑也似的走下了山来，渡江奔回了客舍。

第二日侵晨，觉得昨天在桐君观前做过的残梦正还没有续完的时候，窗外面忽而传来了一阵吹角的声音。好梦虽被打破，但因这同吹筚篥似的商音哀咽，却很含着些荒凉的古意，并且晓风残月，杨柳岸边，也正好候船待发，上严陵去；所以心里虽怀着些儿怨恨，但脸上却只现出了一痕微笑，起来梳洗更衣，叫茶房去雇船去。雇好了一只双桨的渔舟，买就了些酒菜鱼米，就在旅馆前面的码头上上了船，轻轻向江心摇出去的时候，东方的云幕中间，已现出了几丝红晕，有八点多钟了。舟师急得厉害，只在埋怨旅馆的茶房，为什么昨晚上不预先告诉，好早一点出发。因为此去就是七里滩头，无风七里，有风七十里，上钓台去玩一趟回来，路程虽则有限，但这几日风雨无常，说不定要走夜路，才回来得了的。

过了桐庐，江心狭窄，浅滩果然多起来了。路上遇着的来往的行舟，数目也是很少，因为早晨吹的角，就是往建德去的快班船的信号，快班船一开，来往于两岸之间的船就不十分多了。两岸全是青青的山，中间是一条清浅的水，有时候过一个沙洲，洲上的桃花菜花，还有许多不晓得名字的白色的花，正在喧闹着春暮，吸引着蜂蝶。我在船头上一口一口的喝着严东关的药酒，指东话西地问着船家，这是什么山，那是什么港，惊叹了半天，称颂了半天，人也觉得倦了，不晓得什么时候，身子却走上了一家水边的酒楼，在和数年不见的几位已经做了党官的朋友高谈阔论。谈论之余，还背诵了一首两三年前曾在同一的情形之下做成的歪诗：

不是尊前爱惜身，
伴狂难免假成真，
曾因酒醉鞭名马，
生怕情多累美人。
劫数东南天作孽，
鸡鸣风雨海扬尘，
悲歌痛哭终无补，
义士纷纷说帝秦。

直到盛筵将散，我酒也不想再喝了，和几位朋友闹得心里各自难堪，连对旁边坐着的两位陪酒的名花都不愿意开口。正在这上下不得的苦闷关头，船家却大声地叫了起来说：

"先生，罗芷过了，钓台就在前面，你醒醒罢，好上山去烧饭吃去。"

擦擦眼睛，整了一整衣服，抬起头来一看，四面的水光山色又忽而变了样子了。清清的一条浅水，比前又窄了几分，四围的山包得格外的紧了，仿佛是前无去路的样子。并且山容峻削，看去觉得格外的瘦格外的高。向天上地下四围看看，只寂寂的看不见一个人类。双桨的摇响，到此似乎也不敢放肆了，钩的一声过后，要好半天才来一个幽幽的回响，静，静，静，身边水上，山下岩头，只沉浸着太古的静，死灭的静，山峡里连飞鸟的影子也看不见半只。前面的所谓钓台山上，只看得见两大个石垒，一间歪斜的亭子，许多纵横芜杂的草木。山腰里的那座祠堂，也只露着些废垣残瓦，屋上面连炊烟都没有一丝半缕，像是好久好久没有人住了的样子。并且天气又来得阴森，早晨曾经露过一露脸的太阳，这时候早已深藏在云堆里了，余下来的只是时有时无从侧面吹来的阴飕飕的半箭儿山风。船靠了山脚，跟着前面背着酒菜鱼米的船夫走上严先生祠堂的时候，我心里真有点害怕，怕在这荒山里要遇见一个干枯苍老得同丝瓜筋似的严先生的鬼魂。

在祠堂西院的客厅里坐定，和严先生的不知第几代的裔孙谈了几句关于年岁水旱的话后，我的心跳也渐渐儿的镇静下去了，嘱托了他以煮饭烧菜的杂务，我和船家就从断碑乱石中间爬上了钓台。

东西两石垒，高各有二三百尺，离江面约两里来远，东西台相去只有一二百步，但其间却夹着一条深谷。立在东台，可以看得出罗芷的人家，回头展望来路，风景似乎散漫一点，而一上谢氏的西台，向西望去，则幽谷里的清景，却绝对的不像是在人间了。我虽则没有到过瑞士，但到了西台，朝西一看，立时就想起了曾在照片上看见过的威廉退儿的祠堂。这四山的幽静，这江水的青蓝，简直同

富春江远眺
以风光旖旎著称于世的富春江，素有"奇山异水、天下独绝"之称。

□ 精美散文

在画片上的珂罗版色彩,一色也没有两样,所不同的就是在这儿的变化更多一点,周围的环境更芜杂不整齐一点而已,但这却是好处,这正是足以代表东方民族性的颓废荒凉的美。

从钓台下来,回到严先生的祠堂——记得这是洪杨以后严州知府戴槃重建的祠堂——西院里饱啖了一顿酒肉,我觉得有点酩酊微醉了。手拿着以火柴柄制成的牙签,走到东面供着严先生神像的龛前,向四面的破壁上一看,翠墨淋漓,题在那里的,竟多是些俗而不雅的过路高官的手笔。最后到了南面的一块白墙头上,在离屋檐不远的一角高处,却看到了我们的一位新近去世的同乡夏灵峰先生的四句似邵尧夫而又略带感慨的诗句。夏灵峰先生虽则只知崇古,不善处今,但是五十年来,像他那样的顽固自尊的亡清遗老,也的确是没有第二个人。比较起现在的那些官迷的南满尚书和东洋宫婢来,他的经术言行,姑且不必去论它,就是以骨头来称称,我想也要比什么罗三郎郑太郎辈,重到好几百倍。慕贤的心一动,熏人臭技自然是难熬了,堆起了几张桌椅,借得了一枝破笔,我也向高墙上在夏灵峰先生的脚后放上了一个陈屁,就是在船舱的梦里,也曾微吟过的那一首歪诗。

从墙头上跳将下来,又向龛前天井去走了一圈,觉得酒后的干喉,有点渴痒了,所以就又走回到了西院,静坐着喝了两碗清茶。在这四大无声,只听见我自己的啾啾喝水的舌音,冲击到那座破院的败壁上去的寂静中间,同惊雷似的一响,院后的竹园里却忽而飞出了一声闲长而又有节奏似的鸡啼的声来。同时在门外面歇着的船家,也走进了院门,高声的对我说:

"先生,我们回去罢,已经是吃点心的时候了,你不听见那只鸡在后山啼么?我们回去罢!"

作者简介

郁达夫(1896~1945),原名郁文,浙江富阳人。1913年赴日留学。1921年与郭沫若在日本发起成立创造社。回国后先后在北京大学、武昌大学、中山大学任教。1927年定居上海,曾参加"左联"。1933年迁居杭州。抗战期间,在南洋从事抗日救亡活动。1945年被日本宪兵杀害于苏门答腊。主要作品有小说《沉沦》《她是一个弱女子》,散文集《达夫游记》等。

郁达夫像

· 美文赏析 ·

《钓台的春昼》是郁达夫游记散文中的名作。郁达夫是一个重于自我表现,长于主观抒情,具有浪漫倾向,饱含热情和忧郁气质的人。所以他的文字偏爱感性,重抒情。不论是尺牍间,小札中,还是履痕处处,记录纪行,满腔深情热血,往往是笔墨未浓但情透纸背,呼之欲出。郁达夫的散文犹如"歌行体",而热情中总充满忧郁颓废。对于家乡富春江,作者是眷恋的,所以写处情浓如血,往往更包含一种对亲情人事的复杂心绪。作者即使对情景人事淡淡道来,也是情文并茂,字里行间跳动着作者那颗真实的心。

故都的秋

郁达夫

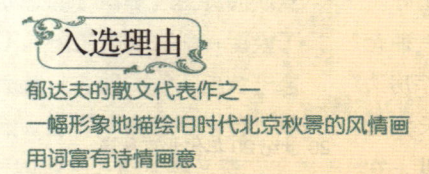

入选理由

郁达夫的散文代表作之一
一幅形象地描绘旧时代北京秋景的风情画
用词富有诗情画意

秋天，无论在什么地方的秋天，总是好的；可是啊，北国的秋，却特别地来得清，来得静，来得悲凉。我的不远千里，要从杭州赶上青岛，更要从青岛赶上北平来的理由，也不过想饱尝一尝这"秋"，这故都的秋味。

江南，秋当然也是有的；但草木凋得慢，空气来得润，天的颜色显得淡，并且又时常多雨而少风；一个人夹在苏州上海杭州，或厦门香港广州的市民中间，混混沌沌地过去，只能感到一点点清凉，秋的味，秋的色，秋的意境与姿态，总看不饱，尝不透，赏玩不到十足。秋并不是名花，也并不是美酒，那一种半开，半醉的状态，在领略秋的过程上，是不合适的。

不逢北国之秋，已将近十余年了。在南方每年到了秋天，总要想起陶然亭的芦花，钓鱼台的柳影，西山的虫唱，玉泉的夜月，潭柘寺的钟声。在北平即使不出门去罢，就是在皇城人海之中，租人家一椽破屋来住着，早晨起来，泡一碗浓茶，向院子一坐，你也能看得到很高很高的碧绿的天色，听得到青天下驯鸽的飞声。从槐树叶底，朝东细数着一丝一丝漏下来的日光，或在破壁腰中，静对着像喇叭似的牵牛花（朝荣）的蓝朵，自然而然地也能够感觉到十分的秋意。说到了牵牛花，我以为以蓝色或白色者为佳，紫黑色次之，淡红色最下。最好，还要在牵牛花底，教长着几根疏疏落落的尖细且长的秋草，使作陪衬。

北国的槐树，也是一种能使人联想起秋来的点缀。像花而又不是花的那一种落蕊，早晨起来，会铺得满地。脚踏上去，声音也没有，气味也没有，只能感出一点点极微细极柔软的触觉。扫街的在树影下一阵扫后，灰土上留下来的一条条扫帚的丝纹，看起来既觉得细腻，又觉得清闲，潜意识下并且还觉得有点儿落寞，古人所说的梧桐一叶而天下知秋的遥想，大约也就在这些深沉的地方。

秋蝉的衰弱的残声，更是北国的特产；因为北平处处全长着树，屋子又低，所以无论在什么地方，都听得见它们的啼唱。在南方是非要上郊外或山上去才听得到的。这秋蝉的嘶叫，在北平可和蟋蟀耗子一样，简直象是家家户户都养在家里的家虫。

还有秋雨哩，北方的秋雨，也似乎比南方的下得奇，下得有味，下得象样。

在灰沉沉的天底下，忽而来一阵凉风，便息列索落地下起雨来了。一层雨过，云渐渐地卷向了西去，天又青了，太阳又露出脸来了；著着很厚的青布单衣或夹袄的都市闲人，咬着烟管，在雨后的斜桥影里，上桥头树底下去一立，遇见熟人，便会用了缓慢悠闲的声调，微叹着互答着地说：

"唉，天可真凉了——"（这"了"字念得很高，拖得很长。）

"可不是么？一层秋雨一层凉了！"

北方人念阵字，总老象是层字，平平仄仄起来，这念错的歧韵，倒来得正好。

北方的果树，到秋来，也是一种奇景。第一是枣子树；屋角，墙头，茅房边上，灶房门口，它都会一株株地长大起来。像橄榄又像鸽蛋似的这枣子颗儿，在小椭圆形的细叶中间，显出淡绿微黄的颜色的时候，正是秋的全盛时期；等枣树叶落，枣子红完，西北风就要起来了，北方便是尘沙灰土的世界，只有这枣子、柿子、葡萄，成熟到八九分的七八月之交，是北国的清秋的佳日，是一年之中最好也没有的 Golden Days。

有些批评家说，中国的文人学士，尤其是诗人，都带着很浓厚的颓废色彩，所以中国的诗文里，颂赞秋的文字特别的多。但外国的诗人，又何尝不然？我虽则外国诗文念得不多，也不想开出账来，做一篇秋的诗歌散文钞，但你若去一翻英德法意等诗人的集子，或各国的诗文的 Anthology 来，总能够看到许多关于秋的歌颂与悲啼。各著名的大诗人的长篇田园诗或四季诗里，也总以关于秋的部分，写得最出色而最有味。足见有感觉的动物，有情趣的人类，对于秋，总是一样的能特别引起深沉，幽远，严厉，萧索的感触来的。不单是诗人，就是被关闭在牢狱里的囚犯，到了秋天，我想也一定会感到一种不能自己的深情；秋之于人，何尝有国别，更何尝有人种阶级的区别呢？不过在中国，文字里有一个"秋士"的成语，读本里又有着很普遍的欧阳子的《秋声》与苏东坡的《赤壁赋》等，就觉得中国的文人，与秋的关系特别深了。可是这秋的深味，尤其是中国的秋的深味，非要在北方，才感受得到底。

南国之秋，当然是也有它的特异的地方的，比如廿四桥的明月，钱塘江的秋潮，普陀山的凉雾，荔枝湾的残荷等等，可是色彩不浓，回味不永。比起北国的秋来，正像是黄酒之与白干，稀饭之与馍馍，鲈鱼之与大蟹，黄犬之与骆驼。

秋天，这北国的秋天，若留得住的话，我愿把寿命的三分之二折去，换得一个三分之一的零头。

· 美文赏析 ·

《故都的秋》写于1934年8月。郁达夫对北京的秋有一种浓厚的情结，他写作此文时，特地从杭州赶到北京（当时称北平），以饱览一番"特别地来得清，来得静，来得悲凉"的故都北平的秋味。他用了一系列富有诗情画意的词语：芦花、柳影、虫唱、夜月、钟声、天色、驯鸽飞声、日光、牵牛花、槐树、秋蝉、秋雨、都市闲人、枣树、枣子、柿子、葡萄等，清晰形象地勾勒出了故都秋的景象、色调、意境和味道。作者交替运用总写、分写、描写、叙述、议论、抒情、直接、间接等手法，淋漓尽致、神韵活现地构织了一幅"故都的秋"的水墨风情画，使人回味无穷，浮想联翩，堪称一篇写秋的千古妙文！

风景谈

茅盾

入选理由

茅盾的散文代表作之一
生动刻画了抗战时期延安军民的生活
收入中学课本

　　前夜看了《塞上风云》的预告片，便又回忆起猩猩峡外的沙漠来了。那还不能被称为"戈壁"，那在普通地图上，还不过是无名的小点，但是人类的肉眼已经不能望到它的边际，如果在中午阳光正射的时候，那单纯而强烈的返光会使你的眼睛不舒服？没有隆起的沙丘，也不见有半间泥房，四顾只是茫茫一片，那样的平坦，连一个"坎儿井"也找不到；那样的纯然一色，即使偶尔有些驼马的枯骨，它那微小的白光，也早溶入了周围的苍茫，又是那样的寂静，似乎只有热空气在作哄哄的火响。然而，你不能说，这里就没有"风景"。当地平线上出现了第一个黑点，当更多的黑点成为线，成为队，而且当微风把铃铛的柔声，丁当，丁当，送到你的耳鼓，而最后，当那些昂然高步的骆驼，排成整齐的方阵，安详然而坚定地愈行愈近，当骆驼队中领队驼所掌的那一杆长方形猩红大旗耀入你眼帘，而且大小丁当的谐和的合奏充满了你耳管，——这时间，也许你不出声，但是你的心里会涌上了这样的感想的：多么庄严，多么妩媚呀！这里是大自然的最单调最平板的一面，然而加上了人的活动，就完全改观，难道这不是"风景"吗？自然是伟大的，然而人类更伟大。

　　于是我又回忆起另一个画面，这就在所谓"黄土高原"！那边的山多数是秃顶的，然而层层的梯田，将秃顶装扮成稀稀落落有些黄毛的癞头，特别是那些高秆植物颀长而整齐，等待检阅的队伍似的，在晚风中摇曳，别有一种惹人怜爱的姿态。可是更妙的是三五月明之夜，天是那样的蓝，几乎透明似的，月亮离山顶，似乎不过几尺，远看山顶的谷子丛密挺立，宛如人头上的怒发，这时候忽然从山脊上长出两支牛角来，随即牛的全身也出现，掮着犁的人形也出现，并不多，只有三两个，也许还跟着个小孩，他们姗姗而下，在蓝的天，黑的山，银色的月光的背景上，成就了一幅剪影，如果给田园诗人见了，必将赞叹为绝妙的题材。可是没有完。这几位晚归的种地人，还把他们那粗朴的短歌，用愉快的旋律，从山顶上飘下来，直到他们没入了山坳，依旧只有蓝天明月黑漆漆的山，歌声可是缭绕不散。

　　另一个时间。另一个场面。夕阳在山，干坼的黄土正吐出它在一天内所吸收的热，河水汤汤急流，似乎能把浅浅河床中的鹅卵石都冲走了似的。这时候，沿河的山坳里有一队人，从"生产"归来，兴奋的谈话中，至少有七八种不同的方音。忽然间，他们

《塞上风云》剧照

又用同一的音调，唱起雄壮的歌曲来了，他们的爽朗的笑声，落到水上，使得河水也似在笑。看他们的手，这是惯拿调色板的，那是昨天还拉着提琴的弓子伴奏着《生产曲》的，这是经常不离木刻刀的，那又是洋洋洒洒下笔如有神的，但现在，一律都被锄锹的木柄磨起了老茧了。他们在山坡下，被另一群所迎住。这里正燃起熊熊的野火，多少曾调朱弄粉的手儿，已经将金黄的小米饭，翠绿的油菜，准备齐全。这时候，太阳已经下山，却将它的余晖幻成了满天的彩霞，河水喧哗得更响了，跌在石上的便喷出了雪白的泡沫，人们把沾着黄土的脚伸在水里，任它冲刷，或者掬起水来，洗一把脸。在背山面水这样一个所在，静穆的自然和弥满着生命力的人，就织成了美妙的图画。

在这里，蓝天明月，秃顶的山，单调的黄土，浅滩的水，似乎都是最恰当不过的背景，无可更换。自然是伟大的，人类是伟大的，然而充满了崇高精神的人类的活动，乃是伟大中之尤其伟大者！

我们都曾见过西装革履烫发旗袍高跟鞋的一对儿，在公园的角落，绿荫下长椅上，悄悄儿说话，但是试想一想，如果在一个下雨天，你经过一边是黄褐色的浊水，一边是怪石峭壁的崖岸，马蹄很小心地探入泥浆里，有时还不免打了一下跌撞，四面是静寂灰黄，没有一般所谓的生动鲜艳，然而，你忽然抬头看见高高的山壁上有几个天然的石洞，三层楼的亭子间似的，一对人儿促膝而坐，只凭剪发式样的不同，你方能辨认出一个是女的，他们被雨赶到了那里，大概聊天也聊够了，现在是摊开着一本札记簿，头凑在一处，一同在看，——试想一想，这样一个场面到了你眼前时，总该和在什么公园里看见了长椅上有一对儿在偎倚低语，颇有点味儿不同罢！如果在公园时你一眼瞥见，首先第一会是"这里有一对恋人"，那么，此时此际，倒是先感到那样一个沉闷的雨天，寂寞的荒山，原始的石洞，安上这么两个人，是一个"奇迹"，使大自然顿时生色！他们之是否恋人，落在问题之外。你所见的，是两个生命力旺盛的人，是两个清楚明白生活意义的人，在任何情形之下，他们不倦息，也不会百无聊赖，更不至于从胡闹中求刺激，他们能够在任何情况之下，拿出他们那一套来，怡然自得。但是什么能使他们这样呢？

不过仍旧回到"风景"罢；在这里，人依然是"风景"的构成者，没有了人，还有什么可以称道的？再者，如果不是内生活极其充满的人作为这里的主宰，那又有什么值得怀念？

再有一个例子：如果你同意，二三十棵桃树可以称为林，那么这里要说的，正是这样一个桃林。花时已过，现在绿叶满株，却没有一个桃子。半爿旧石磨，是最漂亮的圆桌面，几尺断碑，或是一截旧阶石，那又是难得的几案。现成的大小石块作为凳子，——而这样的石凳也还是以奢侈品的姿态出现。这些怪样的家具之所以成为必要，是因为这里有一个茶社。桃林前面，有老百姓种的荞麦，也有大麻和玉米这一类高秆植物。荞麦正当开花，远望去就像一张粉红色的地毯，大麻和玉米就像是屏风，靠着地毯的边缘。太阳光从树叶的空隙落下来，在泥地上，石家具上，一抹一抹的金黄色。偶尔也听得有草虫在叫，带住在林边树上的马儿伸长了脖子就树干搔痒，也许是乐了，便长嘶起来。"这就不坏！"你也许要这样说。可不是，这里是有一般所谓"风景"的一些条件的！然而，未必尽然。在高原的强烈阳光下，人们喜欢把这一片树荫作为户外的休息地点，因而添上了什么茶社，这是这个"风景区"成立的因缘，但如果把那二三十棵桃树，半爿磨石，几尺断碣，还有荞麦和大麻玉米，这些其实到处可遇的东西，看成了此所谓风景区的主要条件，那或者是会贻笑大方的。中国之大，比这美得多的所谓风景区，数也数不完，这个值得什么？所以应当从另一方面去看。现在请你坐下，来一杯清茶，两毛钱的枣子，也作一次桃园的茶客罢。如果你愿意先看女的，好，那边就有三四个，大概其中有一位刚接到家里寄给她的一点钱，今天来请请同伴。那边又有几位，也围着一个石桌子，但只把随身带来的书籍代替了枣子和茶了。更有两位虎头虎脑的青年，他们走过"天下最难走的路"，现在却静静地坐着，温雅得和闺女一般。男女混合的一群，有坐的，也有蹲的，争论着一个哲学上的问题，时时哗然大笑，就在他们近边，长石条上躺着一位，一本书掩住了脸。这就够了，不用再多看。总之，这里有特别的氛围，但并不古怪。人们来这里，只为恢复工作后的疲劳，随便喝点，要是袋里有钱；或不喝，随便谈谈天；在有闲的只想找一点什么来消磨时间的人们看来，这里坐的不舒服，吃的喝的也太粗糙简单，也没有什么可以供赏玩，至多来一次，第二次保管厌倦。但是不知道消磨时间为何物的人们却把这一片简陋的绿荫看得很可爱，因此，这桃林就很出名了。

因此，这里的"风景"也就值得留恋，人类的高贵精神的辐射，填补了自然界的贫乏，增添了景色，形式的和内容的。人创造了第二自然！

最后一段回忆是五月的北国。清晨，窗纸微微透白，万籁俱静，嘹亮的喇叭声，破空而来。我忽然想起了白天在一本贴照簿上所见的第一张，银白色的背景前一个淡黑的侧影，一个号兵举起了喇叭在吹，严肃、坚决、勇敢和高度的警觉，都表现在小号兵的挺直的胸膛和高高的眉棱上边。我赞美这摄影家的艺术，我回味着，我从当前的喇叭声中也听出了严肃、坚决、勇敢和高度的警觉来，于是我披衣出去，打算看一看。空气非常清冽，朝霞笼住了左面的山，我看见山峰上的小号兵了。霞光射住他，只觉得他的额角异常发亮，然而，使我惊叹叫出声来的，是离他不远有一位荷枪的战士，面向着东方，严肃地站在那里，犹如雕像一般。晨风吹着喇叭的红绸子，只这是动的，战士枪尖的刺刀闪着寒光，在粉红的霞色中，只这是刚性的。我看得呆了，我仿佛看见了民族的精神化身而为他们两个。

如果你也当它是"风景"，那便是真的风景，是伟大中之最伟大者！

作者简介

茅盾（1896～1981），原名沈德鸿，字雁冰，浙江桐乡人。1916年毕业于北京大学预科班。此后历任上海商务印书馆编辑、《小说月报》主编、《民国日报》主编，为文学研究会发起人之一。1930年加入左翼作家联盟。中华人民共和国成立后历任文化部长、中国作协主席等职。主要作品有长篇小说《子夜》，中篇小说《蚀》（三部曲），短篇小说《春蚕》《林家铺子》等。

·美文赏析·

《风景谈》是一篇意境优美的散文，文章表达了作者在黄土高原的见闻。文章开篇不凡，从一部抗日影片《塞上风云》谈起，将读者带入抗日战争的氛围。接着作者别具匠心地运用类似电影蒙太奇手法，不断转换角度，一连推出了黄土高原上充满诗情画意的镜头与画面，先是高原"月夜下山"与"生产归来"两幅晚归图，接着是延安"石洞避雨"和"桃园小憩"两幅风情画，最后是照片中"号兵吹号"和自己亲眼所见的"哨兵放哨"两个镜头的叠加。每组画面之间，用"自然是伟大的，然而人类更伟大"这一类似的句子作联缀，使所有的风景构成了一个和谐的有机整体，毫无散漫之感，同时深化了主题：名为"谈风景"，实为"赞人类"，讴歌那些在黄土高原上劳动和战斗着的人们。

□ 精美散文

我所知道的康桥

徐志摩

入选理由
徐志摩的散文代表作
一首饱含深情、充满诗情画意的康桥回忆梦幻曲
文采华丽，用词丽而不俗，富于节奏感和韵律感

一

　　我这一生的周折，大都寻得出感情的线索。不论别的，单说求学。我到英国是为要从罗素。罗素来中国时，我已经在美国。他那不确的死耗传到的时候，我真的出眼泪不够，还做悼诗来了。他没有死，我自然高兴。我摆脱了哥伦比亚大学博士衔的引诱，买船票漂过大西洋，想跟这位二十世纪的福禄泰尔[①]认真念一点书去。谁知一到英国才知道事情变样了：一为他在战时主张和平，二为他离婚，罗素叫康桥[②]给除名了，他原来是 Trinity College 的 Fellow[③]，这一来他的 Fellowship 也给取消了。他回英国后就在伦敦住下，夫妻两人卖文章过日子。因此我也不曾遂我从学的始愿。我在伦敦政治经济学院里混了半年，正感着闷想换路走的时候，我认识了狄更生先生。狄更生——Goldsworthy Lowes Dickinson——是一个有名的作者，他的《一个中国人通信》（Letters from John Chinaman）与《一个现代聚餐谈话》（A Modern Symposium）两本小册子早得了我的景仰。我第一次会着他是在伦敦国际联盟协会席上，那天林宗孟先生演说，他做主席；第二次是宗孟寓里吃茶，有他，以后我常到他家里去。他看出我的烦闷，劝我到康桥去，他自己是王家学院（King's College）的 Fellow。我就写信去问两个学院，回信都说学额早满了，随后还是狄更生先生替我去在他的学院里说好了，给我一个特别生的资格，随意选科听讲。从此黑方巾、黑披袍的风光也被我占着了。初起我在离康桥六英里的乡下叫沙士顿地方租了几间小屋住下，同居的有我从前的夫人张幼仪女士与郭虞裳君。每天一早我坐街车（有时骑自行车）上学，到晚回家。这样的生活过了一个春，但我在康桥还只是个陌生人，谁都不认识，康桥的生活，可以说完全不曾尝着，我知道的只是一个图书馆，几个课室，和三两个吃便宜饭的茶食铺子。狄更生常在伦敦或是大陆上，所以也不常见他。那年的秋季我一个人回到康桥，整整有一学年，那时我才有机会接近真正的康桥生活，同时我也慢慢的"发现"了康桥。我不曾知道过更大的愉快。

---

① 通译伏尔泰。
② 通译剑桥。
③ 即三一学院的评议员。

二

"单独"是一个耐寻味的现象。我有时想它是任何发见的第一个条件。你要发见你的朋友的"真",你得有与他单独的机会。你要发见你自己的真,你得给你自己一个单独的机会。你要发见一个地方(地方一样有灵性),你也得有单独玩的机会。我们这一辈子,认真说,能认识几个人?能认识几个地方?我们都是太匆忙,太没有单独的机会。说实话,我连我的本乡都没有什么了解。康桥我要算是有相当交情的,再次许只有新认识的翡冷翠[①]了。啊,那些清晨,那些黄昏,我一个人发痴似的在康桥!绝对的单独。

但一个人要写他最心爱的对象,不论是人是地,是多么使他为难的一个工作?你怕,你怕描坏了它,你怕说过分了恼了它,你怕说太谨慎了辜负了它。我现在想写康桥,也正是这样的心理,我不曾写,我就知道这回是写不好的——况且又是临时逼出来的事情。但我却不能不写,上期预告已经出去了。我想勉强分两节写,一是我所知道的康桥的天然景色;一是我所知道的康桥的学生生活。我今晚只能极简的写些,等以后有兴会时再补。

三

康桥的灵性全在一条河上;康河,我敢说,是全世界最秀丽的一条水。河的名字是葛兰大(Granta),也有叫康河(River Cam)的,许有上下流的区别,我不甚清楚。河身多的是曲折,上游是有名的拜伦潭——"Byron's Pool"——当年拜伦常在那里玩的;有一个老村子叫格兰骞斯德,有一个果子园,你可以躺在累累的桃李树荫下吃茶,花果会掉入你的茶杯,小雀子会到你桌上来啄食,那真是别有一番天地。这是上游。下游是从骞斯德顿下去,河面展开,那是春夏间竞舟的场所。上下河分界处有一个坝筑,水流急得很,在星光下听水声,听近村晚钟声,听河畔倦牛刍草声,是我康桥经验中最神秘的一种:大自然的优美,宁静,调谐在这星光与波光的默契中不期然的淹入了你的性灵。

但康河的精华是在它的中游,著名的"Backs",这两岸是几个最蜚声的学院的建筑。从上面下来是 Pembroke, St. Katharine's, King's, Clare, Trinity, St. John's。最令人留连的一节是克莱亚与王家学院的毗连处,克莱亚的秀丽紧邻着王家教堂(King's Chapel)的宏伟。别的地方尽有更美更庄严的建筑,例如巴黎赛因河的罗浮宫一带,威尼斯的利阿尔多大桥的两岸,翡冷翠维基乌大桥的周遭。但康桥的"Backs"自有它的特长,这不容易用一二个状词来概括,它那脱尽尘埃气的一种清澈秀逸的意境可说是超出了画图而化生了音乐的神味。再没有比这一群建筑更调谐更匀称的了!论画,可比的许只有柯罗

撑一支长篙,向康河河心的青草处漫溯,以体验一下徐志摩笔下的剑桥风情。

---

① 通译佛罗伦萨。

□ 精美散文

（Corot）的田野；论音乐，可比的许只有萧班①（Chopin）的夜曲。就这也不能给你依稀的印象，它给你的美感简直是神灵性的一种。

假如你站在王家学院桥边的那棵大椈树荫下眺望，右侧面，隔着一大方浅草坪，是我们的校友居（Fellows Building），那年代并不早，但它的妩媚也是不可掩的，它那苍白的石壁上春夏间满缀着艳色的蔷薇在和风中摇颤，更移左是那教堂，森林似的尖阁不可渎的永远直指着天空；更左是克莱亚，啊！那不可信的玲珑的方庭，谁说这不是圣克莱亚（St. Clare）的化身，哪一块石上不闪耀着她当年圣洁的精神？在克莱亚后背隐约可辨的是康桥最华贵最骄纵的三清学院（Trinity），它那临河的图书楼上坐镇着拜伦神采惊人的雕像。

但这时你的注意早已叫克莱亚的三环洞桥魔术似的摄住。你见过西湖白堤上的西泠断桥不是？（可怜它们早已叫代表近代丑恶精神的汽车公司给踩平了，现在它们跟着苍凉的雷峰永远辞别了人间。）你忘不了那桥上斑驳的苍苔，木栅的古色，与那桥拱下泄露的湖光与山色不是？克莱亚并没有那样体面的衬托，它也不比庐山栖贤寺旁的观音桥，上瞰五老的奇峰，下临深潭与飞瀑；它只是怯伶伶的一座三环洞的小桥，它那桥洞间也只掩映着细纹的波鳞与婆娑的树影，它那桥上栉比的小穿阑与阑节顶上双双的白石球，也只是村姑子头上不夸张的香草与野花一类的装饰；但你凝神的看着，更凝神的看着，你再反省你的心境，看还有一丝屑的俗念沾滞不？只要你审美的本能不曾泯灭时，这是你的机会实现纯粹美感的神奇！

但你还得选你赏鉴的时辰。英国的天时与气候是走极端的。冬天是荒谬的坏，逢着连绵的雾盲天你一定不迟疑的甘愿进地狱本身去试试；春天（英国是几乎没有夏天的）是更荒谬的可爱，尤其是它那四五月间最渐缓最艳丽的黄昏，那才真是寸寸黄金。在康河边上过一个黄昏是一服灵魂的补剂。啊！我那时蜜甜的单独，那时蜜甜的闲暇。一晚又一晚的，只见我出神似的倚在桥阑上向西天凝望：

看一回凝静的桥影，
数一数螺钿的波纹；
我倚暖了石阑的青苔，
青苔凉透了我的心坎；
……

还有几句更笨重的怎能仿佛那游丝似轻妙的情景：
难忘七月的黄昏，远树凝寂，
像墨泼的山形，衬出轻柔暝色，
密稠稠，七分鹅黄，三分橘绿，
那妙意只可去秋梦边缘捕捉……

四

这河身的两岸都是四季常青最葱翠的草坪。从校友居的楼上望去，对岸草场上，不论早晚，永远有十数匹黄牛与白马，胫蹄没在恣蔓的草丛中，从容的在咬嚼，星星的黄花在风中动荡，

---

① 通译肖邦。

34

应和着它们尾鬃的扫拂。桥的两端有斜倚的垂柳与荫护住。水是澈底的清澄,深不足四尺,匀匀的长着长条的水草。这岸边的草坪又是我的爱宠,在清明,在傍晚,我常去这天然的织锦上坐地,有时读书,有时看水;有时仰卧着看天空的行云,有时反仆着搂抱大地的温软。

但河上的风流还不止两岸的秀丽。你得买船去玩。船不止一种:有普通的双桨划船,有轻快的薄皮舟(Canoe),有最别致的长形撑篙船(Punt)。最末的一种是别处不常有的:约莫有二丈长,三尺宽,你站直在船梢上用长竿撑着走的。这撑是一种技术。我手脚太蠢,始终不曾学会。你初起手尝试时,容易把船身横住在河中,东颠西撞的狼狈。英国人是不轻易开口笑人的,但是小心他们不出声的皱眉!也不知有多少次河中本来优闲的秩序叫我这莽撞的外行给搞乱了。我真的始终不曾学会;每回我不服输跑去租船再试的时候,有一个白胡子的船家往往带讥讽的对我说:"先生,这撑船费劲,天热累人,还是拿个薄皮舟溜溜吧!"我哪里肯听,长篙子一点就把船撑了开去,结果还是把河身一段段的腰斩了去!

你站在桥上去看人家撑,那多不费劲,多美!尤其在礼拜天有几个专家的女郎,穿一身缟素衣服,裙裾在风前悠悠的飘着,戴一顶宽边的薄纱帽,帽影在水草间颤动,你看她们出桥洞时的姿态,捻起一根竟像没有分量的长竿,只轻轻的,不经心的往波心里一点,身子微微的一蹲,这船身便波的转出了桥影,翠条鱼似的向前滑了去。她们那敏捷,那闲暇,那轻盈,真是值得歌咏的。

在初夏阳光渐暖时你去买一只小船,划去桥边荫下躺着念你的书或是做你的梦,槐花香在水面上飘浮,鱼群的唼喋声在你的耳边挑逗。或是在初秋的黄昏,近着新月的寒光,望上流僻静处远去。爱热闹的少年们携着他们的女友,在船沿上支着双双的东洋彩纸灯,带着话匣子,船心里用软垫铺着,也开向无人迹处去享他们的野福——谁不爱听那水底翻的音乐在静定的河上描写梦意与春光!

住惯城市的人不易知道季候的变迁。看见叶子掉知道是秋,看见叶子绿知道是春;天冷了装炉子,天热了拆炉子;脱下棉袍,换上夹袍,脱下夹袍,穿上单袍,不过如此罢了。天上星斗的消息,地下泥土里的消息,空中风吹的消息,都不关我们的事。忙着哪,这样那样事情多着,谁耐烦管星星的移转,花草的消长,风云的变幻?同时我们抱怨我们的生活,苦痛,烦闷,拘束,枯燥,谁肯承认做人是快乐?谁不多少间咒诅人生?

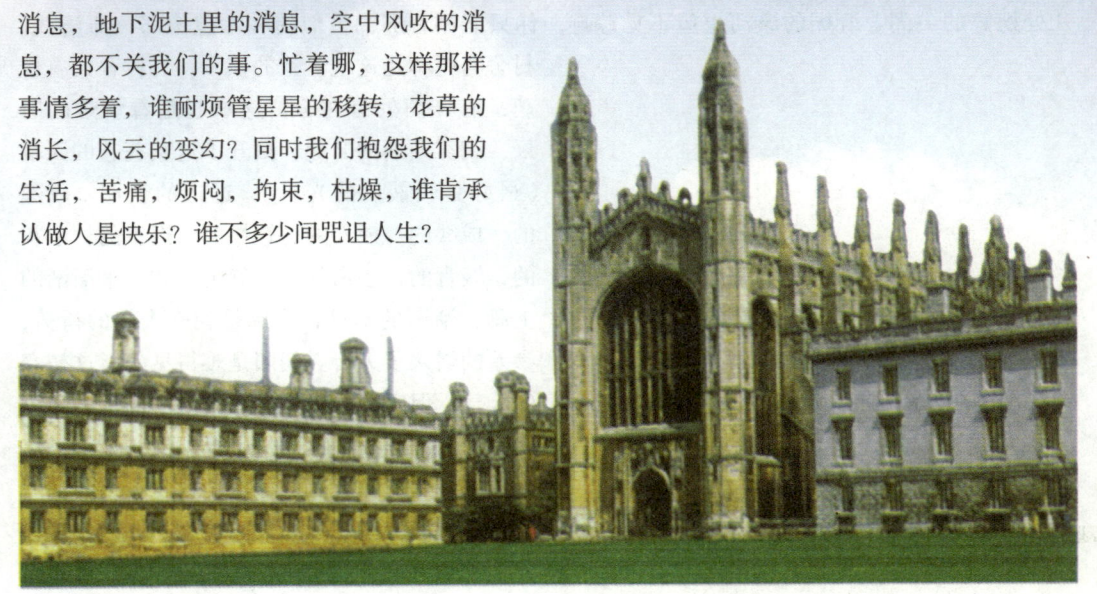

但不满意的生活大都是由于自取的。我是一个生命的信仰者，我信生活决不是我们大多数人仅仅从自身经验推得的那样暗惨。我们的病根是在"忘本"。人是自然的产儿，就比枝头的花与鸟是自然的产儿；但我们不幸是文明人，入世深似一天，离自然远似一天。离开了泥土的花草，离开了水的鱼，能快活吗？能生存吗？从大自然，我们取得我们的生命；从大自然，我们应分取得我们继续的资养。哪一株婆娑的大木没有盘错的根柢深入在无尽藏的地里？我们是永远不能独立的。有幸福是永远不离母亲抚育的孩子，有健康是永远接近自然的人们。不必一定与鹿豕游，不必一定回"洞府"去；为医治我们当前生活的枯窘，只要"不完全遗忘自然"一张轻淡的药方，我们的病象就有缓和的希望。在青草里打几个滚，到海水里洗几次浴，到高处去看几次朝霞与晚照——你肩背上的负担就会轻松了去的。

这是极肤浅的道理，当然。但我要没有过过康桥的日子，我就不会有这样的自信。我这一辈子就只那一春，说也可怜，算是不曾虚度。就只那一春，我的生活是自然的，是真愉快的！（虽则碰巧那也是我最感受人生痛苦的时期。）我那时有的是闲暇，有的是自由，有的是绝对单独的机会。说也奇怪，竟像是第一次，我辨认了星月的光明，草的青，花的香，流水的殷勤。我能忘记那初春的睥睨吗？曾经有多少个清晨我独自冒着冷薄霜铺地的林子里闲步——为听鸟语，为盼朝阳，为寻泥土里渐次苏醒的花草，为体会最微细最神妙的春信。啊，那是新来的画眉在那边涧不尽的青枝上试它的新声！啊，这是第一朵小雪球花挣出了半冻的地面！啊，这不是新来的潮润沾上了寂寞的柳条？

静极了，这朝来水溶溶的大道，只远处牛奶车的铃声，点缀这周遭的沉默。顺着这大道走去，走到尽头，再转入林子里的小径，往烟雾浓密处走去，头顶是交枝的榆荫，透露着漠楞楞的曙色；再往前走去，走尽这林子，当前是平坦的原野，望见了村舍，初青的麦田，更远三两个馒形的小山掩住了一条通道。天边是雾茫茫的，尖尖的黑影是近村的教寺。听，那晓钟和缓的清音。这一带是此邦中部的平原，地形像是海里的轻波，默沉沉的起伏；山岭是望不见的，有的是常青的草原与沃腴的田壤。登那土阜上望去，康桥只是一带茂林，拥戴着几处娉婷的尖阁。妩媚的康河也望不见踪迹，你只能循着那锦带似的林木想像那一流清浅。

村舍与树林是这地盘上的棋子，有村舍处有佳荫，有佳荫处有村舍。这早起是看炊烟的时辰：朝雾渐渐的升起，揭开了这灰苍苍的天幕（最好是微霭后的光景），远近的炊烟，成丝的，成缕的，成卷的，轻快的，迟重的，浓灰的，淡青的，惨白的，在静定的朝气里渐渐的上腾，渐渐的不见，仿佛是朝来人们的祈祷，参差的翳入了天听。朝阳是难得见的，这初春的天气。但它来时是起早人莫大的愉快。顷刻间这田野添深了颜色，一层轻纱似的金粉糁上了这草，这树，这通道，这庄舍。顷刻间这周遭弥漫了清晨富丽的温柔。顷刻间你的心怀也分润了白天诞生的光荣。"春！"这胜利的晴

剑桥一景
徐志摩在英国剑桥大学留学期间，经常流连于校园的美景中，最终引发了他的诗人气质，奠定了其作为新月派诗人代表人物的基础。

空仿佛在你的耳边私语。"春！"你那快活的灵魂也仿佛在那里回响。

伺候着河上的风光，这春来一天有一天的消息。关心石上的苔痕，关心败草里的花鲜，关心这水流的缓急，关心水草的滋长，关心天上的云霞，关心新来的鸟语。怯伶伶的小雪球是探春信的小使。铃兰与香草是欢喜的初声。窈窕的莲馨，玲珑的石水仙，爱热闹的克罗克斯，耐辛苦的蒲公英与雏菊——这时候春光已是烂缦在人间，更不须殷勤问讯。

瑰丽的春放。这是你野游的时期。可爱的路政，这里不比中国，哪一处不是坦荡荡的大道？徒步是一个愉快，但骑自转车是一个更大的愉快。在康桥骑车是普遍的技术；妇人，稚子，老翁，一致享受这双轮舞的快乐（在康桥听说自转车是不怕人偷的，就为人人都自己有车，没人要偷）。任你选一个方向，任你上一条通道，顺着这带草味的和风，放轮远去，保管你这半天的逍遥是你性灵的补剂。这道上有的是清荫与美草，随地都可以供你休憩。你如爱花，这里多的是锦绣似的草原。你如爱鸟，这里多的是巧啭的鸣禽。你如爱儿童，这乡间到处是可亲的稚子。你如爱人情，这里多的是不嫌远客的乡人，你到处可以"挂单"借宿，有酪浆与嫩薯供你饱餐，有夺目的果鲜恣你尝新。你如爱酒，这乡间每"望"都为你储有上好的新酿，黑啤如太浓，苹果酒、姜酒都是供你解渴润肺的……带一卷书，走十里路，选一块清静地，看天，听鸟，读书，倦了时，和身在草绵绵处寻梦去——你能想象更适情更适性的消遣吗？

陆放翁有一联诗句："传呼快马迎新月，却上轻舆趁晚凉"，这是做地方官的风流。我在康桥时虽没马骑，没轿子坐，却也有我的风流：我常常在夕阳西晒时骑了车迎着天边扁大的日头直追。日头是追不到的，我没有夸父的荒诞，但晚景的温存却被我这样偷尝了不少。有三两幅画图似的经验至今还是栩栩的留着。只说看夕阳，我们平常只知道登山或是临海，但实际只须辽阔的天际，平地上的晚霞有时也是一样的神奇。有一次我赶到一个地方，手把着

37

□ 精美散文

一家村庄的篱笆,隔着一大田的麦浪,看西天的变幻。有一次是正冲着一条宽广的大道,过来一大群羊,放草归来的,偌大的太阳在它们后背放射着万缕的金辉,天上却是乌青青的,只剩这不可逼视的威光中的一条大路,一群生物!我心头顿时感着神异性的压迫,我真的跪下了,对着这冉冉渐瞥的金光。再有一次是更不可忘的奇景,那是临着一大片望不到头的草原,满开着艳红的罂粟,在青草里亭亭的像是万盏的金灯,阳光从褐色云里斜着过来,幻成一种异样的紫色,透明似的不可逼视,刹那间在我迷眩了的视觉中,这草田变成了……不说也罢,说来你们也是不信的!

一别二年多了,康桥,谁知我这思乡的隐忧?也不想别的,我只要那晚钟撼动的黄昏,没遮拦的田野,独自斜倚在软草里,看第一个大星在天边出现!

作者简介

徐志摩(1896~1931),浙江海宁人,著名诗人、散文家。1918年赴美,先后在克拉克大学、哥伦比亚大学学习。1920年赴英,次年入剑桥大学学习。1922年回国后先后在北大、清华、南京中央大学任教。1923年发起成立新月社,为"新月派"主要诗人,先后主编北京《晨报》副刊和上海《新月》月刊。1931年11月19日因飞机失事遇难。其主要作品有诗集《志摩的诗》《翡冷翠的一夜》,散文《翡冷翠山居闲话》《我所知道的康桥》等。

徐志摩像

· 美文赏析 ·

康桥(即剑桥)是徐志摩一生中最难忘的地方。徐志摩青年时目睹中国军阀统治的政治腐败,社会黑暗,决心出国寻求救国救民之道。1918年他赴美国克拉克大学攻读社会学。1920年他到伦敦,次年入英国剑桥大学,住在康桥。由于康桥美妙的自然风光,引发了徐志摩的诗人气质,奠定了他以后作为一位诗人的文学道路基础。因此,徐志摩对康桥有着特殊的感情、难忘的眷恋,并将这种情绪发之于诗文,佳作迭出。《我所知道的康桥》即是作者初别康桥两年多后的回忆性散文,文章写于1926年1月。在文章中,作者用诗一般的语言谱写了关于康桥的回忆梦幻曲——富有灵性的康河、堂皇典丽的学院建筑、超凡脱俗的克莱亚三环洞桥、风情万种的康河之春……全文恣肆汪洋,散漫无羁,如同"跑野马",但形散而神不散,丝毫不显杂乱无章。文章文采华丽,用词丽而不俗,长短句交替运用,时而开门见山,时而回廊九曲,时而腾达,时而沉落,富于强烈的节奏感和韵律感,把遥不可及的康桥活灵活现、神韵毕足地展现在读者面前。这充分显示了作者的诗人气质,驾驭语言的天分才华。

背影

朱自清

入选理由
朱自清的散文代表作之一
中国现代文学史上抒写亲情的典范之作
文字简练素淡，叙述恳切自然

　　我与父亲不相见已二年余了，我最不能忘记的是他的背影。

　　那年冬天，祖母死了，父亲的差使也交卸了，正是祸不单行的日子，我从北京到徐州，打算跟着父亲奔丧回家。到徐州见着父亲，看见满院狼藉的东西，又想起祖母，不禁簌簌地流下眼泪。父亲说，"事已如此，不必难过，好在天无绝人之路！"

　　回家变卖典质，父亲还了亏空；又借钱办了丧事。这些日子，家中光景很是惨淡，一半为了丧事，一半为了父亲赋闲。丧事完毕，父亲要到南京谋事，我也要回北京念书，我们便同行。

　　到南京时，有朋友约去游逛，勾留了一日；第二日上午便须渡江到浦口，下午上车北去。父亲因为事忙，本已说定不送我，叫旅馆里一个熟识的茶房陪我同去。他再三嘱咐茶房，甚是仔细。但他终于不放心，怕茶房不妥帖；颇踌躇了一会。其实我那年已二十岁，北京已来往过两三次，是没有甚么要紧的了。他踌躇了一会，终于决定还是自己送我去。我两三回劝他不必去；他只说，"不要紧，他们去不好！"

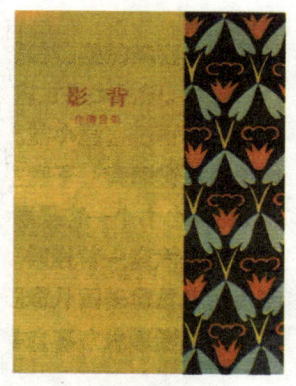

　　我们过了江，进了车站。我买票，他忙着照看行李。行李太多了，得向脚夫行些小费，才可过去。他便又忙着和他们讲价钱。我那时真是聪明过分，总觉他说话不大漂亮，非自己插嘴不可。但他终于讲定了价钱；就送我上车。他给我拣定了靠车门的一张椅子；我将他给我做的紫毛大衣铺好座位。他嘱我路上小心，夜里要警醒些，不要受凉。又嘱托茶房好好照应我。我心里暗笑他的迂；他们只认得钱，托他们直是白托！而且我这样大年纪的人，难道还不能料理自己么？唉，我现在想想，那时真是太聪明了！

　　我说道，"爸爸，你走吧。"他望车外看了看，说，"我买几个橘子去。你就在此地，不要走动。"我看那边月台的栅栏外有几个卖东西的等着顾客。走到那边月台，须穿过铁道，须跳下去又爬上去。父亲是一个胖子，走过去自然要费事些。我本来要去的，他不肯，只好让他去。我看见他戴着黑布小帽，穿着黑布大马褂，深青布棉袍，蹒跚地走到铁道边，慢慢探身下去，尚不大难。可是他穿过铁道，要爬上那边月台，就不容易了。他用两手攀着上面，两脚再向上

《背影》初版封面
这是朱自清的第一本散文集，1928年10月由上海开明书店出版。

□ 精美散文

朱自清父亲朱鸿钧像
朱鸿钧宽厚仁慈的秉性对朱自清影响很大。

缩；他肥胖的身子向左微倾，显出努力的样子。这时我看见他的背影，我的泪很快地流下来了。我赶紧拭干了泪，怕他看见，也怕别人看见。我再向外看时，他已抱了朱红的橘子望回走了。过铁道时，他先将橘子散放在地上，自己慢慢爬下，再抱起橘子走。到这边时，我赶紧去搀他。他和我走到车上，将橘子一股脑儿放在我的皮大衣上。于是扑扑衣上的泥土，心里很轻松似的，过一会说，"我走了；到那边来信！"我望着他走出去。他走了几步，回过头看见我，说，"进去吧，里边没人。"等他的背影混入来来往往的人里，再找不着了，我便进来坐下，我的眼泪又来了。

近几年来，父亲和我都是东奔西走，家中光景是一日不如一日。他少年出外谋生，独力支持，做了许多大事。那知老境却如此颓唐！他触目伤怀，自然情不能自已。情郁于中，自然要发之于外；家庭琐屑便往往触他之怒。他待我渐渐不同往日。但最近两年的不见，他终于忘却我的不好，只是惦记着我，惦记着我的儿子。我北来后，他写了一信给我，信中说道，"我身体平安，惟膀子疼痛厉害，举箸提笔，诸多不便，大约大去之期不远矣。"我读到此处，在晶莹的泪光中，又看见那肥胖的，青布棉袍，黑布马褂的背影。唉！我不知何时再能与他相见！

作者简介

朱自清（1898～1948），原名自华，字佩弦，号秋实，祖籍浙江绍兴，生于江苏扬州。1916年在北京大学哲学系学习。1922年，他同俞平伯、叶圣陶等创办《诗》月刊，这是"五四"以来最早的一个诗刊。1931年到英国留学，并漫游欧洲数国。1932年回国主持清华大学文学系。在我国现代散文作家中，朱自清的散文结构缜密，脉络清晰，婉转曲折的思绪中有种温柔敦厚的气氛；文字清秀、朴素而又精到，最具有我国散文的传统的美学风范。主要作品有长诗《毁灭》，散文《绿》《春》《桨声灯影里的秦淮河》《荷塘月色》，散文集《欧游杂记》《伦敦杂记》等。1948年6月，他为抗议美国的扶日政策，在拒绝领取美援面粉宣言上签名，后因胃病复发，医治无效，终在贫病中死去。

· 美文赏析 ·

《背影》写于1925年，发表于是年的《文学》第200期上。这是一篇回忆性的抒情散文。文章以背影为"凝聚点"，以父子之间的关爱之情为"内在线"，记叙了多年前父亲在浦口车站送作者乘火车去北京读书的情景，流露了无微不至的父爱，抒发了拳拳思亲的至情。文章全用白描手法，没有华丽的辞藻，以简练素淡的文字，作恳切自然的叙述，对父亲"背影"的刻画极为成功。文章仅一千余字，但父子之情却写得真挚、缜密、深沉，曲折动人。《背影》发表后，几乎轰动了整个社会，尤其在中下层知识分子中产生了强烈共鸣。文章不但具有强烈的感染力，而且其创作风格对以表现亲情为题材的中国现当代散文作品影响很大，遂使该文成为传世名篇。

荷塘月色

朱自清

入选理由
娴熟使用白话文字的典范
语言自然清新,意境含蓄,情景交融
古典文与白话文风格的成功融合

这几天心里颇不宁静。今晚在院子里坐着乘凉,忽然想起日日走过的荷塘,在这满月的夜里,总该另有一番样子吧。月亮渐渐地升高了,墙外马路上孩子们的欢笑,已经听不见了;妻在屋里拍着闰儿,迷迷糊糊地哼着眠歌。我悄悄地披了大衫,带上门出去。

沿着荷塘,是一条曲折的小煤屑路。这是一条幽僻的路;白天也少人走,夜晚更加寂寞。荷塘四面,长着许多树,蓊蓊郁郁的。路的一旁,是些杨柳,和一些不知道名字的树。没有月光的晚上,这路上阴森森的,有些怕人。今晚却很好,虽然月光也还是淡淡的。

路上只我一个人,背着手踱着。这一片天地好像是我的;我也像超出了平常的自己,到了另一世界里。我爱热闹,也爱冷静;爱群居,也爱独处。像今晚上,一个人在这苍茫的月下,什么都可以想,什么都可以不想,便觉是个自由的人。白天里一定要做的事,一定要说的话,现在都可不理。这是独处的妙处,我且受用这无边的荷香月色好了。

曲曲折折的荷塘上面,弥望的是田田的叶子。叶子出水很高,像亭亭的舞女的裙。层层的叶子中间,零星地点缀着些白花,有袅娜地开着的,有羞涩地打着朵儿的;正如一粒粒的明珠,又如碧天里的星星,又如刚出浴的美人。微风过处,送来缕缕清香,仿佛远处高楼上渺茫的歌声似的。这时候叶子与花也有一丝的颤动,像闪电般,霎时传过荷塘的那边去了。叶子本是肩并肩密密地挨着,这便宛然有了一道凝碧的波痕。叶子底下是脉脉的流水,遮住了,不能见一些颜色;而叶子却更见风致了。

月光如流水一般,静静地泻在这一片叶子和花上。薄薄的青雾浮起在荷塘里。叶子和花仿佛在牛乳中洗过一样;又像笼

1933年朱自清与妻女摄于清华园

1948年朱自清摄于清华园

□ 精美散文

着轻纱的梦。虽然是满月，天上却有一层淡淡的云，所以不能朗照；但我以为这恰是到了好处——酣眠固不可少，小睡也别有风味的。月光是隔了树照过来的，高处丛生的灌木，落下参差的斑驳的黑影，峭楞楞如鬼一般；弯弯的杨柳的稀疏的倩影，却又像是画在荷叶上。塘中的月色并不均匀；但光与影有着和谐的旋律，如梵婀玲上奏着的名曲。

朱自清笔下的清华荷塘

荷塘的四面，远远近近，高高低低都是树，而杨柳最多。这些树将一片荷塘重重围住；只在小路一旁，漏着几段空隙，像是特为月光留下的。树色一例是阴阴的，乍看像一团烟雾；但杨柳的丰姿，便在烟雾里也辨得出。树梢上隐隐约约的是一带远山，只有些大意罢了。树缝里也漏着一两点路灯光，没精打采的，是渴睡人的眼。这时候最热闹的，要数树上的蝉声与水里的蛙声；但热闹是它们的，我什么也没有。

忽然想起采莲的事情来了。采莲是江南的旧俗，似乎很早就有，而六朝时为盛；从诗歌里可以约略知道。采莲的是少年的女子，她们是荡着小船，唱着艳歌去的。采莲人不用说很多，还有看采莲的人。那是一个热闹的季节，也是一个风流的季节。梁元帝《采莲赋》里说得好：

于是妖童媛女，荡舟心许；鹢首徐回，兼传羽杯；櫂将移而藻挂，船欲动而萍开。尔其纤腰束素，迁延顾步；夏始春余，叶嫩花初，恐沾裳而浅笑，畏倾船而敛裾。

可见当时嬉游的光景了。这真是有趣的事，可惜我们现在早已无福消受了。于是又记起《西洲曲》里的句子：

采莲南塘秋，莲花过人头；

低头弄莲子，莲子清如水。

今晚若有采莲人，这儿的莲花也算得"过人头"了；只不见一些流水的影子，是不行的。这令我到底惦着江南了。——这样想着，猛一抬头，不觉已是自己的门前；轻轻地推门进去，什么声息也没有，妻已睡熟好久了。

· 美文赏析 ·

《荷塘月色》写于1927年7月，发表于是年《小说月报》第18卷第7号上。文章以优美的笔调描摹了诗情画意般的荷塘月色，抒发了作者对社会现实的不满，及囿于个人生活小圈子的矛盾复杂的心理所产生出来的偷得片刻宁静的淡淡情趣。

作者从不同的角度，巧用比喻、拟人手法，融入自己的情感，充分运用想象，对荷塘月色进行了细腻入微地刻画。作者从平观到俯视，从细察到鸟瞰，由远及近、从上到下、从里到外，勾勒出了一幅立体、动态、诗意的荷塘月色图。有动有静、有虚有实、有浓有淡、有疏有密，层层递进，步步深化，使读者如临其境，仿佛跟着作者也做了一回心旷神怡的月下夜游。文章语言自然清新，意境含蓄，情景交融，巧用典故，体现了古典文与白话文风格的成功融合，在当时被看作是娴熟使用白话文字的典范，其艺术魅力一直影响至今。

匆匆

朱自清

入选理由

一篇谈论时间问题的经典美文
寓意深邃，文情并茂
化抽象为具体的写法

燕子去了，有再来的时候；杨柳枯了，有再青的时候；桃花谢了，有再开的时候。但是，聪明的，你告诉我，我们的日子为什么一去不复返呢？——是有人偷了他们罢：那是谁？又藏在何处呢？是他们自己逃走了罢：现在又到了哪里呢？

我不知道他们给了我多少日子；但我的手确乎是渐渐空虚了。在默默里算着，八千多日子已经从我手中溜去；像针尖上一滴水滴在大海里，我的日子滴在时间的流里，没有声音，也没有影子。我不禁头涔涔而泪潸潸了。

去的尽管去了，来的尽管来着；去来的中间，又怎样地匆匆呢？早上我起来的时候，小屋里射进两三方斜斜的太阳。太阳他有脚啊，轻轻悄悄地挪移了；我也茫茫然跟着旋转。于是——洗手的时候，日子从水盆里过去；吃饭的时候，日子从饭碗里过去；默默时，便从凝然的双眼前过去。我觉察他去的匆匆了，伸出手遮挽时，他又从遮挽着的手边过去，天黑时，我躺在床上，他便伶伶俐俐地从我身上跨过，从我脚边飞去了。等我睁开眼和太阳再见，这算又溜走了一日。我掩着面叹息。但是新来的日子的影儿又开始在叹息里闪过了。

在逃去如飞的日子里，在千门万户的世界里我能做些什么呢？只有徘徊罢了，只有匆匆罢了；在八千多日的匆匆里，除徘徊外，又剩些什么呢？过去的日子如轻烟，被微风吹散了，如薄雾，被初阳蒸融了；我留着些什么痕迹呢？我何曾留着像游丝样的痕迹呢？我赤裸裸来到这世界，转眼间也将赤裸裸的回去罢？但不能平的，为什么偏要白白走这一遭啊？

聪明的，你告诉我，我们的日子为什么一去不复返呢？

· **美文赏析** ·

写作《匆匆》时"五四"运动已转入低潮，作者思想十分苦闷，他徘徊于人生的十字路口，彷徨惆怅，但又不愿虚度年华。《匆匆》抒写的就是作者的这种心境。

在文中，作者先用"燕子""杨柳""桃花"等一系列物象作比衬，反复咏叹，表达出一种对时光流逝的无限留恋、伤感。接着作者运用比喻、拟人手法，充分展开想象，借"洗手""吃饭""默想""睡觉"等人们习焉不察的生活情景，将抽象的时间物化为一个个形象的具体画面，营造出一种独特的意境，给读者带来一种强烈的情绪冲击。最后作者通过一系列的反问，表达了自己不甘虚度年华的心情，使文章在美的意境层面上，上升到理性哲思的高度，发人深思。

杨 柳

丰子恺

入选理由

看似闲谈花草树木，实则表达对当时风气的看法。有破有立，观点鲜明，语言平和冲淡。

因为我的画中多杨柳树，就有人说我喜欢柳树；因为有人说我喜欢柳树，我似觉自己真与杨柳树有缘。但我也曾问心，为甚么欢喜杨柳树？到底与杨柳树有甚么缘？其答案了不可得。原来这完全是偶然的：昔年我住在白马湖上，看见人们在湖边种柳，我向他们讨了一小株，种在寓屋的墙角里。因此给这屋取名为"小杨柳屋"，因此常取见惯的杨柳为画材，因此就有人说我喜欢杨柳，因此我自己似觉与杨柳有缘。假如当时人们在湖边种荆棘，也许我会给屋取名为"小荆棘屋"，而专画荆棘，成为与荆棘有缘，亦未可知。天下事往往如此。

但假如我存心要和杨柳结缘，就不说上面的话，而可以附会种种理由上去。或者说我爱它的鹅黄嫩绿，或者说我爱它的如醉如舞，或者说我爱它像小蛮的腰，或者说我爱它是陶渊明的宅边所种的，或者还可援引"客舍青青"的诗，"树犹如此"的话，以及"王恭之貌""张绪之神"等种种古典来，作为自己爱柳的理由。即使要找三百个冠冕堂皇、高雅深刻的理由，也是很容易的。天下事又往往如此。

也许我曾经对人说过"我爱杨柳"的话。但这话也是随便的,空洞的。仿佛我偶然买一双黑袜穿在脚上,有人问我"为甚么穿黑袜"时,就对他说"我喜欢穿黑袜"一样。实际,我向来对于花木无所爱好;即有之,亦无所执着。这是因为我生长穷乡,只见桑麻、禾黍、烟片、棉花、小麦、大豆,不曾亲近过万花如绣的园林。只在几本旧书里看见过"紫薇""红杏""芍药""牡丹"等美丽的名称,但难得亲近这等名称的所有者。并非完全没有见过,只因见时它们往往使我失望,不相信这便是曾对紫薇郎的紫薇花,曾使尚书出名的红杏,曾傍美人醉卧的芍药,或者象征富贵的牡丹。我觉得它们也只是植物中的几种,不过少见而名贵些,实在也没有甚么特别可爱的地方,似乎不配在诗词中那样地受人称赞,更不配在花木中占据那样高尚的地位。因此我似觉诗词中所赞的名花是另外一种,不是我现在所看见的这种植物。我也曾偶游富丽的花园,但终于不曾见过十足地配称"万花如绣"的景象。

假如我现在要赞美一种植物,我仍是要赞美杨柳。但这与前缘无关,只是我这几天的所感,一时兴到,随便谈谈,也不会像信仰宗教或崇拜主义地毕生皈依它。为的是昨日天气佳,埋头写作到傍晚,不免走到西湖边的长椅子里去坐了一番。看见湖岸的杨柳树上,好像挂着几万串嫩绿的珠子,在温暖的春风中飘来飘去,飘出许多弯度微微的S线来,觉得这一种植物实在美丽可爱,非赞它一下不可。

听人说,这种植物是最贱的。剪一根枝条来插在地上,它也会活起来,后来变成一株大杨柳树。它不需要高贵的肥料或工深的壅培,只要有阳光、泥土和水,便会生活,而且生得非常强健而美丽。牡丹要吃猪肚肠,葡萄藤要吃肉汤,许多花木要吃豆饼,杨柳树不要吃人家的东西,因此人们说它是"贱"的。大概"贵"是要吃的意思。越要吃得多,越要吃得好,就是越"贵"。吃得很多很好而没有用处,只供观赏的,似乎更贵。例如牡丹比葡萄贵,是为了牡丹吃了猪肚肠一无用处,而葡萄吃了肉汤有结果的缘故。杨柳不要吃人的东西,且有木材供人用,因此被人看作"贱"的。

我赞杨柳美丽。但其美与牡丹不同,与别的一切花木都不同。杨柳的主要的美点,是其下垂。花木大都是向上发展的,红杏能长到"出墙",古木能长到"参天"。向上原是好的,但我往往看见枝叶花果蒸蒸日上,似乎忘记了下面的根,觉得可恶!你们是靠他养活的,怎么只管高踞在上面,绝不理睬他呢?你们的生命建设在他上面,怎么只管贪图自己的光荣,而绝不回顾处在泥土中的根本呢?花木大都如此。甚至下面的根已经被斫,而上面的花叶还是欣欣向荣,在那里作最后一刻的威福,真是可恶而又可怜!杨柳没有这般可恶可怜的样子:它不是不会向上生长。它长得很快,而且很

四月西湖春 垂柳惹行人(局部) 丰子恺作
西湖四月,春暖花开,万木初发,游人如梭。在这幅画作中,柳树成了春的使者。它垂下的绿丝绦被淘气的小孩拉住玩,画面充满了生活情趣。柳树经常在丰子恺写春的画作中出现。

□ 精美散文

高;但是越长得高,越垂得低。千万条陌头细柳,条条不忘记根本,常常俯首顾着下面,时时借了春风之力而向处在泥土中的根本拜舞,或者和他亲吻,好像一群活泼的孩子环绕着他们的慈母而游戏,而时时依傍到慈母的身旁去,或者扑进慈母的怀里去,使人见了觉得非常可爱。杨柳树也有高过墙头的,但我不嫌它高,为了它高而能下,为了它高而不忘本。

自古以来,诗文常以杨柳为春的一种主要题材。写春景曰"万树垂杨",

1957年丰子恺在扬州五亭桥边

写春色曰"陌头杨柳",或竟称春天为"柳条春"。我以为这并非仅为杨柳当春抽条的缘故,实因其树有一种特殊的姿态,与和平美丽的春光十分调和的缘故。这种特殊的姿态,便是"下垂"。不然,当春发芽的树木不知凡几,何以专让柳条作春的主人呢?只为别的树木都凭仗了春的势力而拼命向上,一味求高,忘记自己的根本,其贪婪之相不合于春的精神。最能象征春的神意的,只有垂杨。

这是我昨天看了西湖边上的杨柳而一时兴起的感想。但我所赞美的不仅是西湖上的杨柳。在这几天的春光之下,乡村到处的杨柳都有这般可赞美的姿态。西湖似乎太高贵了,反而不适于栽植这种"贱"的垂杨呢。

作者简介

丰子恺(1898~1975),原名丰润,浙江桐乡人。早年就读于浙江第一师范学校。"五四"运动后创作漫画。1921年游学日本。1922年归国,先后在上海、浙江等地任教。抗战期间在广西、贵州、重庆等地任教。1949年定居上海。主要作品有《缘缘堂随笔》《缘缘堂再笔》,另有艺术论著多种。

· 美文赏析 ·

丰子恺以其书画而闻名,他的画自然恬淡,意境深远,充盈着佛境和禅趣,但他的文章却并不一味地追求闲适、散淡。《杨柳》是一篇看似写景状物,实则评论时事的散文。作者在文章中列举了杨柳、牡丹、葡萄、红杏等植物,用它们在不同环境中的生长趋势,来象征当时社会上不同的社会风气,作者认为"芍药""牡丹"等被人们看作"名贵"的花草,"实在也没有甚么特别可爱的地方",也不配"在花木中占据那样高尚的地位"。而且说它们的"贵"只在于它们"吃"的肥料贵,而且"只供观赏"。而杨柳的可赞美之处在于它的"贱",随处、随意都可以生得"非常强健而美丽",而且总是呈"下垂"之态,自然地与养活它们的大地相亲近。作者用"贵""贱"两种植物来比喻脱离普通民众和保持淳朴本色的两种人,将对脱离普通生活、一味地攀附、追逐势力的人的批判、厌恶之情,暗含于对"牡丹"等植物的批评中。

渐

丰子恺

入选理由

丰子恺的散文代表作
与朱自清的《匆匆》共同被誉为议谈时间的
"散文双璧"之一

　　使人生圆滑进行的微妙的要素，莫如"渐"；造物主骗人的手段，也莫如"渐"。在不知不觉之中，天真烂漫的孩子"渐渐"变成野心勃勃的青年；慷慨豪侠的青年"渐渐"变成冷酷的成人；血气旺盛的成人"渐渐"变成顽固的老头子。因为其变更是渐进的，一年一年地、一月一月地、一日一日地、一时一时地、一分一分地、一秒一秒地渐进，犹如从斜度极缓的长远的山坡上走下来，使人不察其递降的痕迹，不见其各阶段的境界，而似乎觉得常在同样的地位，恒久不变，又无时不有生的意趣与价值，于是人生就被确实肯定，而圆滑进行了。假使人生的进行不像山坡而像风琴的键板，由 do 忽然移到 re，即如昨夜的孩子今朝忽然变成青年；或者像旋律的"接离进行"地由 do 忽然跳到 mi，即如朝为青年而夕暮忽成老人，人一定要惊讶、感慨、悲伤，或痛感人生的无常，而不乐为人了。故可知人生是由"渐"维持的。这在女人恐怕尤为必要：歌剧中，舞台上的如花的少女，就是将来火炉旁边的老婆子，这句话，骤听使人不能相信，少女也不肯承认，实则现在的老婆子都是由如花的少女"渐渐"变成的。

　　人之能堪受境遇的变衰，也全靠这"渐"的助力。巨富的纨绔子弟因屡次破产而"渐渐"荡尽其家产，变为贫者；贫者只得做佣工，佣工往往变为奴隶，奴隶容易变为无赖，无赖与乞丐相去甚近，乞丐不妨做偷儿……这样的例，在小说中，在实际上，均多得很。因为其变衰是延长为十年二十年而一步一步地"渐渐"地达到的，在本人不感到什么强烈的刺激。故虽到了饥寒病苦刑笞交迫的地步，仍是熙熙然贪恋着目前的生的欢喜。假如一位千金之子忽然变了乞丐或偷儿，这人一定愤不欲生了。

　　这真是大自然的神秘的原则，造物主的微妙的工夫！阴阳潜移，春秋代序，以及物类的衰荣生杀，无不暗合于这法则。由萌芽的春"渐渐"变成绿荫的夏，由凋零的秋"渐渐"变成枯寂的冬。我们虽已经历数十寒暑，但在围炉拥衾的冬夜仍是难于想象饮冰挥扇的夏日的心情；反之亦然。然而由冬一天一天地、一时一时地、一分一分地、一秒一秒地移向夏，由夏一天一天地、一时一时地、一分一分地、一秒一秒地移向冬，其间实在没有显著的痕迹可寻。昼夜也是如此：傍晚坐在窗下看书，书页上"渐渐"地黑起来，倘不断地看下去（目力能因了光的渐弱而渐渐加强），几乎永远可以认识书页上的字迹，即不觉昼之已变为夜。黎明凭窗，不瞬目地注视东天，也不辨自夜向昼的推移的痕迹。儿女渐渐长大起来，在朝夕相见的父母全不觉得，

□ 精美散文

难得见面的远亲就相见不相识了。往年除夕，我们曾在红蜡烛底下守候水仙花的开放，真是痴态！倘水仙花果真当面开放给我们看，便是大自然的原则的破坏，宇宙的根本的摇动，世界人类的末日临到了！

"渐"的作用，就是用每步相差极微极缓的方法来隐蔽时间的过去与事物的变迁的痕迹，使人误认其为恒久不变。这真是造物主骗人的一大诡计！这有一件比喻的故事：某农夫每天朝晨抱了犊而跳过一沟，到田里去工作，夕暮又抱了它跳过沟回家。每日如此，未尝间断。过了一年，犊已渐大，渐重，差不多变成大牛，但农夫全不觉得，仍是抱了它跳沟。有一天他因事停止工作，次日再就不能抱了这牛而跳沟了。造物的骗人，使人留连于其每日每时的生的欢喜而不觉其变迁与辛苦，就是用这个方法的。人们每日在抱了日重一日的牛而跳沟，不准停止。自己误以为是不变的，其实每日在增加其苦劳！

我觉得时辰钟是人生的最好的象征了。时辰钟的针，平常一看总觉得是"不动"的；其实人造物中最常动的无过于时辰钟的针了。日常生活中的人生也如此，刻刻觉得我是我，似乎这"我"永远不变，实则与时辰钟的针一样的无常！一息尚存，总觉得我仍是我，我没有变，还是留连着我的生，可怜受尽"渐"的欺骗！

"渐"的本质是"时间"。时间我觉得比空间更为不可思议，犹之时间艺术的音乐比空间艺术的绘画更为神秘。因为空间姑且不追究它如何广大或无限，我们总可以把握其一端，认定其一点。时间则全然无从把握，不可挽留，只有过去与未来在渺茫之中不绝地相追逐而已。性质上既已渺茫不可思议，分量上在人生也似乎太多。因为一般人对于时间的悟性，似乎只够支配搭船乘车的短时间；对于百年的长期间的寿命，他们不能胜任，往往迷于局部而不能顾及全体。试看乘火车的旅客中，常有明达的人，有的宁牺牲暂时的安乐而让其座位于老弱者，以求心的太平（或博暂时的美誉）；有的见众人争先下车，而退在后面，或高呼"勿要轧，总有得下去的！""大家都要下去的！"然而在乘"社会"或"世界"的大火车的"人生"的长期的旅客中，就少有这样的明达之人。所以我觉得百年的寿命，定得太长。像现在的世界上的人，倘定他们搭船乘车的期间的寿命，也许在人类社会上可减少许多凶险残惨的争斗，而与火车中一样的谦让，和平，也未可知。

然人类中也有几个能胜任百年的或千古的寿命的人。那是"大人格"，"大人生"。他们能不为"渐"所迷，不为造物所欺，而收缩无限的时间并空间于方寸的心中。故佛家能纳须弥于芥子。中国古诗人（白居易）说："蜗牛角上争何事？石火光中寄此身。"英国诗人（Blake）也说："一粒沙里见世界，一朵花里见天国；手掌里盛住无限，一刹那便是永劫。"

· 美文赏析 ·

在《渐》中，作者选取生活中人们常见的生活例子，将"渐"这个抽象的概念变得具体化、生活化，认为"渐"的作用，"就是用每步相差极微极缓的方法来隐蔽时间的过去与事物的变迁的痕迹，使人误认其为恒久不变"，"'渐'的本质是时间……时间则全然无从把握，不可挽留，只有过去与未来在渺茫之中不绝地相追逐而已"。这样就把陌生的事理通俗化了，难释的问题变为切实的生活感受。同是写"时间"，朱自清的《匆匆》一文委婉清丽，而丰子恺的《渐》则平淡洗练，两者可谓有异曲同工之妙。

海 燕

郑振铎

入选理由
郑振铎的散文代表作
一篇抒写海外游子思念故国之情的散文佳作
情挚意深，节奏舒缓，笔法细腻

乌黑的一身羽毛，光滑漂亮，积伶积俐，加上一双剪刀似的尾巴，一对劲俊轻快的翅膀，凑成了那样可爱的活泼的一只小燕子。当春间二三月，轻飔微微的吹拂着，如毛的细雨无因的由天上洒落着，千条万条的柔柳，齐舒了它们的黄绿的眼，红的白的黄的花，绿的草，绿的树叶，皆如赶赴市集者似的奔聚而来，形成了烂熳无比的春天时，那些小燕子，那么伶俐可爱的小燕子，便也由南方飞来。加入了这个隽妙无比的春景的图画中，为春光平添了许多的生趣。小燕子带了它的双剪似的尾，在微风细雨中，或在阳光满地时，斜飞于旷亮无比的天空之上，唧的一声，已由这里稻田上，飞到了那边的高柳之下了。再几只却隽逸的在鄰鄰如縠纹的湖面横掠着，小燕子的剪尾或翼尖，偶沾了水面一下，那小圆晕便一圈一圈的荡漾了开去。那边还有飞倦了的几对，闲散的憩息于纤细的电线上，——嫩蓝的春天，几支木杆，几痕细线连于杆与杆之间，线上是停着几个粗而有致的小黑点，那便是燕子，是多么有趣的一幅图画呀！还有一家家的快乐家庭，他们还特为我们的小燕子备了一个两个小巢，放在厅梁的最高处，假如这家有了一个匾额，那匾后便是小燕子最好的安巢之所。第一年，小燕子来住了，第二年，我们的小燕子，就是去年的一对，它们还要来住。

"燕子归来寻旧垒。"

还是去年的主，还是去年的宾，他们宾主间是如何的融融泄泄呀！偶然的有几家，小燕子却不来光顾，那便很使主人忧戚，他们邀召不到那么隽逸的嘉宾，每以为自己运命的蹇劣呢。

这便是我们故乡的小燕子，可爱的活泼的小燕子，曾使几多的孩子们欢呼着，注意着，沉醉着；曾使几多的农人们市民们忧戚着，或舒怀的指点着，且曾平添了几多的春色，几多的生趣于我们的春天的小燕子！

如今，离家是几千里！离国是几千里！托身于浮宅之上，奔驰于万顷海涛之间，不料却见着我们的小燕子。

这小燕子，便是我们故乡的那一对，两对么？便是我们今春在故乡所见的那一对，两对么？

见了它们，游子们能不引起了，至少是轻烟似的，一缕两缕的乡愁么？

□ 精美散文

　　海水是皎洁无比的蔚蓝色，海波是平稳得如春晨的西湖一样，偶有微风，只吹起了绝细绝细的千万个粼粼的小皱纹，这更使照晒于初夏之太阳光之下的、金光烂灿的水面显得温秀可喜。我没有见过那么美的海！天上也是皎洁无比的蔚蓝色，只有几片薄纱似的轻云，平贴于空中，就如一个女郎，穿了绝美的蓝色夏衣，而颈间却围绕了一段绝细绝轻的白纱巾。我没有见过那么美的天空！我们倚在青色的船栏上，默默的望着这绝美的海天；我们一点杂念也没有，我们是被沉醉了，我们是被带入晶天中了。

　　就在这时，我们的小燕子，二只，三只，四只，在海上出现了。它们仍是隽逸的从容的在海面上斜掠着，如在小湖面上一样；海水被它的似剪的尾与翼尖一打，也仍是连漾了好几圈圆晕。小小的燕子，浩莽的大海，飞着飞着，不会觉得倦么？不会遇着暴风疾雨么？我们真替它们担心呢！

　　小燕子却从容的憩着了。它们展开了双翼，身子一落，落在海面上了，双翼如浮圈似的支持着体重，活是一只乌黑的小水禽，在随波上下的浮着，又安闲，又舒适。海是它们那么安好的家，我们真是想不到。

　　在故乡，我们还会想像得到我们的小燕子是这样的一个海上英雄么？

　　海水仍是平贴无波，许多绝小绝小的海鱼，为我们的船所惊动，群向远处窜去；随了它们飞窜着，水面起了一条条的长痕，正如我们当孩子时之用瓦片打水镖在水面所划起的长痕。这小鱼是我们小燕子的粮食么？

　　小燕子在海面上斜掠着，浮憩着。它们果是我们故乡的小燕子么？

　　啊，乡愁呀，如轻烟似的乡愁呀！

作者简介

　　郑振铎（1898～1958），原籍福建长乐，生于浙江永嘉，著名作家、文学评论家、考古学家。1917年入北京铁路管理学校学习。"五四"运动时期参与创办文学研究会。曾任上海商务印书馆编辑、《公理日报》主编及燕京大学、清华大学、暨南大学教授。中华人民共和国成立后历任国家文物局局长、考古研究所所长、文化部副部长等职。1958年10月因飞机失事遇难。主要著作有短篇小说集《家庭的故事》《桂公塘》，专著《文学大纲》等。

郑振铎像

· 美文赏析 ·

　　20世纪20年代末，郑振铎一度旅居巴黎。当时国内政治气氛压抑，远居国外的郑振铎深深地思念着自己的祖国，挥笔写下了《海燕》一文，抒发了自己对故国故土的眷念之情。

　　文章开篇以细腻的笔调，描绘了一幅"燕子嬉春图"，一下子将读者带入一个如诗如画的意境中，说明了故乡的可爱。接着作者转移视线，将镜头对准自己所处的环境，描述了国外海面上燕子翩翩翻飞的情景。在作者的眼中，异国的燕子仿佛就是从故乡飞来的，它带来了故乡的讯息，引发了作者幽幽的乡愁。文章贯穿着一明一暗两条线索，明写海燕，实抒乡愁，表露了作者爱恋祖国、爱恋故乡的深厚感情。文章情挚意深，节奏舒缓，笔法细腻，意境优美，读来令人心思神驰，回味绵长。

济南的秋天

老舍

入选理由
极具东方韵味的山水写意
朴素简洁但准确生动的语言
健康、明朗的心境

济南的秋天是诗境的。设若你的幻想中有个中古的老城,有睡着了的大城楼,有狭窄的古石路,有宽厚的石城墙,环城流着一道清溪,倒映着山影,岸上蹲着红袍绿裤的小妞儿。你的幻想中要是这么个境界,那便是个济南。设若你幻想不出——许多人是不会幻想的——请到济南来看看吧。

请你在秋天来。那城,那河,那古路,那山影,是终年给你预备着的。可是,加上济南的秋色,济南由古朴的画境转入静美的诗境中了。这个诗意秋光秋色是济南独有的。上帝把夏天的艺术赐给瑞士,把春天的赐给西湖,秋和冬的全赐给了济南。秋和冬是不好分开的,秋睡熟了一点便是冬,上帝不愿意把它忽然唤醒,所以作个整人情,连秋带冬全给了济南。

诗的境界中必须有山有水。那末,请看济南吧。那颜色不同,方向不同,高矮不同的山,在秋色中便越发的不同了。以颜色说吧,山腰中的松树是青黑的,加上秋阳的斜射,那片青黑便多出些比灰色深,比黑色浅的颜色,把旁边的黄草盖成一层灰中透黄的阴影,山脚是镶着各色条子的,一层层的,有的黄,有的灰,有的绿,有的似乎是藕荷色儿。山顶上的色儿也随着太阳的转移而不同。山顶的颜色不同还不重要,山腰中的颜色不同才真叫人想作几句诗。山腰中的颜色是永远在那儿变动,特别是在秋天,那阳光能够忽然清凉一会儿,忽然又温暖一会儿,这个变动并不激烈,可是山上的颜色觉得出这个变化,而立刻随着变换。忽然黄色更真了一些,忽然又暗了一些,忽然像有层看不见的薄雾在那儿流动,忽然像有股细风

□ 精美散文

替"自然"调合着彩色，轻轻的抹上一层各色俱全而全是淡美的色道儿。有这样的山，再配上那蓝的天，晴暖的阳光；蓝得像要由蓝变绿了，可又没完全绿了；晴暖得要发燥了，可是有点凉风，正像诗一样的温柔；这便是济南的秋。况且因为颜色的不同，那山的高低也更显然了。高的更高了些，低的更低了些，山的棱角曲线在晴空中更真了，更分明了，更瘦硬了。看山顶上那个塔！

再看水。以量说，以质说，以形式说，哪儿的水能比济南？有泉——到处是泉——有河，有湖，这是由形式上分。不管是泉是河是湖，全是那么清，全是那么甜，哎呀，济南是"自然"的 Sweet heart 吧？大明湖夏日的茶花，城河的绿柳，自然是美好的了。可是看水，是要看秋水的。济南有秋山，又有秋水，这个秋才算个秋，因为秋神是在济南住家的。先不用说别的，只说水中的绿藻吧。那份儿绿色，除了上帝心中的绿色，恐怕没有别的东西能比拟的。这种鲜绿色借着水的清澄显露出来，好像美人借着镜子鉴赏自己的美。是的，这些绿藻是自己享受那水的甜美呢，不是为谁看的。它们知道它们那点绿的心事，它们终年在那儿吻着水皮，做着绿色的香梦。淘气的鸭子，用黄金的脚掌碰它们一两下。浣女的影儿，吻它们的绿叶一两下。只有这个，是它们的香甜的烦恼。羡慕死诗人呀！

在秋天，水和蓝天一样的清凉。天上微微有些白云，水上微微有些波皱。天水之间，全是清明，温暖的空气，带着一点桂花的香味。山影儿也更真了。秋山秋水虚幻的吻着。山儿不动，水儿微响。那中古的老城，带着这片秋色秋声，是济南，是诗。

作者简介

老舍（1899～1966），原名舒庆春，字舍予，满族人，生于北京。1918年毕业于北京师范学校。曾任小学校长、中学教员、英国伦敦大学东方学院讲师，山东大学、齐鲁大学和青岛大学教授。1946年赴美讲学。1949年回国后历任北京市文联主席、中国作协和中国文联副主席。主要作品有小说《骆驼祥子》《四世同堂》，话剧《茶馆》等。

老舍像

·美文赏析·

老舍的语言，无论写人、记事与写景，它都是朴实、精致而诗意的，关于济南的几篇写景散文就有这样一个明朗的特点。这里面当然包含着作者朴实真切的感情和对济南的热爱，也足以表明老舍是一个生性乐观开朗，热爱生活的人。在这篇文章中，我们可以看到，老舍是把自己当成一个济南人来写济南的，提笔，他就简单真切地发出作为一个建议的邀请："请你在秋天来。"入题非常随意，随后作者马上说明为什么要你秋天来，因为"秋和冬是不好分开的，秋睡熟了一点便是冬，上帝不愿意把它忽然唤醒，所以作个整人情，连秋带冬全给了济南"。关于济南的景色，老舍并没有浓墨重彩地渲染，而是把它绘成一幅简笔淡彩的画，似是水彩，或者水墨的风格。

又是一年芳草绿

老舍

入选理由

"质而实绮,癯而实腴"的审美风格
亲切朴素的语言特色
充满了散文的情趣美

　　悲观有一样好处,它能叫人把事情都看轻了一些。这个可也就是我的坏处,它不起劲,不积极。您看我挺爱笑不是?因为我悲观。悲观,所以我不能板起面孔,大喊:"孤——刘备!"我不能这样。一想到这样,我就要把自己笑毛咕了。看着别人吹胡子瞪眼睛,我从脊梁沟上发麻,非笑不可。我笑别人,因为我看不起自己。别人笑我,我觉得应该;说得天好,我不过是脸上平润一点的猴子。我笑别人,往往招人不愿意;不是别人的量小,而是不像我这样稀松,这样悲观。

　　我打不起精神去积极地干,这是我的大毛病。可是我不懒,凡是我该做的我总想把它做了,总算得点报酬养活自己与家里的人——往好了说,尽我的本分。我的悲观还没到想自杀的程度,不能不找点事做。有朝一日非死不可呢,那只好死喽,我有什么法儿呢?

　　这样,你瞧,我是无大志的人。我不想当皇上。最乐观的人才敢作皇上,我没这份胆气。

　　有人说我很幽默,不敢当。我不懂什么是幽默。假如一定问我,我只能说我觉得自己可笑,别人也可笑;我不比别人高,别人也不比我高。谁都有缺欠,谁都有可笑的地方。我跟谁都说得来,可是他得愿意跟我说;他一定说他是圣人,叫我三跪九叩报门而进,我没这个瘾。我不教训别人,也不听别人的教训。幽默,据我这么想,不是嬉皮笑脸,死不要鼻子。

　　也不知怎股子劲儿,我成了个写家。我的朋友德成粮店的写账先生也是写家,我跟他同等,并且管他叫二哥。既是个写家,当然得写了。"风格即人"——还是"风格即驴"——我是怎个人自然写怎样的文章了。于是有人管我叫幽默的写家。我不以这为荣,也不以这为辱。我写我的。卖得出去呢,多得个三块五块的,买什么吃不香呢?卖不出去呢,拉倒,我早

老舍出生地
1899年,老舍降生在北京新街口南大街小杨家胡同8号(原小羊圈5号)院内北房东间。这座饱经风霜的小宅院,东西长,南北窄,地势低洼,每逢下大雨,院中便会积水。老舍曾在《小人物自述》和《宝地》中记述过。

□ 精美散文

老舍家的画

老舍以诗句为题，多付酬金请齐白石作画。此幅诗句为"凄迷灯火更宜秋"，齐白石用简约的几笔就画出了悠远的意境。这种意境正与老舍身上那种随遇而安、顺其自然的气度相吻合。

知道指着写文章吃饭是不易的事。

稿子寄出去，有时候是肉包子打狗，一去不回头；连个回信也没有。这，咱只好幽默；多喒见着那个骗子再说，见着他，大概我们俩总有一个笑着去见阎王的，不过，这是不很多见的，要不怎么我还没想自杀呢。常见的事是这个，稿子登出去，酬金就睡着了，睡得还是挺香甜。直到我也睡着了，它忽然来了，仿佛故意吓人玩。数目也惊人，它能使我觉得自己不过值一毛五一斤，比猪肉还便宜呢。这个咱也不说什么，国难期间，大家都得受点苦，人家开铺子的也不容易，掌柜的吃肉，给咱点汤喝，就得念佛。是的，我是不能当皇上，焚书坑掌柜的，咱没那个狠心，你看这个劲儿！不过，有人想坑他们呢，我也不便拦着。

这么一来，可就有许多人看不起我。连好朋友都说："伙计，你也硬正着点，说你是为人类而写作，说你是中国的高尔基；你太泄气了！"真的，我是泄气，我看高尔基的胡子可笑。他老人家那股子自卖自夸的劲儿，打死我也学不来。人类要等着我写文章才变体面了，那恐怕太晚了吧？我老觉得文学是有用的；拉长了说，它比任何东西都有用，都高明。可是往眼前说，它不如一尊高射炮，或一锅饭有用。我不能吆喝我的作品是"人类改造丸"，我也不相信把文学杀死便天下太平。我写就是了。

别人的批评呢？批评是有益处的。我爱批评，它多少给我点益处；即使完全不对，不是还让我笑一笑吗？自己写的时候仿佛是蒸馒头呢，热气腾腾，莫名其妙。及至冷眼人一看，一定看出许多错儿来。我感谢这种指责。说的不对呢，那是他的错儿，不干我的事。我永不驳辩，这似乎是胆儿小；可是也许是我的宽宏大量。我不便往自己脸上贴金。一件事总得由两面瞧，是不是？

对于我自己的作品，我不拿她们当作宝贝。是呀，当写作的时候，我是卖了力气，我想往好了写。可是一个人的天才与经验是有限的，谁也不敢保了老写的好，连荷马也有打盹的时候。有的人呢，每一拿笔便想到自己是但丁，是莎士比亚。这没有什么不可以的，天才须有自信的心。我可不敢这样，我的悲观使我看轻自己。我常想客观的估量估量自己的才力；这不易做到，我究竟不能像别人看我看得那样清楚；好吧，既不能十分看清楚了自己，也就不用装蒜，谦虚是必要的，可是装蒜也大可以不必。

对做人，我也是这样。我不希望自己是个完人，也不故意地招人家的骂。该求朋友的呢，就求；该给朋友做的呢，就做。做得好不好，咱们大家凭良心。所以我很和气，见着谁都能扯一套。可是，初次见面的人，我可是不大爱说话；特别是见着女人，我简直张不开口，我怕说错了话。在家里，我倒不十分怕太太，可是对别的女人老觉着恐慌，我不大明白妇女的心理；要是信口开河的说，我不定说出什么来呢，而妇女又爱挑眼。男人也有许多爱挑眼的，所以初次见面，我不大愿开口。我最不喜辩论，因为红着脖子粗着筋的太不幽默。我最不喜欢好吹腾的人，可并不拒绝与这样的人谈话；我不爱这样的人，但喜欢听他的吹。最好是听着他吹，吹着吹着连他自己也忘了吹到什么地方去，那才有趣。

　　可喜的是有好几位生朋友都这么说："没见着阁下的时候，总以为阁下有八十多岁了。敢情阁下并不老。"是的，虽然将奔四十的人，我倒还不老。因为对事轻淡，我心中不大藏着计划，做事也无须要手段，所以我能笑，爱笑；天真的笑多少显着年青一些。我悲观，但是不愿老声老气的悲观，那近乎"虎事"。我愿意老年轻轻的，死的时候像朵春花将残似的那样哀而不伤。我就怕什么"权威"咧，"大家"咧，"大师"咧，等等老气横秋的字眼们。我爱小孩，花草，小猫，小狗，小鱼；这些都不"虎事"。偶尔看见个穿小马褂的"小大人"，我能难受半天，特别是那种所谓聪明的孩子，让我难过。比如说，一群小孩都在那儿看变戏法儿，我也在那儿，单会有那么一两个七八岁的小老头说："这都是假的！"这叫我立刻走开，心里堵上一大块。世界确是更"文明"了，小孩也懂事懂得早了，可是我还愿意大家傻一点，特别是小孩。假若小猫刚生下来就会捕鼠，我就不再养猫，虽然它也许是个神猫。

　　我不大爱说自己，这多少近乎"吹"。人是不容易看清楚自己的。不过，刚过完了年，心中还慌着，叫我写"人生于世"，实在写不出，所以就近的拿自己当材料。万一将来我不得已而做了皇上呢，这篇东西也许成为史料，等着瞧吧。

· 美文赏析 ·

　　《又是一年芳草绿》整篇文章充满了散文的情趣美。作者在文章开篇运用中国古代散文常见的"立片言而居要"的文眼式构思，以"悲观"经纬全篇，不经意间使全篇完整如珍珠项链，粒粒相连。接着，作者围绕"悲观"来具体谈自己的志向、事业和做人原则。作者说在志向方面，"我打不起精神去积极地干"，但"该做的我总想把它做了"，这是一种"无为而无不为"的内在精神之"趣"；在事业上，作者这种"悲观"的态度的反映是"稿子""自己的作品"都不拿它们当宝贝，竟"不知怎股子劲儿，我成了写家"。这里的"悲观"其实是一种超然物外、不为外物所累的生活态度的反映。这种"悲观"倒成了"我"生活之趣；在做人上，作者说自己"不大爱说话"，喜欢和气，这种随遇而安、顺其自然的"悲观"也使"我"自得其趣。作者从三方面入手，用平实的文字表达自己顺其自然、不为外物所累的人生态度，文章字里行间洋溢着盎然的生活情趣。

　　另外，在语言方面，老舍先生使用具有老北京特色的日常生活语言，使文章在朴素的思想上更增加了生活的气息，亲切、温和，全无生涩、做作之感，真正达到了"质而实绮"的审美境界。

□ 精美散文

青 岛

闻一多

入选理由
关于青岛的著名游记
以美为主的艺术实践
对风物人情的纯粹书写

海船快到胶州湾时，远远望见一点青，在万顷的巨涛中浮沉；在右边崂山无数柱奇挺的怪峰，会使你忽然想起多少神仙的故事。进湾，先看见小青岛，就是先前浮沉在巨浪中的青点，离它几里远就是山东半岛最东的半岛——青岛。簇新的，整齐的楼屋，一座一座立在小小山坡上，笔直的柏油路伸展在两行梧桐树的中间，起伏在山冈上如一条蛇。谁信这个现成的海市蜃楼，一百年前还是个荒岛？

当春天，街市上和山野间密集的树叶，遮蔽着岛上所有的住屋，向着大海碧绿的波浪，岛上起伏的青梢也是一片海浪，浪下有似海底下神人所住的仙宫。但是在榆树丛荫下，还埋着十多年前德国人坚伟的炮台，深长的甬道里你还可以看见那些地下室，那些被毁的大炮机，和墙壁上血涂的手迹。——欧战时这儿剩有五百德国兵丁和日本争夺我们的小岛，德国人败了，日本的太阳旗曾经一时招展全市，但不久又归还了我们。在青岛，有的是一片绿林下的仙宫和海水泱泱的高歌，不许人想到地下还藏着十多间可怕的暗窟，如今全毁了。

堤岸上种植无数株梧桐，那儿可以坐憩，在晚上凭栏望见海湾里千万只帆船的桅杆，远近一盏盏明灭的红绿灯漂在浮标上，那是海上的星辰。沿海岸处有许多伸长的山角，黄昏时潮水一卷一卷来，在沙滩上飞转，溅起白浪花，又退回去，不厌倦的呼啸。天空中海鸥逐向渔舟飞，有时间在海水中的大岩石上，听那巨浪撞击着岩石激起一两丈高的水花。那儿再有伸

出海面的站桥,却站着望天上的云,海天的云彩永远是清澄无比的,夕阳快下山,西边浮起几道鲜丽耀眼的光,在别处你永远看不见的。

过清明节以后,从长期的海雾中带回了春色,公园里先是迎春花和连翘,成篱的雪柳,还有好像白亮灯的玉兰,软风一吹来就憩了。四月中旬,绮丽的日本樱花开得像天河,十里长的两行樱花,蜿蜒在山道上,你在树下走,一举首只见樱花绣成的云天。樱花落了,地下铺好一条花溪。接着海棠花又点亮了,还有踯躅在山坡下的"山踯躅",丁香,红端木,天天在染织这一大张地毯;往山后深林里走去,每天你会寻见一条新路,每一条小路中不知是谁创制的天地。

到夏季来,青岛几乎是天堂。双驾马车载人到汇泉浴场去,男的女的中国人和十方的异客,戴了阔边大帽,海边沙滩上,人像小鱼一般,暴露在日光下,怀抱中是熏人的咸风。沙滩边许多小小的木屋;屋外搭着伞篷,人全仰天躺在沙上,有的下海去游泳,踩水浪,孩子们光着身在海滨拾贝壳。街路上满是烂醉的外国水手,一路上胡唱。

但是等秋风吹起,满岛又回复了它的沉默,少有人行走,只在雾天里听见一种怪水牛的叫声,人说水牛躲在海角下,谁都不知道在哪儿。

作者简介

闻一多(1899~1946),原名闻家骅,号友三,生于湖北浠水。自幼爱好古典诗词和美术。1912年考入北京清华学校,1916年开始在《清华周刊》上发表系列读书笔记,总称《二月庐漫记》。同时创作旧体诗。1922年7月赴美留学。1925年5月回国,任北京艺术专科学校教务长。1928年秋任国立武汉大学文学院院长兼中文系主任,从此致力于研究中国古典文学。1930年深秋去山东任青岛大学文学院院长兼国文系主任。1932年8月回北平任清华大学国文系教授。抗日战争爆发后,在西南联大任教8年。1944年加入中国民主同盟。1946年7月15日在悼念李公朴先生大会上,愤怒斥责国民党暗杀李公朴的罪行,当天下午即被国民党特务杀害。

闻一多像

· 美文赏析 ·

在《青岛》里,闻一多运笔多在风物,千余字下来,青岛的眉目便宛然显现在我们眼前了,只给我们赏风景,而不要多说话。闻一多"以美为艺术之核心"的诗论,到了写景的散文上面,也还是一样的。青岛的一片水、一湾沙、一束花,在他的笔下更加清丽、明秀。他热爱青岛,但是看青岛的态度是平和的、闲适的,所以他把青岛绘成了一幅静美的画,而不是拗口累牍的文献材料。尽管他在青岛教书问学,做着从古里勾取新义的工作,但是,初次映现的青岛还是牵引他愉快的目光,而它的美又引起了他欣悦的神气。他先是从海涛中望见青岛:整齐的楼屋,笔直的柏油路,两旁的梧桐树……简约的几笔,就勾勒出这座岛城的大略。接下去,完全依从季候的脉络,写着对于青岛的印象。通篇的格局是平常的,也没有奇峭之笔,而他的这番娓娓的描述,却浮闪着花与海的光色。写影与状声,作者将内心的体悟和盘托出。闻一多的《青岛》虽然短小,但在风景上却用足了笔墨,语境又极清丽,感觉极好,显然,作者意不在显示学养的渊雅,智识的超卓,他只怀着轻松明朗的情绪写着风景之美,并无心载道,而淡淡的抒情意味却使青岛入他笔下,就成了一片流泻的霞彩,一个浮笑的梦。

□ 精美散文

小橘灯

冰心

入选理由
塑造了一位在艰难的生活逆境中渴望光明的善良坚强的少女形象
收入中学课本

这是十几年以前的事了。

在一个春节前一天的下午,我到重庆郊外去看一位朋友。她住在那个乡村的乡公所楼上。走上一段阴暗的仄仄的楼梯,进到一间有一张方桌和几张竹凳、墙上装着一架电话的屋子,再进去就是我的朋友的房间,和外间只隔一幅布帘。她不在家,窗前桌上留着一张条子,说是她临时有事出去,叫我等着她。

我在她桌前坐下,随手拿起一张报纸来看,忽然听见外屋板门吱地一声开了。过了一会,又听见有人在挪动那竹凳子。我掀开帘子,看见一个小姑娘,只有八九岁光景,瘦瘦的苍白的脸,冻得发紫的嘴唇,头发很短,穿一身很破旧的衣裤,光脚穿一双草鞋,正在登上竹凳想去摘墙上的听话器,看见我似乎吃了一惊,把手缩了回来。我问她:"你要打电话吗?"她一面爬下竹凳,一面点头说:"我要××医院,找胡大夫,我妈妈刚才吐了许多血!"我问:"你知道××医院的电话号码吗?"她摇了摇头说:"我正想问电话局……"我赶紧从机旁的电话本子里找到医院的号码,就又问她:"找到了大夫,我请他到谁家去呢?"她说:"你只要说王春林家里病了,他就会来的。"

我把电话打通了,她感激地谢了我,回头就走。我拉住她问:"你的家远吗?"她指着窗外说:"就在山窝那棵大黄果树下面,一下子就走到的。"说着就登、登、登地下楼去了。

我又回到里屋去,把报纸前前后后都看完了,又拿起一本《唐诗三百首》来,看了一半,天色越发阴沉了,我的朋友还不回来。我无聊地站了起来,望着窗外浓雾里迷茫的山景,看到那棵黄果树下面的小屋,忽然想去探望那个小姑娘和她生病的妈妈。我下楼在门口买了几个大红橘子,塞在手提袋里,顺着歪斜不平的石板路,走到那小屋的门口。

我轻轻地叩着板门,刚才那个小姑娘出来开了门,抬头看了我,先愣了一下,后来就微笑了,招手叫我进去。这屋子很小很黑,靠墙的板铺上,她的妈妈闭着眼平躺着,大约是睡着了,被头上有斑斑的血痕,她的脸向里侧着,只看见她脸上的乱发,和脑后的一个大髻。门边一个小炭炉,上面放着一个小沙锅,微微地冒着热气。这小姑娘把炉前的小凳子让我坐了,她自己就蹲在我旁边,不住地打量我。我轻轻地问:"大夫来

当代画家为冰心《小橘灯》一文所作的配图

58

过了吗？"她说："来过了，给妈妈打了一针……她现在很好。"她又像安慰我似地说："你放心，大夫明早还要来的。"我问："她吃过东西吗？这锅里是什么？"她笑说："红薯稀饭——我们的年夜饭。"我想起了我带来的橘子，就拿出来放在床边的小矮桌上。她没有作声，只伸手拿过一个最大的橘子来，用小刀削去上面的一段皮，又用两只手把底下的一大半轻轻地揉捏着。

我低声问："你家还有什么人？"她说："现在没有什么人，我爸爸到外面去了……"她没有说下去，只慢慢地从橘皮里掏出一瓢一瓢的橘瓣来，放在她妈妈的枕头边。

炉火的微光，渐渐地暗了下去，外面更黑了。我站起来要走，她拉住我，一面极其敏捷地拿过穿着麻线的大针，把那小橘碗四周相对地穿起来，像一个小筐似的，用一根小竹棍挑着，又从窗台上拿了一段短短的洋蜡头，放在里面点起来，递给我说："天黑了，路滑，这盏小橘灯照你上山吧！"

我赞赏地接过，谢了她，她送我出到门外，我不知道说什么好，她又像安慰我似地说："不久，我爸爸一定会回来的。那时我妈妈就会好了。"她用小手在面前画一个圆圈，最后按到我手上："我们大家也都好了！"显然地，这"大家"也包括我在内。

我提着这灵巧的小橘灯慢慢地在黑暗潮湿的山路上走着。这朦胧的橘红的光，实在照不了多远，但这小姑娘的镇定、勇敢、乐观的精神鼓舞了我，我似乎觉得眼前有无限光明！

我的朋友已经回来了，看见我提着小橘灯，便问我从哪里来。我说："从……从王春林家来。"她惊异地说："王春林，那个木匠，你怎么认得他？去年山下医学院里，有几个学生，被当做共产党抓走了，以后王春林也失踪了，据说他常替那些学生送信……"

当夜，我就离开那山村，再也没有听见那小姑娘和她母亲的消息。

但是从那时起，每逢春节，我就想起那盏小橘灯。十二年过去了，那小姑娘的爸爸一定早回来了。她妈妈也一定好了吧？因为我们"大家"都"好"了！

作者简介

冰心（1900～1999），原名谢婉莹，笔名冰心、男士等。原籍福建长乐，生于福州，幼年时代就广泛接触了中国古典小说和译作。1918年入协和女子大学预科，积极参加"五四"运动。1921年加入文学研究会。1923年毕业于燕京大学文科。同年赴美国威尔斯利女子大学学习英国文学。1926年，获文学硕士学位后回国，执教于燕京大学和清华大学等校。抗日战争期间在昆明、重庆等地从事创作和文化救亡活动。1946年赴日本，曾任东京大学教授。1951年回国，先后任《人民文学》编委、中国作家协会理事、中国文联副主席等职。

· 美文赏析 ·

这是一篇优美的回忆性叙事散文，文章形象地刻画了一位在艰难的生活逆境中渴望光明的善良坚强的农家少女的形象。作者从小处着手，选取了小姑娘打电话、照看妈妈、与"我"攀谈、做小橘灯送"我"这几件平凡的事情，由表及里，由浅入深，层层推进，将一个早熟、坚强、勇敢、乐观、善良、富于内在美的乡村贫苦少女的形象描绘得有血有肉、惟妙惟肖。作者在叙事之后所写的一段抒情文字，是全篇的点睛之笔，它深化了主题，揭示了小橘灯的象征意义——象征着蕴藏在人民心中的希望和火种，象征着光明和胜利之灯。

□ 精美散文

寄小读者（通讯七）

冰心

入选理由
冰心的散文代表作之一
笔调轻盈灵活，文字清新隽丽，感情细腻清澄
兼具白话文的通俗晓畅和文言文的凝练含蓄

亲爱的小朋友：

八月十七的下午，约克逊号邮船无数的窗眼里，飞出五色飘扬的纸带，远远的抛到岸上，任凭送别的人牵住的时候，我的心是如何的飞扬而凄恻！

痴绝的无数的送别者，在最远的江岸，仅仅牵着这终于断绝的纸条儿，放这庞然大物，载着最重的离愁，飘然西去！

船上生活，是如何的清新而活泼。除了三餐外，只是随意游戏散步。海上的头三日，我竟完全回到小孩子的境地中去了，套圈子，抛沙袋，乐此不疲，过后又绝然不玩了。后来自己回想很奇怪，无他，海唤起了我童年的回忆，海波声中，童心和游伴都跳跃到我脑中来。我十分的恨这次舟中没有几个小孩子，使我童心来复的三天中，有无猜畅好的游戏！

我自少住在海滨，却没有看见过海平如镜。这次出了吴淞口，一天的航程，一望无际尽是粼粼的微波。凉风习习，舟如在冰上行。到过了高丽界，海水竟似湖光。蓝极绿极，凝成一片。斜阳的金光，长蛇般自天边直接到阑旁人立处。上自穹苍，下至船前的水，自浅红至于深翠，幻成几十色，一层层，一片片的漾开了来。……小朋友，恨我不能画，文字竟是世界上最无用的东西，写不出这空灵的妙景！

八月十八夜，正是双星渡河之夕。晚餐后独倚阑旁，凉风吹衣。银河一片星光，照到深黑的海上。远远听得楼阑下人声笑语，忽然感到家乡渐远。繁星闪烁着，海波吟啸着，凝立悄然，只有惆怅。

十九日黄昏，已近神户，两岸青山，不时的有渔舟往来。日本的小山多半是圆扁的，大家说笑，便道是"馒头山"。这馒头山沿途点缀，直到夜里，远望灯光灿然，已抵神户。船徐徐停住，便有许多人上岸去。我因太晚，只自己又到最高层上，初次看见这般璀璨的世界，天上微月的光，和星光，岸上的灯光，无声相映。不时的还有一串光明从山上横飞过，想是火车周行。……舟中寂然，今夜没有海潮音，静极心绪忽起："倘若此时母亲也在这里……"我极清晰地忆起北京来。小朋友，恕我，不能往下再写了。

一九二三年八月二十日，神户

60

朝阳下转过一碧无际的草坡，穿过深林，已觉得湖上风来，湖波不是昨夜欲睡如醉的样子了。——悄然的坐在湖岸上，伸开纸，拿起笔，抬起头来，四围红叶中，四面水声里，我要开始写信给我久违的小朋友。小朋友猜我的心情是怎样的呢？

　　水面闪烁着点点的银光，对岸意大利花园里亭亭层列的松树，都证明我已在万里外。小朋友，到此已逾一月了，便是在日本也未曾寄过一字，说是对不起呢，我又不愿！

　　我平时写作，喜在人静的时候。船上却处处是公共的地方，舱面阑边，人人可以来到。海景极好，心胸却难得清平。我只能在晨间绝早，船面无人时，随意写几个字，堆积至今，总不能整理，也不愿草草整理，便迟延到了今日。我是尊重小朋友的，想小朋友也能尊重原谅我！

　　许多话不知从哪里说起，而一声声打击湖岸的微波，一层层的没上杂立的潮石，直到我蔽膝的毡边来，似乎要求我将她介绍给我的小朋友。小朋友，我真不知如何的形容介绍她！她现在横我的眼前。湖上的月明和落日，湖上的浓阴和微雨，我都见过了，真是仪态万千。小朋友，我的亲爱的人都不在这里，便只有她——海的女儿，能慰安我了。Lake Waban，谐音会意，我便唤她做"慰冰"。每日黄昏的游泛，舟轻如羽，水柔如不胜桨。岸上四围的树叶，绿的，红的，黄的，白的，一丛一丛的倒影到水中来，覆盖了半湖秋水。夕阳下极其艳冶，极其柔媚。将落的金光，到了树梢，散在湖面。我在湖上光雾中，低低的嘱咐它，带我的爱和慰安，一同和它到远东去。

　　小朋友！海上半月，湖上也过半月了，若问我爱哪一个更甚，这却难说。——海好像我的母亲，湖是我的朋友。我和海亲近在童年，和湖亲近是现在。海是深阔无际，不着一字，她的爱是神秘而伟大的，我对她的爱是归心低首的。湖是红叶绿枝，有许多衬托，她的爱是温和妩媚，我对她的爱是清淡相照的。这也许太抽象，然而我没有别的话来形容了！

　　小朋友，两月之别，你们自己写了多少，母亲怀中的乐趣，可以说来让我听听么？——这便算是沿途书信的小序。此后仍将那写好的信，按序寄上，日月和地方，都因其旧，"弱游"的我，如何自太平洋东岸的上海绕到大西洋东岸的波士顿来，这些信中说得很清楚，请在那里看罢！

　　不知这几百个字，何时方达到你们那里，世界真是太大了！

一九二三年十月十四日，慰冰湖畔，威尔斯利

·美文赏析·

　　1923年8月，冰心从燕京大学毕业后，赴美留学，专事文学研究。期间她将在旅途和异国的见闻感受，用通讯的形式写成系列散文《寄小读者》（共29篇），在《晨报》儿童世界专栏发表。本篇选自《寄小读者》中的《通讯七》。

　　文章写的是作者从上海到美国威尔斯利的旅途见闻。作者通过对太平洋的空灵美景和慰冰湖的柔媚夕照的描摹，抒发了自己远离祖国，眷念故乡和母亲的情怀。文章构思精巧，动静结合，浑然一体。对话式的语气，增加了文章的亲切感，给人以柔情似水的温馨感。冰心的散文笔调轻盈灵活，文字清新隽丽，感情细腻清澄，兼具白话文通俗晓畅的特点和文言文凝练含蓄的长处。《寄小读者》即是明显一例。

荷叶母亲

冰心

入选理由
一道爱和美的风景
简洁中富含永恒
歌颂母爱的名篇

　　父亲的朋友送给我们两缸莲花，一缸是红的，一缸是白的，都摆在院子里。

　　八年之久，我没有在院子里看莲花了——但故乡的园院里，却总有许多；不但有并蒂的，还有三蒂的，四蒂的，都是红莲。

　　九年前的一个月夜，祖父和我在院里乘凉。祖父笑着和我说："我们园里最初开三蒂莲的时候，正好我们大家庭里添了你们三个姐妹，大家都欢喜，说是应了花瑞。"

　　半夜里听见繁杂的雨声，早起是浓阴的天，我觉得有些烦闷。从窗内往外看时，那一朵白莲已经谢了，白瓣小船般散漂在水里。梗上只留个小小的莲蓬，和几根淡黄色的花须。那一朵红莲，昨夜还是菡萏的，今晨却开满了，亭亭地在绿叶中间立着。

　　仍是不适意——徘徊了一会子，窗外雷声作了，大雨接着就来，愈下愈大，那朵红莲，被那繁密的雨点，打得左右欹斜。在无遮蔽的天空之下，我不敢下阶去，也无法可想。

　　对屋里母亲唤着，我连忙走过去，坐在母亲旁边———回头忽然看见红莲旁边的一个大荷叶，慢慢地倾侧下来，正覆盖在红莲上面……我不宁的心绪散尽了！

　　雨势并不减退，红莲却不摇动了。雨点不住地打着，只能在那勇敢慈怜的荷叶上面，聚了些流转无力的水珠。

　　我心中深深地受了感动——

　　母亲啊！你是荷叶，我是红莲，心中的雨点来了，除了你，谁是我在无遮拦天空下的荫蔽？

· 美文赏析 ·

　　由于受博爱论的影响以及自身通达乐观的处世态度，冰心在压抑、迷茫的年代区别于他人，在文学上走出了自己独特的路子。在冰心的眼里，爱和真永远是世界的两大主题。

　　《荷叶母亲》是冰心一篇篇幅短小的散文，作者被雨打红莲、荷叶护花的生动场景感动，而联想到母亲的呵护和关爱，幻化出"荷叶母亲"如诗如画般的美好形象。母爱是纯洁的，总在你遇到风雨时悄然而至，给你慰藉和力量；母爱是无私的，她将永远包容着你，伴随你一生。冰心在文中也提到了风、雨、雷声这些不太美好的事物，但这些在爱的世界中只不过是生活中的涟漪。在母爱的呵护中，我们幸福地成长，享受美好的生活。文章末尾"母亲啊！你是荷叶，我是红莲，心中的雨点来了，除了你，谁是我在无遮拦天空下的荫蔽？"为点睛之笔，既升华了主题，又抒发了对母爱由衷的感激和赞美之情。

桨声灯影里的秦淮河

俞平伯

入选理由

一幅形象地描绘六朝金粉之地秦淮河的水墨画
与朱自清的同名散文一起被誉为描摹秦淮河风光的"散文双璧"
视角独特，笔调细腻传神

我们消受得秦淮河上的灯影，当圆月犹皎的仲夏之夜。

在茶店里吃了一盘豆腐干丝，两个烧饼之后，以歪歪的脚步踅上夫子庙前停泊着的画舫，就懒洋洋躺到藤椅上去了。好郁蒸的江南，傍晚也还是热的。"快开船罢！"桨声响了。

小的灯舫初次在河中荡漾；于我，情景是颇朦胧，滋味是怪羞涩的。我要错认它作七里的山塘；可是，河房里明窗洞启，映着玲珑入画的曲栏杆，顿然省得身在何处了。佩弦呢，他已是重来，很应当消释一些迷惘。但看他太频繁地摇着我的黑纸扇。胖子是这个样怯热的吗？

又早是夕阳西下，河上妆成一抹胭脂的薄媚。是被青溪的姊妹们所熏染的吗？还是匀得她们脸上的残脂呢？寂寂的河水，随双桨打它，终是没言语。密匝匝的绮恨逐老去的年华，已都如蜜饧似的融在流波的心窝里，连呜咽也将嫌它多事，更哪里论到哀嘶。心头，婉转的凄怀；口内，徘徊的低唱；留在夜夜的秦淮河上。

在利涉桥边买了一匣烟，荡过东关头，渐荡出大中桥了。船儿悄悄地穿出连环着的三个壮阔的涵洞，青溪夏夜的韶华已如巨幅的画豁然而抖落。哦！凄厉而繁的弦索，颤岔而涩的歌喉，杂着吓哈的笑语声，嘶啪的竹牌响，更能把诸楼船上的华灯彩绘，显出火样的鲜明，火样的温煦了。小船儿载着我们，在大艑缝里挤着，挨着，抹着走。它忘了自己也是今宵河上的一星灯火。

既踏进所谓"六朝金粉气"的销金锅，谁不笑笑呢！今天的一晚，且默了滔滔的言说，且舒了恻恻的情怀，暂且学着，姑且学着我们平时认为在醉里梦里的他们的憨痴笑语。看！初上的灯儿们一点点掠剪柔腻的波心，梭织地往来，把河水都皱得微明了。纸薄的心旌，我的，尽无休息地跟着它们飘荡，以至于怦怦而内热。这还好说什么的！如此说，诱惑是诚然有的，且于我已留下不易磨灭的印记。至于对楊的那一位先生，自认曾经一度摆脱了纠缠的他，其辩解又在何处？这实在非我所知。

20世纪30年代的秦淮河泊舟图

□ 精美散文

我们,醉不以涩味的酒,以微漾着,轻晕着的夜的风华。不是什么欣悦,不是什么慰藉,只感到一种怪陌生,怪异样的朦胧。朦胧之中似乎胎孕着一个如花的笑——这么淡,那么淡的倩笑。淡到已不可说,已不可拟,且已不可想;但我们终久是眩晕在它离合的神光之下的。我们没法使人信它是有,我们不信它是没有。勉强哲学地说,这或近于佛家的所谓"空",既不当鲁莽说它是"无",也不能径直说它是"有"。或者说"有"是有的,只因无可比拟形容那"有"的光景;故从表面看,与"没有"似不生分别。若定要我再说得具体些:譬如东风初劲时,直上高翔的纸鸢,牵线的那人儿自然远得很了,知她是哪一家呢?但凭那鸢尾一缕飘绵的彩线,便容易揣知下面的人寰中,必有微红的一双素手,卷起轻绡的广袖,牢担荷小纸鸢儿的命根的。飘翔岂不是东风的力,又岂不是纸鸢的含德;但其根株却将另有所寄。请问,这和纸鸢的省悟与否有何关系?故我们不能认笑是非有,也不能认朦胧即是笑。我们定应当如此说,朦胧里胎孕着一个如花的幻笑,和朦胧又互相混融着的;因它本来是淡极了,淡极了这么一个。

漫题那些纷烦的话,船儿已将泊在灯火的丛中去了。对岸有盏跳动的汽油灯,佩弦便硬说它远不如微黄的火。我简直没法和他分证那是非。

时有小小的艇子急忙忙打桨,向灯影的密流里横冲直撞。冷静孤独的油灯映见黯淡久的画船头上,秦淮河姑娘们的靓妆。茉莉的香,白兰花的香,脂粉的香,纱衣裳的香……微波泛滥出甜的暗香,随着她们那些船儿荡,随着我们这船儿荡,随着大大小小一切的船儿荡。有的互相笑语,有的默然不响,有的衬着胡琴亮着嗓子唱。一个,三两个,五六七个,比肩坐在船头的两旁,也无非多添些淡薄的影儿葬在我们的心上——太过火了,不至于罢,早消失在我们的眼皮上。谁都是这样急忙忙的打着桨,谁都是这样向灯影的密流里冲着撞;又何况久沉沦的她们,又何况漂泊惯的我们俩。当时浅浅的醉,今朝空空的惆怅;老实说,咱们萍泛的绮思不过

今日秦淮河夜景

自六朝始，秦淮河就已成为居民密集、商贸繁荣的街市。到明清时，这里更是盛极一时，灯火楼台，画船箫鼓，无限繁华。

如此而已，至多也不过如此而已。你且别讲，你且别想！这无非是梦中的电光，这无非是无明的幻相，这无非是以零星的火种微炎在大欲的根苗上。扮戏的咱们，散了场一个样，然而，上场锣，下场锣，天天忙，人人忙。看！吓！载送女郎的艇子才过去，货郎担的小船不是又来了？一盏小煤油灯，一舱的什物，他也忙得来像手里的摇铃，这样丁冬而郎当。

杨枝绿影下有条华灯璀璨的彩舫在那边停泊。我们那船不禁也依傍短柳的腰肢，欹侧地歇了。游客们的大船，歌女们的艇子，靠着。唱的拉着嗓子；听的歪着头；斜着眼，有的甚至于跳过她们的船头。如那时有严重些的声音，必然说："这哪里是什么旖旎风光！"咱们真是不知道，只模糊地觉着在秦淮河船上板起方正的脸是怪不好意思的。咱们本是在旅馆里，为什么不早早入睡，掂着牙儿，领略那"卧后清宵细细长"；而偏这样急急忙忙跑到河上来无聊浪荡？

还说那时的话，从杨柳枝的乱鬓里所得的境界，照规矩，外带三分风华的。况且今宵此地，动荡着有灯火的明姿。况且今宵此地，又是圆月欲缺未缺，欲上未上的黄昏时候。叮当的小锣，伊轧的胡琴，沉填的大鼓……弦吹声腾沸遍了三里的秦淮河。喳喳嚷嚷的一片，分不出谁是谁，分不出哪儿是哪儿，只有整个的繁喧来把我们包填。仿佛都抢着说笑，这儿夜夜尽是如此的，不过初上城的乡下佬是第一次呢。真是乡下人，真是第一次。

穿花蝴蝶样的小艇子多到不和我们相干。货郎担式的船，曾以一瓶汽水之故而拢近来，这是真的。至于她们呢，即使偶然灯影相偎而切掠过去，也无非瞧见我们微红的脸罢了，不见得有什么别的。可是，夸口早哩！——来了，竟向我们来了！不但是近，且拢着了。船头傍着，船尾也傍着；这不但是拢着，且并着了。厮并着倒还不很要紧，且有人扑冬地跨上我们的船头了。这岂不大吃一惊！幸而来的不是姑娘们，还好。（她们正冷冰冰地在那船头上。）来人年纪并不大，神气倒怪狡猾，把一扣破烂的手折，摊在我们眼前，让细瞧那些戏目，好好儿点个唱。

65

□精美散文

他说："先生，这是小意思。"诸君，读者，怎么办？

好，自命为超然派的来看榜样！两船挨着，灯光愈皎，见佩弦的脸又红起来了。那时的我是否也这样？这当转问他。（我希望我的镜子不要过于给我下不去。）老是红着脸终久不能打发人家走路的，所以想个法子在当时是很必要。说来也好笑，我的老调是一味的默，或干脆说个"不"，或者摇摇头，摆摆手表示"决不"。如今都已使尽了。佩弦便进了一步，他嫌我的方术太冷漠了，又未必中用，摆脱纠缠的正当道路惟有辩解。好吗！听他说："你不知道？这事我们是不能做的。"这是诸辩解中最简洁，最漂亮的一个。可惜他所说的"不知道"来人倒真有些"不知道"！辜负了这二十分聪明的反语。他想得有理由，你们为什么不能做这事呢？因这"为什么"，佩弦又有进一层的曲解。哪知道更坏事，竟只博得那些船上人的一哂而去。他们平常虽不以聪明名家，但今晚却又怪聪明，如洞彻我们的肺肝一样的。这故事即我情愿讲给诸君听，怕有人未必愿意哩。"算了罢，就是这样算了罢"，恕我不再写下了，以外的让他自己说。

叙述只是如此，其实那时连翩而来的，我记得至少也有三五次。我们把它们一个一个的打发走路。但走的是走了，来的还正来。我们可以使它们走，我们不能禁止它们来。我们虽不轻被摇撼，但已有一点杌陧了。况且小艇上总载去一半的失望和一半的轻蔑，在桨声里仿佛狠狠地说："都是呆子，都是吝啬鬼！"还有我们的船家（姑娘们卖个唱，他可以赚几个子的佣金）。眼看她们一个一个的去远了，呆呆的蹲踞着，怪无聊赖似的。碰着了这种外缘，无怒亦无哀，惟有一种情意的紧张，使我们从颓弛中体会出挣扎来。这味道倒许很真切的，只恐怕不易为倦鸦似的人们所喜。

曾游过秦淮河的到底乖些。佩弦告船家："我们多给你酒钱，把船摇开，别让他们来啰嗦。"自此以后，桨声复响，还我以平静了，我们俩又渐渐无拘无束舒服起来，又滔滔不断地来谈谈方才的经过。今儿是算怎么一回事？我们齐声说，欲的胎动无可疑的。正如水见波痕轻婉已极，与未波时究不相类。微醉的我们，洪醉的他们，深浅虽不同，却同为一醉。接着来了第二问，既自认有欲的微炎，为什么艇子来时又羞涩地躲了呢？在这儿，答语参差着。佩弦说他的是一种暗昧的道德意味，我说是一种似较深沉的眷爱。我只背诵岂君的几句诗给佩弦听，望他曲喻我的心胸。可恨他今天似乎有些发钝，反而追着问我。

前面已是复成桥。青溪之东，暗碧的树梢上面微耀着一桁的清光。我们的船就缚在枯柳桩边待月。其时河心里晃荡着的，河岸头歇泊着的各式灯船，望去，少说点也有十廿来只。惟不觉繁喧，只添我们以幽甜。虽同是灯船，虽同是秦淮，虽同是我们；却是灯影淡了，河水静了，我们倦了，——况且月儿将上了。灯

昔日的秦淮河之夜，灯火斑斓，水波荡漾，歌语喧哗，繁华绮丽无以言喻，引得无数才子佳人醉游其中，纵情嬉娱。

影里的昏黄,和月下灯影里的昏黄原是不相似的,又何况入倦的眼中所见的昏黄呢。灯光所以映她的娇姿,月华所以洗她的秀骨,以蓬腾的心焰跳舞,她的盛年,以伤涩的眼波供养她的迟暮。必如此,才会有圆足的醉,圆足的恋,圆足的颓弛,成熟了我们的心田。

犹未下弦,一丸鹅蛋似的月,被纤柔的云丝们簇拥上了一碧的遥天。冉冉地行来,冷冷地照着秦淮。我们已打桨而徐归了。归途的感念,这一个黄昏里,心和境的交萦互染,其繁密殊超我们的言说。主心主物的哲思,依我外行人看,实在把事情说得太嫌简单,太嫌容易,太嫌分明了。实有的只是浑然之感。就论这一次秦淮夜泛罢,从来处来,从去处去,分析其间的成因自然亦是可能;不过求得圆满足尽的解析,使片段的因子们合拢来代替刹那间所体验的实有,这个我觉得有点不可能,至少于现在的我们是如此的。凡上所叙,请读者们只看作我归来后,回忆中所偶然留下的千百分之一二,微薄的残影。若所谓"当时之感",我决不敢望诸君能在此中窥得。即我自己虽正在这儿执笔构思,实在也无从重新体验出那时的情景。说老实话,我所有的只是忆。我告诸君的只是忆中的秦淮夜泛。至于说到那"当时之感",这应当去请教当时的我。而他久飞升了,无所存在。

……

凉月凉风之下,我们背着秦淮河走去,悄默是当然的事了。如回头,河中的繁灯想定是依然。我们却早已走得远,"灯火未阑人散";佩弦,诸君,我记得这就是在南京四日的酣嬉,将分手时的前夜。

作者简介

俞平伯(1900~1990),浙江德清人,著名诗人、散文家、红学家。1919年毕业于北京大学,次年到杭州第一师范学院执教。"五四"时期先后加入新潮社、文学研究会、语丝社等新文学团体。1922年与朱自清等人创办《诗》月刊。曾先后任教于上海大学、燕京大学、北京大学。中华人民共和国成立后任北京大学教授。1952年任中国社会科学院文学研究所研究员。主要著作有诗集《冬夜》,散文集《燕知草》《杂拌儿》,文学论集《红楼梦研究》等。

俞平伯像

·美文赏析·

十里秦淮,曾为六朝金粉之地,当年很是喧闹繁华过一阵子。在这篇文章中,作者以桨声灯影为切入点,作为夜游秦淮、品味秦淮的独特角度,以细腻传神的笔调,为我们展示了秦淮的桨声灯影、旖旎风光、绮靡色色。文章的前半部分描绘了"桨声"中的、喧闹的、歌声笑语的秦淮河,后半部分描绘了"灯影"中的、优雅的、"此时无声胜有声"的秦淮河。"两条"秦淮构架了一个立体的秦淮世界——诗意的、历史的,又是尘俗的、现实的秦淮世界。细腻、洒脱的字里行间,透露出一种空灵朦胧的意境美:水朦胧、灯朦胧、人朦胧、月朦胧、心朦胧。

□ 精美散文

在玄武湖畔

李金发

入选理由
象征主义诗人笔下的花鸟鱼虫
生活情调和自然情趣的相互交融
令人神往的隐逸闲情

在玄武湖畔这个不可多得的，打破六十余年纪录的，温度达一百零四度四的一九三四年，我恰从温和适意的南国的罗浮山，跑到石头城来，我是自叹倒霉，预备去受酷暑的磨难的。不料不幸中之幸，终于躲在玄武湖养园两个月，和太阳神抵抗，终得平安过去。现在秋意渐渐浓厚，我继续在此居住，看着大自然逐步失去活泼之态，一面严冬又在准备它的大业。

七月初旬，知道家人要北来，我就在南京物色西式的住宅，从五台山走到阴阳营，马家街等地都空费流汗。凑巧得很，友人汪君来访，他知道我在找房子，他提议分租他住的养园一部分给我，真是再好没有，人们求之不得的。我于是遂从不脱南京旧日本色的金沙井逃出来，好像舒了一口喘息似的。

到上海去接家人回来，就在那里过昼伏夜出的生活。

这个中国式的西洋别墅，不要小看它，是当年住过许多"党国要人"的，因为以前做过荷院俱乐部。值得提起的，是它有一大客厅，可容六七十人跳舞，当年曾做过首都社交中心的工具的，其余的建筑则一无是处。然细察一会，则可看出屋主人是休养林泉的能手，房子全部的窗和门，都是铁纱窗，没有苍蝇蚊子踪影。四周栽满花草，高耸的树木包围着，在窗外还有芭蕉的绿叶，代替了窗帘。葡萄藤满生白色的果实，在预备采食之前一日，为不知什么鼠食得干净。西偏有成亩的小竹成林，因为久旱的缘故，笋子老埋在土下，一遇下过了雨，翌晨无数的幼芽，从土中如笔般长出。老园丁说，此种笋不会长成，便将它挖出来做菜；起初觉得非常可惜，煞风景，但后来看惯了，自己也每遇雨后抢着去挖，把它鲜炒或晒成笋干。

杨柳在窗外摇曳，有时垂到地下，阻住人来往的路，但人从不会把它砍短；有时柳枝驻下一二个富于气力的蝉儿，引吭高歌，与远处高处的和成一个合奏曲，真是热闹，有时扰人午睡又觉罪不容诛。听茵子说，秋天无力的蝉，叫声是"也余也余"地叫，与盛夏的"余余余"不变音的叫法，是不同的。后来入了秋听之，果然不错。亏得我在乡间住了十几年，还不曾听过这常识。至今思之，不快的，是有一天气压非常高的一天，我出去公园管理处打电话，看到一个穿草鞋的苦力人，手持一竹竿，腰间接着一竹篓，正在将一种胶质糊在竿尾，然后仰首去寻蝉声所自出处，将这有胶的竿，轻轻的靠在鸣着的蝉之背部，则两翼已在无用的挣扎，他徐徐将竿退下，将蝉翼上有胶的部分揭去（美丽的翼就此残缺了），放进篓中它的无数同命运者中去。

68

犹闻闹成一张如人类狱中的罪人之骚动，我好奇地，借他的竿也捉下一个，也给他放进去了。这是我牺牲一小生命的罪过！闻此种蝉将卖给小孩子玩，——磨难小动物，是中国儿童的时色，也是无知的父母所允诺的。——或卖给人做药材，这就是与人无所忤的自然吟咏者之命运。

不知怎的，我近十年来很觉得心肠仁慈多了，一个小小的蚱蜢及蟋蟀，甚至蚂蚁，我都不愿及不许小孩们弄死，或磨难它们，对于它们的生活，我也很趣味，充其量我可以做一个昆虫学家 Fabier 也说不定。他们粗人俗人，常常笑我尚有孩子气，我承认我尚有赤子之心，个中诗意及哲理是他们不能领略的。有一次，我无意中在树根下发现两种蚂蚁在斗争，纠纷的起因为何，我可惜没有看到，迨我看见时，已有十来个大蚁（有半英寸长）为无数小蚁擒食，大蚁则派几个勇士，守在土穴之口，张开铁一般黑钳，窥伺着。环绕着的小蚁群，偶有一个过于勇敢不小心的小蚁，便会把它衔进去受极刑。有时大蚁稍不小心，走得过远，便为小蚁包围，你吃一脚，他吃一臀，就走不动了，这样就断送了它的性命。这不是人类的缩影吗？我蹲在那里，足足看了一点钟，心头非常难过，但没有法子可以排解它们，后来我回去吸一枝香烟，写了一点译稿，再来看时，小蚁们已退至东边，大蚁出来，到已退出的阵地，张皇地在寻觅。怎样的经过呢？小蚁自动的总退却呢，还是为大蚁吞食到如此田地呢？大蚁又何不追击呢？我想彼此牺牲必不少，这些都使我沉思了终日，这样的蚁斗，也不多见了。

此地的蟾蜍，是孩子们的朋友，他们叫它为"呷呷仔"，每遇下雨，它们就东一个西一个笨拙地爬出来觅食（实在下了雨，什么蚊虫也走光了，它的本能失了效用）。尤以竹林下为多，小孩子若以竹子打打它的背部，它撑起四脚，鼓胀着气来抵抗，这真是拉芳登寓言中所说的一样。

夕阳西下，人们鱼贯地来园中散步的时候，便见数百只麻雀群，在梧桐树枝上觅栖宿的地方，至少嘈杂在半个钟头以上，才跟着夜色四合，寂然无声，大概是位置的分配罢！每当夜间雷电交作，或狂风怒吼的时候，它们在不安定的枝头受苦，我常常在深夜想起，很可怜这小动物。

每个大树下都有石桌石凳，可以在月亮挂在枝间或在紫金山之巅时，一壶清茶，几个知心朋友，纵谈天下事，几不知人世间还有烦恼事。

房屋的四周，许多花枝不断地开着，远望去总是红的白的掩映在眼帘，是何等赏心悦目呀！有时，折下一些来，自私地插在大大小小的瓶里，轻淡的微黄的玫瑰花之香，与美人蕉的艳红，真使客厅生色，恨不得多几个人来赏玩。篱近有许多牵牛花我最爱，总共有七八种颜色，清晨起来散步的时候，最鲜艳，可惜不到晚间，已萎谢了。这样短促的光荣，使人多么惋惜。这边的一草一木，都是园丁老沙手栽的，我们对着他的晚景，应该感谢他而凄怆。他现年五十八岁了，面色为日光晒成深赤色，鼻子扁平的——星相家一定说是他倒霉的原因，——说的满口徐州话，人还是很康健，他在此足足十年了，当主人做总办的时候，这个房子还没有造他就来此，忠实服务到现在，不知怎的他老是想回老家去。他说他有储蓄一百元，回去卖烧饼油条亦可过日子，吃完了则讨饭。他没有妻子亲属，使人对他的余年发生无限怜悯，我曾叫汪君挽留这忠仆，以后不知怎样安排。

每当热度到百零几度的时候，即闭着窗户午睡，亦挥汗如露珠，有时为蝉声或斑鸠声搅醒，还睡眼惺忪的，看着修路的工人，在猛射的太阳下推着咿呀的车子，心头真是难过，但世间不平的原因多哩。

现在新秋已徐步到人间，紫金山边白茫茫的细雨继续地洒向枯槁的园林，怪令人可爱的，习习轻风，吹向两腋，精神为之一振，可是没有涟漪的水，生起如织的波纹，只剩得湖边的杨

□ 精美散文

柳，满带愁思地摇曳。

广漠的曾飘出芳香的荷田，现在也不见淡红的花朵，向人微笑，点首，隐约呈现衰老的黄叶，大概不久也会为人刈割净尽了。昔日无数画艇荡漾地载着鹣鲽漫游之湖心，现在全为高与人齐的野草占据着，出人不意的从草根下飞起一群水鸟，或白鸳，朝向浅渚去窥伺天真的小鱼。

放眼望去，没有一点水的模样，惟前次在飞机上下望，则尚有几处较深的地方，还有相当的水，为无数鱼鳖逃命之所，不禁令人有沧海桑田之感。

薄薄的银灰色的秋云，好像善意来保护我们似的，把太阳遮得没有热力了，黄昏的时候，夕阳在云端舞着最后的步伐，放出鲜艳的橙色，送着绯红的日球徐徐下坠，像忍心一日的暂别。此时绿阴之下，不缺乏比肩情影，喁喁絮着誓语，几阵不知趣的归巢小鸟，从他们头上飞过装出怪声，没有不仰首察看一次的。湖山为他们而存在呢，还是他们为湖山之陪衬品？

一到晚饭后，寻乐的伴侣成群的从桥的那端姗姗而来，沉静的灯光，照着行人得意之色；蓝黛的长天被疏星点缀着，如眉的新月，映出林木的轮廓，顿增加黑夜的神秘性。夏蝉已成为哑巴只寻死的扑向灯光而来，土地下的雌雄蟋蟀，在得意地歌唱，也不似了解未来的命运。远处的火车汽笛声如魔鬼尖锐之音，投进满怀秋思失恋者之心曲，比塞北胡笳更凄清。城之南的天空，映出淡淡的桃红色，不消说那边是车水马龙的繁华世界，许多公子哥儿，正在酒绿灯红中谈着情话，不曾有半点水旱天灾的痕迹在他们脑海里，大人先生也正在兴高采烈，在觥筹交错，说着虚伪的官话，或在作揖啊。

到了九点钟时分，游人兴尽走光，提篮的卖葡萄人，也已收盘，湖畔顿成一片静寂，一点足音也听不到，只有枝头的斑鸠扒翼的声音，或蚯蚓威威的长鸣。那时月儿已复隐到地平线下去，园中黑漆一团像有阴森的景象，使人心头有些惧怯，只好借口疲倦，自己欺骗自己逃到睡乡去。

作者简介

李金发（1900～1976），原名李淑良，广东梅县人。1919年赴法勤工俭学。1921年就读于第戎美术专门学校和巴黎帝国美术学校，在法国象征派诗歌的影响下，开始创作格调怪异的诗歌，被称为"诗怪"，成为我国第一个象征主义诗人。1925年初回国，在上海美专执教，同年加入文学研究会。1928年任杭州国立艺术院雕塑系主任，创办《美育》杂志。后赴广州塑像，并在广州美术学院工作，1936年任该校校长。后移居美国纽约，直至去世。

· 美文赏析 ·

李金发以格调怪异的象征主义"怪诗"而著名，但是他的这篇游记却是在确切的写实中夹杂斑斓的色彩和各种细微的情趣，玄武湖畔的生活在他的笔下情趣盎然。确切来讲，这是一篇接近游记的文字，作者的兴趣集中在自然中，风中竹木、花鸟鱼虫等，颇有一些隐逸的闲情。"房屋的四周，许多花枝不断地开着，远望去总是红的白的掩映在眼帘，是何等赏心悦目呀！有时，折下一些来，自私地插在大大小小的瓶里，轻淡的微黄的玫瑰花之香，与美人蕉的艳红，真使客厅生色，恨不得多几个人来赏玩。"字里行间弥漫着闲情滋味，似乎就是阳光和时间里瞬间斑斓的印象。这正是本文的可爱、可读之处。

桃源与沅州

沈从文

入选理由

沈从文的散文代表作之一，真实反映了旧时湘西一带挣扎在底层的人们的艰辛生活

　　全中国的读书人，大概从唐朝以来，命运中注定了应读一篇《桃花源记》，因此把桃源当成一个洞天福地。人人皆知道那地方是武陵渔人发现的，有桃花夹岸，芳草鲜美。远客来到，乡下人就杀鸡温酒，表示欢迎。乡下人都是避秦隐居的遗民，不知有汉朝，更无论魏晋了。千余年来读书人对于桃源的印象，既不怎么改变，所以每当国体衰弱发生变乱时，想做遗民的必多，这文章也就增加了许多人的幻想，增加了许多人的酒量。至于住在那儿的人呢，却无人自以为是遗民或神仙，也从不曾有人遇着遗民或神仙。

　　桃源洞离桃源县二十五里。从桃源乡坐小船沿沅水上行，船到白马渡时，上南岸走去，忘路之远近乱走一阵，桃花源就在眼前了。那地方桃花虽不如何动人，竹林却很有意思。如椽如柱的大竹子，随处皆可发现前人用小刀刻划留下的诗歌。新派学生不甘自弃，也多刻下英文字母的题名。竹林里间或潜伏一二剪径壮士，待机会霍地从路旁跃出，仿照《水浒传》上英雄好汉行为，向游客发个利市，使人来个措手不及，不免吃点小惊。桃源县城则与长江中部各小县城差不多，一入城门最触目的是推行印花税与某种公债的布告。城中有棺材铺官药铺，有茶馆酒馆，有米行脚行，有和尚道士，有经纪媒婆。庙宇祠堂多数为军队驻防，门外必有个武装同志站岗。土栈烟馆既照章纳税，就受当地军警保护。代表本地的出产，边街上有几十家玉器作，用珉石染红着绿，琢成酒杯笔架等物，货物品质平平常常，价钱却不轻贱。另外还有个名为"后江"的地方，住下无数公私不分的妓女，很认真经营她们的职业。有些人家在一个菜园平房里，有些却又住在空船上，地方虽脏一点倒富有诗意。这些妇女使用她们的下体，安慰军政各界，且征服了往还沅水流域的烟贩，木商，船主，以及种种因公出差过路人。挖空了每个顾客的钱包，维持许多人生活，促进地

20世纪30年代的湘西水手

□ 精美散文

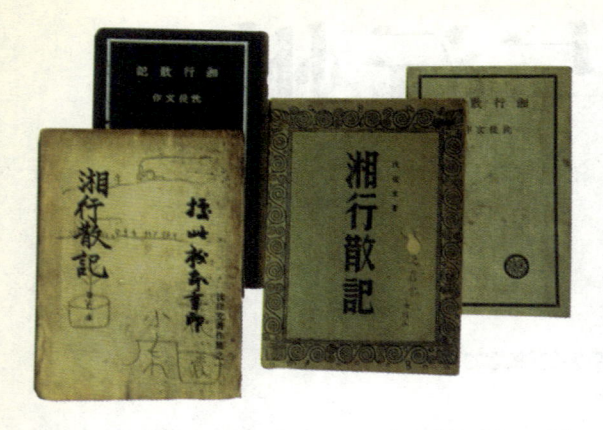

沈从文散文集《湘行散记》的不同版本。《桃源与沅州》一文即选自《湘行散记》。

方的繁荣。一县之长照例是个读书人，从史籍上早知道这是人类一种最古的职业，没有郡县以前就有了它们，取缔既与"风俗"不合，且影响到若干人生活，因此就很正当的定下一些规章制度，向这些人来抽收一种捐税（并采取了个美丽名词叫作"花捐"），把这笔款项用来补充地方行政，保安，或城乡教育经费。

桃源既是个有名地方，每年自然就有许多"风雅"人，心慕古桃源之名，二三月里携了《陶靖节集》与《诗韵集成》等参考资料和文房四宝，来到桃源县访幽探胜。这些人往桃源洞赋诗前后，必尚有机会过后江走走，由朋友或专家引导，这家那家坐坐，烧匣烟，喝杯茶。看中意某一个女人时，问问行市，花个三元五元，便在那龌龊不堪万人用过的花板床上，压着那可怜妇人胸膛放荡一夜。于是纪游诗上多了几首无题艳遇诗，把"巫峡神女""汉皋解佩""刘阮天台"等等典故，一律被引用到诗上去。看过了桃源洞，这人平常若是很谨慎的，自会觉得应当即早过医生处走走，于是匆匆的回家了。至于接待过这种外路"风雅"人的神女呢，前一夜也许陆续接待过了三个麻阳船水手，后一夜又得陪伴两个贵州省牛皮商人。这些妇人照例说不定还被一个散兵游勇，一个县公署执达吏，一个公安局书记，或一个当地小流氓，长时期包定占有，客来时那人往烟馆过夜，客去后再回到妇人身边来烧烟。

妓女的数目占城中人口比例数不小。因此仿佛有各种原因，她们的年龄都比其他大都市更无限制。有些人在五十以上，还不甘自弃，同十六七岁孙女辈前来参加这种生活斗争，每日轮流接待水手同军营中火伕。也有年纪不过十四五岁，乳臭尚未脱尽，便在那儿服侍客人过夜的。

她们的技艺是烧烧鸦片烟，唱点流行小曲，若来客是粮子上跑四方人物，还得唱唱军歌党歌，和时下电影明星的新歌，应酬应酬，增加兴趣。她们的收入有些一次可得洋钱二十三十，有些一整夜又只得一块八毛。这些人有病本不算一回事。实在病重了，不能作生意挣饭吃，间或就上街走到西药房去打针，六零六三零三扎那么几下，或请走方郎中配副药，朱砂茯苓乱吃一阵，只要支持得下去，总不会坐下来吃白饭。直到病倒了，毫无希望可言了，就叫毛伙用门板抬到那类住在空船中孤身过日子的老妇人身边去，尽她咽最后那一口气。死去时亲人呼天抢地哭一阵，罄所有请和尚安魂念经，再托人赊购副四合头棺木，或借"大加一"买副薄薄板片，土里一埋也就完事了。

桃源地方已有公路，直达号称湘西咽喉的武陵（常德），每日都有八辆十辆新式载客汽车，按照一定时刻在公路上奔驰，距常德约九十里，车票价钱一元零。这公路从常德且直达湖南省会长沙，汽车路程约四小时，车票价约六元。公路通车时，有人说这条公路在湘省经济上具有极大意义，意思是对于黔省出口特货运输可方便不少。这人似乎不知道特货过境每次必三百担五百担，公路上一天不过十几辆汽车来回，若非特货再加以精制，每天能运输特货多少？关于特货的精制，在各省严厉禁烟宣传中，平民谁还有胆量来作这种非法勾当。假若在桃源县某种铺子里，居然有人能够设法购买一点黄色粉末药物，作为谈天口气，随便问问，就会弄明白那货物的来源是有来头的。信不信由你，大股东中大头脑有什么"龄"字辈"子"字辈，还有沿江之督办，上海之闻人。且明白出产地并不是桃源县城，沿江上行六十里，有二十部机器日夜加工，运输出口时或用轮船直往汉口，却不需借公路汽车转运长沙。

真可称为桃源名产值得引人注意却照例不及注意的，是家鸡同鸡卵，街头巷尾无处不可以发现这种冠赤如火庞大庄严的生物，经常有重达一二十斤的。凡过路人初见这地方鸡卵，必以为鸭卵或鹅卵。其次，桃源有一种小划子，轻捷，稳当，干净，在沅水中可称首屈一指。一个外省旅行者，若想从湘西的永绥、乾城、凤凰研究湘边苗族的分布状况，或想从湘西往四川的酉阳、秀山调查桐油的生产，往贵州的铜仁调查朱砂水银的生产，往玉屏调查竹料种类，注意造箫制纸的手工业生产情况，皆可在桃源县魁星阁下边，雇妥那么一只小船，沿沅水溯流而上，直达目的地，到地时取行李上岸落店，毫无何等困难。

一只桃源小划子上只能装载一二客人。照例要个舵手，管理后梢，调动船只左右。张挂风帆，松紧帆索，捕捉河面山谷中的微风。放缆拉船，量渡河面宽窄与河流水势，伸缩竹缆。另外还要个拦头工人，上滩下滩时看水认容口，出事前提醒舵手躲避石头、恶浪与洑流，出事后点篙子需要准确，稳重。这种人还要有胆量，有气力，有经验。张帆落帆都得很敏捷的即时拉桅下绳索。走风船行如箭时，便蹲坐在船头上叫喝呼啸，嘲笑同行落后的船只。自己船只落后被人嘲骂时，还要回骂；人家唱歌也得用歌声作答。两船相碰说理时，不让别人占便宜。动手打架时，先把篙子抽出拿在手上。船只逼入急流乱石中，不问冬夏，都得敏捷而勇敢的脱光衣裤，向急流中跑去，在水里尽肩背之力使船只离开险境。掌舵的因事故不能尽职，就从船顶爬过船尾去，作个临时舵手。船上若有小水手，还应事事照料小水手，指点小水手。更有一份不可推却的职务，便是在一切过失上，应与掌舵的各据小船一头，相互辱宗骂祖，继续使船前进，小船除此两人以外，尚需要个小水手居于杂务地位，淘米，烧饭，切菜，洗碗，无事不作。行船时应荡桨就帮同荡桨，应点篙就帮同持篙。这种小水手大都在学习期间，应处处留心，取得经验同本领。除了学习看水，看风，记石头，使用篙桨以外，也学习挨打挨骂。尽各种古怪稀奇字眼儿成天在耳边反复响着，好好的保留在记忆里，将来长大时再用它来辱骂旁人。上行无风吹，一个人还负了纤板，曳着一段竹缆，在荒凉河岸小路上拉船前进。小船停泊码头边时，又得规规矩矩守船。关于他们的经济情势，舵手多为船家长年雇工，平均算来合八分到一角钱一天。拦头工有长年雇定的，人若年富力强多经验，待遇同掌舵的差不多。若只是短期包来回，上行平均每天可得一毛或一毛五分钱，下行则尽义务吃白饭而已。至于小水手，学习期限看年龄同本事来，有些人每天可得两分钱作零用，有些人在船上三年五载吃白饭。上滩时一个不

当代画家黄永玉所画的湘西凤凰县风光图

□ 精美散文

小心，闪不知被自己手中竹篙弹入乱石激流中，泅水技术又不在行，在水中淹死了，船主方面写得有字据，生死家长不能过问。掌舵的把死者剩余的一点衣服交给亲长说明白落水情形后，烧几百钱纸，手续便清楚了。

一只桃源划子，有了这样三个水手，再加上一个需要赶路，有耐心，不嫌孤独，能花个二十三十的乘客，这船便在一条清明透澈的沅水上下游移动起来了。在这条河里在这种小船上作乘客，最先见于记载的一人，应当是那疯疯癫癫的楚逐臣屈原。在他自己的文章里，他就说道："朝发汪渚兮，夕宿辰阳。"若果他那文章还值得称引，我们尚可以就"沅有芷兮澧有兰"与"乘舲上沅"这些话，估想他当年或许就坐了这种小船，溯流而上，到过出产香草香花的沅州。沅州上游不远有个白燕溪，小溪谷里生长芷草，到如今还随处可见。这种兰科植物生根在悬崖罅隙间，或蔓延到松树枝桠上，长叶飘拂，花朵下垂成一长串，风致楚楚。花叶形体较建兰柔和，香味较建

1982年沈从文重返故乡凤凰县，在八角楼前留影。卓雅摄。

兰淡远。游白燕溪的可坐小船去，船上人若伸手可及，多随意伸手摘花，顷刻就成一束。若崖石过高，还可以用竹篙将花打下，尽它堕入清溪洄流里，再用手去清溪里把花捞起。除了兰芷以外，还有不少香草香花，在溪边崖下繁殖。那种黛色无际的崖石，那种一丛丛幽香眩目的奇葩，那种小小洄旋的溪流，合成一个如何不可言说迷人心目的圣境！若没有这种地方，屈原便再疯一点，据我想来，他文章未必就能写得那么美丽。

什么人看了我这个记载，若神往于香草香花的沅州，居然从桃源包了小船，过沅州去，希望实地研究解决《楚辞》上几个草木问题。到了沅州南门城边，也许无意中会一眼瞥见城门上有一片触目黑色。因好奇想明白它，一时可无从向谁去询问。他所见到的只是一片新的血迹，并非什么古迹。大约在清党前后，有个晃州姓唐的青年，北京农科大学毕业生，在沅州晃州两县，用党务特派员资格，率领了两万以上四乡农民和一些青年学生，肩持各种农具，上城请愿。守城兵先已得到长官命令，不许请愿群众进城。于是双方自然而然发生了冲突。一面是旗帜，木棒，呼喊与愤怒，一面是居高临下，一尊机关枪同十枝步枪。街道既那么窄，结果站在最前线上的特派员同四十多个青年学生与农民，便全在城门边牺牲了。其余农民一看情形不对，抛下农具四散跑了。那个特派员的尸体，于是被兵士用刺刀钉在城门木板上示众三天，三天过后，便连同其他牺牲者，一齐抛入屈原所称赞的清流里喂鱼吃了。几年来本地人在内战反复中被派捐拉夫，在应付差役中把日子混过去，大致把这件事也慢慢的忘掉了。

桃源小船载到沅州府，舵手把客人行李扛上岸，讨得酒钱回船时，这些水手必乘兴过南门外皮匠街走走。那地方同桃源的后江差不多，住下不少经营最古职业的人物，地方既非商埠，价钱可公道一些。花五角钱关一次门，上船时还可以得一包黄油油的上净烟丝，那是十年前的规矩。照目前百物昂贵情形想来，一切当然已不同了，出钱的花费也许得多一点，收钱的待客

74

也许早已改用"美丽牌"代替"上净丝"了。

或有人在皮匠街蓦然间遇见水手,对水手发问:"弄船的,'肥水不落外人田',家里有的你让别人用,用别人的你还得花钱,这上算吗?"

那水手一定会拍着腰间麂皮抱兜,笑眯眯地回答说:"大爷,'羊毛出在羊身上',这钱不是我桃源人的钱,上算的。"

他回答的只是后半截,前半截却不必提。本人正在沅州,离桃源远过六七百里,桃源那一个他管不着。

便因为这点哲学,水手们的生活,比起"风雅人"来似乎也洒脱多了。

若说话不犯忌讳,无人疑心我"袒护无产阶级",我还想说,他们的行为,比起那些读了些"子曰",带了《五百家香艳诗》去桃源寻幽访胜,过后江讨经验的"风雅人"来,也实在还道德得多。

作者简介

沈从文(1902~1988),原名沈岳焕,湖南凤凰人。1917年入伍。1923年到上海任教。1931年先后在青岛大学、昆明西南联大、北京大学任教,曾主编《大公报》文艺副刊。中华人民共和国成立后任中国社科院历史研究员,从事古代服装和其他史学研究。主要著作有小说《边城》《长河》,散文集《湘行散记》等。

沈从文像

·美文赏析·

《桃源与沅州》写于1935年,记叙了桃源与沅州地区的景况、人物、出产、风俗与民情等。作者在开篇将陶渊明《桃花源记》中所描述的桃花源与现实中的桃花源相对照,为全文定下基调:"住在那儿的人呢,却无人自以为是遗民或神仙,也从不曾有人遇着遗民或神仙。"接着作者从桃源坐船沿沅水上游为线索,对那里的风情人物极事铺陈。在作者笔下,那里是一个美丽、封闭、自给的世界,那里的人们卑微、愚浑而淳朴。作者着重描述了桃源妓女和沅水水手这两类人物,反映了妓女们性格中柔弱而坚强的一面,水手们在困境中勇敢、乐观生活的精神,对他们的凄苦悲惨生活寄予了深深的同情,同时对虚伪的"风雅人"进行了辛辣的嘲讽。

□ 精美散文

西湖的雪景

钟敬文

入选理由

钟敬文的散文代表作之一
中国散文史上描绘西湖雪景的名篇
笔法多变，笔调细腻

从来谈论西湖之胜景的，大抵注目于春夏两季；而各地游客，也多于此时翩然来临。——秋季游人已渐少，入冬后，则更形疏落了。这当中自然有以致其然的道理。春夏之间，气温和暖，湖上风物，应时佳胜，或"杂花生树，群莺乱飞"，或"浴晴鸥鹭争飞，拂袂荷风荐爽"，都是要教人眷眷不易忘情的。于此时节，往来湖上，沉醉于柔媚芳馨的情味中，谁说不应该呢？但是春花固可爱，秋月不是也要使人销魂么？四时的烟景不同，而真赏者各能得其佳趣；不过，这未易以论于一般人罢了。高深父先生曾告诉过我们："若能高朗其怀，旷达其意，超尘脱俗，别具天眼，揽景会心，便得真趣。"我们虽不成材，但对于先贤这种深于体验的话，也忍只当做全无关系的耳边风么？

自宋朝以来，平章西湖风景的，有所谓"西湖十景，钱塘十景"之说，虽里面也曾列入"断桥残雪"，"孤山霁雪"两个名目，但实际上，真的会去赏玩这种清寒不很近情的景致的，怕没有多少人吧。《四时幽赏录》的著者，在"冬时幽赏"门中，言及雪景的，几占十分的七八，其名目有"雪霁策蹇寻梅"，"三茅山顶望江天雪霁"，"西溪道中玩雪"，"扫雪烹茶玩画"，"雪夜煨芋谈禅"，"山窗听雪敲竹"，"雪后镇海楼观晚炊"等。其中大半所述景色，读了不禁移人神思，固不徒文字粹美而已。但他是一位潇洒出尘的名士，所以能够有此独具心眼的幽赏；我们一方面自然佩服他心情的深湛，另方面却也可以证出能领略此中奥味者之所以稀少的必然了。

西湖的雪景，我共玩了两次。第一次是在此间初下雪的第三天。我于午前十点钟时才出去。一个人从校门乘黄包车到湖滨下车，徒步走出钱塘门。经白堤，旋转入孤山路。沿孤山西行，到西泠桥，折由大道回来。此次雪本不大，加以出去时间太迟，山野上盖着的，大都已消去，所以没有什么动人之处。现在我要细述的，是第二次的重游。

那天是一月念四日。因为在床上感到意外冰冷之故，清晨初醒来时，我便预知昨宵是下了雪。果然，当我打开房门一看时，对面房屋的瓦上全变成白色了，天井中一株木樨花的枝叶上，也粘缀着一小堆一小堆的白粉。详细的看去，觉得比日前两三回所下的都来得大些。因为以前的，虽然也铺盖了屋顶，但有些瓦沟上却仍然是黑色，这天却一色地白着，绝少铺不匀的地方了。并且都厚厚的，约莫有一两寸高的程度。日前的雪，虽然铺满了屋顶，但于木樨花树，却好像全无关系似的，此回它可不免受影响了，这也是雪落得比较大些的明证。

老李照例是起得很迟的，有时我上了两课下来，才看见他在房里穿衣服，预备上办公厅去。这天，我起来跑到他的房里，把他叫醒之后，他犹带着几分睡意地问我："老钟，今天外面有没有下雪？"我回答他说："不但有呢，并且颇大。"他起初怀疑着，直待我把窗内的白布幔拉开，让他望见了屋顶才肯相信。"老钟，我们今天到灵隐去耍子吧？"他很高兴的说。我"哼"的应了一声，便回到自己的房里来了。

　　我们在校门口上车时，大约已九点钟左右了。时小雨霏霏，冷风拂人如泼水。从车帘两旁缺处望出去，路旁高起之地，和所有一切高低不平的屋顶，都撒着白面粉似的，又如铺陈着新打好的棉被一般。街上的已大半变成雪泥，车子在上面碾过，不绝地发出唧唧的声音，与车轮转动时磨擦着中间横木的音响相杂。

　　我们到了湖滨，便换登汽车。往时这条路线的搭客是颇热闹的，现在却很零落了。同车的不到十个人，为遨游而来的客人还怕没有一半。当车驶过白堤时，我们向车外眺望内外湖风景，但见一片迷蒙的水气弥漫着，对面的山峰，只有一个几乎辨不清楚的薄影。葛岭、宝石山这边，因为距离比较密迩的缘故，山上的积雪和树木，大略可以看得出来；但地位较高的保俶塔，便陷于朦胧中了。到西泠桥前近时，再回望湖中，见湖心亭四围枯秃的树干，好似怯寒般的在那里呆立着，我不禁联想起《陶庵梦忆》中一段情词俱幽绝的文字来：

　　崇祯五年十二月，余住西湖。大雪三日，湖中人鸟声俱绝。是日更定矣，余拿一小舟，拥毳衣炉火，独往湖心亭。天与云与水上下一白。湖上影子，惟长堤一痕，湖心亭一点，与余舟一芥，舟中人两三粒而已。到亭上，有两人铺毡对坐，一童子烧酒，炉正沸。见余大喜，曰："湖中焉得更有此人！"拉余同饮，余强饮三大白而别。问其姓氏，是金陵人，客此。及下船，舟子喃喃曰："莫说相公痴，更有痴似相公者！"（《湖心亭看雪》）

　　不知这时的湖心亭上，尚有此种痴人否？心里不觉漠然了一会。车过西泠桥以后，车暂驶行于两边山岭林木连接着的野道中。所有的山上，都堆积着很厚的雪块，虽然不能如瓦屋上那样铺填得均匀普遍，那一片片清白的光彩，却尽够使我感到宇宙的清寒、壮旷与纯洁！常绿树的枝叶后所堆着的雪，和枯树上的，很有差别。前者因为有叶子衬托着之故，雪上特别堆积得大块点，远远望去，如开满了白的山茶花，或吾乡的水锦花。后者，则只有一小小块的雪片能够在上面粘着不堕落下去，与刚著花的梅李树绝相相似。实在，我初头几乎把那些近在路旁的几株错认了。野上半黄或全赤了的枯草，多压在两三寸厚的雪褥下面；有些枝条软弱的树，也被压抑得欹欹倒倒的。路上行人很稀少。道旁野人的屋里，时见有衣饰破旧而笨重的老人、童子，在围着火炉取暖。看了那种古朴清贫的情况，仿佛令我忘怀了我们所处时代的纷扰、繁遽了。

　　到了灵隐山门，我们便下车了。一走进去，空气怪清冷的，不但没有游客，往时那些卖念珠、古钱、天竺筷子的小贩子也不见了。石道上铺积着颇深的雪泥。飞来峰疏疏落落的着了许多雪块，清泠亭及其它建筑物

西湖断桥雪景

□ 精美散文

钟敬文像

的顶面，一例的密盖着纯白色的毡毯。一个拍照的，当我们刚进门时，便紧紧的跟在后面。因为老李的高兴，我们便在清冷亭旁照了两个影。

好奇心打动着我，使我感觉到眼前所看到的之不满足，而更向处境较幽深的韬光庵去。我幽悄地尽移着步向前走，老李也不声张的跟着我。从灵隐寺到韬光庵的这条山径，实际上虽不见怎样的长；但颇深曲而饶于风致。这里的雪，要比城中和湖上各处的都大些。在径上的雪块，大约有半尺来厚，两旁树上的积雪，也比来路上所见的浓重。曾来游玩过的人，该不会忘记的吧，这条路上两旁是怎样的繁植着高高的绿竹。这时，竹枝和竹叶上，大都着满了雪，向下低低地垂着。《四时幽赏录》"山窗听雪敲竹"条云："飞雪有声，惟在竹间最雅。山窗寒夜：时听雪洒竹林；淅沥萧萧，连翩瑟瑟，声韵悠然，逸我清听。忽尔回风交急，折竹一声，使我寒毡增冷。"这种风味，可惜我没有福分消受。

在冬天，本来是游客冷落的时候，何况这样雨雪清冷的日子呢？所以当我们跑到庵里时，别的游人一个都没有——这在我们上山时看山径上的足迹便可以晓得的——而僧人的眼色里，并且也有一种觉得怪异的表示。我们一直跑上最后的观海亭。那里石阶上下都厚厚地堆满了水沫似的雪，亭前的树上，雪着得很重，在雪的下层并结了冰块。旁边有几株山茶花，正在艳开着粉红色的花朵。那花朵有些堕下来的，半掩在雪花里，红白相映，色彩灿然，使我们感到华而不俗，清而不寒；因而联忆起那"天寒翠袖薄，日暮倚修竹"的美人儿来。

登上这亭，在平日是可以近瞰西湖，远望浙江，甚而至于缥缈的沧海的，可是此刻却不能了。离庵不远的山岭、僧房、竹树，尚勉强可见，稍远则封锁在茫漠的烟雾里了。

空斋踢壁卧，忽梦溪山好。朝骑秃尾驴，来寻雪中道。石壁引孤松，长空没飞鸟。不见远山横，寒烟起林杪。（《雪中登黄山》）

我倚着亭柱，默默地在咀嚼着王渔洋这首五言诗的清妙；尤其是结尾两句，更道破了雪景的三昧。但说不定许多没有经验的人，要妄笑它是无味的诗句呢。文艺的真赏鉴，本来是件不容易的事，这又何必咄咄见怪？自己解说了一番，心里也就释然了。

本来拟在僧房里吃素面的，不知为什么，竟跑到山门前的酒楼喝酒了。老李不能多喝，我一个人也就无多兴致干杯了。在那里，我把在山径上带下来的一团冷雪，放进在酒杯里混着喝。堂倌看了说："这是顶上的冰淇淋呢。"

半因为等不到汽车，半因为想多玩一点雪景，我们决意步行到岳坟才叫划子去游湖。一路上，虽然走的是来时汽车经过的故道，但在徒步观赏中，不免觉得更有情味了。我们的革履，踏着一两寸厚的雪泥前进，频频地发出一种清脆的声音。有时路旁树枝上的雪块，忽然掉了下来，着在我们的外套上，正前人所谓"玉堕冰柯，沾衣生湿"的情景。我迟回着我的步履，旷展着我的视域，油然有一脉浓重而灵秘的诗情，浮上我的心头来，使我幽然意远，漠然神凝。郑綮答人家自己的诗思，在灞桥雪中，驴背上，真是怪懂得趣儿的说法！

当我们在岳王庙前登舟时，雪又纷纷的下起来了。湖里除了我们的一只小划子以外，再看不到别的舟楫。平湖漠漠，一切都沉默无哗。舟穿过西泠桥，缓泛里西湖中，孤山和对面诸山及上下的楼亭、房屋，都白了头，在风雪中兀立着。山径上，望不见一个人影；湖面连水鸟都没有踪迹，只有乱飘的雪花堕下时，微起些涟漪而已。柳宗元诗云："千山鸟飞绝，万径人踪灭。孤舟蓑笠翁，独钓寒江雪。"我想这时如果有一个渔翁在垂钓，它很可以借来说明眼前的景物呢。

　　舟将驶近断桥的时候，雪花飞飘得更其凌乱。我们向北一面的外套，差不多大半白而且湿了。风也似乎吹得格外紧劲些，我的脸不能向它吹来的方面望去。因为革履渗进了雪水的缘故，双足尤冰冻得难忍。这时，从来不多开过口的舟子，忽然问我们说："你们觉得此处比较寒冷么？"我们问他什么缘故。据说是宝石山一带的雪山风吹过来的原因。我于是默默的兴想到知识的范围和它的获得等重大的问题上去了。

　　我们到湖滨登岸时，已是下午三点余钟了。公园中各处都堆满了雪，有些已变成泥泞。除了极少数在待生意的舟子和别的苦力之外，平日朝夕在此间舒舒地来往着的少男少女、老爷太太，此时大都密藏在"销金帐中，低斟浅酌，饮羊羔美酒"，——至少也靠在腾着血焰的火炉旁，陪伴家人或挚友，无忧虑地在大谈其闲天。——以享乐着他们幸福的时光，再不愿来风狂雪乱的水涯，消受贫穷人所应受的寒冷了！这次的薄游，虽然也给了我些牢骚和别的苦味，但我要用良心做担保的说，它所给予我的心灵深处的欢悦，是无穷地深远的！可惜我的诗笔是钝秃了。否则，我将如何超越了一切古诗人的狂热地歌咏了它呢！

　　好吧，容我在这儿诚心沥情地说一声，谢谢雪的西湖，谢谢西湖的雪！

作者简介

　　钟敬文（1903～2002），广东海丰人，著名散文家、民俗学家。1922年毕业于陆安师范学院，后到中山大学、岭南大学、浙江大学任教。1934年到日本早稻田大学学习。两年后回国，在杭州、桂林等地从事教学和研究工作。1941年在中山大学任教。中华人民共和国成立后执教于北京师范大学，曾任中国民间文艺家协会主席、中国民俗学会理事长。著有散文集《荔枝小品》《西湖漫话》，诗集《海滨的二月》，以及多部民俗研究著作。

· 美文赏析 ·

　　《西湖的雪景》是一篇游记散文，写于1929年1月，是作者在杭州任教时重游西湖的观感。

　　文章以游踪为线索，采取移步换景的手法，从白堤、西泠桥，到灵隐寺、韬光庵，最后泛舟过断桥，直至登岸，从不同的角度，以多变的笔法细致地勾勒出各个景点雪景的不同情态，将西湖的雪景写得气象万千、丰富多彩。作者独具慧眼，以细腻的笔调挖掘出远处的、眼前的、树上的、湖面的、漫飘的、堆积的等形态各异的雪景，惟妙惟肖地刻画出了西湖雪的色彩之美、朦胧之美，使人仿佛身临其境，如同亲临现场"幽赏"一般。文中多处引用了古诗文佳句，古今名联，使文章平添许多光彩。钟敬文素以民俗学和民间文艺研究著称，但其散文也有不凡的魅力和独特的个性，清淡隽美，幽深精细，《西湖的雪景》即是其众多散文中一篇代表性的佳作。

精美散文

雪

梁实秋

入选理由
语调平和，思想深邃
充分体现散文的理趣美
旁征博引，内蕴丰盈

李白句："燕山雪花大如席"。这话靠不住，诗人夸张，犹"白发三千丈"之类。据科学的报道，雪花的结成视当时当地的气温状况而异，最大者直径三至四寸。大如席岂不是一片雪就可以把整个人盖住？雪，是越下得大越好，只要是不成灾。雨雪霏霏，像空中撒盐，像柳絮飞舞，缓缓然下，真是有趣，没有人不喜欢。有人喜雨，有人苦雨，不曾听说过谁厌恶雪。就是在冰天雪地的地方，爱斯基摩人也还利用雪块砌成圆顶小屋，住进去暖和得很。

赏雪，须先肚中不饿。否则雪虐风饕之际，饥寒交迫，就许一口气上不来，焉有闲情逸致去细数"一片一片又一片……飞入梅花都不见"？后汉有一位袁安，大雪塞门，无有行路，人谓已死，洛阳令令人除雪，发现他在屋里僵卧，问他为什么不出来，他说："大雪人皆饿，不宜干人。"此公戆得可爱，自己饿，料想别人也饿。我相信袁安僵卧的时候一定吟不出"风吹雪片似花落"之类的句子。晋王子猷居山阴，夜雪初霁，月色清朗，忽然想起远在剡的朋友戴安道，即便夜乘小舟就之，经宿方至，造门不前而返。假如没有那一场大雪，他固然不会发此奇兴，假如他自己膻粥不继，他也不会风雅到夜乘小船去空走一遭。至于谢安石一门风雅，寒雪之日与儿女吟诗，更是富贵人家事。

一片雪花含有无数的结晶，一粒结晶又有好多好多的面，每个面都反射着光，所以雪才显着那样的洁白。我年轻时候听说从前有烹雪瀹茗的故事，一时好奇，便到院里就新降的积雪掬起表面的一层，放在甑里融成水，煮沸，走七步，用小宜兴壶，沏大红袍，倒在小茶盅里，细细品啜，举起喝干了的杯子就鼻端猛嗅三两下——我一点也不觉得两腋生风，反而觉得舌本闲强。我再检视那剩余的雪水，好像有用矾打的必要！空气污染，雪亦不能保持其清白。有一年，我在汴洛道上行役，途中车坏，时值大雪，前不巴村后不着店，饥肠辘辘，乃就路边草棚买食，主人飨我以挂面，我大喜过望。但是煮面无水，主人取洗脸盆，舀路旁积雪，以混沌沌的雪水下面。虽说饥者易为食，这样的清汤挂面也不是顶容易下咽的。从此我对于雪，觉得只可远观，不可亵玩。苏武饥吞毡渴饮雪，那另当别论。

雪的可爱处在于它的广被大地，覆盖一切，没有差别。冬夜拥被而眠，觉寒气袭人，蜷缩不敢动，凌晨张开眼皮，窗棂窗帘隙处有强光闪映大异往日，起来推窗一看，——啊！白茫茫一片银世界。竹枝松叶顶着一堆堆的白雪，杈芽老树也都镶了银边。朱门与蓬户同样的蒙受它的沾被，雕栏玉砌与瓮牖桑枢没有差别待遇。地面上的坑穴洼溜，冰面上的枯枝断梗，路面上的残刍败屑，全都罩在天公抛下的一件鹤氅之下。雪就是这样的大公无私，装点了美好的事物，也遮掩了一切的芜秽，虽然不能遮掩太久。

雪最有益于人之处是在农事方面，我们靠天吃饭，自古以来就看上天的脸色，"天上同云，雨雪纷纷。……既沾既足，生我百谷。"俗语所说"瑞雪兆丰年"，即今冬积雪，明年将丰之谓。不必"天大雪，至于牛目"，盈尺就可成为足够的宿泽。还有人说雪宜麦而避蝗，因为蝗遗子于地，雪深一尺则入地一丈，连虫害都包治了。我自己也有过一点类似的经验，堂前有芍药两栏，书房檐下有玉簪一畦，冬日几场大雪扫积起来，堆在花栏花圃上面，不但可以使花根保暖，而且来春雪融成了天然的润溉，大地回苏的时候果然新苗怒发，长得十分茁壮，花团锦簇。我当时觉得比堆雪人更有意义。

据说有一位枭雄吟过一首咏雪的诗："黄狗身上白，白狗身上肿，出门一啊喝，天下大一统。"俗话说"官大好吟诗"，何况一位枭雄在夤缘际会踌躇满志的时候？这首诗不是没有一点巧思，只是趣味粗犷得可笑，这大概和出身与气质有关。相传法国皇帝路易十四写了一首三节联韵诗，自鸣得意，征求诗人批评家布洼娄的意见，布洼娄说："陛下无所不能，陛下欲做一首歪诗，果然做成功了。"我们这位枭雄的咏雪，也应该算是很出色的一首歪诗。

作者简介

梁实秋（1903～1987），原名梁治华，字实秋，一度以秋郎、子佳为笔名。祖籍浙江杭县，生于北京。1923年留学美国。1926年回国，任教于东南大学，并主编《新月》等刊物。1949年迁居台湾。著作甚丰，主要有文学评论集《浪漫的与古典的》《秋室杂文》，散文集《雅舍小品》，译著《莎士比亚全集》，百万言著作《英国文学史》等。

梁实秋像

· 美文赏析 ·

《雪》是梁实秋一篇思想性与艺术性俱佳的文章。文中作者提到了"赏雪"，他说"赏雪，须先肚中不饿"，又谈到古人常说的"烹雪"，认为"烹雪瀹茗"无实际意义。梁实秋认为雪的真正可爱之处，在于它"覆盖一切，没有差别"，在于它一视同仁的公平。而它"最有益于人之处是在农事方面"，它可以更好地让人"靠天吃饭"。这样看来，追求实实在在的人生，保持踏踏实实的生活态度，就成了梁实秋在《雪》中传达的主要思想了。

□ 精美散文

雅 舍

梁实秋

入选理由

梁实秋的散文代表作
体现了一种困境中的旷达淡泊、乐观宽容的人生襟怀
语言淡雅、简练、风趣

　　到四川来，觉得此地人建造房屋最是经济。火烧过的砖，常常用来做柱子，孤零零的砌起四根砖柱，上面盖上一个木头架子，看上去瘦骨嶙嶙，单薄得可怜；但是顶上铺了瓦，四面编了竹篦墙，墙上敷了泥灰，远远的看过去，没有人能说不像是座房子。我现在住的"雅舍"正是这样一座典型的房子。不消说，这房子有砖柱，有竹篦墙，一切特点都应有尽有。讲到住房，我的经验不算少，什么"上支下摘""前廊后厦""一楼一底""三上三下""亭子间""茅草棚""琼楼玉宇"和"摩天大厦"，各式各样，我都尝试过。我不论住在那里，只要住得稍久，对那房子便发生感情，非不得已我还舍不得搬。这"雅舍"，我初来时仅求其能蔽风雨，并不敢存奢望，现在住了两个多月，我的好感油然而生。虽然我已渐渐感觉它是并不能蔽风雨，因为有窗而无玻璃，风来则洞若凉亭；有瓦而空隙不少，雨来则渗如滴漏。纵然不能蔽风雨，"雅舍"还是自有它的个性。有个性就可爱。

　　"雅舍"的位置在半山腰，下距马路约有七八十层的土阶。前面是阡陌螺旋的稻田。再远望过去是几抹葱翠的远山，旁边有高粱地，有竹林，有水池，有粪坑，后面是荒僻的榛莽未除的土山坡。若说地点荒凉，则月明之夕，或风雨之日，亦常有客到，大抵好友不嫌路远，路远乃见情谊。客来则先爬几十级的土阶，进得屋来仍须上坡，因为屋内地板乃依山势而铺，一面高，一面低，坡度甚大，客来无不惊叹，我则久而安之，每日由书房走到饭厅是上坡，饭后鼓腹而出是下坡，亦不觉有大不便处。

抗战时期梁实秋在重庆北碚居住的"雅舍"

　　"雅舍"共是六间，我居其二。篦墙不固，门窗不严，故我与邻人彼此均可互通声息。邻人轰饮作乐，咿唔诗章，喁喁细语，以及鼾声、喷嚏声、吭汤声、撕纸声、脱皮鞋声，均随时由门窗户壁的隙处荡漾而来，破我岑寂。入夜则鼠子瞰灯，才一合眼，鼠子便自由行动，或搬核桃在地板上顺坡而下，或吸灯油而推翻烛台，或攀援而上帐顶，或在门框桌脚上磨牙，使人

不得安枕。但是对于鼠子，我很惭愧的承认，我"没有法子"。"没有法子"一语是被外国人常常引用着的，以为这话最足代表中国人的懒惰隐忍的态度。其实我的对付鼠子并不懒惰。窗上糊纸，纸一戳就破；门户关紧，而相鼠有牙，一阵咬便是一个洞洞。试问还有什么法子？洋鬼子住到"雅舍"里，不也是"没有法子"？比鼠子更骚扰的是蚊子。"雅舍"的蚊风之盛，是我前所未见的。"聚蚊成雷"真有其事！每当黄昏的时候，满屋里磕头碰脑的全是蚊子，又黑又大，骨骼都像是硬的。在别处蚊子早已肃清的时候，在"雅舍"则格外猖獗，来客偶不留心，则两腿伤处累累隆起如玉蜀黍，但是我仍安之。冬天一到，蚊子自然绝迹，明年夏天——谁知道我还是住在"雅舍"！

"雅舍"最宜月夜——地势较高，得月较先。看山头吐月，红盘乍涌，一霎间，清光四射，天空皎洁，四野无声，微闻犬吠，坐客无不悄然！舍前有两株梨树，等到月升中天，清光从树间筛洒而下，地下阴影斑斓，此时尤为幽绝。直到兴阑人散，归房就寝，月光仍然逼进窗来，助我凄凉。细雨蒙蒙之际，"雅舍"亦复有趣。推窗展望，俨然米氏章法，若云若雾，一片弥漫。但若大雨滂沱，我就又惶悚不安了，屋顶湿印到处都有，起初如碗大，俄而扩大如盆，继则滴水乃不绝，终乃屋顶灰泥突然崩裂，如奇葩初绽，砉然一声而泥水下注，此刻满室狼藉，抢救无及。此种经验，已数见不鲜。

"雅舍"之陈设，只当得简朴二字，但洒扫拂拭，不使有纤尘。我非显要，故名公巨卿之照片不得入我室；我非牙医，故无博士文凭张挂壁间；我不业理发，故丝织西湖十景以及电影明星之照片亦均不能张我四壁。我有一几一椅一榻，酣睡写读，均已有着，我亦不复他求。但是陈设虽简，我却喜欢翻新布置。西人常常讥笑妇人喜欢变更桌椅位置，以为这是妇人天性喜变之一征。诬否且不论，我是喜欢改变的，中国旧式家庭，陈设千篇一律，正厅上是一条案，前面一张八仙桌，一边一把靠椅，两旁是两把靠椅夹一只茶几。我以为陈设宜求疏落参差之致，最忌排偶。"雅舍"所有，毫无新奇，但一物一事之安排布置俱不从俗。人入我室，即知此是我室。笠翁闲情偶寄之所论，正合我意。

"雅舍"非我所有，我仅是房客之一。但思"天地者万物之逆旅"，人生本来如寄，我住"雅舍"一日，"雅舍"即一日为我所有。即使此一日亦不能算是我有，至少此一日"雅舍"所能给予之苦辣酸甜，我实躬受亲尝。刘克庄词："客里似家家似寄。"我此时此刻卜居"雅舍"，"雅舍"即似我家。其实似家似寄，我亦分辨不清。

长日无俚，写作自遣，随想随写，不拘篇章，冠以"雅舍小品"四字，以示写作所在，且志因缘。

·美文赏析·

《雅舍》主要描写了作者抗战期间在四川乡间"雅舍"里生活的种种情状，抒发了作者躬身亲尝种种酸甜苦辣的情趣。"雅舍"是一种幽默的称谓，它实际上是一间简陋破败的四川土房。统观全文，作者写的几乎都是雅舍的"敝""陋""噪"，对雅舍的"雅""美"很少着笔。但在字里行间，人们并不感到雅舍的丑陋，反觉得其极可爱、可亲，这显示了作者独特的艺术匠心。在淡雅、简练、风趣的语言叙述中，透射着作者在任何环境中都能甘于淡泊、怡然自乐的处世态度和人生襟怀。

□ 精美散文

风雨中忆萧红

丁玲

入选理由

丁玲的散文代表作之一
中国现代散文史上忆念萧红的优秀散文
跌宕起伏,情真意切

　　本来就没有什么地方可去,一下雨便更觉得闷在窑洞里的日子太长。要是有更大的风雨也好,要是有更汹涌的河水也好,可是仿佛要来一阵骇人的风雨似的,那么一块肮脏的云成天盖在头上,而水声也是那么不断地哗啦哗啦在耳旁响,微微地下着一点看不见的细雨,打湿了地面,那轻柔的柳絮和蒲公英都飘舞不起而沾在泥土上了。这会使人有遐想,想到随风而倒的桃李,和在风雨中更迅速迸出的苞芽。即使是很小的风雨和浪潮,都更能显出百物的凋谢和生长,丑陋和美丽。

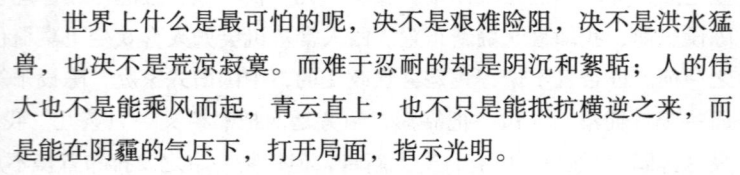

　　世界上什么是最可怕的呢,决不是艰难险阻,决不是洪水猛兽,也决不是荒凉寂寞。而难于忍耐的却是阴沉和絮聒;人的伟大也不是能乘风而起,青云直上,也不只是能抵抗横逆之来,而是能在阴霾的气压下,打开局面,指示光明。

　　时代已经非复少年时代了,谁还有悠闲的心情在闷人的风雨中煮酒烹茶与琴诗为侣呢?或者是温习着一些细腻的情致,重读着那些曾经被迷醉过被感动过的小说,或者低徊冥思那些天涯的故人,流着一点温柔的泪?那些天真、那些纯洁、那些无疵的赤子之心,那些轻微的感伤,那些精神上的享受都飞逝了,早已飞逝得找不到影子了。这个飞逝得很好,但现在是什么呢?是听着不断的水的絮聒,看着脏布也似的云块,痛感着阴霾,连寂寞的宁静也没有,然而却需要阿底拉斯的力背负着宇宙的时代所给予的创伤,毫不动摇的存在着,存在便是一种大声疾呼,便是一种骄傲,便是给絮聒以回答。

　　然而我决不会麻木的,我的头成天膨胀着要爆炸,它装得太多,需要呕吐。于是我写着,在白天,在夜晚,有关节炎的手臂因为放在桌子上太久而疼痛,患沙眼的眼睛因为在微小的灯光下而模糊。但幸好并没有激动,也没有感慨,我决不缺乏冷静,而且很富有宽恕,我很愉快,因为我感到我身体内有东西在冲撞;

萧红是中国现代文学史上一位杰出的、个性鲜明的女作家。其一生经历坎坷,饱受磨难,1942年病逝于香港,年仅31岁。萧红在自己短暂的一生中,写出了包括小说《生死场》《呼兰河传》等在内的近100万字的不朽作品,以自己的鲜血和生命抒写了一位觉醒女性的奋斗史,赢得了她同时代的人们和后人的永恒尊敬和怀念。

它支持了我的疲倦，它使我会看到将来，它使我跨过现在，它会使我更冷静，它包括了真理和智慧，它是我生命中的力量，比少年时代的那种无愁的青春更可爱呵！

但我仍会想起天涯的故人的，那些死去的或是正受着难的。前天我想起了雪峰，在我的知友中他是最没有自己的了。他工作着，他一切为了党，他受埋怨过，然而他没有感伤过，他对于名誉和地位是那样的无睹，那样不会趋炎附势，培植党羽，装腔作势，投机取巧。昨天我又苦苦地想起秋白，在政治生活中过了那么久，却还不能彻底地变更自己，他那种二重的生活使他在临死时还不能免于有所申诉。我常常责怪他申诉的"多余"，然而当我去体味他内心的战斗历史时，却也不能不感动，哪怕那在整体中，是很渺小的。今天我想起了刚逝世不久的萧红，明天，我也许会想到更多的谁，人人都与这社会有关系，因为这社会，我更不能忘怀于一切了。

黑龙江省呼兰县的萧红故居

萧红和我认识的时候，是在一九三八年春初。那时山西还很冷，很久生活在军旅之中，习惯于粗犷的我，骤睹着她的苍白的脸，紧紧闭着的嘴唇，敏捷的动作和神经质的笑声，使我觉得很特别，而唤起许多回忆，但她的说话是很自然而真率的。我很奇怪作为一个作家的她，为什么会那样少于世故，大概女人都容易保有纯洁和幻想，或者也就同时显得有些稚嫩和软弱的缘故吧。但我们都很亲切，彼此并不感觉到有什么孤僻的性格。我们都尽情地在一块儿唱歌，每夜谈到很晚才睡觉。当然我们之中在思想上，在情感上，在性格上都不是没有差异，然而彼此都能理解，并不会因为不同意见或不同嗜好而争吵，而揶揄。接着是她随同我们一道去西安，我们在西安住完了一个春天，我们也痛饮过，我们也同度过风雨之夕，我们也互相倾诉。然而现在想来，我们谈得是多么地少啊！我们似乎从没有一次谈到过自己，尤其是我。然而我却以为她从没有一句话之中是失去了自己的，因为我们实在都太真实，太爱在朋友的面前赤裸自己的精神，因为我们又实在觉得是很亲近的。但我仍会觉得我们是谈得太少的，因为，像这样的能无妨嫌、无拘束、不需警惕着谈话的对手是太少了啊！

那时候我很希望她能来延安，平静地住一时期之后而致全力于著作。抗战开始后，短时期的劳累奔波似乎使她感到不知在什么地方能安排生活。她或许比我适于幽美平静。延安虽不够作为一个写作的百年长计之处，然在抗战中，的确可以使一个人少顾虑于日常琐碎，而策划于较远大的。并且这里有一种朝气，或者会使她能更健康些。但萧红却南去了。至今我还很后悔那时我对于她生活方式所参与的意见是太少了，这或许由于我们相交太浅，和我的生活方式离她太远的缘故，但徒劳的热情虽然常常于事无补，然在个人仍可得到一种心安。

我们分手后，就没有通过一封信。端木曾来过几次信，在最后的一封信上（香港失陷约一星期前收到）告诉我，萧红因病始由皇后医院迁出。不知为什么我就有一种预感，觉得有种可怕的东西会来似的。有一次我同白朗说："萧红决不会长寿的。"当我说这话的时候，我是曾把眼睛扫遍了中国我所认识的或知道的女性朋友，而感到一种无言的寂寞，能够耐苦的，不依赖于别的力量，有才智、有气节而从事于写作的女友，是如此其寥寥呵！

□ 精美散文

不幸的是我的杞忧竟成了现实，当我昂头望着天的那边，或低头细数脚底的泥沙，我都不能压制我丧去一个真实的同伴的叹息。在这样的世界中生活下去，多一个真实的同伴，便多一份力量，我们的责任还不只于打开局面，指示光明，而还是创造光明和美丽；人的灵魂假如只能拘泥于个体的偏狭之中，便只能陶醉于自我的小小成就。我们要使所有的人，连仇敌也在内都能有崇高的享受，和为这享受而做出伟大牺牲。

生在现在的这个世界上，活着固然能给整个事业添一份力量，而死对于自己也是莫大的损失。因为这世界上有的是戮尸的遗法，从此你的话语和文学将更被歪曲，被侮辱；听说连未死的胡风都有人证明他是汉奸，那么对于已死的人，当然更不必贿买这种无耻的人证了。鲁迅先生的"阿Q"曾被那批御用的文人歪曲地诠释，那么《生死场》的命运也就难免于这种灾难。在活着的时候，你不能不被逼走到香港；死去，却还有各种污蔑在等着，而你还不会知道；那些与你一起的脱险回国的朋友们还将有被监视或被处分的前途。我完全不懂得到底要把这批人逼到什么地步才算够？猫在吃老鼠之前，必先玩弄它以娱乐自己的得意。这种残酷是比一切屠戮都更恶毒，更需要毁灭的。

只要我活着，朋友的死耗一定将陆续地压住我沉闷的呼吸。尤其是在这风雨的日子里，我会更感到我的重荷。我的工作已经够消磨我的一生，何况再加上你们的屈死，和你们未完的事业，但我一定可以支持下去的。我要借这风雨，寄语你们，死去的，未死的朋友们，我将压榨我生命所有的余剩，为着你们的安慰和光荣。哪怕就仅仅为着你们也好，因为你们是受苦难的劳动者，你们的理想就是真理。

风雨已停，朦胧的月亮浮在西边的山头上，明天将有一个晴天。我为着明天的胜利而微笑，为着永生而休息。我吹熄了灯，平静地躺到床上。

作者简介

丁玲（1904～1986），现当代女作家，原名蒋伟，字冰之，湖南临澧人。1927年毕业于上海大学中文系，同年发表小说《莎菲女士的日记》。1930年参加中国左翼作家联盟，主编左联机关刊物《北斗》月刊。这时期她创作了《水》《母亲》等多部作品，是其走向文学创作道路的丰收时期。1936年去陕北，在解放区写的小说分别收录在《一颗未出膛的子弹》《我在霞村的时候》等集子中。1948年写成了她创作道路上具有里程碑意义的长篇小说《太阳照在桑干河上》。

丁玲像

· 美文赏析 ·

《风雨中忆萧红》写于1942年4月，距萧红在香港去世约3个月。当时在延安工作的丁玲受到了不公正的批判，她心情极为烦闷，于是思念故友，发而为文，以遣释心中的愁绪。在本文中，丁玲怀着痛惜之情，追忆了自己与萧红的一段短暂的交往。作者以四月延安的雨夜为背景，追忆了萧红的为人处世、自然直率的性格和悲惨的结局。文章写得跌宕起伏、情真意切，在准确刻画了萧红的音容笑貌的同时，也真实描摹了作者的内心世界，给人以良多的感慨和回味。

镜泊湖

臧克家

入选理由
文笔简练、生动而明朗
一次赏心悦目的自在旅行
清新活泼的天然野趣

  我国有许多著名的湖。"气蒸云梦泽，波撼岳阳城"的洞庭湖；茫茫千顷，气象万千的太湖，我都是闻名而心向往的。西湖，我曾经踏着苏堤端详过她那动人的姿容，孤舟深夜泛三潭上看过印月。至于大明湖，那是家乡的湖，我更是一个熟客了：盛夏划一条小船，在荷花阵里冲击，在过去那些黑暗的岁月里，何止一次和朋友们寒宵夜游，历下亭前狂歌当哭？

  镜泊湖却是一个陌生的名字。七月间，到了沈阳、长春、哈尔滨，游览了名胜古迹，参观了工业建设，往返三千里，历时一个半月，以抱病之身，登山涉水，使朋友们为之惊讶，叹为"奇迹"。可是东北的同志们却对我说："到了东北，看看镜泊湖，方不虚此行。"他们说镜泊湖的红鲫如何鲜美，他们给我唱了镜泊湖的赞歌。看景不如听景，我心动了。但一想到那遥远的途程我又踌躇起来，心里怀着"望美人兮天一方"的惆怅。眼看着和自己住在同一旅舍的客人们一批又一批的出发了，里边有一位八十二岁的名医，他幽默地说："不看镜泊湖我死不瞑目！"

  "走！"他的话给我作了起身炮。

  十小时的火车把我们从哈尔滨送到牡丹江。这是一个美丽的城市，像北大荒边边上的一朵

花。"八女投江"的故事，使它名满天下。又是两小时的火车，我们已经和镜泊湖一同置身在黑龙江省的宁安县境了。

下了火车坐上"嘎斯六九"汽车。牡丹江昨天是好天，镜泊湖附近却落了雨。乍上来，这小卡车在二十几里的平展的公路上轻快地飞跑，高粱、谷子，一色青青，微风吹来，绿波粼粼，扩展到极处和青山与碧天相接，望着眼前的景色，心里惊叹着祖国的辽阔广大。已经接近初秋了，这里的麦子刚刚上场，关里关外的气候，悬殊多大呵！小卡车好似一只蚱蜢舟，冲开碧波跳荡在绿色的大海里。一个庞然大物，老虎似的迎面而来，一时烟尘滚滚，风声呜呜。原来是一部大型柴油汽车，拖着五六节车厢，上面横躺着粗大的木材，它们高兴地离开森林去为社会主义建设事业立地撑天！三三五五朝鲜族的妇女，不时从车边走过，头上顶着罐子，走起来衣裙飘飘，大方而美丽。光滑的路走完了，接着是崎岖的沙泥路，一个坑就是一个小水塘，车子在上面蹦蹦跳跳，像在跳舞。

远远在望的青山看不见了，我们的车子已经走到山腰上，一盘又一盘地在步步升高。路两旁长满了奇花异草，有的像成串的珍珠，有的像红色的小灯笼，有的像蓝的吊钟，有的像金黄的大喇叭……它们用自己的美色和幽香列队在路的两旁向客人们热情地打招呼。一个猎人从深林里走出来了，长枪上挂着飞禽，身后跟一只猎犬。眼前的景色在游客心里引起清新的感觉，一个又一个生动鲜明的印象连成了彩色的连环。但是，湖在哪里？

"我们在绕着她走呢。"迎接我们的那位同志回答。

车子转到了山顶，从司机座位上发出了一声："看！"

呵，镜泊湖，从丛林的绿隙里我看到了你漫长的银光闪闪的腰身！你引领着汽车向它的终点疾驰，又好似望到了亲人，热情地追在车子后面，我的视觉，我的嗅觉，我的心灵，完完全全地浸沉在镜泊湖美妙的灵芬里了。

一栋又一栋木头房子，不同的式样，不同的颜色，别致、新颖，彼此挨近着，或隔一条小路对望。里面住着各种工作人员和他们的眷属，还有科学家、作家、教授和名医，他们来自北京、沈阳、哈尔滨……他们要在这幽静的湖边，度过夏季最后的一段时光。

晚上，躺在床上，扭死电灯，湖光像静女多情的眼波，从玻璃窗上射过来，没有一声虫鸣，没有半点波浪声，清幽、神秘、朦胧，好似置身在童话里一样。第二天一早醒来，浑身舒畅，才知道自己就睡在她的温柔清凉的环抱中。

踏着满地朝阳走到她的身边。小桥上有人在持竿垂钓，三五只小船在等待着游客。向南望，向北望，一望无边，从幽静的水里看扯连不断的青山，听不见蝉鸣，听不见鸟声，偶尔有一只鱼鹰箭头似的带着朝曦从半空里直射到水面上来。站在湖边上，望着四周险峻的峰峦，清澈幽深的湖水，想象一百万年前，火山着魔似的突然一声震天巨响，地心里的水汹涌而出。"高峡出平湖"！她纵身在海拔三百五十米的高处，像一个美人，舒展地横陈着她长长的玉体。她心怀幽深，姿态天然，隐藏在这幽僻处，顾影自怜。是不是怕扰乱了她的清静，时在夏季，鸟不叫，蝉不鸣，虫也无声。

小径上有稀疏的人影，有大人，有小孩，见了面很自然地点点头，站住谈上几句，就像老朋友重逢。从深林里走出来一群孩子，手里拿着各式各样的菌子，有的黄黄的像面包，有的红红的像一柄小伞，八十多岁的老人也像大自然的一个孩子，拄着手杖，手里擎着一朵万年青，像得了至宝似的得意地向人夸耀。这湖是个宝湖。她养育着鳌花、湖鲫、红尾鱼……吃一口，保管你一生忘不了它的鲜美。她可以发出大量的电，她可以把千条万条木材输送到广大的世界里去。这山也是宝山。水獭、狐狸、豹子……说不尽的异兽就以它为家，一圈大电网，把它们挡在青山深处。幸运的人到森林中，可以捡回"参"孩子、黄芩……这一类的药材到处都有。大好湖山，是全国稀有的胜地，也是名贵物品的出产地。

在淡淡的夕阳下，一只小汽艇载着我们向湖的上游驶去。湖面上水波不兴，船像在一面玻璃上滑行。粼粼水波，像丝绸上的细纹，光滑嫩绿。往远处望，颜色一点深似一点，渐渐地变成了深碧。仰望天空，云片悠然地在移动，低视湖心，另有一个天，云影在徘徊。两岸的峰峦倒立在湖里，一色青青，情意缱绻的伴送着游人。眼看到了尽头了，转一个弯，又是同样的山，同样的水，真想她来点变化呵，可是走过南北一百二十里，仍然是同样风姿。真是山外青山湖外湖。比起波浪汹涌的洞庭湖来，镜泊湖是平静安详的。比起太湖的浩渺浑圆来，镜泊湖太像水波不兴的一条大江。大明湖和她相比，不过是一池清水，西湖和她相比，一个像"春山滴翠、秋水凝眸"的美艳少妇，一个像朴素自然、贞静自守的处子。镜泊湖，没有半点人工气，她所有的佳胜都是自己所具有的。岸上没有一座庙，没有什么名胜古迹，真有"犹恐脂粉污颜色"的意味。早晨，她可以给天仙当镜子从事晨妆，晚上，她可以给月里嫦娥照一照自己美丽的倩影。在炎夏的日子里，如果神话里的仙女到幽静的湖边来裸浴，管保没有人抱走罗衫使她们再也回不到天上去。

两岸山上，青翠欲流，树木丛茂，郁郁苍苍。这全是解放以后植育的"幼林"，那原始森林的参天古木，敌伪时代，给日本侵略军一把火烧得净光！船，慢慢地走动着，微风轻轻地吹着，真是像画中游。湖面上，一片一片的小球藻在小汽船冲动了的水波上微微地荡漾，水里的大鱼，突然把它庞大的脊背突出水面来使人惊呼。水产公司，撒下了网子，浮标长长的一串又一串。听说昨天起网，一网就打到了二万四千斤鱼。想想看，如果是在夕阳的金光下，锦鳞闪闪，那景象该多美，多动人呵。

在湖左边的山窝窝里，突然出现了几座瓦房，耀眼的红，给古朴单调的大自然平添了无限

天然大瀑布——"吊水楼"

□ 精美散文

景色。我们向司机同志发问:"这是什么地方?"

"这是水电站。抗日联军曾经在这里消灭过日本的一个守备队。"这话使我深思。使我想到,在哈尔滨参观了两次的"东北烈士纪念馆"里那些烈士的形象和战斗的生平;使我想到,在牡丹江,在休养所里遇见过的那些抗日领袖人物,有的至今脸上还带着抗战时期留下的未愈合的伤口。湖山是美丽的,然而她是血洗过的,因为当年这一带经过不止一次的战斗,所以她的景色格外美丽,格外动人!

镜泊湖上,也有八大名景,大孤山,小孤山,和长江里同名的小山相仿佛。珍珠门,两座圆突突的山,像两颗水上名珠,船从当中走过。最著名的是湖北口的那个天然大瀑布——"吊水楼"。我从彩色照片上,从名画家的画上早已欣赏过她壮丽的面容。镜泊湖水从二十米的簸箕背上一倾而下,像一面水晶帘子,水落潭中,轰然作响,烟雾腾腾,溅起亿万颗珍珠。她的声色不比庐山的瀑布差逊,虽然她的名声还不太大。可惜我们到的时候,正在雨后,翻过一层山,有一道拦腰大水把人拦住,使你只能从绿树丛中隐隐约约遥望着白茫茫的一点水影。是不是因为她太美丽了,自己不愿意轻易以真面目示人?我们在山上停了五天,天天去探水,水势无意消退,我们不能再等待了,只好怀着美中不足的遗憾,怅惘地辞别了镜泊湖。这"吊水楼"也许她别有深情,故意在我们心上留下个"想头",希望我们下次重来。

作者简介

臧克家(1905~2004),生于山东省潍坊市诸城县,自幼受到中国古典诗词民歌的熏陶。青少年时代在农村度过,农民的苦难引起他的深切关注和同情。1919年上小学时受到"五四"新思潮的影响。1923年中学时代开始习作新诗。1933年出版了第一本诗集《烙印》,接着又出版了《罪恶的黑手》《运河》两本诗集和长诗《自己的写照》。1934年毕业于山东大学中文系。在校期间,在新诗创作上得到闻一多、王统照的鼓励与帮助。1936年参加中国文艺家协会。1938年参加中华全国文艺界抗敌协会。抗战胜利后,他又及时写下了很多政治讽刺诗,揭露国统区的黑暗、腐朽。1949年参加第一次文代会,以后历任华北大学文艺学院研究员、中国作协书记处书记、《诗刊》主编、第七届全国政协常委、中国作家协会顾问和中国写作协会会长等职。

臧克家像

· 美文赏析 ·

镜泊湖位于黑龙江省东南部,是我国北方著名的风景区和避暑胜地,被誉为"北方的西湖"。这里环境幽雅,风光绮丽,湖周围很少人工建筑,没有亭台楼阁的点缀,只有绿树深山映在湛蓝的湖面上,呈现出一派未经人工雕琢的大自然风光。诗人臧克家的这篇游记专注于镜泊湖的七月,专注于一次怡心的游赏,这是吸引作者的天然野趣之处,所以作者在文章中说:"镜泊湖,没有半点人工气,她所有的佳胜都是自己所具有的。岸上没有一座庙,没有什么名胜古迹,真有'犹恐脂粉污颜色'的意味。早晨,她可以给天仙当镜子从事晨妆,晚上,她可以给月里嫦娥照一照自己美丽的倩影。在炎夏的日子里,如果神话里的仙女到幽静的湖边来裸浴,管保没有人抱走罗衫使她们再也回不到天上去。"美在天然中,也是镜泊湖作为一个湖泊的最大特点。

雨中登泰山

李健吾

入选理由
情景交融、夹叙夹议的手法并用
独具匠心的结构布局
入选中学课本

　　从火车上遥望泰山，几十年来有好些次了，每次想起"孔子登东山而小鲁，登泰山而小天下"那句话来，就觉得过而不登，像是欠下悠久的文化传统一笔债似的。杜甫的愿望："会当凌绝顶，一览众山小。"我也一样有，惜乎来去匆匆，每次都当面错过了。

　　而今确实要登泰山了，偏偏天公不作美，下起雨来，淅淅沥沥，不像落在地上，倒像落在心里。天是灰的，心是沉的。我们约好了清晨出发，人齐了，雨却越下越大。等天晴吗？想着这渺茫的"等"字，先是憋闷。盼到十一点半钟，天色转白，我不由喊了一句："走吧！"带动年轻人，挎起背包，兴致勃勃，朝岱宗坊出发了。

　　是烟是雾，我们辨识不清，只见灰蒙蒙一片，把老大一座高山，上上下下，裹了一个严实。古老的泰山越发显得崔嵬了。我们才过岱宗坊，震天的吼声就把我们吸引到虎山水库的大坝前面。七股大水，从水库的桥孔跃出，仿佛七幅闪光黄锦，直铺下去，碰着嶙嶙的乱石，激起一片雪白水珠，脱线一般，撒在回漩的水面。这里叫作虬在湾：据说虬早已被吕洞宾渡上天了，可是望过去，跳掷翻腾，像又回到了故居。我们绕过虎山，站到坝桥上，一边是平静的湖水，迎着斜风细雨，懒洋洋只是欲步不前，一边却喑噁叱咤，似有千军万马，躲在绮丽的黄锦底下。黄锦是方便的比喻，其实是一幅细纱，护着一幅没有经纬的精致图案，透明的白纱轻轻压着透明的米黄花纹——也许只有织女才能织出这种瑰奇的景色。

　　雨大起来了，我们拐进王母庙后的七真祠。这里供奉

着七尊塑像，正面当中是吕洞宾，两旁是他的朋友铁拐李和何仙姑，东西两侧是他的四个弟子，所以叫作七真祠。吕洞宾和他的两位朋友倒也罢了，站在龛里的两个小童和柳树精对面的老人，实在是少见的传神之作。一般庙宇的塑像，往往不是平板，就是怪诞，造型偶尔美的，又不像中国人，跟不上这位老人这样逼真、亲切。无名的雕塑家对年龄和面貌的差异有很深的认识，形象才会这样栩栩如生。不是年轻人提醒我该走了，我还会欣赏下去的。

我们来到雨地，走上登山的正路，一连穿过三座石坊：一天门、孔子登临处和天阶。水声落在我们后面，雄伟的红门把山挡住。走出长门洞，豁然开朗，山又到了我们跟前。人朝上走，水朝下流，流进虎山水库的中溪陪我们，一直陪到二天门。悬崖崚嶒，石缝滴滴答答，泉水和雨水混在一起，顺着斜坡，流进山涧，涓涓的水声变成訇訇的雷鸣。有时候风过云开，在底下望见南天门，影影绰绰，耸立山头，好像并不很远；紧十八盘仿佛一条灰白大蟒，匍匐在山峡当中；更多的时候，乌云四合，层峦叠嶂都成了水墨山水。蹚过中溪水浅的地方，走不太远，就是有名的经石峪，一片大水漫过一亩大小的一个大石坪，光光的石头刻着一部《金刚经》，字有斗来大，年月久了，大部分都让水磨平了。回到正路，雨不知道什么时候已经住了，人走了一身汗，巴不得把雨衣脱下来，凉快凉快。说巧也巧，我们正好走进一座柏树林，阴森森的，亮了的天又变黑了，好像黄昏提前到了人间，汗不但下去，还觉得身子发冷，无怪乎人把这里叫作柏洞。我们抖擞精神，一气走过壶天阁，登了黄岘岭，发现沙石全是赤黄颜色，明白中溪的水为什么黄了。

靠住二天门的石坊，向四下里眺望，我又是骄傲，又是担心。骄傲我已经走了一半的山路，担心自己走不了另一半的山路。云薄了，雾又上来。我们歇歇走走，走走歇歇，如今已经是下午四点多了。困难似乎并不存在，眼前是一段平坦的下坡土路，年轻人跳跳蹦蹦走了下去，我也像年轻了一样，有说有笑，跟在他们后头。

我们在不知不觉中，从下坡路转到上坡路，山势陡峭，上升的坡度越来越大。路一直是宽整的，只有探出身子的时候，才知道自己站在深不可测的山沟边，明明有水流，却听不见水声。仰起头来朝西望，半空挂着一条两尺来宽的白带子，随风摆动，想凑近了看，隔着辽阔的山沟，走不过去。我们正在赞不绝口，发现已经来到了座石桥跟前，自己还不清楚是怎么一回事，细雨打湿了浑身上下。原来我们遇到另一类型的飞瀑，紧贴桥后，我们不提防，几乎和它撞个正着。水面有两三丈宽，离地不高，发出一泻千里的龙虎声威，打着桥下奇形怪状的石头，口沫喷得老远。从这时候起，山涧又从左侧转到右侧。水声淙淙，跟我们跟到南天门。

过了云步桥，我们开始走上攀登泰山主峰的盘道。南天门应该近了，由于山峡回环曲折，反而望不见了。野花野草，什么形状也有，什么颜色也有，挨挨挤挤，芊芊莽莽，要把巉岩的山石装扮起来。连我上了一点岁数的人，也学小孩子，掐了一把，直到花朵和叶子全蔫了，才带着抱歉的心情，丢在山涧里，随水漂去。但是把人的心灵带到一种崇高的境界的，却是那些"吸翠霞而夭矫"的松树。它们不怕山高，把根扎在悬崖绝壁的隙缝，身子扭得像盘龙柱子，在半空展开枝叶，像是和狂风乌云争夺天日，又像是和清风白云游戏。有的松树望穿秋水，不见你来，独自上到高处，斜上身子张望。有的松树像一顶墨绿大伞，支开了等你。

有的松树自得其乐，显出一副潇洒的模样。不管怎么样，它们都让你觉得它们是泰山的天然的主人，谁少了谁，都像不应该似的。雾在对着松山的山峡飘来飘去，天色眼看黑将下来。我不知道上了多少石级，一级又一级，是乐趣也是苦趣，好像从我有生命以来就在登山似的，迈前脚，拖后脚，才不过走完慢十八盘。我靠住升仙坊，仰起头来朝上望，紧十八盘仿佛一架长梯，塔在南天门口。我胆怯了。新砌的石级窄窄的，搁不了整脚。怪不得东汉的应劭引用马第伯在《封禅仪记》里的话，这样形容："仰视天门，窔辽如从穴中视天，直上七里，赖其羊肠逶迤，名曰环道，往往有絙索，可得而登也。两从者扶挟，前人相牵，后人见前人履底，前人见后人顶，如画重累人矣。所谓磨胸舁石，扪天之难也。"一位老大爷，斜着脚步，穿花一般，侧着身子，赶到我们前头。一位老大娘，挎着香袋，尽管脚小，也稳稳当当，从我们身边过去。我像应劭说的那样，"目视而脚不随"，抓住铁扶手，揪牢年轻人，走十几步，歇一口气，终于在下午七点钟，上到南天门。

　　心还在跳，腿还在抖，人到底还是上来了。低头望着新整然而长极了的盘道，我奇怪自己居然也能上来。我走在天街上，轻松愉快，像一个没事人一样。一排留宿的小店，没有名号，只有标记，有的门口挂着一只笊篱，有的窗口放着一对鹦鹉，有的是一根棒槌，有的是一条金牛，地方宽敞的摆着茶桌，地方窄小的只有炕几，后墙紧贴着峥嵘的山石，前面正对着万丈的深渊。别成一格的还有那些石头。古诗人形容泰山，说"泰山岩岩"，注解人告诉我：岩岩，积石貌。的确这样，山顶越发给你这种感觉。有的石头像莲花瓣，有的像大象头，有的像老人，有的像卧龙，有的错落成桥，有的兀立如柱，有的侧身探海，有的怒目相向。有的什么也不像，黑糊糊的，一动不动，堵住你的去路。年月久，传说多，登封台让你想象帝王拜山的盛况，一个光秃秃的地方会有一块石碣，指明是"孔子小天下处"。有的山池叫作洗头盆，据说玉女往常在这里洗过头发；有的山洞叫作白云洞，传说过去往外冒白云，如今不冒白云了，

□ 精美散文

白云在山里依然游来游去。晴朗的天，你正在欣赏"齐鲁青未了"，忽然一阵风来，"荡胸生层云"，转瞬间，便像宋之问在《桂阳三日述怀》里说起的那样，"云海四茫茫"。是云吗？头上明明另有云在。看样子是积雪，要不也是棉絮堆，高高低低，连续不断，一直把天边变成海边。于是阳光掠过，云海的银涛像镀了金，又像着了火，烧成灰烬，不知去向，露出大地的面目。两条白线，曲曲折折，是漆河，是汶河。一个黑点子在碧绿的图案中间移动，仿佛蚂蚁，又冒一缕青烟。你正在指手画脚，说长道短，虚象和真象一时都在雾里消失。

我们没有看到日出的奇景。那要在秋高气爽的时候。不过我们也有自己的独得之乐：我们在雨中看到的瀑布，两天以后下山，已经不那样壮丽了。小瀑布不见，大瀑布变小了。我们沿着西溪，翻山越岭，穿过果香扑鼻的苹果园，在黑龙潭附近待了老半天。不是下午要赶火车的话，我们还会待下去的。山势和水势在这里别是一种格调，变化而又和谐。

山没有水，如同人没有眼睛，似乎少了灵性。我们敢于在雨中登泰山，看到有声有势的飞泉流布，倾盆大雨的时候，恰好又在斗母宫躲过，一路行来，有雨趣而无淋漓之苦，自然也就格外感到意兴盎然。

作者简介

李健吾（1906～1982），山西运城人。常用笔名刘西渭。从小喜欢戏剧和文学，1925年考入清华大学，先在中文系后转入西洋文学系，同年加入文学研究会。1931年赴法国巴黎现代语言专修学校，研究福楼拜。1933年回国，任复旦大学教授。与黄佐临等创办了上海实验戏剧学校，中华人民共和国成立后继任该校（改名为上海戏剧专科学校）戏剧文学系主任，1954年调北京大学文学研究所。1964年调中国科学院外国文学研究所，任研究员。曾任国务院学位委员会评议组成员、法国文学研究会名誉会长。

李健吾像

·美文赏析·

我国五岳之宗泰山以它的高大宏伟成为历代作家吟诵、抒写的对象。不少作品中再现的景色多是晴朗天气中的泰山，而雨中泰山就十分少见了。李健吾先生在《雨中登泰山》这篇散文中，交错运用写景、叙事等手法，旁征博引，挥洒自如，独创了一个别具魅力的雨中泰山的艺术境界。阴雨淅沥，当不少游人的游兴被破坏而诅咒这鬼天气时，作者却满怀逸兴豪情地冒雨登山。在他看来，雨中的泰山就是宏伟壮丽的诗。用质朴的语言把诗情真实地抒写出来，在里面淡淡地蕴含着醇厚朴素的美，"看似寻常最奇崛，成如容易却艰辛"（王安石诗），仔细玩味，这篇散文的意蕴是深厚的。《雨中登泰山》是"双线结构"，一是以登临顺序为线索，这是明线；一是以登临时的盎然意兴为线索，这是暗线。两条线索相互交凝，针线严密，无懈可击。

菜园小记

吴伯箫

入选理由

真实生活状态的记录
质朴中蕴含浓浓的诗情画意
收入中学课本

种花好，种菜更好。花种得好，姹紫嫣红，满园芬芳，可以欣赏；菜种得好，嫩绿的茎叶，肥硕的块根和果实，却可以食用。俗话说："瓜菜半年粮。"

我想起在延安蓝家坪我们种的菜园来了。

说是菜园，其实是果园。那园里桃树杏树很多，还有海棠。每年春二三月，粉红的桃杏花开罢，不久就开绿叶衬托的艳丽的海棠花，很热闹。果实成熟的时候，杏是水杏，桃是毛桃，海棠是垂垂联珠，又是一番繁盛景象。

果园也是花园。那园里花的种类不少。木本的有蔷薇，木槿，丁香；草本的有凤仙，石竹，夜来香，江西腊，步步高，……草花不名贵，但是长得繁茂泼辣。甬路的两边，菜地的周围，园里的角角落落，密密丛丛地到处都是。草花里边长得最繁茂最泼辣的是波斯菊。这种花开得稠，有绛紫的，有银白的，一层一层，散发着浓郁的异香；也开得时间长，能装点整个秋天。这一点很像野生的千头菊。这种花称作"菊"，看来是有道理的。

说的菜园，是就园里的隙地开辟的。果树是围屏，草花是篱笆，中间是菜畦，共有三五处，面积大小不等，都是土壤肥沃、阳光充足、最适于种菜的地方。我们经营的那一处，三面是果树，一面是山坡；地形长方，面积约二三分。那是在大种蔬菜的时期我们三个同志在业余时间为集体经营的。收成的蔬菜归集体伙食，自己也有一份比较丰富的享用。

那几年，在延安的同志，大家都在工作、学习、战斗的空隙里种蔬菜。机关、学校、部队里

□ 精美散文

吃的蔬菜差不多都能自给。那个时候没有提出种"十边",可是见缝插针,很自然地"十边"都种了。窑洞的门前,平房的左右前后,河边,路边,甚至个别山头新开的土地都种了菜。

我们种的那块菜地,在那园里是条件最好的。土肥地整,曾经有人侍弄过,算是熟菜地。地的一半是韭菜畦。韭菜有宿根,不要费太大的劳力(当然要费些工夫),只要施施肥,培培土,浇浇水,出了九就能发出鲜绿肥嫩的韭芽。最难得的是,菜地西北的石崖底下有一个石窠,挖出石窠里的乱石沉泥,石缝里就涔涔地流出泉水。石窠不大,但是积一窠水恰好可以浇完那块菜地。积水用完,一顿饭的工夫又可以蓄满。水满的时间,一清到底,不溢不流,很有点像童话里的宝瓶,水用了还有,用了还有,不用就总是满着。泉水清洌,不浇菜也可以浇果树,或者用来洗头,洗衣服。"沧浪之水清兮,可以濯我缨;沧浪之水浊兮,可以濯我足"。这比沧浪之水还好。同样种菜的别的同志,菜地附近没有水泉,用水要到延河里去挑,不像我们三个,从石窠通菜地掏一条窄窄浅浅的水沟,用柳罐扛水,抬抬手就把菜浇了。大家都羡慕我们。我们也觉得沾了自然条件的光,仿佛干活掂了轻的,很不好意思,就下定决心要把菜地种好,管好。

"庄稼一枝花,全靠粪当家。"为了积肥,大家趁早晚散步的时候到大路上拾粪,那里来往的牲口多,"只要动动手,肥源到处有"啊。我们请老农讲课,大家跟着学了不少知识。《万丈高楼从地起》的歌者,农民诗人孙万福,就是有名的老师之一。记得那个时候他是六十多岁,精神矍铄,声音响亮,讲话又亲切又质朴,那老当益壮的风度,到现在我还留着深刻的印象。跟那些老师,我们学种菜,种瓜,种烟。像种瓜要浸种、压秧,种烟要打杈、掐尖,很多实际学问我们都是边做边跟老师学的。有的学会烤烟,自己做挺讲究的纸烟和雪茄;有的学会蔬菜加工,做的番茄酱能吃到冬天;有的学会蔬菜腌渍、窖藏,使秋菜接上春菜。

种菜是细致活儿,"种菜如绣花";认真干起来也很累人,就劳动量说,"一亩园十亩田"。但是种菜是极有乐趣的事情。种菜的乐趣不只是在吃菜的时候,像苏东坡在《菜羹赋》里所说的:"汲幽泉以揉濯,抟露叶与琼根。"或者像他在《后杞菊赋》里所说的:"春食苗,夏食叶,秋食花实而冬食根,庶几西河南阳之寿。"种菜的整个过程,随时都有乐趣。施肥,松土,整畦,下种,是花费劳动量最多的时候吧,那时蔬菜还看不到影子哩,可是"种瓜得瓜,种豆得豆",就算种的只是希望,那希望也给人很大的鼓舞。因为那希望是用成实的种子种在水肥充足的土壤里的,人勤地不懒,出一分劳力就一定能有一分收成。验证不远,不出十天八天,你留心那平整湿润的菜畦吧,就从那里会生长出又绿又嫩又茁壮的瓜菜的新芽哩。那些新芽,条播的行列整齐,撒播的万头攒动,点播的傲然不群,带着笑,发着光,充满了无限生机。一棵新芽简直就是一颗闪亮的

珍珠。"夜雨剪春韭"是老杜的诗句吧，清新极了；老圃种菜，一畦菜怕不就是一首更清新的诗？

暮春，中午，踩着畦垄间苗或者锄草中耕，煦暖的阳光照得人浑身舒畅。新鲜的泥土气息，素淡的蔬菜清香，一阵阵沁人心脾。一会儿站起来，伸伸腰，用手背擦擦额头的汗，看看苗间得稀还是稠，中耕得深还是浅，草锄得是不是干净，那时候人是会感到劳动的愉快的。夏天，晚上，菜地浇完了，三五个同志趁着皎洁的月光，坐在畦头泉边，吸吸烟，谈谈话，谈生活，谈社会和自然的改造。一边人声咯咯啰啰，一边在听菜畦里昆虫的鸣声。蒜在抽苔，白菜在卷心，芫荽在散发脉脉的香气。一切都使人感到一种真正的田园乐趣。

我们种的那块菜地里，韭菜以外，有葱、蒜，有白菜、萝卜，还有黄瓜、茄子、辣椒、西红柿，等等。农谚说："谷雨前后，栽瓜种豆。""头伏萝卜二伏菜。"虽然按照时令季节，各种蔬菜种得有早有晚，有时收了这种菜才种那种菜；但是除了冰雪严寒的冬天，一年里春夏秋三季，菜园里总是经常有几种蔬菜在竞肥争绿的。特别是夏末秋初，你看吧：青的萝卜，紫的茄子，红的辣椒，又红又黄的西红柿，真是五彩斑斓，耀眼争光。

那年蔬菜丰收。韭菜割了三茬，最后吃了苔下韭（跟莲下藕一样，那是以老来嫩有名的），掐了韭花。春白菜以后种了秋白菜，细水萝卜以后种了白萝卜。园里连江西腊、波斯菊都要开败的时候，我们还收了最后一批西红柿。天凉了，西红柿吃起来甘脆爽口，有些秋梨的味道。我们还把通红通红的辣椒穿成串晒干了，挂在窑洞的窗户旁边，一直挂到过新年。

作者简介

吴伯箫（1906～1982），原名吴熙成，山东莱芜人。1925年考入北京师范大学英语系，同年开始文学创作，发表了处女作《白天与黑夜》。1931年大学毕业，曾在青岛大学、山东教育厅工作。这时期发表的散文后结集为《羽书》。1938年到延安，进入抗大学习。曾任陕甘宁边区文化协会秘书长、教育厅长。1942年参加延安文艺座谈会。抗战胜利后任华北联合大学中文系副主任。1951年任东北教育学院副院长。1954年任人民教育出版社副社长、副总编辑，后任中国社会科学院文学研究所副所长。

· 美文赏析 ·

吴伯箫的散文以质朴美著称。他的作品主题设计和创作基调单纯简练，峭拔明朗，为我们描绘出一幅幅具有强烈的真实感和鲜明的时代色彩的画卷。同时，在明朗朴实的画面之外，传达一种朴素的内在情感。《菜园小记》展现的是抗日战争时期延安大生产运动中，蓝家坪一道独特的风景，表现了当时延安人的乐观向上的精神面貌。

作者在开篇点明种菜的好处，"菜种得好，嫩绿的茎叶，肥硕的块根和果实，却可以食用"，可以收到"瓜菜半年粮"的效果，同时在菜地的周围还可以种果树、栽花，使菜园起到果园和花园的多重作用。其中可以观看海棠"垂垂联珠"的盛景，可以陶醉于波斯菊飘来的浓郁的异香之中，但菜园中真正触动作者心弦的地方并不在于此。接下来，作者倾全部心思，对种菜过程进行大篇幅的叙述，对于施肥浇水收获的细节进行具体的描述。作者说"种菜的整个过程，随时都有乐趣"。作者将种菜当成一种超实用的活动，既是盼望丰收的辛勤劳作，又是一种全身心的享受。其时"在畦头泉边，吸吸烟，谈谈话，谈生活，谈社会和自然的改造"的田间休憩，更是一种人与人之间互相亲近、互相信任，富有人情味的关系的反映，是一种对未来充满希望的表现，是一种精神面貌的展现。

□精美散文

花 潮

李广田

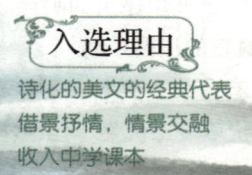

入选理由
诗化的美文的经典代表
借景抒情，情景交融
收入中学课本

昆明有个圆通寺。寺后就是圆通山。从前是一座荒山，现在是一个公园，就叫圆通公园。

公园在山上。有亭，有台，有池，有榭，有花，有树，有鸟，有兽。

后山沿路，有一大片海棠，平时枯枝瘦叶，并不惹人注意，一到三四月间，真是花团锦簇，变成一个花世界。

这几天天气特别好，花开得也正好，看花的人也就最多。"紫陌红尘拂面来，无人不道看花回"，办公室里，餐厅里，晚会上，道路上，经常听到有人问答："你去看海棠没有？""我去过了。"或者说："我正想去。"到了星期天，道路相逢，多争说圆通山海棠消息。一时之间，几乎

形成一种空气，甚至是一种压力，一种诱惑，如果谁没有到圆通山看花，就好像是一大憾事，不得不挤点时间，去凑个热闹。

星期天，我们也去看花。不错，一路同去看花的人可多着哩。进了公园门，步步登山，接踵摩肩，人就更多了。向高处看，隔着密密层层的绿荫，只见一片红云，望不到边际，真是"寺门尚远花先来，漫天锦绣连云开"。这时候，什么苍松啊，翠柏啊，碧梧啊，修竹啊，……都挽不住游人。大家都一口气地攀到最高峰，淹没在海棠花的红海里。后山一条大路，两旁，四周，都是海棠。人们坐在花下，走在路上，既望不见花外的青天，也看不见花外还有别的世界。花开得正盛，来早了，还未开好，来晚了已经开败，"千朵万朵压枝低"，每棵树都炫耀自己的鼎盛时代，每一朵花都在微风中枝头上颤抖着说出自己的喜悦。"喷云吹雾花无数，一条锦绣游人路"，是的，是一条花巷，一条花街，上天下地都是花，可谓花天花地。可是，这些说法都不行，都不足以说出花的动态，"四厢花影怒于潮"，"四山花影下如潮"，还是"花潮"好。古人写诗真有他的，善于说出要害，说出花的气势。你不要乱跑，你静下来，你看那一望无际的花，"如钱塘潮夜澎湃"，有风，花在动，无风，花也潮水一般地动，在阳光照射下，每一个花瓣都有它自己的阴影，就仿佛多少波浪在大海上翻腾，你越看得出神，你就越感到这一片花潮正在向天空向四面八方伸展，好像有一种生命力在不断扩展。而且，你可以听到潮水的声音，谁知道呢，也许是花下的人语声，也许是花丛中蜜蜂嗡嗡声，也许什么地方有黄莺的歌声，还有什么地方送来看花人的琴声，歌声，笑声……这一切交织在一起，再加上风声，天籁人籁，就如同海上午夜的潮声。大家都是来看花的，可是，这个花到底怎么看法？有人走累了，拣个最好的地方坐下来看，不一会，又感到这里不够好，也许别个地方更好吧，于是站起来，既依依不舍，又满怀向往，慢步移向别处去。多数人都在花下走来走去，这棵树下看看，好，那棵树下看看，也好，伫立在另一棵树下仔细端详一番，更好，看看，想想，再看看，再想想。有人很大方，只是驻足观赏，有人贪心重，伸手牵过一枝花来摇摇，或者干脆翘起鼻子一嗅，再嗅，甚至三嗅。"天公斗巧乃如此，令人一步千徘徊"。人们面对这绮丽的风光，真是徒唤奈何了。

老头儿们看花，一面看，一面自言自语，或者嘴里低吟着什么。老妈妈看花，扶着拐杖，牵着孙孙，很珍惜地折下一朵，簪在自己的发髻上。青年们穿得整整齐齐，干干净净，好像参加什么盛会，不少人已经穿上雪白的衬衫，有的甚至是绸衬衫，有的甚至已是短袖衬衫，好像夏天已经来到他们身上，东张张，西望望，既看花，又看人，洋气得很。青年妇女们，也都打扮得利利落落，很多人都穿着花衣花裙，好像要与花争妍，也有人擦了点胭脂，抹了点口红，

海棠花潮

云南昆明除了山茶花出名外，垂丝海棠也很出色。圆通山公园内花木繁多，尤其是公园路旁的垂丝海棠最引人瞩目。每到三四月间，繁花满树，红艳娇柔，远望如彤云密布，令人叹为观止；近观花朵垂垂，随风轻曳，更显绰约多姿。朵朵海棠仿佛美丽的姑娘绽露的笑靥，给人以温和而喜悦的感觉，浪漫而温馨。海棠花之美不在于色、香，而在其神韵：一派怡然自乐的神态，烂漫天真。

显得很突出，可是，在这花世界里，又叫人感到无所谓了。很自然地想起了龚自珍《西郊落花歌》中说的，"如八万四千天女洗脸罢，齐向此地倾胭脂"，真也有点形容过分，反而没有真实感了。小学生们，系着漂亮的红领巾，带着弹弓来了，可是他们并没有射击，即便有鸟，也不射了，被这一片没头没脑的花惊呆了。画家们正调好了颜色对花写生，看花的人又围住了画花的，出神地看画家画花。喜欢照相的人，抱着相机跑来跑去，不知是照花，还是照人，是怕人遮了花，还是怕花遮了人，还是要选一个最好的镜头，使如花的人永远伴着最美的花。有人在花下喝茶，有人在花下弹琴，有人在花下下象棋，有人在花下打桥牌。昆明四季如春，四季有花，可是不管山茶也罢，报春也罢，梅花也罢，杜鹃也罢，都没有海棠这样幸运，有这么多人，这样热热闹闹地来访它，来赏它，这样兴致勃勃地来赶这个开花的季节。还有桃花什么的，目前也还开着，在这附近，就有几树碧桃正开，"猩红鹦绿天人姿，回首夭桃悄失色"，显得冷冷落落地待在一旁，并没有谁去理睬。在这圆通山头，可以看西山和滇池，可以看平林和原野，可是这时候，大家都在看花，什么也顾不得了。

看着看着，实在也有点疲乏，找个地方坐下来休息一下吧，哪里没有人？都是人。坐在一群看花人旁边，无意中听人家谈论，猜想他们大概是哪个学校的文学教师。他们正在吟诗谈诗：

一个吟道："泪眼问花花不语，乱红飞过秋千去。"

一个说："这个不好，哪来的这么些眼泪！"

另一个吟道："一片花飞减却春，风飘万点正愁人。"

又一个说："还是不好，虽然是诗圣的佳句，也不好。"

一个青年人抢过去说："'繁枝容易纷纷落，嫩蕊商量细细开'，也是杜诗，好不好？"

一个人回答："好的，好的，思想健康，说的是新陈代谢。"

一个人不等他说完就接上去："好是好，还不如龚定庵的'落红不是无情物，化作春泥更护花'，有辩证观点，乐观精神。"

有一个人一直不说话，人家问他，他说："天何言哉，四时兴焉，万物生焉。天何言哉，桃李无言，下自成蹊。你们看，海棠并没有说话，可是大家都被吸引来了。"

我也没有说话。想起泰山高处有人在悬崖上刻了四个大字："予欲无言"，其实也甚是多事。

回家的路上，还是听到很多人纷纷议论。

有人说："今年的花，比去年好，去年，比前年好，解放以前，谈不到。"

有人说："今天看花好，今夜睡梦好，明天工作好。"

有人说："明天作文课，给学生出题目，有了办法。"

有人说："最好早晨来看花，迎风带露的花，会更娇更美。"

有人说："雨天来看花更好，海棠著雨胭脂透，当然不是大雨滂沱，而是斜风细雨。"

有人说："也许月下来看花更好，将是花气氤氲。"

有人说："下星期再来看花，再不来就晚了。"

有人说："不怕花落去，明年花更好。"

好一个"明年花更好"。我一面走着，一面听人家说着，自己也默念着这样两句话：

春光似海，
盛世如花。

作者简介

李广田（1906～1968），山东邹平人。1923年考入济南第一师范学校后，开始接触"五四"以来兴起的新思潮、新文学。1929年入北京大学外语系预科，先后在《华北日报》副刊和《现代》杂志上发表诗歌、散文。1935年北京大学毕业，回济南教书，继续散文创作。1941年秋至昆明，在昆明西南联大任教。抗战胜利后，他先后在南开大学、清华大学任教。中华人民共和国成立后任清华大学中文系主任。1951年任清华副教务长。1952年调任云南大学副校长、校长。历任中国科学院云南分院文学研究所所长、作协云南分会副主席、中国作协理事等。

李广田像

· 美文赏析 ·

《花潮》是"汉园三诗人"之一的李广田写于1962年的散文。文字优美，字里行间飞扬着欢快的旋律，可以说既是作者赏花的所见所闻，又是作者获得平反后舒畅心情的抒发。《花潮》其实是写了三"潮"：花开如潮。从静态、动态、听觉等角度正面来写花的繁茂。各种修辞手法的运用使文字熠熠生辉。赏花人潮。这一部分写了游人举动、赏花情形和赏花行动。这部分中列举了老人、青年、妇女、孩子置于花潮的各种表现，从侧面烘托了花的美，也表现了人们安定、喜悦的心情。作者的欢快的情感也溢于言表。谈花热潮。这一部分是点明主旨，升华感情的部分。"明年花更好"，表明了作者对未来的美好憧憬。这一节中笑语喧哗的对话描写，使文章显得更加灵动、妙趣横生。

春 雨

梁遇春

入选理由
表现人间至纯至美的境界
发掘生活每一处生机
近代散文名篇

　　整天的春雨，接着是整天的春阴，这真是世上最愉快的事情了。我向来厌恶晴朗的日子，尤其是娇阳的春天；在这个悲惨的地球上忽然来了这么一个欣欢的气象，简直像无聊赖的主人宴饮生客时拿出来的那副古怪笑脸，完全显出宇宙里的白痴成分。在所谓大好的春光之下，人们都到公园大街或者名胜地方去招摇过市，像猩猩那样嘻嘻笑着，真是得意忘形，弄到变成为四不像了。可是阴霾四布或者急雨滂沱的时候，就是最沾沾自喜的财主也会感到苦闷，因此也略带了一些人的气味，不像好天气时候那样望着阳光，盛气凌人地大踏步走着，颇有上帝在上，我得其所的意思。至于懂得人世哀怨的人们，黯淡的日子可说是他们唯一光荣的时光。苍穹替他们流泪，乌云替他们皱眉，他们觉到四围都是同情的空气，仿佛一个堕落的女子躺在母亲怀中，看见慈母一滴滴的热泪溅到自己的泪痕，真是润遍了枯萎的心田。斗室中默坐着，忆念十载相违的密友，已经走去的情人，想起生平种种的坎坷，一身经历的苦楚，倾听窗外檐前凄清的滴沥，仰观波涛浪涌，似无止期的雨云，这时一切的荆棘都化做洁净的白莲花了，好比中古时代那班圣者被残杀后所显的神迹。"最难风雨故人来"，阴森森的天气使我们更感到人世温情的可爱，替从苦雨凄风中来的朋友倒上一杯热茶时候，我们很有放下屠刀，立地成佛的心境。"风雨如晦，鸡鸣不已"，人类真是只有从悲哀里滚出来才能得到解脱，千锤百炼，腰间才有这一把明晃晃的钢刀，"今日把似君，谁为不平事"，"山雨欲来风满楼"，这很可以象征我们孑立人间，尝尽辛酸，远望来日大难的气概，真好像思乡的客子拍着栏杆，看到郭外的牛羊，想起故里的田园，怀念着宿草新坟里当年的竹马之交，泪眼里仿佛模糊辨出龙钟的父老蹒跚走着，或者只瞧见几根靠在破壁上的拐杖的影子。所谓生活术恐怕就在于怎么样当这么一个临风的征人罢。无论是风雨横来，无论是澄江一练，始终好像惦记着一个花一般的家乡，那可说就是生平

理想的结晶，蕴在心头的诗情，也就是明哲保身的最后壁垒了；可是同时还能够认清眼底的江山，把住自己的步骤，不管这个异地的人们是多么残酷，不管这个他乡的水土是多么不惯，却能够清瘦地站着，戛戛然好似狂风中的老树。能够忍受，却没有麻木，能够多情，却不流于感伤，仿佛楼前的春雨，悄悄下着，遮住耀目的阳光，却滋润了百草同千花。檐前的燕子躲在巢中，对着如丝如梦的细雨呢喃，真有点像在向我道出此中的消息。

　　可是春雨有时也凶猛得可以，风驰电掣，从高山倾泻下来也似的，万紫千红，都付诸流水，看起来好像是煞风景的，也许是别有怀抱罢。生平性急，一二知交常常焦急万分地苦口劝我，可是暗室扪心，自信绝不是追逐事功的人，不过对于纷纷扰扰的劳生却常感到厌倦，所谓性急无非是疲累的反响罢。有时我却极有耐心，好像废殿上的琉璃瓦，一任他风吹雨打，霜蚀日晒，总是那样子痴痴地望着空旷的青天。我又好像能够在无字碑面前坐下，慢慢地去冥想这块石板的深意，简直是个蒲团已碎，呆然趺坐着的老僧，想赶快将世事了结，可以抽身到紫竹林中去逍遥，更把世事撇在一边，大隐隐于市，就站在热闹场中来仰观天上的白云，这两种心境原来是不相矛盾的。我虽然还没有，而且绝不会跳出入海的波澜，但是拳拳之意自己也略知一二，大概摆动于焦燥与倦怠之间，总以无可奈何天为中心罢。所以我虽然爱蒙蒙茸茸的细雨，我也爱大刀阔斧的急雨，纷至沓来，洗去阳光，同时也洗去云雾，使我们想起也许此后永无风恬日美的光阴了，也许老是一阵

□精美散文

一阵的暴雨，将人世哀乐的踪迹都漂到大海里去，白浪一翻，什么渣滓也看不出了。焦燥同倦怠的心境在此都得到涅槃的妙悟，整个世界就像客走后，撤下筵席洗得顶干净，排在厨房架子上的杯盘。当个主妇的创造主看着大概也会微笑罢，觉得一天的工作总算告终了。最少我常常臆想这个还了本来面目的大地。

可是最妙的境界恐怕是尺牍里面那句烂调，所谓"春雨缠绵"罢。一连下了十几天的霉雨，好像再也不会晴了，可是时时刻刻都有晴朗的可能。有时天上现出一大片的澄蓝，雨脚也慢慢收束了，忽然间又重新点滴凄清起来，那种捉摸不到，万分别扭的神情真可以做这个哑谜一般的人生的象征。记得十几年前每当连朝春雨的时候，常常剪纸作和尚形状，把他倒贴在水缸旁边，意思是叫老天不要再下雨了，虽然看到院子里雨脚下一粒一粒新生的水泡我总觉到无限的欣欢，尤其当急急走过檐前，脖子上溅几滴雨水的时候。可是那时我对于春雨的情趣是不知不觉之间领略到的，并没有凝神去寻找，等到知道怎么样去欣赏恬适的雨声时候，我却老在干燥的此地做客，单是夏天回去，看看无聊的骤雨，过一过雨瘾罢了。因此"小楼一夜听春雨"的快乐当面错过，从我指尖上滑走了，盛年时候好梦无多，到现在彩云已散，一片白茫茫，生活不着边际，如堕五里雾中，对于春雨的怅惘只好算做内中的一小节罢，可是仿佛这一点很可以代表我整个的悲哀情绪。但是我始终喜欢冥想春雨，也许因为我对于自己的愁绪很有顾惜爱抚的意思；我常常把陶诗改过来，向自己说道："衣沾不足惜，但愿恨无违。"我会爱凝恨也似的缠绵春雨，大概也因为自己有这种的心境罢。

作者简介

梁遇春（1906～1932），福建闽侯人，1924年进入北京大学英文系学习。1928年秋毕业后曾到上海暨南大学任教。翌年返回北京大学图书馆工作。后因染急性猩红热，猝然去世。文学活动始于大学学习期间，主要是翻译西方文学作品和写作散文。1926年开始陆续在《语丝》《奔流》《骆驼草》《现代文学》《新月》等刊物上发表散文，后大部分收入《春醪集》和《泪与笑》。

·美文赏析·

在现代文学中，有鲁迅为代表的杂文，富于战斗性和时代气息；有林语堂为代表的小品文，文人气息浓厚，人生意境悠远；再有就是以徐志摩、梁实秋、叶公超、梁遇春为代表的，师法英美小品风格，幽默、诙谐、冷静中，自有一派绅士风度。梁遇春是这个阵营中一位短命而天才的作家。关于他的文章，唐师曾说："文苑中难得有像他那样的才气，像他那样的绝顶聪明，像他那样顾盼多姿的风格。"他善于抓住生活中每一处生机，甚至将一些无生趣的事物也表现得风姿绰约，有声有色，在苍凉的尘世中自娱自乐，也给旁人以生活的慰藉，这就是梁遇春散文独特的文学价值。

《春雨》是梁遇春的一篇写景抒情散文，文章借写春雨，来抒发人生感悟。文章开篇说"整天的春雨，接着是整天的春阴，这真是世上最愉快的事情了。"开篇点题，表明作者对于"春雨"的感情，作者认为春雨可以"带来一些人的气味"，是"慈母的一滴滴眼泪"，在春雨中可以听雨燕呢喃，可以"怀念着宿草新坟里当年的竹马之交"，可以依稀望见年迈老父的倚壁的拐杖。而这些不过是人间最普通的东西，在作者眼中它们却代表了一种人间至纯至美的真情。作者表面说喜爱"春雨"，实际上是留恋雨外那份温暖美好的人情。这是雨中的景致，更是人间的景致。

囚绿记

陆蠡

入选理由
陆蠡的散文代表作之一
托物言志的精品
构思精巧，文笔清新流丽

这是去年夏间的事情。

我住在北平的一家公寓里。我占据着高广不过一丈的小房间，砖铺的潮湿的地面，纸糊的墙壁和天花板，两扇木格子嵌玻璃的窗，窗上有很灵巧的纸卷帘，这在南方是少见的。

窗是朝东的。北方的夏季天亮得快，早晨五点钟左右太阳便照进我的小屋，把可畏的光线射个满室，直到十一点半才退出，令人感到炎热。这公寓里还有几间空房子，我原有选择的自由的，但我终于选定了这朝东房间，我怀着喜悦而满足的心情占有它，那是有一个小小理由。

这房间靠南的墙壁上，有一个小圆窗，直径一尺左右。窗是圆的，却嵌着一块六角形的玻璃，并且左下角是打碎了，留下一个大孔隙，手可以随意伸进伸出。圆窗外面长着常春藤。当太阳照过它繁密的枝叶，透到我房里来的时候，便有一片绿影。我便是欢喜这片绿影才选定这房间的。当公寓里的伙计替我提了随身小提箱，领我到这房间来的时候，我瞥见这绿影，感觉到一种喜悦，便毫不犹疑地决定下来，这样了截爽直使公寓里伙计都惊奇了。

绿色是多宝贵的啊！它是生命，它是希望，它是慰安，它是快乐。我怀念着绿色把我的心等焦了。我欢喜看水白，我欢喜看草绿。我疲累于灰暗的都市的天空和黄漠的平原，我怀念着绿色，如同涸辙的鱼盼等着雨水！我急不暇择的心情即使一枝之绿也视同至宝。当我在这小房中安顿下来，我移徙小台子到圆窗下，让我的面朝墙壁和小窗。门虽是常开着，可没人来打扰我，因为在这古城中我是孤独而陌生。但我并不感到孤独。我忘记了困倦的旅程和已往的许多不快的记忆。我望着这小圆洞，绿叶和我对语。我了解自然无声的语言，正如它了解我的语言一样。

我快活地坐在我的窗前。度过了一个月，两个月，我留恋于这片绿色。我开始了解渡越沙漠者望见绿洲的欢喜，我开始了解航海的冒险家望见海面飘来花草的茎叶的欢喜。人是在自然中生长的，绿是自然的颜色。

我天天望着窗口常春藤的生长。看它怎样伸开柔软的卷须，攀住一根缘引它的绳索，或一茎枯枝；看它怎样舒开折叠着的嫩叶，渐渐变青，渐渐变老，我细细观赏它纤细的脉络，嫩芽，我以握苗助长的心情，巴不得它长得快，长得茂绿。下雨的时候，我爱它淅沥的声音，婆娑的摆舞。

忽然有一种自私的念头触动了我。我从破碎的窗口伸出手去，把两枝浆液丰富的柔条牵进我的屋子里来，教它伸长到我的书案上，让绿色和我更接近，更亲密。我拿绿色来装饰我这简

□ 精美散文

陋的房间，装饰我过于抑郁的心情。我要借绿色来比喻葱茏的爱和幸福，我要借绿色来比喻猗郁的年华。我囚住这绿色如同幽囚一只小鸟，要它为我作无声的歌唱。

绿的枝条悬垂在我的案前了，它依旧伸长，依旧攀缘，依旧舒放，并且比在外边长得更快。我好像发现了一种"生的欢喜"，超过了任何种的喜悦。从前我有个时候，住在乡间的一所草屋里，地面是新铺的泥土，未除净的草根在我的床下茁出嫩绿的芽苗，覃菌在地角上生长，我不忍加以剪除。后来一个友人一边说一边笑，替我拔去这些野草，我心里还引为可惜，倒怪他多事似的。

可是每天早晨，我起来观看这被幽囚的"绿友"时，它的尖端总朝着窗外的方向。甚至于一枚细叶，一茎卷须，都朝原来的方向。植物是多固执啊！它不了解我对它的爱抚，我对它的善意。我为了这永远向着阳光生长的植物不快，因为它损害了我的自尊心。可是我囚系住它，仍旧让柔弱的枝叶垂在我的案前。

它渐渐失去了青苍的颜色，变得柔绿，变成嫩黄；枝条变成细瘦，变成娇弱，好像病了的孩子。我渐渐不能原谅我自己的过失，把天空底下的植物移锁到暗黑的室内；我渐渐为这病损的枝叶可怜，虽则我恼怒它的固执，无亲热，我仍旧不放走它。魔念在我心中生长了。

我原是打算七月尾就回南方去的。我计算着我的归期，计算这"绿囚"出牢的日子。在我离开的时候，便是它恢复自由的时候。

卢沟桥事件发生了。担心我的朋友电催我赶速南归。我不得不变更我的计划，在七月中旬，不能再留连于烽烟四逼中的旧都，火车已经断了数天，我每日须得留心开车的消息。终于在一天早晨候到了。临行时我珍重地开释了这永不屈服于黑暗的囚人。我把瘦黄的枝叶放在原来的位置上，向它致诚意的祝福，愿它繁茂苍绿。

离开北平一年了。我怀念着我的圆窗和绿友。有一天，得重和它们见面的时候，会和我面生么？

作者简介

陆蠡（1908～1942），笔名陆敏、六角等，浙江天台人。早年毕业于上海劳动大学，后在杭州中学等校任教。1932年起任上海文化生活出版社编辑。1938年创办《少年读物》杂志。抗战期间，留守上海坚持工作。1942年惨遭日军杀害。主要作品有散文集《海星》《竹刀》《囚绿记》等，另有译著多部。

·美文赏析·

《囚绿记》写于1938年，当时正是"祖国蒙受极大耻辱的时候"（陆蠡语）。作者困居"孤岛"上海，怀念起一年前住在北平公寓的生活，借公寓窗外的一株常春藤，抒发自己热爱自由、向往光明、仇恨敌寇的感情。作者在文中以"绿"为主题，以"恋绿—囚绿—释绿—念绿"为线索行文，描绘了常春藤在自由生长时的活脱可爱和被幽囚后的倔强不屈，委婉、含蓄地抒发了自己对生活的热爱和对光明的追求，赞美永不屈服的民族精神。文章运用象征和拟人手法，构思精巧，文笔清新流丽，充满诗意的韵律美。

故园春

柯灵

入选理由
文字优美，主题深沉，一个时代的缩影
自然平淡而饱含辛酸
具有批判精神

故乡的三月，是田园诗中最美的段落。

桃花笑靥迎人，在溪边山脚，屋前篱落，浓淡得宜，疏密有致，尽你自在流连，尽情欣赏，不必像上海的摩登才子，老远地跑到香烟缭绕的龙华寺畔，向卖花孩子手中购取，装点风雅。

冬眠的草木好梦初醒，抽芽，生叶，嫩绿新翠，妩媚得像初熟的少女，不似夏天的蓊蓊郁郁，少妇式的丰容盛鬋。油菜花给遍野铺满黄金，紫云英染得满地妍红，软风里吹送着青草和豌豆花的香气，燕子和黄莺忘忧的歌声……

这大好的阳春景色，对大地的主人却只有一个意义："一年之计在于春。"春天对乡下人不代表诗情画意，却孕育着梦想和希望。

天寒地裂的严冬过去了。忍饥挨冻总算又捱过一年。自春徂秋，辛苦经营的粮食——那汗水淘洗出来的粒粒珍珠，让"收租老相公"开着大船下乡，升较斗量，满载而去。咬紧牙齿，勒紧裤带，渡过了缴租的难关，结账还债的年关，好容易春天姗姗地来了。

谢谢天！现在总算难得让人缓过一口气，脱下破棉袄，赤了膊到暖洋洋的太阳下做活去。

手把锄头，翻泥锄草，一锄一个美梦，巴望来个难得的好年景。虽说惨淡的光景几乎年不如年，春暖总会给人带来一阵欢悦和松爽。

在三月里，日子也会照例显得好过些。"春花"起了：春笋正好上市，豌豆蚕豆开始结荚，有钱人爱的就是尝新；收过油菜子，小麦开割也就不远。春江水暖，鲜鱼鲜虾正在当令，只要你有功夫下水捕捞。……干瘪的口袋活络些了，但一过春天，就得准备端阳节还债，准备租牛买肥料，在大毒日头底下去耘田种稻。挖肉补疮，只好顾了眼前再说。

家里有孩子的，便整天被打发到垄头坡上，带一把小剪刀，一只蔑青小篮子，三五结伴，坐在绿茸茸的草场上，细心地从野草中间剪荠菜、马兰头、黄花麦果，或者是到山上去摘松花，一边劳动，一边唱着顽皮的歌子消遣：

荠菜马兰头，
姊姊嫁亨（在）后门头；
后门春破我来修，
修得两只奶奶头。

□ 精美散文

女孩子就唱那有情有义的山歌：
油菜开花黄似金，
萝卜开花白如银，
草紫开花满天星，
芝麻开花九莲灯，
蚕豆开花当中一点黑良心，
怪不得我家爹爹要赖婚。

故乡有句民谣："正月灯，二月鹞，三月上坟船里看姣姣。"三月正是扫墓的季节，挑野菜的孩子，遇见城市人家来上坟的，算是春天的一件大乐事，大家高高兴兴，一哄而上，看那些打扮得花团锦簇的哥儿姐儿奶奶太太们，摆开祭祀三牲，在风灯里点起红烛，一个个在坟前欠身下拜。要遇见新郎新娘头年祭祖，阔人家还有乐队吹奏。祭扫完毕，上坟人家便照例把那些"上坟果"——发芽豆、烧饼、馒头、甘蔗、荸荠分给看热闹的孩子，算是结缘施福。上坟还有放炮仗的，从天上掉到地下的炮仗头，也有孩子们宝贝似的拾了放在篮子里。说说笑笑，重新去挑野菜。

等得满篮翠碧，便赶着新鲜拿到镇上叫卖，换得一把叮当作响的铜板，拿回家里交给父母。因为大自然的慷慨，这时候田事虽忙，不算太紧，日子也过得比较舒心。——在我们乡间，种田人的耐苦胜过老牛；无论你苦到什么地步，只要有口苦饭，便已经心满意足了。"收租老相公"的生活跟他们差得有多远，他们永远想不到，也不敢想。——他们认定一切都命中注定，只好逆来顺受，把指望托付祖宗和神灵。

在三月里，乡间敬神的社戏特别多。

按照历年的例规，到时候自会有热心的乡人为首，挨家着户募钱。农民哪怕再穷，也不会吝惜这份捐献。

演戏那天，村子里便忙忙碌碌，热火朝天。家家户户置办酒肴香烛，乘便祭祖上坟，朝山进香。午后社戏开场，少不更事的姑娘嫂子们，便要趁这一年难得的机会，换上红红绿绿的土布新衣，端端正正坐到预先用门板搭成的看台上去看戏。但家里的主人主妇，却很少有能闲适地去看一会戏的，因为他们得小心张罗，迎接客人光降。

镇上的佃主也许会趁扫墓的方便，把上坟船停下来看一看戏，这时候就得赶紧泡好一壶茶，送上瓜子花生，乡间土做的黄花果糕、松花

绍兴社戏
逢年过节看一场露天大戏是许多农村地区的风俗。起初唱戏是为了祭神拜祖，用这种仪式来祈求丰年。后来只要遇到农闲，便可请一班唱戏的来唱，多是为了热闹和娱乐。图为今日绍兴农民看社戏的场景。

108

饼；傍晚时再摆开请过祖宗的酒肴，殷勤留客款待。

夜戏开锣，戏场上照例要比白天热闹得多。来看戏的，大半是附近村庄的闲人，镇上那些米店、油烛店、杂货店里的伙计。看过一出开场的"夺头"（全武行），各家的主人便到戏台下去找寻一些熟识的店伙先生，热心地拉到自己家里，在门前早用小桌子摆好菜肴点心，刚坐下，主妇就送出大壶"三年陈"，在锣鼓声里把客人灌得大醉。

他们用最大的诚心邀客，客人半推半就："啊哎，老八斤，别拉呵，背心袖子也给拉掉了！"到后却总是大声笑着领了情。这殷勤有点用处，端午下乡收帐时可以略略通融，或者在交易中沾上一点小便宜。

在从前，演戏以外还有迎神赛会。

迎起会来，当然更热闹非凡。我们家乡，三月里的张神会最出名，初五初六，接连两天的日会夜会，演戏，走浮桥，放焰火，那狂欢的景象，至今梦里依稀。可是这种会至少有七八年烟消火灭，现在连社戏也听说演得很少。农民的生计一年不如一年，他们虽然还信神佞佛，但也无力顾及这些了。——今年各处都在举行"新生活运动"提灯会，起先我想，故乡的张神会也许会借此出迎一次罢？可是没有。只是大地春回，一年一度，依然多情地到茅檐草庐访问。

春天是使人多幻想，多做梦的。那些忠厚的农民，一年一年地挣扎下来，这时候又像遍野的姹紫嫣红，编织他们可怜的美梦了。

在三月里，他们是兴奋的，乐观的；一过了三月，他们便要在现实的灾难当中，和生活作艰辛的搏斗了。

作者简介

柯灵（1909～2000），原名高季琳。原籍浙江绍兴，生于广州。1926年在上海《妇女杂志》发表叙事诗《织布的妇人》而步入文坛。1931年冬到上海参与左翼作家联盟的文艺活动。1941年与师陀合作根据高尔基的话剧《底层》改编成话剧剧本《夜店》（后改编成电影），产生广泛的影响。1948年到香港《文汇报》工作。1949年回到上海，次年加入中国共产党。中华人民共和国成立后，历任《文汇报》副社长兼副总编辑、上海电影艺术研究所所长、上海作家协会书记处书记、国际笔会上海中心主席等职。

· 美文赏析 ·

《故园春》是柯灵一篇反映解放前农民生活境况的散文。文章开头说"故乡的三月，是田园诗中最美的段落"，作者一方面写这个季节固有的美，草木复苏、桃花笑靥迎人的春景之美；另一方面写最关键人之美，也就是春天给人带来的"梦想和希望"之美。然而在这一派欣欣向荣的气象中，虚华的美景并不是文章的重点，艰辛地与生活所作的搏斗，为通融收租者而竭诚待客，这些沉重的东西才是作者真正关注和同情的。作者用哀伤的笔调来写故乡农民三月的希望，这种"哀伤"不仅存在于故乡父老的精神上，而且存在于他们日复一日、年复一年的命运中。而这样的命运，又是他们自己难以改变的东西。

□ 精美散文

鲁迅先生记

萧红

入选理由
萧红的散文代表作之一
中国散文史上回忆鲁迅的名篇
着笔随意，娓娓叙来，亲切自然

鲁迅先生家里的花瓶，好像画上所见的西洋女子用以取水的瓶子，灰蓝色，有点从瓷釉而自然堆起的纹痕，瓶口的两边，还有两个瓶耳，瓶里种的是几棵万年青。

我第一次看到这花的时候，我就问过：

"这叫什么名字？屋里不生火炉，也不冻死？"

第一次，走进鲁迅家里去，那是近黄昏的时节，而且是个冬天，所以那楼下室稍微有一点暗，同时鲁迅先生的纸烟，当它离开嘴边而停在桌角的地方，那烟纹的卷痕一直升腾到他有一些白丝的发梢那么高。而且再升腾就看不见了。

"这花，叫'万年青'，永久这样！"他在花瓶旁边的烟灰盒中，抖掉了纸烟上的灰烬，那红的烟火，就越红了，好像一朵小红花似的和他的袖口相距离着。

"这花不怕冻？"以后，我又问过，记不得是在什么时候了。

许先生说："不怕的，最耐久！"而且她还拿着瓶口给我摇着。

鲁迅全家合影

我还看到了那花瓶的底边是一些圆石子。以后，因为熟识了的缘故，我就自己动手看过一两次，又加上这花瓶是常常摆在客厅的黑色长桌上；又加上自己是来在寒带的北方，对于这在四季里都不凋零的植物，总带着一点惊奇。

而现在这"万年青"依旧活着，每次到许先生家去，看到那花，有时仍站在那黑色的长桌子上，有时站在鲁迅先生照像的前面。

花瓶是换了，用一个玻璃瓶装着，看得到淡黄色的须根，站在瓶底。

绍兴鲁迅故居的书房

有时候许先生一面和我们谈论着,一面检查着房中所有的花草。看一看叶子是不是黄了?该剪掉的剪掉;该洒水的洒水,因为不停地动作是她的习惯。有时候就检查着这"万年青",有时候就谈鲁迅先生,就在他的照像前面谈着,但那感觉,却像谈着古人那么悠远了。

至于那花瓶呢?站在墓地的青草上面去了,而且瓶底已经丢失,虽然丢失了也就让它空空地站在墓边。我所看到的是从春天一直站到秋天;它一直站到邻旁墓头的石榴树开了花而后结成了石榴。

从开炮以后,只有许先生绕道去过一次,别人就没有去过。当然那墓草是长得很高了,而且荒了,还说什么花瓶,恐怕鲁迅先生的瓷半身像也要被荒了的草埋没到他的胸口。

我们在这边,只能写纪念鲁迅先生的文章,而谁去努力剪齐墓上的荒草?我们是越去越远了,但无论多少远,那荒草是总要记在心上的。

作者简介

萧红(1911～1942),原名张乃莹,黑龙江呼兰人,幼年丧母。1929年入哈尔滨第一女子中学学习,接触"五四"新文学。1930年反对家庭包办婚姻,离家出走,几经颠沛。1936年赴日本。1940年与端木蕻良同抵香港。1942年在香港病逝。主要作品有小说《生死场》《呼兰河传》,散文集《鲁迅先生记》《回忆鲁迅先生》等。

萧红像

· 美文赏析 ·

萧红曾与鲁迅有过一段难忘的交往经历。鲁迅对萧红的生活、创作都给予了慈父、师长般的关怀,曾为萧红的小说《生死场》作了序言,因此萧红对鲁迅的尊敬、景仰之情是不言而喻的。1938年,即鲁迅逝世后两年,萧红写了两篇怀念鲁迅的文章《鲁迅先生记》(一)(二)。本文选的是(一)。文章通过忆写鲁迅生活的零星片断,展示了鲁迅的言谈笑貌、品性气质和人格精神,寄托了作者对鲁迅的浓浓思念之情。作者以小显大,紧扣常人不注意的"花瓶"和"万年青"展开内容,通过自己与鲁迅、许广平的简单对话,寥寥数语即使鲁迅的形象跃然纸上。文章巧用象征、拟人手法,以"万年青"象征鲁迅的精神,生动而形象。文章虽然篇幅短小,却蕴含有很重的思想、感情分量。文章着笔随意,娓娓叙来,亲切自然,悠悠思念之情充溢字里行间,具有很强的感染力。

□ 精美散文

八十述怀

季羡林

入选理由
季羡林的散文代表作
文笔亲切自然，读来令人如沐春风
表明了豁达的生死观

我从来没有想到，我能活到八十岁；如今竟然活到了八十岁，然而又一点也没有八十岁的感觉，岂非咄咄怪事！

我向无大志，包括自己活的年龄在内。我的父母都没能活过五十；因此，我自己的原定计划是活到五十。这样已经超过了父母，很不错了。不知怎么一来，宛如一场春梦，我活到了五十岁。那时正值所谓三年自然灾害。我流年不利，颇挨了一阵子饿。但是，我是"曾经沧海难为水"，在二次世界大战时，我正在德国，我经受了而今难以想象的饥饿的考验，以致失去了饱的感觉。我们那一点灾害，同德国比起来，真如小巫见大巫；我从而顺利地度过了那一场灾难，而且我当时的精神面貌是我一生最好的时期，一点苦也没有感觉，于不知不觉中冲破了我原定的年龄计划，渡过了五十岁大关。

季羡林在清华大学毕业时的学位照

五十一过，只仿佛一场春梦似的，一下子就到了古稀之年，不容我反思，不容我踟蹰。其间跨越了一个十年浩劫。我当然是在劫难逃，被送进牛棚。我现在不知道应当感谢哪一路神灵：佛祖、上帝、安拉；由于一个万分偶然的机缘，我没有走上绝路，活下来了。活下来了，我不但没有感到特别高兴，反而时有悔愧之感在咬我的心。活下来了，也许还是有点好处的。这一生写作翻译的高潮，恰恰出现在这个期间。原因并不神秘：我获得了余裕和时间。在浩劫期间，我被打得一佛出世，二佛升天。后来不打不骂了，我变成了"不可接触者"。在很长时间内，我被分配挖大粪，看门房，守电话，发信件。没有以前的会议，没有以前的发言。没有人敢来找我，很少人有勇气同我说上几句话。一两年内，没收到一封信。我服从任何人的调遣与指挥。只敢规规矩矩，不敢乱说乱动。然而我的脑筋还在，我的思想还在，我的感情还在，我的理智还在。我不甘心成为行尸走肉，我必须干点事情。二百多万字的印度大史诗《罗摩衍那》，就是在这时候译完的。"雪夜闭门写禁文"，自谓此乐不减羲皇上人。

又仿佛是一场缥缈的春梦，一下子就活到了今天，行年八十矣，是古人称之为耄耋之年了。倒退二三十年，我这个在寿命上胸无大志的人，偶尔也想到耄耋之年的情况：手拄拐杖，白须飘胸，步履维艰，老态龙钟。自谓这种事情与自己无关，所以想得不深也不多。哪里知道，自己今天就到了这个年龄了。今天是新年元旦。从夜里零时想，自己已是不折不扣的八十老翁了。然而这老景却真如古人诗中所说的"青霭入看无"，我看不到什么老景。看一看自己的身体，平平常常，同过去一样。看一看周围的环境，平平常常，同过去一样。金色的朝阳从窗子里流了进来，平平常常，同过去一样。楼前的白杨，确实粗了一点，但看上去也是平平常常，同过去一样。时令正是冬天，叶子落尽了；但是我相信，它们正蜷缩在土里，做着春天的梦。水塘里的荷花只剩下残叶，"留得残荷听雨声"，现在雨没有了，下面只有白皑皑的残雪。我相信，荷花们也蜷缩在淤泥中，做着春天的梦。总之，我还是我，依然故我；周围的一切也依然是过去的一切……

我是不是也在做着春天的梦呢？我想，是的。我现在也处在严寒中，我也梦着春天的到来。我相信英国诗人雪莱的两句话："既然冬天已经到了，春天还会远吗？"我梦着楼前的白杨重新长出了浓密的绿叶；我梦着池塘里的荷花重新冒出了淡绿的大叶子；我梦着春天又回到了大地上。

可是我万万没有想到，"八十"这个数目字竟有这样大的威力，一种神秘的威力。"自己已经八十岁了！"我吃惊地暗自思忖。它逼迫着我向前看一看，又回头看一看。向前看，灰蒙蒙的一团，路不清楚，但也不是很长。确实没有什么好看的地方。不看也罢。

而回头看呢，则在灰蒙蒙的一团中，清晰地看到了一条路，路极长，是我一步一步地走过来的，这条路的顶端是在清平县的官庄。我看到了一片灰黄的土房，中间闪着苇塘里的水光，还有我大奶奶和母亲的面影。这条路延伸出去，我看到了泉城的大明湖。这条路又延伸出去，我看到了水木清华，接着又看到德国小城哥廷根斑斓的秋色，上面飘动着我那母亲似的女房东和祖父似的老教授的面影。路陡然又从万里之外折回到神州大地，我看到了红楼，看到了燕园的湖光塔影。令人泄气而且大煞风景的是，我竟又看到了牛棚的牢头禁子那一副面孔。再看下去，路就缩住了，一直缩到我的脚下。

在这一条十分漫长的路上，我走过阳关大道，也走过独木小桥。路旁有深山大泽，也有平坡直入；有杏花春雨，也有塞北秋风；有山重水复，也有柳暗花明；有迷途知返，也有绝处逢生。路太长了，时间太久了，影子太多了，回忆太重了。我真正感觉到，我负担不了，也忍受不了，我想摆脱掉这一切，还我一个自由自在身。

回头看既然这样沉重，能不能向前看呢？我上面已经说到，向前看，路不是很长，没有什么好看的地方。我现在正像鲁迅的散文诗《过客》中的那一个过客。他不知道是从什么地方走来的，终于走到了老翁和小女孩的土屋前面，讨了点水喝。老翁看他已经疲惫不堪，劝他休息一下。他说："从我还能记得的时候起，我就在这么走，要走到一个地方去，这地方就在前面。我单记得走了许多路，现在来到这里了。我接着就要走向那边去……况且还有声音在前面催促我，叫唤我，使我息不下。"那边，西边是什么地方呢？老人说："前面，是坟。"小女孩说："不，不，不的。那里有许多野百合，野蔷薇，我常常

季羡林（左二）与留德的中国留学生的合影

□ 精美散文

去玩，去看他们的。"

我理解这个过客的心情，我自己也是一个过客。但是却从来没有什么声音催着我走，而是同世界上任何人一样，我是非走不行的，不用催促，也是非走不行的。走到什么地方去呢？走到西边的坟那里，这是一切人的归宿。我记得屠格涅夫的一首散文诗里，也讲了这个意思。我并不怕坟，只是在走了这么长的路以后，我真想停下来休息片刻。然而我不能，不管你愿意不愿意，反正是非走不行。聊以自慰的是，我同那个老翁还不一样，有的地方颇像那个小女孩，我既看到了坟，也看到野百合和野蔷薇。

我面前还有多少路呢？我说不出，也没有仔细想过。冯友兰先生说："何止于米？相期以茶。""米"是八十八岁，"茶"是一百零八岁。我没有这样的雄心壮志，我是"相期以米"。这算不算是立大志呢？我是没有大志的人，我觉得这已经算是大志了。

我从前对穷通寿夭也是颇有一些想法的。十年浩劫以后，我成了陶渊明的志同道合者。他的一首诗，我很欣赏：

纵浪大化中，
不喜亦不惧。
应尽便须尽，
无复独多虑。

我现在就是抱着这种精神，昂然走上前去。只要有可能，我一定做一些对别人有益的事，决不想成为行尸走肉。我知道，未来的路也不会比过去的更笔直，更平坦。但是我并不恐惧。我眼前还闪动着野百合和野蔷薇的影子。

作者简介

季羡林（1911～2009），山东临清人，著名语言学家、文学翻译家，梵文和巴利文专家。1934年毕业于清华大学外语系。次年赴德国哥廷根大学学习，获哲学博士学位。1946年回国后任教于北京大学，曾任北大副校长、南亚研究所所长、中国史学会常务理事等职。在印度和中亚语言、历史和文化研究方面取得成就。主要著作有评论集《中印文化关系史论丛》，译著《五卷书》《罗摩衍那》等。

季羡林像

·美文赏析·

《八十述怀》写于1991年1月1日，作者在文中回顾了自己80岁以前走过的人生历程，表露了自己的人生观、学术观和生死观。作者起笔不落俗套，以幽默调侃的笔调直接点题，一个坦率、质朴、乐观、自信的老人形象立时展现在读者面前。接着作者以轻松的笔调，对自己过去的人生之路进行大检阅，作者交替使用"宛如一场春梦"等几个类似的句子，使各段之间环环相扣，错落有致。过去的已经过去了，未来的时间仿佛也不多，作者固然觉得惋惜、感伤，但并不消沉。作者用冬天的杨树叶和水塘的荷花"做春梦"自喻，表明了向学术冲刺的决心；对于未来，作者化用鲁迅《过客》一文中的内容，说自己"既看到了坟，也看到了野百合和野蔷薇"。最后作者引用陶渊明的诗句，表明了自己豁达的生死观。文章信笔而谈，毫不隐讳，无拘无束，笔之所至皆成珠玉，内心独白、与读者交心的表达方式，亲切自然，读来令人如沐春风。

荔枝蜜

杨朔

入选理由

杨朔的散文代表作之一
以诗的语言讴歌了广大劳动者的勤劳精神
收入中学课本

花鸟草虫，凡是上得画的，那原物往往也叫人喜爱。蜜蜂是画家的爱物，我却总不大喜欢。说起来可笑，孩子时候有一回上树掐海棠花，不想叫蜜蜂蜇了一下，痛得我差点儿跌下来。大人告诉我说：蜜蜂轻易不蜇人，准是误以为你要伤害它，才蜇。一蜇，它自己就耗尽了生命，也活不久了。我听了，觉得那蜜蜂可怜，原谅它了。可是从此以后，每逢看见蜜蜂，感情上疙疙瘩瘩的，总不怎么舒服。

今年四月，我到广东从化温泉小住了几天。那里四围是山，环抱着一潭春水，那又浓又翠的景色，简直是一幅青绿山水画。刚去的当晚是个阴天，偶尔倚着楼窗一望，奇怪啊，怎么楼前凭空涌起那么多黑黝黝的小山，一重一重的，起伏不断？记得楼前是一片比较平坦的园林，不是山。这到底是什么幻景呢？赶到天明一看，忍不住笑了。原来是满野的荔枝树，一棵连一棵，每棵的叶子都密得不透缝，黑夜看去，可不就像小山似的！

荔枝也许是世上最鲜最美的水果。苏东坡写过这样的诗句："日啖荔枝三百颗，不辞长作岭南人。"可见荔枝的妙处。偏偏我来得不是时候，满树刚开着浅黄色的小花，并不出众。新发的嫩叶，颜色淡红，比花倒还中看些。从开花到果子成熟，大约得三个月，看来我是等不及在从化温泉吃鲜荔枝了。

吃鲜荔枝蜜，倒是时候。有人也许没听说这稀罕物儿吧？从化的荔枝树多得像汪洋大海，开花时节，满野嘤嘤嗡嗡，忙得那蜜蜂忘记早晚，有时趁着月色还采花酿蜜。荔枝蜜的特点是成色纯，养分大。住在温泉的人多半喜欢吃这种蜜，滋养精神。热心肠的同志为我也弄到两瓶。一开瓶子塞儿，就是那么一股甜香；调上半杯一喝，甜香里带着股清气，很有点鲜荔枝味儿。喝着这样好的蜜，你会觉得生活都是甜的呢。

我不觉动了情，想去看看自己一向不大喜欢的蜜蜂。

荔枝林深处，隐隐露出一角白屋，那是温泉公社的养蜂场，却起了个有趣的名儿，叫"养蜂大厦"。正当十分春色，花开得正闹。一走近"大厦"，只见成群结队的蜜蜂出出进进，飞去飞来，那沸沸扬扬的情景，会使你想：说不定蜜蜂也在赶着建设什么新生活呢。

养蜂员老梁领我走进"大厦"。叫他老梁，其实是个青年人，举动很精细。大概是老梁想叫我深入一下蜜蜂的生活，他小小心心地揭开一个木头蜂箱，箱里隔着一排板，板上满是蜜蜂，

115

□ 精美散文

蠕蠕地爬动。蜂王是黑褐色的，身量特别长，每只蜜蜂都愿意用采来的花精来供养它。

老梁赞叹似的轻轻说："你瞧这群小东西，多听话！"

我就问道："像这样一窝蜂，一年能割多少蜜？"

老梁说："能割几十斤。蜜蜂这东西，最爱劳动。广东天气好，花又多，蜜蜂一年四季都不闲着。酿的蜜多，自己吃的可有限。每回割蜜，留下一点点，够它们吃的就行了。它们从来不争，也不计较什么，还是继续劳动，继续酿蜜，整日整月不辞辛苦……"

我又问道："这样好蜜，不怕什么东西来糟蹋么？"

老梁说："怎么不怕？你得提防虫子爬进来，还得提防大黄蜂。大黄蜂这贼最恶，常常落在蜜蜂窝洞口，专干坏事。"

我不觉笑道："噢！自然界也有侵略者。该怎么对付大黄蜂呢？"

老梁说："赶！赶不走就打死它。要让它呆在那儿，会咬死蜜蜂的。"

我想起一个问题，就问："一只蜜蜂能活多久？"

老梁回答说："蜂王可以活三年，一只工蜂最多能活六个月。"

我说："原来寿命这样短。你不是总得往蜂房外边打扫死蜜蜂么？"

老梁摇一摇头说："从来不用。蜜蜂是很懂事的，活到限数，自己便悄悄死在外边，再也不回来了。"

我的心不禁一颤：多可爱的小生灵啊，对人无所求，给人的却是极好的东西。蜜蜂是在酿蜜，又是在酿造生活；不是为自己，而是在为人类酿造最甜的生活。蜜蜂是渺小的，蜜蜂却又多么高尚啊！

透过荔枝树林，我沉吟地望着远远的田野，那儿正有农民立在水田里，辛辛勤勤地分秧插秧。他们正用劳力建设自己的生活，实际也是在酿蜜——为自己，为别人，也为后世子孙酿造着生活的蜜。

这天夜里，我做了个奇怪的梦，梦见自己变成一只小蜜蜂。

作者简介

杨朔（1913～1968），原名杨毓晋，字莹叔。山东蓬莱人。1929年随舅父到哈尔滨谋生。抗战爆发后，两度去延安，后转战西北、广东、华北各地，从事文学创作。1939年到太行山八路军总部从事文化宣传工作。解放战争期间，当过随军记者，转战晋察冀地区。中华人民共和国成立后在中华全国铁路总工会工作。抗美援朝战争期间，赴朝参战。1955年后，主要从事对外文化交流工作。

· 美文赏析 ·

《荔枝蜜》写于1960年，曾被收入中学课本。本文是一篇构思精巧、寓意深刻、意境优美的抒情散文。作者以生活中常见的小动物蜜蜂为描写对象，借蜜蜂酿蜜的可贵精神，赞颂了劳动人民勤奋不息地为别人、为子孙后代酿造生活之"蜜"的高尚品质。综观全篇，语言精致，优美深邃的意境次第展开，含义步步加深，感情层层叠起，读来有如平地登山，愈高天地愈广，既获得深刻的哲理启示，也得到美的享受。

茶花赋

杨朔

入选理由
散文作品的典范
初学散文者的学习范本
收入中学课本

久在异国他乡,有时难免要怀念祖国的。怀念极了,我也曾想:要能画一幅画儿,画出祖国的面貌特色,时刻挂在眼前,有多好。我把这心思去跟一位擅长丹青的同志商量,求她画,她说:"这可是个难题,画什么呢?画点零山碎水,一人一物,都不行。再说,颜色也难调,你就是调尽五颜六色,又怎么画得出祖国的面貌?"我想了想,也是,就搁下这桩心思。

今年二月,我从海外回来,一脚踏进昆明,心都醉了。我是北方人,论季节,北方也许正是搅天风雪,水瘦山寒,云南的春天却脚步儿勤,来得快,到处早像催生婆似的正在催动花事。

花事最盛的去处数着西山华庭寺。不到寺门,远远就闻见一股细细的清香,直渗进人的心肺。这是梅花,有红梅、白梅、绿梅,还有朱砂梅,一树一树的,每一树梅花都是一首诗。白玉兰花略微有点儿残,娇黄的迎春却正当时,那一片春色啊,比起滇池的水来不知还要深多少倍。

究其实这还不是最深的春色。且请看那一树,齐着华庭寺的廊檐一般高,油光碧绿的树叶中间托出千百朵重瓣的大花,那样红艳,每朵花都像一团烧得正旺的火焰。这就是有名的茶花。不见茶花,你是不容易懂得"春深似海"这句诗的妙处的。

想看茶花,正是好时候。我游过华庭寺,又冒着星星点点细雨游了一次黑龙潭,这都是看茶花的名胜地方。原以为茶花一定很少见,不想在游历当中,时时望见竹篱茅屋旁边会闪出一枝猩红的花来。听朋友说:"这不算稀奇。要是在大理,差不多家家户户都养茶花。花期一到,各样品种的花儿争奇斗艳,那才美呢。"

我不觉对着茶花沉吟起来。茶花是美啊。凡是生活中美的事物都是劳动创造的。是谁白天黑夜,积年累月,拿自己的汗水浇着花,像抚育自己儿女一样抚育着花秧,终于培养出这样绝色的好花?应该感谢那为我们美化生活的人。

普之仁就是这样一位能工巧匠,我在翠湖边上会到他。翠湖的茶花多,开得也好,红通通的一大片,简直就是那一段彩云落到湖岸上。普之仁领我穿着茶花走,指点着告诉我这叫大玛瑙,那叫雪狮子;这是蝶翅,那是大紫袍……名目花名多得很。后来他攀着一棵茶树的小干枝说:"这叫童子面,花期迟,刚打骨朵,开起来颜色深红,倒是最好看的。"

我就问:"古语说:看花容易栽花难——栽培茶花一定也很难吧?"

普之仁答道:"不很难,也不容易。茶花这东西有点特性,水壤气候,事事都得细心。又怕

117

□ 精美散文

盛开的古茶树
云南种植茶花有1300多年的历史，茶花品种达2000多种，素有"茶花王国"之称。滇中茶花花色艳而不妖，每朵花可开十多天。早在清代中后期，昆明万寿庵、云安寺和金殿三处均种植有名茶。

风，又怕晒，最喜欢半阴半阳。顶讨厌的是虫子。有一种钻心虫，钻进一条去，花就死了。一年四季，不知得操多少心呢。"

我又问道："一棵茶花活不长吧？"

普之仁说："活的可长啦。华庭寺有棵松子鳞，是明朝的，五百多年了，一开花，能开一千多朵。"

我不觉噢了一声：想不到华庭寺见的那棵茶花来历这样大。

普之仁误会我的意思，赶紧说："你不信么？大理地面还有一棵更老的呢，听老人讲，上千年了，开起花来，满树数不清数，都叫万朵茶。树干子那样粗，几个人都搂不过来。"说着他伸出两臂，做个搂抱的姿势。

我热切地望着他的手，那双手满是茧子，沾着新鲜的泥土。我又望着他的脸，他的眼角刻着很深的皱纹，不必多问他的身世，猜得出他是个曾经忧患的中年人。如果他离开你，走进人丛里去，立刻便消逝了，再也不容易寻到他——他就是这样一个极其普通的劳动者。然而正是这样的人，整月整年，劳心劳力，拿出全部精力培植着花木，美化我们的生活。美就是这样创造出来的。

正在这时，恰巧有一群小孩也来看茶花，一个个仰着鲜红的小脸，甜蜜蜜地笑着，唧唧喳喳叫个不休。

我说："童子面茶花开了。"

普之仁愣了愣，立时省悟过来，笑着说："真的呢，再没有比这种童子面更好看的茶花了。"

一个念头忽然跳进我的脑子，我得到一幅画的构思。如果用最浓最艳的朱红，画一大朵含露乍开的童子面茶花，岂不正可以象征着祖国的面貌？我把这个简单的构思记下来，寄给远在国外的那位丹青能手，也许她肯再斟酌一番，为我画一幅画儿吧。

· 美文赏析 ·

《茶花赋》是杨朔的一篇比较有代表性的文章。作者采用了"见景—入境—抒情—升华—点题"的模式来谋篇布局，开篇从久居异乡思念祖国写起，先设置要画祖国面貌的悬念；然后写昆明西山华亭寺的二月花景，接着以茶花来入境，写茶花之美；然后以"凡是生活中美的事物都是劳动创造的"为过渡语，引出"普之仁"这个普通人的代表来作为抒情的对象，并借此升华到赞美普通劳动者的高度；最后又以画"童子面茶花"的构想点题，来歌颂"祖国的面貌"。这就是本文的大体脉络，层次清晰，环环相扣，这是杨朔一贯的写作思路。

采蒲台的苇

孙犁

入选理由
孙犁的散文代表作之一
一曲反映抗战时期白洋淀人民团结御侮、
不屈不挠的英雄精神的赞歌

我到了白洋淀,第一个印象,是水养活了苇草,人们依靠苇生活。这里到处是苇,人和苇结合的是那么紧。人好像寄生在苇里的鸟儿,整天不停地在苇里穿来穿去。

我渐渐知道,苇也因为性质的软硬、坚固和脆弱,各有各的用途。其中,大白皮和大头栽因为色白、高大,多用来织小花边的炕席;正草因为有骨性,则多用来铺房、填房碱;白毛子只有漂亮的外形,却只能当柴烧;假皮织篮捉鱼用。

我来的早,淀里的凌还没有完全融化。苇子的根还埋在冰冷的泥里,看不见大苇形成的海。我走在淀边上,想像假如是五月,那会是苇的世界。

在村里是一垛垛打下来的苇,它们柔顺地在妇女们的手里翻动,远处的炮声还不断传来,人民的创伤并没有完全平复。关于苇塘,就不只是一种风景,它充满火药的气息,和无数英雄的血液的记忆。如果单纯是苇,如果单纯是好看,那就不成为冀中的名胜。

这里的英雄事迹很多,不能一一记述。每一片苇塘,都有英雄的传说。敌人的炮火,曾经摧残它们,它们无数次被火烧光,人民的血液保持了它们的清白。

最好的苇出在采蒲台。一次,在采蒲台,十几个干部和全村男女被敌人包围。那是冬天,

抗战时期,白洋淀地区的人民依托当地的水域、芦苇与日寇展开周旋,谱写了一曲又一曲壮烈的英雄凯歌。

□精美散文

人们被围在冰上,面对着等待收割的大苇塘。

敌人要搜。干部们有的带着枪,认为是最后战斗流血的时候到来了。妇女们却偷偷地把怀里的孩子递过去,告诉他们把枪支插在孩子的裤裆里。搜查的时候,干部又顺手把孩子递给女人……十二个女人不约而同地这样做了。仇恨是一个,爱是一个,智慧是一个。

枪掩护过去了,闯过了一关。这时,一个四十多岁的人,从苇塘打苇回来,被敌人捉住。敌人问他:"你是八路?""不是!""你村里有干部?""没有!"敌人砍断他半边脖子,又问:"你的八路?"他歪着头,血流在胸膛上,说:"不是!""你村的八路大大的!""没有!"

妇女们忍不住,她们一齐沙着嗓子喊:"没有!没有!"

敌人杀死他,他倒在冰上。血冻结了,血是坚定的,死是刚强!

"没有!没有!"

这声音将永远响在苇塘附近,永远响在白洋淀人民的耳朵旁边,甚至应该一代代传给我们的子孙。永远记住这两名简短有力的话吧!

作者简介

孙犁(1913～2002),河北衡水市安平人。早年毕业于保定育德中学。1936年到安新县小学教书,后任教于冀中抗战学院和华北联大,任晋察冀通讯社和《晋察冀日报》编辑。1944年赴延安,在鲁迅艺术文学院工作。1945年回冀中农村。1949年起主编《天津日报》的《文艺周刊》。曾任中国作家协会理事和天津作协副主席等职。主要作品有小说《芦花荡》《荷花淀》和《铁木前传》,散文集《晚华集》《耕堂散文》等。

孙犁像

· 美文赏析 ·

《采蒲台的苇》是孙犁的散文名篇。文章以抗战时期白洋淀地区为背景,以诗意的笔调叙述了发生在这一地区一个真实感人的军民抗日的故事。文章的前半部分写"苇",在作者眼中,苇不是单纯的自然物,而是英勇无畏的白洋淀人民的化身,是白洋淀军民团结御侮、宁死不屈的伟大精神的象征。文章后半部分以白描手法,叙述了采蒲台的妇女们面对日寇,机智勇敢掩护干部和一中年打苇人宁死不屈的故事,刻画了白洋淀人民大智大勇、铮铮铁骨的英雄形象。文章朴素无华,语言凝练清新,情感炽烈,生动表现了采蒲台人、白洋淀人,乃至中华儿女不屈不挠、英勇斗争的民族精神。

黄山记

徐迟

入选理由
恢宏大气的山河颂歌
精于设计的结构布局，热情奔放的诗性语言
收入中学课本

一

大自然是崇高、卓越而美的。它煞费心机，创造世界。它创造了人间，还安排了一处胜境。它选中皖南山区。它是大手笔，用火山喷发的手法，迅速地，在周围120公里，面积千余平方公里的一个浑圆的区域里，分布了这么多花岗岩的山峰。它巧妙地搭配了其中三十六大峰和三十六小峰。高峰下临深谷；幽潭傍依天柱。这些朱砂的，丹红的，紫霭色的群峰，前拥后簇，高矮参差。三个主峰，高风峻骨，鼎足而立，撑起青天。

这样布置后，它打开了它的云库，拨给这区域的，有倏来倏去的云，扑朔迷离的雾，绮丽多彩的霞光，雪浪滚滚的云海。云海五座，如五大洋，汹涌澎湃。被雪浪拍击的山峰，或被吞没，或露顶巅，沉浮其中。然后，大自然又毫不悭吝地赐予几千种植物，它处处散下了天女花和高山杜鹃。它还特意委托风神带来名贵的松树树种，播在险要处。黄山松铁骨冰肌；异萝松天下罕见。这样，大自然把紫红的峰，雪浪云的海，虚无缥缈的雾，苍翠的松，拿过来组成了无穷尽的幻异的景。云海上下，有三十六源，二十四溪，十六泉，还有八潭，四瀑。一道温泉，能治百病。各种走兽之外，又有各种飞禽。神奇的音乐鸟能唱出八个乐音。稀世的灵芝草，有珊瑚似的肉芝。作为最高的效果，它格外赏赐了只属于幸福的少数人的，极罕见的摄身光。这种光最神奇不过，它有彩色光晕如镜框，中间一明镜可显见人形。三个人并立峰上，各自从峰前摄身光中看见自己的面容身影。

莲花峰（后方）和玉屏峰（前方）
莲花峰位于黄山中部，玉屏峰西南，东对天都峰，为36大峰之一。它海拔1864米，是黄山最高峰，也是华东地区第三高峰。玉屏峰介于天都、莲花峰间，为36小峰之一，海拔1716米，峰壁如玉雕屏障，故名"玉屏峰"。

□ 精美散文

这样，大自然布置完毕，显然满意了，因此它在自己的这件艺术品上，最后三下两下，将那些可以让人从人间通入胜境去的通道全部切断，处处悬崖绝壁，无可托足。它不肯随便把胜境给予人类。它封了山。

二

鸿蒙以后多少年，只有善于攀援的金丝猴来游。以后又多少年，才来到了人。第一个来者黄帝，一来到，黄山命了名。他和浮丘公、容成子上山采药。传说他在三大主峰之一，海拔1840公尺的光明顶之傍，炼丹峰上，飞升了。

又几千年，无人攀登这不可攀登的黄山。直到盛唐，开元天宝年间，才有个诗人来到。即使在猿猴愁攀登的地方，这位诗人也不愁。在他足下，险阻山道阻不住他。他是李白。他逸兴横飞，登上了海拔1860公尺的莲花峰，黄山最高峰的绝顶。有诗为证：丹崖夹石柱，菡萏金芙蓉，伊惜升绝顶，俯视天目松。李白在想象中看见，浮丘公引来了王子乔，"吹笙舞凤松"。他还想"乘桥蹑彩虹"，又想"遗形入无穷"，可见他游兴之浓。

又数百年，宋代有一位吴龙翰，"上丹崖万仞之巅，夜宿莲花峰顶。霜月洗空，一碧万里"。看来那时候只能这样，白天登山，当天回不去。得在山顶露宿，也是一种享乐。

可是这以后，元明清数百年内，极大多数旅行家都没有能登上莲花峰顶。汪璪以"从者七人，二僧与俱"，组成一支浩浩荡荡的登山队，"一仆前持斧斤，剪伐丛莽，一仆鸣金继之，二三人肩粮执剑戟以随。"他们只到了半山寺，狼狈不堪，临峰翘望，败兴而归。只有少数人到达了光明顶。登莲花峰顶的更少了。而三大主峰之中的天都峰，海拔只有1810公尺，却最险峻，从来没有人上去过。那时有一批诗人，结盟于天都峰下，称天都社。诗倒是写了不少，可登了上去的，没有一个。

登天都，有记载的，仅后来的普门法师、云水僧、李匡台、方夜和徐霞客。

三

白露之晨，我们从温泉宾馆出发。经人字瀑，看到了从前的人登山之途，五百级罗汉级。这是在两大瀑布奔泻而下的光滑的峭壁上琢凿出来的石级，没有扶手，仅可托足，果然惊险。但我们现在并不需要从这儿登山。另外有比较平缓的，相当宽阔的石级从瀑布旁侧的山林间，一路往上铺砌。我们甚至还经过了一段公路，只是它还没有修成。一路总有石级。装在险峻地方的铁栏杆很结实；红漆了，更美观。林业学校在名贵树木上悬挂小牌子，写着树名和它们的

鲫鱼背
鲫鱼背在天都峰上，以奇险著称。此石两侧是千仞悬崖，深邃莫测，其形颇似出没于波涛之中的鲫鱼之背，故得此名。

拉丁学名，像公园里那样的。

　　过了立马亭，龙蟠坡，到半山寺，便见天都峰挺立在前，雄峻难以攀登。这时山路渐渐的陡削，我们快到达那人间与胜境的最后边界线了。

　　然而，现在这边界线的道路全是石级铺砌的了，相当宽阔，直到天都峰趾。仰头看吧！天都峰，果然像过去的旅行家所描写的"卓绝云际"。他们来到这里时，莫不"心甚欲住"。可是"客怨，仆泣"，他们都被劝阻了。"不可上，乃止"，他们没上去。方夜在他的《小游记》中写道："天都险莫能上。自普门师蹑其顶，继之者惟云水僧一十八人集月夜登之，归而几堕崖者已四。又次为李匡台，登而其仆亦堕险几毙。自后遂无至者。近跻其险而至者，惟余侣耳。"

"人"字瀑
古名"飞雨来"，位于紫石、朱砂两峰间，海拔660米。瀑水源于中沟，瀑中危岩百丈，石挺岩腹，使瀑水以26度夹角一分为二，沿左右岩壁而下，成"人"字形飞瀑。

　　那时上天都确实险。但现今我们面前，已有了上天的云梯。一条鸟道，像绳梯从上空落下来。它似乎是无穷尽的石级，等我们去攀登。它陡则陡矣，累亦累人，却并不可怕。石级是不为不宽阔的，两旁还有石栏，中间挂铁索，保护你。我们直上，直上，直上，不久后便已到了最险处的鲫鱼背。

　　那是一条石梁，两旁削壁千仞。石梁狭仄，中间断却。方夜到此，"稍栗"。我们却无可战栗，因为鲫鱼背上也有石栏和铁索在卫护我们。这也化险为夷了。

　　如是，古人不可能去的，以为最险的地方，鲫鱼背，阎王坡，小心壁等等，今天已不再是艰险的，不再是不可能去的地方了。我们一行人全到了天都峰顶。千里江山，俱收眼底；黄山奇景，尽踏足下。

　　我们这江山，这时代，正是这样，属于少数人的幸福已属于多数人。虽然这里历代有人开山筑道，却只有这时代才开成了山，筑成了道。感谢那些黄山石工，峭壁见他们就退让了，险处见他们就回避了。他们征服了黄山。断崖之间架上桥梁，正可以观泉赏瀑。险绝处的红漆栏杆，本身便是可羡的风景。

　　胜境已成公园，绝处已经逢生。看呵，天都峰，莲花峰，玉屏峰，莲蕊峰，光明顶，狮子林，这许多许多佳丽处，都在公园中。看呵，这是何等的公园！

四

　　只见云气氤氲来，飞升于文殊院，清凉台，飘拂过东海门，西海门，弥漫于北海宾馆，白鹅岭。如此之飘泊无定；若许之变化多端。毫秒之间，景物不同；同一地点，瞬息万变。一忽儿阳光泛滥；一忽儿雨脚奔驰，却永有云雾，飘去浮来；整个的公园，藏在其中。几枝松，几个观松人，溶出溶入；一幅幅，有似古山水，笔意简洁。而大风呼啸，摇撼松树，如龙如凤。

□ 精美散文

显出它们矫健多姿。它们的根盘入岩缝，和花岗石一般颜色，一般坚贞。它们有风修剪的波浪形的华盖；它们因风展开了似飞翔之翼翅。从峰顶俯视，它们如苔藓，披覆住岩石；从山腰仰视，它们如天女，亭亭而玉立。沿着岩壁折缝，一个个的走将出来，薄纱轻绸，露出的身段翩然起舞。而这舞松之风更把云雾吹得千姿万态，令人眼花缭乱。这云雾或散或聚；群峰则忽隐忽现。刚才还是顶盆雨，迷天雾，而千分之一秒还不到，它们全部散去了。庄严的天都峰上，收起了哈达；俏丽的莲蕊峰顶，揭下了蝉翼似的面纱。阳光一照，丹崖贴金。这时，云海滚滚，如海宁潮来，直拍文殊院宾馆前面的崖岸。朱砂峰被吞没；桃花峰到了波涛底。耕云峰成了一座小岛，鳌鱼峰游泳在雪浪花间。波涛平静了，月色耀银。这时文殊院正南前方，天蝎星座的全身，如飞龙一条，伏在面前，一动不动。等人骑乘，便可起飞。而当我在静静的群峰间，暗蓝的宾馆里，突然睡醒，轻轻起来，看到峰峦还只有明暗阴阳之分时，黎明的霞光却渐渐显出了紫蓝青绿诸色。初升的太阳透露出第一颗微粒。从未见过这鲜红如此之红；也从未见过这鲜红如此之鲜。一刹间火球腾空；凝眸处彩霞掩映。光影有了千变万化；空间射下百道光柱。万松林无比绚丽；云谷寺豪光四射。忽见琉璃宝灯一盏，高悬始信峰顶。奇光异彩，散花坞如大放焰火。焰火正飞舞，那暗鸣变色，叱咤的风云又汇聚起来。笙管齐鸣，山呼谷应。风急了。西海门前，雪浪滔滔。而排云亭前，好比一座繁忙的海港，码头上装卸着一包包柔软的货物。我多么想从这儿扬帆出海去。可是暗礁多，浪这样险恶，准可以撞碎我的帆桅，打翻我的船。我穿过密林小径，奔上左数峰，上有平台，可以观海。但见浩瀚一片，了无边际，海上蓬莱，尤为诡奇。我又穿过更密的林子，翻过更奇的山峰，蛇行经过更险的悬崖，踏进更深的波浪。一苇可航，我到了海心的飞来峰上。游兴更浓了，我又踏上云层，到那黄山图上没有标志，在任何一篇游记之中无人提及，根本没有石级，没有小径，没有航线，没有方向的云中。仅在岩缝间，松根中，雪浪褶皱里，载沉载浮，我到海外去了。浓云四集，八方茫茫。忽见一位药农，告诉我，这里名叫海外五峰。他给我看黄山的最高荣誉，一枝灵芝草，头尾花茎俱全，色泽鲜红如珊瑚。他给我指点了道路，自

黄山迎客松
迎客松位于玉屏楼东，文殊洞顶。古松破石而出，枝干苍劲，形态优美，寿逾千年。

己缘着绳子下到数十丈深谷去了。他在飞腾,在荡秋千。黄山是属于他的,属于这样的药农的。我又不知穿过了几层云,盘过几重岭,发现我在炼丹峰上,光明顶前。大雨将至,我刚好躲进气象站里。黄山也属于他们,这几个年轻的科学工作者。他们邀我进入他们的研究室。倾盆大雨倒下来了。这时气象工作者祝贺我,因为将看到最好的景色了。那时我喘息甫定,他们却催促我上观察台去。果然,雨过天又晴。天都突兀而立,如古代将军。绯红的莲花峰迎着阳光,舒展了一瓣瓣的含水的花瓣。轻盈的云海隙处,看得见山下晶晶的水珠。休宁的白岳山,青阳的九华山,临安的天目山,九江的匡庐山。远处如白练一条浮着的,正是长江。这时彩虹一道,挂上了天空。七彩鲜艳,银海衬底。妙极!妙极了!彩虹并不远,它近在目前,就在观察台边。不过十步之外,虹脚升起,跨天都,直上晴空,至极远处。仿佛可以从这长虹之脚,拾级而登,临虹款步,俯览江山。而云海之间,忽生宝光。松影之荫,琉璃一片,闪闪在垂虹下,离我只二十步,探手可得。它光彩异常,它中间晶莹,它的比彩虹尤其富丽的镜圈内有面镜子。摄身光!摄身光!

这是何等的公园!这是何等的人间!

作者简介

徐迟(1914～1996),原名商寿,浙江吴兴人。1931年至1933年,先后就读于苏州东吴大学和燕京大学。1933年开始写诗。1936年出版第一部诗集《二十岁人》。抗战爆发后,辗转于上海、香港、重庆。这期间,曾与戴望舒、叶君健合编英文版《中国作家》。协助郭沫若编辑《中原》月刊,创作和翻译了不少作品。抗战胜利后,由重庆抵上海,曾一度回故乡教书。中华人民共和国成立后,先后任《人民中国》(英文版)编辑、《诗刊》副主编。1960年调湖北文联从事专业创作,创作了大量的诗、散文和特写。他创作了一系列脍炙人口的报告文学,曾获1981年全国优秀报告文学一等奖。

徐迟像

· 美文赏析 ·

《黄山记》是一篇不可多得的游记佳作。文章在开篇即以造物对黄山的精心布局,设景置笔,文章大气。首先写出了黄山的奇特,而后又以古人游记的文献为依据写出了黄山的奇险,最后以自己的亲临之感真切诱人地写出了黄山的奇美。文章处处在写奇,于奇中起笔落笔,构思超过一般游记文章,先铺开大局,后细处染点,遂成为一幅气势磅礴的云山画卷。作者以奔放优美的文字,错落有序的叙述,笔随心转,舒卷自如,显示了作者豪放的个性和过人的创作能力。

□ 精美散文

天山景物记

碧野

入选理由

热烈奔放的色彩渲染和各种修辞手法的精当运用
丰富多样的风景构图取景，层次分明的叙述角度和声画同步
收入中学课本

朋友，你到过天山吗？天山是我们祖国西北边疆的一条大山脉，连绵几千里，横亘准噶尔盆地和塔里木盆地之间，把广阔的新疆分为南北两半。远望天山，美丽多姿，那长年积雪高插云霄的群峰，像集体起舞时的维吾尔族少女的珠冠，银光闪闪；那富于色彩的连绵不断的山峦，像孔雀开屏，艳丽迷人。

天山不仅给人一种稀有美丽的感觉，而且更给人一种无限温柔的感情。它有丰饶的水草，有绿发似的森林。当它披着薄薄云纱的时候，它像少女似的含羞；当它被阳光照耀得非常明朗的时候，又像年轻母亲饱满的胸膛。人们会同时用两种甜蜜的感情交织着去爱它，既像婴儿喜爱母亲的怀抱，又像男子依偎自己的恋人。

如果你愿意，我陪你进天山去看一看。

雪峰·溪流·森林

七月间新疆的戈壁滩炎暑逼人，这时最理想的是骑马上天山。新疆北部的伊犁和南部的焉耆都出产良马：不论伊犁的哈萨克马或者焉耆的蒙古马，骑上它爬山就像走平川，又快又稳。

进入天山，戈壁滩上的炎暑就远远地被撇在后边。迎面送来的雪山寒气，立刻使你感到像秋天似的凉爽。蓝天衬着高耸的巨大的雪峰，在太阳下，几块白云在雪峰间投下云影，就像白

缎上绣上了几朵银灰的暗花。那融化的雪水，从高悬的山涧，从峭壁断崖上飞泻下来，像千百条闪耀的银练。这飞泻下来的雪水，在山脚汇成冲激的溪流，浪花往上抛，形成千万朵盛开的白莲，可是每到水势缓慢的洄水涡，却有鱼儿在跳跃，当这个时候，饮马溪边，你坐在马鞍上，就可以俯视那阳光透射到的清澈的水底，在五彩斑斓的水石间，鱼群闪闪的鳞光映着雪水清流，给寂静的天山添上了无限生机。

再往里走，天山越显得越优美。沿着那白皑皑群峰的雪线以下，是蜿蜒无尽的翠绿的原始森林，密密的塔松像撑天的巨伞，重重叠叠的枝丫，只漏下斑斑点点细碎的日影。骑马穿行林中，只听见马蹄溅起漫流在岩石上的水声，增添了密林的幽静，在这林海深处，连鸟雀也少飞来，只偶然能听到远处的几声鸟鸣。这时，如果你下马坐在一块岩石上吸烟休息，虽然林外是阳光灿烂，而遮去了天日的密林中却闪耀着你烟头的红火光。从偶然发现的一棵两棵烧焦的枯树看来，这里也许来过辛勤的猎人，在午夜中他们生火宿过营，烤过猎获的野味。这天山上有的是成群的野羊、草鹿、野牛和野骆驼。

如果说进到天山这里还像是秋天，那么再往里走就像是春天了，山色逐渐变得柔嫩，山形也逐渐变得柔和，很有一伸手就可以触摸到凝脂似的感觉。这里溪流缓慢，萦绕着每一个山脚，在轻轻荡漾着的溪流两岸，满是高过马头的野花，红、黄、蓝、白、紫，五彩缤纷，像织不完的织锦那么绵延，像天边的彩霞那么耀眼，像高空的长虹那么绚烂。这密密层层成丈高的野花，朵儿赛八寸的玛瑙盘，瓣儿赛巴掌大。马走在花海中，显得格外矫健，人浮在花海上，也显得格外精神，在马上你用不着离鞍，只要稍为伸手就可以满怀捧到你最心爱的大鲜花。

虽然天山这时并不是春天，但是有哪一个春天的花园能比得过这时天山的无边繁花呢？

迷人的夏季牧场

就在雪的群峰的围绕中，一片绮丽的千里牧场展现在你的眼前，墨绿的原始森林和鲜艳的野花，给这辽阔的千里牧场镶上了双重富丽的花边，千里牧场上长着一色青翠的酥油草，清清的溪水齐着两岸的草丛在漫流。草原是这样无边的平展，就像风平浪静的海洋。在太阳下，那点点水泡似的蒙古包在闪烁着白光。

当你尽情策马在这千里草原上驰骋的时候，处处都可以看见千百成群肥壮的羊群、马群和牛群，它们吃了含有乳汁的酥油草，毛色格外发亮，好像每一根毛尖都冒着油星，特别是那些被碧绿的草原衬托得十分清楚的黄牛、花牛、白羊、红羊，在太阳下就像绣在绿色缎面上的彩色图案一样美。

有的时候，风从牧群中间送过来银铃似的叮当声，那是哈萨克牧女们坠满衣角的银饰在风中击响，牧女们骑着骏马，优美的身姿映衬在蓝天、雪山和绿草之间，显得十分动人。她们欢笑着跟着嬉逐的马群驰骋，而每当停下来，就骑马轻轻地挥动着牧鞭歌唱她们的爱情。

这雪峰、绿林、繁花围绕着的天山千里牧场虽然给人一种低平的感觉，但位置在海拔两三千公尺以上，每当一片乌云飞来，云脚总是扫着草原，洒下阵雨，牧群在雨云中出没，加浓了云意，很难分辨得出哪是云头哪是牧群。而当阵雨过后，雨洗后的草原就变得更加清新碧绿，远看像块巨大的蓝宝石，近看缀满草尖上的水珠，却又像数不清的金刚钻。

特别诱人的是牧场的黄昏，周围的雪峰被落日映红，像云霞那么灿烂；雪峰的红光映射到

□ 精美散文

这辽阔的牧场上，形成一个金碧辉煌的世界，蒙古包、牧群和牧女们，都镀上了一色的玫瑰红。当落日沉没，周围雪峰的红光逐渐消褪，银灰色的暮霭笼罩草原的时候，你就可以看见无数点点的红火光，那是牧民们在烧起铜壶准备晚餐。

你用不着客气，任何一个蒙古包都是你的温暖的家，只要你朝有火光的地方走去，不论走进哪一家蒙古包，好客的哈萨克牧民都会像对待亲兄弟似的热情地接待你，渴了你可以先喝一盆马奶，饿了有烤羊排，有酸奶疙瘩，有酥油饼，你可以一如哈萨克牧民那样豪情地狂饮大嚼。

当家家蒙古包的吊壶三脚架下的野牛粪只剩下一堆红火烬的时候，夜风就会送来冬不拉的弦音和哈萨克牧女们婉转嘹亮的歌声，这是十家八家聚居在一处的牧民们齐集到一家比较大的蒙古包里，欢度一天最后的幸福时辰。

过后，整个草原沉浸在夜静中。如果这时你披上一件皮衣走出蒙古包，在月光下或者繁星下，你就可以朦胧地看见牧群在夜的草原上轻轻地游荡，夜的草原是这么宁静而安详，只有漫流的溪水声引起你对这大自然的遐思。

野马·蘑菇圈·旱獭·雪莲

夜幕中，草原在繁星的闪烁下或者在月光的披照中，该发生多少动人的情景，但人们却在安静的睡眠中疏忽过去了：只有当黎明来到这草原上，人们才会发现自己马群里的马匹在一夜间忽然变多了，而当人们怀着惊喜的心情走拢去，马匹立刻就分为两群，其中一群会奔腾离你远去，那长长的鬣鬃在黎明淡青的天光下，就像许多飘曳的缎幅。这个时候，你才知道

那是一群野马。夜间，它们混入牧群，跟牧马一块嬉戏追逐。它们机警善跑，游走无定，几匹最骠壮的公野马领群，它们对许多牧马都熟悉，相见彼此用鼻子对闻，彼此用头亲热地磨擦，然后就合群在一起吃草、嬉逐。黎明，当牧民们走出蒙古包，就是它们分群的一刻，公野马总是掩护着母野马和野马驹远离人们。当野马群远离人们站定的时候，在日出的草原上，还可以看见屹立护群的公野马的长鬣鬃，那鬣鬃一直披垂到膝下，闪着美丽的光泽。

日出后的草原千里通明，这时最便于发现蘑菇。天山蘑菇又嫩又肥厚，又大又鲜甜。这个时候你只要立马草原上瞭望，便可以发现一些特别翠绿的圆点子，那就是蘑菇圈。你对着它直驰马前去，就很容易在这直径三四丈宽的一圈沁绿的酥油草丛里，发现像夏天夜空里的繁星似的蘑菇。眼看着这许许多多雪白的蘑菇隐藏在碧绿的草丛中，谁都会动心。一只手忙不过来，你自然会用双手去采，身上的口袋装不完，你自然会添上你的帽子、甚至马靴去装。第一次采到这么多新鲜蘑菇，对一个远来的客人是一桩最快乐的事。你把鲜蘑菇在溪水里洗净，不要油，不要盐，光是白煮来吃就有一种特别鲜甜的滋味，如果再加上一条野羊腿，那就又鲜甜又浓香。

天山上奇珍异品很多，我们知道水獭是生活在水滨和水里的，而天山上却生长着旱獭。在牧场边缘的山脚下，你随处都可以看见一个个洞穴。这就是旱獭居住的地方。从九、十月大雪封山，到第二年四、五月冰消雪化，旱獭要整整在它们的洞穴里冬眠半年。只有到了夏至后，发青的酥油草才把它们养得胖墩墩，圆滚滚。这时它们的毛色麻黄发亮，肚子拖着地面，短短的四条腿行走迟缓，正可以大量捕捉。

另一种奇异珍品是雪莲。如果你从山脚往上爬，超越天山雪线以上，就可以看见青凛凛的寒光中挺立着一朵朵玉琢似的雪莲，这习惯于生长在奇寒环境中的雪莲，根部扎入岩隙间，汲取着雪水，承受着雪光，柔静多姿，洁白晶莹。这生长在人迹罕至的海拔几千公尺雪线以上的灵花异草，据说是稀世之宝——一种很难求得的妇女良药。

天然湖与果子沟

在天山峰峦的高处，常常出现巨大的天然湖，就像美女晨妆时开启的明净的镜面。湖面平静，水清见底。高空的白云和四周的雪峰清晰地倒影水上，把湖山天影融为晶莹的一体。在这幽静的湖中，唯一活动的东西就是天鹅。天鹅的洁白增添了湖水的明净，天鹅的叫声增添了湖面的幽静。人家说山色多变，而事实上湖色也是多变，如果你站立高处瞭望湖面，眼前是一片赏心悦目的碧水茫茫，如果你再留意一看，接近你的视线的是闪闪鳞光，就像千万条银鱼在游动，而远处平展如镜，没有一点纤尘或者一根游丝的侵扰。湖水越远越深，由近到远，是银白、淡蓝、深青、墨绿，界线非常分明。传说中有这么一个湖是古代一个不幸的哈萨克少女滴下的眼泪，湖色的多变正是象征着那个古代少女的万种哀愁。

就在这个湖边，传说中的少女的后代子孙们现在已在放牧着羊群。湖水滋润着湖边的青草，青草喂胖了羊群，羊奶哺育着少女的后代子孙。当然，这象征着哈萨克族不幸的湖，今天已经变为实际的幸福湖。

山高爽朗，湖边清净，日里披满阳光，夜里缀满星辰，牧民们的蒙古包随着羊群环湖周游，他们的羊群一年年繁殖，他们恋爱、生育，他们弹琴歌唱自己幸福的生活。

高山的雪水汇入湖中，又从像被一刀劈开的峡谷岩石间，泻落到千丈以下的山涧里去，水

□ 精美散文

从悬崖上像条飞练似的泻下，即使站在十几里外的山头上，也能看见那飞练的白光。如果你走到悬崖跟前，脚下就会受到一种惊心动魄的震撼。俯视水练冲泻到深谷的涧石上，溅起密密的飞沫，在日中的阳光下，形成蒙蒙的瑰丽的彩色水雾。就在急湍的涧流边，绿色的深谷里也散布着一顶顶牧民的蒙古包，像水洗的玉石那么洁白。

如果你顺着弯弯曲曲的涧流走，沿途汇入千百条泉流就逐渐形成溪流，然后沿途再汇入涧流和溪流，就形成河流奔腾出天山。

就在这种深山野谷的溪流边，往往有着果树夹岸的野果子沟。春天繁花开遍峡谷，秋天果实压满山腰。每当花红果熟，正是鸟雀野兽的乐园。这种野果子沟往往不为人们所发现。其中有这么一条野果子沟，沟里长满野苹果，连绵五百里。春天，五百里的苹果花开无人知，秋天，五百里成熟累累的苹果无人采。老苹果树凋枯了，更多的新苹果树茁长起来。多少年来，这条五百里长沟堆满了几丈厚的野苹果泥。

现在，已经有人发现了这条野苹果沟，有人已经开始计划在沟里建立酿酒厂，把野苹果酿造成大量芬芳的美酒，让这大自然的珍品化成人们的血液，增进人们的健康。

朋友，天山的丰美景物何止这些，天山绵延几千里，不论高山、深谷，不论草原、湖泊，不论森林、溪流，处处有丰饶的物品，处处都有绮丽的美景，你要我说可真说不完。如果哪一天你有豪情去游天山，临行前别忘了通知我一声，也许我能给你当一个不很出色的向导。当向导在我只是一个漂亮的借口，其实我私心里也很想找个机会去重游天山。

作者简介

碧野（1916～2008），原名黄潮洋，广东省大埔县赤山村人。中国作家协会驻会作家。1935年参加北平作家协会和进步文艺团体"泡沫社""浪花社"，从此正式从事写作。碧野作为一位紧随时代同步前进的作家，以其充沛的热情和执着的毅力，长期勤奋耕耘于文学领域，始终笔耕不已，时有新作问世。因此半个多世纪以来，在其几经风雨、屡遭坎坷的文学人生道路上，留下了30多部计约500多万字的累累硕果。

· 美文赏析 ·

这是一篇热情洋溢的游记散文，语言绚丽而奔放，充满强烈的色彩感，歌唱英雄的时代是碧野散文的主调。不论是描写山光水色，还是展示建设大业，他的作品总是格调高昂、春光明媚，充满了对新生活的希望和祝福。他的游记作品中的力作《天山景物记》，介绍了新疆天山的丰富物产和异彩奇情的景物，歌颂了边疆各族人民的新面貌。比喻、对仗、排比、拟人是碧野常用的修辞手段，借此来创造富有节奏感的艺术境界。《天山景物记》的艺术美是多方面的。如果循其创作手法观察下去，我们不难发现，那充满感情、充满生命意识和艺术感觉的灼炽夺目的色彩描绘尤为突出。碧野对色彩描绘的真谛无疑有着深刻的领悟。他那天趣盎然的绘色艺术，给他笔下的天山平添了一种异彩纷呈的景象。如对森林、野花、蘑菇圈、蓝天、山峰的描写，都闪烁着五颜六色的美，诱人去想象天山的诗情画意。而在对雨后草原的描写中，我们不难看到，碧野并没有一味追求色彩的绘画效果，而是把艺术的触角伸向对摄影技法的借鉴和实践中。统观全文，我们可以看出，精心构图和专一取景，是这篇游记的过人之处。

长江三日

刘白羽

入选理由
大时代气势磅礴的交响乐章
宏大叙事和个性体验的完美结合
收入中学课本

十一月十七日

雾笼罩着江面，气象森严。十二时，"江津"号启碇顺流而下了。在长江与嘉陵江汇合后，江面突然开阔，天穹顿觉低垂。浓浓的黄雾，渐渐把重庆隐去。一刻钟后，船又在两面碧森森的悬崖陡壁之间的狭窄的江面上行驶了。

你看那急速漂流的波涛一起一伏，真是"众水会万涪，瞿塘争一门"。而两三木船，却齐整的摇动着两排木桨，像鸟儿扇动着翅膀，正在逆流而上。我想到李白、杜甫在那遥远的年代，以一叶扁舟，搏浪急进，该是多少雄伟的搏斗，会激发诗人多少瑰丽的诗思啊！……不久，江面更开朗辽阔了。两条大江，骤然相见，欢腾拥抱，激起云雾迷蒙，波涛沸荡，至此似乎稍为平定，水天极目之处，灰蒙蒙的远山展开一卷清淡的水墨画。

从长江上顺流而下，这一心愿真不知从何时就在心中扎下根子，年幼时读"大江东去……"读"两岸猿声……"辄心向往之。后来，听说长江发源于一片冰川，春天的冰川上布满奇异艳丽的雪莲，而长江在那儿不过是一泓清溪；可是当你看到它那奔腾叫啸，如万瀑悬空，砰然万里，就不免在神秘气氛的"童话世界"上又涂了一层英雄光彩。后来，我两次到重庆，两次登枇杷山看江上夜景，从万家灯光、灿烂星海之中，辨认航船上缓缓浮动而去的灯火，多想随那惊涛骇浪，直赴瞿塘，直下荆门呀！但亲身领略一下长江真风景，直到这次才实现。因此，这一回在"江津"号上，正如我在第二天写的一封信中所说：

"这两天，整天我都在休息室里，透过玻璃窗，观望着三峡。昨天整日都在朦胧的雾罩之中。今天却阳光一片。这庄严秀丽气象万千的长江真是美极了。"

下午三时，天转开朗。长江两岸，层层叠叠，无穷无尽的都是雄伟的山峰，苍松翠竹绿茸茸的遮了一层绣幕。近岸陡壁上，背纤的纤夫历历可见。你向前看，前面群山在江流浩荡之中，则依然为雾笼罩，不过雾不像早晨那样浓，那样黄，而呈乳白色了。现在是"枯水季节"，江中突然露出一块黑色礁石，一片黄色浅滩，船常常在很狭窄的两面航标之间迂回前进，顺流驶下。山愈聚愈多，渐渐暮霭低垂了，渐渐进入黄昏了，红绿标灯渐次闪光，而苍翠的山峦模糊为一片灰色。

当我正为夜色降临而惋惜的时候，黑夜里的长江却向我展开另外一种魅力。开始是，这里一星灯火，那儿一簇灯火，好像长江在对你眨着眼睛。而一会儿又是漆黑一片，你从船身微微的荡漾中感到波涛正在翻滚沸腾。一派特别雄伟的景象，出现在深宵。我一个人走到甲板上，

□ 精美散文

20世纪50年代的长江航船

这时江风猎猎,上下前后,一片黑森森的,而无数道强烈的探照灯光,从船顶上射向江面,天空江上一片云雾迷蒙,电光闪闪,风声水声,不但使人深深体会到"高江急峡雷霆斗"的赫赫声势,而且你觉得你自己和大自然是那样贴近,就像整个宇宙,都罗列在你的胸前。水天,风雾,浑然融为一体,好像不是一只船,而是你自己正在和江流搏斗而前。"曙光就在前面,我们应当努力。"这时一种庄严而又美好的情感充溢我的心灵,我觉得这是我所经历的大时代突然一下集中地体现在这奔腾的长江之上。是的,我们的全部生活不就是这样战斗、航进、穿过黑夜走向黎明的吗?现在,船上的人都已酣睡,整个世界也都在安眠,而驾驶室上露出一片宁静的灯光。想一想,掌握住舵轮,透过闪闪电炬,从惊涛骇浪之中寻到一条破浪前进的途径,这是多么豪迈的生活啊!我们的哲学是革命的哲学,我们的诗歌是战斗的诗歌,正因为这样——我们的生活是最美的生活。列宁有一句话说得好极了:"前进吧!——这是多么好啊!这才是生活啊!"……"江津"号昂奋而深沉的鸣响着汽笛向前方航进。

十一月十八日

在信中,我这样叙说:"这一天,我像在一支雄伟而瑰丽的交响乐中飞翔。我在海洋上远航过,我在天空上飞行过,但在我们的母亲河流长江上,第一次,为这样一种大自然的威力所吸摄了。"

朦胧中听见广播到奉节。停泊时天已微明。起来看了一下,峰峦刚刚从黑夜中显露出一片灰蒙蒙的轮廓。启碇续行,我到休息室里来,只见前边两面悬崖绝壁,中间一条狭狭的江面,已进入瞿塘峡了。江随壁转,前面天空上露出一片金色阳光,像横着一条金带,其余天空各处还是云海茫茫。瞿塘峡口上,为三峡最险处,杜甫《夔州歌》云:"白帝高为三峡镇,瞿塘险过百牢关。"古时歌谣说:"滟滪大如马,瞿塘不可下;滟滪大如猴,瞿塘不可游;滟滪大如龟,瞿塘不可回;滟滪大如象,瞿塘不可上。"这滟滪堆指的是一堆黑色巨礁。它对准缺口,万水奔腾一冲进峡口,便直奔巨礁而来。你可想象得到那真是雷霆万钧,船如离弦之箭,稍差分厘,便撞得个粉碎。现在,这巨礁,早已炸掉。不过,瞿塘峡中,激流澎湃,涛如雷鸣,江面形成无数漩涡,船从漩涡中冲过,只听得一片哗啦啦的水声。过了八公里的瞿塘峡,乌沉沉的云雾,突然隐去,峡顶上一道蓝天,浮着几小片金色浮云,一注阳光像闪电样落在左边峭壁上。右面峰顶上一片白云像白银片样发亮了,但阳光还没有降临。这时,远远前方,无数层峦叠嶂之上,迷蒙云雾之中,忽然出现一团红雾,你看,绛紫色的山峰,衬托着这一团雾,真美极了。就像那深谷之中向上反射出红色宝石的闪光,令人仿佛进入了神话境界。这时,你朝江流上望去,也是色彩缤纷:两面巨岩,倒影如墨;中间曲曲折折,却像有一条闪光的道路,上面荡着细碎的波光;近处山峦,则碧绿如翡翠。时间一分钟一分钟过去,前面那团红雾更红更亮了。船越驶越近,渐渐看清有一高峰亭亭笔立于红雾之中,渐渐看清那红雾原来是千万道强烈的阳光。

八点二十分，我们来到这一片晴朗的金黄色朝阳之中。

　　抬头望处，已到巫山。上面阳光垂照下来，下面浓雾滚涌上去，云蒸霞蔚，颇为壮观。刚从远处看到那个笔直的山峰，就站在巫峡口上，山如斧削，隽秀婀娜，人们告诉我这就是巫山十二峰的第一峰，它仿佛在招呼上游来的客人说："你看，这就是巫山巫峡了。""江津"号紧贴山脚，进入峡口。红彤彤的阳光恰在此时射进玻璃厅中，照在我的脸上。峡中，强烈的阳光与乳白色云雾交织一处，数步之隔，这边是阳光，那边是云雾，真是神妙莫测。几只木船从下游上来，帆篷给阳光照得像透明的白色羽翼，山峡却越来越狭，前面两山对峙，看去连一扇大门那么宽也没有，而门外，完全是白雾。

　　八点五十分，满船人，都在仰头观望。我也跑到甲板上来，看到万仞高峰之巅，有一细石耸立如一人对江而望，那就是充满神奇缥缈传说的美女峰了。据说一个渔人在江中打鱼，突遇狂风暴雨，船覆灭顶，他的妻子抱了小孩从峰顶眺望，盼他回来，一天一天，一月一月，他终未回来，而她却依然不顾晨昏，不顾风雨，站在那儿等候着他——至今还在那儿等着他呢！……

　　如果说瞿塘峡像一道闸门，那么巫峡简直像江上一条迂回曲折的画廊。船随山势左一弯，右一转，每一曲，每一折，都向你展开一幅绝好的风景画。两岸山势奇绝，连绵不断，巫山十二峰，各峰有各峰的姿态，人们给它们以很高的美的评价和命名，显然使我们的江山增加了诗意，而诗意又是变化无穷的。突然是深灰色石岩从高空直垂而下浸入江心，令人想到一个巨大的惊叹号；突然是绿茸茸草坂，像一支充满幽情的乐曲；特别好看的是悬岩上那一堆堆给秋霜染得红艳艳的野草，简直像是满山杜鹃了。峡急江陡，江面布满大大小小漩涡，船只能缓缓行进，像一个在丛山峻岭之间漫步前行的旅人。但这正好使远方来的人，有充裕的时间欣赏这莽莽苍苍、浩浩荡荡长江上大自然的壮美。苍鹰在高峡上盘旋，江涛追随着山峦激荡，山影云影，日光水光，交织成一片。

　　十点，江面渐趋广阔，急流稳渡，穿过了巫峡。十点十五分至巴东，已入湖北境。十点半到牛口，江浪汹涌，把船推在浪头上，摇摆着前进。江流刚奔出巫峡，还没来得及喘息，却又冲入第三峡——西陵峡了。

　　西陵峡比较宽阔，但是江流至此变得特别凶恶，处处是急流，处处是险滩。船一下像流星随着怒涛冲去，一下又绕着险滩迂回浮进。最著名的三个险滩是：泄滩、青滩和崆岭滩。初下泄滩，你看着那万马奔腾的江水会突然感到江水简直是在旋转不前，一千个、一万个旋涡，使得"江津"号剧烈震动起来。这一节江流虽险，却流传着无数优美的传说。十一点十五分到秭归。据袁崧《宜都山川记》载：秭归是屈原故乡，是楚子熊绎建国之地。后来屈原被流放到汨罗江，死在那里。民间流传着：

巫峡秋涛图　清　袁耀
图中所绘巫峡秋景奇险壮丽，山岸耸峙，江流湍急，几艘桅船正顺流而下，惊涛骇浪，极为惊险。山崖间楼阁亭台，曲径盘旋，古松苍郁。

□ 精美散文

屈大夫死日,有人在汨罗江畔,看见他峨冠博带,美髯白皙,骑一匹白马飘然而去。又传说:屈原死后,被一大鱼驮回秭归,终于从流放之地回归楚国。这一切初听起来过于神奇怪诞,却正反映了人民对屈原的无限怀念之情。

秭归正面有一大片铁青色礁石,森然耸立江面,经过很长一段急流绕过泄滩。在最急峻的地方,"江津"号用尽全副精力,战抖着,震颤着前进。急流刚刚滚过,看见前面有一奇峰突起,江身沿着这山峰右面驶去,山峰左面却又出现一道河流,原来这就是王昭君诞生地香溪。它一下就令人记起杜甫的诗:"群山万壑赴荆门,生长明妃尚有村。"我们遥望了一下香溪,船便沿着山峰进入一道无比险峻的长峡——兵书宝剑峡。这儿完全是一条窄巷,我到船头上,仰头上望,只见黄石碧岩,高与天齐,再驶行一段就到了青滩。江面陡然下降,波涛汹涌,浪花四溅,当你还没来得及仔细观看,船已像箭一样迅速飞下,巨浪为船头劈开,旋卷着,合在一起,一下又激荡开去。江水像滚沸了一样,到处是泡沫,到处是浪花。船上的同志指着岩上一片乡镇告我:"长江航船上很多领航人都出生在这儿……每只木船要想渡过青滩,都得请这儿的人引领过去。"这时我正注视着一只逆流而上的木船,看起来这青滩的声势十分吓人,但人从汹涌浪涛中掌握了一条前进途径,也就战胜了大自然了。

中午,我们来到了崆岭滩跟前,长江上的人都知道:"泄滩青滩不算滩,崆岭才是鬼门关。"可见其凶险了。眼看一片灰色石礁布满水面,"江津"号却抛锚停泊了。原来崆岭滩一条狭窄航道只能过一只船,这时有一只江轮正在上行,我们只好等下来。谁知竟等了那么久,可见那上行的船只是如何小心翼翼了。当我们驶下崆岭滩时,果然是一片乱石林立,我们简直不像在浩荡的长江上,而是在苍莽的丛林中找寻小径跋涉前进了。

十一月十九日

早晨,一片通红的阳光,把平静的江水照得像玻璃一样发亮。长江三日,千姿万态,现在已不是前天那样大雾迷蒙,也不是昨天"巫山巫峡气萧森",而是苏东坡所谓的"楚地阔无边,苍茫万顷连"了。长江在穿过长峡之后,现在变得如此宁静,就像刚刚诞生过婴儿的年轻母亲一样安详慈爱。天光水色真是柔和极了。江水像微微拂动的丝绸,有两只雪白的鸥鸟缓缓地和

西陵峡

西陵峡是三峡中江面最宽阔的。它位于宜昌县南津关,是长江三峡中最长的峡谷。水流回环曲折、江中礁石林立,险滩密布、水势湍急、云雾升腾、气象万千,好似一幅精美的山水画。

134

"江津"号平行飞进，水天极目之处，凝成一种透明的薄雾，一簇一簇船帆，就像一束一束雪白的花朵在蓝天下闪光。

　　在这样一天，江轮上非常宁静的一日，我把我全身心沉浸在"红色的罗莎"——卢森堡的《狱中书简》中。

　　这个在一九一八年德国无产阶级革命中最坚定的领袖，我从她的信中，感到一个伟大革命家思想的光芒和胸怀的温暖，突破铁窗镣铐，而闪耀在人间，你看，这一页：

　　雨点轻柔而均匀地洒落在树叶上，紫红的闪电一次又一次地在铅灰色中闪耀，遥远处，隆隆的雷声像汹涌澎湃的海涛余波似的不断滚滚传来。在这一切阴霾惨淡的情景中，突然间一只夜莺在我窗前的一株枫树上叫起来了！在雨中，闪电中，隆隆的雷声中，夜莺啼叫得像是一只清脆的银铃，它歌唱得如醉如痴，它要压倒雷声，唱亮昏暗……

　　昨晚九点钟左右，我还看到壮丽的一幕，我从我的沙发上发现映在窗玻璃上的玫瑰色的返照，这使我非常惊异，因为天空完全是灰色的。我跑到窗前，着了迷似的站在那里。在一色灰沉沉的天空上，东方涌现出一块巨大的、美丽得人间少有的玫瑰色的云彩，它与一切分隔开，孤零零地浮在那里，看起来像是一个微笑，像是来自陌生的远方的一个问候。我如释重负地长吁了一口气，不由自主地把双手伸向这幅富有魅力的图画。有了这样的颜色，这样的形象，然后生活才美妙，才有价值，不是吗？我用目光饱餐这幅光辉灿烂的图画，把这幅图画的每一线玫瑰色的霞光都吞咽下去，直到我突然禁不住笑起自己来。天哪，天空啊，云彩啊，以及整个生命的美并不只存在于佛龙克，用得着我来跟它们告别？不，它们会跟着我走的，不论我到哪儿，只要我活着，天空、云彩和生命的美会跟我同在。

　　"江津"号在平静的浪花中缓缓驶行。我读着书，一种非常珍贵的感情渗透我的全身。我必须立刻把它写下来，我愿意把它写在这奔腾叫啸、而又安静温柔的长江一起，因为它使我联想到我前天想到的"战斗——航进——穿过黑夜走向黎明"的想象，过去，多少人，从他们艰巨战斗中想望着一个美好的明天呀！而当我承受着像今天这样灿烂的阳光和清丽的景色时，我不能不意识到，今天我们整个大地，所吐露出来的那一种芬芳、宁馨的呼吸，这社会主义生活的呼吸，正是全世界上，不管在亚洲还是在欧洲，在美洲还是在非洲，一切先驱者的血液，凝聚起来，而发射出来的最自由最强大的光辉。我读完了《狱中书简》，一轮落日——那样圆，那样大，像鲜红的珊瑚球一样，把整个江面笼罩在一脉淡淡的红光中，面前像有一种细细的丝幕柔和地、轻悄地撒落下来。

　　最后让我从我自己的一封信中抄下一段，来结束这一日吧：

　　夜间，九时许从前面漆黑的夜幕中，看见很小很小几点亮光。人们指给我那就是长江大桥，"江津"号稳稳地向武汉驶近。从这以后，我一直站在船上眺望，渐渐地渐渐地看出那整整齐齐的一排像横串起来的珍珠，在熠熠闪亮。我看着，我觉得在这辽阔无边的大江之上，这正是我们献给我们母亲河流的一顶珍珠冠呀！……再前进，江上无数蓝的、白的、红的、绿的灯光，拖着长长倒影在浮动，那是无数船只在航行，而那由一颗颗珍珠画出的大桥的轮廓，完全像升在云端里一样，高耸空中，而桥那面，灯光稠密的简直像是灿烂的金河，那是什么？仔细分辨，原来是武汉两岸的亿万灯光。当我们的"江津"号，嘹亮地向武汉市发出致敬欢呼的声音时，我心中升起一种庄严的情感，看一看！我们创造的新世界有多么灿烂吧！……

作者简介

　　刘白羽（1916～2005），1916年生于北京。1936年中学毕业到南京，开始小说创作。1938年2月到延安并加入中国共产党。1949年作为第四野战军代表，从长江前线回京参加中华全国文学艺术工作者代表大会，当选为"文协"理事。1950年参加编制的反映解放战争的影片《中国人民的胜利》获斯大林文艺奖金。中华人民共和国成立后主要从事党的文艺领导工作，抗美援朝期间两次赴前线。1955年后历任中国作家协会党组书记、副主席、书记处书记，文化部副部长、总政文化部部长、顾问等职。

·美文赏析·

　　20世纪60年代的中国，文学界进入了一个宏大叙事的"抒情时期"，即古老的借景抒情手法所抒发的不再是个人的感触，而是借自然界的秀美与崇高来隐喻时代的美好与崇高。传统的艺术技巧也带上了新的意识形态色彩。《长江三日》对三峡景物的描写，不论是瞿塘峡的险峻、巫峡的秀美，还是西陵峡的凶恶，都有出色的描绘。长江"开阔——狭窄——开阔"的旅程，使刘白羽产生"战斗——航进——穿过黑夜走向黎明"的想象，于是他的旅程也就带上了意识形态的象征色彩：《长江三日》写于大跃进失败之后，作者不断强调战胜阻碍、向前航行的意义。文章中不断出现这类象征性的意象，"我"最后已不是个人，而是"历史""现实""时代"的化身，当个人毫无保留地参与到时代共鸣的宣传之中，个人事实上已经不再是个人了。

澜沧江边的蝴蝶会

冯牧

入选理由

一篇关于云南的游记佳作
热带风光和民族风情引人入胜
渐入佳境的行文方式

我在西双版纳的美妙如画的土地上，幸运地遇到了一次真正的蝴蝶会。

很多人都听说过云南大理的蝴蝶泉和蝴蝶会的故事，也读过不少关于蝴蝶会的奇妙景象的文字记载。据我所知道的，第一个细致而准确地描绘了蝴蝶会的奇景的，恐怕要算是明朝末年的徐霞客了。在三百多年前，这位卓越的旅行家就不但为我们真实地描写了蝴蝶群集的奇特景象，并且还详尽地描写了蝴蝶泉周围的自然环境。他这样写着：

……山麓有树大合抱，倚崖而耸立，下有泉，东向漱根窍而出，清冽可鉴。稍东，其下又有一小树，仍有一小泉，亦漱根而出，二泉汇为方丈之沼，即所溯之上流也。泉上大树，当四月初，即发花如蛱蝶，须翅栩然，与生蝶无异；又有真蝶千万，连须钩足，自树巅倒悬而下，及于泉面，缤纷络绎，五色焕然。

蝴蝶泉边徐霞客游记碑

这是一幅多么令人目眩神迷奇丽的景象！无怪乎许多来到大理的旅客都要设法去观赏一下这个人间奇观了。但可惜的是，胜景难逢，由于某种我们至今还不清楚的自然规律，每年蝴蝶会的时间总是十分短促并且是时有变化的；而交通的阻隔，又使得有机会到大理去游览的人，总是难于恰巧在那个时间准确无误的来到蝴蝶泉边。就是徐霞客也没有亲眼看到真正的蝴蝶会的盛况；他晚去了几天，花朵已经凋谢，使他只能折下一枝蝴蝶树的标本，惆怅而去。他的关于蝴蝶会的描写，大半是根据一些亲历者的转述而记载下来的。

其实所谓蝴蝶会，并不是大理蝴蝶泉所独有的自然风光，而是在云南的其他的地方也曾经出现过的一种自然现象。比如，在清人张泓所写的一本笔记《滇南新语》中，就记载了昆明城里的圆通山（就是现在的圆通公园）的蝴蝶会，书中这样写道：

每岁孟夏，蛱蝶千百万会飞此山，屋树岩壑皆满，有大如轮、小于钱者，翩翻随风，缤纷五彩，锦色烂然，集必三日始去，究不知其去来之何从也。余目睹其呈奇不爽者盖两载。

今年春天，由于一种可遇而不可求的机会，我看到了一次真正的蝴蝶会，一次完全可以和徐霞客所描述的蝴蝶泉相媲美的蝴蝶会。

西双版纳的气候是四季常春的。在那里你永远看不到植物凋敝的景象。但是，即使如此，

□ 精美散文

春天在那里也仍然是最美好的季节。就在这样的季节里，在傣族的泼水节的前夕，我们来到了被称为西双版纳的一颗"绿宝石"的橄榄坝。在这以前，人们曾经对我说：谁要是没有到过橄榄坝，谁就等于没有看到真正的西双版纳。当我们刚刚踏上这片土地时，我马上就深深地感觉到，这些话是丝毫也不夸张的。我们好像来到了一个天然的巨大的热带花园里。到处都是一片浓荫匝地，繁花似锦，到处都是一片蓬勃的生气：鸟类在永不休止地鸣啭；在棕褐色的沃土上，各种植物好像是在拥挤着、争抢着向上生长。行走在村寨之间的小径上，就好像是行走在精心培植起来的公园林阴路上一样，只有从浓密的叶隙中间，才能偶尔看到烈日的点点金光。我们沿着澜沧江边的一连串村寨进行了一次远足旅行。

我们的访问终点，是背倚着江岸、紧密接连的两个村寨——曼厅和曼扎。当我们刚刚走上江边的密林小径时，我就发现，这里的每一块土地，每一段路程，每一片丛林，都是那样地充满了秾丽的热带风光，都足以构成一幅色彩斑斓的绝妙风景画面。我们经过了好几个隐藏在密林深处的村寨，只有在注意寻找时，才能从树丛中发现那些美丽而精巧的傣族竹楼。这里的村寨分布得很特别，不是许多人家聚成一片，而是稀疏地分散在一片林海中间。每一幢竹楼周围都是一片丰饶富庶的果树园；家家户户的庭前窗后，都生长着枝叶挺拔的椰子树和槟榔树，绿荫盖地的芒果树和荔枝树。在这里，人们用垂实累累的香蕉树作篱笆，用清香馥郁的夜来香树作围墙。被果实压弯了的柚子树用枝叶敲打着竹楼的屋檐，密生在枝丫间的菠萝蜜散发着醉人的浓香。

我们在花园般的曼厅和曼扎度过了一个愉快的下午。我们参观了曼扎的办得很出色的托儿所；在那里的整洁而漂亮的食堂里，按照傣族的习惯，和社员们一起吃了一餐富有民族特色的午饭，分享了社员们的富裕生活的欢快。我们在曼厅旁听了为布置甘蔗和双季稻生产而召

大理蝴蝶泉
蝴蝶泉为一圆形泉池，泉水清澈，泉底铺着鹅卵石，水从白沙中涌出，不时冒着气泡。泉池周围有大理石栏板，西部泉壁上方的3块大理石上，有郭沫若手书"蝴蝶泉"3个大字。

开的社长联席会，然后怀着一种满意的心情走上了归途。

我们走的仍然是来时的路程，仍然是那条浓荫遮天的林中小路，数不清的奇花异卉仍然到处散发着沁人心脾的清香，在路边的密林里，响彻着一片鸟鸣和蝉叫声。透过树林枝干的空隙，时时可以看到大片的平整的田地，早稻和许多别的热带经济作物的秧苗正在夕照中随风荡漾。在村寨的边沿，可以看到槭叶林和菩提林的巨人似的身姿，在它们的荫蔽下，佛寺的高大的金塔和庙顶在闪着耀眼的金光。

一切都和我们来时一样。可是，我们又似乎觉得，我们周围的自然环境和来时有些异样。终于，我们发现了一种来时所没有的新景象：我们多了一群新的旅伴——成群的蝴蝶。在花丛上，在枝叶间，在我们的周围，到处都有三五成群的彩色蝴蝶在迎风飞舞；它们有的在树丛中盘旋逗留，有的却随着我们一同前进。开始，我们对于这种景象也并不以为奇。我们知道，这里的蝴蝶的美丽和繁多是别处无与伦比的；我们在森林中经常可以遇到彩色斑斓的蝴蝶和人们一同行进，甚至连续飞行几里路。我们早已养成了这样的习惯：习于把成群的蝴蝶看作是西双版纳的美妙自然景色的一个不可缺少的组成部分了。

但是，我们越来越感到，我们所遇到的景象实在是超过了我们的习惯和经验了。蝴蝶越聚越多，一群群、一堆堆从林中飞到路径上，并且成群结队地在向着我们要去的方向前进着。它们在上下翻飞，左右盘旋；它们在花丛树影中飞快地扇动着彩色的翅膀，闪得人眼花缭乱。有时，千百个蝴蝶拥塞了我们前进的道路，使我们不得不用树枝把它们赶开，才能继续前进。

就这样，在我们和蝴蝶群的搏斗中走了大约五里路之后，我们看到了一个奇异的景色。我们走到了一片茂密的槭树林边。在一块草坪上面，有一株硕大的菩提树，它的向四面伸张的枝丫和浓茂的树叶，好像是一把巨大的阳伞似的遮盖着整个草坪。在草坪中央的几方丈的地面上，仿佛是密密地丛生着一片奇怪的植物似的，好像是一座美丽的花坛一样。它们互相拥挤着、攀附着，重叠着，面积和体积在不断地扩大。从四面八方飞来的新的蝶群正在不断地加入进来。这些蝴蝶大多数是属于一个种族的，它们的翅膀的背面是嫩绿色的，这使它们在停伫不动时就像是绿色的小草一样，它们翅膀的正面却又是金黄色的，上面还有着美丽的花纹，这使它们在扑动翅翼时又像是朵朵金色的小花。在它们的密集着的队伍中间，仿佛是有意来作为一种点缀，有时也飞舞着少数的巨大的黑底红花身带飘带的大木蝶。在一刹那间，我们好像是进入了一个童话世界；在我们的眼前，在我们四周，在一片令人心旷神怡的美妙的自然景色中间，到处都是密密匝匝、层层叠叠的蝴蝶；蝴蝶密集到这种程度，使我们随便伸出手去便可以捉到几只。天空中好像是雪花似的飞散着密密的花粉，它和从森林中飘来的野花和菩提的气味，混合成一股刺鼻的浓香。

面对着这种自然界的奇景，我们每个人几乎都目瞪口呆了。站在千万只翩然飞舞的蝴蝶当中，我们觉得自己好像是有些多余的了。而蝴蝶却一点也不怕我们；我们向它们的密集的队伍投掷着树枝，它们立刻轰地涌向天空，闪动着彩色缤纷的翅翼，但不到一分钟之后，它们又飞到草地上集合了。我们简直是无法干扰它们的参与盛会的兴致。

我们在这些群集成阵的蝴蝶前长久地观赏着，赞叹着，简直是流连忘返了。在我的思想里，突然闪过了一个念头：难道这不正是过去我们从传说中听到的蝴蝶会么？我完全被这片童话般的自然景象所陶醉了；在我的心里，仅仅是充溢着一种激动而欢乐的情感，并且深深地为了能

□ 精美散文

在我们祖国边疆看到这样奇丽的风光而感到自豪。我们所生活、所劳动、所建设着的土地，是一片多么丰富，多么美丽，多么奇妙的土地啊！

作者简介

　　冯牧（1919～1995），原名冯先植，1919年3月1日生于北京。1935年参加"一二·九"爱国学生运动。1938年到冀中根据地工作，1939年到延安抗大学习，1940～1941年到延安鲁艺文学系学习，后留校在文艺理论研究室工作，1944～1946年在延安《解放日报》任文艺编辑，1947～1949年在陈谢纵队和四兵团任新华社记者和科长，1950～1952年在中国人民解放军13军任文化部长，1952年后任云南军区文化部副部长，后任《新观察》主编、《文艺报》副主编、作协党组成员、文化部党组成员、文化部文艺研究院院长、作协书记处书记等。

· 美文赏析 ·

　　冯牧这篇优美的游记散文带我们领略了梦幻般的大理风光和传说中的蝴蝶会，在作者朴实淡然的文笔下，大理自然的风光无限明媚，美不胜收。四季长春的热带森林、傣族的风情、竹楼、鸟鸣声、村寨之间的小路、透过林子的点点金光、江边住着的傣族居民、门前长着的椰子树和槟榔树，这明亮艳丽的热带风光已经使人陶醉，但是这仅是蝴蝶盛会的序幕或者引子。作者正像时而在抖包袱，时而在柳暗花明地行舟，这样一步步把我们带进了澜沧江蝴蝶会的盛景中，正如一场盛会的高潮，当万千蝴蝶翩翩起舞的时候，我们感到作者的文字似乎也飞动起来了。这篇看似朴实的文字里，作者的构思其实是独具匠心的，文字徐徐展开，像一幅不断打开的画作，或者一幕正在进行的演出，在作者热情洋溢的绚丽明媚的文字里，循着作者的流水般的语言，我们领略了大理春天无限美好的风光，更神会了五彩缤纷的蝴蝶盛会奇观。这一切在作者自然舒展的行文中似乎是一次奇妙的等待，一路风景过后，眼前豁然呈现梦一般的世界，那就是可遇而不可求的蝴蝶会。

桂林山水

方纪

入选理由

书写桂林山水的游记佳作
纵横捭阖的运笔章法
行云流水般的语言艺术

　　到了桂林，每日面对着这胜甲天下的桂林山水，看着它在朝雾夕辉、阴晴风雨中的变化，实在是一种很大的享受。于是从心里羡慕起住在桂林的人们来了。虽然早在二十三年前，抗日战争时期，我在桂林的八路军办事处工作过半年多；但那时候，一来年轻，二来也没有看风景的心情，除了觉得这些山水果真奇异，七星岩里还可以躲躲空袭之外，于它的胜美之处，实在是很少领略的。一九五九年夏天——刚好过了二十年，李可染同志由桂林写生回到北京，寄了一幅画给我看，标题是《桂林画山侧影》。一下子，我就被画幅吸引了，画面把我带到了一种可以说是幸福的回忆中——不仅是桂林的山水，连同和这相关联的那一段生活，都在我记忆里复活起来。那些先前不曾领略的，如今领会了；先前不曾认识的，如今认识了。桂林山水，是这样逼真地又出现在我面前。这时，我惊叹于艺术的力量之大，感人之深。并且惊叹之余，还诌了这样四句不成样子的旧诗寄他：

　　皴法似此并世无，墨犹剥漆笔犹斧；
　　画山九峰兀然立，语意新出是功夫。

　　这次重到桂林，置身桂林山水之间，使我又想到了可染同志的这幅画。于是就记忆、印证了画与山的关系，艺术与真实的关系；明白了它们是怎样地从自然存在，经过画家的劳动，变为有生命的、可以打动人心灵的艺术作品。

　　桂林山水的宜于入画，古人早已注意到了。宋代诗人黄庭坚就写道："桂岭环城如雁荡，平地苍玉忽嵯峨。李成不生郭熙死，奈此千峰百嶂何。"诗人的意思，恐怕不止是说当时画家画桂林山水的少，还在说，即使李成、郭熙在，也还没有画出如桂林山水的这般秀丽来吧？后来元明人多画黄山，到清初的石涛，由于他的出生桂林，才把他幼年的印象，带入山水画中，形成了独特的风格。到了近代，山水画大师黄宾虹，便以能"遍写桂林山水"为生平得意，齐白石更说"自有心胸甲天下，老夫看惯桂林山"了。所以看起来，桂林山水的入画，对于丰富中国山水画的技法，该是不无关系的。

　　至于在文学上，为桂林山水塑造出一种形象，为人所公认，并能传之千古的，恐怕至今还要推韩愈的"江作青罗带，山如碧玉簪"两句。他把桂林山水拟人化，比喻为一个素朴而秀美的女子，确是有独到的观察。虽然这种形象，在我们时代的生活里已经看不见了，但透过对于

141

□ 精美散文

古代生活的理解，人们还是可以想象出桂林山水的面貌和性格来的。这次到桂林，登叠彩山，攀明月峰，凌空一望，果然，漓江澄碧，自西北方向款款而来，直逼明月峰下，然后向东一转，穿桂林市，绕伏波山、象鼻山，向东南而去，正像一条青丝罗带，随风飘动，而周围的山峰，在阳光和雾霭的照映中，绿的碧绿，蓝的翠蓝，灰的银灰，各各浓淡有致，层次分明；正像是美人头上的装饰，清秀淡雅。

概括一带自然面貌，塑造出鲜明的形象来，在文字上是不容易的，往往不是过分刻画，就是失之抽象。难怪后来的诗人，包括那些知名的如黄庭坚、范成大、刘后村等等，虽都到了桂林，写了诗，但却没有一个形象如韩愈的这般概括而生动。范成大写《桂海虞衡志》，极力状写桂林山水的奇异，结果是人家不相信，只好画了图附去。可见用语言文字，表现一些人所不经见的东西，是需要一点艺术手段的。

古人于描写山水中创造意境，不独描写自然的面貌，是早有体会的。所以山水画、风景诗，才成为作者思想与人格的表现。柳宗元的遭贬柳州为"僇人"，终日"施施而行，漫漫而游"，结果是写出了那些意境清新、韵味隽永的散文来。试读从《桂州訾家洲亭记》以下，至《至小丘西小石潭记》的十来篇，在描写桂林一带的山水上，真是精美无匹。这些散文虽只记述一次出游，或描写一丘一壑，一水一石，长不逾千，短的不到二百字，但那观察之细微，体会之深入，描绘之精确，文字之简洁，在古代描写风景的散文里，可以说是少见的。柳宗元在这些文章里创造了一系列前人所无的境界，到最后，却自己写道："坐潭上，四面竹树环合，寂寥无人，凄神寒骨，悄怆幽邃。以其境过清，不可久居，乃记之而去。"（《至小丘西小石潭记》）他对这样的山水得出一个"清"字的境界来，这于他那个时代的桂林的自然面貌，并自身遭遇的感受，

桂林山水与航船

是非常确切的。但当他概括地写到桂林的山,便也只有"发地峭竖,林立四野"八个字了。

在散文里面,描写桂林山水的真实性、具体性上,倒要推徐宏祖的《徐霞客游记》。他的散文很少概括和比拟,但却忠实而详尽。读起来你不免要为他的游兴所动,为他的辛勤所感,为他的具体而生动的记游所心向往之。不过你要想从他的记述里去想象桂林山水到底是什么样子,却也不易。他自己就说:"然予所欲睹者,正不在种种规拟也。"他是什么另一种游法,另一种写法的。他记述自然面貌,道路里程,水之所出,出之所向。他的游记,不独是好的文学作品,而且留下许多有用的科学资料。所以看起来,徐宏祖倒是古今第一个最会游历的人。他的不辞辛苦地游,倾家荡产地游,走遍天下,所到之处,如实记载,即兴发抒,不拘一格,不做规拟,倒成了他的散文的最能引人入胜的特色。

所以从古以来,山水怎么看,恐怕是各人各有心胸的。但一切既反映了自然真实面貌,又创造了崇高意境的,则无论是绘画、诗、散文,都成为了我国人民的精神财富,为我们伟大祖国的富丽山河,赋予了种种美好的形象和性格,启示了和发展着人们的爱国主义思想情感。

桂林山水,毕竟是美的。早晨起来,打开窗子,便有一片灰得发蓝的山色扑进房子里来,照得房间里的墙壁、书桌,连同桌上的稿纸,都仿佛有一层透明的岚光在浮动。而窗前的树,案头的花,也因为这山岚的照耀,绿得更深,红得更艳了。

当然,这是太阳的作用。太阳这时还在山那面,云里边。由于重重山峰的曲折反映,层层云雾的回环照耀,阳光在远近的山峰、高低的云层上,涂上浓淡不等的光彩。这时,桂林的山最是丰富多彩了:近处的蓝得透明;远一点的灰得发黑;再过去,便挨次地由深灰、浅灰,而至于只剩下一抹淡淡的青色的影子。但是,还不止于此。有时候,在这层次分明、重叠掩映的峰峦里,忽然现出一座树木葱茏、岩石崚嶒的山峰来。在那涂着各种美丽色彩的山峰中间,它像是一个不礼貌的汉子,赤条条地站在你面前——那是因为太阳穿过云层,直接照在了它身上。

接着,便可以看到,漓江在远处慢慢的泛着微光,一闪一闪地亮起来了。太阳把漓江染成了一条透明的青丝罗带,轻轻地抛落在桂林周围的山峰中间。

这时,你可以出去了。无论走到什么地方,有时是转过一幢房子,忽然一座高倚天表的山峰,矗立在你面前。有时是坐在树下,透过茂密的枝叶,又看到它清秀的影子。或者在公园的亭子里,你刚探出身,一片翠幕般的青峰,就张挂在亭子的飞檐上。如果站在湖边,它那粼粼波动的倒影,常常能引起你好一阵的遐思。

这样,桂林山水,总是无时无处不在你的身边,不在你眼里。不在你心里,不在你的感受和思维中留下它的影响。

但是,如果住在阳朔,那感觉不知会是怎样的?就去过一次的印象说,只好用"仙境"二字来形容,那山比起桂林来,要密得多,青得多,幽得多,也静得多了。一座座的山峰,从地面上直拔了起来,陡升上去,却又互相接连,互相掩映,互相衬托着。由于阳光的照射,云彩的流动,雾霭的聚散和升降,不断变换着深浅浓淡的颜色。而且,阳朔的山,不像桂林的那样裸露着岩石,而是长满了茂密的丛林,把它遮盖得像穿上了绿色天鹅绒的裙子。这还不算,最妙的是在春天,清明前后,在那翠绿的丛林中,漫山遍野开满了血红的杜鹃。就像在绿色天鹅绒的裙子上,绣满了鲜艳的花朵。这使得人在一片幽静的气氛中,能生出一种热烈的情感。

到阳朔去,最好是坐了木船在漓江里走。单是那江里的倒影,就别有一番境界。那水里的

□ 精美散文

山,比岸上的山更为清晰;而且因为水的流动,山也仿佛流动起来。山的姿态,也随着船的位置,不断变化。漓江的水,是出奇的清的,恐怕没有一条河流的水能有这样清。清到不管多么深,都可以看到底;看到河底的卵石,石上的花纹,沙的闪光,沙上小虫爬过的爪痕。河底的水草,十分茂密。长长的、像蒲草一样的叶子,闪着碧绿的光,顺着水的方向向前流动。

从桂林到阳朔,有人比喻为一幅天然的画卷。但比起画卷来,那山光水色的变化,在清晨,在中午,在黄昏,却是各有面目,变化万千,要生动得多的。尤其是在春雨迷濛的早晨,江面上浮动着一层轻纱般的白濛濛的雨丝,远近的山峰完全被云和雨遮住了。这时只有细细的雨声,打着船篷,打着江面,打着岸边的草和树。于是,一种令人感觉不到的轻微的声响,把整个漓江衬托得静极了。这时,忽然一声欸乃,一只小小的渔舟,从岸边溪流里驶入江来。顺着溪流望去,在细雨之中,一片烟霞般的桃花,沿小溪两岸一直伸向峡谷深处,然后被一片看不清的或者是山,或者是云,或者是雾,遮断了。

这时,我想起了可染同志的《杏花春雨江南》……

但是,接着,"画山"在望了。陡峭的石壁,直立在岸边,由于千百万年风雨的剥蚀,岩石轮廓分明地现出许多层次,就像是无数山峰重叠起来压在一起。这些轮廓的线条,层次的明暗,色彩的变化,使人们把它想象成为九匹骏马,所以画山又称"画山九马图"。九匹骏马,矗立在漓江岸边的石壁上,或立或卧,或仰或俯,或奔腾跳跃,或临江漫饮,看上去确是极为生动的。但是,可染同志的那幅《桂林画山侧影》,同时在我记忆里复活起来,而且是更为生动地在我面前出现了。

画的篇幅不大,而且是全不着色的白描。整个画面,几乎全被兀立的山岩占满了,只在画

阳朔兴坪风光
兴坪位于阳朔县城北,是漓江中段的一个古镇。这里山峰密集,青山浮水,古有"阳朔山水在兴坪"之说。镇前有榕潭,潭水碧澄,深不见底,泊船良港,樯桅林立,沙湾夕照,宛如水上市镇。

144

阳朔的田园风光
古人诗云："阳川百里尽是画，碧莲峰下有人家。"秀丽的阳朔风光，处处令人神往。

面下部不到五分之一的位置，有一排树木葱茏的村舍，村前田塍上，有一个牵牛的人走来。但这些都不是画的主体，也不引起观者的特别注意。而一下子就吸引了观者的，正是那满纸兀立的山岩。山岩像挨次腾起的海上惊涛，一浪高过一浪，层层叠叠，前呼后拥，陡直地升高上去，升高上去，直到顶部接近天空的地方，才分出画山九峰的峰峦来。而山岩石壁，直如斧劈刀斩一样，崚嶒峻峭，粗涩的石灰岩质，仿佛伸手就能触到。于是整个画山，现出一种雄奇峻拔、咄咄逼人的气势。这时，在我面前，画山仿佛脱离开周围的山而凸现出来，活动起来，变成了一个有生命，有血肉，有思想和情感的物体。自然存在的山，和艺术创作的山，竟分不出界限，融为一体。

但是，这只是一刹那间的事。等到画山过去，印象消逝，在我记忆里，便只剩下一种雄奇的意境，奋发的情思了。

坐在船头，我木然地沉思着，并且像是有所领悟地想到：人的劳动，人的精神的创造，是这样神奇！它像是在人和自然之间，搭起了一座神话中的桥梁；又像是一把神话中的金钥匙，打开了神仙洞府的门。人们通过这桥梁，走进这洞门，才看清了自然的底蕴，自然的灵魂。

桂林山水，从地质学的观点看来，不过是一种喀斯特现象：石灰岩的碳酸钙质，长期为水溶解，而形成的溶洞地区。除桂林外，云南的石林，也是地质学上所谓的"喀斯特最发育"的地区。作为一种自然现象，它们本身原无所谓美丑。这些山水的美，和有些山水的不美，或不够美，原是人在社会生活中，长期观察和比较的结果。而这美丑的观念，正是人对自然界施加劳动和意识作用的产物。人对自然的这种劳动和意识作用，已经是历史地形成了，自然美也就成为了一种独立的客观存在。并且在不同的时代和阶级，不断地改变着人对自然美的观点，而使得人对自然的认识，日益深刻和丰富起来。

□ 精美散文

  山水画作为一种艺术,从古以来就成为了帮助人们认识自然,欣赏自然美,进而帮助人们"按照美的法则",改造自然的一种手段。和所有的艺术一样,它的力量是建筑在对自然的深刻观察和具体描写上。可染同志的画,就具有这样的特点——不只观察深刻,而且描写具体;因而看起来真实而且有力。结果,就使你从对山水的具体感受中,不知不觉进入了画家所创造的精神境界。无论是雄伟,无论是壮丽,无论是种种可以使你对祖国山河油然而生的爱恋情绪。这时,你会感觉到,你的爱国主义是具体的,有力量的,是饱和着自己的经验和感受在内的激昂奋发的情绪。于是,画家的劳动,也就在这时得到了报偿。

  可染同志近年来画了不少写生作品,他把自己这种创作方法叫做"对景创作"。在这些作品中,当然没有凭空虚构,但也没有临摹自然。他总是描写一个具体对象,并且把所描写的对象放在一个具体的环境中。然后,他的概括也是大胆的;他总是在一笔不苟的具体刻画中,去表现对象的精神世界。这样,就在这些叫做"写生"的作品中,产生了那种人人可以看得见,感觉到的祖国河山具体而又普遍的典型性格。

  也许正是在这一点上吧,《桂林画山侧影》成功了。它透过对桂林山的石灰岩质的真实而大胆的刻画,表现了桂林山水的精神面貌。因而对观众,对我,产生了一种能以根据自身经验去进一步认识生活的艺术的力量。

作者简介

  方纪(1919~1998),原名冯骥,中国现代作家。1919年生于河北省束鹿县。参加过"一二·九"爱国学生运动。1936年参加中国共产党,并参加"左联"。抗战爆发后随军南下武汉、长沙、桂林等地,做政治宣传工作。1939年从重庆到延安,在《解放日报》等单位从事编辑和写作。抗战胜利后曾任热河省文联主席。解放战争时,在前线做随军记者。新中国成立后,任《天津日报》文艺部主任、天津市文化局长、天津市文联党组书记、天津市委宣传部副部长、作协天津分会主席等职。

· 美文赏析 ·

  著名作家方纪以散文见长,对于方纪的文学成就,我国著名评论家冯牧有评论:"这位作家涉足很广。最为著称于世的,并为我所心仪的是他的散文。我以为最能反映他的独具风范的思想和文采,最能表现他对于祖国和人民的发自胸臆的深情,也最能显示他的有如行云流水般舒畅流利……其中有许多篇,已经成为我国新文学的传世之作。比如《挥手之间》《石林风雨》等。"《桂林山水》是一篇大开大合、挥洒自如的游记作品,写桂林,作者将桂林如诗如画的景致刻画得十分到位,令人读后仿佛身在其中,但作者并没有像一般游记一样,只是一味从单一的角度描摹眼前的实景,而是多角度地给我们关于桂林的信息,使桂林在我们面前多层次地丰富和立体起来,与历史和现实高度合一。

葡萄月令

汪曾祺

入选理由
劳作中的文人雅趣
冲淡中洋溢满怀真诚
当代文人散文的典范

一月,下大雪。
雪静静地下着。果园一片白。听不到一点声音。
葡萄睡在铺着白雪的窖里。

二月里刮春风。
立春后,要刮四十八天"摆条风"。风摆动树的枝条,树醒了,忙忙地把汁液送到全身。树枝软了。树绿了。
雪化了,土地是黑的。
黑色的土地里,长出了茵陈蒿。碧绿。
葡萄出窖。
把葡萄窖一锹一锹挖开。挖下的土,堆在四面。葡萄藤露出来了,乌黑的。有的梢头已经绽开了芽苞,吐出指甲大的苍白的小叶。它已经等不及了。
把葡萄藤拉出来,放在松松的湿土上。
不大一会,小叶就变了颜色,叶边发红;——又不大一会,绿了。

三月,葡萄上架。
先得备料。把立柱、横梁、小棍,槐木的、柳木的、杨木的、桦木的,按照树棵大小,分别堆放在旁边。立柱有汤碗口粗的、饭碗口粗的、茶杯口粗的。一棵大葡萄得用八根、十根,乃至十二根立柱。中等的,六根、四根。
先刨坑,竖柱。然后搭横梁,用粗铁丝摽紧。然后搭小棍,用细铁丝缚住。
然后,请葡萄上架。把在土里趴了一冬的老藤扛起来,得费一点劲。大的,得四五个人一起来。"起!——起!"哎,它起来了。
把它放在葡萄架上,把枝条向三面伸开,像五个指头一样的伸开,扇面似的伸开。然后,用

麻筋在小棍上固定住。葡萄藤舒舒展展，凉凉快快地在上面呆着。

上了架，就施肥。在葡萄根的后面，距主干一尺，挖一道半月形的沟，把大粪倒在里面。葡萄上大粪，不用稀释，就这样把原汁大粪倒下去。大棵的，得三四桶。小葡萄，一桶也就够了。

四月，浇水。

挖窖挖出的土，堆在四面，筑成垄，就成一个池子。池里放满了水。葡萄园里水气泱泱，沁人心肺。

葡萄喝起水来是惊人的。它真是在喝哎！葡萄藤的组织跟别的果树不一样，它里面是一根一根细小的导管。这一点，中国的古人早就发现了。《图经》云："根苗中空相通。圃人将货之，欲得厚利，暮溉其根，而晨朝水浸子中矣，故俗呼其苗为木通。""暮溉其根，而晨朝水浸子中矣"，是不对的。葡萄成熟了，就不能再浇水了。再浇，果粒就会涨破。"中空相通"却是很准确的。浇了水，不大一会，它就从根直吸到梢，简直是小孩嘬奶似的拼命往上嘬。浇过了水，你再回来看看吧：梢头切断过的破口，就嗒嗒地往下滴水了。

是一种什么力量使葡萄拼命地往上吸水呢？

施了肥，浇了水，葡萄就使劲抽条、长叶子。真快！原来是几根根枯藤，几天功夫，就变成青枝绿叶的一大片。

五月，浇水、喷药、打梢、掐须。

葡萄一年不知道要喝多少水，别的果树都不这样。别的果树都是刨一个"树碗"，往里浇几担水就得了，没有像它这样的："漫灌"，整池子的喝。

喷波尔多液。从抽条长叶，一直到坐果成熟，不知道要喷多少次。喷了波尔多液，太阳一晒，葡萄叶子就都变成蓝的了。

葡萄抽条，丝毫不知节制，它简直是瞎长！几天功夫，就抽出好长的一节的新条。这样长法还行呀，还结不结果呀？因此，过几天就得给它打一次条。葡萄打条，也用不着什么技巧，一个人就能干，拿起树剪，劈劈啪啪，把新抽出来的一截都给它铰了就得了。一铰，一地的长着新叶的条。

葡萄的卷须，在它还是野生的时候是有用的，好攀附在别的什么树木上。现在，已经有人

148

给它好好地固定在架上了，就一点用也没有了。卷须这东西最耗养分，——凡是作物，都是优先把养分输送到顶端，因此，长出来就给它掐了，长出来就给它掐了。

葡萄的卷须有一点淡淡的甜味。这东西如果腌成咸菜，大概不难吃。

五月中下旬，果树开花了。果园，美极了。梨树开花了，苹果树开花了，葡萄也开花了。

都说梨花像雪，其实苹果花才像雪。雪是厚重的，不是透明的。梨花像什么呢？——梨花的瓣子是月亮做的。

有人说葡萄不开花，哪能呢！只是葡萄花很小，颜色淡黄微绿，不钻进葡萄架是看不出的。而且它开花期很短。很快，就结出了绿豆大的葡萄粒。

六月，浇水、喷药、打条、掐须。

葡萄粒长了一点了，一颗一颗，像绿玻璃料做的纽子。硬的。

葡萄不招虫。葡萄会生病，所以要经常喷波尔多液。但是它不像桃，桃有桃食心虫；梨，梨有梨食心虫。葡萄不用疏虫果。——果园每年疏虫果是要费很多工的。虫果没有用，黑黑的一个半干的球，可是它耗养分呀！所以，要把它"疏"掉。

七月，葡萄"膨大"了。

掐须、打条、喷药，大大地浇一次水。

追一次肥。追硫铵。在原来施粪肥的沟里撒上硫铵。然后，就把沟填平了，把硫铵封在里面。

汉朝是不会追这次肥的，汉朝没有硫铵。

八月，葡萄"着色"。

你别以为我这里是把画家的术语借用来了。不是的。这是果农的语言，他们就叫"着色"。

下过大雨，你来看看葡萄园吧，那叫好看！白的像白玛瑙，红的像红宝石，紫的像紫水晶，黑的像黑玉。一串一串，饱满、磁棒、挺括，璀璨琳琅。你就把《说文解字》里的玉字偏旁的字都搬了来吧，那也不够用呀！

可是你得快来！明天，对不起，你全看不到了。我们要喷波尔多液了。一喷波尔多液，它们的晶莹鲜艳全都没有了，它们蒙上一层蓝兮兮、白糊糊地的东西，成了磨砂玻璃。我们不得不这样干。葡萄是吃的，不是看的。我们得保护它。

过不两天，就下葡萄了。

一串一串剪下来，把病果、瘪果去掉，妥妥地放在果筐里。果筐满了，盖上盖，要一个棒小伙子跳上去蹦两下，用麻筋缝的筐盖。——新下的果子，不怕压，它很结实，压不坏。倒怕是装不紧，逛里逛当的。那，来回一晃悠，全得烂！

葡萄装上车，走了。

去吧，葡萄，让人们吃去吧！

九月的果园像一个生过孩子的少妇，宁静、幸福、而慵懒。我们还给葡萄喷一次波尔多液。哦，下了果子，就不管了？人，总不能这样无情无义吧。

□ 精美散文

十月,我们有别的农活。我们要去割稻子。葡萄,你愿意怎么长,就怎么长着吧。

十一月,葡萄下架。

把葡萄架拆下来。检查一下,还能再用的,搁在一边。糟朽了的,只好烧火。立柱、横梁、小棍,分别堆垛起来。

剪葡萄条。干脆得很,除了老条,一概剪光。葡萄又成了一个大秃子。

剪下的葡萄条,挑有三个芽眼的,剪成二尺多长的一截,捆起来,放在屋里,准备明春插条。其余的,连枝带叶,都用竹笤帚扫成一堆,装走了。

葡萄园光秃秃。

十一月下旬,十二月上旬,葡萄入窖。

这是个重活。把老本放倒,挖土把它埋起来。要埋得很厚实。外面要用铁锹拍平。这个活不能马虎。都要经过验收,才给记工。

葡萄窖,一个一个长方形的土墩墩。一行一行,整整齐齐地排列着。风一吹,土色发了白。

这真是一年的冬景了。热热闹闹的果园,现在什么颜色都没有了。眼界空阔,一览无余,只剩下发白的黄土。

下雪了。我们踏着碎玻璃碴似的雪,检查葡萄窖,扛着铁锹。

一到冬天,要检查几次。不是怕别的,怕老鼠打了洞。葡萄窖里很暖和,老鼠爱往这里面钻。它倒是暖和了,咱们的葡萄可就受了冷啦!

作者简介

汪曾祺(1920~1997),江苏高邮人。1943年从昆明西南联合大学中文系毕业后,在昆明、上海任中学国文教员和历史博物馆职员。中华人民共和国成立后,先后在北京文联、中国民间文学研究会、北京京剧院工作,并执编《北京文艺》《民间文学》等刊物。主要作品有小说集《邂逅集》《汪曾祺短篇小说选》,散文集《蒲桥集》《汪曾祺自选集》及一些京剧剧本。

汪曾祺像

·美文赏析·

汪曾祺的散文没有空泛的好为人师的大道理,也少有宏大题材,流淌在字里行间的都是文人的雅趣和爱好,弥漫着文人的情调。在他笔下,一草一木总关情。《葡萄月令》洋溢的仍是生之趣味,显示出作者的文人雅趣和逸兴。"登山则情满于山,观水则意溢于水",山山水水在汪曾祺的笔下都有情物。"感时花溅泪,恨别鸟惊心",以一颗善感之心,书写周围的一草一木,自然冲淡之间飞扬着满怀的真诚。品读《葡萄月令》,会让我们爱上一年四季的各时段的生活。

《葡萄月令》写一年12个月葡萄的生长情况。作者像是记录自己小孩子的成长过程一般,用近似日记的形式,将葡萄在各个月份的生长情况和农事过程清晰地展现给读者,使我们在阅读的过程中,感觉像是亲自在田间施肥浇水,目睹孩童般的葡萄日日成长。

昆明的雨

汪曾祺

入选理由
汪曾祺的散文代表作之一
一幅诗意盎然、具有浓郁地方特色的昆明雨季图
情韵别致，视角新颖

宁坤要我给他画一张画，要有昆明的特点。我想了一些时候，画了一幅：右上角画了一片倒挂着的浓绿的仙人掌，末端开出一朵金黄色的花；左下画了几朵青头菌和牛肝菌。题了这样几行字：

昆明人家常于门头挂仙人掌一片以辟邪，仙人掌悬空倒挂，尚能存活开花。于此可见仙人掌生命之顽强，亦可见昆明雨季空气之湿润。雨季则有青头菌，牛肝菌，味极鲜腴。

我想念昆明的雨。

我以前不知道有所谓雨季。"雨季"，是到昆明以后才有了具体感受的。

我不记得昆明的雨季有多长，从几月到几月，好像是相当长的。但是并不使人厌烦。因为是下下停停、停停下下，不是连绵不断，下起来没完。而且并不使人气闷。我觉得昆明雨季气压不低，人很舒服。

昆明的雨季是明亮的、丰满的、使人动情的。城春草木深，孟夏草木长。昆明的雨季，是浓绿的。草木的枝叶里的水分都到了饱和状态，显示出过分的、近于夸张的旺盛。

我的那张画是写实的。我确实亲眼看见过倒挂着还能开花的仙人掌。旧日昆明人家门头上用以辟邪的多是这样一些东西：一面小镜子，周围画着八卦，下面便是一片仙人掌——在仙人掌上扎一个洞，用麻线穿了，挂在钉子上。昆明仙人掌多，且极肥大。有些人家在菜园的周围种了一圈仙人掌以代替篱笆——种了仙人掌，猪羊便不敢进园吃菜了。仙人掌有刺，猪和羊怕扎。

昆明菌子极多。雨季逛菜市场，随时可以看到各种菌子。最多，也最便宜的是牛肝菌。牛肝菌下来的时候，家家饭馆卖炒牛肝菌，连西南联大食堂的桌子上都可以有一碗。牛肝菌色如牛肝，滑，嫩，鲜，香，很好吃。炒牛肝菌须多放蒜，否则容易使人晕倒。青头菌比牛肝菌略贵。这种菌子炒熟了也还是浅绿色的，格调比牛肝菌高。菌中之王是鸡㙡，味道鲜浓，无可方比。鸡㙡是名贵的山珍，但并不真的贵得惊人。一盘红烧鸡㙡的价钱和一碗黄焖鸡不相上下，因为这东西在云南并不难得。有一个笑话：有人从昆明坐火车到呈贡，在车上看到地上有一棵鸡㙡，他跳下去把鸡㙡捡了，紧赶两步，还能爬上火车。这笑话用意在说明昆明到呈贡的火车之慢，但也说明鸡㙡随处可见。有一种菌子，中吃不中看，叫做干巴菌。乍一看那样子，真叫人怀疑：这种东西也能吃？！颜色深褐带绿，有点像一堆半干的牛粪或一个被踩破了的马蜂窝。里头还有许多草茎、松毛，乱七八糟！可是下点功夫，把草茎松毛择净，撕成蟹腿肉粗细的丝，和青辣椒同炒，入口便会使你张目结舌：这东西这么好吃？！还有一种菌子，中看不中吃，叫鸡油菌。都是一般大小，有一块银圆那样大，滴溜圆，颜色浅黄，恰似鸡油一样。这种菌子只能做菜时配色用，没甚味道。

雨季的果子，是杨梅。卖杨梅的都是苗族女孩子，戴一顶小花帽子，穿着扳尖的绣了满帮花的鞋，坐在人家阶石的一角，不时吆唤一声："卖杨梅——"声音娇娇的。她们的声音使得昆明雨季的空气更加柔和了。昆明的杨梅很大，有一个乒乓球那样大，颜色黑红黑红的，叫做"火炭梅"。这个名字起得真好，真是像一球烧得炽红的火炭！一点都不酸！我吃过苏州洞庭山的杨梅、井冈山的杨梅，好像都比不上昆明的火炭梅。

雨季的花是缅桂花。缅桂花即白兰花，北京叫做"把儿兰"（这个名字真不好听）。云南把这种花叫做缅桂花，可能最初这种花是从缅甸传入的，而花的香味又有点像桂花，其实这跟桂花实在没有什么关系。——不过话又说回来，别处叫它白兰、把儿兰，它和兰花也挨不上呀，也不过是因为它很香，香得像兰花。我在家乡看到的白兰多是一人高，昆明的缅桂是大树！我在若园巷二号住过，院里有一棵大缅桂，密密的叶子，把四周房间都映绿了。缅桂盛开的时候，房东（是一个五十多岁的寡妇）就和她的一个养女，搭了梯子上去摘，每天要摘下来好些，拿到花市上去卖。她大概是怕房客们乱摘她的花，时常给各家送去一些。有时送来一个七寸盘子，里面摆得满满的缅桂花！带着雨珠的缅桂花使我的心软软的，不是怀人，不是思乡。

雨，有时是会引起人一点淡淡的乡愁的。李商隐的《夜雨寄北》是为许多久客的游子而写的。我有一天在积雨少住的早晨和德熙从联大新校舍到莲花池去。看了池里的满池清水，看了作比丘尼装的陈圆圆的石像（传说陈圆圆随吴三桂到云南后出家，暮年投莲花池而死），雨又下起来了。莲花池边有一条小街，有一个小酒店，我们走进去，要了一碟猪头肉，半市斤酒（装在上了绿釉的土磁杯里），坐了下来。雨下大了。酒店有几只鸡，都把脑袋反插在翅膀下面，一只脚着地，一动也不动地在檐下站着。酒店院子里有一架大木香花。昆明木香花很多。有的小河沿岸都是木香。但是这样大的木香却不多见。一棵木香，爬在架上，把院子遮得严严的。密匝匝的细碎的绿叶，数不清的半开的白花和饱涨的花骨朵，都被雨水淋得湿透了。我们走不了，就这样一直坐到午后。四十年后，我还忘不了那天的情味，写了一首诗：

莲花池外少行人，野店苔痕一寸深。

浊酒一杯天过午，木香花湿雨沉沉。

我想念昆明的雨。

· 美文赏析 ·

《昆明的雨》是一篇情韵别致的写景散文，文章抒写了作者在昆明期间对雨季的见闻感受。文章开首不落俗套，视角新颖，以素朴的寥寥数笔清晰地勾画出了昆明雨季的形象：明亮、丰满、浓绿，下下停停、停停下下，不使人气闷。接着作者仍不直接写雨，而是写昆明雨季中的菌子、杨梅、缅桂花，看似与雨无关，实是以此作衬托，将昆明的雨季写得饱满而形象，将昆明的雨季立体、现实地展示在读者面前。篇末引用典故，直抒胸臆，深化了文章的意境。文章语言质朴，行文自然如流水，信笔所至，无拘无束，看似平平淡淡，却充满诗情画意，趣味盎然。

紫藤萝瀑布

宗璞

入选理由
隽永含蓄中传达深远的意境
结构玲珑剔透
收入中学课本

我不由得停住了脚步。

从未见过开得这样盛的藤萝，只见一片辉煌的淡紫色，像一条瀑布，从空中垂下，不见其发端，也不见其终极，只是深深浅浅的紫，仿佛在流动，在欢笑，在不停地生长。紫色的大条幅上，泛着点点银光，就像迸溅的水花。仔细看时，才知那是每一朵紫花中最浅淡的部分，在和阳光互相挑逗。

这里春红已谢，没有赏花的人群，也没有蜂围蝶阵，有的就是这一树闪光的、盛开的藤萝。花朵儿一串挨着一串，一朵接着一朵，彼此推着挤着，好不活泼热闹！

"我在开花！"它们在笑。

"我在开花！"它们嚷嚷。

每一穗花都是上面的盛开、下面的待放。颜色便上浅下深，好像那紫色沉淀下来了，沉淀在最嫩最小的花苞里。每一朵盛开的花像是一个张满了的小小的帆，帆下带着尖底的舱。船舱鼓鼓的，又像一个忍俊不禁的笑容，就要绽开似的。那里装的是什么仙露琼浆？我凑上去，想摘一朵。

但是我没有摘。我没有摘花的习惯。我只是伫立凝望，觉得这一条紫藤萝瀑布不只在我眼前，也在我心上缓缓流过。流着流着，它带走了这些时一直压在我心上的焦虑和痛楚，那是关于生死谜、手足情的。我浸在这繁密的花朵的光辉中，别的一切暂时都不存在，有的只是精神的宁静和生的喜悦。

这里除了光彩，还有淡淡的芳香，香气似乎也是浅紫色的，梦幻一般轻轻地笼罩着我。忽然记起十多年前家门外也曾有过一大株紫藤萝，它依傍一株枯槐爬得很高，但花朵从来都稀落，东一穗西一串伶仃地挂在树梢，好像在察颜观色，试探什么。后来索性连那稀零的花串也没有了。园中别的紫藤花架也都拆掉，改种了果树。那时的说法是，花和生活腐化有什么必然关系。我曾遗憾地想：这里再看不见藤萝花了。

过了这么多年，藤萝又开花了，而且开得这样盛，这样密，紫色的瀑布遮住了粗壮的盘虬卧龙般的枝干，不断地流着，流着，流向人的心底。

花和人都会遇到各种各样的不幸，但是生命的长河是无止境的。我抚摸了一下那小小的紫

153

□精美散文

色的花舱,那里满装生命的酒酿,它张满了帆,在这闪光的花的河流上航行。它是万花中的一朵,也正是由每一个一朵,组成了万花灿烂的流动的瀑布。

在这浅紫色的光辉和浅紫色的芳香中,我不觉加快了脚步。

作者简介

宗璞(1928~),原名冯钟璞,祖籍河南唐河,生于北京。她是著名哲学家冯友兰先生之女,幼承家学。1938年,随家南迁到昆明,在西南联大度过8年时光。抗战胜利次年入南开大学外文系,后曾就职于中国文联及编辑部工作。多年从事外国文学研究,汲取了中国传统文化与西方文化之精粹,学养深厚,气韵独特。

宗璞像

·美文赏析·

宗璞的小说独特而又深刻,多为人称道。她的散文细腻优美、意境深远,具有独特的艺术魅力和审美价值。《紫藤萝瀑布》就是这样一篇佳作,其独特的文学价值和审美效果,主要通过以下三个方面体现出来。

题旨宏远,立意深刻。文章借对紫藤萝的描写,抒发了作者对美好未来的追求,传达了作者对生命意义的拷问,同时表达了她对历史长河迂回曲折,而终将前进的无限感慨。作者对紫藤萝的高度礼赞,其实是作者心灵之光对自然景象的烛照与感应,是她对生命活力的深情呼唤和憧憬,是历经沧桑后对生命的深刻感悟。

结构玲珑剔透,描写细腻多姿。文章写景细腻且颇具层次感,同时,作者又将细致的景物描写,融入到前后呼应、严密衔接的结构中,使读者在浑然天成的整体中,领受每一部分的精致美。

语言清新隽雅,含蓄深远。文章善于将抒情、议论性语言,融入形象逼真的描写语言中,宛如画面配诗,既点化了描写性语言的内核,又给读者带来无穷的审美趣味。

西湖漫笔

宗璞

入选理由

宗璞的成名作、代表作
中国现代散文史上描绘西湖风光的优秀作品之一
层次丰富,文字简约,富于韵律感

平生最喜欢游山逛水。这几年来,很改了不少闲情逸致,只在这山水上头,却还依旧。那五百里滇池粼粼的水波,那兴安岭上起伏不断的绿沉沉的林海,那开满了各色无名的花儿的广阔的呼伦贝尔草原,以及那举手可以接天的险峻的华山……曾给人多少有趣的思想,曾激发起多少变幻的感情。一到这些名山大川异地胜景,总会有一种奇怪的力量震荡着我,几乎忍不住要呼喊起来:"这是我的伟大的、亲爱的祖国——"

然而在足迹所到的地方,也有经过很长久的时间,我才能理解、欣赏的。正像看达·芬奇的名画《永远的微笑》,我曾看过多少遍,看不出她美在哪里;在看过多少遍之后,一次又拿来把玩,忽然发现那温柔的微笑,那嘴角的线条,那手的表情,是这样无以名状的美,只觉得眼泪直涌上来。山水,也是这样的,去上一次两次,可能不会了解它的性情,直到去过三次四次,才恍然有所悟。

我要说的地方,是多少人说过写过的杭州。六月间,我第四次去到西子湖畔,距第一次来,已经有九年了。这九年间,我竟没有说过西湖一句好话。发议论说,论秀媚,西湖比不上长湖,天真自然,楚楚有致;论宏伟,比不上太湖,烟霞万顷,气象万千。好在到过的名湖不多,不然,不知还有多少谬论。

奇怪得很,这次却有着迥乎不同的印象。六月,并不是好时候,没有花,没有雪,没有春光,也没有秋意。那几天,有的是满천烟雨,山光水色,俱是一片迷蒙。西湖,仿佛在半醒半睡。空气中,弥漫着经了雨的栀子花的甜香。记起东坡诗句:"水光潋滟晴方好,山色空蒙雨亦奇。"便想,东坡自是最了解西湖的人,实在应该仔细观赏、领略才是。

正像每次一样,匆匆地来,又匆匆地去。几天中我领略了两个字,一个是"绿",只凭这一点,已使我留连忘返。雨中去访灵隐,一

绿树葱茏、湖水碧透的西湖景色

□ 精美散文

花港观鱼，西湖十景之一。南宋时为私人花园，现已成为观鱼、赏牡丹佳处。

下车，只觉得绿意扑眼而来。道旁古木参天，苍翠欲滴，似乎飘着的雨丝儿也都是绿的，飞来峰上层层叠叠的树木，有的绿得发黑，深极了，浓极了；有的绿得发蓝，浅极了，亮极了。峰下蜿蜒的小径，布满青苔，直绿到了石头缝里。在冷泉亭上小坐，直觉得遍体生凉，心旷神怡。亭旁溪水铮琮，说是溪水，其实表达不出那奔流的气势，平稳处也是碧澄澄的，流得急了，水花飞溅，如飞珠滚玉一般，在这一片绿色的影中显得分外好看。

西湖胜景很多，各处有不同的好处，即便一个绿色，也各有不同。黄龙洞绿得幽，屏风山绿得野，九曲十八涧绿得闲……不能一一去说。漫步苏堤，两边都是湖水，远水如烟，近水着了微雨，也泛起一层银灰的颜色。走着走着，忽见路旁的树十分古怪，一棵棵树身虽然离得较远，却给人一种莽莽苍苍的感觉，似乎是从树梢一直绿到了地下。走近看时，原来是树身上布满了绿茸茸的青苔，那样鲜嫩，那样可爱，使得绿荫荫的苏堤，更加绿了几分。有的青苔，形状也很有趣，如耕牛，如牧人，如树木，如云霞；有的整片看来，布局宛然，如同一幅青绿山水。这种绿苔，给我的印象是坚忍不拔，不知当初苏公对它们印象怎样。

在花港观鱼，看到了又一种绿。那是满池的新荷，圆圆的绿叶，或亭亭立于水上，或宛转靠在水面，只觉得一种蓬勃的生机，跳跃满池。绿色，本来是生命的颜色。我最爱看初春的杨柳嫩枝，那样鲜，那样亮，柳枝儿一摆，似乎蹬着脚告诉你，春天来了。荷叶，则要持重一些，初夏，则更成熟一些，但那透过活泼的绿色表现出来的茁壮的生命力，是一样的。再加上叶面上的水珠儿滴溜溜滚着，简直好像满池荷叶都要裙袂飞扬，翩然起舞了。

从花港乘船而回，雨已停了。远山青中带紫，如同凝住了一段云霞。波平如镜，船儿在水面上滑行，只有桨声欸乃，愈增加了一湖幽静。一会儿摇船的姑娘歇了桨，喝了杯茶，靠在船舷，只见她向水中一摸，顺手便带上一条欢蹦乱跳的大鲤鱼。她自己只微笑着，一声不出，把鱼甩在船板上，同船的朋友看得入迷，连连说，这怎么可能！上岸时，又回头看那在浓重暮色中变得无边无际的白茫茫的湖水，惊叹道："真是个神奇的湖！"

我们整个的国家，不是也可以说是神奇的么？我这次来领略到的另一个字，就是"变"。和全国任何地方一样，隔些时候去，总会看到变化，变得快，变得好，变得神奇。都锦生织锦厂在我印象中，是一个窄狭的旧式的厂子。这次去，走进一个花木葱茏的大院子，我还以为找错了地方。技术上、管理上的改进和发展就不用说了。我看到织就的西湖风景，当然羡慕其织工精细，但却想，怎么可能把祖国的锦绣河山织出来呢？不可能的。因为河山在变，在飞跃！最初到花港时，印象中只是个小巧曲折的园子，四周是一片荒芜。这次却见变得开展了，加上好几处绿草坪，种了许多叫不上名字来的花和树，顿觉天地广阔了许多，丰富了许多。那在新鲜的活水中游来游去的金鱼们，一定会知道得更清楚吧。据说，这一处观赏地带原来只有二亩，现在已有二百一十亩。我和数字是没有什么缘分的，可是这次我却深深地记住了。这种修葺，是建设中极次要的一部分，从它，可以看出更多的东西……

　　更何况西湖连性情也变得活泼热闹了，星期天，游人泛舟湖上，真是满湖的笑，满湖的歌！西湖的度量，原也是容得了活泼热闹的。两三人寻幽访韵固然好，许多人畅谈畅游也极佳。见公共汽车往来运载游人，忽又想起东坡在密州出猎时写的一首《江城子》："老夫聊发少年狂。左牵黄，右擎苍。锦帽貂裘，千骑卷平冈。"形容他在密州出猎时的景象。想来他在杭州兴修水利，吟诗问禅之余，当有更盛的情景吧？那时是"倾城随太守"，这时是每个人在公余之暇，来休息身心，享山水之乐。这热闹，不更千百倍地有意思么？

　　希腊画家亚伯尔曾把自己的画放在街上，自己躲在画后，听取意见。有个鞋匠说人物的鞋子画得不对，他马上改了。这鞋匠又批评别的部分，他忍不住从画后跑出来说，你还是只谈鞋子好了。因为对西湖的印象究竟只是浮光掠影，这篇小文，很可能是鞋匠的议论，然而心到神知，想西湖不会怪我唐突吧？

·美文赏析·

　　《西湖漫笔》写于1961年，是宗璞的散文成名作。这篇散文发表后受到广泛赞誉，使宗璞第一次在散文界获得了承认，从此享誉文坛。

　　文中最主要的部分，是六月烟雨中西湖的"绿"，这也是文中最精彩的部分。作者运用直接的写实手法，描绘了西湖丰富多姿的"绿"：道旁古木苍翠欲滴；飞来峰上层叠的树木，有的绿得发黑，有的绿得发蓝；蜿蜒的小径布满青苔，直绿到石头缝里；黄龙洞绿得幽，屏风山绿得野，九曲十八涧绿得闲……将人们带进一个铺天盖地的绿色世界中。文章层次丰富，描摹真切，文字极为简约，却传神尽意，且富于韵律感，显示了作者非凡的才分和细致入微的观察力。

□精美散文

思台北，念台北

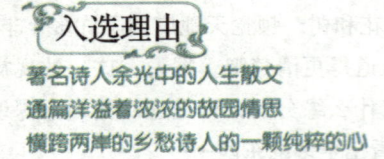

余光中

入选理由
著名诗人余光中的人生散文
通篇洋溢着浓浓的故园情思
横跨两岸的乡愁诗人的一颗纯粹的心

隐地从台北寄来他的新书《欧游随笔》，并在扉页上写道："尔雅也在厦门街一一三巷，每天，我走您走过的脚步。"一句话，撩起我多少乡愁。龙尾蛇头，接到多少张圣诞卡贺年片，没有一句话更撼动我的心弦。

如果脚步是秋天的落叶，年复一年，季复一季，则最下面的一层该都是我的履印与足音，然后一层层，重重叠叠，旧印之上覆盖着新印，千层下，少年的履迹车辙，只能在仿佛之间去翻寻。每次回到台北，重踏那条深长的巷子，隐隐，总踏起满巷的回音，那是旧足音醒来，在响应新的足音？厦门街，水源路那一带的弯街斜巷，拭也拭不尽的，是我的脚印和指纹。每一条窄弄都通向记忆，深深的厦门街，是我的回声谷。也无怪隐地走过，难逃我的联想。

那一带的市井街坊，已成为我的"背景"甚至"腹地"。去年夏天在西雅图，和叶珊谈起台湾诗选之滥，令人穷于应付，成了"选灾"。叶珊笑说，这么发展下去，总有一天我该编一本《古亭诗选》，他呢，则要编一本《大安诗选》。其实叶珊在大安区的脚印，寥落可数，他的乡井当然在水之湄，在花莲。他只能算是"半山"的乡下诗人，我，才是城里的诗人。十年一觉扬州梦，醒来时，我已是一位台北人。

当然不止十年了。清明尾，端午头，中秋月后又重九，春去秋来，远方盆地里那一座岛城，算起来，竟已住了二十六年了。这期间，就算减去旅美的五年，来港的两年，也有十九年之久。北起淡水，南迄鸟来，半辈子的岁月便在那里边攘攘度过，一任红尘困我，车声震我，限时信，电话和门铃催我促我，一任杜鹃媚我于暮春，莲塘迷我于仲夏，雨季霉我，溽暑蒸我，地震和台风撼我摇我。四分之一的世纪，我眼见台北长高又长大，脚踏车三轮车把大街小巷让给了电单车计程车，半田园风的小省城变成了国际化的现代立体大城市。镜头一转，前文提要一样跳速，台北也惊见我，如何从一个寂寞而迷惘的流亡少年变成大四的学生，少尉编译官，新郎，父亲，然后是留学生，新来的讲师，老去的教授，毁誉交加的诗人，左颊掌声右颊是嘘声。二十六年后，台北恐已不识我，霜发的中年人，正如我也有点近乡情怯，机翼斜斜，海关扰扰，出得松山，迎面那一丛丛陌生的楼影。

曾在那岛上，浅浅的淡水河边，遥听嘉陵江滔滔的水声，曾在芝加哥的楼影下，没遮没拦的密西根湖岸，念江南的草长莺飞，花发蝶忙。乡愁一缕，恒与扬子江东流水竞长。前半生，早如断了的风筝落在海峡的里面，手里兀自牵一缕旧线。每次填表，"永久地址"那一栏总教人临表踟蹰，好生为难，一若四海之大，天地之宽，竟有一处是稳如磐石，固如根柢，世世代代归于自己，生命深深植于其中，海啸山崩都休想将它拔走似的。面对着天灾人祸，世局无常，竟要填表人肯定说自己的"永久地址"，真是一大幽默，带一点智力测验的意味。尽管如此，表却不能不填。二十世纪原是填表的时代，从出生纸到死

1951年2月，余光中与父母在台北同安街寓所前的合影。

亡证书，一个人一辈子要填的表，叠起来不会薄于一部大字典。除非你住在乌托邦，表是非填不可的。于是"永久地址"栏下，我暂且填上"台北市厦门街一一三巷八号"。这一暂且就暂且了二十多年，比起许多永久来，还永久得多。

正如路是人走出来的，地址，也是人住出来的。生而为闽南人，南京人，也曾经自命为半个江南人，四川人，现在，有谁称我为台北人，我一定欣然接受，引以为荣。有那么一座城，多少熟悉的面孔，由你的朋友，你的同学，同事，学生所组成，你的粉笔灰成雨，落湿了多少讲台，你的蓝墨水成渠，灌溉了多少亩报刊杂志。四个女孩都生在那城里，母亲的慈骨埋在近郊，父亲的岳母皆成了常青的乔木，植物一般植根在那条巷里。有那么一座城，锦盒一般珍藏着你半生的脚印和指纹，光荣和愤怒，温柔和伤心，珍藏着你一颗颗一粒粒不朽的记忆。家，便是那么一座城。

把一座陌生的城住成了家，把一个临时地址拥抱成永久地址，我成了想家的台北人，在和中国母体土接壤连的一角小半岛上，隔着南海的青烟蓝水，竟然转头东望，思念的，是20多年来餐我以蓬莱的蓬莱岛城。我的阳台向北，当然，也尽多北望的黄昏。奈何公无渡河，从对河来客的口中，听到的种种切切，陌生的，严厉的，迷惑的，伤感的，几已难认后土的慈颜，哎，久已难认，正如贾岛的七绝所言：

客舍并州已十霜，归心日夜忆咸阳。
无端更渡桑乾水，却望并州是故乡。

如果十霜已足成故乡，则我的二十霜啊多情又何逊唐朝一孤僧？

未回台北，忽焉又一年有半了。一小时的飞程，隔水原同比邻，但一道海关多重表格横在中间，便感烟波之阔了。愿台北长大长壮但不要长得太快，愿我记忆中的岛城在开路机铲土机的挺进下保留一角半隅的旧区让我循那些曲折而玄秘的窄弄幽巷步入六十年代五十年代。下次见面时，愿相看妩媚如昔，城如此，哎，人亦如此。

祖籍闽南，说来也巧，偌大一座台北城，二十多年来只住过两条闽南风味的小街：同安街和厦门街。同安街只住了两年半，后来的二十四年就一直在厦门街。如果台北是我的"家城"（英文有这种说法），厦门街就是我的"家街"了。这家，是住出来的，也是写出来的。八千多个日子，二十几番夏至和秋分，即便是一片沙漠，也早已住成家了。多少篇诗和散文，多少部书，都是在临巷的那个窗口，披一身重重叠叠深深浅浅的绿荫，吟哦而成。我的作品既在那一

□精美散文

带的巷间孕化而成,那条小街,那些曲巷也不时浮现在我的字里行间,成为现代文学的一个地理名词。萤塘里、网溪里,久已育我以灵感,希望掌管那一带的地灵土仙能知晓,我的灵感也荣耀过他们。厦门街的名字,在我的香港读者之间,也不算陌生。

有意无意之间,在台北,总觉得自己是"城南人",不但住在城南,工作也在城南。台湾最具规模的三座学府全在城南,甚至南郊;北起丽水街,南迄指南山麓,我的金黄岁月都挥霍在其中。思潮文风,在杜鹃花簇的迷锦炫绣间起伏回荡。当时年少,曾餍过多少稚美的青睐青眼,西去取经,分不清,身是唐吉诃德或唐僧。对我而言,古亭区该是中国文化最高的地区,记忆也最密。即连那"家巷"的左邻右舍,前翁后媪,也在植物一般悠久而迟缓的默契里,相习而相忘,相近相亲。出得巷里,左手是裁缝铺子、理发店、照相馆……闭着眼睛,我可以一家家数过去,梦游一般直数到汀州街口。前年夏天从香港回台北,一天晚上,去巷口那家药行买药。胖胖的老板娘在柜台后面招呼我,还是二十年来那一口潮州话。不见老板,我问她老板可好。"过身了——今年春天。"说着她眼睛一阵湿,便流下了泪来。我也为之黯然神伤,一时之间,不知怎么安慰才好,默默相对了片刻,也就走开了。回家的路上,我很是感动,心里满溢着温暖的乡情。一问一答之间,那妇人激动的表情,显示她已经把我当成了亲人。二十年来,我是她店里的常客,和她丈夫当然也是稔熟的。我更想起十八年前母亲去世,那时是她问我答,流泪的是我,嗫嚅相慰的是她。久邻为亲,那一切一切,城南人怎会忘记?

对我而言,城北是商业区,新社区,无论它有多繁华,我的台北仍旧在城南。台北是愈长愈高了,长得好快,七十年代八十年代在城的东北,在松山机场那一带喊他。未来的召唤,好多城南人经不起那诱惑,像何凡、林海音那一家,便迁去了城北,一窝蜂一窝鸟似的,住在高高的大公寓里,和下面的世界来往,完全靠按纽。等到高速公路打通,桃园的国际机场建好,大台北无阻的步伐,该又向西方迈进了。

该来的,什么也挡不住。已去的,也无处可招魂。当最后一位按摩女的笛声隐隐,那一夜在巷底消逝,有一个时代便随她去了。留下的是古色的月光,情人,诗人的月光,仍祟着城南那一带的灰瓦屋,矮围墙,弯弯绕绕的斜街窄巷。以南方为名的那些街道——晋江街、韶安街、金华街、云和街、泉州街、潮州街、温州街、青田街,当然,还有厦门街——全都有小巷纵横,奇径暗通,而门牌之纷乱,编号排次之无轨可顾,使人逡巡其间,迷路时惶惑如智穷的白鼠,豁然时又自得如天才的侦探。几乎家家都有围墙,很少巷子能一目了然,巷头固然望不见巷腰,到了巷腰,也往往看不出巷底要通往何处。那一盘盘交缠错综的羊肠迷宫,当时陷身其中,固曾苦于寻寻觅觅,但风晨雨夜,或是奇幻的月光婆娑的树影下走过,也赋给了我多少灵感。于今隔海想来,那些巷子在奥秘中寓有亲切,原是最耐人咀嚼的。

1988年,余光中与文艺界友人在台北北海墓园祭扫梁实秋墓。

黄昏的长巷里，家家围墙飘出的饭香，吟一首民谣在召归途的行人：有什么，比这更令人低回的呢？

最耐人寻味的小巷，是同安街东北行，穿过南昌街后，通向罗斯福路的那一条。长只五六十码，狭处只容两辆脚踏车蠕行相交。上面晾着未干的衣裳，两旁总排着一些脚踏车手推车，晒些家常腌味，最挤处还有些小孩子在嬉游。砖墙石壁半已剥蚀，颓败的纹理伸手可触。近罗斯福路出口处还有个小小的土地祠，简陋可笑的装饰也无损其香火不绝，供果长青。那恐怕是世界上最短最窄的一条陋巷了。从师大回家的途中，不记得已蜿穿过几千次了，对于我，那是世界上最滑稽最迷人最市井风的一段街景。电视天线接管了日窄的天空，古台北正在退缩。撼地压来的开路机啊，能绕道而行放过这几座历史的残堡吗？

在《蒲公英的岁月》里，曾说过喜欢的是那岛不是那城。台北啊我怎能那样说，对你那样不公平？隔着南中国海的烟波，在香港的电视幕上，收看邻区都市的气象，首尔和东京之后总是台北，是阴是晴是变冷是转热是风前或雨后，都令我特别关心。台风自海上来，将掠台湾而西，扑向厦门和汕头，那气象报告员说，不然便是寒流凛凛自华中南下，气温要普遍下降，明天莫忘多加衣。只有在那一刹那，才幻觉这一切风云雨雾原本是一体，拆也拆不开的。

香港有一种常绿的树，黄花长叶，属刺槐科，据说是移植自台湾，叫"台湾相思"。那样美的名字，似乎是为我而取。

作者简介

余光中（1928～2017），祖籍福建永春，生于南京。1947年后就读于金陵大学、厦门大学。1949年后在台湾大学求学。1956年到苏州东吴大学、台湾师范大学兼课，并主编《蓝星》诗刊。之后赴美进修，获硕士学位。返台后相继任台湾师范大学副教授、教授，台湾政治大学西语系主任。1974年任香港中文大学教授，后兼任中文大学联合书院中文系主任。余光中一直从事诗歌、散文、评论、翻译创作，自称为自己写作的"四度空间"。他的散文具有汪洋恣肆、突兀峥嵘的想象力和排山倒海、阅兵方阵般驾驭文字的能力，既雄健豪放，又不乏柔丽之情。主要著作有诗集《舟子的悲歌》《五陵少年》《天国的夜市》《敲打案》《在冷战的年代》等，散文集《左手的缪斯》《逍遥游》《焚鹤人》《青青边愁》等，评论集有《掌上雨》《分水岭上》等。

· 美文赏析 ·

诗人曾经流寓世界各地，但在心中却珍藏着一片心灵的家园。这是一颗诗人的心，纯粹感性细腻，在《思台北，念台北》中作者以独到的笔触来追溯台北的从前、现在，和作者不断的故园情。而这其中让作者的心不曾游离的就是发自内心的浓郁的乡愁，就像作者自己所说的：有时候流浪的心疲倦了，他就会像候鸟一样从遥远的异乡带着无限的期待，万里迢迢不顾旅途劳顿地赶回，为的是重温一下故乡的情怀，让自己骚动的心得到滋润。

文章笔势雄健，行文看似随意，却蕴含了相当大的弹性，让人在看完文章后仍然余下久久不去的思考，再加上他对语言追求诗一般的完美精致，突出了文章的神韵所在。

乡愁这是评论界对诗人一贯的界定，我们在他的文章里就这样看见了一个文化大家的风范。

□精美散文

我的空中楼阁

李乐薇

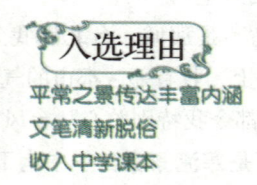

入选理由
平常之景传达丰富内涵
文笔清新脱俗
收入中学课本

山如眉黛，小屋恰似眉梢的痣一点。

十分清新，十分自然，我的小屋玲珑地立于山脊的一个柔和的角度上。

世界上有很多已经很美的东西，还需要一些点缀，山也是。小屋的出现，点破了山的寂寞，增加了风景的内容。山上有了小屋，好比一望无际的水面飘过一片风帆，辽阔无边的天空掠过一只飞雁，是单纯的底色上一点灵动的色彩，是山川美景中的一点生气、一点情调。

小屋点缀了山，什么来点缀小屋呢？那是树！

山上有一片纯绿色的无花树；花是美丽的，树的美丽也不逊于花。花好比人的面庞，树好比人的姿态。树的美在于姿势的清健或挺拔，苗条或婀娜，在于活力，在于精神！

有了这许多树，小屋就有了许多特点。树总是轻轻摇动着。树的动，显出小屋的静；树的高大，显出小屋的小巧；而小屋的别致出色，乃是由于满山皆树，为小屋布置了一个美妙的绿的背景。

小屋后面有一棵高过屋顶的大树，细而密的枝叶伸展在小屋的上面，美而浓的树荫把小屋笼罩起来。这棵树使小屋给予人另一种印象，使小屋显得含蓄而有风度。

换个角度，近看改为远观，小屋却又变换位置，出现在另一些树的上面，这个角度是远远地站在山下看。首先看到的是小屋前面的树，那些树把小屋遮掩了，只在树与树之间露出一些建筑的线条，一角活泼翘起的屋檐，一排整齐的图案式的屋瓦。一片蓝，那是墙；一片白，那是窗。我的小屋在树与树之间若隐若现，凌空而起，姿态翩然。本质上，它是一幢房屋；形式上，却像鸟一样，蝶一样，憩于枝头，轻灵而自由！

小屋之小，是受了土地的限制。论"领土"，只有有限的一点。在有限的土地上，房屋比土地小，花园比房屋小，花园中的路又比花园小，这条小路是我袖珍型的花园的大道。和"领土"相对的是"领空"，论"领空"却又是无限的，足以举目千里，足以俯仰天地，左顾有山外青山，右盼有绿野阡陌。适于心灵散步，眼睛旅行，也就是古人说的游目骋怀。这个无限大的"领空"，是我开放性的院子。

有形的围墙围住一些花，有紫藤、月季、喇叭花、圣诞红之类。天地相连的那一道弧线，是另一重无形的围墙，也围住一些花，那些花有朵状，有片状，有红，有白，有绚烂，也有飘落。也许那是上帝玩赏的牡丹或芍药，我们叫它云或霞。

空气在山上特别清新，清新的空气使我觉得呼吸的是香！

光线以明亮为好，小屋的光线是明亮的，因为屋虽小，窗很多。例外的只有破晓或入暮，那时山上只有一片微光，一片柔静，一片宁谧。小屋在山的怀抱中，犹如在花蕊中一般，慢慢地花蕊绽开了一些，好像层山后退了一些。山是不动的，那是光线加强了，是早晨来到了山中。当花瓣微微收拢，那就是夜晚来临了。小屋的光线既富于科学的时间性，也富于浪漫的文学性。

山上的环境是独立的，安静的。身在小屋享受着人间的清福，享受着充足的睡眠，以及一天一个美梦。

出入的交通要道，是一条类似苏花公路的山路，一边傍山，一边面临稻浪起伏的绿海和那高高的山坡。山路和山坡不便于行车，然而便于我行走。我出外，小屋是我快乐的起点；我归来，小屋是我幸福的终点。往返于快乐与幸福之间，哪儿还有不好走的路呢？我只觉得出外时身轻如飞，山路自动地后退；归来时带几分雀跃的心情，一跳一跳就跳过了那些山坡。我替山坡起了个名字，叫幸福的阶梯，山路被我唤做空中走廊！

我把一切应用的东西当做艺术，我在生活中的第一件艺术品——就是小屋。白天它是清晰的，夜晚它是朦胧的。每个夜幕深垂的晚上，山下亮起灿烂的万家灯火，山上闪出疏落的灯光。山下的灯把黑暗照亮了，山上的灯把黑暗照淡了，淡如烟，淡如雾，山也虚无，树也缥缈。小屋迷于雾失楼台的情景中，它不再是清晰的小屋，而是烟雾之中、星点之下、月影之侧的空中楼阁！

这座空中楼阁占了地利，可以省去许多室内设计和其他的装饰。

虽不养鸟，每天早晨有鸟语盈耳。

无需挂画，门外有幅巨画——名叫自然。

作者简介

李乐薇（1930～　），祖籍江苏省南京市，早年肄业于上海大夏大学。后一直在台湾从事文化教育工作。作品以散文见长，文笔清丽脱俗，语言优美动人，风格柔和温婉而富于感情。

·美文赏析·

作者在平平常常的事物中，寄寓丰厚的内涵。以一山一水，一草一木，传达微妙的"自我情绪"，并将自己的偶得情思，点化成文。写"小屋"，是"点破了山的寂寞"；写树是"点缀小屋"，层层推进，为读者展现了一幅颇有层次感的画面。外在"独立""安静"，内在富有浪漫感和艺术性。然而，如果我们仔细琢磨，这样的小屋，这样的山景，这样的蓝天云朵，这样的围墙和喇叭花，实属平常所见，并无惊世骇俗之态，但作者却如何能描绘出如此不平常的味道呢？王国维说"一切景语皆情语"，也正是作者的心态的恬淡和对美极强的感受能力才使笔下的景物带上了人情味，使小屋有了顾盼生辉的姿态。作者热爱自由自在的生活、热爱大自然，厌烦了烦乱的、复杂的社会生活，因此才描摹出了如此美妙的"空中的楼阁"。是否这样的小屋真的存在，我们不必深究，因为作者的一颗美丽脱俗的心已足以构建成一座迎接读者心灵的楼阁了。

□ 精美散文

苏州赋

王蒙

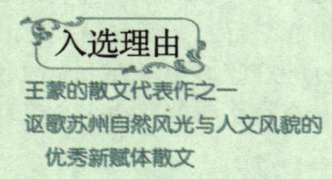

入选理由
王蒙的散文代表作之一
讴歌苏州自然风光与人文风貌的
优秀新赋体散文

左边是园,右边是园。

是塔是桥,是寺是河,是诗是画,是石径是帆船是假山。

左边的园修复了,右边的园开放了。有客自海上来,有客自异乡来。塔更挺拔,桥更洗练,寺更幽凝,河更闹热,石径好吟诗,帆船应入画。而重重叠叠的假山,传至今天还要继续传下去的是你的匠心真情,是你的参差坎坷的魅力。

这是苏州。人间天上无双不二的苏州。中国的苏州。

苏州已经建城 2500 年。它已老态龙钟。无怪乎七年前初次造访的时候它是那样疲劳,那样忧伤,那样强颜欢笑。失修的名胜与失修的城市,以及市民的失修的心灵似乎都在怀疑苏州自身的存在。苏州,还是苏州吗?

苏州终于起步,苏州终于腾飞。为外乡小儿也熟知的江苏四大名旦香雪海冰箱、春花吸尘器、孔雀电视机、长城电风扇全都来自苏州。人们曾经担心工业的浪潮会把苏州的历史文化与生活情趣淹没。看来,这个问题已经受到了苏州人民的关注。还不知道有哪个城市近几年修复了复原了这么多古建筑古园林。在庆祝苏州建城 2500 年的生日的时候,1986 年,苏州迎来了再生的青春。1500 年前的盘门修复了,是全国唯一的精美完整的水陆城门。环秀山庄后面盖起的"革文化之命"的楼房拆除了,秀美的山庄复原,应令她的建造者的在天之灵欣慰,更令今天的游客流连忘返,赞叹不已。戏曲博物馆,民俗博物馆,刺绣博物馆……纷纷建成。寒山寺的钟声悠扬,虎丘塔的雄姿牢固,唐伯虎的新坟落成,苏州又回来了! 苏州更加苏州。

当我看到观前街、太监巷前熙熙攘攘的人群,看到辉煌的彩灯装饰的得月楼、松鹤楼的姿影,看到那些办喜事的新人和他们的亲友,听到他们的欢声笑语,闻到闻名海内外的苏州佳肴的清香的时候,不禁为她的太平盛景而万分感动。当然还有许许多多的麻烦、冲撞、紧迫、危机与危机的意识,然而今天的苏州,得来是容易的吗? 会有人甘心再失去吗?

不,我不能再在苏州停留。她的小巷使我神往,这样的小巷不应该出现在我的脚下而只能出现在陆文夫的小说里,梦里,弹词开篇的歌声里。弹词、苏昆、苏剧、吴语吴歌的珠圆玉润使我迷失,我真怕听这些听久了便不能再听懂别的方言与别的旋律。也许会因此不再喜欢不再会讲已经法定了推广了许多年的普通话——国语。那迷人的庭园,每一棵树与它身后的墙都使我倾倒，使我怀疑苏州人究竟是生活在亚洲、中国、硬邦邦的地球上还是生活在自己营造编织的神话里。这神话的世界比真的世界要小也要美得多。她太小巧，太娇嫩，太优雅，她会使见过严酷的世界，手掌和心上都长着老茧的人不忍心去摸她碰她亲近她。

一双饱经忧患的眼睛见到苏州的园林还能保持自己的威严与老练吗？他会不会觉得应该给自己的眼睛换上纯洁的水晶？他会不会因秀美与巨大这两个审美范畴的撕扯而折裂自己的灵魂？他会不会觉得自己和这个世界已经或者正在或者将要可能成为苏州的留园、愚园、拙政园的对立面呢？他会不会产生消灭自己或者消灭苏州这样一种疯狂的奇想呢？

更不要说苏绣乃至苏州的佳肴美点了。看到那一个个刺绣女工的惊人的技艺和耐心，优雅和美丽，我还能写作和滔滔不绝地发言吗？能不感到不好意思吗？还有勇气或者有涵养去倾听那些一知半解的牛皮清谈、草率无涯的胡说八道吗？在苏州呆久了，还能承受那些乏味、枯燥与粗野的事情吗？

苏州的刺绣，沉静的创造。苏州的菜肴，明亮的喜悦。苏州的歌曲，不设防的温柔。苏州的园林，恬美的诗情。苏州的街道，宁静的幻梦。而苏州的企业和企业家，温雅的外表下包含着洋溢的聪明生气。这一切都是怎么发生怎么留存的？她怎么样经历了那大起大落大轰大嗡多灾多难的时代！

苏州是一种诱惑，是一种挑战，是一种补充。在我们的生活里，苏州式的古老、沉静、温柔已经变得越来越陌生。而大言欺世、大闹盗名、

苏州市内著名的网师园。苏州园林甲天下，园内风景之优美，布局之严谨，环境之幽雅，在世间无双不二。

□ 精美散文

大轰趋时的"反苏州"却又太多了。苏州更是一种文化历史现实未来的混合体。苏州是一种珍惜，是一种保护，对于一切美善，对于一切建设创造和生活本身的珍惜与保护。也是一种反抗，是对一切恶的破坏的无声的反抗。虽然，恶也是一种时髦，而破坏又常常披上革命的或忽而又披上现代意识的虎皮。我真高兴，七年以后，我有缘再访苏州。我们终于能够平静下来，保护苏州，复原苏州，欣赏苏州，爱恋苏州了。我们终于能珍重苏州的美，开始懂得不应该去做那些亵渎美毁灭美的事情。在历史的惊涛骇浪和汹涌大潮当中，在一个又一个神圣的豪情与偏狂的争闹之中，在不断时髦转眼更替的巨轮与浪头之中，苏州保留下来了，苏州复原了，苏州在发展。苏州是永远的。比许多雷霆万钧的炮声更永远。

作者简介

王蒙（1934～　），祖籍河北南皮，生于北京。1940年入北京师范学校附小学习。1945年入私立平民中学学习。历任北京东四区区委副书记、《新疆文学》编辑、《人民文学》主编、中国作家协会副主席、文化部部长等职。在小说创作上取得较大成功，主要作品有长篇小说《青春万岁》《活动变人形》，小说集《深的湖》《冬雨》等。

王蒙像

·美文赏析·

《苏州赋》仿照古代赋体的形式，描绘了改革开放以来古城苏州的巨大变化，抒发了作者对美丽苏州的赞慕之情。作者借用赋体，放纵思绪，放纵笔墨，肆意挥洒，对苏州作全面描摹。园林、寺塔、河桥、假山、盘门、山庄、大街、小巷、弹词、苏昆、苏剧、吴歌、冰箱、吸尘器、电视机、风扇、苏绣、佳肴、美点……一一落入作者的笔下，联缀成一幅犹如《清明上河图》似的壮丽的苏州长轴画，将"人间天上无双不二"的苏州风光勾画得淋漓尽致、声色俱佳。文中运用了大量的工整对仗的骈句、气势磅礴的排比句，以及一气呵成的长句、散句，使文章的语言富于张力，呈现一种骤起骤落、抑扬多变的节奏和韵律。阅读此文，有一种身临其境神游古城的感觉，浮想联翩，愉悦无限。

苏州古城门
苏州历史悠久，经过多次的改建，苏州发生了翻天覆地的变化，作为苏州变化的见证物之一，苏州古城门被保留了下来，巍然屹立于天地间，向人们讲述着苏州的沧桑与进步。

种一片太阳花

李天芳

入选理由

一首生命的赞歌
于细微处见真知
丰富的联想

　　差不多没有人不喜爱花，但谙于花道，又长于种花的人并不多。我就是个只爱花，而不会养花的人。

　　这原因也许是多方面的。年幼时，生养我的家乡，是个草木落地生根的地方，常年四季、所到之处都有鲜花开放。成年以后，在北方的山野为民，虽然寒冷的气候和瘠薄的土地，都不利于绿色生命的繁衍，但出门是田地，举目是山坡，夏花秋叶还是比比皆是。

　　来到机关后，山川和土地远了。机关的四合院，构筑方整，屋舍俨然。半世纪前，据说曾经是大军阀的公馆。为了舒适，也为了阔气，室内的地用木板镶了，室外的地用青砖铺了。偌大的一个院子里，竟难找到五谷和花草赖以生长的泥土。

　　春天，别处的草青了，树绿了，这里，映进眼帘的却是一片单调的砖瓦色；夏天，烈日当空，砖铺的院地像火炉那样散发着热，叫人焦躁难忍。此情此景，促人强烈地生起对于色彩的渴望。渴望郁郁葱葱的树，斑斓多姿的花。

　　有这念头的似乎还不止我。于是大家动手，揭掉砖头，垒起花墙，收拾出一块长方形的花圃。种什么呢？我和同事们面对一方泥土，七嘴八舌地讨论起来，认定不能太娇，也不能太雅，太娇太雅都不是我们服侍得了的。末了，一致地想到太阳花。

　　银粒儿一般的种子撒下去以后，天天有人俯着身子瞅它、盼它。可是大半月过去了，竟丝毫没有动静。有人说种早了，有人说埋深了。正在各种判断莫衷一是时，它破土而出了。

　　新出的芽儿，细得像针，红得像土，几天之内，就抽出很圆的秆，细圆的叶。叶和秆都饱和着碧绿的汁液，嫩得不敢碰。很快的，叶叶秆秆密密麻麻连成一片。像法兰绒一般，厚厚地铺了一地。

　　当案头的文稿看得双目昏花时，走到院里来，看一看这绿茵可爱的太阳花，对于困倦的眼睛，是一种极好的休息。

　　一天清晨，太阳花开了。在一层滚圆的绿叶上边，闪出三朵小花。一朵红，一朵黄，一朵淡紫色。乍开的花儿。像彩霞那么艳丽，像宝石那么夺目。在我们宁静的小院里，激起一阵惊喜，一片赞叹。

　　三朵花是信号，号音一起，跟在后边的便一发而不可挡。大朵、小朵，单瓣、复瓣，红、黄、蓝、紫、粉一齐开放。一块绿色的法兰绒，转眼间，变成缤纷五彩的锦缎。连那些最不爱

□ 精美散文

花的人，也经不住这美的吸引，一得空暇，就围在花圃跟前，欣赏起来。

从初夏到深秋，花儿经久不衰。一幅锦缎，始终保持着鲜艳夺目的色彩。起初，我们以为，这经久不衰的原因，是因为太阳花喜爱阳光，特别能够经受住烈日的考验。不错，是这样的。在夏日暴烈的阳光下，牵牛花偃旗息鼓，美人蕉慵倦无力，富贵的牡丹，也会失去神采。只有太阳花对炎炎赤日毫无保留，阳光愈是炽热，它开得愈加热情，愈加兴盛。

但看得多了，才注意到，作为单独的一朵太阳花，其生命却极力短促。朝开夕谢，只有一日。因为开花的时光这么短，这机会就显得格外宝贵。每天，都有一批成熟了的花蕾在等待开放。日出前，它包裹得严严密密，看不出一点要开的意思，可是一见阳光，就即刻开放。花瓣苏醒似的，徐徐地向外伸张，开大了，开圆了……这样一个开花的全过程，可以在人的注视之下，迅速完成。此后，它便贪婪地享受阳光，尽情地开去。待到夕阳沉落时，花瓣儿重新收缩起来，这朵花便不再开放。第二天，迎接朝阳的将完全是另一批新的，成熟了的花蕾。

这新陈交替多么活跃，多么生动！也许正是因为这一点，太阳花在开花的时候，朵朵都是那样精神充沛、不遗余力。尽管单独的太阳花，生命那么短促，但从整体上，它们总是那样灿烂多姿，生机勃勃。

人们还注意到，开完的太阳花并不消沉，并不意懒。在完成开花之后，它们将腾出空隙，把承受阳光的最佳方位，让给新的花蕾，自己则闪在一旁，聚集精华，孕育后代，把生命延续给未来。待到秋霜肃杀时，它已经把银粒一般的种子，悄悄地撒进泥土。第二年，冒出的将是不计其数的新芽。

太阳花的欣赏者们，似在这里发现了一个世界，一个科学的、合理的、公平的世界。他们像哲学家那样，发出呼喊和感叹：太阳花的事业，原来是这样兴旺发达，繁荣昌盛的呵！

太阳花给予的启迪，无疑是有益的。

为了这，我们院里的劳动者们说，来年春暖时分，还要种一片太阳花！

作者简介

李天芳（1941～　），西安市人，毕业于陕西师大中文系，曾从事教育工作和文学月刊编辑。从1964年在《人民文学》发表散文处女作以来，一直坚持文学创作。出版散文集、小说集、长篇小说、随笔、报告文学等多种，近300万字。主要作品有长篇小说《月亮的环形山》（获首届"双五"文学最佳作品奖）、小说散文集《秘密》、中短篇小说集《爱的未知数》等。

· 美文赏析 ·

布莱克说："一粒沙里见世界，一朵花里见天国。"通过小小的太阳花，作者发出了对蓬勃的生命力的热情颂歌，告诉我们去珍惜生命，热爱生命。这只是文章的第一层意味，更为深刻的是，作者从一片太阳花中见到了一个科学、合理、公平的世界。

文章结构严整清晰，却又平中见奇。时间的进展和作者的心理感受是牵引全文的线索，自然而流畅。作者在行云流水般的娓娓诉说中，迸出了思想的火花，使读者大有豁然开朗之感，原来，走过前面这道平凡的风景，是为了见后面的别有洞天之地。这就使得文章充溢着哲学理趣，扩充了文章的内涵与蕴藉。而事实上，前面的风景虽平凡却不平淡。作者用细腻的笔触，逼真地描写了她之所见、之所感。明显的对比、生动的拟人、形象的比喻等修辞手法的运用，更使文章显得活泼而又生趣盎然。

珍珠鸟

冯骥才

入选理由
文字简洁，隽永耐读
在随意的阅读中，品味出生活的真谛
书写人与自然的和谐境界

真好！朋友送我一对珍珠鸟。放在一个简易的竹条编成的笼子里，笼内还有一卷干草，那是小鸟舒适又温暖的巢。

有人说，这是一种怕人的鸟。

我把它挂在窗前。那儿还有一盆异常茂盛的法国吊兰。我便用吊兰长长的、串生着小绿叶的垂蔓蒙盖在鸟笼上，它们就像躲进深幽的丛林一样安全；从中传出的像笛儿般又细又亮的叫声，也就格外轻松自在了。

阳光从窗外射入，透过这里，吊兰那些无数指甲状的小叶，一半成了黑影，一半被照透，如同碧玉；斑斑驳驳，生意葱茏。小鸟的影子就在这中间隐约闪动，看不完整，有时连笼子也看不出，却见它们可爱的鲜红小嘴儿从绿叶中伸出来。

我很少扒开叶蔓瞧它们，它们便渐渐敢伸出小脑袋瞅瞅我。我们就这样一点点熟悉了。

三个月后，那一团愈发繁茂的绿蔓里边，发出一种尖细又娇嫩的鸣叫。我猜到，是它们，有了雏儿。我呢？决不掀开叶片往里看，连添食加水也不睁大好奇的眼去惊动它们。过不多久，忽然有一个小脑袋从中间探出来。更小哟，雏儿！正是这个小家伙！

它小，就能轻易地由疏格的笼子钻出身。瞧，多么像它的母亲：红嘴红脚，灰蓝色的毛，只是后背还没有生出珍珠似的圆圆的白点；它好肥，整个身子好像一个蓬松的球儿。

□ 精美散文

　　起先，这小家伙只在笼子四周活动，随后就在屋里飞来飞去，一会儿落在柜顶上，一会儿神气十足地站在书架上，啄着书背上那些大文豪的名字；一会儿把灯绳撞得来回摇动，跟着跳到画框上去了。只要大鸟在笼里生气地叫一声，它立即飞回笼里去。

　　我不管它。这样久了，打开窗子，它最多只在窗框上站一会儿，决不飞出去。

　　渐渐它胆子大了，就落在我书桌上。

　　它先是离我较远，见我不去伤害它，便一点点挨近，然后蹦到我的杯子上，俯下头来喝茶，再偏过脸瞧瞧我的反应。我只是微微一笑，依旧写东西，它就放开胆子跑到稿纸上，绕着我的笔尖蹦来蹦去；跳动的小红爪子在纸上发出嚓嚓响。

　　我不动声色地写，默默享受着这小家伙亲近的情意。这样，它完全放心了。索性用那涂了蜡似的、角质的小红嘴，"嗒嗒"啄着我颤动的笔尖。我用手抚一抚它细腻的绒毛，它也不怕，反而友好地啄两下我的手指。

　　有一次，它居然跳进我的空茶杯里，隔着透明的玻璃瞅我。它不怕我突然把杯口捂住。是的，我不会。

　　白天，它这样淘气地陪伴我；天色入暮，它就在父母的再三呼唤声中，飞向笼子，扭动滚圆的身子，挤开那些绿叶钻进去。

　　有一天，我伏案写作时，它居然落到我的肩上。我手中的笔不觉停了，生怕惊跑它。只一会儿，扭头看，这小家伙竟趴在我的肩头睡着了，银灰色的眼睑盖住眸子，小红脚刚好给胸脯上长长的绒毛盖住。我轻轻抬一抬肩，它没醒，睡得好熟！还咂咂嘴，难道在做梦？

　　我笔尖一动，流泻下一时的感受：

　　信赖，往往创造出美好的境界。

作者简介

　　冯骥才（1942～ ），原籍浙江慈溪，生于天津。从小喜爱美术、文学、音乐和球类活动。1960年高中毕业后到天津市书画社从事绘画工作，对民间艺术、地方风俗等产生浓厚兴趣。1974年调天津工艺美术厂，在工艺美术工人业余大学教图画与文艺理论。1978年调天津市文化局创作评论室，后转入作协天津分会从事专业创作，任天津市文联主席、国际笔会中国中心会员、《文学自由谈》和《艺术家》主编等职。

· 美文赏析 ·

　　冯骥才的散文总给人一种清新的感觉，在健康开朗的格调中，给读者制造一个舒畅的阅读氛围，于显浅明了中见思想的精深。《珍珠鸟》就是体现作者这种风格的典范之作，短小的篇幅，精微的思想，使读者在随意的阅读中，品味出生活的真谛。

　　作者在文章的开头设下两条线索：一方面是鸟的"性情变化"，由怕人到接近人到最终信赖人。而引导这条线索发生变化的是另一条线索"我"的举动，正是由于我为鸟儿精心布巢、很少扒开叶蔓打扰它们，才最终让珍珠鸟完全放心地在我肩上熟睡。如此和谐的人与自然的关系是如何来营造的？作者结尾亮出点睛之笔："信赖，往往创造出美好的境界。"而作者所言的信赖又何尝只限于人与鸟之间？人与人之间、人与自然和社会之间，要得以长久的和睦，又何尝不是依赖"信赖"二字？由此看来，"珍珠鸟"只是作者手中的一根弦，真正飘泻而至的美妙曲调则是对人与人、人与自然之间拥有相互信任关系的期待。

白色山茶花

席慕蓉

入选理由
山茶花开的特写
歌唱生命的美丽诗篇
凝练简洁中蕴含深意

　　山茶又开了，那样洁白而又美丽的花朵，开了满树。

　　每次，我都不能无视地走过一棵开花的树。那样洁白温润的花朵，从青绿的小芽儿开始，到越来越饱满，到慢慢地绽放；从半圆，到将圆，到满圆。花开的时候，你如果肯仔细地去端详，你就能明白它所说的每一句话。就因为每一朵花只能开一次，所以，它就极为小心地绝不错一步，满树的花，就没有一朵开错了的。它们是那样慎重和认真地迎接着唯一的一次春天。

　　所以，我每次走过一棵开花的树，都不得不惊讶与屏息于生命的美丽。

作者简介

　　席慕蓉（1943～　），蒙古族人，全名是穆伦·席连勃。生于四川重庆城郊金刚坡，祖籍内蒙古察哈尔盟明安旗。1949年迁至香港，后随家赴台湾。1956年入台北师范艺术科。1964年到比利时布鲁塞尔皇家艺术学院进修，入油画高级班。1970年以穆伦为笔名，在《联合副刊》发表作品。7月回台湾，任教新竹师专美术科。其后数年间应邀参加多次省级及国际性美展。并以萧瑞、漠蓉、穆伦·席连勃等笔名投稿，作品多为散文。

·美文赏析·

　　作为诗人的席慕蓉，在散文创作中也不知不觉地运用了诗的创作手法。她的散文大多篇幅不长，但含蓄悠远，诗趣盎然。席慕蓉同时也是一位画家，她的绘画多以自然景物入画，并多次获奖。这样的艺术创作经历在一定程度上也影响着她的散文创作。所以，席慕蓉的散文既有诗的意境，同时又运用绘画的描摹手法，呈现给读者一幅幅立体的、多姿多彩的画面。《白色山茶花》全篇只200多字，但传达的意境却让人回味无穷。

　　作者开篇结尾相互照应，"山茶又开了"总起全文，"洁白而又美丽"成为文章的文眼。中间一段对山茶花进行了细致地描写，写山茶花的美好。作者将对山茶花的喜爱之情，融入对山茶花的动态描写中，从"青绿的小芽儿"到"半圆""将圆""满圆"，每一步的成长都似一幅生动的图画。花儿能说话，有"慎重和认真"的心思，这些拟人修辞手法的运用，将花开的情态表现得生动形象、富有情趣。然而，"一切景语皆情语"，花开花落、四季轮回这些只不过是自然的过程，真正为其着色的正是作者那颗善感的心。作者在文章的结尾抒发感慨，"惊讶与屏息"正是作者感情的升华，对自然、生命的热爱也溢于言表。

梦里花落知多少

三毛

入选理由
体现了平凡人平凡爱情的质朴美
受中国广大青年读者喜爱的三毛散文名篇之一
语言朴素、纯净，毫无雕饰之感

那一年的冬天，我们正要从丹娜丽芙岛搬家回到大加那利岛自己的房子里去。

一年的工作已经结束，美丽无比的人造海滩引进了澄蓝平静的海水。

荷西与我坐在完工的堤边，看也看不厌地面对着那份成绩欣赏，静观工程的快乐是不同凡响的。

我们自黄昏一直在海边坐到子夜，正是除夕，一朵朵怒放的烟火，在漆黑的天空里如梦如幻地亮灭在我们仰着的脸上。

滨海大道上挤满着快乐的人群。钟敲十二响的时候，荷西将我抱在手臂里，说："快许十二个愿望。"我便在心里重复着十二句同样的话："但愿人长久，但愿人长久，但愿人长久，但愿人长久——"送走了去年，新的一年来了。

荷西由堤防上先跳下了地，伸手接过跳落在他手臂中的我。

我们十指交缠，面对面地凝望了一会儿，在烟火起落的五色光影下，微笑着说："新年快乐！"然后轻轻一吻。

我突然有些泪湿，赖在他的怀里不肯举步。

新年总是使人惆怅，这一年又更是来得如真如幻。许了愿的下一句对夫妻来说并不太吉利，说完了才回过意来，竟是心慌。

"你许了什么愿。"我轻轻问他。

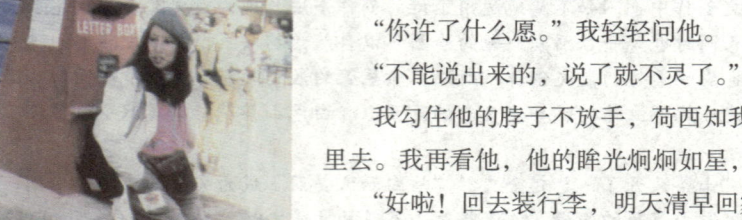

"不能说出来的，说了就不灵了。"

我勾住他的脖子不放手，荷西知我怕冷，将我卷进他的大夹克里去。我再看他，他的眸光炯炯如星，里面反映着我的脸。

"好啦！回去装行李，明天清早回家去啰！"

他轻拍了我一下背，我失声喊起来："但愿永远这样下去，不要有明天了！"

"当然要永远下去，可是我们得先回家，来，不要这个样子。"

一路上走回租来的公寓去，我们的手紧紧交握着，好像要将彼此的生命握进永恒。

三毛在国外旅行途中的照片

而我的心，却是悲伤的，在一个新年刚刚来临的第一个时辰里，因为幸福满溢，我怕得悲伤。

不肯在租来的地方多留一分一秒，收拾了零杂东西，塞满了一车子。清晨六时的码头上，一辆小白车在等渡轮。

新年没有旅行的人，可是我们急着要回到自己的房子里去。

关了一年的家，野草齐膝，灰尘满室，对着那片荒凉，竟是焦急心痛，顾不得新年不新年，两人马上动手清扫起来。

不过静了两个多月的家居生活，那日上午在院中给花洒水，送电报的朋友在木栅门外喊着："Echo，一封给荷西的电报呢！"

我匆匆跑过去，心里扑扑地乱跳起来，不要是马德里的家人出了什么事吧！电报总使人心慌意乱。

"乱撕什么嘛！先给签个字。"朋友在摩托车上说。

我胡乱签了个名，一面回身喊车房内的荷西。

"你先不要怕嘛！给我看。"荷西一把抢了过去。

原来是新工作来了，要他火速去拉芭玛岛报到。

只不过几小时的光景，我从机场一个人回来，荷西走了。

离岛不算远，螺旋桨飞机过去也得四十五分钟，那儿正在建新机场、新港口。只因没有什么人去那最外的荒寂之岛，大的渡轮也就不去那边了。

虽然知道荷西能够照顾自己的衣食起居，看他每一度提着小箱子离家，仍然使我不舍而辛酸。

家里失了荷西便失了生命，再好也是枉然。

过了一星期漫长的等待，那边电报来了。

"租不到房子，你先来，我们住旅馆。"

刚刚整理的家又给锁了起来，邻居们一再地对我建议："你住家里，荷西周末回来一天半，他那边住单身宿舍，不是经济些嘛！"

我怎么能肯。匆忙去打听货船的航道，将杂物、一笼金丝雀和汽车托运过去，自己推着一只衣箱上飞机走了。

当飞机着陆在静静小小的荒凉机场时，又看见了重沉沉的大火山，那两座黑里带火蓝的大山。

我的喉咙突然卡住了，心里一阵郁闷，说不出的闷，压倒了重聚的欢乐和期待。

荷西一只手提着箱子，另一只手搭在我的肩上向机场外面走去。

"这个岛不对劲！"我闷闷地说。

"上次我们来玩的时候你不是很喜欢的吗？"

"不晓得，心里怪怪的，看见它，一阵想哭似的感觉。"我的手拉住他皮带上的绊扣不放。

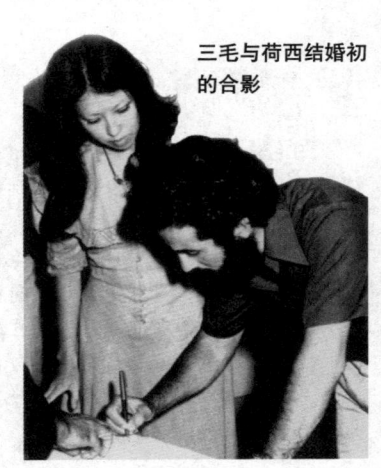

三毛与荷西结婚初的合影

173

□精美散文

"不要乱想,风景好的地方太多了,刚刚赶上看杏花呢!"他轻轻摸了一下我的头发又安慰似的亲了我一下。

只有两万人居住的小城里租不到房子。我们搬进了一房一厅连一小厨房的公寓旅馆。收入的一大半付给了这份固执相守。

安置好新家的第三日,家中已经开始请客了,婚后几年来,荷西第一回做了小组长,这里另外四个同事没有带家眷,有两个还依然单身。我们的家,伙食总比外边的好些,为着荷西爱朋友的真心,为着他热切期望将他温馨的家让朋友分享,我晓得,在他内心深处,亦是因为有了我而骄傲,这份感激当然是全心全意地在家事上回报了他。

岛上的日子岁月悠长,我们看不到外地的报纸,本岛的那份又编得有若乡情。久而久之,世外的消息对我们已不很重要,只是守着海,守着家,守着彼此。每听见荷西下工回来时那急促的脚步声上楼,我的心便是欢喜。

六年了,回家时的他,怎么仍是一样跑着来的,不能慢慢地走吗?六年一瞬,结婚好似昨天的事情,而两人已共过了多少悲欢岁月。

小地方人情温暖,住上不久,便是深山里农家讨杯水喝,拿出来的必是自酿的葡萄酒,再送一满怀的鲜花。

我们也是记恩的人,马铃薯成熟的季节,星期天的田里,总有两人的身影弯腰帮忙收获。做热了,跳进蓄水池里游个泳,趴在荷西的肩上浮沉,大喊大叫,就是不肯松手。

作者简介

三毛(1944~1991),原名陈平,祖籍浙江定海,生于重庆,幼年随父母到台湾。12岁入台北省立第一女子中学,但只读了一年半,之后在家闭门独居7年。20岁入台湾文化大学学习。两年后到西班牙、德国、美国学习。后回台任教。之后赴撒哈拉,与西班牙人荷西结婚。6年后荷西溺水身亡。三毛返台任教于文化大学。1991年1月自缢。主要作品有散文集《雨季不再来》《撒哈拉的故事》及多部剧本、译作等。

三毛像

・美文赏析・

三毛旅居撒哈拉期间,与西班牙人荷西结婚,两人度过了一段快乐幸福的时光。不幸的是,不久荷西溺水而亡,三毛孤身一人回到台湾。之后她写下一组深切悼念荷西的文章《梦里花落知多少》,本文为其中的首篇。

本文叙述了在一次迁居中三毛与荷西从分手到重聚的事情。作者着眼于生活中的平凡琐事,以个人的情感为线索,抒写了自己与荷西之间亲密无间、情深似海的夫妻之情。文章语言朴素、纯净,直抒胸臆,毫无雕饰之感,任性俏皮的三毛与诚实钟情的荷西形象跃然纸上。文中洋溢着一种至清至纯的人性美、人情美,真情写实之句俯拾皆是,读后给人以一种甜美、温馨、轻松的享受。

三毛性格率真,敢爱敢恨。她曾说过:"我不求深刻,但求简单。"三毛的文章风格,一如她的为人,单纯明澈、坦率真挚。

守望峡谷

周涛

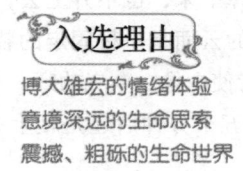

入选理由
博大雄宏的情绪体验
意境深远的生命思索
震撼、粗砾的生命世界

在峡谷的大拐弯处，怒江水像一大群正在参加世界杯赛的摩托车选手似的，优美而惊险地作弯道侧压，把箭一般直射的速度拧弯——而且拧得这样漂亮，大概只有怒江。它似乎并不怎么"怒"，却有一种大回环的稳健之美。

金沙江不是这样，金沙江被挤压在两岸陡壁之下，清纯澄碧但并不显得单纯，它有一股寒凉的怨气；

澜沧江呢？澜沧江以两岸浓密的热带雨林，以榕树的苍迈、樟树的灰斑、橡胶林的亭亭和藤缠树、树缠藤的亲密状造成一种傣家少妇的气质。她的水流、水质和水色都表明了她不是天真的或勇猛的，而是丰富的或浓郁的；

独龙江——它给我的印象并不像它的名字那么凶，而倒像是怒江的弟弟；

伊洛瓦底江作为瑞江的部分是平凡的，但是流入缅甸之后据说长大了，变得非常迷人。我估计，她在瑞丽时只是个十一岁的小姑娘，到缅甸以后，她丰满漂亮了，像变了一个人。

这么多的江养育着云南，而且是这样一些著名的江，云南怎么能不神秘呢？这些守护神一样的江，各自都有性情独具的美妙的名字，有性格，有历史底蕴，有概括力，有婉转优美的诗意，谁起的呢？真该感谢那个人。在一个废名的只剩下编码的所谓现代社会里，凭着这样几个组合而成的美丽的字音，我们将能感到多少亲近，宽慰，品尝多少遐思和美感！

怒江的水这时变成一股一股的了，每一股都非常清晰，但合在一起又浑然组成一条江。它们从岩石上翻滚过去或盘绕过去，在江中纠缠、然后分开，被流速梳理着，又被山峡规范着，像一根粗大的多股的发辫似的，弯曲盘绕在峡谷的底部，并无声息。

车子停下来，谷底有风，然不甚烈。前面横跨江面的是一座桥。

桥墩的水泥柱额上，刻着暗红的四个字：亚碧罗桥。又是一个美名字！在名称问题上，这个少数民族众多的云南，总是以她特殊的选择能力超出诗人们的想象。

怒江分区司令崔廷相大校此时身着便装，他指着桥对岸的半山腰说："看，那就是我们要访的傈僳族村寨！"听他那轻松的口气，仿佛很近似的。

我一看，先在心里叫苦不迭了，望山跑死马呢。而望那山寨，黑糊糊一片眉目不清地嵌在陡峭的山腰上，既没有理想主义的光芒，也没有功利主义的诱惑，何苦要爬得满身大汗然后一

□精美散文

无所获地回来呢？

同伴笑问："那还有什么能让你爬上山呢？"

我说："要是有个大美女在山上等着我，也许行。"

"也许……呀？"同伴们大笑起来，说没准儿真有一个呢。

不过我还是爬了，我不愿意让身体力行正在前头带路的崔司令感到遗憾。怒江的云停滞在峡谷间，不动。大片的狭长的云烟氤氲飘浮，既不掉下来，也不升上去，更没有一丝风能移动它。这是那种乖张的风景式的云，仿佛它不是真正的云而是一种固定的装饰品。它这时像是峡谷的思绪，使山峦具有了思想——起码是情绪，或者使山像一个气功师，正在默默地发功。

我也在发功——胸闷气喘，腿软得不行。不过五十分钟后还是爬上去了，最后一个到达，并且拒绝了女士们的搀扶。

可是这里有什么呢？傈僳族山寨所坐落的这段山腰，打个比方吧，就像一个住高楼的人家一打开门，前面就是一个没有栏杆的阳台。不比阳台宽，只需两步就会滚下山腰跌进大峡谷，而怒江，就日夜不停地汹涌地在下面等着。鸡和小孩正在这没栏杆的"阳台"上跑来跑去，狗待在更安全的地方叫着。

黑黢黢的木楼，一楼住着猪和牛以及它们的粪便和臭气，二楼住着傈僳族的人们还有火塘。远处更高的山坡上，就势辟出一块块的种苞谷的地，大的有半个篮球场，小的也就是个三秒区；你很难相信这些一点儿巴掌大的陡坡，就养活着傈僳人的身家性命。

水呢？

仰首在天上，在天空中那些云的脸色里；低头在谷底，在怒江千年万载奔流不息的巨大浪涛中。两个都够不着，却都离得仿佛很近，像是上帝在惩罚那位抬头吃不上果子低头喝不上水的神，馋着你。傈僳人啊，苞谷啊，是什么力量把你们逼到这样尴尬的一种生存绝境里的呢？又是什么力量使你们在这样比"吃土豆的人"更艰难的环境里顽强生存的呢？

（现在我愿意招认，并在招认中求得宽谅：由于我的浅薄无法洞悉历史的罪过，也由于我找不出答案，更由于我虽然号称诗人而实质上并未摆脱世俗的傲慢与偏见，我的脑子里当时抖落出"落后民族……"这样的词。它一闪，我就感到这样简单的结论是专横的，非人的，但是为这样的东西羞愧却是今天的觉悟。）

居高而临下，傈僳人世世代代正是这样生活的，生活在数百米的陡坡上，悬在空中，守望着这座巨大的空寂的仅次于科罗拉多的大峡谷。

这就像是一座空剧场，剧中人坐在包厢里，看着本该自己去演出的剧目，没有观众。

演出者观看一出不可能开场的戏，那么他们守望和等待的究竟是什么呢？

一个民族的这种生存态势令人不寒而栗。是谁把这么重大的一个有关人类生存的哲学命题如此强烈地推在了这些茫然无知的人们身上了呢？碗里有煮苞谷粒，墙上有弃置不用的发黑的弓弩，而几百米之下，怒江峡谷的接连角上，亚碧罗桥静静地期待着，在峡风中抖动着铁链，……彼岸正是峡谷的另一面。

这时，大美人儿出现了——她的狗正比较凶猛地狂吠时，木楼的一角处出现了她。她仅仅用手势制止了狗，然后对我们歉意地嫣然一笑。她衣衫褴褛，而且还非常过时地戴了一顶旧式布军帽。她的身上几乎是布满了孩子——手里牵了一个，胸前奶着一个，背后系着一个。但正

176

是在这样一个被贫困、落后、蒙昧紧紧围困着的女体上，遮掩不住的光芒似的闪出了美的力量。

只需一眼，你便可以认定她是美的。

然后当你坐进她一贫如洗的家里，面对惟一的木床和火塘里的灰烬，你望着她和她的孩子，语言不通，眼睛黑亮。她非常自然和安详，仿佛这一切都属于她而其实并不属于她，她似乎属于别一世界，这些都是借来的，暂时的。

她很少说话，只是有时微微一笑。但是你能感到她对一切都是理解的，完全懂得，因为从她美丽的眼睛里，流露出坦然的端庄和自然。她那最大的小女孩只有五岁，躲在她身后，好奇而又害怕。她轻声地对她耳语，鼓励她。

我们既不是出于怜悯也不是降低标准，应该承认，她的确是天生丽质。关于这一点，我们同行的三位分别来自广州、北京、成都的年轻女作家都承认，虽然她们也都各具风采，而且穿戴得光彩照人，但是她们说："思蜜纽才是天生丽质。"

思蜜纽就是她的名字，她二十三岁，衣衫褴褛，戴一顶旧式布军帽，已经生了三个孩子。

最大的那个女孩叫胡蜜花，五岁，睁着一双新奇略带恐慌的黑亮大眼睛。那眼睛，即使在最昏暗的角落里也能发出光亮！这个小姑娘正是她母亲的原型，对照着一看，你就明白血统中的美丽是怎样承袭的，美这种价值连城而又无法购买的品质是怎样对一些人高度吝啬却在另一些不太需要它的地方默默浪费着……胡蜜花真是可爱得令人心酸呀。

我想开玩笑，但是我知道我开的玩笑是真的愿望。我说，把这个小姑娘带走吧，你们可以代表命运，给她一个全新的世界！用最好的文化教育她，让她隔两年换一座城市，领略整个中国的风土和文明，像栽培一棵好树苗那样，像科学家进行某种试验那样，胡蜜花将会成长为一个什么样儿的人呢？

让她改变命运，摆脱她母亲留给她的生活轨道，当然仅仅是我们这些外来人的假想，没什么实际意义。但是这种假想刺激了我们的想象力，小姑娘的聪明可爱又为这些想象力提供了无穷的可能性。

无疑，她会长成一个出类拔萃的骄傲美人儿，令京华子弟为之倾倒。她举止高雅，天分独具，以她的聪明兴许是个美丽的天才也保不定，没准儿正是一个时代的奇葩呢！那时她长大了，她会说："我生在怒江峡谷，我其实是傈僳人！"这会使她更神、更有魅力。

我们就这么做着"解救"胡蜜花的白日梦，完全不着边际、一相情愿，但却兴高采烈跟真的一样。胡蜜花呢？睁着一双大眼惊奇地望着我们，有时也跟着笑起来，笑得很好看。她不知道我们在说些什么，但她知道我们说的事跟她似乎有关，她专注地听着，但不明白。

不知谁说了一句"她妈妈才不会让人把她从身边带走呢，别说北京，华盛顿也不行"！这是一句老实话，我们看思蜜纽，思蜜纽浅浅地笑着。她懂，但她乐意让我们高兴一会儿，什么也不说。

但是……我想，这仅仅是一群异想天开的作家们开玩笑么？

这里面难道没有含着人们对命运如此残酷的不公所抱的不平和妄图改变这些而激起的幻想么？当肥胖的痴呆儿在北京街上撒娇，聪明可爱的胡蜜花正用她天然纯洁的眼睛——守望峡谷。她注定将守望一生，面对这空茫寂静的一座大屏障。

一切奇迹都不可能发生。

□ 精美散文

更深刻的疑问恰恰在这里：难道我们的假想一旦可以成立，小姑娘胡蜜花的一生就会是幸福的么？这一切是我们可以给予和保证的吗？

那么，我们本身是幸福的吗？

我们面面相觑，胆寒彻骨。

一个更为巨大的峡谷突兀地从心里升起来，巨大而且空洞，岁月的流水也正从一座类似亚碧罗桥的铁桥之下穿过，作大回环，也无声息，把此岸与彼岸隔开，望过去很近，但醒着是总也走不到。

我也在守望着，没有奇迹，并且终生也休想象胡蜜花这样被无关的外人如此热心地关心过命运，哪怕只是假想，哪怕只有半天。

后来，我们当然下山了，沿着原路，慢慢下。回头望过去，思蜜纽"披挂"着她的三个孩子，一直站在木楼角上，目送我们。

记住亚碧罗桥。我想，十年以后或者更长的时间，有谁假如恰好乘车沿着怒江行驶，恰停车在一座刻着暗红字迹的亚碧罗桥边休息，当然，恰好还读过我写的这篇散文，那么请过桥，别嫌麻烦爬上对面的山腰，到那座傈傈人的寨子里去，替我们看看一个名叫胡蜜花的女子和她的母亲思蜜纽。

她们非常美丽。

作者简介

周涛（1946～　），中国著名诗人、散文家。祖籍山西，在京启蒙，少年随父迁徙新疆。1969年毕业于新疆大学中文系，现为新疆军区创作室主任。周涛目前出版诗集、散文集20多种，深得读者喜爱。曾获全国诗集奖和全军八一奖，1998年获首届鲁迅文学奖，系新边塞诗的代表人物。

· 美文赏析 ·

当代著名诗人、散文家周涛的长篇或超长篇散文摄景状物、叙事写情，完全不受表达方式的约束，"潇洒自如，吞吐八荒"，全都统摄于作者博大雄浑的精神情绪之中。无论是《游牧长城》的感悟自然、永恒，还是《守望峡谷》的追问个性、生命，都显得气势恢宏，意境深远。《守望峡谷》给我们以强烈的刺激。作者在宏大的开篇中给我们铺开了一个强大的、震慑着我们渺小的存在的、恐怖然而诗意的世界。这是一个空的被守望的峡谷。然后，面对峡谷守望者的生存境遇，作者开始了思考，不是一个优美的、轻佻的、可以轻描淡写的话题，如果把峡谷里的生存看成一种守望，那么，他们究竟在守望什么？是幸福吗？作者写出了极端险恶的态势和美丽资质之间的巨大反差，并且由此探究人的命运。改变命运是艰难和无奈的，况且命运到底是什么？幸福又是什么？什么样的生存是有价值的生存？什么样的守望是有意义的守望？在作者博大深沉而强烈的人文关怀里，这些问题不是得到了明朗的使人安慰的答案，而是：不可知。当然，从世俗的角度，作者给我们展示出造化存在的巨大错位和悲剧，真正的真、美和价值被残酷的存在淹没、遗忘或忽略，而虚假、恶和丑陋却无时无刻不在更为广阔和优越的环境里龌龊地遍布。于是，作者返回来怀疑自己种种先在的观念，进而再次质疑所谓的现代性生存。

庭院深深深几许

刘墉

入选理由

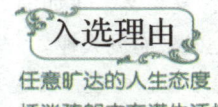

任意旷达的人生态度
恬淡疏朗中充满生活情趣
文中有画，画中有诗

  邻居的杜鹃花，总是剪得整整齐齐，早春花开时，像是一块块彩色大蛋糕，我的花却从来未曾修理，东支西岔地，开得舒舒密密。
  至于仲秋菊花的季节，我的院子就更纷乱了！夹道的雏菊，年年及时而发，加上母亲在春天撒下的百日草，此时也长得瘦瘦高高，一阵秋风苦雨，全倚斜倾倒了，走过园间的石板道，仿佛行在菊花阵间，必须跳着前进。
  今年又多了藤蔓，这两棵年前由学生家里移来的植物，真是各展所长，完全不需施肥，却繁生得令人吃惊。不但爬过了篱墙，扯断了铁丝网，而且将院里的一棵粉花树，也层层罩了起来，春天花开时，原来的粉花成了团簇成串的紫藤。
  还有蔷薇也是极猖狂的，斜斜探出的枝条，足有六七尺长，带着尖尖的红刺，冷不防地钩人衣裳。
  门前两棵梧桐，更到了早该管教的年岁，垂下的枝桠，挂着梧桐子，常拂人面，而且周围数丈的草坪，完全失去了阳光，任是施肥，也无法长得齐整。
  所以每当邻人剪草，我就略感惶恐，觉得自己立身在众家齐整的庭院间，有些落拓不修边幅之感。
  其实这些也是有意，全为我的个性使然，非仅发型不爱落入形式，院子中的花木，也愿其适性。藤本当爬、菊本当蔓，蔷薇本当舒展，梧桐本当飘摆，否则又如何尽得其间风流！
  最爱欧阳公和李易安的"庭院深深深几许"，那庭院之美，全在三个深字，让人读来便觉得重重柳韵、层层松涛、积时成茸、荫满中庭，一眼望去不断，一径行去不完，也只有懂得造园艺术的中国人，能得其中神理。

也最爱那种绕树而行,俯身而走,蹑脚而跳的感觉,万物自有其静,我且不去干扰,人何必非要胜天,且看鸟栖深林,林藏鸟兽,彼此既是上,又是客,正如同人在林园穿梭,也是林园的一部分,何必非要它来让我?相揖相敬,岂不更是融融而见天趣。

也就因此:与邻人齐整的庭院相比,我的更见野逸之趣,而这种野逸并非放荡,如同"大胆下笔、小心收拾"的写意山水,乍看之下,似下墨淋漓、恣意挥洒,细究其间,却有许多定静的工夫。

且看那狂风后折断的花枝,有许多既加了支子的竹条,又细细地予以捆绑定位,使那断枝处能够慢慢复原;且看那伸得过长的雏菊,在花盆的另一侧都加了石块,免得不均衡而倾倒;且看草地的边缘,都做了防止土壤流失的工程。这高妙处,正是妙造自然,在无碍自然发展之中,做了保育工作。

所以每当环保人士大声疾呼的时候,我都暗自想:如果有一天把凡尔赛宫庭院搞得像是五色大拼盘的设计师,能突然顿悟,而做出深深深几许的园林;机械文明陶铸出的人们,能够知道自然的零乱,实在正是宇宙的齐整与均衡时,人人育物,而不碍物;人人适己性,而能不碍他人之性,从人定胜天的抱负,增向天人合一的境界时,问题就能解决了!

今早,在院中写稿,几只小鸟站在不远的枝头朝着我叫,心喜鸟儿亲善,便也与之对唱,却见引来群鸟,也都在不远处跳跃飞鸣,使我得意万分。直到有一只山雀耐不住地冲上离我头顶不远的茱萸树梢吃那初熟的果子。才发觉自己是扰人进餐的恶客,只好即刻收起稿本,让出位子。

且勿怪我为鸟雀所欺,因为人在天地间,本不当独尊,让几分与林木,退些许与鸟兽,身外反得几分清净土,胸中反得多少宽敞地!

后院紧邻着列为鸟类保护区的森林,也便自然拥有了四季不同的鸟啭虫鸣,或许正因为听多了轻灵之音;感触也变得敏锐了起来,而今已经不必用眼睛看,认窗外的声音,就足以分辨季节和万物的消长。

譬如早春,情人节之后,虽然还是满地积雪,鸟儿却已经在枝头打情骂俏,我常想,为什么他们在这么冷的时候就准备求偶产卵了呢?太低的气温不是会影响孵化吗?但是又想想,或许鸟儿更知夫妻的情趣,小两口在外面细雪纷飞的日子,挤在树洞里,既然不能到外面逍遥,何不顺便孵几个蛋,等到树梢抽出新绿,泥土也从融雪中露了头,正好孩子也出世了。

天生爱操心,每年春天听见林子里传来吱吱喳喳的小鸟叫声,便觉得看到了医院育婴室喂奶时"群婴乱哭"的景象,偏偏鸟儿又起得奇早,天刚露白,已经"哭"成一团,跟着窗前山茱萸的枯枝上，便传来鸟妈妈或鸟爸爸的叫声。使我这个一向晏起的人，忍不住地披衣下楼，到车房里找大袋的鸟食，先倒入纸盒子里，再利用纸盒的尖角，转倾入那像是一栋小房子的喂鸟器，而后提上楼，打开卧室的两层窗，忍着近于零度的寒风，将小房子挂在窗外。

由于多次受寒感冒，一家人都曾经纠正我的做法。可是我说：跟那辛苦的鸟父母比起来，我还算轻松呢！何况在这么早春，有一阵没一阵地下雪，万物都未发舒，鸟父母怎么可能找到足够的食物养孩子呢？我更预测，由于今年早春，我换装了这个再也让松鼠占不到便宜的喂鸟器，保险夏天树林里的鸟，会比往年多一倍。

事情没有多久就应验了，仲春才过，早上几乎已经无法安枕，因为"刘氏鸟餐厅"的生意兴隆，大排长龙。

鸟儿的家庭，原来跟人类是差不多的。人们开车带孩子去吃汉堡，鸟父母也是把孩子一齐带到我的餐厅来。

麻雀夫妇的孩子最多，共5名，整排紧紧地靠着，站在山茱萸的横枝上等待，大鸟并非直接到我放的食盒取餐后飞回小鸟身边，而是衔到谷子之后，先飞到别的枝头或地面，将壳子谷子嚼碎，再转去喂食。

那些鸟兄弟姐妹，都生得一个样子，飞羽未长全，浑身毛绒绒的，一对翅膀无力地垂向两侧，胸腹由于腿的力量不足，所以直接贴在树枝上，或许天生为了吃，嘴巴都长得奇大，虚扑着双翼，高声吱吱喳喳叫着，来吸引父母的注意。

不知道是不是鸟也跟人一样偏心，对于那比较不知道撒娇的孩子，大鸟常会忽略，所幸食物多，别的小鸟吃饱了，不再积极地求食，那被冷落多时的，才获得机会，由这一点，我更认为自己是做了许多功德，想想，要不是我这"刘氏鸟餐厅"的设立，不知有多少弱小，会在出生不久被淘汰。

当然孩子少的鸟家庭，小鸟能获得较多的照顾，像是三个小孩，尖嘴黑头顶的小山雀（Chickadee）；两个小孩，黑眼圈、灰身子的白颊鸟（Titmouse），和只有一个小孩的红雀"大主教"（Cardinal），很显然地看出孩子愈少，父母愈轻松。尤其是"大主教"，夫妻二鸟总是一个站在远处守望站岗，一个吃谷子喂食，表现了极好的家庭分工。

鸟儿天生工具也不同，大嘴的鸟可以轻松地吃核果，小嘴专吃昆虫的鸟，在这无虫的早春，只好改变食谱。聪明的小山雀（Chickadee），由于胃小得可怜，又专爱挑向日葵子，所以自己发明了方法，先用两只脚踩住葵花子，再啄开外壳，一口口慢慢品味。

至于斑鸠，总见不到它们的孩子；想必是夫妻二鸟，自己先到餐厅享用。然后再叫上一包外卖，带给家中的小孩。这种反吐或制造出鸽乳式的喂食法，在许多小鸟身上似乎也可以见到，常看到一只大鸟吃一次食，便接连喂上好几只小鸟，它一边喂，一面不断伸缩摆动颈子，正像是由嗉囊中挤出食物。这种画面给我很大的感动，使我想起衣索匹亚饥荒和高棉难民的画面，许多饥饿的母亲，托着自己干瘪的乳房，让怀中的孩子吮吸，那是捐出自己的生命，将最后剩余的一眯点残汁挤压出去，只为了自己的下一代。

孟夏的时候，鸟都已经长大了：成串地站在电线上，俯视着我的窗口，有时候鸟餐厅的食物告罄，而一时没有补充，它们甚至会趴在纱窗上往屋里张望。这时候的大鸟也轻松了，虽然小鸟仍然常常装着蓬松羽毛、拍动翅膀地乞食，却可以视若无睹，只有那"大主教"红雀，比较娇宠独生的孩子，仍然一个劲儿地喂食。

跟人一样，孩子大了，家里就变得比较安静，夏日的森林虽仍然有声声的鸟鸣深处，却远不如春日的嘈杂，取而代之的则是唧唧的虫声了。

用唧唧来形容虫鸣是不对的，正如同以小提琴的声音来形容交响乐的不足，因为那是千百种不同声音的集合，如海涛、如潮汐，一波一波地涌来。

夏夜听虫，总令我想起迪斯尼的《爱丽丝梦游仙境》卡通电影，各种花草的精灵和小虫、青蛙，在指挥者的引导下，有秩序地按照节拍演奏。

林里的虫声就是如此，那不是乌合之众的大杂烩，而像是有指挥家在台上似的，以规律的节拍，忽大忽小，忽强忽弱地从四林间拥来。弱的时候，好像童年陪父亲彻夜在水源地垂钓时，听到的细细水声，是一种呢喃，又像是轻叹。强的时候，像是珠玉飞漱，绵缀不经，那声音无比紧密，如同玛雅古城的石块，天衣无缝地砌合，竟插不下一支小刀；又仿佛冬日的细雪，一层外还有一层，怎样也窥不透。

从来睡得很轻，但在夏夜，虽然开着窗子，正迎着万顷的密林，而虫声如涌，却能很安然地入梦，有一晚学生在画室里听见了虫声，问我后院是不是装了马达什么的，其他学生也一齐附议，我才发现那虫声对于不常听的人，竟是如此轰轰然。

对于这件事，我曾经多次思考，也曾在夜晚静静地分析窗外的虫海，想要以失眠夜来找一个咒诅虫声的理由。但是，没一下子，就进入梦乡，而那梦中是有虫声伴着，却感到无比的安宁。那是一种浑然完满的感觉，虽不是无声的静幂阒然，却觉得更是恬适，仿佛让那软软的蛩音包着、托着、裹着、浮着，轻轻地荡入其中。

我渐渐了解，安静并非无声，而是一种专情。每样能唤起我们专情的东西，不论文学、绘画、音乐、雕塑，就都能带来安静。而最好的安眠药物，则应该是那蛩音鸟啭的大自然之音，因为我们的世代祖先，绝大部分都与大自然为伍，只有到了近代，才被那许多人为的喧嚣，扰乱了体内的天然律动，要想调整它，最准的调音师，就是这些天籁！

暮秋的夜晚，只要聆听窗外，就可以知道当时的气温，虫儿真是敏感，甚至如天气将要转寒，它们也能提早觉察，渐渐地将高亢之音，降为低沉之调，如果次日天暖，又可能重新恢复那浩荡的交响。

落雨的夜晚也是如此，虫声会随着雨点的大小而起降，但与气温转寒时的变化不同，有些虫似乎特别怕雨，稍有些霏微，便失去了那一种乐器，另有些虫则不怕雨，即使倾盆而下，隔着雨幕，仍然隐隐约约地听见那雨中行吟者的歌声。

秋虫声就是要这样聆听的，在那细小的音韵中去感触，即使到了晚秋，只要以心灵触动，仍然可以感受到那微微的音响。我曾想，说不定白天虫儿也是叫的，只是因为其他的声音太多，心灵也不够静，所以听不见，于是人们自作聪明地说：晚来虫鸣，确实自从有了这个感悟与推想，日间在园里写作，居然渐渐自鸟啭中，可以过滤出虫鸣，自认为耳朵对大自然的品味是更细致，也更深入一层了。

只是随着仲秋虫声的日稀，便有了许多凄然，不知那些原本活泼而快乐的虫子乐师，是因为禁不住霜寒而次第凋零，抑或逐渐隐退，如果它们是后者，明年孟夏还会不会出现？虽然下一年的音乐季可以预期，但是否仍会是同一批音乐家？但再想想，虫海也是生生死死，每日在生，每日在死，说不定就在那夏夜不断的混声大合唱的队伍中，就时时有团员颓兢在行列中萎落，再由那新生的穿戴逝者的衣服，偷偷起来。于是那唱、那奏，既是迎新也是送旧，唱着"逝者逝了！生者生了"！都是宇宙当然的事，岂不值得欣欣歌颂吗？

当墙外那棵叶子奇大，有些像是热带阔叶木的树，一夕间突然低垂了叶片，晚秋便真在来临了，虫鸣更在这一年成为绝响，代之而起的，是另一种天籁。

虽然在台风时听过风的怒吼，但是直到今天，我仍然不敢确定，风本身是不是会造成声音，咻咻的是它吹过电线、杀簌簌的是它吹过树梢、飒飒的是它穿越森林，那出声的是风，抑或被它拂动的东西呢？

不过无论如何，风是整个天籁的催助者，催着青绿，也催着秋红，繁花在风里开展，在风中受孕，在风中残落；密叶也在风中抽芽，在风中飘零。

如果细细地谛听，确实可以听见四季的风之絮语，甚至连那小小如樱花绢细的花瓣飘落的声音，都可以听得到，因为它们带着充足的水分，凋零落时，常片片黏在一起坠落，也因此，虽然同为花瓣，由于每次落下的数目不同，轻重有别，也就能产生不一样的声音。

当然最富变化的风声还是在晚秋了，每一片叶子都述说着一段不平常的故事，如同它所经历的岁月一般。愈是高高在上的，愈在寒风中先红，也愈早告别枝头。橡树的叶子红得发暗，因为它们是失去了水分的供应而变色，所以凋时如同一张张厚纸片般，在风中因振动而沙沙哀吟，又在地面哗啦哗啦地滚动。

至于饱含水份却不得不凋的枫叶和梧桐，就相较得沉默了，尤其是在秋风秋雨的日子，它们柔软的叶片，能贴上窗玻璃，成为逆光下最剔透的风景。但是落在草坪上，则常牢牢地黏附着，遮盖了天光，造成下面秋草的早逝。还有那红叶的漆树，由于是复叶，一支长长的茎上，挂着二三十片小叶，所以总是挂着、纠葛着落下，制造出另一种复合的音响。

可惜院中没有芭蕉，在风中用它叶片摩擦如摇橹的声响送我入梦。所幸临窗的瓜藤，叶子转黄泛白之后，由于失去了水分，表面带着绒毛，又有藤蔓牵挂着，摇曳摩擦出最美的音乐。那是以薄薄的叶片做共鸣板，以须蔓为琴弦所制造的交响，如果再遇上潇潇的冷雨，点滴凄清、点滴凄清，更是愁损离人，载我到了宋室的江南。

与仲夏以后由高转低的虫鸣恰恰相反，冬天的风声由低转高，当叶子都不再争议，树枝便开始在风中呼啸，我想那风并不单纯，它们虽由同一个方向来，却在每一个枝子间转来转去，仿佛神怪电影中的精灵，飘忽地难以捉摸，却又捉弄每一个遇到的对象。

所以清朗明澈，甚至掩藏不下一只飞鸟的冬林，在北风的拨弄下，反而能奏出各种令人难以想象的音阶。与虫声不同的是，虫鸣必多半靠双翅的震动，所以有近于弦乐器，那风涛则属于管乐器，或带些锯琴绵延不绝如缕的诡异。它们分成好几部，高低呼应地唱和，且摇动屋顶上的电视天线，发出铮铮的音响。

□ 精美散文

冬夜听风，需要壮阔的胸怀，如同吟大江东去浪淘沙般，要有山东汉子敲铁板的铿锵，非闺阁小境界所能消受。此刻，春日的鸟啭、夏夜的虫鸣、晚秋的吟唱，都像是清代四王吴恽的工细小品，发展到白石老人的金石之笔，提炼了精华，而挥弃了纤巧。只觉得旷大的天地，原本经过自己细细点染的枝枝节节，突然又恢复成了一张白纸，横直涂上几笔，却道出了真正不吐不快的东西，也便再无可添加处。

倒是那白，颇耐人玩味，且点滴可听。犹如一早起，推帘看到的那满天满地的白雪，若用三个季节训练出的敏锐观察，每一片雪花都是一幅图画；每一片雪花的飘落，居然都像是小片琉璃般，发出清脆的音响。

至于特别寒冷而朔风野大的日子，就更是好听了，呜呜像是吹法国号的北风，把邻人屋顶上的粉雪卷起，再带上我的窗玻璃，就听见叮叮当当恍如八音盒小风铃的敲击，美极了！

还有那双层窗间，若偷溜进些室内的水气，奇寒的日子，更会在最外层玻璃上，结起一片片像是羽毛，又如同云母般的冰花，有时会长长地延伸几英尺，左右联缀成一幅玉树琼枝的图画。

当然真正的玉树琼枝还是在窗外，一寸寸堆高的雪花，渐渐压弯了树梢，枝子承不住时，就整片整块地向下滑落；小鸟在树上跳跃，扑翅的振动，更会惊落满树的白花。这时坐在屋内，只要听那雪花落地的音响，是干雪的轻？是湿雪的重？抑或凝成块的冰雹？就可以知道冬天的脚步移动到了什么地方。

当那脚步渐远，先有冰冻近月的大雪块从屋顶滑落，走过长长的檐下，一定要小心被打了头，尤其是有大片斜顶的屋子，那雪块坠地的声音，真像是打雷。

而后许久不曾听见的水声，由屋角的天沟中传来，淙淙潺潺又滴滴嗒嗒地，屋内的暖气管则收敛了许多杂音。鸟的叫声频繁了，甚至有些站在窗边，啄食以前掉在缝里的小米，发出紧促的像是敲门的音响：

"喂！情人节要到了，刘氏餐厅几时重新开张啊？"

作者简介

刘墉（1949～　），号梦然，出生于台北。祖籍北京，曾入哥伦比亚大学博士班。1986年，应聘为全美水墨画协会年展主审。1997应中国大陆全国性刊物《中学生月刊》邀请撰写专栏，稿费捐赠"希望工程"。代表作有《杀手正传》《点一盏心灯散文集》《我不是教你诈》等。

· 美文赏析 ·

《庭院深深深几许》是刘墉的一篇以花草虫鸟为表现题材的散文。作者将自己的人生感悟融于对自然景象的叙述中，恬淡、疏朗的文字中充满着人生的情趣，使读者在轻松的阅读中，自然地领悟人生哲理、生存智慧。

走进《庭院深深深几许》，我们可以看到刘墉为我们描绘的一个富有自然情趣的自家庭院，重重柳韵、夹道雏菊、花香鸟语、虫声啾啾。作者对院中鸟虫的描写，贯穿于春夏秋冬四时更替之中，使原本安静的自然田园式的庭院变得情趣盎然。"登山则情满于山，观水则意溢于水"，一草一木在刘墉满怀深情的笔下都点化成文。而旷达自在，顺其自然的人生态度在充满情趣的描写中也自然流露。

184

成千上万的丈夫

毕淑敏

入选理由
于婚姻的剖析中蕴含对人生的深刻理解
祥和冷静的创作风格
蕴含着丰厚的人生智慧

有成千上万的男人，可能成为我们的好丈夫。

这句话，从一位做律师的女友嘴中，一字一顿地吐出时，坐在对面的我，几乎从椅子滑到地上。

别那么大惊小怪的。这话也可以反过来对男人说，有成千上万的女人，可以成为你们的好妻子。你知道我不是指人尽可夫的意思。教养和职业，都使我不会说出这类傻话。我是针对文学家常常在作品中鼓吹的那种"唯一"，才这样标新立异。女友侃侃而谈。

没有唯一，唯一是骗人的。你往周围看看，什么是唯一？钻石吗？也许有一天我们会飞到一颗钻石组成的星球，连旱冰场都是钻石铺的。那种清澈透明的石块，原子结构很简单，更容易复制了。指纹吗？指纹也有相同的，虽说从理论上讲，几十亿上百亿人当中，才有这种可能性。好

19 世纪的中国婚礼仪式

在我们找丈夫不是找罪犯，不必如此精确。世上的很多事情，过度精确，必然有害。伴侣基本是一个模糊数学问题，该马虎的时候一定要马虎。

有一句名言很害人，叫做：每一片绿叶都不相同。我相信在科学家的电子显微镜下，叶子间会有大区别，楚河汉界。但在一般人眼中，它们的确很相似。非要把基本相同的事物，看得大不相同，是神经过敏故弄玄虚。在森林里，如果戴上显微镜片，去看高大的乔木，除了满眼惨绿，头晕目眩，无法掌握树林的全貌，只得无功而返。也许还会迷失方向，连回家的路都找不到了。

婚姻是一般人的普通问题，不要人为地把它搞复杂。合适做你丈夫的人，绝非前无古人后无来者的异数。就像我们是早已存在的普通女人，那些普通的男人，也已安稳地在地球上生活很多年了。我们不单单是一个人，更是一种类型，就像喜欢吃饺子的人，多半也热爱包子和馅饼。科学早就证明，洋葱和胡萝卜脾气相投，一定会成为好朋友。大豆和蓖麻天生和平共处。玫瑰花和百合种在一处，彼此都花朵繁茂，枝叶青翠。但甘蓝和芹菜相克，彼此势不

□ 精美散文

两立。丁香和水仙花，更是水火不相容。郁金香干脆会致勿忘草于死地……如果你是玫瑰，只要清醒地坚定地寻找到百合种属中的一朵，你就基本获得了幸福。

当然了，某一类人的绝对数目虽然不少，但地球很大，人又都在走来走去，我们能否在特定的时辰，遭遇到特定的适宜伴侣，也并不是太乐观的事。

相信唯一，你就注定在茫茫人海东跌西撞寻寻觅觅，如同一叶扁舟想捕获一匹不知潜在何处的鳝鱼，等待你的是无数焦渴的黎明和失眠的月夜。

抱着拥有唯一的愿望不放，常常使女人生出组装男友和丈夫的念头。相貌是非常重要的筹码，自然列在前茅。再加上这一个学历高，那一个家庭好，另一个脾气柔雅，还有一个事业有成……女人恨不能将男人分解，剁下各自最优异的部分，由女人纤纤素手用以上零件，粘合成一个完美的新男人，该是多么美妙！

只可惜宇宙浩淼，到哪里寻找这样的胶水！

这种表面美好的幻想，核心是一团虚妄的灰雾在作祟。婚姻中自然天成的唯一佳侣，几乎是不存在的。许多婚礼上我们以为天造地设的婚姻，夭折得如同闪电。真正的金婚银婚，多是历久弥新的磨合与默契。

女人不要把一生的幸福，寄托在婚前对男性千锤百炼的挑拣中，以为选择就是一切。对了就万事大吉，错了就一败涂地。选择只是一次决定的机会，当然对了比错了好。但正确的选择只是良好的开端，即使航向对头，我们依然还会遭遇风暴。淡水没了，船橹漂走，风帆折了……种种危难如同暗礁，潜伏于航道，随时可能颠覆小船。选择错了，不过是输了第一局。开局不利，当然令人懊恼，然而赛季还长，你可整装待发，蓄芳来年。只要赢得最终胜利，终是好棋手。

在我们人生旅途中，不得不常常进入出售败绩的商场。那里不由分说地把用华丽外衣包装的痛苦，强售给我们。这沉重惨痛的包袱，使人沮丧，于是出了店门，很多人动用遗忘之手，以最快的速度把痛苦丢弃了。这是情绪的自我保护，无可厚非。但很可惜，买椟还珠，得不偿失。付出的是生命的金币，收获的只是垃圾。如果我们能够忍受住心灵的煎熬，细致地打开一层层包装，就会在痛苦的核心里，找到失败随机赠送的珍贵礼品——千金难买的经验和感悟。

如果执着地相信唯一，在苦苦寻找之后一无所获，或是得而复失，懊恼不已，你就拿到了一本储蓄痛苦的零存整取存单，随手都有些进账可以添到收入一栏里记载了。当它积攒到一笔相当大的数目，在某个枯寂的晚上，一股脑挤提出来，或许可以置你于死地。

即使选择非常幸运地与"唯一"靠得很近，也不可放任自流。"唯一"不是终生的平安保险

单，而是需要养护需要滋润需要施肥需要精心呵护的鲜活生物。没有比婚姻这种小动物，更需要营养和清洁的维生素了。就像没有永远的敌人一样，也没有永远的爱人。爱人每一天都随新的太阳一同升起，越是情调丰富的爱情，越是易馊，好比鲜美的肉汤如果不天天烧开，便很快滋生杂菌以至腐败。

不要相信唯一。世上没有唯一的行当，只要勤劳敬业，有千千万万的职业适宜我们经营。世上没有唯一的恩人，只要善待他人，就有温暖的手在危难时接应。世上没有唯一的机遇，只要做好准备，希望就会顽强地闪光。世上没有唯一只能成为你的妻子或丈夫的人，只要有自知之明，找到相宜你的类型，天长日久真诚相爱，就会体验相伴的幸福。

女友讲完了，沉思袅袅地笼罩着我们。我说，你的很多话让我茅塞顿开。但是……

但是……什么呢？直说好了。女友是个爽快人。

我说，是否因工作和爱人都不是你的唯一，所以才这般决绝？不管你怎样说，我依然相信世界上存在着"唯一"这种概率。如同玉石，并不能因为我们自己不曾拥有，就否认它的宝贵。

女友笑了，说，一种概率若是稀少到近乎零的地步，我们何必抓住苦苦不放？世上有多少婚姻的苦难，是因追求缥缈的"唯一"而发生啊！对我们普通的男人和女人来说，抵制唯一，也许是通往快乐的小径。

作者简介

毕淑敏（1952～　），国家一级作家，内科主治医师，北师大文学硕士。1952年，毕淑敏出生于新疆，中学就读于北京外国语学院附属学校。1969年入伍，在西藏阿里高原部队当兵11年。1980年转业回北京。她在从事医学工作20年后，开始专业写作，共发表作品200万字。曾获各种文学奖30余次。

毕淑敏像

·美文赏析·

睿智而不失柔雅，多思而不失理性，这是毕淑敏作品的总体风格。她的文章如同她的名字一样，不故作玲珑也没有孱弱之气，正如王蒙对她的作品的评价，"正常、善意、祥和、冷静乃至循规蹈矩的难能可贵"。《成千上万的丈夫》是毕淑敏一篇有名的哲理随笔，正体现了她作品的上述风格。

《成千上万的丈夫》中，毕淑敏以与友人对话的形式，解释了生活中普遍的情感婚姻问题，作者说"如果你是玫瑰，只要清醒地坚定地寻找到百合种属中的一朵，你就基本获得了幸福"，如果只是寻找"唯一"，"你就注定在茫茫人海东跌西撞寻寻觅觅"，"等待你的是无数焦渴的黎明和失眠的月夜"。作者在婚姻问题上，保持着冷静平和的态度。她对于爱情中"唯一"的看法，是一种参透人生后的理智。作者认为，如果总是相信唯一，那你的人生就会永远处于"千锤百炼的挑拣中"，便会不断地"得而复失，懊恼不已"。如果总是不满足于身边的弱水三千，无限地追求理想中的极致，那我们何时才能取得我们钟情的一瓢？毕淑敏在对爱情的看法中，没有无奈愤慨，更不是对现实的妥协，其中更多地代表着她的一种人生态度。她遵从着生命的必然轨迹，绝不奢望将其纳入主观和人为的轨道，而她所追求的无非是一份返璞归真的真诚。

将对生命的热情关注化为冷静的处方，寄道德和科学于文学之中，使"读者更好地活下去，爱下去，工作下去"（王蒙语），这就是《成千上万的丈夫》中反映出的毕淑敏的整体创作思想。

□ 精美散文

三游华山

贾平凹

入选理由
当代著名美文家的闲情之作
山水之间的灵智呈现
亦可以看作是一篇关于风景的审美导读

华山是天下名山，我在西安住十多年了，却还没有去过一次。今年四月里，筹备了好些天，终于在一个天气晴朗的日子去了。一到华阴，远远就看见华山了，矗立群山之上，半截在云里裹着，似露非露，像罩了一层神光灵气，趋着那个方向走去，越走越不见了华山，铁兽似的无名群山直铺了几里远的凉荫。树木一片一片的，偶尔从树林子里漫出一条河来，河里却全都没水，满是石头，大的如一间房的模样，小的也有瓮大的、盆大的、枕大的。颜色一律灰白，远远看去，在绿树林之下，白花花的耀眼，像天地之间，忽然裸露了一条秘密。这便将我吸引过去。置身在那里，先觉得一河石头高高低低，密密疏疏，似乎是太杂乱了，慢慢地便看出它乱得有节奏，又表现得那么和谐。本是一片死寂的顽石，却充满了运动和生命，这使我惊奇不已，高兴得从这块石头上跳上那块石头，从那块石头上又看这块石头的阴、阳、明、暗，不停地在石隙之间跑动出没，竟没有再往华山去，天到黄昏便返回了。

华山下棋亭
相传五代时陈抟老祖与宋太祖曾在此下棋，两人以华山为赌注，太祖输棋后把华山赐予陈抟。

到了五月，我又去了一趟华山。直接搭车在桃枝站下来，步行了7里赶到华山入谷口，忽见谷处有一处院落，很是好看，便抬脚进去，才知道这是华山下名叫"玉泉院"的寺庙。院内空寂无人，数十棵几搂粗的大树，全部遮了天日，树下的场地上，有着深深浅浅的绿，如铺了一层茸茸的地毯。坐上去，仰头看见太阳在树梢碎纸片大的空隙激射，低眼儿看身下的绿，却并不是苔藓，是一种小得可怜的草，指甲盖般方圆，裂五个七个瓣，伏地而生，中有数十个针尖大小的花蕊，嫩黄可爱。用手去抠，草不能抠起，手却染成浅绿。这小草一棵挨着一棵，延续到草场边的斜砖栏上，几乎又生长在树的根部，如汗毛一般。我太喜欢这种环境了，觉得到了最好的地方，盘脚坐起，静静地听着自己呼吸。忽见后边的朱红方格门推开了，出现几个游客。再看时，一条曲径，直从那边花坛旁通去，不知那里又有了什么幽境，只见那路面碎石铺成，光影落下，款款如在浮动。我就这么坐着，神静身爽，竟不觉几个小时过去，起来看天色不早，就又搭车返回西安。

两次为华山来，却未登山而归，友人都笑我荒唐，我只笑而不语。到了六月初，又邀我的一个学生再次上华山，终于进了谷口，逆一条河水深入。走了3里，本应再走10里便可上山了，河水却惹得我放慢了脚步，后来干脆就在水中凸石上坐下。水很明净。河底石子清晰可见，脚伸进去，那汗毛就显出一层银亮亮的小珠儿，在脚下形成无数旋涡，悠悠而去。青石板很多，水从上流过，腻腻的软着身子，但遇着一块仄石了，就翻出一朵雪浪花，或在下出现一个空心轴儿的旋涡。河里没见到鱼，令我很遗憾，到了拐弯处，水骤起小潭，有几丈深的，依然能看到底。捡些小石丢下去，片石如树叶一样，先在水面上浮着飞，接着就没进水，左一漂，右一漂，自自在在好长时间才落水底。

这么又玩了半天，学生催我赶路，我说："回吧。"他有些疑惑了："你这是怎么啦？三次上华山，都半途而归？"我说："这就蛮够兴趣了。"学生说："好的还在山上哩！"我说："是的，山下都这么好，山上不知更是有多好了。"学生便怨我身懒。我说："不。要是身懒，我能年年想着来吗？能在今年连接三次来吗？之所以几年里一直不敢动身，是听别人说得多了，觉得越好越不敢去看。如今来了三次，还未上山，便得了这许多好处，若再去山上，如何能再享用得了？如今不去山上，山上的美妙永远对我产生吸引力。好东西不可一次饱享，慢慢消化才是。花愈是好，与人越亲近；狐皮愈美，对人越有诱惑力。但好花折在手了，香就没有了；狐皮捕剥了，光泽就没有了。"学生说："那么，这是什么道理呢？"我说："天地大自然是知之无涯的，人的有限的知于大自然永远是无知，知之不知才要欲知。比如人之所以有性格，在于人与人的差异。好朋友之间有了矛盾，往往不在大事上纠纷，而在于小事上伤了和气。体育场上百米赛跑，赛的其实并不在于百米，而是一步的距离。屋内屋外，也不是仅仅只是一门之隔吗？可以说，大自然的一切奥秘，全在'微妙'二字，懂得这个道理，无事不可晓得，无时不产生乐趣和追求。"学生点头

□ 精美散文

称是。两人一路返回。学生很乐道此游，要我下次上华山，一定再邀他同往，并要我将所说的道理写出送他。

作者简介

贾平凹（1952～　），当代作家，原名贾平娃。陕西丹凤人。1975年西北大学中文系毕业后任陕西人民出版社文艺编辑、《长安》文学月刊编辑。1982年后从事专业创作。任中国作家协会理事、作协陕西分会副主席等职。现为陕西省作家协会主席、西安市文联主席、《美文》杂志主编。出版小说、散文、文论集20余本。作品曾四次荣获国家级文学奖，一次美国美孚"飞马"文学奖。作品被翻译成英、法、日、韩文版本。

贾平凹像

·美文赏析·

贾平凹的游记散文是有名气的，他的游记长处在于语言的精美和气象的率真拙朴，精、气、神俱得法于传统山川文化的深意和精髓，却少发思古之幽情，在山乐山，在水乐水。游华山，作者3次出行，前两次均半途而归，第三次还是没有尽游，但是作者以为收获已经很大，只因为他有自己的道理在："好东西不可一次饱享，慢慢消化才是。花愈是好，与人越亲近；狐皮愈美，对人越有诱惑力。但好花折在手了，香就没有了；狐皮捕剥了，光泽就没有了。"

西岳华山
华山是中国著名的五岳之一，有五峰环耸，犹如一朵盛开的莲花。华山奇峰矗立，绝壁险峻，如欲登山，只有一路相通，而且陡险难攀。俗话说："自古华山一条路"，并非夸大之词。

西藏大地

马丽华

入选理由

关于西藏的华丽而简约的叙述
一次面对苍茫大地的深情独唱
一首进入藏地和隐秘岁月的情感序曲

　　山是大山，川是大川，青藏高原这片荒寒的高大陆就由这些山水所组成。用心地想一想，全世界哪里还能见到比它们更加浩瀚些的崇山峻岭呢？尤其是，连脚下的地平线都已遥遥地高出海平面几千米，成为世界高极。我喜欢视野里充满山的时候，喜欢从几乎所有可能的角度端详它们：平视，俯瞰，仰望；喜欢看它们在各种光影里：朝晖里，迟暮里，光天化日下；喜欢以各种方式：乘车或徒步，去尽其所能地穿越和跋涉过它们。在藏十七八年，以山为伴。

　　——它是焦干的……

　　在不经意时，我总是习惯于用北方母语自语。"焦干"这方言用在眼下刚好合适——不错，它是焦干的，焦干而茫茫。

　　山野上苍茫无际的阳光季风丝丝缕缕地剥蚀了岁月，干涸着生命。这生命，不光是哪一个人的，不光是哪一人群的，生命是一种泛指。所有的。

　　智者说，水是最好的。幸好有了这些奔流不息的水。它们总在山与山对峙的峡谷和平川上要么平缓要么急急地经过。不舍昼夜，而且永不回返。凝神于流水的人，终将成为智者。它们不舍昼夜永不回返地远程奔走着，直到海洋的怀抱。沿途，它们就汇集了两岸永不止息地涌流而下的雪水、雨水和泉水。亘古以来雨雪泉水的冲刷就这样渐渐渐宽了纵横交织的山谷。深深浅浅，枝枝蔓蔓，天造地设出这样一个自然环境。人类悄悄地出现并植根于这些大山的皱褶中——那种令我多年来感慨不尽的生命和生活之流正从谷底静静地流淌开来，这生命与生活的原汁呵！我所到过的那许多村庄，无一不坐落在水经过的地方。我总是从这一山谷，进入另一山谷。涉过这一条河，走向另一条河。

雅鲁藏布江江岸风情

□ 精美散文

近两年来，我这样穿梭奔走于西藏中部的拉萨、雅鲁藏布江山结水流之间，访问着越来越熟悉的村庄和人们。那些山野不再是一扫而过的彼此类同的，不再是纯粹客体的漠不相关的。某种共同和共通维系着我的情感和视线。探求与整理这一地区的文化现象对我来说无疑很重要，不然何以急切向往并兴致勃勃地走近那些村庄和房屋呢。这是一股重要的动力，在民俗学家和人类学家没能张望过的地方，先人一步步地去领略少为人知的生活存在，无疑是一种优厚待遇的被赐予。然而——

意义不止于此。至少最终和最高的意义不止于此。对我来说，必经的过程要比目标的到达更富有魅力和乐趣——为何对某一现象和行为兴趣浓厚，它们因何感召了我，从哪里获知线索，用何种方式从流至源，经由哪些人们去明了它，由此又牵扯出哪些未知问题，引我走向哪些更纵深的阡陌歧途……

更不待说这些神奇的事物是以我长久感到新鲜的思维方式和语言方式来表现和表述的——我对于西藏民间的全部知识，差不多都是通过藏语获得的。富有表现力的藏语格外悦耳，格外奇崛，抑扬顿挫有如峭崖陡壁；而操藏语者无不健谈，又如同汩汩不歇的江河水流。访谈的时刻正是神思飞扬的时刻，一些能够捕捉到的单词脱离它本来的轨迹去引领思想天马行空。简单的翻译提示，就使心领神会，引申联想，举一反三。在那种时刻，就想到自己是存心不肯去精通这门语言了的。

更何况在这一过程中，能够有缘分与那样一些泥土里生长起的人们相逢，从一些表象入手，一度参与了他们的生活。在那里，最神秘的也是最明朗的，最繁琐的也是最单纯的，最平凡的也是最神圣的，最无心的也是最难以忘怀的。

也终于走进了最神奇最玄奥的超验世界。

一度加入了群舞与合唱的行列。

作者简介

马丽华（1953~ ），女，汉族，祖籍山东，毕业于山东临沂师专中文系。曾任《西藏文学》编辑部编辑，1988年至1990年就读于北京大学中文系作家班，获文学学士学位，现任西藏作家协会副主席，西藏国际文化影视公司总编辑，并兼任西藏大学、西藏民族学院客座教授。曾于1992年获西藏珠穆朗玛文艺奖，1994年获中华文学基金会庄重文文学奖。

· 美文赏析 ·

"西藏大地"，这是一个宏大的称谓，表明了作者要用豪放的粗笔来泼洒出西藏的苍茫面目，只有粗笔，纤笔是不可能做到的，作者的语言犹如纵情的放歌，连同雪山上空的蓝天和奔流的雅鲁藏布江水。马丽华是个诗人，她曾经用诗笔写过许多关于西藏的篇章，现在她用散文来抒写属于生物的、地理的和宗教的西藏，放歌浩茫宇宙的青藏高原。西藏大地，在马丽华的表述中，它是"最神秘的也是最明朗的，最烦琐的也是最单纯的，最平凡的也是最神圣的，最无心的也是最难以忘怀的"。走进这样一个世界需要勇气、毅力，更需要情感。

凡尘清唱

林清玄

入选理由
充满禅思
结构简约，文笔灵动飘逸
于人生之细微中见其宏大深远

花与树的完美

我到一座花园去参观，看到园中的花正盛开，树都苍翠，忍不住赞叹地说："这些花和树是多么的美呀。"

花园主人笑起来，说："在这个世界上没有丑的树，也没有丑的花。不要说是这花园，即使是路边的花、树也都是很美的。"

花园主人的说法令我感到意外，确实，世上没有一棵树是丑的，也没有一朵花是丑的，我以前怎么没有发现呢？

相对于一棵树或一朵花，作为人的我们就显得有各种分别：是非、善恶、高低、美丑，高尚得像一棵树，完美得如一朵花的人，是多么少见呀。

我深信，花与树的完美，是来自于它们不会有丑陋低俗的意念；因此我深信，人如果也无清净丑陋低俗的想法，就会走向高尚与完美之路。

老太太唱情歌

早晨陪妈妈去公园做运动，才发现，时值晨曦初起的公园是如此热闹，有很多人在打拳、唱歌、跳舞，都是年纪大的阿公阿婆。

妈妈感叹地说："这世界要倒翻了，老岁仔透早起来运动，少年郎睡到日头照屁股。"妈妈随即加入她的伙伴，在公园中舞动拳脚。我在园中散步，看到一些老先生、老太太正忘情地唱卡拉OK，我就坐在旁边的石头上看着。

那些老先生、老太太唱歌的声音与神情，深深地打动了我。

他们的声音全都包含着生命的沙哑沧桑，他们的神情又是那样地专注与融入，夹带着非常深的感情。

有一位老太太唱到后来，泪流满面，使所有的人都因感动而沉默了。

是什么感情使老太太泪流满面呢？没有人问，也无人知道。

我想到，活到某种年纪的人，一定都在心中隐埋了许多许多真情，在唱歌时被触动了。

□精美散文

我们年轻时候如果不能喜欢忘情地唱情歌，老的时候一定也不能泪流满面地唱情歌吧。

参观佛堂

在路上遇到一位陌生人，自称是我的读者，他说："听说林先生家里的佛堂很庄严，改天去参观你的佛堂。"

我唯唯诺诺，然后我们在汽车疾驶的街口道别。

最近，我时常遇到想来参观我家佛堂的人，使我困惑的是，我每天带着我的佛堂在街上走来走去，为什么大家都看不见呢？我每天也看见许多人带着自己的佛堂走来走去，为什么大家都看不见呢？

每个人的人格、信念、思想，不就是他自己的佛堂吗？

我们微笑地面对风景优美的地方；我们珍惜相遇的每一个因缘；我们清净内心的尘垢，我们提升自己走向超越之路……那每一个好的地方、好的心情、好的希望，都是佛堂。

作者简介

林清玄（1953～2019），笔名秦情、林漓、林大悲等。台湾高雄人，毕业于台湾世界新闻专科学校。曾任台湾《中国时报》海外版记者、《工商时报》经济记者、《时报杂志》主编等职。1973年开始散文创作。1979年起连续7次获台湾《中国时报》文学奖、散文优秀奖和报导文学优等奖、台湾报纸副刊专栏金鼎奖等。其散文集有《莲花开落》《冷月钟笛》《温一壶月光下的酒》《鸳鸯香炉》《金色印象》《白雪少年》等。

· 美文赏析 ·

林清玄的哲理散文文笔简约、清澈，于人生之细微中见其宏大深远。作为一个热爱生活的作家，林清玄带给我们的是一个个朴素、简单、纯美然而意蕴深远的生活写意。《凡尘清唱》是由三小节组成，这三小节有一致的主题，强调了心的作用。心于人，是最为根本的。常言修身养性，心性都是可以休养来的，然而正是由于其平淡无奇，所以往往被人忽略。中国的古人在修习心性方面有着深刻的见解，以其长期的经验入言语，行教诲，我们要真正体会或践行，却需要更长的时日。人为心所控制，同时往往为心所烦扰，当我们感慨自然之美与清静，感慨人品行的高下，原因正在于："花与树的完美，是来自于它们不会有丑陋低俗的意念。"于漫长的人生而言，各种经历体验，岁月痛苦或欢欣的记忆，最终都会成为晚年平静醇美的歌与泪，所以，林清玄感慨少年的惰与老年的勤。如果我们自己不能经营，则自己一生也无从感受，"我们年轻时候如果不能喜欢忘情地唱情歌，老的时候一定也不能泪流满面地唱情歌吧。"第三个小节也在讲心，人若有佛心，随地可坐禅，正因为许多人常常更多倾心于形式和可见的东西，从而忽略了那不易见的内在的东西。一个人若真有佛心，那佛堂一定也只能在自己的内心里。

风 铃

林清玄

入选理由
哲理散文中的典范
文笔清新，寓意深刻
展现独特的心灵体验

我有一个风铃，是朋友从欧洲带回来送我的，风铃由五条钢管组成，外形没有什么特殊，特殊的是，垂直挂在风铃下的木片，薄而宽阔，大约有两个手掌宽。

由于那用来感知风的木片巨大，因此风铃对风非常地敏感，即使是极稀微的风，它也会叮叮当当地响起来。

风铃的声音很美，很悠长，我听起来一点也不像铃声，而是音乐。

风铃，是风的音乐，使我们在夏日听着感觉清凉，冬天听了感到温暖。

风是没有形象、没有色彩、也没有声音的，但风铃使风有了形象，有了色彩，也有了声音。

对于风，风铃是觉知、观察与感动。

每次，我听着风铃，感知风的存在，这时就会觉得我们的生命如风一样地流过，几乎是难以掌握的，因此我们需要心里的风铃，来觉知生命的流动、观察生活的内容、感动于生命与生命的偶然相会。

有了风铃，风虽然吹过了，还留下美妙的声音。

有了心的风铃，生命即使走过了，也会留下动人的痕迹。

每一次起风的时候，每一步岁月的脚步，都会那样真实地存在。

· 美文赏析 ·

《风铃》中作者抓住了"风铃"与风应合这一常见的生活现象，向读者展示了自己独特的心灵体验。在作者眼中，风铃成了一个敏感而富有灵性的生命使者。它是风的音乐演奏者，有了它，人们就会在夏日听出大自然的清凉，在冬日感受到大自然的温暖。"风铃"之所以如此神奇是因为它有心，在它的用心感知下风才有了光彩和生气。那么由此推及人，人只有有了一颗善感的心，有了一双善于发现的眼睛，才能不断"来觉知生命的流动、观察生活的内容、感动于生命与生命的偶然相会"。作者将风铃写的精致而有灵气，而实际是在写人的心灵。作者希望能通过心与心的相映，来营造一个美好动人的世界。

□ 精美散文

女孩子的花

唐敏

入选理由

散文中的诗篇
展现了一个女性敏感而独特的内心世界
表达了对女性特殊的关爱

相传水仙花是由一对夫妻变化而来的。丈夫名叫金盏，妻子名叫百叶。因此水仙花的花朵有两种，单瓣的叫金盏，重瓣的叫百叶。

"百叶"的花瓣有四重，两重白色的大花瓣中夹着两重黄色的短花瓣。看过去既单纯又复杂，像闽南善于沉默的女子，半低着头，眼睛向下看的。悲也默默，喜也默默。

"金盏"由六片白色的花瓣组成一个盘子，上面放一只黄花瓣团成的酒盏。这花看去一目了然，确有男子干脆简单的热情。特别是酒盏形的花芯，使人想到死后还不忘饮酒的男人的豪情。

要是他们在变化成花朵之前还没有结成夫妻，百叶的花一定是纯白的，金盏也不会有洁白的托盘。世间再也没有像水仙花这样体现夫妻互相渗透的花朵了吧？常常想象金盏喝醉了酒来亲昵他的妻子百叶，把酒气染在百叶身上，使她的花朵里有了黄色的短花瓣。百叶生气的时候，金盏端着酒杯，想喝而不敢，低声下气过来讨好百叶。这样的时候，水仙花散发出极其甜蜜的香味，是人间夫妻和谐的芬芳，弥漫在迎接新年的家庭里。

刚刚结婚，有没有孩子无所谓。只要有一个人出差，另一个就想方设法跟了去。炉子灭掉、大门一锁，无论到多么没意思的地方也是有趣的。到了有朋友的地方就尽兴地热闹几天，留下愉快的记忆。没有负担的生活，在大地上遛来逛去。每到一地，就去看风景，钻小巷走大街，袭击眼睛看得到的风味小吃。

可是，突然地、非常地想要得到唯一的"独生子女"。

冬天来临的时候开始养育水仙花了。

从那一刻起，把水仙花看作是自己孩子的象征了。

像抽签那样，在一堆价格最高的花球里选了一个。

如果开"金盏"的花，我将有一个儿子；

如果开"百叶"的花，我会有一个女儿。

用小刀剖开花球，精心雕刻叶茎。一共有6个花苞。看着包在叶膜里像胖乎乎婴儿般的花蕾，心里好紧张。到底是儿子还是女儿呢？

我希望能开出"金盏"的花。

从内心深处盼望的是男孩子。

绝不是轻视女孩子。而是无法形容地疼爱女孩子。

爱到根本不忍心让她来到这个世界。

因为我不能保证她一生幸福，不能使她在短暂的人生中得到最美的爱情。尤其担心她的身段容貌不美丽而受到轻视，假如她奇丑无比却偏偏又聪明又善良，那就注定了她的一生将多么痛苦。

而男孩就不一样。男人是泥土造的。苦难使他们坚强。

上帝用泥土创造了男人，却用男人的肋骨造出了女人。肋骨上有新鲜的血和肉，只要轻轻一碰就会痛彻心肠。因此，女子连最微小的伤害也是不能忍受的。

从这个意义来说，女子是一种极其敏锐和精巧的昆虫。她们的触角、眼睛、柔软无骨的躯体，还有那艳丽的翅膀，仅仅是为了感受爱、接受爱和吸引爱而生成的。她们最早预感到灾难，又最早在灾难的打击下夭亡。

一天和朋友在咖啡座小饮。这位比我多了近十年阅历的朋友说：

"男人在爱他喜欢的女人的过程中感到幸福。他感到美满是因为对方接受他为她做的每件事。女人则完全相反，她只要接受爱就是幸福。如果女人去爱去追求她喜欢的男子，那是顶痛苦的事，而且被她爱的男人也就没有幸福的感觉了。这是非常奇妙的感觉。"

在茫茫的暮色中，从座位旁的窗口望下去，街上的行人如水，许多各种各样身世的男人和女人在匆匆走动。

"一般来说，男子的爱比女子长久。只要是他寄托过一段情感的女人，在许多年之后向他求助，他总是会尽心地帮助她的。男人并不太计较那女的从前对自己怎样。"

那一刹间我更加坚定了要生儿子的决心。男孩不仅仅天生比女孩能适应社会、忍受困苦，而且是女人幸福的源泉。我希望我的儿子至少能以善心厚待他生命中的女人，给她们的人生中以永久的幸福感觉。

"做男人最大的缺点就是，没有办法珍惜他不喜欢的女人对他的爱慕。这种反感发自真心一点不虚伪，他们忍不住要流露出对那女子的轻视。轻浮的少年就更加过分，在大庭广众下伤害那样的姑娘。这是男人邪恶的一面。"

我想到我的女儿，如果她有幸免遭当众的羞辱，遇到一位完全懂得尊重她感情的男人，却把尊重当成了对她的爱，那样的悲哀不是更深吗？在男人，追求失败了并没有破坏追求时的美感，在女人则成了一生一世的耻辱。

怎么样想，还是不希望有女孩。

用来占卜的水仙花却迟迟不开放。

这棵水仙长得结实，从来没晒过太阳也绿葱葱的，虎虎有生气。

后来，花蕾冲破包裹的叶膜，像孔雀的尾巴一样张开来。

每一个花骨朵都胀得满满的，但是却一直不肯开放。

到底是"金盏"还是"百叶"呢？

弗洛伊德的学说已经够让人害怕了，婴儿在吃奶的时期就有了爱欲。而一生的行为都受着情欲的支配。

偶然听佛学院学生上课，讲到佛教的"缘生"说。关于十二因缘，就是从受胎到死的生命的因果律，主宰一切有形和无形的生命与精神变化的力量是情欲。不仅是活着的人对自身对事物的感觉受着情欲的支配，就连还没有获得生命形体的灵魂，也受着同样的支配。

生女儿的，是因为有一个女的灵魂爱上了做父亲的男子，投入他的怀抱，化做了他的女儿；

生儿子的，是因为有一个男的灵魂爱上了做母亲的女子，投入她的怀抱，化做她的儿子。

如果我到死也没有听到这种说法，脑子里就不会烙下这么骇人的火印，如今却怎么也忘不了了。

回家，我问我的郎君："要男孩还是女孩？"

"女孩！"他毫不犹豫地回答。

"男孩！"我气极了！

"为什么？"他奇怪了。

我却无从回答。

就这样，在梦中看见我的水仙花开放了。

无比茂盛，是女孩子的花，满满地开了一盆。

我失望得无法形容。

开在最高处的两朵并在一起的花说：

"妈妈不爱我们，那就去死吧！"

她俩向下一倒，浸入一盆滚烫的开水中。

等我急急忙忙把她们捞起来，并表示愿意带她们走的时候，她们已经烫得像煮熟的白菜叶子一样了。

过了几天，果然是女孩子的花开放了。

在短短的几天内她们拼命地开放所有的花朵。也有一枝花茎抽得最高的，在这簇花朵中，有两朵最大的花并肩开放着。和梦中不同的，她们不是抬着头的，而是全部低着头，像受了风吹，花向一个方向倾斜。抽得最长的那根花茎突然立不直了，软软地东倒西歪。用绳子捆，用铅笔顶，都支不住。一不小心，这花茎就倒下来。

不知多么抱歉，多么伤心。终日看着这盆盛开的花。它发出一阵阵锐利的芬芳，香气直钻心底。她们无视我的关切，完全是为了她们自己在努力地表现她们的美丽。

每朵花都白得浮悬在空中，云朵一样停着。其中黄灿灿的花朵，是云中的阳光。她们短暂的花期分秒流逝。

她们的心中鄙视我。

我的郎君每天忙着公务，从花开到花谢，他都没有关心过一次，更没有谈到过她们。他不知道我的鬼心眼。

于是这盆女孩子的花就更加显出有多么的不幸了。

她们的花开盛了，渐渐要凋谢了，但依然美丽。

有一天停电，我点了一支蜡烛放在桌上。

当我从楼下上来时，发现蜡烛灭了，屋内漆黑。

我划亮火柴。

是水仙花倒在蜡烛上，把火压灭了。是那支抽得最高的花茎倒在蜡烛上。和梦中的花一样，她们自尽了。

蜡烛把两朵水仙花烧掉了，每朵烧掉一半。剩下的一半还是那样水灵灵地开放着，在半朵花的地方有一条黑得发亮的墨线。

并非不雅观！

我吓得好久回不过神来。

这就是女孩子的花，刀一样的花。

在世上可以做许多错事，但绝不能做伤害女孩子的事。

只剩了养水仙的盆。

我既不想男孩也不想女孩，更不做可怕的占卜了。

但是我命中的女儿却永远不会来临了。

作者简介

唐敏（1954～　），原籍山东，出生在上海。1959年随父母迁居福州。曾相继在福建图书馆、作协福建分会、厦门市文联工作。近年来《走向和平》等作品轰动文坛。

· 美文赏析 ·

《女孩子的花》为我们展现了一个女性敏感而独特的内心世界。作者唐敏用优美而富有诗意的语言，表达了对女性特殊的关爱。她从独特的女性视角出发，关注人生的细微体验和两性之间的微妙感情。水仙花、男人女人、生儿育女，这些在作者特定的观照下，构成了一个纯美的世界。

文章由五个部分组成：第一部分是关于水仙花的美丽传说；第二部分表达了生男孩的愿望；第三部分解释了为何要对女孩子珍爱；第四部分写梦见"女孩子的花"开放了却因"我"不喜爱而自尽了；第五部分写"女孩子的花"真的开放了，结局却一如梦境的可怕。五个部分随着作者情感的发展和花的开放过程，浑然一体。其中关于生儿生女和对女孩子的看法的表达，堪称是作者美丽的内心独白。

□ 精美散文

融入野地

张炜

入选理由
史诗般的吟唱
当代知识分子探讨文化走向的名篇
对知识分子精神理想和民间立场的坚持

一

城市是一片被肆意修饰过的野地，我最终将告别它。我想寻找一个原来，一个真实。这纯稚的想念如同一首热烈的歌谣，在那儿引诱我。市声如潮，淹没了一切，我想浮出来看一眼原野、山峦，看一眼丛林、青纱帐。我寻找了，看到了，挽回的只是没完没了的默想。辽阔的大地，大地边缘是海洋。无数的生命在腾跃、繁衍生长，升起的太阳一次次把它们照亮……当我在某一瞬间睁大了双目时，突然看到了眼前的一切都变得簇新。它令人惊悸、感动、诧异，好像生来第一遭发现了我们的四周遍布奇迹。

我极想抓住那个"瞬间感受"，心头充溢着阵阵狂喜。我在其中领悟：万物都在急剧循环，生生灭灭，长久与暂时都是相对的；但在这纷纭无绪中的确有什么永恒的东西。我在捕捉和追逐，而它又绝不可能属于我。这是一个悲剧，又是一个喜剧。暂且抑制了一个城市人的伤感，面向旷野追问一句：为什么会是这样？这些又到底来自何方？已经存在的一切是如此完美，完美得让人不可思议；它又是如此地残缺，残缺得令人痛心疾首。我们面对的不仅是一个熟知的世界，还有一个完全陌生的世界；原来那种悲剧感或是喜剧感都来自一种无可奈何。

心弦紧绷，强抑下无尽的感慨。生活的浪涌照例扑面而来，让人一拍三摇。做梦都想像一棵树那样抓牢一小片泥土。我拒绝这种无根无定的生活，我想追求的不过是一个简单、真实和落定。这永远只能停留在愿望里。寻找一个去处成了大问题，安慰自己这颗成年人的心也成了大问题。默默挨蹭，一个人总是先学会承受，再设法拒绝。承受，一直承受，承受你的自尊所无法容许的混浊一团。也就在这无边的踟蹰中，真正的拒绝开始了。

这条长路犹如长夜。在漫漫夜色里，谁在长思不绝？谁在悲天悯人？谁在知心认命？心界之内，喧嚣也难以渗入，它们只在耳畔化为了夜色。无光无色的域内，只需伸手触摸，而不以目视。在这儿，传统的知与见已经失去了原有的意义。神游的脚步磨得夜气发烫，心甘情愿一意追踪。承受、接受、忍受……一个人真的能够忍受吗？有时回答能，有时回答不，最终还是不能。我于是只剩下了最后的拒绝。

二

当我还一时无法表述"野地"这个概念时,我就想到了融入。因为我单凭直觉就知道,只有在真正的野地里,人可以漠视平凡,发现舞蹈的仙鹤。泥土滋生一切;在那儿,人将得到所需的全部,特别是百求不得的那个安慰。野地是万物的生母,她子孙满堂却不会衰老。她的乳汁汇流成河,涌入海洋,滋润了万千生灵。

我沿了一条小路走去。小路上脚印稀罕,不闻人语,它直通故地。谁没有故地?故地连接了人的血脉,人在故地上长出第一绺根须。可是谁又会一直心系故地?直到今天我才发现,一个人长大了,走向远方,投入闹市,足迹印上大洋彼岸,他还会固执地指认:故地处于大地的中央。他的整个世界都是那一小片土地生长延伸出来的。

我又看到了山峦、平原,一望无边的大海。泥沼的气息如此浓烈,土地的呼吸分明可辨。稼禾、草、丛林;人、小蚁、骏马;主人、同类、寄生者……搅缠共生于一体。我渐渐靠近了一个巨大的身影……

故地指向野地的边缘,这儿有一把钥匙。这里是一个入口,一个门。满地藤蔓缠住了手足,丛丛灌木挡住了去路,它们挽留的是一个过客,还是一个归来的生命?我伏下倾听,贴紧,感知脉动和体温。此刻我才放松下来,因为我获得了真正的宽容。

一个人这时会被深深地感动。他像一棵树一样,在一方泥土上萌生。他的一切最初都来自这里,这里是他一生探究不尽的一个源路。人实际上不过是一棵会移动的树。他的激动、欲望,都是这片泥土给予的。他曾经与四周的丛绿一起成长。多少年过去了,回头再看旧时景物,会发现时间改变了这么多,又似乎一点也没变。绿色与裸土并存,枯树与长藤纠扯。那只熟悉的红点颏与巨大的石碾一块儿找到了;还有荒野芜草中百灵的精制小窝……故地在我看来真是妙迹处处。

一个人只要归来就会寻找,只要寻找就会如愿。多么奇怪又多么素朴的一条原理,我一弯腰将它拣了起来。匍匐在泥土上,像一棵欲要扎根的树——这种欲求多次被鹦鹉学舌者给弄脏。我要将其还回原来。我心灵里那个需求正像童年一样热切纯洁。

我像个熟练的取景人，眯起双目遥视前方。这样我就眯朦了画面，闪去了很多具体的事物。我看到的不是一棵或一株，而是一派绿色；不是一个老人一个少女，而是密挤的人的世界。所有的声息都撒落在泥土上，混和一起涌过，如蜂鸣如山崩。

　　我蹲在一棵壮硕的玉米下，长久地看它大刀一样的叶片上面的银色丝络；我特别注意了它如爪如须、紧撑泥土的根。它长得何等旺盛，完美无损，英气逼人。与之相似的无语生命比比皆是，它们一块儿忽略了必将来临的死亡。它们有个精神，秘而不宣。我就这样仰望着一棵近在咫尺的玉米。

　　时至今天，似乎更没有人愿意重视知觉的奥秘。人仿佛除了接受再没有选择。语言和图画携来的讯息堆积如山，现代传递技术可以让人蹲在一隅遥视世界。谬误与真理掺拌一起抛洒，人类像挨了一场陨石雨。它损伤的是人的感知器官。

　　失去了辨析的基本权力，剩下的只是一种苦熬。一个现代人即便大睁双目，还是拨不开无形的眼障。错觉总是缠住你，最终使你臣服。传统的"知"与"见"给予了我们，也蒙蔽了我们。于是我们要寻找新的知觉方式，警惕自己的视听。

　　我站在大地中央，发现它正在生长躯体，它负载了江河和城市，让各色人种和动植物在腹背生息。令人无限感激的是，它把正中的一块留给了我的故地。我身背行囊，朝行夜宿，有时翻山越岭，有时顺河而行；走不尽的一方土，寸土寸金。有个异国师长说它像邮票一般大。我走近了你、挨上了你吗？一种模模糊糊的幸运飘过心头。

三

　　大概不仅仅是职业习惯，我总是急于寻觅一种语言。语言对于我从来就有一种神秘的感觉。人生之路上遭逢的万事万物之所以缄口沉默，主要是失去了语言。语言是凭证，是根据，是继续前行的资本。我所追求的语言是能够通行四方、源发于山脉和土壤的某种东西，它活泼如生命，坚硬如顽石，有形无形，有声无声。它就撒落在野地上，潜隐在万物间。河水汩汩流淌，大海日夜喧嚷，鸟鸣人呼——这都是相互隔离的语言；那么通行四方的语言藏在了哪里？

　　它犹如土中的金子，等待人们历尽辛苦之后才跃出。我的力气耗失了那天，即便如愿以偿了又有什么意义？我像所有人一样犹豫、沮丧、叹息，不知何方才是目的，既空空荡荡又心气高远。总之无语的痛苦难以忍受，它是真实的痛苦。我的希冀不大，无非就想讨一句话。很可惜也很残酷，它不发一言。

　　让人亲近、心头灼热的故地，我扑入你的怀抱就痴话连篇，说了半晌才发觉你仍是一个默默。真让人尴尬。我知道无论是秋虫的鸣响或人的欢语，往往都隐下了什么。它们的无声之声才道出真谛，我收拾的是声音底层的回响。

　　在一个废弃的村落旧址上，我发现了遗落在荒草间的碾盘。它上面满是磨钝了的齿沟。它曾经被忙生计的人团团围住，它当刻下滔滔话语。还有，茅草也遮不住的破碎瓦砾，该留下被击碎那一刻的尖利吧？我对此坚信无疑，只是我仍然不能将其破译。脚下是一道道地裂，是在草叶间偷窥的小小生灵。太阳欲落，金红的火焰从天边一直烧到脚下；在这引人怀念和追忆的时刻，我感到了凄凉，更感到了蕴含于天地自然中的强大的激情。可是我们仍然相对无语。

　　刚刚接近故地的那种熟悉和亲切逐渐消失，代之而来的是深深的陌生感，我认识到它们的表层之下，有着我以往完全不曾接近过的东西。多少次站在夕阳西下的郊野，默想观想，像等候一个机会。也就在这时，偶尔回想起流逝的岁月，会勾起一丝酸疼。好在这会儿我已没有了书生那样的忏悔，而是充满了爱心和感激，心甘情愿地等待、等待。我回想了童年，不是那时的故事，而是那时的愉快心情。令人惊讶的是那种愉悦后来再也没有出现。我多少领悟了：那时还来不及掌握太多的俗词儿，因而反倒能够与大自然对话；那愉悦是来自交流和沟通，那时的我还未完全从自然的母体上剥离开来。世俗的词儿看上去有斤有两，在自然万物听来却是一门拙劣的外语。使用这种词儿操作的人就不会有太大希望。解开了这个谜我一阵欣慰，长舒一口。

　　田野上有很多劳作的人，他们趴在地上，沾满土末。禾绿遮着铜色的躯体，掩成一片。土地与人之间用劳动沟通起来，人在劳动中就忘记了世俗的词儿。那时人与土地以及周围的生命结为一体，看上去，人也化进了朦胧。要倾听他们的语言吗？这会儿真的掺入泥中，长成了绿色的茎叶。这是劳动和交流的一场盛会，我怀着赶赴盛宴的心情投入了劳动。我想将自己融入其间。

　　人若丢弃了劳动就会陷于蒙昧。我有个细致难忘的观察：那些劳动者一旦离开了劳动，立刻操起了世俗的词儿。这就没有了交流的工具，与周遭的事物失去了联系，因而毫无力量。语言，不仅仅是表，而是里；它有自己的生命、质地和色彩，它是幻化了的精气。仅以声音为标志的语言已经是徒有其表，魂魄飞走了。我崇拜语言，并将其奉为神圣和神秘之物。

<h2>四</h2>

　　生活中无数次证明：忍受是困难的。一个人无论多么达观，最终都难以忍受。逃避、投诚、撞碎自己，都不是忍受。拒绝也不是忍受。不能忍受是人性中刚毅纯洁的一面，是人之所以可爱的一个原因。偶有忍受也为了最终的拒绝。拒绝的精神和态度应该得到赞许。但是，任何一种选择都是通过一个形式去完成的，而形式可以是多种多样。

□ 精美散文

一个人如果因爱而痴，形似懵懂，也恰恰是找到了自己的门径。别人都忙于拒绝时，他却进入了忘我的状态。忘我也是不能忍受的结果。他穿越激烈之路，烧掉了愤懑，这才有了痴情。爱一种职业、一朵花、一个人，爱的是具体的东西；爱一份感觉、一个意愿、一片土地、一种状态，爱的是抽象的东西。只要从头走过来，只要爱得真挚，就会痴迷。迷了心窍，就有了境界。

当我投入一片茫茫原野时，就明白自己背向了某种令我心颤的、滚烫烫的东西。我从具体走向了抽象。站在荒芜间举目四望，一个质问无法回避。我回答仍旧爱着。尽管头发已经蓬乱，衣衫有了破洞，可我自知这会儿已将内心修葺得工整洁美。我在迎送四季的田头壑底徘徊，身上只负了背囊，没有矛戟。我甘愿心疏志废、自我放逐。冷热悲欢一次次织成了网，我更加明白我"不能忍受"。扔掉小欣喜，走入故地，在秋野禾下满面欢笑。

但愿截断归途，让我永远待在这里。美与善有时需要独守，需要眼睁睁地看着它生长。我处于沉静无声的一个世界，享受安谧；我听到挚友在赞颂坚韧，同志在歌唱牺牲，而我却仅仅是不能忍受。故地上的一棵红果树、一株缬草，都让我再三吟味。我不能从它的身边走开，它们深深地吸引了我。我在它们的淡淡清香中感动不已。它们也许只是简单明了、极其平凡的一树一花，荒野里的生物，可它们活得是何等真实。

我消磨了时光，时光也恩惠了我。风霜洗去了轻薄的热情，只留住了结结实实的冷漠。站在这辽远开阔的平畴上，再也嗅不到远城炊烟。四处都是去路，既没人挽留，也没人催促。时空在这儿变得旷敞了，人性也自然松弛。我知道所有的热闹都挺耗人，一直到把人耗贫。我爱野地，爱遥远的那一条线。我痴迷得不可救药，像入了玄门；我在忘情时已是口不能语，手不能书；心远手粗，有时提笔忘字。我顺着故地小径走入野地，在荒村陋室里勉强记下野歌。这些歪歪扭扭的墨迹没有装进昨天的人造革皮夹，而是用一块土纺花布包了，背在肩上。

土纺花布小包裹了我的痴唱，携上它继续前行。一路上我不断地识字；如果说象形文字源于实物，它们之间要一一对应；那么现在是更多地指认实物的时候了。这是一种可以保持长久的兴趣，也只有在广大的土地上才做得到。琐细迷人的辨识中，时光流逝不停，就这样过起了自己的日子。我满足于这种状态和感觉、这其间难以言传的欢愉。这欢愉真像是窃来的一样。

我知道不能忍受的东西终会消失；但我也明白一个人有多么执拗。因此，历史上的智者一旦放逐了自己就乐不思蜀。一切都平平淡淡地过下来，像太阳一样重复自己。这重复中包含了无尽的内容。

五

在一些质地相当纯正的著作里，我注意到它一再地提请我们注意如下的意思：孤独有多么美。在这儿，孤独这个概念多少有些含混。大概在精神的驻地、在人的内心，它已经无法给弄得更准确了。它大约在指独自一人——当然无论是肉体方面还是精神方面的状态。一个动物，一棵树，都可以孤独。孤独是难以归类的结果。它是美的吗？果真如此，人们也就无须慌悚逃离了。它起码不像幻想那么美；如果有一点点，也只是一种苍凉的美。

一个人处于那样的情状只会是被迫的。现代人之所以形单影只，还因为有一个不断生长的"精神"。要截断那种恐惧，就要截断根须。然而这是徒劳的，因为只要活着，它总要生长。伪装平庸也许有趣，但要真的将一个人扔还平庸，必然遭到他的剧烈抵抗。

独自低徊富于诗意，但极少有人注意其中的痛苦。孤独往往是心与心的通道被堵塞。人一生下来就要面对无数隐秘，可是对于每个人而言，这隐秘后来不是减少而是成倍地增加了。它来自各个方面，也来自人本身。于是被嘲弄被困扰的尴尬就始终相伴，于是每个人都在自觉不自觉地挣脱——说不出的恐慌使他们丢失了优雅。

在我眼里，孤独是可怕的，但更可怕的是放弃自尊。怎样既不失去后者又能保住心灵上的润泽？也许真的"鱼与熊掌不可得兼"，也许它又是一个等待破解的隐秘。在漫漫的等待中，有什么能替代冥想和自语？我发现心灵可以分解，它的不同的部分甚至能够对话。可是不言而喻，这样做需要一份不同寻常的宁静，使你能够倾听。

正像一籽抛落就要寻下裸土，我凭直感奔向了土地。它产生了一切，也就能回答一切，圆满一切。因为被饥困折磨久了，我远投野地的时间选在了九月，一个五谷丰登的季节。这时候的田野上满是结果。由于丰收和富足，万千生灵都流露出压抑不住的欢喜，个个与人为善。浓绿的植物、没有衰败的花、黑土黄沙，无一不是新鲜真切。待在它们中间，被侵犯和伤害的忧虑空前减弱，心头泛起的只是依赖和宠幸……

这是一个喃喃自语的世界，一个我所能找到的最为慷慨的世界。这儿对灵魂的打扰最少。在此我终于明白：孤独不仅是失去了沟通的机缘，更为可怕的是频频侵扰下失去了自语的权利。这是最后的权利。

就为了这一点点，我不惜千里跋涉，甚至一度变得"能够忍受"。我安定下来，驻足入驿，这才面对自己的幸运。我简直是大喜过望了。在这里我弄懂一个切近的事实，对于我们而言，山脉土地是千万年不曾更移的背景；我们正被一种永恒所衬托。与之相依，尽可以沉入梦呓，黎明时总会被久长悠远的呼鸣给唤醒。

世上究竟哪里可以与此地比拟？这里处于大地的中央。这里与母亲心理上的距离最近。在这里，你尽可述说昨日的流浪。凄冷的岁月已经过去，一个男子终于迎来了双亲。你没有泣哭，只是因为你学会了掩泪入心。在怀抱中的感知竟如此敏锐，你只需轻轻一瞥就看透了世俗。长久和短暂、虚无与真实，罗列分明。你发现寻求同类也并非想象那么艰苦，所有朴实的、安静的、纯真的，都是同类。它们或他们大可不必操着同一种语言，也不一定要以声传情。同类只是大地母亲平等照料的孩子，饮用同样的乳汁，散发着相似的奶腥。

在安怡温和的长夜，野香薰人。追思和畅想赶走了孤单，一腔柔情也有了着落。我变得谦让和理解，试着原谅过去不曾原谅的东西，也追究着根性里的东西。夜的声息繁复无边，我在其间想象；在它的启示之下，我甚至又一次探寻起词语的奥秘。我试过将音节和发声模拟野地上的事物、并同时传递出它的内在神采。如小鸟的"啾啾"，不仅拟声极准，"啾"字竟是让我神往的秋、秋天秋野；口、嘴巴歌喉——它们组成的。还有田野的气声、回响，深夜里游动的光。这些又该如何模拟出一个语词并汇入现代人的通解？这不仅是饶有兴趣的实验，它同时也接近了某种意义和目的。我在默默夜色里找准了声义及它们的切口，等于是按住万物突突的脉搏。

一种相依相伴的情感驱逐了心理上的不安。我与野地上的一切共存共生，共同经历和承受。长夜尽头，我不止一次听到了万物在诞生那一刻的痛苦嘶叫。我就这样领受了凄楚和兴奋交织的情感，让它磨砺。

好在这些不仅仅停留于感觉之中。臆想的极限超越之后，就是实实在在的触摸了。

六

  因为我在很大程度上摆脱了生命的寂寥，所以我能够走出消极。我的歌声从此不仅为了自慰，而且还用以呼唤。我越来越清楚这是一种记录，不是消遣，不是自娱，甚至也来不及伤感。如若那样，我做的一切都会像朝露一样蒸掉。我所提醒人们注意的只是一些最普通的东西，因为它们之中蕴含的因素使人惊讶，最终将被牢记。我关注的不仅仅是人，而是与人不可分剥的所有事物。我不曾专注于苦难，却无法失去那份敏感。我所提供的，仅仅是关于某种状态的证词。

  这大概已经够了。这是必要的。我这儿仅仅遵循了质朴的原则，自然而然地藐视乖巧。真实伴我左右，此刻无须请求指认。我的声音混同于草响虫鸣，与原野的喧声整齐划一。这儿不需一位独立于世的歌手；事实上也做不到。我竭尽全力只能仿个真，以获取在它们身侧同唱的资格。

  来时两手空空，野地认我为贫穷的兄弟。我们肌肤相摩，日夜相依。我隐于这浑然一片，俗眼无法将我辨认。我们的呼吸汇成了风，气流从禾叶和河谷吹过，又回到我们中间。这风洗去了我的疲惫和倦怠，裹携了我们的合唱。谁能从中分析我的嗓音？我化为了自然之声。我生来第一次感受这样的骄傲。

  我所投入的世界生机勃勃，这儿有永不停息的蜕变、消亡以及诞生。关于它们的信息都覆于落叶之下，渗进了泥土。新生之物让第一束阳光照个通亮。这儿瞬息万变，光影交错，我只把心口收紧，让神思一点点融解。喧哗四起，没有终结的躁动——这就是我的故地。我跟紧了故地的精灵，随它游遍每一道沟坎。我的歌唱时而荡在心底，时而随风飘动。精灵隐隐左右了合唱，或是合声催生了精灵。我充任了故地的劣等秘书，耳听口念手书，痴迷恍惚，不敢稍离半步。

  眼看着四肢被青藤绕裹，地衣长上额角。这不是死，而是生。我可以做一棵树了，扎下根须，化为了故地上的一个器官。从此我的吟哦不是一己之事，也非我能左右。一个人消逝了，一株树诞生了。生命仍在，性质却得到了转换。

  这样，自我而生的音响韵节就留在了另一个世界。我寻求同类因为我爱他们、爱纯美的一切，寻求的结果却使我化为一棵树。风雨将不断梳洗我，霜雪就是膏脂。但我却没有了孤独。孤独是另一边的概念，洋溢着另一种气味。从此尽是树的阅历，也是它的经验和感受。有人或许听懂了树的歌吟，注目枝叶在风中相摩的声响，但树本身却没有如此的期待。一棵棵树就是这样生长的，它的最大愿望大概就是一生抓紧泥土。

七

随着年龄的增长，我越来越注意到艺术的神秘的力量。只有艺术中凝结了大自然那么多的隐秘。所以我认为光荣从来属于那些最激动人心的诗人。人类总是通过艺术的隧道去触摸时间之谜，去印证生命的奥秘。自然中的全部都可通过艺术之手拨动而进入人的视野。它与人的关系至为独特，人迷于艺术，是因为他迷于人本身、迷于这个世界昭示他的一切。一个健康成长着的人对于艺术无法选择。

但实际上选择是存在的。我认为自己即有过选择。对于艺术可以有多种解释，这是必然的。但我始终认为将艺术置于选择的位置，是一次堕落。

我曾选择过，所以我也有过堕落。补救的方法也许就是紧紧抱定这个选择结果，以求得灵魂的升华。这个世界的物欲愈盛，我愈从容。对于艺术，哪怕给我一个独守的机会才好。我交织着重重心事：一方面希望所有人的投入，另一方面又怕玷污了圣洁。在我看来它只该继续走向清冷，走到一个极端。留下我来默祷，为了我的守护，和我认准了的那份神圣。当然这是不可能的。

我梦见过在烛光下操劳的银匠，特别记住了他头顶闪烁的那一团白发。深不见底的墨夜，夜的中间是掬得起的一汪烛辉……什么是艺术？什么是劳动？它们共生共长吗？我在那个清晨叮咛自己：永远不要离开劳动——虽然我从未想过、也从未有过离去的念头。

艺术与宗教的品质不尽相同，但二者都需要心怀笃诚。当贪婪和攫取的狂浪拍碎了陆地，你不得不划一叶独舟时，怀中还剩下了什么？无非是一份热烈和忠诚。饥饿和死亡都不能剥夺的东西才是真正珍贵的。多少人歌颂物欲，说它创造了世界。是的，它创造了一个邪恶的世界；它也毁灭了一个世界，那是一个宁静的世界。我渐渐明白：要始终保有富足，积累的速度并不重要，重要的是能够积累。诚实的劳动者和艺术家一块儿发现了历史的哀伤，即：不能够。

人的岁月也极像循环不止的四季，时而斑斓，时而被洗得光光。一切还得从头开始。为了寻觅永久的依托，人们还是找到站立的这片土地。千万年的秘史糅在泥中，生出鲜花和毒菇。这些无法言喻的事物靠什么去洞悉和揭示？哪怕是仅仅获取一个接近的权力，靠什么？仍然是艺术，是它的神秘的力量。

滋生万物的野地接纳了艺术家。野地也能够拒绝，并且做得毅然彻底。强加于它的东西最终就不能立足。泥土像好的艺术家，看上去沉静，实际上怀了满腔热情。艺术家可以像绿色火焰，像青藤，在土地上燃烧。

最后也只能剩下一片灰烬。多么短暂，连这点也像青藤。不过他总算用这种方式挨紧了热土。

八

我曾询问：一个知识分子的精神源自何方？它的本源？很久以来，一层层纸页将这个本来浅显的问题给覆盖了。当然，我不会否认渍透了心汁的书林也孕育了某种精神。可我还是发现了那种悲天的情怀来自大自然，来自一个广漠的世界。也许在任何一个时世里都有这样的哀叹——我们缺少知识分子。它的标志不仅是学历和行当上的造就，因为最重要的依据是一个灵魂的性质。真正的"知"应该达于"灵"。那些弄科技艺术以期成功者，同时要使自己成长为一个知识分子。

将"知识分子"这个概念俗化有伤人心。于是你看到了逍遥的骗子、昏愦的学人、卖了良心的艺术家。这些人有时并非厌恶劳动，却无一例外地极度害怕贫困。他们注重自己的仪表，却没有内在的严整性，最善于尾随时风。谁看到一个意外？谁找到一个稀罕？在势与利面前一个比一个更乖，像临近了末日。我宁可一生泡在汗尘中，也要远离它们。

我曾经是一个职业写作者，但我一生的最高期望是：成为一个作家。

人需要一个遥远的光点，像渺渺的星斗。我走向它，节衣缩食，收心敛性。愿冥冥中的手为我开启智门。比起我的目标，我追赶的修行，我显得多么卑微。苍白无力，琐屑庸懒，经不住内省。就为了精神上的成长，让诚实和朴素、让那份好德行，永远也不要离我，让勇敢和正义变得愈加具体和清晰。那么，漫长的消磨和无声的侵蚀，我也能够陪伴。

在我投入的原野上，在万千生灵之间，劳作使我沉静。我获得了这样的状态：对工作和发现的意义坚信不疑。我亲手书下的只是一片稚拙，可这份作业却与俗眼无缘。我的这些文字是为你、为他和她写成的，我爱你们。我恭呈了。

九

就因为那个瞬间的吸引，我出发了。我的希求简明而又模糊：寻找野地。我首先踏上故地，并在那里迈出了一步。我试图抚摸它的边缘，望穿雾幔；我舍弃所有奔向它，为了融入其间。跋涉、追赶、寻问——野地到底是什么？它在何方？野地是否也包括了我浑然苍茫的感觉世界？

我无法停止寻求……

作者简介

张炜（1956～　），山东龙口人，原籍山东栖霞。1980年开始创作，现为山东作协主席。他的作品主要有长篇小说《古船》《九月寓言》《柏慧》《家族》，中篇小说《秋天的愤怒》《蘑菇七种》等，短篇小说集《玉米》、散文集《融入野地》《夜思》等。

· 美文赏析 ·

《融入野地》就写作特色来说，这篇文章显示了一种质朴粗犷美。高尔基说"真正的美，正如真正的智慧一样，是非常朴素的，并且是人人能理解的"。该文没有华丽辞藻的渲染，有的只是真挚感情的自然喷发，似作者的自语，信笔行文，却胜过任何雕琢。乍看似支离散漫，过于烦琐，仔细读来，方觉笔到之处，洋溢的都是作者满怀的真诚和热烈。不加雕饰的文法，使文章具有史诗般的质朴和厚重，犹如山野村夫，虽缺乏修饰后的衣冠楚楚的清雅之态，但却显出本色的淳朴粗犷。像"原野""丛林""青纱帐"这些具原始色彩的审美意象，表达出作者最真挚的情感。

绝地之音

马步升

入选理由

有关西部苍凉风景的壮美之作
生存抗争中荡气回肠的生命之音
历史与现实的悲怆交响

　　七年前深秋的一个黄昏，我呆坐在陕甘交界处一座古长城的营盘上，怅惘地望着大沟那面踟蹰在山坡上恹恹的夕阳，倾听着那串如丝如缕如歌似哭的歌声，被风沙折磨了半个月的干涸的眼眶，不觉间盈满了清泪。七年间我怀揣着那串无词无调的歌声游历了许多美丽的、荒瘠的地方，谛听过许多古今中外的人都为之倾倒的乐音，但时刻能够震撼我心灵的能进入我血液骨髓的仍然是这串无词无调的歌声。每到一地，每结识一个新的朋友，在酒酣耳热之时，我都毫无例外地要讲起那天的经历和感受。每一次的讲述，所用的语调、词汇、情绪，甚至描述的事实本身，一次和一次都不尽相同，甚至大相径庭。但每一次都让自己感动得不能自拔，也常使对方泪眼盈盈。所以这样，我想我是力图使自己的心智接近那个黄昏，复原那个黄昏的感受，然而，一次一次的努力却使自己对原来刻骨铭心的经历的真实性也发生了怀疑：那一刻究竟是现实还是梦幻？然而，每当那串歌声訇然回响心灵狂荡难已之时，我仍铁定了心，那就是诗人海子那响彻人寰的心愿：那幸福的闪电告诉我的，我将告诉每一个人！

　　那年秋天，我随导师踏上了徒步考察长城的征程。进入陕甘宁蒙一带，我的心整日被强烈的震撼着。那是一片什么样的土地呵，大沟横断，小沟交错，沟中有沟，原本平展开阔的黄土高原被洪水切割成狰狞的黄土林。我们背负考察工具，和采集到的秦汉边卒使用过的遗物标本，整日跋涉在这无边无际的黄土迷宫中。晚秋的朔风走涧窜谷，刮得干枯的黄土崖面一片乱叫如蝉鸣。在这典型的黄土沟壑地形里，唯一标志我们方向的是长城。细心看，有一条高约二三米的土垒顺山脊沿若隐若现、时断时续蜿蜒伸展。这一带的长城在修筑时，充分利用了天然地形，因高而置险，因险而置塞，因沟而开堑，因堑而起垒，千百年来，由于洪水冲刷，原来较为和缓的沟壑现多为绝壁危沟，有些区段的长城高悬于数十米、甚至百米的沟崖之上，使残存的一线土垒，倒显得格外威风壮观。

　　整日里见不着生存在现时现地的人，能与我们交流的只有秦汉边卒的遗迹，那无阻无碍的朔风挟着远古的灵感，一拨一拨地注入我们的身心。用残砖断瓦、夯土层、灰烬、烽缝城障、破碎伶仃的白骨，还有零星的箭镞，将这些置于山川地理之

□精美散文

中，置于浩繁的典籍之中，启动那颗秦时的心汉时的心，还有共和国的心，已逝的时代风貌便一一披露眼前。那天，我们向营盘梁进发。在熹微的晨光里，已能清楚地看见营盘梁的一切。这是一座屯兵的城堡，高居于众壑之首，无论从哪个方向望去，这都是一个襟山带河，俯视四周的所在。站在沟这边，似乎迈出一大步就可站在营盘梁上。预料之中是，我们下了沟，立即就被淹没在黄土林中。为越过一条洪水随意冲出的毛沟，也得七绕八绕，历经艰难，费尽气力。在自然轻描淡写的恶作剧中，人竟是如此的疲弱。午后三时许，我们才绕至营盘梁的脚下。仰面一望，不由倒吸几口冷气。在群沟群壑之间，托出一座馒头似的山峰。山顶尘雾迷蒙，陡直的山坡连羊肠小道也无一根，只有些许衰草在朔风中絮絮叨叨。一天未见着人影，全部食物只有一块干硬的馒头和半壶凉水。必须赶天黑前翻过营盘梁找到借宿的人家，要不山中的野狼会使我们成为古长城线上的遗骨。我和导师开始爬山。我背着几十斤重的标本，导师带着考察工具，在无路处寻路，在陡崖中寻找立足之地。我敢说，我的脚印，今生今世以至永远，不会再有第二个脚印与之重叠，该缓口气了，该补充力量了，一块馒头，此手传入彼手，馒头上只留下几道模糊的牙印，半壶凉水，你喝了我喝，摇起来仍咕嘟有声。这可是我们师徒的生命啊！

终于，攀上了山顶。黄乏的太阳已站在了一根黄土柱上，随时准备一跃而下，将山川人灵都置于无际的黑暗之中。山顶的风很厉，似乎这仍是一座被围困的营盘，风从四面沟崖齐向山顶冲击，一道道土烟合围上来，营盘萧瑟，隐隐有金戈铁马之音。趁着天色尚明，我们立即架起望远镜，观察四周形胜、拍照，搜集遗物，绘图，记录。这是一座巨大的城障，城头上攻战、生活设施一应俱全，处处遗迹都透射着当年的威武壮观。我们站在城墙上，寻找继续前行的路。这时，一个场景牢牢地攫住了我。

面前又是一条大沟。夕阳仍然漂在那面沟坡上。一眼望不见边沿的沟坡破碎而陡直。有一块平地，满沟坡只有一块平地。那是一块什么样的平地呵，沟坡向沟底延伸，突然被沟内冲出

黄土高原上放羊人和羊群

210

来的洪水迎面斩断，在面前划出一道深达百米的危崖，山坡上涌下来的洪水则从两面切割下来，各自形成危崖，中间只留下两亩见方的一块平地，岌岌悬于三面陡崖之上，余下的一面如一根细绳拴在山体之上。距平台不远有两棵山椿树，树下有几孔土窑洞，一群鸡，一条大黑狗，几头猪，还有几头大骡子在树下或站或卧。山坡罗平缓处，铺展着有耕种痕迹的山坡地。平台上正在打碾庄稼。一头大骡子拉着碌碡在场内不紧不慢地转圈儿，一个人一手牵绳缰，一手扬皮鞭，皮鞭并不往下抽，只绕在空中，偶尔鞭梢一抖，啪地一声，那声音就沿着三面沟崖哗啦啦传出去，很远很远，直到听不见任何声响，还觉得有一股声音驰向遥远。那人拉着骡子转到了崖边，阳光依然洒下来，远远看去，人和骡和碌碡好似在空中行走。我的心跳起来，人或骡只要走歪一步……那人高扬起手臂，鞭梢也张扬起来，骡子和碌碡也欢乐了几分。突然，那人唱了起来，细听，那歌无词，也无统一的曲调，只有一种内在的音韵连续在一起。如果说有歌词的话，那只有"咧"一个字。咧——咧——咧——，歌声好似被鞭梢越沟撩过来，抑或是被风断断续续扔过来。满地是无边的黄土壑，昏黄的夕阳浮在黄土上，满地好似涂着秦汉边卒那风干的血。那歌声，似情歌却含雄壮，似悲歌却多悠扬，似颂歌却兼哀怨，似战歌却嫌凄婉……那是一首真正的绝唱，无词，而饱含万有，无调，却调兼古今。

根据地势，那是长城的外侧，也就是长城要守御的对象。长城一线，仅一墙之隔，即便同民族，甚至同家庭也风俗迥异。其显著标志便是寒食节长城内外侧则无此风俗。长城不光是一道军事防御线，更是一道文化分界线，心理分界线，这条线已超越了历史，超越了民族，它是一种习惯，一种地域自觉。那么，对面平台上引吭高歌的究竟是秦汉边卒的骨肉还是匈奴的遗脉？仅一沟之隔，便有山河悬远，可望而不可即之感。我只有倾听他那洞穿物障的声音。咧——咧——咧——，他究竟要咏叹什么，歌颂什么，怨懑什么，冀求什么？他是为秦汉边卒而歌还是为匈奴先民而歌？抑或是为千年历史陈迹而歌？甚而至于他压根儿什么都不想不屑也没有表达？无词，无调，那单调而变幻无端的音符随着朔风洒向山川沟壑，沿着陡崖一路流淌而去，汇入风沙草棵中。

多年来，我一直在寻找那支歌的词和调，为此我翻遍了几乎所有可以找得到的形式各异的黄土高原民歌卷册，为此，我喜欢听各种音乐和各种嗓门唱出的歌。尽管，我仍不懂音乐，不会唱歌，但我坚信人的心灵是相通的，只要有一支歌与那支歌重合，我便会立即将其捕捉，遗憾的是我的寻找距离原目标愈来愈远，我甚至不能确定世间有无那首歌，或者我曾否听到过那首歌？尽管那首歌仍时时刻刻奔来耳畔，那清晰的音符有力地敲打着我的心灵，让我一次又一次的感动。我相信那是真实的歌音，要不自己怎么会不断地被感动，并且不断地感动着越来越多的天南地北经历迥异的朋友？

□ 精美散文

我无法确定它，但我必须接近它，捕获它。

过了几年，我闯进了腾格里大沙漠。不知不觉间，满世界只剩下我一条生命。这时夕阳平洒下来，望不断的沙丘便如远古宫殿的金柱，矗满了我的四周。哪一根金柱可供我依靠，哪座宫殿供我憩息，怅然良久，满地都是与生命无缘的荒漠。那串歌吟这时突然奔入我的心房，我濡湿了干裂的嘴唇，迎着依依下沉的夕阳唱了起来。咧——咧——咧——，哦，是那声音，是那来自古长城线上的声音。我至今也不知道那天我究竟唱了什么，但我肯定，那一次我确切地捕捉住了那串古长城线上的音符。

黄土高原窑洞

绝地，才能迸发出绝唱，绝唱，永远是绝地的宿命。绝地之音，并不仅仅传达悲壮哀婉，它是生命本身，每一个音符里都透射着生命的全部内涵。它不是用具体的词、调所能表达清楚的，身处无语无理性之境地，废词失调才是真实生命的展示。

作者简介

马步升（1963～　），男，甘肃合水人，1982年毕业于庆阳师专历史系，留校工作后，1988年调入甘肃省社科院文学（化）研究所，前后共发表各种作品及学术论著约400万字，获国家及省市文学奖10多项，中国作协会员、中国当代文学研究会会员、中国散文学会会员、中国人口文化促进会会员、第六届全国作家代表大会代表、第六届茅盾文学奖初评专家组成员。被国内评论界誉为西部散文、西部小说代表作家之一，作品入选过数十种选本、选刊、百多家媒体作过评介。

· 美文赏析 ·

《绝地之音》是一篇大气、阳刚、壮美的散文佳作，在作者质朴粗砺的笔触下，我们看到的是一幅西北黄土高原苍凉的画面：黄土林中，满是洪水刻蚀出的群沟群壑，陡直的山坡上，些许蓑草在朔风中絮絮叨叨，在三面危崖构成的两亩见方平地上，居然生活着一户人家，场地上，主人挥鞭赶着骡子碾庄稼，碾着碾着，在不见任何听众的情状下，主人信口唱出给自己听的歌。在这个严酷的自然搞过一切的生存空间里，一切似乎寂静，在沉寂的世界里，任何生命发出的声音都会使听者的灵魂猛醒，所以"歌台"是一块历史沉积厚重的土地，是一块缺乏红河滋润、缺乏林木点缀的色彩单调的区域，是涂满了西北陇东旱塬浓重苦难色彩的险境，更是这些寂寞的生命独舞的天地。这块地老天荒生存状况严峻的当代"绝地"，构成了严酷自然条件下顽强求生的西北农民生活图景。这样，荒原深壑、黄土朔风气背景下的一声唱腔，就成了凝聚古今人类生存信念的感叹，历史感、现实感、文化感、悲怆感皆在其中。

212

下篇
外国卷

□ 精美散文

热爱生命

蒙田

入选理由
蒙田的散文代表作之一
对生命价值和意义的独特思考
一种超越死亡的达观精神

我对某些词语赋予特殊的含义,拿"度日"来说吧,天色不佳,令人不快的时候,我将"度日"看做是"消磨光阴";而风和日丽的时候,我却不愿意去"度",这时我是在慢慢赏玩、领略美好的时光。坏日子,要飞快去"度";好日子,要停下来细细品尝。"度日""消磨时光"的常用语令人想起那些"哲人"的习气。他们以为生命的利用不外乎在于将它打发、消磨,并且尽量回避它,无视它的存在,仿佛这是一件苦事、一件贱物似的。至于我,我却认为生命不是这个样的,我觉得它值得称颂,富有乐趣,即便我自己到了垂暮之年也还是如此。我们的生命受到自然的厚赐,它是优越无比的,如果我们觉得不堪生之重压或是白白虚度此生,那也只能怪我们自己。

"糊涂人的一生枯燥无味,躁动不安,却将全部希望寄托于来世。"

不过,我却随时准备告别人生,毫不惋惜。这倒不是因生之艰辛或苦恼所致,而是由于生之本质在于死。因此只有乐于生的人才能真正不感到死之苦恼。享受生活要讲究方法。我比别人多享受到一倍的生活,因为生活乐趣的大小是随我们对生活的关心程度而定的。尤其在此刻,我眼看生命的时光无多,我就愈想增加生命的分量。我想靠迅速抓紧时间,去留住稍纵即逝的日子;我想凭时间的有效利用去弥补忽忽流逝的光阴。剩下的生命愈是短暂,我愈要使之过得丰盈饱满。

作者简介

蒙田(1533～1592),欧洲文艺复兴时期法国著名的思想家、散文家。出身贵族家庭。早年学习拉丁文,在波尔多市念中学。后在相当长的时期内深居简出,闭门读书思考。之后担任过法院顾问、波尔多市市长等职,曾游历瑞士、意大利等地。主要作品有《随笔集》3卷。

· 美文赏析 ·

《热爱生命》是一篇短小精悍的散文,文章表达了作者对生命价值和意义的独特思考。文章开首从截然相反的两种"度日"方式写起,接着以"哲人"对待生命的消极方法为反衬,指出人的生命是大自然的厚赐,具有无与伦比的优越性,因此人们应当珍惜生命,不能虚度光阴。文章虽仅500余字,却将一种极其智慧和达观的生命态度,表达得淋漓透彻。

要生活得写意

蒙田

入选理由

蒙田的散文代表作之一
阐释了一种智慧达观的生命态度
行文自如，文笔简朴自然

跳舞的时候我便跳舞，睡觉的时候我就睡觉。即便我一人在幽美的花园中散步，倘若我的思绪一时转到与散步无关的事物上去，我也会很快将思绪收回，令其想想花园，寻味独处的愉悦，思量一下我自己。天性促使我们为保证自身需要而进行活动，这种活动也就给我们带来愉快。慈母般的天性是顾及这一点的。它推动我们去满足理性与欲望的需要。打破它的规矩就违背情理了。

我知道恺撒与亚历山大就在活动最繁忙的时候，仍然充分享受自然的、也就是必需的、正当的生活乐趣。我想指出，这不是要使精神松懈，而是使之增强，因为要让激烈的活动、艰苦的思索服从于日常生活习惯，那是需要有极大的勇气的。他们认为，享受生活乐趣是自己正常的活动，而战事才是非常的活动。他们持这种看法是明智的。我们倒是些大傻瓜。我们说："他一辈子一事无成。"或者说："我今天什么事也没有做……"怎么！您不是生活过来了吗？这不仅是最基本的活动，而且也是我们的诸活动中最有光彩的。"如果我能够处理重大的事情，我本可以表现出我的才能。"您懂得考虑自己的生活，懂得去安排它吗？那您就做了最重要的事情了。天性的表露与发挥作用，无需异常的境遇。它在各个方面乃至在暗中也都表现出来，无异于在不设幕的舞台上一样。

我们的责任是调整我们的生活习惯，而不是去编书；是使我们的举止井然有致，而不是去打仗，去扩张领地。我们最豪迈、最光荣的事业乃是生活得写意，一切其他事情，执政、致富、建造产业，充其量也只不过是这一事业的点缀和从属品。

蒙田像

· 美文赏析 ·

《要生活得写意》是蒙田的散文集《随笔集》中的名篇之一。文章表达了作者对生活及求知的见解和态度。文章开宗明义，直抒胸臆，使读者明确感受到作者写作此文的意图。接着作者以恺撒和亚历山大为例，指出享受生活乐趣是自己正常的活动，并以人们对生活的偏见作比衬，得出结论："我们最豪迈、最光荣的事业乃是生活得写意，一切其他事情，执政、致富、建造产业，充其量也只不过是这一事业的点缀和从属品。"作者由此生发开去，旁征博引，点明对求知应采取的正确态度。文章行文自如，文笔简朴自然，读来朗朗上口，既给人以轻松的愉悦享受，又给人以深刻的哲理启示。

□ 精美散文

西敏寺漫游

约瑟夫·艾迪生

入选理由
智慧而深沉的思考
简洁而庄重的语言和修辞
显示着对生命超乎一般的理解

每当我要作严肃的沉思时，我就经常独自到西敏寺去散步。那里的阴暗、教堂中一切用物、巍峨庄严的建筑和长眠在那里的人们，种种情景，都易使人心中充满悲戚，但也会勾起令人愉快的遐思。昨天，我在教堂的庭院里，在那些修道院和礼拜堂中，消磨了整个下午。在几个墓葬区，看看那些墓碑和墓志铭，倒也是一种消遣。墓志铭大多除了记载死者生年忌日之外，并没有别的内容，其实这已经就是死者的平生，为人类所共有的。我只能把这些人生的记载，无论是刻在铜牌上或是大理石上，都看做是对于这些作古的人们的一种讽刺；他们没有留下什么纪念物，留下的仅是他们的生与死。他们令我想起英雄史诗中征战的勇士来，他们之所以被歌颂，也许只因为他们被杀戮；他们之所以被人纪念，也许是因为他们被杀戮；此外别无其他原因。

格荡卡斯、梅通塔克、塞西洛恰克等人的一生，在《圣经》中，足与圣贤同受尊重，这些英雄如今又安在哉？！

我一走进教堂，就十分欣赏掘墓时的情景，在每一锹的抛撒中，我都看见成型的新泥混合着骸骨和颅盖的碎片。这种碎片，曾几何时，还是人类躯壳的一部分。我由此想到，躺在教堂铺石下面的人何止千万，男人和女人，朋友和仇敌，牧师和士兵，僧侣与传教士都已成为齑粉，混合成一块。无论何人，优秀的、有权势的、年轻的、年老的、衰弱的、畸形的都将毫无区别地躺在乱糟糟的泥堆中。

我曾经阅读过几本谈人类问题的大杂志，我特别注意调查蠹

西敏寺内盛大活动场面

"西敏寺"一名源自970年，一群圣本笃教会的修士在当时伦敦市修建修道院教堂，从此留名至今。历代国王的加冕仪式、婚丧喜宴及国家大典等活动都是在这里举行，甚至连王室的坟墓也几乎都设在这里。此外，历史上著名人物的墓碑或纪念碑也多设在教堂内。图为1820年乔治四世的加冕仪式在这里举行。

立在那古老建筑角落里的纪念碑,有些刻着揄扬过分的墓志铭。假如死者有知,一定会因他的朋友对他的奉承而感到羞愧;也有一些又嫌谦卑过分,它们用无法理解的文字,去讲述死人的品质,死者因此长年不为人知。在有些富于诗意的地方,我发现有长眠地下的人却没有纪念碑;有纪念碑的又不是诗人。我观察到,现代战争使许多纪念碑充斥教堂,这些耸立着的石碑,都是为纪念葬身在布冷亨平原上或海洋里的人们而立的。碑下只有空穴。

当我感到我的心情处于一种严肃的欣赏中时,我就离开了我们英王的教堂,以便来日能够回味。我知道这类消遣,容易在胆怯的心灵上浮起灰暗而沮丧的思潮和幻想,我虽然常常是严肃的,但还不知道,悲哀是什么,因此,在教堂庄严而深沉的场景中,我却能有在最愉快活泼的情景里那样欢愉的心情。依靠这种方法,我就能够用那些别人害怕考虑的事物来改善自己的心境。当我看到伟大人物的墓碑时,我的羡慕情绪就一扫而光;当我读到优美的墓志铭时,我的奔放感情就骤然消失;当我在墓碑上发现父母的忧愁时,我的内心就要产生无限惋惜;而当我瞧见他们的墓穴时,我就思忖,哀伤何益?其实,我们很快也要随他们而去。当我看见那些国君卧在推翻他们的敌人旁边时,当我看见敌对的谋士们肩并肩地躺在墓穴里时,或者想到那些用竞争和辩论把世界分割开来的神圣的人们时,我就悲哀而惊愕地回忆起人类渺小的竞赛、派系的争吵。我读着这些墓穴不同的立碑日期,有些人是昨天才死,有些在六百年前就已归天了,由此我就想到,我们这些同代的人,最终都是要一起走到这里来的。

作者简介

约瑟夫·艾迪生(1672~1719),英国散文家、诗人、剧作家以及政治家。艾迪生出生于英国西南部的威尔特郡,父亲是立斯菲尔德的教长。他在著名的私立学校歌得明切特豪斯学校接受教育,之后又进入牛津大学女王学院就读,毕业后在牛津大学莫德林学院教书。1705年他在哈利法克斯的政府中工作,出任副国务秘书,1708年当选国会议员,1711年成为一名非常成功的剧作家。1716年,艾迪生与沃里克伯爵夫人结婚,1717年至1718年,他担任国务秘书,后因健康原因被迫辞职,但是他直到死一直都担任国会议员。1719年6月艾迪生去世,被埋葬在西敏寺。

·美文赏析·

约瑟夫·艾迪生是英国期刊文学的创始人之一,著名的评论家,曾任《旁观者》主编。这篇文字并不是寻常的游记,它足以使很多篇章黯然失色。作者在开篇说:"每当我要作严肃的沉思时,我就经常独自到西敏寺去散步。"也就是说,选择教堂作为自己散步和沉思的所在,本身就意味着生命和思索的沉重,而作者的这些沉重的冥思使我们顿时愧觉自己的轻浮可笑,当我们像鸡毛一样浮游于空气中的时候,我们更多的时候几乎忘记了自己离泥土有多远。作者看到墓碑,冥想生与死,对死亡的思考总使我们感到虚妄和无助,于是作者说:"当我看见那些国君卧在推翻他们的敌人旁边时,当我看见敌对的谋士们肩并肩地躺在墓穴里时,或者想到那些用竞争和辩论把世界分割开来的神圣的人们时,我就悲哀而惊愕地回忆起人类渺小的竞赛、派系的争吵。"读到这里,可以感觉到,说什么都是多余的。

□精美散文

圣皮埃尔岛上的欢乐

卢梭

入选理由
伟大思想家不同凡响的旅行记录
在华丽的语言中呈现作者完美缜密的思考
对人与世界的关系的整体回顾

在我曾经羁留过的居住地中（我曾有过一些迷人的住地），没有一个像位于比安湖心的圣皮埃尔岛那样使我那么真切地感到幸福、给我留下那么温馨的怀念的了。这个被沙纳泰尔居民称为土块岛的小岛，几乎不为世人所知，就是在瑞士本土也是未足挂齿的。据我所知，没有一个游客曾经提到过它。然而，对于一个喜欢限制自己活动范围的人的幸福来说，它可就称心极了，此处的位置也十分独特。因为，虽然我是唯一的一个迫于命运而来到这里的人，但我并不认为只有我才有那么纯朴的兴趣，尽管迄今我还不曾在别人那里找到这种兴趣。

比起日内瓦湖畔，比安湖畔则更加荒僻、更加富于浪漫色彩。因为这里的峭壁和树林更靠近湖水，是那么明媚秀丽。这儿的作物和葡萄没那么多，城镇和住家没那么密，但一样的郁郁葱葱，还可以见到有草地和浓荫遮蔽的幽静处。这儿有更加鲜明的色彩变化，更加明显的地形起伏。那些令人心境旷达的湖畔，由于缺少便于马车行走的大道，所以很少有游人涉足。但是，对于那些耽于冥思的孤独者，它可就趣味盎然了。他们喜欢悠然陶醉在大自然的妩媚之中，喜欢在一片寂静中沉思默想，只有鹰的尖叫、鸟的啼啭和山间飞泻而下的激流的哗啦声偶尔打破这片寂静。这个几乎是圆形的美丽水域，把两个小岛揽在怀中，一个住着人，种了庄稼，周长大约半里；另一个较小，也更偏僻、荒芜。后来它被人平掉了，因为大岛常受波涛和风暴的侵蚀，人们不得不从小岛取土去修补。弱者之躯常常就是这样为强者所利用了。

岛上只有一所孤零零的房子。但它宽敞、舒适、实用，跟小岛一样隶属伯尔尼的收税所，一个税务员偕家室和仆人住在这里。他在岛上有一个规模不小的家禽饲养场，一个马棚和几个鱼塘。这个岛小巧玲珑，地形、地貌是那样复杂，给这儿提供了千姿百态的景致，培育了许多品种的作物。那儿有耕地、葡萄园、树林、果园和小树林遮荫的肥美牧场。牧场边长满各种小灌木丛，湖岸因此清凉常驻。一个长形的平台，栽着两行树木，依傍着小岛。平台中央有一个漂亮的大厅，葡萄收获的季节，每逢星期天，湖畔附近的居民便聚在这儿，载歌载舞。

在莫蒂埃遭到围攻之后，我就逃到了这个岛上。我觉得在这儿的逗留太吸引人了，在这儿过的生活太合乎我的性格，于是我打定主意，在此地终我余生。我无忧无虑，唯恐人们不让我实现这一愿望。这个计划和我前往英国时的计划不同，我一开始就有不祥之感。怀着这种惴惴不安的预感，我巴不得人们把这个避难处变成牢狱，将我终生囚禁，使我失去离岛他去的能力和希望，使我断绝与陆地的来往，以至对世上发生的事一无所知，这正好使我忘掉这个世界的存在，也让别人忘掉我的存在。

人们只让我在岛上羁留了两个月。就我而言，能在这儿住上两年、两个世纪、乃至来生来世，我都不会有片刻厌烦。虽然我那时只有税务员、他的太太和仆人相伴，没有任何别的交往。他们的确是一些非常善良的人，这恰好是我求之不得的。我把这两个月视为我一生中最幸福的时辰。如果我不让内心产生对另一种状态的片刻希求，这个时辰将足以叫我终生感到满足。

圣皮埃尔岛——卢梭的新住所
卢梭离开乡村到皮埃尔岛居住。岛上原始的自然风光和孤独的环境吸引了他。岛上唯一的住宅是收税员的房子，卢梭在这里住了6个星期。他在圣皮埃尔岛上感到幸福，参加庆祝收获葡萄的活动，采集植物，躺在比安湖上的小船里任意遐想。

这种幸福究竟是什么呢？这种幸福的享受包含着什么呢？我要让世人根据我对这儿的生活所作的描写去猜测。那种难能可贵的悠闲生活便是我最基本的，也是主要的享受。我渴望体味的是它全部的温馨。我在逗留中所做的一切，不过是一个恣情于悠闲生活的人所需要的其乐无穷的消遣而已。

在我自己刻意追求的这个与世隔绝的地方，不靠任何人帮助，又不会被任何人发觉，我根本不能出去。若没有周围人的帮助，我简直不能越雷池一步。人们倒是巴不得将我孤单单地撇在这里。我心想，他们的希望倒给我引起了另一种希望。我要更加恬静地度过余生，要比我先前过的日子更加恬静。想到我还有时候安顿自己，所以开始我便有意不作任何安顿。我匆匆迁居于此，只身一人，两手空空。尔后才相继弄来我的女管家、书籍和小家当。但我乐得什么都不取出来。我没有开启我的箱箱柜柜，让它们原封不动地放在那儿，就像它们刚运到时那样。我住在这所我打算打发余生的房子里，却好像住在一家第二天又要去上路的客栈一样。所有的行囊都不打开，倒是十分便当，要把它们整理整理反倒要坏事的。我感到最开心的事就是让我的藏书永远封在箱子里，也不用文房四宝。当一些倒霉的来信迫使我提笔作答时，我就嘟哝着去向税务员借文房四宝，用完就立即还给他，一心指望有一不再，有再不三。然而，这种指望总是落空。我摆满房间的是花花草草，而不是那些讨厌的废稿什和破旧书籍，因为我那时刚刚迷上植物学。伊韦努瓦博士使我对植物学产生了兴趣，这种兴趣很快发展成了一种嗜好。我再也不想做那些劳心费力的文字活计了。我应该做一种有趣味的事情，它既能使我感到快乐，又只需慵懒人肯费的那一点气力就行了。为了消磨残生，我动手写起《圣皮埃尔岛植物志》。我详详细细地、一样不漏地去描写岛上的各种植物，这就足以打发我的光阴。据说有个德国人写了一本关于柠檬皮的书。我原来也打算写一本关于草地的每一种种籽，森林的每一类苔藓，岩石上每一种地衣的书。总之，我不愿意漏掉一根草、一棵植物，而且要详详尽尽。按此绝妙的计划，每天上午，和大伙儿进过早餐后，我便手拿放大镜，挟着我那本《自然的体系》出发去岛上的某块地段考察。为此，我曾将小岛划分成若干方块，以便按不同季节逐片把这些方块走完。

□ 精美散文

我观察植物的组织、结构和开花结果。那时，我对植物开花结果的各种方式还颇感新鲜哩。每一次观察，我都感到阵阵心醉神迷，没有比这种感觉更为特别的了。我似痴如醉，在相同品种中验证区分植物的属性，希望认出更为珍奇的品种来。过去我对此一窍不通。我有生以来第一次观察到开花结果的各个微妙的过程：夏枯草两支长长的雄蕊是如何分叉的；荨麻和墙草的雄蕊是怎样具有弹性的；凤仙花和黄杨的蒴果又是怎样炸开的……不禁心头一喜。我真想问问别人是否见过夏枯草的角，就像拉封丹总是问别人曾否读过《哈巴谷书》一样。两三个钟头过后，我便满载而归。要是碰上雨天，午后我就待在家里，摆弄这些东西聊以消遣。我利用下午剩下的时间，同税务员、他太太和我妻子戴莱丝访问他们的工人，参观他们的收成，常常还会同他们一块干起来。前来看望我的伯尔尼人经常看见我爬在大树的高端，腰带上束着一只袋子，我好往里面装果子，然后用绳子将它吊到地面。我在上午的活动以及由此而获得的良好心境，使我午餐后的小憩惬意极了。不过，倘若午餐的时间拖得太长，而这时天气又很迷人，我就坐不住了。于是，趁大伙儿还在餐桌上时，我就悄悄地溜出来，独自一人跳上船，把船摇到湖心。这时湖水一平如镜。我直挺挺地躺在船上，眼睛仰望着天空，任湖水缓缓地摇，有时长达几个钟头。我沉入千百种遐想之中。这些既模糊又甜美的遐想，没有任何明确或固定的对象，但依我看来，却比我在人们所谓的各种乐趣中找到的最甜美的乐趣还强似百倍。当夕阳西垂，提醒我该回去了时，我常常还在离岛很远的地方。为了在天色完全黑下来之前赶到岛上，我不得不竭尽全力把船划回来。有时候，我没有泛舟湖心，而是沿着葱绿的岛岸游弋，那清澈的湖水常常诱我跳进湖水。不过，我走得最多的水线是从大岛到小岛。在小岛上岸，在那儿度过午后的时光。时而在柳树、泻鼠李、春蓼与灌木丛中作举步维艰的散步；时而伫立于某个小沙丘上，那上面覆盖着细草和欧百里香，甚至还有岩黄芪和三叶草，好像从前曾有人把种籽撒在那儿似的。这里特别适宜兔子栖息，它们可以在那儿平平安安地繁衍，既不必担惊受怕，又不会伤害什么。我把这个想法告诉了税务。他便从沙纳泰尔弄来了一群公兔和母兔。他的太太、他的姐姐、戴莱丝还有我，我们一起煞有介事地把兔子安置到了那个岛上。在我离岛之前，它们开始生育后代了。倘若能够耐得住数九隆冬的严寒，那它们一定子孙成群了。建立这个小小"殖民点"，就成了一个大好日子。当我神气十足地率领着同伴们把兔子从大岛迁往小岛时，就连阿耳戈英雄们的舵手也不会有我那么自豪。我十分得意地注意到，那位对水过分恐惧、往往见水就昏的税务员太太，那天在我的带领下满有信心地上了船，在整个航程中没有半点惊慌神色。

当湖水激荡，不能泛舟时，我就在岛上度过我的下午，到处溜达，采集植物标本。有时坐在最招人喜爱而又最僻静的角落纵情幻想，有

巴黎国民公会下令将卢梭的遗骸迁入先贤祠

1794年4月14日，国民公会在巴黎颁布一项法令，将卢梭的遗骸迁入先贤祠。大队的送葬行列护送卢梭的遗骨，在卢梭生前创作的《乡村卜师》的乐曲声中送进了先贤祠。

时坐在土台或山丘上，骋目全湖和沿岸旖旎迷人的风光。湖的一侧有近山环绕；另一侧则伸展着一片富饶而肥沃的平原。极目远眺，一直可以望见远处摭挡住视线的淡淡的青山。

黄昏将近时，我从岛的高处下来，信步来到湖边，坐在某个隐蔽处的沙滩上；涛声阵阵，湖水翻腾，吸引住我的情思，驱除了我心头因别的事引起的激动，使我整个心思沉浸在柔美的遐想之中。这时间，夜晚常常悄然而至，而我还没有察觉。湖水在我眼前时涨时落，喧哗不止，时强时弱的涛波声，不停地在我耳边喧腾。它们取代了我那因幻想而停止了的内心活动，不费心神就足以使我愉快地感到自己的存在。我时不时泛泛而短暂地思考世界上各种事物的不稳定性，水面恰好给我提供了这种不稳定的图景。但是，这些浅淡的印象很快就消失在这种单调的持续运动中了，那持续运动安抚着我，用不着我的心主动配合，就不停地把我吸引住了。到了钟点和事先约好的信号把我召唤时，我得很费些劲儿才能从这状态中脱身出来。

晚饭后，每当夜空晴朗，我们还要一块儿到土台上散散步，呼吸湖上的气息和清新的空气。我们到凉亭歇脚、嬉笑、聊天，哼一支古老的歌曲，它比那扭扭捏捏的现代歌曲可就强多了。末了，各自带着对这一天的满足心情回去就寝，一心巴望明天还要这么度过。

撇开那些令人厌烦的不速之客不谈，我在圣皮埃尔岛上勾留，就是这样打发日子的。简直可以这样说，那儿的东西太有吸引力，足以唤起我心中如此强烈、如此柔美、如此持久的怀念。15年后，每当我想起这个可爱的地方，仍因热烈的向往而恍如身在其中。

我在漫长岁月中历尽沧桑，我发现，具有最甜蜜的享受和最强烈的快感的时期，并非那些常引起回忆或最使我感动的时期。那些一时的狂热和心血来潮的时刻，无论多么热烈，却恰恰因为本身的热烈程度而仅仅成了生命线上一些稀稀落落的点。这些点为数太少、稍纵即逝，不能形成一种状态。可我心所怀念的幸福，断然不是由一些瞬息即逝的时刻，而是由一些平凡而持久的状态构成的。这些状态本身并不强烈，但它们的魅力却随着岁月的流逝而骤增，最终能够从中找到无与伦比的快乐。

世间万事万物都在连续在波动中，没有一样东西能够保持它的一种固定而永久的形式。因此，与外界事物相因而生的情感，必然与它们的变迁而一起变异。我们的情感常常在我们之前或在我们之后，在追忆那不可再得的过去，或去预想那也许永远不会有的未来。总之，没有一件坚实的东西可以作为心灵的依托。由此可见，世间有的只是逝去的欢乐，而所谓持续的欢乐，我很怀疑它是否存在过。我们难得有享受十分强烈的那么一刹那，而足以使我们的心真正能够说出："我愿这一刹那长此下去。"既然如此，我们怎能把这样一种瞬息状态——它只给心中留下不安和空虚，只留下对过往某些事物的悔恨和对今后某些事物的希求——称为快乐呢？

但是假设有这么一种状态，在那里，心灵能够找到一个坚实的位置，整个儿地静息在那里，并在那里聚集它整个的存在，既不必追怀过去，亦不必思考未来；在那里，时间对于它是虚无的，"现时"一直延伸着，但又不显出它的连续性不显出它那相继接续的印迹；在那里，除了唯一感觉到我们的存在以外，再无贫乏或享受，快乐或痛苦的感觉，更无希冀或恐惧的感觉。我们自身的存在这唯一的感觉就能够把我们的心灵完全充实。只要这种状态持续一天，凡是处于这种状态中的人就都可以称自己是幸福的人。这种幸福并非来自那种不完全的、贫乏的、相对的幸福，就像我们在人生乐趣中所感到的那样。而是源于一种丰盈的、完备的、充实的幸福，它不给心灵留下半点空虚之感，使它需要填补。我在圣皮埃尔岛上，有时躺在船中随水漂移，有时坐在汹涌的湖水边，要么坐在景色秀丽的江边，或是水流穿经砾石潺潺作响的溪边独自遐想，常常处于这种状态中。

在这种境界中享受到的是什么呢？这绝不是自己身外的东西，除了我自己和自己的存在以外再没有别的东西了，只要这种状态持之以恒，人就和上帝一样心得意满。排除异念而感到自身的存在，这本身就是一种满足和宁静的珍贵情感。它足以使每个善于排除世俗的和肉欲的杂念的人感到自身存在的珍贵和甜美。因为世俗的和肉欲的杂念总是不断地分散和扰乱我们对生活在人间的甜美感觉。但是，人类的绝大部分，由于不断受到各种情欲的纠缠，他们很少能够感受到这一境界，或者只有片刻的尝试，因而对此只有一种含糊不清和混乱的观念，不足以感到那其中的韵味。按照现在的事物结构，他们若是渴望这些甜蜜的沉醉而讨厌积极的生活，那甚至是没有益处的，因为对生活不断产生的需要给他们规定了义务。然而，一个不幸者，断绝了和人类的交往，再不能做点于他人、于自己有用或有益的事情了，在这种状态中，他却能找到人生的至乐极福，作为补偿，这才是命运和人所无法从他那儿夺去的。

诚然，并不是任何人，在任何境况中能体会到这些补偿，那就需要心地平和，不能有任何情欲来打扰这种平静，需要有感而发的内心情境，需要把内心情境与四周的客观事物相融合。绝对的安息和过分的激动都是不需要的。但必须有一种均匀而适度的内心活动，没有波动和空隙，没有内心活动，生命就不过是麻木的东西；它若是不平衡或过于激烈，它就会惊醒。当它使我们意识到了四周的事物，它就会败坏我们遐想的魅力，把我们从自身中分裂出来，使我们重新回到财物和人类的束缚中，再度感到我们的诸般不福。过于沉静会令人生悲，出现死亡的阴影，因此就需要借助于一种令人快乐的想象力。上天曾赋予他们以想象力的人们自然会得到这种援助。这时，不是来自外部的内在情感便在我们内心产生了。静下来的时候比较少，但是当一些泛泛的、愉快的思考只是轻轻掠过心灵的表面而不激动它的深处时，沉静也同样是令人惬意的。只需要足够的思考就能回忆起自己，而把痛苦忘却。无论在哪里，只要能够静下心来，就可以去幻想。我常常想，若是把我囚在巴士底狱或一间伸手不见五指的暗室里，我也仍然可以悠然幻想。

但是，还得承认，在这个富饶而僻静、受着大自然的限制、与世隔绝的小岛上，悠然遐想，可就更加自由、更加惬意了。在这儿，一切都给我提供了令人愉快的景象，没有任何东西勾起我对痛苦的往事的回忆。与少数居民的交往，亲切而温柔，并不十分有趣，不会没完没了地占用我的时间。在那儿，我可以无拘无束地成天恣情于令我感兴趣的事物和最懒散的悠闲生活中。一个幻想家，他若是能从令人生厌的事物中提炼出令人快慰的幻想，借助于所有感动他五官的一切，若能陶醉其中，其乐融融，那么，这个机会对他无疑就是绝妙的了。当我从长久和甜蜜的遐想中觉醒过来时，发现周围是绿茵和花岛，当我骋目于远方那环绕一汪清澈晶莹的宽宽水域、富于浪漫色彩的堤岸时，我把每一件可爱的东西都融化在我的想象中了。最后，当我逐渐清醒，意识到周围的一切时，我简直分辨不出想象和现实之间的分界线。因为，在那逗留的愉快时光中，所有一切都使我这种沉思与幽静的生活变得亲切可爱了。我为什么不在这岛上度过余年，永远不出岛，见不着一个陆上居民？他们总是令我回想起这些年来那伙人对我的加害。我很快会把他们忘掉，但他们不会忘掉我的。但只要他们再不能打搅我的平安，我也就不计其他了。

当我把社交界的纷扰所引起的尘世的欲念摆脱掉了之后，我的灵魂就常常超越了这个氛围，去与天使们提前交往了——它还希望尽快有更多的天使。我明白，人们不会还给我这么一个温柔的避难处了，他们原先也是不愿意让我到那儿去的。但他们阻挡不了我展开想象的翅膀，飞向那儿，领略几个钟头的快乐，好像我还住在那里一样。我在那儿能够做的最甜蜜的事也许就是纵情幻想，当我把自己想象成在那儿时，岂不与真的在那儿没有两样吗？有时想象比真的还真哩，因为我把那些迷人的图景融进深奥而单调的幻想之中了。当我心驰神往，这些景物往往超脱了我的感官意识。现在，我幻想得越深入，幻想中的景物就越清晰，与当初我真的待在那儿时相比，如今我似乎更加身临其境，更加其乐融融。不幸的是，随着想象力的衰竭，我的幻想越来越困难，而且不能持续多久了。唉，人行将脱离自己的躯壳时，却被它裹得最紧。

作者简介

卢梭（1712～1778），出生于日内瓦一个钟表匠家庭，幼时家境贫寒，但通过自学掌握了丰富知识。1749年，他在一篇名为《科学与艺术的复兴是否有助于淳化风俗》的征文中获一等奖，并一举成名。但他决心放弃对财产和声誉的奢望，永远保持贫困和独立。1754年，卢梭回到日内瓦，受到热烈欢迎，成为日内瓦公民。次年，发表《论人类不平等的起源和基础》，并完成《论政治经济学》。1758年，由于同狄德罗在宗教等观点上的不同，与百科全书派决裂。1761年，小说《新爱洛绮丝》发表，猛烈地冲击了封建专制制度，这部小说给卢梭带来了巨大声誉。1762年，《社会契约论》和《爱弥儿》出版，这两部书既引起了百科全书派的尖锐批评，更激起了新旧教会的极大愤怒和政府当局的谴责，两本书在许多地方被教会当众焚烧。瑞士当局下令逮捕他，他只好逃往普鲁士管辖下的讷沙泰尔，宣布放弃日内瓦的公民身份。卢梭一度到英国居住，不久又回到法国。卢梭晚年时最有名的著作是《忏悔录》。1778年去世。

卢梭像

·美文赏析·

作为思想家的卢梭，使思想成为他的基本品质，这一品质在他的众多篇章里都完全表现出来了，甚至一篇游记。在《圣皮埃尔岛上的欢乐》中，我们可以看到，卢梭面对这样一个充满魅力的小岛，也没有停止他的思考。尽管一般来看，在优美的大自然面前进行冗长的思考和演说是一种使人郁闷的大煞风景的事，但是，事实表明即使令人陶醉的自然也不能阻止作为思想家的卢梭停止思考。卢梭热爱圣皮埃尔岛是显然的，但是如果要他来表达或者描述他的热爱，除了部分生动感性描述之外，卢梭是非要给出长篇大论而不能，在卢梭看来，也许感性和理性必须结合到使人生厌，才能讲出一个使人完全信服的理由。卢梭说："在莫蒂埃遭到围攻之后，我就逃到了这个岛上。"但是在岛上居住，他感到幸福，他思考他所看到的岛上生活者的幸福究竟是什么，这种思考引发了他对万事万物的思索。"这种幸福究竟是什么呢？这种幸福的享受包含着什么呢？"卢梭实际是要讲述对他而言隐居的必要和隐居的好处，这种孩子气的说明使我们卷入了卢梭关于人和世界的恰当关系，以及人生最具价值的享受的长篇大论中，姑且看作是卢梭对人之于世界的整体回顾。当然，这些并没有影响到他笔下的美丽的圣皮埃尔岛上的绚丽风光、多彩的生活和他所感到的欢乐。

□ 精美散文

生活在大自然的怀抱里

卢梭

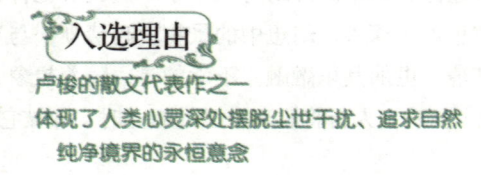

入选理由
卢梭的散文代表作之一，
体现了人类心灵深处摆脱尘世干扰、追求自然
纯净境界的永恒意念

为了到花园里看日出，我比太阳起得更早；如果这是一个晴天，我最殷切的期望是不要有信件或来访扰乱这一天的清宁。我用上午的时间做各种杂事。每件事都是我乐意完成的，因为这都不是非立即处理不可的急事，然后我匆忙用膳，为的是躲避那些不受欢迎的来访者，并且使自己有一个充裕的下午。即使最炎热的日子，在中午一时我就顶着烈日带着芳夏特出发了。由于担心不速之客会使我不能脱身，我加紧了步伐。可是，一旦绕过一个拐角，我觉得自己得救了，就激动而愉快地松了口气，自言自语说："今天下午我是自己的主宰了！"从此，我迈着平静的步伐，到树林中去寻觅一个荒野的角落，一个人迹不至因而没有任何奴役和统治印记的荒野的角落，一个我相信在我之前从未有人到过的幽静的角落，那儿不会有令人厌恶的第三者跑来横隔在大自然和我之间。那儿，大自然在我眼前展开一幅永远清新的华丽的图景。金色的燃料木、紫红的欧石南非常繁茂，给我深刻的印象，使我欣悦；我头上树木的宏伟、我四周灌木的纤丽、我脚下花草的惊人的纷繁使我目不暇给，不知道应该观赏还是赞叹；这么多美好的东西争相吸引我的注意力，使我眼花缭乱，使我在每件东西面前留连，从而助长我懒惰和爱空想的习气，使我常常想："不，全身辉煌的所罗门也无法同它们当中任何一个相比。"

作为法国启蒙运动的领袖之一，卢梭的思想和言论对法国大革命起了先导性的作用。

我的想象不会让如此美好的土地长久渺无人烟。我按自己的意愿在那儿立即安排了居民，我把舆论、偏见和所有虚假的感情远远驱走，使那些配享受如此佳境的人迁进这大自然的乐园。我将把他们组成一个亲切的社会，而我相信自己并非其中不相称的成员。我按照自己的喜好建造一个黄金的世纪，并用那些我经历过的给我留下甜美记忆的情景和我的心灵还在憧憬的情境充实这美好的生活，我多么神往人类真正的快乐，如此甜美、如此纯洁、但如今已经远离人类的快乐。甚至每当念及此，我的眼泪就夺眶而出！啊！这个时刻，如果有关巴黎、我的世纪、我这个作家的卑微的虚荣心的念头来扰乱我的遐想，我就怀着无比的轻蔑立即将它们赶走，使我能够专心陶醉于这些充溢我心灵的美妙的感情！

（然而，在遐想中，我承认，我幻想的虚无有时会突然使我的心灵感到痛苦。甚至即使我所有的梦想变成现实，我也不会感到满足：我还会有新的梦想、新的期望、新的憧憬。我觉得我身上有一种没有什么东西能够填满的无法解释的空虚，有一种虽然我无法阐明，但我感到需要的对某种其他快乐的向往。然而，先生，甚至这种向往也是一种快乐，因为我从而充满一种强烈的感情和一种迷人的感伤——而这都是我不愿意舍弃的东西。）

卢梭岛上的卢梭雕像

我立即将我的思想从低处升高，转向自然界所有的生命，转向事物普遍的体系，转向主宰一切的不可思议的上帝。此刻我的心灵迷失在大千世界里，我停止思维，我停止冥想，我停止哲学的推理；我怀着快感，感到肩负着宇宙的重压，我陶醉于这些伟大观念的混杂，我喜欢任由我的想象在空间驰骋；我禁锢在生命的疆界内的心灵感到这儿过分狭窄，我在天地间感到窒息，我希望投身到一个无限的世界中去。我相信，如果我能够洞悉大自然所有的奥秘，我也许不会体会这种令人惊异的心醉神迷，而处在一种没有那么甜美的状态里；我的心灵所沉湎的这种出神入化的佳境使我在亢奋激动中有时高声呼唤："啊，伟大的上帝呀！啊，伟大的上帝呀！"但除此之外，我不能讲出也不能思考任何别的东西。遗忘，但他们肯定不会把我忘却；不过，这又有什么关系？反正他们没有任何办法来搅乱我的安宁。摆脱了纷繁的社会生活所形成的种种尘世的情欲，我的灵魂就经常神游于这一氛围之上，提前跟天使们亲切交谈，并希望不久就将进入这一行列。我知道，人们将竭力避免把这样一处甘美的退隐之所交还给我，他们早就不愿让我呆在那里。但是他们却阻止不了我每天振想象之翼飞到那里，一连几个小时重尝我住在那里时的喜悦。我还可以做一件更美妙的事，那就是我可以尽情想象。假如我设想我现在就在岛上，我不是同样可以遐想吗？我甚至还可以更进一步，在抽象的、单调的遐想的魅力之外，再添上一些可爱的形象，使得这一遐想更为生动活泼。在我心醉神迷时这些形象所代表的究竟是什么，连我的感官也时常是不甚清楚的；现在遐想越来越深入，它们也就被勾画得越来越清晰了。跟我当年真在那里时相比，我现在时常是更融洽地生活在这些形象之中，心情也更加舒畅。不幸的是，随着想象力的衰退，这些形象也就越来越难以映上脑际，而且也不能长时间地停留。唉！正在一个人开始摆脱他的躯壳时，他的视线却被他的躯壳阻挡得最厉害！

·美文赏析·

《生活在大自然的怀抱里》是一篇意境优美的散文。文章表达了作者热爱自然、崇尚个性、蔑视世俗观念的思想。文章一开始用简洁的笔调表述了自己在一天里如何摆脱来访者，接着又饱含激情地描述了他所看到的自然极其清新华丽、生机无限。置身于自然这个甜美、纯洁的世外桃源，卢梭陶醉了，忘却了尘世的纷繁、虚荣、伪善、偏见，充满了梦想、憧憬。

文章采用内心独白式的表述方式，亲切自然，感情真挚，全文流畅隽永，情景交融，充满诗情画意，融人文精神与理性精神于一炉，给读者以深刻的艺术享受。

□ 精美散文

西西里

歌德

入选理由
一次对意大利文明的深度考察
与自然和文明的深情对话
如大海般深沉而激荡的天才语言

海上航行，3月29日

这次不像上次，行李船离岸时有清新的东北风送行，而是很遗憾地从相反方向刮来温和的西南风，阻力极大。我们怎么都知道，航海的人靠天气和风向吃饭。我们时而在岸上，时而在咖啡馆里不耐烦地度过了一早晨。中午我们终于上船，大好天气，和享受这大自然的美景。离莫洛不远，帆船抛了锚。在明媚的阳光下，空中有一层蒙蒙薄雾，因此，未照到阳光的索伦特石壁显出最好看的鲜蓝色。那不勒斯在阳光照耀下，更是生气活现，色彩缤纷。日落时分船才启航，但是航速很慢。从这里刮起逆风，将我们朝波西利波及其尖角方向推过去。帆船通宵静静地续航。这艘船系在美洲制造，张帆轻快无比，船内有舒适的小舱房和单人卧铺，社交活动文雅活泼：看歌剧和跳舞。到巴勒莫后再写信。

3月30日

拂晓，我们处在伊沙和卡普里岛之间，离后者大约10海里处。太阳从卡普里山和米内瓦山头后面升起。克尼普勤劳地画出海岸和岛屿及其各种景观的轮廓，船速慢有益于他写生。一路上风弱，或者船帆有一半受风。我们继续前进。维苏威火山在将近4点钟时从我们的视线中消失，米内瓦山头和伊沙岛仍能望得见，傍晚时它们也看不见了。夕阳坠入海中，这时天空多云，有一条1海里宽的长长的云带，紫色的云霞光芒四射。克尼普也将这个景象入画。现在再也见不到陆地了，四周的视界一片汪洋。夜间有月亮，月光皎洁。

我只能享受到片刻的美景。不久我晕船了。我走进舱里，平躺下，除白面包和红葡萄酒外，其他各种饮料和青菜均不用，感到也很愉快。我同外界隔绝，内心世界就起作用。由于预见到船行很慢，为了娱乐，我立即限定自己每天写多少字数。《塔索》的两个第一幕是用诗体写的，是我从全部稿子中仅仅拿了这一叠稿子带过海来的。这两幕的计划和进度大概类似现在的，但是在10年前写的稿子，有一类软弱的、模糊的东西。我根据新的见解注重形式和韵律的时候，这些东西便消失了。

巴勒莫，4月2日

我们历尽艰辛，终于在下午3时到达港口，在这里我们见到令人极为高兴的景象。我完全恢复了精神，感到极大的愉快。城市朝北，再转回来，坐落在高山脚下。根据白天某一段时间来说，太阳当空照射过来，一切建筑物被反光照射，显出明显的阴暗面。右边是帕勒格里诺山，它那秀丽的形态完全沐浴在阳光里；左边是向远处伸展的海岸、海湾、地岬和山麓小丘。刚发绿的小树和树梢在背后的阳光照射之下，在阴暗的大楼前面来回晃动，活像一大群萤火虫来回飞舞。阴处都有一层蓝色透明的薄雾。

我们并非急不可耐地要赶紧上岸，而是留在甲板上，直到有人赶我们走为止。否则，我们到哪里能找到这样一个地点，希望再待一会儿，能享受这幸福的时刻！

有人带我们进城。城门由两根大柱子构成，顶部不可以关闭，以便神圣的罗莎莉亚有塔那么高的车子在著名节日时能够通过。我们通过这个奇妙的城门后，立即被带入左边的一家大饭店。店主是一位愉快的老人，对接待各国客人习以为常。他领我们去一个大房

西西里岛的那不勒斯城内历史老区

间。从房间的阳台我们可以俯瞰大海和停泊场、罗莎莉亚山和海岸，也能望见我们的船只和评断我们上岸的第一立足点。我们对房间的位置极为满意，几乎未注意到底层门帘后面还藏有一个抬高了的套间，里面摆了一张最宽的床，丝制的顶罩闪闪发光，与其他过时的华丽的家具完全协调一致。这样一个金碧辉煌的房间使我们有点发窘。我们要求以传统方式订约。这个老人说，不需要订约。他希望住在他这里大概能使我们满意。我们也可以使用前厅，那里通风、清凉，有几个阳台，并且紧挨我们的房间。

我们对视野开阔、能见到无限的各种各样的景色感到愉快。我们试图将景物一幅幅地画下来，因为在这里我们能一览无余，这对艺术家是一大收获。

皎洁的月光吸引我们晚上还去停泊场，回来后我们在阳台上还待了长时间。室内照明奇特，显得非常宁静和优美。

巴勒莫，4月3日

我们首先要更进一步观察城市。浏览城市很容易，深入了解却很难。说容易，因为一条几里路长的街道从下城门至上城门，从大海到山边纵贯全城，这条街道大约在路中间又被另一条街道切断。在这两条线上的东西很容易找到。城内却使外地人迷失方向。外地人只有靠导游才能在这迷宫里不迷路。

傍晚我们注意看上层人士的车水马龙，那一辆辆马车出城驶向停泊场，以便呼吸新鲜空气，消遣和从事交际活动。

入夜前两小时，一轮明月东升，照得夜晚如同白昼。巴勒莫朝北的位置使得城市和海岸很奇怪地对着这很亮的月光，月光的反光却在海涛上从未见到。因此，即使在今天这个万里无云

□ 精美散文

的晴天，也觉得大海呈深蓝色、严肃和看不透。而在那不勒斯，从中午时刻起，大海却越来越开朗，越来越快乐，闪光越来越远。

克尼普今天曾让我单独一人走了许多路，做了许多观察，以便给帕勒格里诺山画出详细的轮廓。它可是世界上一切山麓小丘中最美丽的山丘了。

巴勒莫，4月13日

意大利若没有西西里，在人们的心灵里就不会产生观念。这里才是解决一切问题的关键。

必须说，气候非常好。现在是雨季，但雨时断时续。今天闪电交加，老天爷将大地的一切变成绿色。亚麻已经一部分长了结，另一部分开了花。有人自以为在地上看见了小水塘，其实是下边的亚麻田里呈现出好看的嫩绿色。迷人的东西多得数也数不清！我的帮手是一个杰出的人，真正的霍夫古特，正如我真像一个忠实朋友一样。他已画出了相当好的巴勒莫城的缩影，并还将画出最好的画来。将来带着我的宝贝，高高兴兴地回家去，那是多么美好的希望！

我还没有谈这里的饮食呢，说起来可写一篇不小的文章。园中水果好极了，特别是生菜，柔嫩好吃像牛奶。我们了解到为什么老人们称生菜为拉克图卡了。油、葡萄酒，一切都很好，如果多花点时间精心准备，可能还更好些。鱼最鲜嫩。我们至今也吃过很好的牛肉，虽然我们还不想称赞它好。

现在我们正靠着窗子吃午餐！上街！有人要求给一个罪犯减刑，这种事情在庆祝复活节时是经常发生的。一帮教友带着他站到虚设的绞架之下，他在那里必须在梯子前祈祷，吻梯子，然后又被带走。这是一个长得英俊的中等阶层的人，头发经过修饰，穿着白色燕尾服，戴着白帽子，一切皆白。他手里拿着帽子。要是到处都给他系上彩带就好了，他就能够作为绵羊参加化装舞会了。

巴勒莫，4月16日

由于我们扬言即将离开这个天堂，因此我希望今天在公园里找到一种完全有效的清凉饮料。读《奥德赛》我规定自己读的定额，在去罗莎莉亚山山脚旁的山谷散步时进一步思考"瑙西卡"的计划，试图从这个故事里看能否找到戏剧性来。这一切都发生在没有大喜事却有很大愉快的地方。我写下计划，不能放弃草拟几段特别吸引我的稿子并完稿。

巴勒莫，4月17日

如果一个人被许多精灵追踪和诱惑，那是真正的不幸！今天清晨我打定主意，继续做我的创作梦，去公园，转瞬之间，这些天一直悄悄跟踪我的另一精灵抓着我了。以前我只是见到栽在桶和钵里的许多植物，并且习惯于在玻璃窗后面一年四季观察很多时间，现在它们却快快活活地长在露天地里。由于它们完全完成自己的使命，所以我们看得更清楚。面对这各种各样的新的和改良的品种，我又顿生昔日的奇想：在这些植物中我是否能发现原始植物。一定有这样的植物的！如果它们不全是按一个模式形成的，我怎能辨明这种还是那种生命是一种植物呢？

我力图研究这许多形态各异的植物相互不同的地方究竟在哪里。我总发现同多于异，想提出我自己的植物术语。我这样做了，但是未成功。这使我不安，但是无济于事。我下定搞创作的好主意被扰乱了。阿尔喀诺俄斯的花园不见了，一个世俗的花园找到了。为什么我们对新东西那么高兴，为什么总引诱我们去做那些我们既做不到也不能完成的事呢？

吉尔根蒂，4月25日

日出时我们正朝下走，可以说，一步一景。这个小导游员意识到使我们如愿以偿，就带领我们顺利地走过有千种植物、呈现千种田园诗情的地方。土质不同对此起了很大的作用。这里地形像波浪般起伏，下面是隐藏着的废墟，上面是一层沃土，所以如此，是因为当年的楼房是用蚌壳灰造成的。我们到达了城的东端，朱诺庙的废墟每年都在坍塌，因为质地疏松的石头被风化了。今天大概只能粗略地看上一眼了，但是克尼普已选了他明天想画画的地点。

朱诺庙目前处在风化的巨崖上。城墙从这里正向东伸展，建在石灰岩层上。石灰岩层垂直于浅海滩。在大海造成这些巨崖并冲刷崖脚之后，慢慢离开了浅滩。一方面掘崖，一方面用岩缝建造城墙，许多庙就在城墙后面拔地而起。不足为奇，吉尔根蒂的下部，上坡和最高部分合在一起，从大海这边看，蔚为壮观。

太和庙（康科尔迪亚）经受了许多世纪的考验。它那纤细的建筑艺术使它接近我们的审美标准。太和庙同帕斯图姆之比正如诸神像同巨神像之比。我不想抱怨这值得称赞的、保留这个文物的新主意由于用发光的白石膏补缺填洞而搞得倒了胃口。因此一来，这个文物在人们的心目中受到了一定程度破坏。使石膏具有风化石的颜色谈何容易！当然，如果人们那么容易地看出柱子和城墙正在碎裂的蚌壳灰，那么就会对文物还保存这么长时间感到惊讶。但是寄希望于类似的子孙后代的建造者因此采取了防护措施：在柱子上还找得到粉刷的痕迹，粉刷也是为了美观，保证延长寿命。

下一站是去看朱庇特庙的废墟。这个庙占地很宽，犹如一个庞大的骨架有许多块骨头，它的内部和下部都有若干小的庄园，被篱栅切割开来。篱栅上长满了高高低低的植物。一切东西都从这废墟堆中消失了，只有一个庞大的陶立克柱式三陇板和一块同样比例的半个柱子例外。我张开双臂测量它们，不能把三陇板堆成堆，相反，从柱子刻的凹槽可以了解到，我站在里面，双肩能碰着边，把这个凹槽可以当成壁龛。22个男人并排站成圆圈，大约相当于这样的柱子的圆周长。我们快快不乐地离开这里，因为画家在这里无事可做。

但是海格立斯庙却使人发现当时对称的遗迹。庙的两边有两排柱子，都立在同一方向，好像一下子一起放置在那

意大利西西里岛上的阿格里真托地区遗址
这一地区的多利安式庙宇的遗址，集中了许多重要的建筑。后希腊与罗马时代城市的繁荣景象，以及古代基督教居民葬礼的习俗，都可以从遗址中看到。

里的，都取南北走向。一排柱子顺小山向上，另一排顺山势向下。这个小山也许是由坍塌的房间造成的。由柱顶盘连在一起的柱子突然倒塌，也许由于风暴逞威，一下将它击倒在地，柱子躺在地上还很有规则，照原来拼成的结构裂成许多块。克尼普已经想到把这一古怪现象详细画了下来。

厄斯库拉普庙由最好看的角豆树遮荫，几乎被围进小农家的院墙里。它显出亲切的图景。

现在我们走下山去找特龙的墓碑。我们高兴的是，这个经常见到的被复制的文物还存在，特别是使我们把前面部分变成奇妙的景观，因为人们是从西向东在巨岩上看过去的。在巨岩上可以见到有缺口的城墙，并从缺口和城墙上面可以见到庙的残余部分。在哈克特的画笔下，这一景观变成了令人愉快的画。克尼普也将在这里画下它的轮廓。

墨西拿，5月10日

我们就这样到达墨西拿，因为没有别的可能，只好勉强同意在韦图林的住宅度过第一夜，明天早晨转到好一些的住处。这个决定在我们进来时就对这个遭到破坏的城市产生了最可怕的概念。因为我们骑马一刻钟之久，经过了一块一块的废墟，然后到达小旅舍。这家旅舍是全区唯一重建的，从楼上的窗子就可以看到是锯齿状的废墟。除了这家旅舍所在的区，既见不到人，也碰不到动物，夜间万籁俱寂。房门未关闭也未锁。这里给旅客安排的客房还不如马住的房子。但我们躺在垫子上安然入睡了。殷勤的服务员离开店主，悄悄地闲聊去了。

5月14日

下午过去了，我们没有根据自己的意愿去那不勒斯湾，而总是被驱逐到西边。由于船接近卡普里岛，便离米内瓦山头越来越远。每个人都讨厌和不耐烦，但我俩用画家的眼睛观察世界，对此感到满意，因为在日落时分我们享受了整个旅行给我们最美的景观。米内瓦山头与紧密相邻的群山层林尽染，光辉夺目。向南倾斜的巨岩这时也显出浅蓝色调。整个被阳光照耀的海岸从山头一直延伸到索伦特。维苏威火山我们明显可见。山上升腾起一大片蒸汽云，向东飘移，形成一条长长的云带。因此，我们可以推测刚出现过最大的火山爆发。左边是卡普里岛，高矗云端，透过透明的浅蓝色薄雾，我们完全能区别石壁的各种形状。在清澈明净、万里无云的天空下，平静的、几乎纹丝不动的大海浮银泛金，终于风平浪静，大海像一个小池塘横卧在我们眼前。我们面对这景色，如醉如痴。克尼普忧伤地说，任何彩色艺术都不足以再现这种和谐的场景。最细的英国铅笔、最熟练的老手也不能描绘出这些线条。我则相反，确信任何一件纪念物，即使远比这个灵巧的艺术家可

卡普里岛上风光

卡普里岛坐落在那不勒斯湾南部的第勒尼安海中，约有10平方公里大。在希腊传说中，海上女妖就住在卡普里，她的歌声非常动听，尤里西斯和他的水手经过这里时曾受到诱惑。

能保存的价值小得多，在将来也会是极其可取的。我鼓励他尽其所能地运用手和眼睛。他听取了我的意见，提供了一幅最详细的画。然后他去着色，留下了一个例证，说明形象表达的不可能变成了可能。我们用同样好奇的眼光密切注视了从傍晚到黑夜的过程。卡普里岛黑森森地横卧在我们眼前，令我们惊异的是，维苏威火山爆发产生的云和云带，越长，越多，我们最后看到在我们的视界底部有一道壮观的闪电照亮了空中，真像听不见雷声的远方闪电。

我们未让人注意到受我们欢迎的这些场面，结果，一场大灾祸将威胁着我们。但是旅客的活动使我们不再去从事毫无把握的冒险。比我们更了解大海的旅客向船主和舵手提出了强烈的指责：由于他们笨手笨脚，不仅海峡过不去，而且托付给他们的乘客、货物等一切全有葬身鱼腹的危险。我们打听这种不平静的原因，而我们不了解，在风平浪静时，也会担心某种灾祸。但是正是这种风平浪静使那些男人得不到安慰。他们说："我们已处在激流中，激流在围着海岛转，通过浪涛的特别冲击，慢慢地、不可抗拒地向悬崖绝壁冲去，在那里我们也就没有任何优势地位，也没有港湾可以避险求救了。"

我们仔细听了这番话，现在观察自己的命运，不免恐惧不安。因为夜间虽然看不出越来越大的危险，但是我们注意到，这艘船正在摇摇摆摆地向巨崖靠近，巨崖在我们面前越来越暗，而这时还有一星半点傍晚的微光在海上扩展。在空中未能看到丝毫的运动，手帕和飘带被每个人举到空中，但是没有显示预期有的微风。实际上风越来越响，越来越狂。女人和她们的孩子们跪在甲板上，不是祈祷，而是因为空间太狭小，伸不开手脚，只能挤在一起，并排躺着。她们比男人还多。男人们想求助和求救，发现船长，向他吼叫，现在人们谴责船长，说出了在整个旅途中人们默默想到的一切：花高价买坏船舱，食物少，虽然并非不友好，但是保持沉默。船长没有向任何人为自己的行为辩解，甚至最近他观察了一晚上，对自己的手腕顽固地闭口不谈。他和舵手被跑过来的小商贩指做唯利是图，只知设法拥有船，而对驾船技术一窍不通，由于他们无能和笨拙，信任他们的人都会遭灭顶之灾。船长沉默不语，似乎仍然在思考拯救之法。但我从年轻时起就对无政府主义比死亡本身更深恶痛绝。我可沉不住气了。我挺身而出，同他们理论，其心情之平静大致像马尔塞辛的鸟儿一样多。我对他们说，正是在这时刻，他们向船长和舵手大吵大闹，希望这两个人还想出什么拯救办法，闹得头昏耳聋，闹得他们既不能思考，也不能相互了解。"至于你们"，我大声地说："转过身来，真诚地向圣母祈祷吧。唯一的关键是圣母，要看她是否给她儿子面子，她儿子将为你们做他当时为自己的使徒做过的事。在风暴咆哮的梯伯里亚大海上海涛已打进船里的时候，主啊，却睡着了。但是当没有安慰、孤立无援的人唤醒他时，便立即要求风平浪静，正如现在他能命令风止一样。如果上帝的神圣意志不是这样，就会下雨。"

这席话发生了最好的效力。妇女中有一人，我早先同她谈过道德和精神问题。她大声喊道："老天爷，祈祷吧，老天爷！"他们本来已经跪着，现在真的开始以非同寻常的热情热烈地进行祈祷。他们可以心情更加平静地作祈祷，因为船夫放下一只小船，当然这只小船只能装载6至8人。他们用一根长绳子，把小船拴在大船上，水手用力划桨，向自己划去。人们以为片刻之间他们在激流中能划得动，希望不久看到船能从激流中脱身。但是这种努力是否增加了激流的反作用力，怎样才能获得拯救？于是小船用长绳拴住，全体船员把长绳朝后向大船投掷过去，好像车夫赶车挥鞭子打一样。但是，终于这种希望也被放弃了！祈祷和责难互相交替着，这种状

□ 精美散文

况越来越令人胆寒,因为像在巨岩之上的牧童,人们早已看见牧童在玩火,船在巨岩之下停着,这些牧童在低声呼叫着!他们彼此呼唤的声音就更不易听懂了。有些熟悉语言的人以为听到的是:他们希望有一天早晨能抓到好些大鱼。有人甚至令人不安地怀疑,这艘大船究竟是否会有接近巨岩的危险。可惜提出这个疑问之时,全体船员正抓着大粗杆,以便在发生危险时船撞到巨岩,免得粉身碎骨,完全葬身海底。船越来越摇晃,激浪似乎越来越汹涌澎湃。加上我的晕船病逼着我下定决心到下面的船舱去,我昏昏沉沉地躺在垫子上。但是这时我有某种愉快的感觉,这种感觉似乎来自梯伯里亚海,因为我眼前十分清楚地浮现出梅兰的铜刻圣经中的画。每当人完全返回自身的时候,精神和道德的种种印象的力量证明是最强大的。我迷迷糊糊地睡了多久,我说不上来,不过一阵狂风怒吼将我唤醒。我能清楚地听到,正是那根粗绳子在甲板上来回拖得响,这给我使用帆的希望。过一会儿克尼普跳了下来,告诉我得救了,已刮起了最微小的风,目前已动手张帆。他自己也不失时机地动手工作。人们已经明显地离开了巨岩,虽然未完全脱离激流,但是希望能战胜它。船上边一片寂静,接着有几个乘客走动,宣告一场风波顺利结束,人们躺了下来。

作者简介

歌德(1749~1832),18世纪后期19世纪初德国著名诗人、欧洲启蒙运动后期最伟大的作家、德国狂飙突进运动的主将。生于法兰克福一个富裕市民家庭。先后在莱比锡大学、斯特拉斯堡大学学法律。1775年后到魏玛做官。1786年到意大利专心研究自然科学,从事绘画和文学创作。1788年回魏玛任剧院监督。主要作品有书信体小说《少年维特之烦恼》、长篇小说《威廉·迈斯特》、诗剧《浮士德》、长篇叙事诗《赫尔曼与窦绿台》等。

歌德像

· 美文赏析 ·

    1786年,37岁的歌德背起行囊,独自搭上一辆邮车,开始向南方远行,本文就是作者南行的收获《意大利游记》的一部分。文章以日记的形式写成,歌德带着沛充的精力和旺盛的激情书写意大利,在他的文字里不断地交织着天才的感性和智慧的理性。作者踏上被风和海水拥抱的岛屿,即开始了西西里的解说,一段详尽冗长然而绚丽的风光之后,作者指出:"意大利若没有西西里,在人们的心灵里就不会产生观念。这里才是解决一切问题的关键。"所以,对城市的观察转入了对植物的研究和对历史的考据和回顾,作者精心临摹了这些人类文明的杰作,庙宇是歌德考察的重点,包括朱诺庙、太和庙以及朱庇特庙和它们的神像、柱石。那不勒斯湾展开了其恢宏的画卷,但同时也带来了令人恐怖的灾难,平静的游历在这里突然刮起狂暴的飓风,它正如一贯的戏剧,在这里达到了整篇文字的高潮。在这里,作者运用大量的笔墨描述灾难来临所造成的空前恐慌以及整个惊险最终化解的过程,似乎展示了一种神秘不可知的神性的威力。在异乡人歌德的笔下,西西里美丽的风光、古老的奇迹,以及生活着的人们所呈现的远不止是一幅幅绝美的风景画,它包含了意大利古老文明的一切。

自 然

歌德

入选理由

歌德的散文代表作之一
一曲热情澎湃、富于诗情画意的自然颂歌
想象宏诡，文笔清新流畅，富于韵律感

　　自然！她环绕着我们，围抱着我们——我们不能越出她的范围，也不能深入她的秘府。不问也不告诉我们，她便把我们卷进她的旋涡圈里，挟着我们奔驰直到倦了，我们脱出她的怀抱。

　　她永远创造新的形体；现在有的，从前不曾有过；曾经出现的，将永远不再来；万象皆新，又终古如斯。

　　我们活在她怀里，对于她又永远是生客。她不断地对我们说话，又始终不把她的秘密宣示给我们。我们不断地影响她，又不能对她有丝毫把握。

　　她里面的一切都仿佛是为产生个人而设的，她对于个人又漠不关怀。她永远建设，永远破坏，她的工场却永远不可即。

　　她在无数儿女的身上活着，但是她，那母亲，在哪里呢？她是至上无二的艺术家：把极单纯的原料化为种种极宏伟的对照，毫不着力便达到极端的美满和极准确的精密，永远用一种柔和的轻妙描画出来。她每件作品都各具心裁，每个现象的构思都一空倚傍，可是这万象只是一体。

　　她给我们一出戏看：她自己也看见吗？我们不知道；可是她正是为我们表演的，为了站在一隅的我们。

　　她里面永远有着生命，变化，流动，可是她毫不见进展。她永远迁化，没有顷刻间歇。她不知有静止，她咒诅固定。她是灵活的。她的步履安详，她的例外希有，她的律法万古不易。

　　她自始就在思索而且无时不在沉思，并不照人类的想法而照自然的想法。她为自己保留了一种特殊而普遍的思维秘诀，这秘诀是没有人能窥探的。

　　一切人都在她里面，她也在一切人里面。她和各人都很友善地游戏：你胜她，她也越欢喜。她对许多人动作得那么神秘，他们还不曾发觉，她已经做完了。

　　即反自然也是自然。谁不到处看见她，便无处可以清清楚楚地看见她。

　　她爱自己，而且借无数的心和眼永远黏附着自己。她尽量发展她的潜力以享受自己。不断地，她诞生无数新的爱侣，永无餍足地去表达自己。

　　她在幻影里得着快乐。谁在自己和别人身上把她打碎，她就责罚他如暴君；谁安心追随她，她就把他像婴儿般偎搂在怀里。

　　她有无数的儿女。无论对谁她都不会吝啬；可是她有些骄子，对他们她特别慷慨而且牺牲

□精美散文

极大。一切伟大的，她都用爱护来荫庇他。

她使她的生物从空虚中溅涌出来，但不对它们说从哪里来或往哪里去。它们尽管走就得了。只有她认得路。

她行事有许多方法，可是没有一条是用旧了的，它们永远奏效而且变幻多端。

她所演的戏永远是新的，因为她永远创造新的观众。生是她最美妙的发明，死是她用以获得无数的生的技术。

她用黑暗的幕裹住人，却不断地推他向光明走，她把他坠向地面，使他变成懒惰和沉重，又不断地摇他使他站起来。

她给我们许多需要，因为她爱动。那真是奇迹：用这么少的东西便可以产生这不息的动。一切需要都是恩惠：很快满足，立刻又再起来。她再给一个吗？那又是一个快乐的新源泉，但很快她又恢复均衡了。

她刻刻都在奔赴最远的途程，又刻刻都达到目标。

她是一切虚幻中之虚幻，可是并非对我们；对我们，她把自己变成了一切要素中之要素。

她任每个儿童把她打扮，每个疯子把她批判。万千个漠不关心的人一无所见地把她践踏，无论什么都使她快乐，无论谁都使她满足。

你违背她的律法时在服从她；企图反抗她时也在和她合作。

无论她给什么都是恩惠，因为她先使之变为必需的。她故意延迟，使人渴望她；特别赶快，使人不讨厌她。

她没有语言也没有文字，可是她创造无数的语言和心，借以感受和说话。

她的王冕是爱；单是由爱你可以接近她。她在众生中树起无数的藩篱，又把它们全数吸收在一起。你只要在爱怀里啜一口，她便慰解了你充满着忧愁的一生。

她是万有。她自赏自罚，自乐又自苦。她粗暴而温和，可爱又可怕，无力却又全能。一切都永远在那里，在她身上。她不知有过去和未来。现在对于她是永久。她是慈善的。我赞美她的一切事功。她是明慧而蕴藉的。除非她甘心情愿，你不能从她那里强取一些儿解释，或剥夺一件礼物。她是机巧的，可是全出于善意；最好你不要发觉她的机巧。

她是整体却又始终不完成。她对每个人都带着一副特殊的形象出现。她躲在万千个名字和称呼底下，却又始终是一样。

她把我放在这世界里；她可以把我从这里带走。她要我怎么样便怎么样。她决不会憎恶她手造的生物。解说她的并不是我。不，无论真假，一切都是她说的，一切功过都归她。

· 美文赏析 ·

《自然》是一篇意韵隽永的脍炙人口的散文，文章抒发了作者对自然的崇敬、赞誉之情，阐发了自然中蕴蓄的许多带有普遍性的哲理。作者以丰富的想象力，以第三人称写法，采用拟人、比喻、象征手法，将抽象的自然物化为具体的实在，对自然进行全力描摹，从多元化的角度将一个万有、自赏自罚、自乐自苦、粗暴而温和、可爱又可怕、无力又全能、慈善、明慧蕴藉的自然描绘得神韵毕现，阐释了生活中无处不在、常人又习焉不察的自然规则。

美洲之夜

夏多布里昂

入选理由
让人沉醉的美丽原始气息
哲思和文笔并举
写景散文中的大手笔

一天傍晚，我在离尼亚加拉瀑布不远的森林中迷了路；转瞬间，太阳在我周围熄灭，我欣赏了新大陆荒原美丽的夜景。

日落后一小时，月亮在对面天空出现。夜空皇后从东方带来的馥郁的微风好像她清新的气息率先来到林中。孤独的星辰冉冉升起：她时而宁静地继续她蔚蓝的驰骋，时而在好像皑皑白雪笼罩山巅的云彩上憩息。云彩揭开或戴上它们的面纱，蔓延开去成为洁白的烟雾，散落成一团团轻盈的泡沫，或者在天空形成絮状的耀眼的长滩，看上去是那么轻盈、那么柔软和富于弹性，仿佛可以触摸似的。

地上的情景也同样令人陶醉：天鹅绒般的淡蓝的月光照进树林，把一束束光芒投射到最深的黑暗之中。我脚下流淌的小河有时消失在树木间，有时重新出现，河水辉映着夜空的群星。对岸是一片草原，草原上沉睡着如洗的月光；几棵稀疏的白桦在微风中摇曳，在这纹丝不动的光海里形成几处漂浮的影子的岛屿。如果没有树叶的坠落、乍起的阵风、灰林鸮的哀鸣，周围

□ 精美散文

本来是一个万籁俱寂的世界；远处不时传来尼亚加拉瀑布低沉的咆哮，那咆哮声在寂静的夜空越过重重荒原，最后湮灭在遥远的森林之中。

这幅图画的宏伟和令人惊悸的凄清是人类语言所不能表达的；与此相比，欧洲最美的夜景毫无共同之点。试图在耕耘过的田野上扩展我们的想象是徒劳的；它不能超越四面的村庄；但在这蛮荒的原野，我们的灵魂乐于进入林海的深处，在瀑布深渊的上空翱翔，在湖畔和河边沉思，并且可以说独自站立在上帝面前。

作者简介

夏多布里昂（1768～1848），法国19世纪初早期浪漫主义的代表作家。出生在圣马洛，父亲是个没落贵族，靠做生意发财而购置了贡堡的地产。夏多布里昂的青少年时代基本上是在这里度过的。中学毕业后，他乘船去美洲探险。回国后由于参加了孔德亲王的侨民团而逃亡到布鲁塞尔和伦敦，在近八年的流亡中写出了《革命论》等著作。1800年回到法国。1801年发表《基督教真谛》中的一章《阿达拉》。1802年，包括《阿达拉》和《勒内》在内的《基督教真谛》全文发表，大获成功。并为此受到拿破仑赏识，出任驻罗马使馆秘书，后因对处死昂吉安公爵感到愤慨，辞职去东方旅行。1814年波旁王朝复辟后，发表《论波拿巴和波旁王室》，受到波旁王朝的重用，成为贵族院议员，先后担任驻瑞典和德国的外交官，以至当上世人瞩目的驻英国大使，并于1823年出任外交大臣。对西班牙的侵略战争是由他一手策划的。直至1830年七月革命后才结束政治生涯，自此闭门写作，先后发表了《历史研究》《论英国文学》和《墓外回忆录》等。1848年7月4日死于巴黎病榻之上。

夏多布里昂像

· 美文赏析 ·

夏多布里昂是19世纪法国浪漫主义文学的先驱人物，集政治家、思想家和作家于一身。《美洲之夜》是他的散文集《美洲游记》中的一篇难得的写景佳作。

文章写的是作者在美洲游历的过程中，一次夜晚迷路，见到的尼亚加大瀑布附近的原始森林中美丽的夜景，抒发了作者对大自然的热爱之情。文中作者笔下的美洲夜景，宁静而充满野性，原始但却富有人性。他把美洲夜晚的天空说成是"夜空皇后"，把孤星的"冉冉升起"写成是一个少女在漫步，写草原上的月光是"沉睡"，写微风中的白桦是"摇曳"，独特的比拟技巧，体现了作者特有的浪漫主义风格。

作者在文章末尾说"试图在耕耘过的田野上扩展我们的想象是徒劳的"，"但在这蛮荒的原野，我们的灵魂乐于进入林海的深处"，正是作者厌倦争斗的社会生活，乐于亲近大自然这种内心情感的集中体现。作者善于将没有灵性的景物，写得灵动而富有情感，这正是作者内在情感的流露。作者童年就流亡国外，一生又看尽政治的风云变幻和世态的炎凉，厌倦了纷乱的社会生活，反而对静谧的、原始的大自然有了特别的亲近感。在这远离世俗的宁静美洲之夜，作者对大自然的热爱之情溢于言表。

悼念乔治·桑

雨果

入选理由
雨果的散文代表作之一
悼念乔治·桑的名篇佳作
文字凝练隽永，富于韵律美

我哀悼一位逝去的女性，向一位不朽的女子致敬。

我以往热爱她，赞赏她，尊敬她；今天，在死亡的宁静肃穆中，我瞻仰她。

我称赞她，因为她的创造是伟大的，而且我感谢她，因为她的创造是美好的。我记忆犹新，有一天，我曾经给她写信说："我感谢您心灵如此伟大。"

难道我们失去她了吗？

没有。

高大的形象不见了，但是并没有销声匿迹。远非如此；几乎可以说，这些形象发展了。它们变成了无形，却在另一种形式下变得清晰可见。这是崇高的变形。

人形有隐蔽作用，它遮住了真正神圣的面孔，这面孔就是思想。乔治·桑是一种思想；这思想如今离开了肉体，获得了自由；她辞世了，而思想却活着。

乔治·桑在我们的时代享有独一无二的位置。其他伟人都是男人，她却是伟大的女性。

本世纪以完成法国革命和开始人类革命为其法则；在这个世纪里，由于性别的平等属于人类平等的范围内，因此一个伟大的女性是必不可少的。妇女必须证明，她可以拥有我们男性的所有禀赋，而又不失去女性天使般的品质；强大有力而又始终温柔可爱。

乔治·桑就是这种证明。

既然有那么多的人给法国蒙上耻辱，就必须有人给它带来荣耀。乔治·桑将是我们的世纪和法国值得骄傲的人物之一。这个誉满全球的女性完美无缺。她像巴尔贝斯一样有一颗伟大的心灵，像巴尔扎克一样有伟大的头脑，像拉马丁一样有崇高的心胸。她身上有诗才。在加里波第创造了奇迹的时代，她写出了杰作。

用不着一一列举这些杰作。何必把大家记得的事再鹦鹉学舌一遍呢？标志这些杰作力量所在之特点的，是善良。乔治·桑是善良的。因此，她受到憎恨。受人赞美有个替身，就是遭人嫉恨，热情有一个反面，就是侮辱。嫉恨和侮辱既是表明赞成，又想表明反对。后人会将嘲骂看作得到荣耀的喧闹声。凡是戴上桂冠的人都要受到抨击。这是一个规律，侮辱的卑劣要以欢呼的大小作为测度。

像乔治·桑那样的人都是为公众谋福利的。他们进去了，他们一旦逝去，在他们本来那个

□ 精美散文

乔治·桑生活过的地方和她的遗物

显得空荡荡的位置上，便可以看到实现了新的进步。

每当这样一个杰出人物去世，我们便仿佛听到翅膀拍击的巨大响声；既有东西逝去，就有别的东西继续存在。

大地像天空一样，也有隐没的时候；但是，人间像上天一样，重新显现，跟随在消失之后：一个男人或者一个女人，就像火炬一样以这种形式熄灭了，却以思想的形式重新放光。于是人们看到，原来以为熄灭的东西是无法熄灭的。这支火炬越发光芒四射；从此以后，它属于文明的一部分；它进入了人类广大的光明之中；它增加了光明；因为把假光熄灭了的神秘的气息，给真正的光提供了燃料。

劳动者离开了，可是他的劳动成果留了下来。

埃德加·基内去世了，但是从他的坟墓里冒出了至高无上的哲学，而他又从坟墓的上方给人们提出劝告。米什莱谢世了，但是在他身后耸立着一部历史，勾画出未来的历程。乔治·桑长辞了，但是她给我们留下妇女展露女性天才的权利。变化就是这样完成的。让我们哭悼死者吧，但是要看到接踵而至的现象；留存下来的是确定无疑的事实；由于有了这些令人自豪的思想先驱，一切真理和一切正义都迎我们而来，而这正是我们所听到的翅膀拍击的声音。

请接受我们逝去的名人在离开我们的时候，给予我们的东西吧。让我们面向未来，平静而充满沉思，向伟人的离去给我们预示的光辉前景的到来致敬吧。

作者简介

雨果（1802～1885），生于法国东部贝藏松，幼年时曾随父亲行军到意大利等地，11岁时随母亲返回巴黎。他热情支持法国大革命，在法国复辟王朝时期被迫流亡19年。1827年发表诗剧《克伦威尔》，在序言中提出浪漫主义的文学，主张美丑对比等原则，从此成为法国浪漫主义文学运动的领袖。1830年剧本《欧那尼》上演成功，标志着浪漫主义对古典主义的胜利。他的小说主要有长篇小说《巴黎圣母院》《悲惨世界》《海上劳工》《笑面人》和《九三年》等，还著有《新颂歌集》《东方吟》《秋叶集》《心声集》《凶年集》《惩罚集》等，剧本有《城堡里的公爵》《逍遥王》《昂杰罗》等。

· 美文赏析 ·

《悼念乔治·桑》是雨果为悼念法国著名的现实主义小说家乔治·桑而写的悼文。乔治·桑逝于1876年6月8日，10日在法国诺昂举行的葬礼上，宣读了雨果撰写的这篇悼文。文章开篇点题，直抒胸臆，同时说明悼念乔治·桑的原因。接着作者不从正面去描写乔治·桑，而是采用比衬的方法，以男人、名人作比照，以对手的憎恨、攻击作反衬，以火炬作比喻，突出了乔治·桑的形象伟大、思想崇高、心灵善良。最后作者劝告人们要化悲痛为力量，"面向未来，去迎接光辉的前景"，使文章的主题得到了升华。综观全文，激情多于感伤，气势磅礴，热情洋溢，文字凝练隽永，铿锵有力，富于韵律美，充分展示了一代浪漫主义文豪雨果的语言风格。

莱茵河

雨果

入选理由

才华、激情和智慧的全面奔涌
对一条河流的史诗般的书写
政治家的热情和外交家的风度

您知道，我常对您说，我喜爱江河。江河既可载运货物，也能传播思想。在天地万物中，任何东西都自有其神奇妙用。江河，就像是巨大的喇叭，向着海洋唱颂着大地的美景、田野的耕耘、城市的壮丽以及人类的光荣。

我也曾对您说过，在所有的江河中，我最喜爱莱茵河。我第一次见到这条河，是在一年前，在凯尔经过浮桥的时候。夜幕降临，车子缓缓地移动。当我通过这条古老河流的时候，我感受到了某种敬仰之情。这，我至今不曾忘怀。很久以来，我一直想看看这条河。每当我与这些大自然中的伟物相接触——我几乎要说是与其心心相印时，我都被深深地感动。这些大自然中的伟物在历史上也起着重大作用。我不知道为什么，那些极不协调的东西，在我眼中往往显示出一种奇特的相似与和谐。我的朋友，您还记得瓦尔斯里纳城的罗纳河吗？1825年，在那次愉快的瑞士旅行中，我们曾共同观赏过它。那次瑞士之行是我一生中印象最为深刻的一次。那时我们都还只有20岁！当时，罗纳河是以怎样的狂啸，怎样的怒吼，卷入旋涡的啊！而那柔弱的木桥却在我们的脚下颤栗发抖，摇摇欲坠。这一切您还记得吗？记得吗？从那时起，罗纳河在我的脑海中便是一只老虎，而莱茵河却是一只狮子。

那天晚上，当我第一次看到莱茵河时，我觉得它确实是一只狮子。我长久地注视着这骄傲而高贵的河流：凶猛而不疯狂，原始中却显出威严。当我过河时，正值它水涨河满，极为壮观。它那浅黄褐色的浪花如同雄狮的浓发——布瓦洛称之为"黄泥色的胡须"——拍打着桥面。它的两岸隐没在黄昏中；它的声音是一种有力而沉着的咆哮，在它身上，我感受到了大海的力量。

是的，我的朋友，这是一条高贵的河流。它目睹了封建社会、共和体制和皇家帝国。它当之无愧，既是法国的骄傲，也是德国的自豪；既是战争者，也是思想家的见证，因为它概括了整个欧洲历史的这两大面貌。在那使法国前进的壮丽波涛中，在那使德国思索的深沉的潺潺水流中，我们都能找到历史的痕迹。

莱茵河集中了河流的万般面貌于一身。它像罗纳河一样迅速敏捷，像卢瓦尔河一样雄浑宽阔，像缪斯河一样峭壁夹岸，像塞纳河一样迂回曲折，像索姆河一样绿水莹莹，像台伯河一样历史悠久，像多瑙河一样庄严高贵，像尼罗河一样神秘莫测，像美洲的河流一样金光闪闪，像亚洲的河流一样蕴涵着寓言与幽灵……

在史前，也许在人类存在之前，在今日莱茵河的地域上，曾有两条火山山脉在冒烟，在燃

□ 精美散文

烧；火山熄灭了，在大地上留下了两大堆熔岩和玄武岩，像两座长城一样平行排列。同样，巨大的结晶凝聚了，形成了今日的原始山脉；大量的冲击层干涸了，成了今日的从属山脉。那慢慢冷却下来的巨大熔岩堆，就是我们今日所称的阿尔卑斯山。山顶上堆积了厚厚的雪，这雪化成水后形成两条大河流淌在大地上：一条顺北坡流去，穿过平原，流经死火山的两条沟壑，再从这里投入大西洋；另一条沿西坡而流，从座座高山上直落而下，沿着火山的另一堆熔岩——我们今日称作阿尔代什山——流入地中海。这第一条河流就是莱茵河，第二条是罗纳河。

据历史记载，最早出现在莱茵河岸边的人类是被称作凯尔特人的半开化民族，罗马称他们为高卢人。恺撒曾说过："在他们的语言中，称作凯尔特人，而在我们的语言中，叫做高卢人。"侯哈克人定居在靠近源头的地方，而阿尔让多哈克人和毛坎田人定居在靠近河口的地方。随后，时机来临，罗马出现了。恺撒征战了莱茵河，德律絮斯建立了50个城堡，执政官米纳蒂乌斯·布朗古斯在汝拉山的北山顶上开始建立城市，马尔蒂斯·维萨缪斯·阿格里巴在莱茵河疏水口建了一座堡垒，然后，他又在与杜蒂奥姆城相望的地方建了一个殖民地。在内隆统治时期，参议员安托瓦在靠巴达维海的地方创建了一个自治市，此时，整个莱茵河都落入了罗马人的手中。古罗马的第22军团曾扎营在耶稣受难时的橄榄树下，当这个军团从耶路撒冷驻地撤回时，蒂杜斯便把它派到了莱茵河畔。罗马军团继续着马尔蒂斯·阿格里巴的事业，征服者们认为有必要建立一座城市将莫利波库斯和托纽斯连接在一起，于是，由马尔蒂斯设计的莫干蒂阿库姆城便由军团士兵们建起来了。然后，特拉让又将其扩大，阿德里安将其美化。还有一件惊人的事情，必须顺带提一下。这个第22军团带回了克雷桑蒂斯，他是莱茵河畔的第一个耶稣代言人，并在这里建立了新的宗教。上帝的意愿，要这些拆毁了约旦河流域庙宇最后一块石头的有眼无珠的人们，在莱茵河流域铺下庙宇的第一块基石。在特拉让和阿德里安之后，又来了于连，他在莱茵河与摩泽尔河的汇合处建立了一座要塞；在于连之后，又出现了瓦朗蒂尼安，他在我们叫做洛旺堡和斯特洪堡的两座火山上建了一些城堡。就这样，在短短的几个世纪中，这条长而牢固的罗马殖民线便如同链条一样连结、加固在河流上。这条罗马殖民线包括：维尼塞拉、阿尔达维拉、洛尔加、特拉维尼·加斯特奥姆、韦尔萨利、莫拉·罗马诺鲁姆、杜利·阿尔巴、维多利亚、波多布里加、安托尼亚库姆、桑蒂亚库姆、里科洛姆、里科马圭姆、杜尔波杜姆、布鲁瓦洛姆；它从科尔尼·罗马诺卢姆直到康斯坦茨湖，从莱茵河顺流而下，沿途还以一些重点城市为基础。奥古斯塔，即今日的马塞尔；阿尔让蒂纳，即今日的斯特拉斯堡；莫干蒂阿库姆，即今日的美因兹；孔弗卢昂蒂阿，即今日的科布伦茨；科隆尼加·阿格里比纳，即今日的科隆；并在靠近大西洋的地方，同特

莱茵河流经德国西部，最后注入北海。

拉泽克杜姆·莫桑，即马爱斯特里茨，特拉泽克杜姆·雷努姆，即乌德勒支相连。

从此，莱茵河便非罗马莫属了。这时，它只是一条灌溉日后的瑞士省份和两个日耳曼尼亚及比利时和巴达维省份的河流，仅此而已。北部的长发高卢人曾英勇善战，使得米兰的穿长袍高卢人和里昂的穿长裤高卢人都好奇地跑去观看。而这时，他们都被征服了。左岸的罗马城堡使右岸敬畏，古罗马军团的士兵穿着特里尔呢军服，拿着东格尔的槊，只需站在悬崖上监视日耳曼人那古老的战车——一种庞大的活动塔楼。这种战车的轮子上装备着镰枪，车辕上竖着梭镖，由牛拉着移动，上面筑有可供10个弓箭手使用的雉堞。有时，这种战车会在莱茵河的另一侧冒险来到德律絜斯的要害弩炮射程之下。

北方种族向南方地区的可怕涌入，在民族生活的某些灾难时期不可避免地往复重演，人们将它称作蛮族入侵。它吞没了整个罗马，正值罗马帝国改革的时期，莱茵河上城堡的花岗岩军事屏障被这股浪潮所摧毁。而在6世纪左右，曾出现过这样的时刻：莱茵河的浪峰冲击着罗马废墟，就像今天冲击着封建遗址一样。

查理大帝修复了这些瓦砾，重建了堡垒，用来对抗以其他名字再生的古老的日耳曼游牧部落，同波艾曼人对抗，同阿波德里特人对抗，同维尔巴特人对抗，同萨哈伯人对抗。他还在他妻子法斯特拉达长眠着的美因兹建了一座石头墩桥。据说，人们今天仍能在水下看到遗迹。他重建了波恩的引水渠；修复了维多利亚，即今日的纽维艾得罗马大道；巴克希尔拉，即今日的巴查拉克大道；维尼塞拉，即今日的温凯尔大道；特洛努斯·巴克希，即今日的特拉尔巴克大道；并在尼艾德·安日莱姆，用于连的一个大浴室的断砖残瓦为自己建了一座宫殿——萨阿尔宫。但是，尽管查理大帝才华横溢，毅力超群，他的所作所为也仅仅是刺激了一下残骸枯骨。古老的罗马帝国早已寿终正寝。莱茵河的面貌已今非昔比了。

正如我上面已提到的，在罗马统治下，一根看不见的胚芽已经播种在莱茵河地区。基督教，这只刚刚展翅的神鹰在这些峭壁上产下了一只蛋，蛋中包含着一个世界。克雷桑蒂斯在公元70年就已为托纽斯传过教。以他为榜样，圣阿波利奈尔观光了里科马圭姆；圣高阿尔在巴克希尔拉布道；土尔的主教圣马尔丁在孔弗卢昂蒂阿讲授教理；圣马代尔纳在去东格尔之前，曾在科隆居住过。圣厄沙利尤斯在特里尔附近的树林中为自己建造了一座隐修院。而在这同一片树林中，圣热泽兰曾在一根柱子上站立了3年，同狄安娜女神雕像短兵相接，最后他终于用盯视的方法使雕像崩溃。在特里尔，甚至许多无名基督徒在高卢省府大院里做了殉教者，人们将他们的骨灰扬洒在风中。这些骨灰是飘扬各地的种子。

□ 精美散文

　　种子已播在犁沟中，但只要蛮族过渡期持续，便不会生根发芽。

　　相反地，这个时期出现了深刻的崩溃，文明似乎瓦解了，牢固的传统之链断开了，历史好像变得没有痕迹。这一灰暗时期的人类与事件像幽灵一样通过了莱茵河。给河流留下的仅仅是一种幻象，刚一闪现马上就无影无踪了。

　　由此，莱茵河在经过了一个历史时期之后，进入了一个神奇的阶段。

　　人的想象力同大自然一样，不接受空白的存在。在没有人烟的地方，大自然便使鸟儿们啁啾不休，使树叶沙沙做响，使成千上万的声音窃窃私语。而在历史朦胧的地方，想象力便使幽灵出现，使幻想和表象共存。寓言在消失的历史空白区生存、成长、结合、开花，就像英国山楂树和龙胆树生长在倒塌的宫殿裂缝中一样。

　　文明犹如太阳，有黑夜、有白昼，有圆满、有环食；时而落下，时而升起。

　　当文明复兴的曙光在托纽斯出现时，立即在莱茵河畔悦人地传诵着一些传奇与寓言。凡是被文明复兴的光明照亮的地方，便有上千个超自然而可爱迷人的形象闪耀着光辉。而在那些未被照到的阴暗角落，便会有一些丑陋的形象，骇人的鬼魂在张牙舞爪。

　　但阴影散去，传说消失，天色大亮，文明重现，历史恢复了形象。

　　这里有4个人，来自4个不同的方位，他们时常聚集在莱茵河左岸边的一块石头旁，在朗斯和喀贝朗之间，离一条林荫小道不远。这4个人坐在石头上，他们选举又废黜德国的皇帝们。这些人便是莱茵河的4个选帝侯。

　　他们所选择的地方——朗斯，几乎是在莱茵河谷的中间地带。朗斯属于科隆选帝侯。从这里，向西可以看到属于特里尔选帝侯的左岸的喀贝朗，向北可以眺到属于美因兹选帝侯的有岸的奥贝尔朗斯坦，还可以望到属于莱茵伯爵领地的布朗巴克。在一个小时以内，每个选帝侯都能从家中到达朗斯。

　　每年在圣灵降临节的第二天，科布伦茨和朗斯的显贵们便以节日为幌子在这里集中，一起商议某些疑难事情。这是公社与资产阶级的雏形，它在已完全建好的极壮观的日耳曼大厦的基础上秘密地挖着洞穴，在王宫附近大胆地进行着以小克大的有生气而不朽的谋反，甚至就在封建主义巨石王位的阴影之下进行着。

　　几乎是在同一个地方，斯托尔桑弗尔斯选举城堡俯视着小城喀贝朗，它今日已成为了绝妙的遗址。科隆的大主教威尔内1380年至1418年在城堡里居住并供养着炼金术士，他们并未炼出金子来，但却在通向点金石的路上发现了化学的好几种重要规律。因此，在一段不长的时间里，在我们今日几乎不注意的朗恩河口的对面，我们在莱茵河的同一位置上看到了德帝国的出现，以及民主和科学的诞生。

　　从此，莱茵河便有着军事与宗教的双重面貌。修道院与女修院成倍增长，半山腰的教堂使河畔村庄与山上的城堡发生了联系。这一惊人画面，在莱茵河的每个转弯处都重新出现，使得教士能够立足于人类社会。那些有神职的王侯们在莱茵河畔不断增加教堂的数量，就像1000年前罗马的省长们所做的那样。特里尔的大主教博杜安建了乌拜威塞尔大教堂，亨利·得威坦让在摩泽尔河上建了科布伦茨大桥。瓦尔拉姆·德于利埃用一个在石头上雕刻精美的十字架，使罗马遗址和哥德斯堡的火山巅神圣化了，这个火山巅被认为是有着魔法的丘陵废墟，就像教皇一样，神权与俗权都集中在这些有神职的王侯们身上。

但在莱茵河上，那些其结果在很多年后才具体呈现的无形的东西也开始成熟了。与商业同时发展，也可以说是同船而行的是异端邪说、研究精神与自由的信仰。

不过，这时已接近 16 世纪了。莱茵河在 14 世纪已看到大炮诞生于离它不远的纽伦堡城，而在 15 世纪，在它岸边的斯特拉斯堡又看到了印刷业的出现。1400 年，科隆熔化了它那著名的有 14 法尺长的轻型号炮。1472 年，万德兰·斯德庇尔印刷了他的《圣经》。一个新的世界将要诞生。

莱茵河，在欧洲的命运中，意味着天意。正是这条横向大河将南、北一分为二，神意将它作为一条边界河流，这条河成为城墙河流。莱茵河目睹了几乎所有的战争伟人的面貌，并体现了他们的魂灵。3 个世纪以来，正是这些人用人们称作"剑"的犁铧耕耘了这片古老的大陆。恺撒曾通过莱茵河由南溯流而上；阿提拉由北顺流而下；克罗维靳在这里取得了托尔比阿克战役的胜利。查理大帝和拿破仑曾在这里统治，腓特烈·巴尔波卢斯皇帝、罗道尔夫·德哈伯斯贝尔皇帝和莱茵伯爵腓特烈一世曾在这里显示了其伟大、胜利而光辉的形象。居斯塔夫·阿道尔夫曾在科博城的哨所上指挥着他的军队，路易十世也曾到过莱茵河。昂甘和孔代也曾通过这条河，可惜的是，蒂雷纳也到过这条河。德律絮斯的墓碑在美因兹，马尔索的墓碑在科布伦茨，奥什的在安德纳克。对于那些重现历史的思想家们来说，有两只雄鹰长久地在莱茵河上空盘旋，一只是罗马军团之鹰，一只是法国军团之鹰。

莱茵河曾被罗马人称作 Rhenussuperbus。它时而架住浮桥，桥上竖起梭镖、槊或刺刀，意大利军队、西班牙军队或法国军队从这里潮水般涌向德国，而那些始终结为一帮的古老的蛮族之众也从这里冲向在地理上一直不可分割的古罗马帝国，它时而又和平地运载着林格和圣加勒的枞树，巴塞尔的斑岩和蛇纹岩，班让城的钾碱，喀尔沙尔的食盐，斯特洪堡的皮革，朗斯堡的水银，约哈尼斯堡和巴什哈克的果酒，科博的板岩，奥博尔威塞尔的鲑鱼，萨尔齐格的樱桃，鲍巴尔的木炭，科布伦茨的白铁餐具，摩泽尔的玻璃器皿，班多尔夫的锻铁，安代尔纳克的凝灰岩和石磨，纽维德的石板，安托尼乌斯坦的矿泉水，瓦朗达尔的床单和陶器，阿尔的红酒，林茨的铜和铅，科隆的羊毛与丝绸。这条河按照上帝的意愿，庄严地在欧洲完成了它的战争之江与和平之江的双重职责。

对于荷马来说，莱茵河并不存在。在这里雨水连绵，太阳从不露脸。对于维吉尔来说，这不是一条不被人知的江河，而是一条冰河。对于莎士比亚来说，是美丽的莱茵河。对于我们来说，直到莱茵河成为欧洲一个问题的那一天，这是时髦的风景如画的旅游地，是埃姆斯、巴登和斯帕的无所事事者的散步圣地。

彼特拉克曾到过亚琛地区，但我不认为他曾谈论过莱茵河。

莱茵河的山坡、河谷和谷壁具有不屈不挠的意志，世界上所有人为的会议都不能长久地分割、阻挠它。地理上莱茵河的左岸属法国所有，神圣的天意曾 3 次将莱茵河的两岸都归属法国，这便是在矮子丕平时代，查理大帝时代和拿破仑时代。

矮子丕平的帝国曾横跨在莱茵河上。这个帝国当时包括除阿基坦地区和加斯科涅地区以外的法国本土，和除巴瓦洛地区以外的、直到巴瓦洛瓦地区的德国本土。

查理大帝的帝国是拿破仑帝国的两倍。

确实，应该注意的是，拿破仑曾统治着 3 个帝国，或换句话说，是 3 种方式的皇帝：直接

□ 精美散文

统治的法帝国的皇帝；间接地由他的兄弟们掌管的西班牙、意大利、威斯特伐利亚和荷兰地区的皇帝，他将这些王国作为中央帝国的墙垛；他又从道义上通过霸权成为欧洲的皇帝。欧洲仅仅是一个基地，日复一日地被他的神奇建筑所侵吞。

以这种方式看待问题，拿破仑的帝国有着同样的中心和产生方式。

拿破仑从未梦想过建立一个莱茵河公国，而在法国王室和奥地利王室的长期战争中，某些平庸的政客们却为之奋斗过。他知道一个不是由岛屿构成的纵向长条形公国是不可能长久的，因为一遇到猛烈的打击，它便会立即屈服并一分为二。一个公国不应只是体现出一种单纯的秩序，国家要想维持并有抵抗能力，必须要一种安定。除了几个残缺不全的居民区外，拿破仑曾掌握着莱茵联邦，就像地理和历史所记载的那样，并满足于使这一联邦系统化。莱茵联邦必须同北方或南方相抗衡，并成为其障碍。这一联邦曾为反对法国而建，皇帝将它转了向。他的政治是一只巨手，用巨人的力量和棋手的精明远见将帝国放置或挪动。

由此，莱茵河经历了4个明显的阶段，4种截然不同的风貌。第一阶段为挪亚时代，也可能是亚当以前的时代；第二阶段为古代史阶段，日耳曼尼亚与罗马的斗争时代，恺撒在这一时代光彩照人；第三阶段是查理大帝出现的神奇时代；第四阶段为现代历史阶段，是拿破仑占统治地位的德法之战时代。因为不管作家们怎样千方百计以避免这些伟大业绩的单调性，当人们从欧洲历史的一端走向另一端时，恺撒、查理大帝和拿破仑都是3个巨大的里程碑，人们总能在道路上找到他们的痕迹。

最后要说的是，莱茵河，天意之江，似乎也是一个具有象征意义的江；在它的歧道上、流域中和它所通过的地方，可以说，它都是文明的象征。它为文明已做出了众多贡献，并将继续做出更多贡献。它从康斯坦茨湖流向鹿特丹；从雄鹰之乡流到鲑鱼之城；从教皇住地、主教住地及皇帝住地流到商人与资产者的发展地；从阿尔卑斯山流到大西洋；就像人类本身从高尚的、永恒的、无法达到的、宁静的、光辉的思想滑向广博的、变化不定的、暴风骤雨般的、忧郁的、有益的、可破浪远航的、危险的和深奥的思想。这些思想管理着一切，承受着一切，孕育着一切，淹没着一切。人类还从神权政治回到了民主政治，这便是从一个伟大之举过渡到了另一个伟大业绩。

雨果像

· 美文赏析 ·

　　这是考古学家和幻想家的一次遥长而奇妙的漫游。这条充满了传说的大河，对雨果具有一种奇特的、几乎是魔法般的吸引力。或许，在这种想要理解并表达出来的德国的诗情画意的愿望中，他还掺进了要感动德国公主、奥尔良公爵夫人的愿望。特别是在法德关系上，他认为自己看到了一个作家可以发挥其作用并参与公众事务的途径。在此之前一年，已有迹象表明法国和普鲁士之间正酝酿着一场冲突。这篇文章以其广阔的历史视野、练达的文笔以及大胆的解决方法，看起来显得稳重、踏实。雨果所看到的莱茵河是一条惊心动魄的史诗般的河流，是"埃斯库罗斯式"的。他从莱茵河带回来的画很美，每一幅都被照射成一种悲剧性的、超自然而强烈的、如梦魇一般的光亮——这种光亮与其说来自莱茵河畔的风景，还不如说来自雨果本人的气质。

烦扰的心灵

霍桑

入选理由

以纯意识的象征手法,暗喻生活中各种失望、希望和追求
营造捉摸不定的氛围比照现实生活中人的生存困境
看似晦涩的文字达到"余音绕梁"的艺术效果

当你第一个从午夜梦中惊起,在半梦半醒之间挣扎时,那是多么奇异的一刻呀!突然睁开双眼,你似乎惊奇于梦中的角色已全部汇集到你的床边,在其迅速变模糊之前,你放眼扫视过他们。或者,换一种比喻,一瞬间你发现自己在幻觉的王国里(睡眠是通往该王国的通行证)完全清醒着,看到了王国中幽灵般的居民和美丽的风景,感受着他们的奇妙,仿佛只要梦境被扰,你就永不会得到。遥远的教堂钟声在风中微弱地飘来。你半严肃地问自己,是否有人从某座仁立在你梦境里的灰塔中为你那只醒着的耳朵偷来这钟声。悬而未决中,越过沉睡的城镇,另一座钟又发出了巨大的鸣响,声音如此洪亮清晰,在周遭的空气中留下长长的、低沉而连续的回声,你确信它一定是发自最近角落的一座教堂尖塔。你数着钟鸣——一下——二下——然后它们停在那儿,伴随着一声沉重的回响,就如同这座钟拼尽全力又敲响了第三下。

如果你能从一整夜中选出清醒的一小时,那就是此刻。你有合理的入睡时间(十一点钟),所以你的休息已足以消除昨日疲惫的重压;一直到来自"遥远的中国"的阳光照亮你的窗口,你面前呈现的几乎是整个夏夜的空间;一个小时陷入沉思,将心门半掩,两个小时在快乐的梦中流连,再留两个小时沉浸在那些最奇妙的享受中,快乐和忧愁同样健忘。起床属于另一段时间,而且显得如此遥远,带着灰心沮丧想从暖暖的被窝里爬出来置身于寒冷的空气中,简直是不可能的。昨天已经消失在过去的影子里;明天还未从未来中显现。你发现了一个中间地带,生活的琐事还未侵扰它的安宁;眼前的时刻在这里徘徊不去,真正地变成现实;时间老人发现在这儿无人注视他,便在路边坐下来喘口气。哈,他会沉沉睡去,让人们长生不老!

迄今你一直极安静地躺着,因为哪怕是最轻微的动作也会使人持续的睡眠消失无踪。现在,你感到一种无法回避的清醒,透过拉到一半的窗帘向外偷瞥,看到玻璃上装饰的满是冰霜的杰作,而每块窗玻璃都代表着一种类似于冻结的梦一样的东西。等待吃早饭的召唤时会有足够的时间找出其中的相似。透过玻璃上未结霜的部分看去,被冰雪覆盖的银白色的山峰并没有上升,最触目的东西是教堂的尖顶;白色的塔尖引你望向风雪交加的天空。你几乎可以辨别出刚刚报过时的那座钟上的数字。如此寒冷的天空,覆满皑皑白雪的屋顶,冰冻的街道那长长的远景,到处都是耀眼的白色,远处的水已凝成冰岩,尽管身上裹着四床毛毯和一条毛制盖被,这一切仍会使人不寒而栗。但是,你看那颗光彩夺目的星!它的光束不同于所有其他的星星,竟然用

□ 精美散文

深于月光的一束光芒将窗影洒在床上，尽管轮廓如此的模糊。

你将身体缩进被窝，蒙住头，一直颤抖着，但来自体内的寒冷远逊于直接想到极地空气所带来的寒冷。实在是冷极了，连思想都不敢外出冒险。用尽了床上所有的御寒物，你思索着自己的奢华和舒适，如同一只壳中牡蛎，满足于一种无行动的懒散的沉迷，除了那诱人的温暖，就像你现在重新感觉到的一样，你昏昏沉沉地意识不到任何东西。啊！那个念头带来了可怕的后果。想到那些死人正躺在他们冰冷的裹尸布和狭窄的棺木中，想到墓地那阴郁窒闷的冬天，当雪花不断吹积在他们的墓丘上，刺骨的冷风在墓穴的门外怒号时，你无法说服自己不去想象他们正在恐缩发抖。这种阴郁的想法会越积越重，最终扰乱你清醒的那一小时。

每颗心灵的深处都有一座墓穴和地牢，尽管外界的光、音乐及狂欢可能使我们暂忘却它们和它们中所掩埋的死者及关押的囚犯。但有时，最经常的是在午夜，那些黑暗的藏身之所的大门会砰然大开。在像这样的一小时中，心灵会产生一种消极的敏感，但却没有任何活力了；想象就如同一面镜子，没有任何选择和控制的力量，而使思维变得栩栩如生；然后祈求你的悲伤睡去，祈求悔恨的兄弟不要打碎其锁链。太晚了！一辆灵车滑到你的床边，"激情"与"感情"以人形出现在车中，而心中的一切则在眼中幻化成模糊的幽灵。这里有你最早的"悲哀"，一个年轻的苍白的哀悼者，具有一个与初恋相似的姐妹，那是一种哀绝的美，忧郁的脸上现出一种神圣的甜蜜，黑貂皮外衣中流露着典雅。接着出现的是被毁坏了的可爱的幽灵，金发中带着尘土，鲜艳的衣服都已褪色且破烂不堪，她低垂着头不时地偷看你一眼，像是怕受责备；她就是你多情而虚妄的"希望"；现在人们叫她"失望"。然后又出现了一个更严厉的影子，他双眉紧锁，表情和姿态中显出铁样的权威；除了"灾难"再无其他名字更适合于他，他是控制你命运的不祥之兆；他是个魔鬼，在生活的开端你也许会因犯了某些错误受制于他，而一旦屈从于他，你就会永远受他奴役。看哪！那些刻在黑暗中的凶残的脸，那因轻蔑而扭歪的唇，那只活动的眼中流露出的嘲弄，那尖尖的手指，触痛着你心中的疮疤！还记得某件即使躲在地球上最偏僻的山洞里你也会为之脸红的大蠢事吗？那么承认你的"羞耻"。

走开，这帮讨厌的家伙！对一个清醒而又极悲惨的人来说，没有被一群更凶残的家伙围住就算不错了。那群家伙是藏在一颗负罪的心中的魔鬼，而地狱就筑在那颗心中。假如"悔恨"以一个被伤害的朋友的面目出现会怎样？假如魔鬼穿着女人的衣裙，在罪恶和孤寂中带着一种苍白凄恻之美慢慢躺在你身边，又会怎样？假如他像具僵尸一样站在你的床脚，裹尸布上带着血迹，那又会怎样？没有这样的罪行，心灵的梦魇也就足够了，这灵魂沉沉的堕落；这心中寒冬般的阴郁；这脑海里模糊的恐惧与室内的黑暗融合在一起。

通过绝望的努力，你终于坐直了身子，从一种神志清醒的睡眠中挣扎出来，疯狂地盯着床的四周，仿佛除了你烦扰的心灵外魔鬼们无处不在。同时，炉中昏昏欲睡的炉火发出一道光亮，把整个外间屋映得一片灰白，火光透过卧室的门摇曳不安，但却未能完全驱散室内的昏暗。你的双眼搜寻着任何能够提醒你有关这个活生生的世界的东西。你热切而细密地注意到炉旁的桌子，桌上的一本书，书页间一把象牙色的小刀，未折的书页，帽子及掉落的手套。很快，火焰就熄灭了，整个景象也随之消失，尽管当黑暗吞噬了现实时，其画面还片刻存留于你心灵的眼中。整个室内一如从前的模糊暗淡，但在你心中却已不再是相同的阴郁。当你的头又落回枕上的时候，你想（小声地说了出来），在这样的夜的孤寂中，感受一种比你的呼吸更轻柔的呼吸起落,一个更柔软的胸脯的轻轻触压,一颗更纯洁的心灵静静的跳动,并把它的和平宁静传给你那烦扰的心灵,就如同一位多情的睡美人正在将你拖入她的黑甜乡,那是怎样的一种至乐呀!

她感染了你,尽管她只存在于那幅转瞬即逝的画面中。在梦与醒的边界,你常常陷入一片繁花似锦的地方,这时你的思想便走马灯般以图画的形式出现在眼前,彼此毫无关联,但却被一种弥漫着的喜悦和美好全部同化了。那些美丽的回忆在阳光下闪闪发光,不停地旋转飞舞,伴着教室门旁、老树下隐约闪现的斑驳树影中及乡间小路的角落里孩子们的欢笑。你在太阳雨中伫立,那是一场夏季阵雨,你在一片秋天的森林中阳光辉映下的树木间漫步,抬头仰望那道最灿烂明亮的彩虹,如一道弯弓架在尼亚加拉大瀑布在美国境内的那片完整的雪被子上。一位年轻人刚刚娶了新娘,幸福的喜悦正在洞房中跳荡,春天里鸟儿们在为它们新筑的巢兴奋地飞来飞去,不停地在鸣啭歌唱,而你的心却在二者之间快乐地挣扎。封冻之前你感受到一只船欢快的跳动;灯火斑斓的舞厅中,当玫瑰花似的少女在她们最后的、最欢快的舞曲中旋转时,你发觉自己正盯视着她们极富韵律感的双脚;当大幕落下,遮住那优美活泼的一幕场景时,你发现自己正置身于一家拥挤不堪的剧院中灯火辉煌的二楼厅座。

你不情愿地开始抓住意识,通过在人的生活及现在已消逝的那一小时之间所做的模糊的比较,你证明自己处于半梦半醒之间。在这二者之中,你都是从神秘中出现,通过一种你能够产生却不能完全控制的变化,向上进入到另一神秘。现在远处的钟声又传了过来,声音越来越弱,而此时你却更深地陷入了梦中的旷野。这是为暂时的死亡而鸣响的丧钟。你的灵魂已经出发,像一个自由公民到处流浪,置身于朦胧世界的人群中,看到奇异的风景,却没有一丝惊异和沮丧。那最后的变化或许会如此平静,那灵魂通向永恒的家的入口处或许会如此毫无干扰,就像置身于熟识的事物之中!

作者简介

霍桑(1804~1864),美国19世纪最杰出的浪漫主义小说家。出生于一个没落的世家,大学毕业后即从事写作。曾两度在海关任职。1853年任美国驻英国利物浦领事。1857年后侨居意大利。1860年回国专事创作。

霍桑像

· 美文赏析 ·

自称"心理罗曼史作家"的霍桑,擅长于心理描写和揭示人物内心的冲突。《烦扰的心灵》中,作者午夜惊起,意识中仍是"王国中幽灵般的居民和美丽的风景",当再次处于"一种清醒的睡眠"中时,"灵车""具有哀绝的美"的"年轻的苍白的哀悼者"、虚妄的"希望"的幽灵、"灾难"的魔鬼,使人再次从阴冷的梦境中惊醒;接下来,是又一次的醒而复睡、渐入梦境的过程,"斑驳的树影""孩子们的欢笑"、舞厅中"玫瑰花似的少女",以及睡梦世界中朦胧的人群。作者将孤独、恐惧、欣喜,这些纯意念的东西,融入反反复复、层出不穷的梦境意象中,以纯意识的象征手法,暗喻生活中各种失望、希望和追求。以梦里梦外一种似有似无、捉摸不定的氛围,来比照现实生活中存在个体的一种孤寂的、心灵找不到应对和归宿的生存困境。

□ 精美散文

光荣的荆棘路

安徒生

入选理由
古老的氛围中蕴含沉重
疏散的结构，统一的主题
历史光辉人物的画廊

从前有个古老的故事："光荣的荆棘路：一个叫做布鲁德的猎人得到了无上的光荣和尊严，但是他却长时期遇到极大的困难和冒着生命的危险。"我们大多数的人在小时已经听到过这个故事，可能后来还谈到过它，并且也想起自己没有被人歌颂过的"荆棘路"和"极大的困难"。故事和真实没有什么很大的分界线。不过故事在我们这个世界里经常有一个愉快的结尾，而真实常常在今生没有结果，只好等到永恒的未来。

世界的历史像一个幻灯。它在现代的黑暗背景上，放映出明朗的片子，说明那些造福人类的善人和天才的殉道者在怎样走着荆棘路。

这些光耀的图片把各个时代，各个国家都反映给我们看。每张片子只映几秒钟，但是它却代表整个的一生——充满了斗争和胜利的一生。我们现在来看看这些殉道者行列的人吧——除非这个世界本身遭到灭亡，这个行列是永远没有穷尽的。

我们现在来看看一个挤满观众的圆形剧场吧。讽刺和幽默的语言像潮水一般的从阿里斯托芬的"云"喷射出来。雅典最了不起的一个人物，在人身和精神方

面，都受到了舞台上的嘲笑。他是保护人民反抗三十个暴君的战士。他名叫苏格拉底，他在混战中救援了阿尔西比亚得和生诺风，他的天才超过了古代的神仙。他本人就在场。他从观众的凳子上站起来，走到前面去，让那些正在哄堂大笑的人可以看看，他本人和戏台上嘲笑的那个对象究竟有什么相同之点。他站在他们面前。高高地站在他们面前。

你，多汁的、绿色的毒胡萝卜，雅典的阴影不是橄榄树而是你！

七个城市国家在彼此争辩，都说荷马是在自己城里出生的——这也就是说，在荷马死了以后！请看看他活着的时候吧！他在这些城市流浪，靠朗诵自己的诗篇过日子。他一想起明天的生活，他的头发就变得灰白起来。他，这个伟大的先知者，是一个孤独的瞎子。锐利的荆棘把这位诗中圣哲的衣服撕得稀烂。

但是他的歌仍然是活着的；通过这些歌，古代的英雄和神仙也获得了生命。

图画一幅接着一幅地从日出之国，从日落之国现出来。这些国家在空间和时间方面彼此的距离很远，然后它们却有着同样的光荣的荆棘路。生满了刺的蓟只有在它装饰着坟墓的时候，才开出第一朵花。

骆驼在棕榈树下面走过。它们满载着靛青和贵重的财宝。这些东西是这国家的君主送给一个人的礼物——这个人是人民的欢乐，是国家的光荣。嫉妒和毁谤逼得他不得不从这国家逃走，只有现在人们才发现他。这个骆驼队现在快要走到他避乱的那个小镇。人们抬出一具可怜的尸体走出城门，骆驼队停下来了。这个死人就正是他们所要寻找的那个人：费尔杜西——光荣的荆棘路在这儿告一结束！

在葡萄牙的京城里，在王宫的大理石台阶上，坐着一个圆面孔、厚嘴唇、黑头发的非洲黑人，他在向人求乞。他是加莫恩的忠实的奴隶。如果没有他和他求乞得到的许多铜板，他的主

人——叙事诗《路西亚达》的作者——恐怕早就饿死了。

现在加莫恩的墓上立着一座贵重的纪念碑。

这是一幅国画！

铁栏杆后面站着一个人。他像死一样的惨白，长着一脸又长又乱的胡子。

"我发明了一件东西——一件许多世纪以来最伟大的发明，"他说，"但是人们却把我放在这里关了二十多年！"

"他是谁呢？"

"一个疯子！"疯人院的看守说，"这些疯子的怪想头才多呢！他相信人们可以用蒸汽推动东西！"

这人名字叫萨洛蒙·得·高斯，黎显留读不懂他的预言性的著作，因此他死在疯人院里。

现在哥伦布出现了。街上的野孩子常常跟在他后面讥笑他，因为他想发现一个新世界——而且他也就居然发现了。欢乐的钟声迎接着他的胜利的归来，但嫉妒的钟声敲得比这还要响亮。他，这个发现新大陆的人，这个把美洲黄金的土地从海里捞起来的人，这个一切贡献给他的国王的人，所得到的报酬是一条铁链。他希望把这条链子放在他的棺材上，让世人可以看到他的时代所给予他的评价。

图画一幅接着一幅的出现，光荣的荆棘路真是没有尽头。

在黑暗中坐着一个人，他要量出月亮里山岳的高度。他探索星球与行星之间的太空。他这个巨人懂得大自然的规律。他能感觉到地球在他的脚下转动。这人就是伽利略。老迈的他，又聋又瞎，坐在那儿，在尖锐的苦痛中和人间的轻视中挣扎。他几乎没有气力提起他的一双脚：当人们不相信真理的时候，他在灵魂的极度痛苦中曾经在地上跺着这双脚，高呼道："但是地在转动呀！"

这儿有一个女子，她有一颗孩子的心，但是这颗心充满热情和信念。她在一个战斗的部队前面高举着旗帜；她为她的祖国带来胜利和解放。空中响起了一片狂乐的声音，于是柴堆烧起来了：大家在烧死一个巫婆——冉·达克。是的，在接着的一个世纪中人们唾弃这朵纯洁的百合花，但智慧的鬼才伏尔泰却歌颂"拉·比赛尔"。

在魏堡的宫殿里，丹麦的贵族烧毁了国王的法律。火焰升起来，把这个立法者和他的时代都照亮了，同时也向那个黑暗的囚楼送进一点彩霞。他的头发斑白，腰也弯了；他坐在那儿，用手指在石桌上刻出许多线条。他曾经统治过三个王国。他是一个民众爱戴的国王；他是市民和农民的朋友：克利斯仙二世。他是一个莽撞时代的一个有性格的莽撞人。敌人写下他的历史。我们一方面不忘记他的血腥的罪过，一方面也要记住：他被囚禁了二十七年。

一艘船从丹麦开出去了。船上有一个人倚着桅杆站着，向汶岛作最后的一瞥。他是杜却·布拉赫。他把丹麦的名字提升到星球上去，但他所得到的报酬是讥笑和伤害。他跑到国外去。他说："处处都有天，我还要求什么别的东西呢？"他走了；我们这位最有声望的人在国外得到了尊荣和自由。

"啊，解脱！只愿我身体中不可忍受的痛苦能够得到解脱！"好几世纪以来我们就听到这个声音。这是一张什么画片呢？这是格里芬菲尔德——丹麦的普洛米修斯——被铁链锁在木克荷尔姆石岛上的一幅图画。

我们现在来到美洲，来到一条大河的旁边。有一大群人集拢来，据说有一艘船可以在坏天气中逆风行驶,因为它本身具有抗拒风雨的力量。那个相信能够做到这件事的人名叫罗伯特·富尔登。他的船开始航行,但是它忽然停下来了。观众大笑起来,并且还"嘘"起来——连他自己的父亲也跟大家一起"嘘"起来:

"自高自大!糊涂透顶!他现在得到了报应!应该把这个疯子关起来才对!"

一根小钉子摇断了——刚才机器不能动就是因为它的缘故。轮子转动起来了,轮翼在水中向前推进,船在开行。蒸汽机的杠杆把世界各国间的距离从钟头缩短成为分秒。

人类啊,当灵魂懂得了它的使命以后,你能体会到在这清醒的片刻中所感到的幸福吗?在这片刻中,你在光荣的荆棘路上所得的一切创伤——即使是你自己所造成的——也会痊愈,恢复健康、力量和愉快;噪音变成谐声;人们可以在一个人身上看到上帝的仁慈,而这仁慈通过一个人普及到大众。

光荣的荆棘路看起来像环绕着地球的一条灿烂的光带。只有幸运的人才被送到这条带上行走,才被指定为建筑那座连接上帝与人间的桥梁的、没有薪水的总工程师。

历史拍着它强大的翅膀,飞过许多世纪,同时光荣的荆棘路的这个黑暗背景上,映出许多明朗的图画,来鼓起我们的勇气,给予我们安慰,促进我们内心的平安。这条光荣的荆棘路,跟童话不同,并不在这个人世间走到一个辉煌和快乐的终点,但是它却超越时代,走向永恒。

作者简介

安徒生(1805~1875),丹麦童话作家。1805年出生在丹麦中部的小城奥登塞,父亲是一个穷苦的鞋匠。因家境贫寒,幼年未进过正规学校。14岁时告别家乡到哥本哈根,在剧院里打杂。后来,有些艺术家给他提供助学金,他才开始正式上学。安徒生酷爱文学,他阅读了大量文学名著,并学着创作诗剧与剧本。1827年,他创作的诗剧《阿尔芙索尔》在皇家艺术剧院演出时引起轰动。第二年,他被哥本哈根大学免试录取。1838年,他获得国家作家奖金。1867年,安徒生被故乡奥登塞选为荣誉市民。1875年8月4日,安徒生因肝癌逝世于朋友的乡间别墅。

安徒生像

· 美文赏析 ·

《光荣的荆棘路》以叙述故事的语言方式,为我们展现了伟大的先驱们为真理而披荆斩棘、顽强不屈、至死不渝的壮阔场面。安徒生在文中列举了十余个历史人物,用宏观叙事的手法将他们生前身后的遭遇饱含深情地讲述给读者。苏格拉底、荷马、费尔杜西、加莫恩、萨洛蒙·得·高斯、哥伦布、伽利略、冉·达克、克利斯仙二世、杜却·布拉赫、格里芬菲尔德、罗伯特·富尔登,这些曾经或将会影响人类历史的人,安徒生称他们为"天才的殉道者"。这些人在现行社会中被认为是伟大的人物或"造福人类的善人",而他们生前却往往被看成是另类的、不合时宜的。他们为了探求真理或人类的幸福之路与时代所进行的抗争,在后人看来是"光荣"的壮举,但对于其个人却是一条充满血泪的荆棘路。科学的进步和历史的前行永远是艰难的,在通向真理的道路上,总会有惨重的代价和牺牲。这条路,安徒生称之为"光荣的荆棘路",他说"这条光荣的荆棘路,跟童话不同,并不在这个人世间走到一个辉煌和快乐的终点,但是它却超越时代,走向永恒"。这是安徒生对于逝去者的告慰。

□ 精美散文

尼亚加拉大瀑布

狄更斯

入选理由

从不同角度描摹了壮观的尼亚加拉大瀑布
"横看成岭侧成峰，远近高低各不同"的审美效果
一首有声有色的心灵交响曲

那一天的天气寒冷潮湿，着实苦人；凄雾浓重，几欲成滴，树木在这个北国里还都枝柯赤裸，完全冬意。不论多会儿，只要车一停下来，我就侧耳静听，看是否能听到瀑布的吼声，同时还不断地往我认为一定是瀑布所在那方面死乞白赖地看；我所以知道瀑布就在那一方面，因为我看见河水滚滚朝着那儿流去；每一分钟都盼望会有飞溅的浪花出现。恰恰在我们停车以前几分钟内，我看见了两片嵯峨的白云，从地心深处巍巍而出，冉冉而上。当时所见，仅止于此。后来我们到底下了车了，于是我才头一回听到洪流的砰訇，同时觉得大地都在我脚下颤动。

崖岸陡峭，又因为有刚刚下过的雨和化了一半的冰，地上滑溜溜的，所以我自己也不知道我是怎么下去的，不过我却一会儿就站在山根那儿，同两个英国军官（他们也正走过那儿，现在和我到了一块）攀登到一片嶙峋的乱石上了。那时澎渤大作，震耳欲聋，玉花飞溅，蒙目如眯，我全身濡湿，衣履俱透。原来我们正站在美国瀑布的下面。我只能看见巨浸滔天，劈空而下，但是对于这片巨浸的形状和地位，却毫无概念，只渺渺茫茫，感到泉飞水立，浩瀚汪洋而已。

我们坐在小渡船上，从紧在这两个大瀑布前面那条汹涌奔腾的河里过的时候，我才开始感到是怎么回事，不过我却有些目眩心摇，因而领会不到这副光景到底有多博大。直到我来到平顶岩上看去的时候——哎呀天哪，那样一片飞立倒悬的晶莹碧波——它的巍巍凛凛，浩瀚峻伟，才在我眼前整个呈现。

于是我感到，我站的地方和造物者多么近了，那时候，那副宏伟的景象，一时之间所给我的印象，同时也就是永永无尽所给我的印象——一瞬的感觉，而又是永久的感觉——是一片和平之感：是心的宁静，是灵的恬适，是对于死者淡泊安详的回忆，是对于永久的安息和永久的幸福恢廓的展望，不搀杂一丁点暗淡之情，不搀杂一丁点恐怖之心。尼亚加拉一下就在我心里留下深刻的印象——留下了一副美丽的形象，这副形象一直永世不尽留在我的心头，永远不改变，永远不磨灭，一直到我的心房停止了搏动的时候。

我们在那个神工鬼斧、天魔帝力所创造出来的地方上待了十天,在那永久令人不忘的十天里,日常生活中的龃龉和烦恼,如何离我而去,越去越远啊!巨浸的砰訇对于我如何振聋发聩啊!绝迹于尘世之上而却出现于晶莹垂波之中的,是何等的面目啊!在变幻无常、横亘半空的灿烂虹霓四围上下,天使的泪如何玉圆珠明,异彩缤纷,纷飞乱洒,纵翻横出啊!在这种眼泪里,天心帝意,又如何透露而出啊!

　　我一起始,就跑到了加拿大那一边儿,在那十天里就一直在那儿没动。我从来没再过过河,因为我知道,河那边也有人,而在这种地方,当然不能和不相干的人搀和。整天往来徘徊,从一切角度,来看这个垂瀑;站在马蹄铁大瀑布的边缘上,看着奔腾的水,在快到崖头的时候,力充劲足,然而却又好像在驰下崖头、投入深渊前,先停顿一下似的;从河面上往上看巨涛下涌;攀上邻岭,从树梢间瞭望,看激湍盘旋而前,翻下万丈悬崖;站在下游三英里的巨石森岩下面,看着河水,波涌涡漩,砰訇应答,表面上看不出来它所以这样的原因,实在在河水深处,却受到巨瀑奔腾的骚扰;永远有尼亚加拉当前,看它受日光的蒸腾,受月华的迤逗,夕阳西下中一片红,暮色苍茫中一片灰;白天整天眼里看它,夜里枕上醒来耳里听它;这样的福就够我享的了。

　　我现在每天平静之时都要想:那片浩瀚汹涌的水,仍旧竟日横冲直滚,飞悬倒洒,砰訇渊渤,雷鸣山崩;那些虹霓仍旧在它下面一百英尺的空中弯亘横跨。太阳照在它上面的时候,它仍旧像玉液金波,晶莹明澈。天色暗淡的时候,它仍旧像玉霰琼雪,纷纷飞洒;像轻屑细末,从白垩质的悬崖峭壁上阵阵剥落;像如絮如绵的浓烟,从山腹幽岫里蒸腾喷涌。但是这个滔天的巨浸,在它要往下流去的时候,永远老像要先死去一番似的,从它那深不可测、以水为国的坟里,永远有浪花和迷雾的鬼魂,其大无物可与伦比,其强永远不受降伏,在宇宙还是一片混沌,黑暗还复掩渊面的时候,在匝地的巨浸——水——以前,另一个漫天的巨浸——光——还没经上帝吩咐而一下弥漫宇宙的时候,就在这儿森然庄严地呈异显灵。

作者简介

　　狄更斯(1812~1870),英国19世纪现实主义小说家。出生于英国朴次茅斯。5岁时,全家迁居占松。10岁时,又搬到康登镇(今属伦敦)。小时候狄更斯曾经在一所私立学校接受过一段时间的教育。11岁时,狄更斯就承担起繁重的家务劳动。12岁时,被送到皮鞋作坊当学徒。16岁时,在律师事务所当缮写员,后担任报社采访记者。狄更斯并没有接受很多的正规教育,基本上是靠自学成才。

狄更斯像

·美文赏析·

　　作者将其小说中常有的百转千回的震撼力,融于景物描写中,为我们描摹了一幅壮丽的风景画。作者从不同角度来描写尼亚加拉大瀑布。先是听觉上的渲染:"洪流的砰訇","澎湃大作,震耳欲聋",这样先声夺人的效果,为视觉上的表现作了一个很好的铺垫。接下来是尼亚加拉大瀑布的闪亮登场,作者首先从整体上作了一个描绘,那是"一片飞立倒悬的晶莹碧波",给人以视觉上的震撼力。而作者高明之处在于他用小说家的敏锐眼光,为我们描绘了一个多角度、多层面的艺术效果图。置身于震耳欲聋、玉花飞溅的"浩瀚峻伟"中,作者感受到的却是心的宁静、灵的恬适。

□精美散文

冬日漫步

梭罗

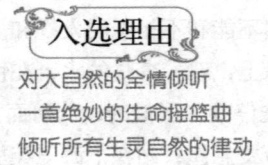

入选理由
对大自然的全情倾听
一首绝妙的生命摇篮曲
倾听所有生灵自然的律动

  风轻轻地低声吹着,吹过百叶窗,吹在窗上,轻软的好像羽毛一般;有时候数声叹息,几乎叫人想起夏季长夜漫漫和风吹动树叶的声音。田鼠已经舒舒服服地在地底下的楼房中睡着了,猫头鹰安坐在沼地深处一棵空心树里面,兔子、松鼠、狐狸都躲在家里安居不动。看家的狗在火炉旁边安静地躺着,牛羊在栏圈里一声不响地站着。大地也睡着了——这不是长眠,这似乎是它辛勤一年以来的第一次安然入睡。时虽半夜,大自然还是不断地忙着,只有街上商店招牌或是木屋的门轴上,偶然轻轻地发出叽咯的声音,给寂寥的大自然添一些慰藉。茫茫宇宙,在金星和火星之间,只有这些声音表示天地万物还没有全体入睡——我们想起了远处(就在心里头吧?)还有温暖,还有神圣的欢欣和友朋相聚之乐。可是这种境界是天神们互相往来时才能领略,凡人是不胜其荒凉的。天地现在是睡着了,可是空气中还是充满了生机,鹅毛片片,不断地落下,好像有一个北方的五谷女神,正在我们的田亩上撒下无数银色的谷种。

  我们也睡着了,一觉醒来,正是冬天的早晨。万籁无声,雪厚厚地堆着,窗槛上像是铺了温暖的棉花;窗格子显得加宽了,玻璃上结了冰纹,光线暗淡而静,更加强了屋内的舒适愉快的感觉。早晨的安静,似乎静在骨子里,我们走到窗口,挑了一处没有冰霜封住的地方,眺望田野的景色。可是我们单是走这几步路,脚下的地板已经在吱吱地响。窗外一幢幢的房子都是白雪盖顶;屋檐下、篱笆上都累累地挂满了雪条;院子里像石笋似站了很多雪柱,雪里藏的是什么东西,我们却看不出来,大树小树四面八方地伸出白色的手臂,指向天空;本来是墙壁篱笆的地方,形状更是奇怪,在昏暗的大地上面,它们向左右延伸,如跳如跃,似乎大自然一夜之间,把田野风景重新设计过,好让人间的画师来临摹。

  我们悄悄地拔去了门闩,雪花飘飘,立刻落到屋子里来;走出屋外,寒风迎面扑来,利如刀割。星光已经不这么闪烁光亮,地平线上面笼罩着一层昏昏的铅状的薄雾。东方露出一种奇幻的古铜色的光彩,表示天快要亮了。可是四面的景物,还是模模糊糊,一片幽暗,鬼影幢幢,疑非人间。耳边的声音也带一种鬼气——鸡啼狗吠,木柴的砍劈声,牛群的低鸣声——这一切都好像是阴阳河彼岸冥王的农场里所发出的声音;声音本身并没有特别凄凉之处,只是天色未明,这种种活动显得太庄严了,太神秘了,不像是人间所有的。院子里雪地上,狐狸和水獭所留下的脚迹犹新,这使我们想起:即使在冬夜最静寂的时候,自然界生物没有一个钟头不在活动,它们还在雪上留下痕迹。把院子门打开,我们以轻快的脚步,跨上寂寞的乡村公路,雪干而脆,脚踏上去发出破碎的声音。早起的农夫,驾了雪橇,到远处的市场去赶早市。这辆雪橇一夏天都在农夫的门口闲放着、与木屑稻梗为伍,现在可有了用武之地,它的尖锐清晰刺耳的声音,对于早起赶路之人,也有提神醒脑的作用。农舍窗上虽然积雪很多,但是屋里的农夫已经早把蜡烛点起,烛光孤寂地照射出来,像一颗暗淡的星。树际和雪堆之间,炊烟也是一处一处地从烟囱里往上飞升。

　　大地冰冻,远处鸡啼狗吠。从各处农舍门口,也不时地传来丁丁劈柴的声音。空气稀薄干寒,只有比较美妙的声音才能传入我们的耳朵,这种声音听来都有一种简短的可是悦耳的颤动。凡是至清至轻的流体,波动总是稍发即止,因为里面粗粒硬块,早就沉到底下去了。声音从地平线的远处传来,都清越明亮,犹如钟声,冬天的空气清明,不像夏天那样的多杂质阻碍,因此声音听来也不像夏天那样的毛糙模糊。脚下的土地,铿锵有声,如叩坚硬的古木,一切乡村间平凡的声音,此刻听来都美妙悦耳。树上的冰条互相撞击,其声玲珑,如流水,如妙乐。大气里面一点水分都没有,水蒸气不是干化,就是凝结成冰霜的了;空气十分稀薄而似有弹性,人呼吸其中,自觉心旷神怡。天似乎是绷紧了的,往后收缩。人从下上望,很像处身大教堂中,顶上是一块连一块弧状的屋顶;空气中闪光点点,好像有冰晶浮游其间。据在格陵兰住过的人告诉我们说,那边结冰的时候,"海就冒烟,像大火燎原一般,而且有一种雾气上升,名叫烟雾。这种烟雾有害健康,伤人皮肤,能使人手脸等处,生疮肿胀"。我们这里的寒气,虽然其冷入骨,然而,质地清纯可提神,可清肺。我们不能把它认为是冻结的雾,只能认为是仲夏的雾气的结晶,经过寒冬的洗涤,越发变得清纯了。

　　太阳最后总算从远处的林间上升,阳光照处,空中的冰霜都融化,隐隐之中似乎有铙钹伴

□ 精美散文

奏，铙钹每响一次，阳光的威力逐渐增加；时间很快从黎明变成早晨，早晨也愈来愈老，很快地把西面远处的山头，镀上一层金色。我们匆匆地踏着粉状的干雪前进，因为思想感情更为激动，内心发出一种热力，天气也好像变得像十月小阳春似的温暖。假如我们能改造我们的生活，和大自然更能配合一致，我们也许就无需畏惧寒暑之侵，我们将同草木走兽一样，认大自然是我们的保姆和良友，她是永远照顾着我们的。

　　大自然在这个季节，特别显得纯洁，这是使我们觉得最为高兴的。残干枯木，苔痕斑斑的石头和栏杆，秋天的落叶，到现在被大雪掩没，像上面盖了一块干净的手巾。寒风一吹，无孔不入，一切乌烟瘴气都一扫而空，凡是不能坚贞自守的，都无法抵御。因此，凡是在寒冷荒僻的地方（例如在高山之顶），我们所能看得见的东西，都是值得我们尊敬的，因为它们有一种坚强的纯朴的性格——一种清教徒式的坚韧。别的东西都寻求隐蔽保护去了，凡是能卓然独立于寒风之中者，一定是天地灵气之所钟，是自然界骨气的表现。它们具有和天神一般的勇敢。空气经过洗涤，呼吸进去特别有劲。空气的清明纯洁，甚至用眼睛都能看得出来；我们宁可整天处在户外，不到天黑不回家，我们希望朔风吹过光秃秃的大树一般地吹澈我们的身体，使得我们更能适应寒冬的气候。我们希望借此能从大自然借来一点纯洁坚定的力量，这种力量对于我们是一年四季都有用的。

作者简介

　　梭罗（1817～1862），1817年7月12日出生于美国马萨诸塞州康科德镇。1837年毕业于哈佛大学，毕业后回到家乡以教书为业。1841年起他不再教书而转为写作。在著名作家爱默生的支持下，开始了超验主义实践，撰写了大量随笔。1845年7月4日，28岁的梭罗独自一人来到距离康科德2公里的瓦尔登湖畔，建造了一个小木屋住了下来。此后，他根据自己对生活的观察与思考，整理并发表了两本著作《康科德和梅里马克河上的一周》和《瓦尔登湖》。1847年，梭罗结束了离群索居的生活，回到原来的村落，仍然保持着自己简朴的生活风格，并将主要精力投入写作、讲课和观察当地的植物、动物。1862年5月6日，梭罗因病去世，年仅45岁。

梭罗像

· 美文赏析 ·

　　《冬日漫步》完全体现了梭罗一贯的写作风格，在他的笔下，时光是缓慢的，美丽的自然在眼前或者说我们的生命中从容地展开，尽情地显示着它天然真实的美和价值。而作者与这些最美妙的事物同在。我们可以把这篇文字当作与天地同在的生命的摇篮曲，在这首表面寒冷但散发着母性的温暖的摇篮曲里，我们倾听到所有生灵在一年中最纯净的季节里自然的律动，它们是那样的细腻和生动，是生命的全部真意所在。在大地安静的沉睡中，梭罗睁大了诗人的眼睛和音乐家的耳朵，幸福地、热切地关注着大地上的动静。在这首使人灵魂安静的摇篮曲的首串音符里，风吹动着大地，吹动着一切，然而一切已经沉睡，田鼠、兔子、松鼠、狐狸、看家狗、牛羊、猫头鹰，这些大自然的孩子，在这个安静的季节里，各有各的睡姿，只有人还偶尔在制造一些声音，天空飘着片片鹅毛大雪，空气充满生机。

树林和草原

屠格涅夫

入选理由
时代的缩影
作家自身思想的反照
文笔优美，意境独特

……于是开始渐渐地吸引他
归去：到乡村去，到深荫蔽日的花园里去，
那里菩提树巍峨参天，绿荫一片，
铃兰花散发出贞洁的芳香，
那里一行圆冠的杨柳，
从堤岸上覆盖着水面，
那里茂密的橡树耸立在茂草丛生的田地上，
那里弥漫着大麻和荨麻的气味……
回到那里，回到广袤的原野，
那里的黑土柔软如绒，
无论您放眼何处，
那里的黑麦都荡漾着轻柔的波浪，
从那透明、洁白的云团里，
沉甸甸地射出金色的阳光；
那里多么美好……

（摘自待焚的诗篇）

也许，读者对我的笔记已经感到厌烦了。赶快告慰他，除了这里发表的几个片断外，我不再写什么了。但是，和他分别之际，我不能不说几句关于打猎的话。

扛着猎枪、带着狗去打猎，这件事单独本身，正像古时候说的 für sich，是很美妙的事情。即使您生来并不是个猎人，但您总会热爱大自然吧，所以您不可能不羡慕我们这些兄弟……请您听着吧。

比如说，您知道春天里黎明前乘车外出的乐趣吗？您走到台阶上……深灰色的天空里几处地方闪烁着星星，湿润的风儿时而像微波似的荡来，听得见压抑的、模糊的夜声，笼罩在浓荫里的树木的低声絮语。仆人把毛毯铺在马车上，把装着茶炊的箱子搁在脚边。拉车的马儿瑟缩着身子，打着响鼻，神气地捣动着蹄子；一对刚刚醒来的白鹅，默默地蹒跚着穿过道路。篱笆

□ 精美散文

后的花园里，看守人安宁地打着鼾声。每一声仿佛都停留在凝滞的空气里，滞留不散。现在您坐到车子里，马儿一下子动身了，马车辚辚地碾过大地……您乘着车子，经过教堂，到山脚下向右一拐，驰过了堤岸……池塘刚刚开始蒸腾起雾气。您稍感寒冷，您翻起大衣领子遮住脸面，您打着瞌睡。马儿哗哗地趟过水洼，车夫打着口哨。您大约走了四俄里……天边发红了。乌鸦在白桦林中醒来，笨拙地飞来飞去。麻雀在黑黢黢的草垛附近吱吱喳喳叫着。空气发亮了，道路明显了，天空明朗了，云彩泛白，田野翠绿。农舍里的松明燃烧着红色的火焰，听得见门后喃喃着睡眼惺忪的语声。这时候朝霞灿烂，金色的光带已经弥漫天际。峡谷里水气氤氲，云雀在嘹亮地歌唱，黎明前的风儿吹拂着——于是鲜红的太阳悄悄地升起。光明潮水般泻来。您的心儿像鸟儿似的扑腾着。新鲜，欢乐，美好！周围视野辽阔。瞧，丛林后面有个村子。再远处是建有白色教堂的另一个村子，山上有座小白桦林，林后就是您要去的沼泽地……快点吧，马儿，快点吧！迈开大步往前冲……至多只有三俄里了。太阳迅速升起，天空澄碧无云……是个出色的天气。一群牲口从村子里向我们迎面走来。您登上了山顶……多美的景色！河流蜿蜒，绵延长达十俄里左右；穿越雾气，它呈现出暗蓝的色泽。河那边是水灵灵的绿色草地，草地那边耸起倾斜的丘陵。远处有几只凤头麦鸡啼叫着，盘旋在沼泽上空。穿越流泻于空中的湿润的光辉，远处的地平线清晰地呈现了出来……现在不像夏天那样。胸脯呼吸得多么自由，四肢活动得多么有朝气，感受着春天清新的气息。浑身觉得多么健壮……

　　夏天七月的早晨！除了猎人，谁能体验到黎明时分流连于灌木林中的乐趣？缀满白露的草地上，留下您一行绿色的足迹。您拨开潮湿的灌木，夜里蕴蓄起来的一股暖气向您袭来。空气里充溢着艾蒿清新的苦味、荞麦和三叶草的甜味。橡树林像一座墙似的耸立在远方，在阳光下闪烁、发红。虽然清凉，但已感到热气的来临。浓郁的芳香，熏得脑袋懒洋洋地晕眩起来。灌木林没有尽头……只是在远处几个地方，可以见到正在成熟的发黄的黑麦，一小畦一小畦发红的荞麦。马车轧轧作响。农夫缓步踱来，预先把马牵到树荫下……您跟他打了一声招呼，继续前进——在您身后响起了镰刀的铿锵声。太阳愈升愈高。草上的露水很快就被晒干了。已经感到炎热了。过了一小时，又一小时……天空的边沿开始发暗。凝然不动的空气里，喷射出刺人的闷热。

　　"兄弟，哪儿可以弄点水喝？"您问一个割草人。

"那边，山谷里，有眼井。"

越过杂生着野草的、密密的榛树林，您下到谷底。不错，紧挨在悬崖下，藏有一泓清泉。橡树林贪婪地伸展开它那茂密的树梢，覆盖着泉水。大颗大颗银白的水珠，晃动着，从铺着一层轻绒似的苍苔的水底冒上来。您趴到地上，您喝个够，但您懒得动弹了。您躺在荫凉里，您呼吸着芳香的湿气。您感到舒服，可是您对面的灌木林，在阳光下炙烤着，仿佛变黄了。这是什么？风儿突然吹来，猛刮过去。周围的空气振动了：这是雷声吧？您从山谷里走出来……天穹里为什么出现铅灰色的云带？天气是否更加郁闷了？乌云是否要涌来了……瞧，闪电微弱地亮了一下……哦，雷雨要来啦！周围还普照着阳光，还可以打猎。但是乌云膨胀起来了，它的前沿像只袖子似的伸展开来，又像穹隆似的弯垂下来。青草，丛林，一切都突然变暗……快走！瞧，前面仿佛是座草棚……快走……您奔跑着，走进去……多大的雨，多亮的闪！有几处雨水渗过草屋顶，滴落在香喷喷的干草上……现在太阳又照耀起来。雷雨过去了，您走出来。我的天啊，周围的一切闪出那么愉悦的光彩，空气多么清新澄澈，草莓和蘑菇多么芬芳……

但是，傍晚临近了。晚霞像大火似的烧燃着，弥漫了半个天空。夕阳快落山了。附近的空气显得特别透明，仿佛水晶一般。远处降下来轻柔的、显得暖和的雾气。红光和露水一齐降落到林中空地上，这里不久前还沐浴在熔金般的光焰之中。树木、丛林、高高的草堆，都投下了长长的影子……太阳完全隐没了。星星眨着眼睛，在落霞的火海里颤抖……天空的颜色淡了，青了。孤零零的影子消失了，空气里弥漫着雾气。是归去的时候了，回到村里，回到您夜宿的农舍。您把猎枪背到肩后，尽管疲惫不堪，还是快步走着……这时夜幕降临，已经看不清二十步外的景物，黑暗中猎狗依稀可见。在那黑黢黢的丛林上面，天边模模糊糊地明亮起来……这是什么？是火灾吗……不，这是月亮升起来了。瞧，下面右前方，已经亮起了村里的灯光……终于走到了您的农舍，透过小窗，您看见了铺着白桌布的餐桌，点亮的蜡烛和晚餐……

□ 精美散文

　　有时您盼咐套上轻便马车，到林子里去猎松鸡。驰过高高的黑麦田中间的小路，多么欢快。麦穗轻拂着您的脸，矢车菊绊住您的腿，周围的鹌鹑鸣叫着，马儿迈着懒洋洋的步子。树林子到了。荫凉，宁静。端庄匀称的白杨树，高耸在您的头上絮语；白桦树细长、纷披的枝梢，轻轻摇动；魁梧的橡树，像战士似的，挺立在秀美的菩提树旁边。您驰过绿影斑驳的小路，黄头大苍蝇停滞在金色的空气里，又倏地飞去；蛾子上上下下飞旋着，在树荫里显出白影，在阳光下显出黑影。鸟儿安闲地叫着。饶舌的鸫鸟的金嗓子，天真烂漫地欢叫着：这种鸟语，正好和铃兰花的芳香互相配合。继续前进，继续前进，深入到林子里去……林中万籁无声……一种不可言说的静谧，袭上心头。周围是如此充满睡意，一片寂静。吹来了一阵风，于是树梢喧哗起来，宛如涛声一般。拱开去年的黄叶，这里那里长出了茂草。各种蘑菇，分别顶着自己的小帽子。蓦地窜出一只雪兔，猎狗汪汪吠叫着，跟踪追去……

　　深秋，当山鹬鸟飞来的时候，这同一座林子变得多么迷人！山鹬并不栖息在密林深处，得沿着林边去寻找它们。没有风，也没有阳光，没有树荫，草木不动，无声无息。柔和的空气里，弥漫着秋天那种类似葡萄酒味的香气。远处黄澄澄的田野上，笼罩着薄雾。穿过脱尽叶子的、棕褐色的树枝，可见一片宁静的天空。这里那里，菩提树上挂着最后几片金色的树叶。潮湿的泥土踩下去富有弹性。高高的干草一动不动。在颜色变淡的草叶上，闪烁着长长的游丝。胸口呼吸自然，可心底袭来一种莫名的不安。您走在林边，眼睛盯着猎狗，同时回想起了心爱的形象，心爱的人物，死去的人和活着的人。早就淡忘的印象，突然清晰起来。想象似小鸟一般展翅飞翔，一切如此鲜明地呈现在眼前。心儿一会儿突然怦怦跳动，热切地向往着未来，一会儿又不可挽回地沉湎于回忆之中。整个一生像一卷手稿那样，轻易地迅速展开。此时人掌握了他的一切往事，全部感情、力量，整个自己的灵魂。周围没有什么东西妨碍他——既没有太阳，也没有风儿，没有声音……

　　而在晴朗的、稍稍有点寒冷的、早晨结有冰霜的秋日里，白桦树像神话中的树木那样，浑身金光闪闪，在蔚蓝色的天幕下，呈现出美丽的剪影；低低的太阳已不炎热，但却比夏天照得更明亮；不大的白杨林透明地闪耀着，仿佛它脱尽了叶子更觉得轻松愉快；霜花还在山谷底部银光熠熠，清新的风儿轻轻地吹赶着蜷缩的落叶；河上欢奔着蓝色的波涛，有节奏地托起散游在水面上的鹅、鸭；远处柳树掩映的磨坊轧轧作响，鸽群在明朗的天空中闪闪发光，迅速盘旋于磨坊之上……

　　夏天有雾的日子也很美妙，虽然猎人们并不喜欢它们。在这样的日子里不能打枪：鸟儿刚从您脚下飞起，立刻就消失在白茫茫的、凝然不动的雾霭之中。可是周围的一切多么宁静，一种不可言说的宁静！万物都已醒来，万物沉寂无声。您经过一棵树木，它一动不动，清闲自在。透过弥漫在空中的薄雾，在您面前呈现一长条黑乎乎的带子。您把它当做是附近的林子。您走过去，林子变成了田埂上一垄高高的蒿草。您的周围上下——到处是雾……可是吹来一阵风，一小块淡蓝的天空，穿越薄如烟云的雾气，模模糊糊地露了出来；一缕金黄色的阳光蓦地闯入进来，长长地流泻着，照耀着田野，照射着丛林——旋即一切又归于云苦雾罩。这一较量持久地进行着。但当光明终于取得胜利，最后一团团蒸热的雾气或像布幅似的铺展开来，或盘旋而上，消失在阳光和煦的高空里之后，天气变得无法形容地美好、晴朗……

　　现在您收拾行装，到远离庄园的旷野去，到草原上去。你在乡间土路上走了十来俄里，终于走上了大道。经过望不见头尾的大车队,经过大门洞开、门前有口井、檐下茶炊咝咝作响的小客农店,驰过无边无际的田野,沿着翠绿的大麻田,从一个村子到另一个村子,您长时间地乘车前进。喜鹊在柳丛里飞来飞去。手拿长耙子的农妇,在田野里蹒跚着步子。一个行路人穿着破烂的土布外套,肩上背着行囊,疲惫不堪地踯躅着。地主家笨重的马车,套上六匹疲乏的高头大马,向您迎面驶来。车窗里露出一角坐垫。身穿大衣的仆人,手拉着绳子,铺着蒲包,侧身坐在马车后面的脚蹬上,浑身溅满了泥浆。前面是一座小县城,倾斜的木板小屋,很长很长的栅栏,商人们空关着的石头房子,深谷上架起的古老的桥梁……向前,向前……进入了草原地带。从山上眺望,多美的景色。一座座低矮的丘陵,被农夫们耕种到顶部,像巨浪似的起伏着。灌木丛生的山谷蜿蜒其间。星散各处的小树林子,像一座座椭圆的绿岛。条条小径从村子通向村子。礼拜堂的白墙很醒目。小河在柳丛中闪闪发光,有四个地方筑上了堤坝。远处田野里鹤立着一行野鸟。在小池塘边,建有一所老式的贵族宅院,附有库房、果园和打谷场。但您继续前进。丘陵越来越小,树木几乎看不到了。终于,您来到了一望无际的草原!

而在冬日里,您可以跨越雪堆去追逐兔子,呼吸凛冽、刺骨的空气,软雪炫目的反光使您情不自禁地眯起眼睛,您可以欣赏有点儿发红的林子上面蓝色的天空……而在初春的日子里,周围的一切在闪烁,在溶化;透过融雪的重雾,已经蒸腾起大地的热气;在化雪的上空,斜射的阳光下,云雀安详地鸣啭着;春水在欢笑、在喧闹,从山谷向山谷奔流……

不过,现在应该结束了。我顺便提到了春天,春天容易离别,春天召唤着幸福者奔向远方……别了,读者。我祝您永久平安。

作者简介

屠格涅夫(1818~1883),19世纪俄国批判现实主义作家,出生于世袭贵族家庭。1833年进入莫斯科大学文学系,一年后转入圣彼得堡大学哲学系语文专业,毕业后到德国柏林大学攻读哲学、历史、希腊和拉丁文。1843年发表叙事长诗《巴拉莎》,开始文学创作生涯。19世纪60年代后,大部分时间在西欧度过,曾参加巴黎"国际文学大会",被选为副主席。主要作品有特写集《猎人笔记》,长篇小说《罗亭》《贵族之家》《父与子》,中篇小说《阿霞》《彼士什科夫》,散文诗集《散文诗》等。

屠格涅夫像

· 美文赏析 ·

《树林和草原》是屠格涅夫的一篇优美的写景散文。通过阅读,我们可以体味屠格涅夫作品中淡淡的贵族气息和哀而不伤的格调。《树林和草原》中,我们看到的树林是薄雾霭霭的、草原是"茫无涯际"的,这样的描写,在视野的开阔中又给人在感觉上造成一种空茫。而置身其中的鸟儿和云雀却是天真烂漫的,阳光是金色的。作者在穿过丛林寻找草原的路途中,见到的农妇、行人和马匹都是疲倦而了无生气的。而草原又是令人温暖愉悦的,这种用现实手法写景的方式,使作品在带有作者主观感受的同时,又遵从了事物的客观性。他向读者展现的不仅是一派生机中夹带颓败的自然景观,而且是上升和变革时期的俄国社会现状图。

□ 精美散文

青春的呼唤

屠格涅夫

入选理由
以简洁的语言传达深长的意味
用优美的文笔展现青春的刹那美
凝练的语言有诗的韵味

啊，青春，青春，你什么都不在乎，你仿佛拥有宇宙一切的宝藏，连忧愁也给你安慰，连悲哀也对你有帮助，你自信而大胆，你说："瞧吧，只有我才活着。"可是你的日子也在时时刻刻地飞走了，不留一点痕迹，白白地消失了，而且你身上的一切也都像太阳下面的蜡一样，雪一样地消灭了。

也许你的魅力的整个秘密，并不在乎你能够做任何事情，而在于你能够想你做得到任何事情——正在于你浪费尽了你自己不知道怎样用到别处去的力量；正在于我们中间每一个人都认真地以为自己是个浪子，认真地认为他有权利说："啊，倘使我不白白耗费时间，我什么都办得到！"

我也是这样……那个时候，我用一声叹息，一种凄凉的感情送走了我那昙花一现的初恋的幻影的时候，我希望过什么，我期待过什么，我预见了什么光明灿烂的前途呢？

然而我希望过的一切，有什么实现了呢？现在黄昏的阴影已经开始笼罩我的生命上来了，在这个时候，我还有什么比一瞬间消逝的春潮雷雨的回忆更新鲜，更宝贵呢？

· 美文赏析 ·

青春，是古今中外文学作品中钟爱的一个话题。青春，是什么？是女孩子头上五彩的蝴蝶结，是满畦金黄的油菜花，是初恋女友脸上最后一个伤感的微笑。屠格涅夫说，青春的美在于它的一瞬间消逝，在于它使我们的回忆"更新鲜，更宝贵"。《青春的呼唤》是屠格涅夫一篇篇幅短小的散文。它以诗歌的热烈的表达方式，来歌颂短暂而宝贵的青春时光。在屠格涅夫眼中，青春的真正可贵之处在于它的"自信而大胆"，在于它的短暂。因为自信，所以我们热烈地期待和希望着什么；因其短暂所以使人回味无穷。而昙花一现的最大魅力就在于，它什么都不在乎的忘情，它让人惊诧于它那一刹那的美丽。然而瞬间又可以定格永恒，我们记忆中永恒的一幕，又有多少不是来自于那令人惊悸的、流星似的、划破长空的刹那美呢？

在海边的一个冬日

惠特曼

入选理由
歌颂大自然的美好诗篇
鼓舞人心的进取精神
粗犷豪放中不失文采

前不久，十二月的一天，天气晴朗，我坐上坎登至大西洋城这条老铁路线的火车，历时一个多钟头，就到了新泽西的海边，在那里过（是我的好姐姐露亲手做的——食物可口至极，容易吸收，使人强壮，后来一整天都称心如意）。

最后一段旅途，大约有五六英里，火车开进了一片广阔的盐泽草地，那里咸水湖交错，小河道纵横，菅茅草的香味，迎面扑来，使我想起了"麦芽浆"和我家乡南部的海湾。我本可以到了晚上，再到这平展而芬芳的海边大草原尽情地游玩的，从十一点钟到下午两点钟我几乎都在海边，或是在望得见大海的地方，听大海的沙哑的低语，吸入凉爽、使人愉快的轻风。先是坐车，车轮在坚硬的沙地上匆匆驶了五英里，却没有什么进展。后来吃过饭（还有将近两个钟头的余暇），我朝着一个方向走去（见不到一个人），占有了一间小屋，看样子是海边浴场的客厅，周围的景色任我独览，离奇有趣，使人心旷神怡，无遮无挡。我前后左右，都是一片兼毛草和迟麻草，空旷，简朴而毫无装饰的空旷。船在远方，再望远处，只能看到一艘向这驶来的轮船，拖着一缕黑烟，海船，横帆双桅船和纵帆双桅船，更是清晰可见，其中大多乘着强劲的风，鼓扬着船帆。

海上，岸上，都充满了魅力，令人神往，他们的简朴甚至他们的空旷，多么令人思量不绝呀。他们或间接或直接的在我心中唤起了什么呢？那伸延开去的海浪，白灰色的海滩，海盐，

□ 精美散文

都单调而无知觉——全然没有艺术，没有歌词，没有话语，也不风雅，这冬日却是无法形容的令人鼓舞，冷酷然而看上去却是如此柔美，如此超乎世俗，比我读过的所有的诗、看过的所有的画、听过的所有的音乐，都更加深刻而难以捉摸地打动我的感情（但是，我要说句公道话，这也许正是因为我已经读过那些诗，也听过那种音乐吧）。

作者简介

惠特曼（1819～1892），19世纪美国著名诗人，生于美国长岛一个海滨小村庄。惠特曼5岁时全家迁至布鲁克林，惠特曼在那儿开始上小学。由于家庭贫困，惠特曼只读了5年小学。他当过信差、木匠，学过排字，后来当过乡村教师和编辑。1838年主编《长岛人》，传播民主思想，与此同时开始诗歌创作。1841年后到纽约，开始当印刷工人，不久改当记者。几年以后，他成了一家较有名望的报纸《鹫鹰报》的主笔，不断撰写反对奴隶制，反对雇主剥削的论文和短评。19世纪40年代末他加入了"自由土地党"，反对美国的蓄奴制度，主张土地改革。1855年出版《草叶集》，收诗383首。以"草叶"命名诗集体现了诗人的民主思想，因为它赋予最普通的遭人践踏的小东西以崇高的地位与尊严。"草叶"也是包括诗人在内的具有强大生命力的美国"新人"形象，它象征独特的美国精神和性格。其中著名的诗歌有《船长啊，我的船长！》《自己之歌》等。这部诗集的自由体，豪迈奔放而又不失其音乐美感，在英语诗歌中独树一帜，从根本上动摇了传统格律诗几世纪以来的垄断地位，开了英诗自由体在20世纪迅猛发展的先河，并对中国"五四"运动以后的新诗创作产生了很大影响。

惠特曼像

·美文赏析·

惠特曼是美国著名诗人。他的诗歌为读者描绘了一幅广阔的现实主义画面，充满着浓厚的浪漫主义色彩，反映了一种健康的、具有时代意义的资本主义民主思想。从艺术风格上看，他的诗豪放粗犷，奔放不羁，完全不受传统诗法的限制。在他看来，"最好的诗就是具有最完善的美的东西——对耳朵的美，对大脑的美，对心灵的美，对时间与地点的美"。这种风格反映在惠特曼的散文创作上，也使其散文具有一派开阔、健康的新气象。《在海边的一个冬日》是惠特曼的一篇写景散文，他用生动的笔触为读者描摹了一幅海上冬日的壮观画面，反映了作者对大自然的喜爱之情以及积极进取的精神面貌。

作者眼中的大海景致是"单调而无知觉——全然没有艺术，没有歌词，没有话语，也不风雅"，但作者却觉得它比所看过的诗、画，听过的音乐等艺术形式，更加打动他的感情，因为它是"如此超乎世俗"的，没有经过修饰的、改造的景象。作者喜欢的正是它的这种空旷、简朴和毫无装饰。但作者并没有将钟情的美景，放在安静的、田园风光式的氛围中描摹，而是结合我的匆匆行程，周围的船只的来往行驶这些动态的场景，寓情于景，用大刀阔斧的手法，使一个本该了无生趣的冬日变得"无法形容的令人鼓舞"，这正是作者积极进取、勇于开拓的精神在景物上的映照。

从阿尔卑斯山归来

都德

入选理由
最单纯的写作动机和最朴素的动人力量
亲近自然和生活的直接方式
准确和生动造就的永恒感染力

在普鲁文斯省,当天气温暖起来时,把家畜送到阿尔卑斯山里去已经是习惯了。畜牲和人在那里要过 5 个月或者 6 个月,夜间便睡在露天底下高齐腰际的草里;随后,当秋天最初令人冷战的时候,他们又下山回到农庄上来,重新在被迷迭香的花熏香了的灰色的小山上过着单调的牧羊的生活……

因此,昨天晚上羊群回来了。从早上起,大门便敞开等待着,羊圈里铺了新鲜的干草。

不时地,人们重复着说:"现在,他们已经到艾杰尔了,现在,已经到巴拉都了。"

接着,近黄昏的时候,突然间,一声大叫:"他们到那儿啦!"而在那边,在远处,我们看见羊群在尘土腾起的光辉里前进着。

整个的路好像在跟羊群一起蠕动……老公羊走在最前边,角往前伸着,现出凶野的神气。在它们后边,是羊群的主要部分,有点疲倦了的母亲们,偎挤在腿间的乳儿——篮子里驮着新生的小羊羔,一边走一边摇晃着的、头上戴着红绒球的骡子。再后边,是全身浸在汗里、舌头伸到地上的狗和两个高大的裹在褐色毛布外套里的牧羊的家伙,他们的外套像袈裟一样,一直拖到脚后跟。

所有这一切,在我们面前快乐地排成行列,带着一阵急雨般的践踏声拥进了大门。

那时院子里是怎样的骚乱啊。金绿两色相间的大孔雀,戴着绢绒般的冠,从它们的栖木上认出了来者,并用一种惊人的号筒般的鸣叫迎接着它们。

沉睡着的鸡窝突然被惊醒了。所有的留守者都站了起来:鸽子、鸭子、火鸡、竹鸡。整个的家禽场像是疯狂了一般,母鸡们谈着要玩一整夜……

好像是每只羊在它的沾染着阿尔卑斯草的芬芳的毛里,带回一种使人沉醉、使人舞蹈的田野的活跃气氛似的。

在这样的骚扰中间,羊群各自找到了自己的住所。没有比这样的安置看来更可爱的了,老公羊看到了它们的石槽,感动得流出了眼泪,那些在旅途中生出来而还从未看见过农庄的羊羔和极小的羔儿,惊奇地看着它们的周围。

但是最动人的是那些狗,是那些忠于职守的牧羊人的狗,它们跟在羊群后面十分忙碌,在农庄上就只看到它们。

□ 精美散文

　　守夜的狗在它的窝里唤它们回来是徒劳的,井边盛满了新鲜的水的水桶向它们做手势也全无用处。在羊群进来以前,在粗大的门闩把小栅栏门关了以前,在牧羊人到低矮的小屋里坐在桌子周围以前,它们是什么也不要看,什么也不要听的。

　　——而到这时候,它们才仅仅同意进到群狗的窝里去。在那儿,它们一边舔着它们的菜汤桶,一边同它们农庄上的同伴们谈论着它们在山里所做的事情:在那可怕的地方,有狼,有洋溢着露珠的大朵的紫色的毛地黄。

作者简介

　　都德(1840~1897),法国作家,1840年5月13日生于普罗旺斯,1897年12月15日卒于巴黎。1857年都德到巴黎,在其兄历史学家艾尔莱斯特·都德的帮助下开始文学创作。1860年进莫尔尼公爵办公室工作,有机会回到南方及阿尔及利亚等地游历。42岁起患神经官能症,在以后的15年中带病坚持创作。

·美文赏析·

　　著名短篇小说家都德非常重视观察,并且习惯于随身携带笔记本,随时记录生活中的事情作为自己的写作材料,属于以左拉为首的自然主义派。但是他的作品却并不像一般的自然主义作家那样专写生活的阴暗面,在他的作品里总是拥有一种难能可贵的精神力量,尤其以其爱国主题打动人心,比如我们都知道的《最后一课》和《柏林之围》。在这篇短短的游记作品里,我们看到的是作者对自然和生活的热爱,这样一个简单的写作动机和朴素平淡的笔调使文字显得干净、纯洁和明亮。这样一种悠闲自足的生活显然是作者所迷恋的。此文中,文字给我们的不仅仅是感官上的愉悦,它还充满了感染力。

阿尔卑斯山上的羊群

送你一朵玫瑰花

法朗士

入选理由
打动人心的真挚情感
简洁而不失深刻
对比手法的成功运用

我们住在一个堆满稀奇古怪的东西的大套间里。墙上挂着缴获来的装饰着颅骨和头发的原始武器；装备着桨的独木舟悬吊在天花板上，同用稻草填塞的钝吻鳄的躯壳并排放着。陈列收藏品的玻璃橱里安放着鸟、鸟巢、珊瑚枝和许许多多似乎充满怨恨和恶意的骨架。我不知道我父亲和这些奇形怪状的东西之间订了什么条约。现在我知道了：这是收藏家的条约。他是那样明智、无私，梦想把整个自然界装进一个大橱里。他说，这是为了科学。他这样说，也这样相信。其实，这是出于收藏家的癖好。

整整一套房间摆满了大自然中的稀奇古怪的东西。只有一个小客厅没有被动物学、矿物学、人种志和畸胎学侵占。这里没有蛇鳞，没有龟壳，没有骨头，没有燧石磨制的箭，没有印第安人的战斧，只有玫瑰花。小客厅的糊墙纸上缀满玫瑰。这是些含苞未放、端庄淡雅、完全相仿、朵朵美丽的玫瑰。

我母亲非常讨厌比较动物学和颅骨测量，她在小客厅里打发日子。我在地毯上，在她脚下同一头绵羊玩。这头羊过去有四只脚，现在只剩下三只。因此，它不配同我父亲收集的畸胎两头兔并列在一起。我也有个摆动臂膀的、有油漆味儿的鸡胸驼背木偶。那时候，我准会有很多很多幻想，因为这个鸡胸驼背木偶和这头绵羊使我想起千百出奇怪的戏中的各种各样的人物。当绵羊和木偶发生了什么很有趣的事的时候，我就去告诉妈妈，但总是白费力气。应该说，大人永远也听不懂小孩子在解释些什么。母亲心不在焉，我说话她不大注意听，这是她的一大缺点。但是，她习惯于睁大眼睛看着我，叫我"小傻瓜"，这就缓和了我们之间的关系。

一天，她在小客厅里撂下她的刺绣，用双臂把我举起，指着一朵纸花给我看，对我说：

"我给你这朵玫瑰。"

□ 精美散文

为了能够认出这朵花,她用刺绣针在上面点了一个十字。

从来没有一件礼物比这朵花更使我高兴过。

作者简介

法朗士(1844~1924),原名阿纳托尔·弗朗索瓦·蒂波,法国近代卓越的小说家。出生于巴黎书商家庭。自幼爱好读书,勤于练笔。中学毕业后,就同时为几家报刊撰稿。早期从事诗歌创作。受"当代巴那斯"派影响,标榜"为艺术而艺术"。19世纪80年代起,逐渐对资本主义社会产生怀疑,同情人民疾苦,宣扬人道主义,并致力于小说创作。19世纪90年代后,开始关注和研究国内外重大政治事件。1894年发生的德雷福斯事件,使他进一步体察到了资本主义社会的黑暗,从而接受了社会主义思想,在创作中呈现出鲜明的批判现实主义倾向。俄国1905年革命时,写了不少政治论文,歌颂俄国革命。晚年曾担任法俄人民友好协会主席,参加进步作家组织"光明社"的活动。1921年,77岁的法郎士加入了法国共产党。同年,获得诺贝尔文学奖。

法朗士像

· 美文赏析 ·

《送你一朵玫瑰花》是法国作家法朗士的一篇篇幅短小的散文,称不上大手笔,但却让人震撼,震撼于它如珍珠颗粒般的精致,震撼于它琥珀般的精美内质。丰富的情感内涵使这篇文章充满了独特的审美情趣。作者在文章中其实是在歌颂一种感情,一种温情的东西。但在文章的开头,作者却用了很大的篇幅来写父亲的古怪"大套间",那里有着不为作者所理解的、自然界中稀奇古怪的东西,这是父亲给幼小的"我"他对生活的解释:科学的,然而冷漠、畸形的。而与此形成鲜明对比的却是母亲的小客厅,在作者幼小记忆中它有满厅的玫瑰,"朵朵美丽";回荡着母亲对我"小傻瓜"的亲切呼唤;有母亲用刺绣针轻点过的纸玫瑰。它们普通,却在"我"的童年时代真实存在过。而这些与母亲有关的事物和片断,在作者的心里更是一种人情味、纯真人性的象征。它们代表着人与人之间心灵相通的美好境界,表达着作者对人类美好情感的召唤。

二 草原

显克微支

> **入选理由**
> 作品深处潜藏着一种苍凉的痛感和苦难意识
> 反映欧洲受外族压迫的诸小国人民的一种无助情绪
> 用象征主义手法营造了一个充满神秘色彩的世界

有两片土地相并地排着，正如两个极大的草原，中间只有一条明丽的小河将它们分开。

这河的两边，在某一地点渐渐的分离，便造成一个浅的渡口——一个盛着安静清澈的水的小河。

人们可以看见纯青河流下的黄金色的底，从那里长出荷花的梗，在光辉的水面上发花；红色的蝴蝶绕着红白的花飞舞；在水边的棕榈树和光明的空气中间，鸟类叫着，仿佛银铃一样。

这是从这边到那边去——从生之原往死之原去的渡口。

这两面都是那至高全能的梵天所创造，他命令善的毗湿奴主宰生之国，智的湿缚主宰死之国。

他又说道："你们各自随意做去。"

在属于毗湿奴的国内，生命便沸涌出来。太阳开始出没，昼夜也出现了，大海也涨落起来；天上有云走着，满含着雨；在地上生出树林，许多的人，兽和鸟也都出来了。

那善神创造爱，使一切生物能够生产子孙，他又命令爱，叫他同时生产幸福。

这时候梵天叫毗湿奴去，对他说道：

"在地上你不能想出比这更好的了，天上已经由我造成，你可以暂且休息，让那所创造的，便是你所称为人的，独自去纺生命的丝吧。"

毗湿奴依了梵天的命令，于是人们开始照管自己了。从他们善的思想里，生出了喜悦；从恶的思想里，又生出了悲哀。他们很惊异的看到这生活并不是无间的喜宴，而且梵天所说的生命之丝，也有两个纺女纺织着：一个有微笑的面貌，一个有泪在伊的眼中。

人们走到毗湿奴的座前，诉说道——

"主呵，悲哀里的生活是不幸呵。"

他答道："让爱来慰安你们。"

他们听了这话，便安静了，一齐走去。爱果然将悲哀赶走，因为将他和爱所给予的幸福比较起来，便觉得很轻了。

但是爱却同时又是生命之产生者。虽然毗湿奴的国土是极大，但人类所需要的草果蜂蜜确实都缺乏了。于是最聪明的人们起手来砍去树木，开辟林地，耕种田野，播种收获。

这样工作便来到世间。不久大家须得一律分任；工作不但成为生活的基本，而且便是生命的本身了。

但是工作生劳苦，劳苦生困倦。

人们又来到毗湿奴的座前，伸着两手，说道：

"主呵，劳苦使我们衰弱，困倦住在我们的骨里了；我们希求休息，但是生命要我们无间的工作。"

毗湿奴答道："大梵天不许我改变生活，但我可以创造一点东西，使他成为生活的间歇，这样便是休息。"

于是他创造了睡眠。

人们很喜悦的受了这新的赐品，大家都说从神的手里接受来的一切物事之中，这是最大的恩惠了。

在睡眠里，他们忘记了他们的劳苦与悲哀；在睡眠里，那困倦的人回复了他们的力气；那睡眠揩干了他们的眼泪，正如慈母一般，又用了忘却的云围绕着睡者的头。人们赞美睡眠，说道：

"你祝福了，因为你比醒时的生活更好。"

他们只责备他，不肯永久的留着；醒又来了，以后又是工作——新的劳苦与困倦。

这思想苦迫着他们，于是他们第三次走到毗湿奴那里说道：

"主呵，你赐给我们大善，极大而且不可言说，但是还未完全。请你使那睡眠成为永久的。"

毗湿奴皱了他的额，因为他们的多事，所以发怒了，回答道："这个我不能给你们，但在河的那边，你们可以寻到现在所要的东西。"

人们依了神的话，大家走向小湖；到了岸边，他们观看对岸的情状。

在那安静而且清澈、点缀着花朵的水面之后，横着死之原，湿缚的国土。

那里没有日出，也没有日入；也没有昼，也没有夜。只有白百合色的单调的光，融浸着全空间。

没有一物投出阴影，因为这光到处贯彻——仿佛它充满了宇宙。

这土地也并非不毛，凡目力所能到的地方，看见许多山谷，生满美丽的大小树木；树上缠

着常春藤；在岩石上垂下葡萄的枝蔓，但是岩石和树干几乎全是透明，仿佛是用密集的光所造。

常春藤的叶有一种微妙清明的光辉，有如朝霞，这很是神奇，安静，清净，似乎在睡眠里做着幸福而且无间的好梦。

在清明的空气中，没有一点微风，花也不动，叶也不颤。

人们走向河边来，本来大声谈讲着，见了那白百合色的不动的空间，忽然静默了。过了一刻，他们低声说道："怎样的寂静与光明呵！"

"是呵，安静与永久的睡眠……"

那最困倦的人说道："让我们去寻永久的睡眠吧。"

于是他们便走进水里去。蓝色的深水在他们面前自然分开，使过渡更为容易。留在岸上的人，忽然觉得惋惜，便叫唤他们，但没有一个人回过头来，大家都快活而且活泼的前行，被那神异的国土的奇美所牵引。

大众站在生的岸上，这时看见去的人们的身体变成光明透彻，渐渐地轻了，有光辉了，仿佛与充满死之原的一般的光相合一了。

渡过以后，他们便睡在那边的花树中间，或在岩石的旁边。他们的眼睛合着，但他们的面貌是不可言说的安静而且幸福。在生之原之里，便是爱也不能给与这样的幸福——一切留在生这一面的人，见了这情形，互相说道：

"湿缚的国更甜美而且更好……"

于是他们开始渡到那边去，更加多了。老人，少年，夫妇，领着小孩的母亲，少女，都走过去，像庄严的行道一般；以后几千几百万的人，互相推挤着，过那沉默的渡口直到后来生之原几乎全空了。这时毗湿奴——他的职务是在看守生命——记起当初是他自己将这办法告诉人们，不禁颤抖起来。也不知道怎样才好，便走到最高的梵天那里。他说道：

"造物主啊，请你救助生命。你将死之国造的那样美丽，光明而且幸福，所以一切的人都弃舍了我的国土去了。"

梵天问道："没有一个人留在你那里么？"

"只有一个少年和一个少女，他们这样的互相爱恋，所以情愿失却那永久的安静，不肯闭了眼睛，使彼此不能相见。"

"那么你要求什么呢？"

"请你将死之国造得更不美丽，更不幸福，否则就是那一对的人也怕要舍我而去，在他们的爱之春天一经过去之后。"

梵天想了一会儿，说道：

"不，我不去减少死之国的美丽与幸福，但我将别造一点东西去救存生命。自此以后，人们当被规定渡到那边去，但他们将不复自愿的去做。"

他说了这话，便用黑暗织了一张厚实的幕，造了两个生物，苦痛与恐怖，命令他们将这幕挂在路口。

生命又充满了生之原了，因为死之国虽然仍是那样的光明而且幸福，人们都怕这入口的路。

作者简介

显克微支（1846～1916），波兰作家。大学时期开始写作，他是具有民主主义和爱国主义思想的现实主义作家，素有"波兰语言大师"之称。1905年，获诺贝尔文学奖。

显克微支像

·美文赏析·

显克微支是19世纪波兰著名的批判现实主义作家。他的作品以小说为主要体裁，大多以反映反外族侵略，反对各种势力的压迫的民族战斗为题材。《二草原》是显克微支的一篇散文，这种思想倾向在文中也有所流露。《二草原》以叙述手法来写散文，为我们描绘了"生之原"和"死之国"两个不同的世界。作者依据"梵天造人"的传说，用象征主义手法为读者营造了一个充满神秘色彩境界。作者在散文中流露了一种对人生的悲哀情绪，并充斥着一种宗教情怀。这是19世纪末到20世纪初，欧洲受外族压迫的诸小国的文学作品中，普遍流露出的这种思想倾向，这是受压迫民族在长期社会动荡、生活艰辛的现实中形成的一种苦难意识和无助情绪。

雪 夜

莫泊桑

入选理由

简洁凝练,生动传神
比喻、拟人手法的成功运用
写景名篇

　　黄昏时分,纷纷扬扬地下了一天的雪,终于渐下渐止。沉沉的夜幕下的大千世界,仿佛凝固了,一切生命都悄悄进入了睡乡。或近或远的山谷、平川、树林、村落……在雪光映照下,银妆素裹,分外妖娆。这雪后初霁的夜晚,万籁俱寂,了无生气。

　　突然,从远处传来一阵凄厉的叫声,冲破这寒夜的寂静。那叫声,如泣如诉,若怒若怨,听来令人毛骨悚然!喔,是那条被主人放逐的老狗,在前村的篱畔哀鸣:是在哀叹自己的身世,还是在倾诉人类的寡情?

□ 精美散文

漫无涯际的旷野平畴，在白雪的覆压下蜷缩起身子，好像连挣扎一下都不情愿的样子。那遍地的萋萋芳草，匆匆来去的游蜂浪蝶，如今都藏匿得无迹可寻。只有那几棵百年老树，依旧伸展着槎牙的秃枝，像是鬼影幢幢，又像那白骨森林，给雪后的夜色平添上几分悲凉、凄清。

茫茫太空，默然无语地注视着下界，越发显出它的莫测高深。雪层背后，月亮露出了灰白色的脸庞，把冷冷的光洒向人间，使人更感到寒气袭人。和月亮做伴的，唯有寥寥的几点寒星，致使她也不免感叹这寒夜的落寞和凄冷。看，她的眼神是那样忧伤，她的步履又是那样迟缓！

渐渐地，月儿终于到达她行程的终点，悄然隐没在旷野的边沿，剩下的只是一片青灰色的回光在天际荡漾。少顷，又见那神秘的鱼白色开始从东方蔓延，像撒开一幅轻柔的纱幕笼罩住整个大地。寒意更浓了。枝头的积雪都已在不知不觉间凝成了水晶般的冰凌。

啊，美景如画的夜晚，却是小鸟们恐怖颤栗、备受煎熬的时光！它们的羽毛沾湿了，小脚冻僵了；刺骨的寒风在林间往来驰突，肆虐逞威，把它们可怜的窝巢刮得左摇右晃；困倦的双眼刚刚合上，一阵阵寒冷又把它们惊醒。它们只得瑟瑟索索地颤着身子，打着寒噤，忧郁地注视着漫天皆白的原野，期待那漫漫未央的长夜早到尽头，换来一个充满希望之光的黎明。

作者简介

莫泊桑（1850～1893），19世纪后半期法国优秀的批判现实主义作家。生于法国西北部诺曼底省的一个没落贵族家庭。1870年到巴黎攻读法学，适逢普法战争爆发，遂应征入伍。退伍后，先后在海军部和教育部任职，后来师从于他的舅父和母亲的好友、著名作家福楼拜学习文学创作。莫泊桑一生创作了6部长篇小说和356多篇中短篇小说，他的文学成就以短篇小说最为突出，被誉为"短篇小说之王"，对后世影响极大。

莫泊桑像

· 美文赏析 ·

莫泊桑的散文创作中，不用烦琐多余的语言，将对事物细致敏锐的观察融入简洁凝练的文字中，使读者从中得到深刻的审美体验。《雪夜》就是这样一篇散文。

莫泊桑在文章开头用简洁的话语，给读者设计了一个开阔的审美场景，"漫无边际的旷野平畴"。"白雪""老树""太空""月亮"这些景物的描摹都是在这个背景下具体的生发。而对这些具体审美意象的描写，作者大多每个物象只用一句凝练的语言，但词语的使用却十分到位，如写旷野的了无生气用"蜷缩"一词；写老树的百无聊赖姿态，用"鬼影幢幢""白骨森森"作比；写月光的暗淡，用"灰白色的脸庞"、忧伤的"眼神"、迟缓的"步履"这样拟人的手法描摹。语言简洁生动，凝练传神。一个阴郁、凄冷的"雪夜"，在尺牍之间展现给了读者，而要达到这样高深的审美境界，没有作者日常敏锐地观察和严格的语言锤炼是难以达到的。

夜宿松林

斯蒂文森

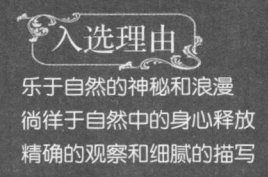

入选理由

乐于自然的神秘和浪漫
徜徉于自然中的身心释放
精确的观察和细腻的描写

在布列马德吃过晚饭，我不顾天色已晚，开始攀登洛泽尔峰。一条时隐时现的石子路指引我向前。途中，我遇到四五辆来自山上松林的牛车，每辆车上都载着一整棵冬天御寒用的松树。松林长在坡势平缓、凉风飕飕的山脊。我登上松林尽高处，沿林间小径左行片刻，便来到一个芳草萋萋的幽谷；溪水潺潺流过石堆，漾起一股碧波，真是那种"在这未曾有仙女光临、牛羊徜徉的清幽圣洁之境"。这些松树并不显得古朴苍劲，然其葱郁茂密的枝叶，却遮蔽了林间空地；欲见林外天地，只有北眺远处的山巅，仰望浩渺的苍穹——于此过夜，既安全，又似居家独处，不受打扰。我安顿好住处，喂罢驴子莫代斯丁，暮色已经笼罩了山谷。我用皮带缚住双膝，钻入睡袋，饱餐一顿。太阳刚落山，我便摘下帽子，遮住双眼，沉沉睡去。

室内的夜晚何等单调闷，而在含芳凝露、繁星满天的旷野，黑夜轻盈地流逝、大自然的面貌时时都在变化。寓居室内者，在四壁包围的帏帐中憋闷至极，觉得夜似乎是短暂的死亡；露宿野外者，则弛然而卧，进入轻松恬适、充满生机的梦境。他能彻夜听见大自然深沉酣畅的呼吸；大自然即便在休憩之际，也会回首绽开笑靥。更有那家居者未曾经历的忙碌的时刻，大地从睡梦中苏醒，所有的生灵都直起身。雄鸡最先啼鸣，不是为了报晓，而是像一个快活的更夫，催促黑夜离去。牧场上的牛群闻声醒来，羊儿在露珠晶莹的山坡上吃完早餐，迁入掩映在

□ 精美散文

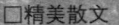

蕨类植物丛中的新居。与禽鸟共眠的流浪汉，睁开惺忪的睡眼，恣情饱览这美丽的夜色。

　　这些眠者同时醒来，是应了某种无声的召唤，还是由于大自然轻柔的抚摸？是星星向大地施展了法术，还是由于分享了大地母亲体内蕴蓄的激情？牧羊人和年迈的庄稼汉，在这一知识领域虽堪称博学，也无法猜出上天催醒万物生灵的目的，只是声称，这样的时刻在两点以前到来。他们不明白，也不想弄明白。不过，这实在是一件赏心乐事，因为我们只是在梦境里稍受攘扰，诚如那位阔绰气派的蒙田所言："如此，我们反而更能充分领略睡眠的美妙滋味。"尤其是想起我们已和近处生灵息息相通，远遁喧嚣的尘世，此刻只是听任上天驱策的一只温驯的羔羊，心里便贮满快慰。

　　我于此刻醒来时，觉得口干舌燥，便一气饮干身边的半罐水，沁人心脾的凉意使我神清气爽。我坐起身，点燃一根烟。头顶上的星斗熠熠生辉，宛如一颗颗璀璨的宝石镶嵌在天幕上，却又没有那种傲睨人世的高贵气质。浩瀚的银河，浮着一匹云烟氤氲的白练；在我周围，黑黝黝的冷杉树梢笔直挺立，纹丝不动。就着白色的驴鞍，我看着，拴着绳子的莫代斯丁一圈圈地踱步，听到它缓缓嚼草的声音，除此之外，耳边仅闻石上清溪隐隐传来的流淙，似在喁喁倾吐一种无法言传的情愫。我懒洋洋地躺在床上，一边吸烟，一边观赏这清虚深邃的夜空的色彩，从松林上方微微泛红的暗灰，直到映衬着颗颗星星的深蓝。我平时戴着一枚银戒指，仿佛是为了使自己外形气质更接近商贩。此刻，随着挟在指间的香烟上下抖动，只见戒指周围闪着一圈朦胧的光晕。每吸一口烟，烟火与银光相映生辉，照亮掌心。一时间，它在黑暗笼罩的景物中显得格外耀眼醒目。

阵阵清风不时掠过林间空地，与其说风，毋宁说是荡涤心胸的爽冽气息。我在这宽敞的住处，能整晚享用这源源不绝的清风。我不无悚悸地想起沙斯拉代的旅馆和人头攒簇的夜总会，想起那些夜游在外、无所顾忌的牧师和学生，想起热浪蒸腾的戏院和空气污浊的旅馆。我难得享受如此恬静旷达、超然于物欲之外的心境。我们从野外弯腰钻入狭小的居室，而屋外世界似乎本来就是一个温馨舒适的栖身之地；每天晚上，在这上天安排的露营地，都有一张铺好的床榻迎候你就寝。我自觉已重新发现了一个虽为村夫莽汉悟及但似为政治经济学家懵懂不明的真理，或者至少说我已为自己觅得一种新的乐趣。我陶醉在独处的乐趣中，却又生出一种前所未有的缺憾：但愿在这灿烂的星光下，能有一位伴侣躺在身边，寂无声息，一动不动，就躺在伸手可及之处。世上有一种情谊，比起幽居独处，更能保持心神的宁静，倘能正确领会，便可升华孤淡的心境，使之臻于完美。和一位自己挚爱的女子同宿于露天，实乃最纯真、最自由的生活。

我这样躺着，心中交织着满足与憧憬。这时，一个声音隐隐约约地飘忽而至。我起初以为是远处农场传来的鸡鸣犬吠，可它不绝于耳，逐渐变得清晰可闻，原来是一位过路客沿着谷底小径边走边唱。他的歌算不得优雅动听，但却融入了美好的心声。他亮开嗓门，歌声在山坡上飘荡，震得林中的茂密枝叶飒飒作响。我曾在夜间沉睡的城市里听见行人走过身边，有的边行边唱，记得还有一位大声吹奏管风琴；我也曾听见街上骤然响起辘辘的车声，打破了持续数小时的静谧。当时我醒在床上，车声久久萦绕于耳际。但凡夜游客，无不具有一种浪漫的气质，令我们饶有兴致地猜测他们的行止。眼下，歌者听者同时浸润于浪漫的氛围。一方面，这位夜行客酒意醺然，引吭高歌；另一方面，我躺在睡袋里，在这五六千英尺见方的松林，独自吸着烟斗，仰望星空。

再次醒来时，天上的星星多已消失，唯有坚定护卫黑夜的几颗依然闪烁。远望东方地平线上现出一抹淡淡的晨曦，就像我夜间醒来时看到的银河。白昼将至。我点燃灯，就着微弱的光芒，套上皮靴，系好绑腿，掰碎面包喂了莫代斯丁，水壶灌满溪水，点上酒精灯，煮了些巧克力。黑暗长时间地笼罩着我香甜入梦的林间空地，然而顷刻间，维瓦赖峰顶上空一大片橙色镀上了粼粼金辉。看着妩媚可爱的白昼翩然而至，我心头涌动着庄严与欣喜的思绪。我兴致勃勃地谛听汩汩水声，纵目环顾四周，实指望有什么美丽的景物突然出现在眼前，可是没有。纹丝未动的黑松、宽敞的林中空地、嚼草的驴，一切仍是原样，只有光由晦转明，给万物注入了生机，注入了和畅的气息，也使我感到一种从未有过的欢畅。

我喝下味虽寡淡、但却温热适口的巧克力汁，在林中来回踱步。就在信步闲逛的时候，一阵劲风呼啸而至，恰似早晨大自然的一声长叹。风

□ 精美散文

过之处，附近的树垂下黑色的枝叶，我看见远处崖畔稀稀立着几株松树，树梢沐浴着金色的朝晖，随风起伏荡漾。十分钟后，阳光迅速洒满山坡，驱散斑驳的阴影。天色大亮了。

我连忙收拾行装，准备攀登矗立在眼前的险峰。可脑中冒出的一个念头却令我踌躇难行，其实它不过是个幻觉，可幻觉有时也会萦心系怀，难以摆脱；我依稀觉得，我在绿野仙境受到了慷慨、及时的款待。空气鲜澄，溪水清洌，黎明召唤我驻足片刻、欣赏美景，且不说斑斓绚丽的夜空，秀色可餐的幽谷。受到如此盛情的款待，我觉得自己欠下了谁的一笔人情债。于是，我一边走，一边喜滋滋地、同时又有些忍俊不禁地往路边草地上抛撒钱币，直到留足住宿费。我相信这笔钱绝不至于落到哪个家境富裕、脾气乖戾的牲口贩子手里。

（朱建迅　译）

作者简介

斯蒂文森（1850～1894），英国作家，生于爱丁堡建筑工程师家庭。他最著名的小说有《金银岛》。这部小说给作者带来巨大声誉，为后来大量的掘宝题材小说开了先例。他还有一部具有独特风格的中篇小说《化身博士》，探讨了人性的善恶问题。1889年斯蒂文森移居太平洋萨摩亚岛养病，创作了以岛民生活为题材的短篇小说集《岛上夜谭》，赞扬了岛民的纯真和智慧，1894年病逝岛上。他是19世纪末新浪漫主义文学的代表，善于写新奇浪漫的事物，他笔下常出现具有高贵品质的贫民、流浪汉、孤儿的形象。但他着意追求艺术效果，忽视和避开反映社会重大矛盾。

斯蒂文森像

· 美文赏析 ·

斯蒂文森是19世纪末新浪漫主义的代表，他的游记多写一些穷乡僻壤，而且在自然的陶醉中充满神秘和浪漫气息，本篇《夜宿松林》就完全能够体现这些特点。尽管文字不是要讲述神秘刺激的冒险故事的小说，但是仍然贯穿着作者一贯的气质：首先夜晚在野外露宿就是惊险刺激的行为，但是作者认为于此过夜，既安全，又似居家独处，不受打扰。相比室内的单调沉闷，松林的夜宿神秘而丰富：含芳凝露、繁星满天，轻松恬然，彻夜倾听大自然深沉酣畅的呼吸，作者对松林夜色的迷恋是贪婪的，而作者细腻丰满的笔触使这醉人的夜色情景交融，和生命的体验合二为一，分享了大地母体内蕴蓄的激情。作者笔下的文字是缓慢流动的，用心抓住了自然中的每一个灌注着生命的细节，作者每一个打开的感官和自然的每一个细节做最充分的交流，空气、夜色、徐徐的风和神秘的声音都使作者觉得自己"已经发现了一个虽为村夫莽汉悟及但仍为政治经济学家懵懂不明的真理"，感到了最纯真的自由，最美妙的对自然的回顾，所以作者认为："但凡夜游客，无不具有一种浪漫的气质，令我们饶有兴致地猜测他们的行为。"而作者观察、体验和享受这一情趣，更是抱着一种神秘和迷恋的心理。阅读这样的文字，并沉浸于这样美妙的神秘体验，能使我们疲惫乏味的身心顿觉清爽，甚至心灵和想象都飘飞起来。

黎 明

兰波

入选理由
语言凝练，文笔绚丽
天马行空般的自由风格
跳跃意象的营造

我拥抱了这夏日的黎明。

宫殿前依然没有动静，寂然无声。池水安静地躺着。荫翳还留在林边的大道。我前行，惊醒那温馨而生动的气息，宝石般的花朵睁眼凝望，黑夜的轻翼悄然翔起。

幽径清新而朦胧。第一相遇：一朵鲜花向我道出了芳名。

我笑向那金黄色高悬的瀑布，她散发飘逸，飞越了松林；在那银白色的峰巅，我认出了她——女神。

于是，我撩开她一层又一层的面纱。林中的小径上，我舒展着臂膀。平原上，我把她告示给雄鸡。都市里，她逃匿在钟楼和穹隆之间。像乞丐奔波在大理石的站台，我奔跑着，把她一路追寻。

大路上空，桂树林旁，我用她聚集的绡纱把她轻轻地围裹，我感觉到了一些她那无比丰满的玉体。黎明和孩子一起倒身在幽林之下。

醒来，已是正午。

□ 精美散文

作者简介

　　兰波（1854～1891），法国诗人。他用谜一般的诗篇和富有传奇色彩的一生吸引了众多的读者，成为法国文学史上最引人注目的诗人之一。　兰波禀性聪慧，思维敏捷，少年时期就显露出不凡的诗才，16岁便能用拉丁语写一手好诗。他的体内躁动着不安的灵魂，家乡小城沉闷污浊的社会风气和母亲呆板严厉的管束使他无法忍受，他多次不辞而别，扒车外逃。在向往已久的巴黎，兰波结识了魏尔兰，并得到魏尔兰的赏识和推荐，从此跻身诗坛。

　　兰波初期的作品尚有浪漫派的痕迹，如《奥菲莉娅》。兰波后来对这些诗大为不满，要朋友把它们统统烧掉。他开始尝试一种新的诗，在诗艺上进行了一系列大胆的创新和改革，提出了著名的"通灵"说。这时的兰波已成了魏尔兰的挚友，两人难舍难分，并结伴去国外漫游。但旅途中两人发生争吵，最后酿成惨剧，魏尔兰枪伤兰波，锒铛入狱。胳膊受伤的兰波挂着绷带，独自从比利时的医院步行回家。在苦闷和失望之中，他闭门不出，埋头写作，以排遣心中的惆怅。《地狱一季》就是在这种情景下写出来的。在这部不朽的散文诗里，兰波宣布告别诗坛。从此，他弃文从商，远离祖国，开始了冒险生涯，直到病入膏肓才回国治疗。兰波去世时年仅37岁。

　　现存兰波的诗140首左右，主要是他在16岁至19岁期间所写。在兰波早期的诗中可以看出其受"帕尔纳斯"派的影响，后期诗作加强了象征主义色彩。主要诗集有《地狱的一季》《灵光集》。

·美文赏析·

　　《黎明》是兰波的一篇写景散文。它以诗歌般的凝练语言和绚丽文笔，为读者呈现出一个令人心动的夏日黎明。在兰波的笔下，黎明成了一个神秘、曼妙的女神，她捉摸不定，却又充满诱惑；她永远在我的视野之内，却又若即若离。她散发飘逸、面带薄纱，而又玉体丰满，致使我一路忘情地追寻，我笑着、奔跑着，在她的逃逸与隐现中执着追求，最终拥抱了她全部的美妙。作者将一种美好理想，比拟成一位充满神奇色彩的女神。虽然在简短的文字中作者并没有指明，但对未来的美好憧憬，对理想生活的追求，却在文章所营造的诗情画意的氛围中自由飞扬。

贝多芬百年祭

萧伯纳

入选理由

萧伯纳的散文代表作之一
既是一篇纪念性散文，也是一篇音乐评论
语言精练，行文自如，论述精辟，富于感染力

一百年前，一位虽还听得见雷声但已聋得听不见大型交响乐队演奏自己的乐曲的五十七岁的倔强的单身老人最后一次举拳向着咆哮的天空，然后逝去了，还是和他生前一直那样地唐突神灵，蔑视天地。他是反抗性的化身；他甚至在街上遇上一位大公和他的随从时也总不免把帽子向下按得紧紧地，然后从他们正中间大踏步地直穿而过。他有一架不听话的蒸汽轧路机的风度（大多数轧路机还恭顺地听使唤和不那么调皮呢）；他穿衣服之不讲究尤甚于田间的稻草人：事实上有一次他竟被当做流浪汉给抓了起来，因为警察不肯相信穿得这样破破烂烂的人竟会是一位大作曲家，更不能相信这副躯体竟能容得下纯音响世界最奔腾澎湃的灵魂。他的灵魂是伟大的；但是如果我使用了最伟大的这种字眼，那就是说比汉德尔的灵魂还要伟大，贝多芬自己就会责怪我；而且谁又能自负为灵魂比巴哈的还伟大呢？但是说贝多芬的灵魂是最奔腾澎湃的那可没有一点问题。他的狂风怒涛一般的力量他自己能很容易控制住，可是常常并不愿去控制，这个和他狂呼大笑的滑稽诙谐之处是在别的作曲家作品里都找不到的。毛头小伙子们现在一提起切分音就好像是一种使音乐节奏成为最强而有力的新方法；但是在听过贝多芬的第三里昂诺拉前奏曲之后，最狂热的爵士乐听起来也像"少女的祈祷"那样温和了，可以肯定地说我听的任何黑人的集体狂欢都不会像贝多芬的第七交响乐最后的乐章那样可以引起最黑最黑的舞蹈家拼了命地跳下去，而也没有另外哪一个作曲家可以先以他的乐曲的阴柔之美使得听众完全溶化在缠绵悱恻的境界里，而后突然以铜号的猛烈声音吹向他们，带着嘲讽似的使他们觉得自己是真傻。除了贝多芬之外谁也管不住贝多芬；而疯劲上来之后，

创作中的贝多芬

□ 精美散文

贝多芬从少年时就显出杰出的音乐才能。莫扎特非常推崇贝多芬的音乐才华，他听了贝多芬的演奏后说："有一天他是要出名的。"

他总有意不去管住自己，于是也就成为管不住的了。

　　这样奔腾澎湃，这种有意的散乱无章，这种嘲讽，这样无顾忌的骄纵的不理睬传统的风尚——这些就是使得贝多芬不同于十七和十八世纪谨守法度的其他音乐天才的地方。他是造成法国革命的精神风暴中的一个巨浪。他不认任何人为师，他同行里的先辈莫扎特从小起就是梳洗干净，穿着华丽，在王公贵族面前举止大方的。莫扎特小时候曾为了彭巴杜夫人发脾气说："这个女人是谁，也不来亲亲我，连皇后都亲亲我呢。"这种事在贝多芬是不可想象的，因为甚至在他已老到像一头苍熊时，他仍然是一只未经驯服的熊崽子。莫扎特天性文雅，与当时的传统和社会很合拍，但也有灵魂的孤独。莫扎特和格鲁克之文雅就犹如路易十四宫廷之文雅。海顿之文雅就犹如他同时的最有教养的乡绅之文雅。和他们比起来，从社会地位上说贝多芬就是个不羁的艺术家，一个不穿紧腿裤的激进共和主义者。海顿从不知道什么是嫉妒，曾称赞比他年青的莫扎特是有史以来最伟大的作曲家，可他就是吃不消贝多芬。莫扎特是更有远见的，他听了贝多芬的演奏后说："有一天他是要出名的。"但是即使莫扎特活得长些，这两个人恐也难以相处下去。贝多芬对莫扎特有一种出于道德原因的恐怖。莫扎特在他的音乐中给贵族中的浪子唐璜加上了一圈迷人的圣光，然后像一个天生的戏剧家那样运用道德的灵活性又回过来给莎拉斯特罗加上了神人的光辉，给他口中的歌词谱上了前所未有的就是出自上帝口中都不会显得不相称的乐调。

　　贝多芬不是戏剧家；赋予道德以灵活性对他来说就是一种可厌恶的玩世不恭。他仍然认为莫扎特是大师中的大师（这不是一顶空洞的高帽子，它的确确就是说莫扎特是个为作曲家们欣赏的作曲家，而远远不是流行作曲家）；可是他是穿紧腿裤的宫廷侍从，而贝多芬却是个穿散腿裤的激进共和主义者；同样地，海顿也是穿传统制服的侍从。在贝多芬和他们之间隔着一场法国大革命，划分开了十八世纪和十九世纪。但对贝多芬来说莫扎特可不如海顿，因为他把道德当儿戏，用迷人的音乐把罪恶谱成了像德行那样奇妙。如同每一个真正激进共和主义者都具有的，贝多芬身上的清教徒性格使他反对莫扎特，固然莫扎特曾向他启示了十九世纪音乐的各种创新的可能。因此贝多芬上溯到汉德尔，一位和贝多芬同样倔强的老单身汉，把他做为英雄。汉德尔瞧不上莫扎特崇拜的英雄格鲁克，虽然在汉德尔的《弥赛亚》里的田园乐是极为接近格鲁克在他的歌剧《奥菲阿》里那些向我们展示出天堂的原野的各个场面的。

因为有了无线电广播，成百万对音乐还接触不多的人在他百年祭的今年将第一次听到贝多芬的音乐。充满着照例不加选择地加在大音乐家身上的颂扬话的成百篇的纪念文章将使人们抱有通常少有的期望。像贝多芬同时的人一样，虽然他们可以懂得格鲁克和海顿和莫扎特，但从贝多芬那里得到的不但是一种使他们困惑不解的意想不到的音乐，而且有时候简直是听不出是音乐的由管弦乐器发出来的杂乱音响。要解释这也不难。十八世纪的音乐都是舞蹈音乐。舞蹈是由动作起来令人愉快的步子组成的对称样式；舞蹈音乐是不跳舞也听起来令人愉快的由声音组成的对称的样式。因此这些乐式虽然起初不过是像棋盘那样简单，但被展开了，复杂化了，用和声丰富起来了，最后变得类似波斯地毯；而设计像波斯地毯那种乐式的作曲家也就不再期望人们跟着这种音乐跳舞了。要有神巫打旋子的本领才能跟着莫扎特的交响乐跳舞。有一回我还真请了两位训练有素的青年舞蹈家跟着莫扎特的一阕前奏曲跳了一次，结果差点没把他们累垮。就是音乐上原来使用的有关舞蹈的名词也慢慢地不用了，人们不再使用包括萨拉班德舞、巴万宫廷舞、加伏特舞和快步舞等等在内的组曲形式，而把自己的音乐创作表现为奏鸣曲和交响乐，里面所包含的各部分也干脆叫做乐章，每一章都用意大利文记上速度，如快板、柔板、谐谑曲板、急板等等。但在任何时候，从巴哈的序曲到莫扎特的《天神交响乐》，音乐总呈现出一种对称的音响样式给我们以一种舞蹈的乐趣来作为乐曲的形式和基础。

可是音乐的作用并不止于创造悦耳的乐式。它还能表达感情。你能去津津有味地欣赏一张波斯地毯或者听一曲巴哈的序曲，但乐趣只止于此；可是你听了《唐璜》前奏曲之后却不可能不发生一种复杂的心情，它使你心理有准备去面对将淹没那种精致但又是魔鬼式的欢乐的一场可怕的末日悲剧。听莫扎特的《天神交响乐》最后一章时你会觉得那和贝多芬的第七交响乐的最后乐章一样，都是狂欢的音乐；它用响亮的鼓声奏出如醉如狂的旋律，而从头到尾又交织着一开始就有的具有一种不寻常的悲伤之美的乐调，因之更加沁人心脾。莫扎特的这一乐章又自始至终是乐式设计的杰作。

但是贝多芬所做到了的一点，也是使得某些与他同时代的伟人不得不把他当做一个疯人，有时清醒就出些洋相或者显示出格调不高的一点，在于他把音乐完全用

贝多芬去世前不久，他的朋友赠送给他的钢琴。

□ 精美散文

作了表现心情的手段,并且完全不把设计乐式本身作为目的。不错,他一生非常保守地(顺便说一句,这也是激进共和主义者的特点)使用着旧的乐式;但是他加给它们以惊人的活力和激情,包括产生于思想高度的那种最高的激情,使得产生于感觉的激情显得仅仅是感官上的享受,于是他不仅打乱了旧乐式的对称,而且常常使人听不出在感情的风暴之下竟还有什么样式存在着。他的《英雄交响乐》一开始使用了一个乐式(这是从莫扎特幼年时一个前奏曲里借来的),跟着又用了另外几个很漂亮的乐式;这些乐式被赋予了巨大的内在力量,所以到了乐章的中段,这些乐式就全被不客气地打散了;于是,从只追求乐式的音乐家看来,贝多芬是发了疯了,他抛出了同时使用音阶上所有单音的可怖的和弦。他这么做只是因为他觉得非如此不可,而且还要求你也觉得非如此不可呢。

　　以上就是贝多芬之谜的全部。他有能力设计最好的乐式;他能写出使你终身享受不尽的美丽的乐曲;他能挑出那些最干燥无味的旋律,把他们展开得那样引人,使你听上一百次也每回都能发现新东西:一句话,你可以拿所有用来形容以乐式见长的作曲家的话来形容他;但是他的病征,也就是不同于别人之处在于他那激动人的品质,他能使我们激动,并把他那奔放的感情笼罩着我们。当贝里奥滋听到一位法国作曲家因为贝多芬的音乐使他听了很不舒服而说"我爱听能使我入睡的音乐"时,他非常生气。贝多芬的音乐是使你清醒的音乐;而当你想独自一个静一会儿的时候,你就怕听他的音乐。

　　懂了这个,你就从十八世纪前进了一步,也从旧式的跳舞乐队前进了一步(爵士乐,附带说一句,就是贝多芬化了的老式跳舞乐队),不但能懂得贝多芬的音乐而且也能懂得贝多芬以后的最有深度的音乐了。

作者简介

　　萧伯纳(1856～1950),19世纪末20世纪上半叶英国著名剧作家、散文家、社会活动家。生于都柏林。14岁中学毕业后因家境贫困辍学。1876年移居伦敦。1879年开始文学创作。1884年加入费边社,为该社的重要成员。1925年获诺贝尔文学奖。一生著作甚丰,代表作有《鳏夫的房产》《华伦夫人的职业》《巴巴拉少校》,此外还有音乐、美术评论,文学和社会、政治论著多种。

·美文赏析·

　　《贝多芬百年祭》是英国大文豪萧伯纳为纪念德国古典音乐大师贝多芬而写的一篇纪念性散文,也是一篇音乐评论。在文中,萧伯纳凭借自己细腻入微的洞察力和深湛的艺术修养,对贝多芬的个性、音乐创作进行了入木三分的分析和切实中肯的评价。文章没有对贝多芬坎坷的一生作全面铺陈,只是从贝多芬的临终时刻和一件最足以表现其性格的逸事写起,简练而含蓄地刻画出贝多芬蔑视权贵、睥睨世俗、桀骜不驯的离经叛道的张扬个性。接着作者将贝多芬与莫扎特、海顿放在一起比较,从多方面展示了贝多芬音乐创作思想和音乐作品的风格。文章语言精练,行文自如,纵横捭阖,左右逢源,论述精辟,读后给人以一气呵成、畅酣淋漓之感,富于感染力,充分显示了萧伯纳精湛的语言驾驭功力。

萨哈林纪行

契诃夫

入选理由
一贯的苦难意识和自觉审查
简洁有力的秉笔直书
深沉的理性和灵魂深处的深情关照

我们在迭卡斯特里住一夜。翌日，即7月10日中午，横越鞑靼海峡，驶向杜伊卡河口的亚历山大罗夫斯哨所。当天风平浪静，天空晴朗，这在此地极为少见。平静的海面上，一对对鲸鱼喷着水柱，游来游去。这种壮丽的奇观，一路上很使我们开心。但是我得承认，我的心情并不愉快，距萨哈林越近，情绪越坏。我觉得惴惴不安。那位带兵的军官知道我赴萨哈林的目的以后，很是吃惊，并且让我相信，我没有任何权力接近苦役地和移民区，因为我不在国家机关中任职，诚然，我知道他说的不对，可是听了他的话以后，我总不免烦恼起来。我担心人们在萨哈林真的会这样对待我。

8点钟以后，抛锚停泊。萨哈林岸上的森林有5处燃着大火。周围一片昏暗，海面弥漫着浓烟。我看不见码头和建筑物，只见哨所里灯影绰绰，其中有两盏发着红光。昏暗的背景上，黑黝黝的山峰，滚滚的浓烟，大火和灯光，构成一幅线条粗糙的恐怖画面，仿佛把人带进神秘世界。左面，燃着奇异莫测的篝火。上空，群山耸立。远处，大火的血红色火光，从山峰后面高高升起，伸向天际。仿佛整个萨哈林都在燃烧。右面，容基耶尔岬像个黑色的庞然大物，空兀海上，状如克里木的阿尤一达格岬；岬顶，灯塔熠熠闪亮；岬底，海船和海岸之间的水中耸立着三块尖顶礁石，名之谓"三兄弟"。一切都淹没在烟雾之中，好似在地狱里一般。

一艘小艇向轮船驶来，艇后拖着驳船。这是运送苦役犯，为轮船卸货的。传来了鞑靼口音的说话声和谩骂声。

"别让他们上轮船！"有人在船舷上喊道，"别放他们上来！黑夜里他们会把全船给偷光的！"

机械师发现对岸上的景象感到不快，便对我说："亚历山大罗夫斯克这里还不算什么，您瞧瞧杜厄吧！那里，海岸陡峭，峡谷昏黑，裸露着黑色的煤层……阴森森的海岸！我们贝加尔号时常往杜厄运送苦役犯，每次都是二三百人，他们中间有许多人一看到海岸就大哭起来。"

"在这里充当苦役犯的不是他们，而是我们。"船长愤愤地说，"如今这里很平静，但是您等秋天再看吧：狂风，暴雪，寒冷，海浪掀过船舷——真是一言难尽！"

我留在轮船上过夜。清晨5点左右，一阵吵嚷声把我唤醒："快点！赶快！小艇最后一次去岸上了！我们马上就要开啦。"一分钟以后，我已坐在小艇上了。我身边坐着一位年轻的官员，一脸怒气，睡眼惺忪。小艇尖叫一声，载着我们向岸边驶去，后面拖着苦役乘坐的驳船。囚犯

□ 精美散文

们工作了一夜，没有睡觉，显然已经精疲力尽。他们一个个无精打采，面孔阴郁，始终沉默不语。他们的脸上挂着小珠。至今我还清楚地记得几个高加索人，面部线条分明，皮帽低低地压在眉毛上。

"让我们认识一下吧，"身边的官员对我说道，"十四等文官。"

这是我到萨哈林认识的第一个人，他是一位诗人，写有暴露性诗篇《萨哈林诺》，诗的开头是："告诉我，医生，不是白白地……"后来他常来看我，陪我一道在亚历山大罗夫斯克市内和郊区散步，给我讲述各种奇闻轶事，或者无休无尽地朗读自己的诗作。他在漫长的冬夜里写作自由主义的小说。一遇机会，他总喜欢让人知道他虽是十四等文官，但实际上却身居十等官的要职。一次，有一个女人有事求见他，称呼他先生，他大为恼火，气势汹汹地对她喊道："我不是你的什么先生，而是大人！"上岸途中，我向他询问萨哈林的生活情况，他不吉祥地叹息着说道："有您瞧的！"太阳已经高高升起。昨晚阴森恐怖、昏黑模糊的景象，如今在这朝阳的照耀下已经消失得无影无踪。粗犷的容基耶尔岬，岬顶的灯塔，"三兄弟"，几十俄里以外从两侧皆可看见的高耸的陡岸，山中轻纱般的云雾，冒着滚滚浓烟的森林大火，这一切在阳光的照耀下和粼粼碧波陪衬下，构成了一幅不算很坏的图画。

这里没有港湾，海岸险要。瑞典轮船阿特兰特号的遭遇令人难忘，这艘船在我来此前不久遇难，如今仍放置在岸上。轮船通常停泊在距离岸边一俄里的地方，偶尔也可稍近一些。虽有码头，但只为小艇和驳船而设。码头是一座伸进海里的几俄丈高的框架结构，形如"丁"字；许多粗大的木桩牢牢地埋进海底，形成一个方框，里面填满石头，上面铺着木板，板上沿着整个码头铺设着推车轨道。在丁字横杠的一端，有一所漂亮的小房，这是码头管理处。旁边竖着一根高高的黑色旗杆。整个设施虽很讲究，但是并不坚固耐久。据说，遇有狂风暴雨，海浪会拍到小房的窗户上，甚至飞溅到旗杆横桁上，整个码头都会随着颤动。

码头附近的岸上，有五六十名苦役犯，可能由于无事可做，在东游西逛。有的穿着囚衣，有的穿着短袄或者灰色粗呢上衣。我一出现，这五六十人一齐把帽子摘下。迄今为止，恐怕没有一个文学家获得过这样的荣誉。岸上停着一辆无弹簧的带篷马车。苦役犯把我的行李搬进马车。有一个人蓄着黑胡子，衬衣从上衣下面露出，坐到御座上去。我们要上路了。

"您到哪里去，大人？"他转过身来，脱掉帽子，问道。

我问他此地是否有出租的房子，哪怕一个房间也行。

"正是这样，大人，能租到。"

从码头到亚历山大罗夫斯克有两俄里的路程，筑有上好的公路。路面平坦整洁，两侧有排水沟和路灯。同西伯利亚的道路相比，这简直是无法形容的豪华，和公路并行的有一条敷设铁轨的道路。但是，沿路的自然景象却非常贫乏。杜伊卡河流经亚历山大罗夫斯克谷地，周围群山环抱。山上，烧焦了的树桩，或被风吹得干裂的落叶松树干，直挺挺地耸立着，好像豪猪身上的针毛。山下，河谷里遍地是草墩和酸性禾草，证明不久前这里还是无法通行的沼泽。新挖的排水沟的土层横断面，暴露出土质的贫瘠。火灾过后的沼泽土壤，上面覆盖着薄薄一层黑土。既没有松树，也没有橡树和枫树，只有一种落叶松，长相枯萎、单薄，仿佛被啃过一般。在这里不像我们俄国，落叶松不是森林和公园的点缀，而是沼泽土质贫瘠和气候恶劣的证明。

亚历山大罗夫斯克哨所,或简称亚历山大罗夫斯克,是一座很美观的西伯利亚型小镇,有3000居民。城中没有一所石头建筑,教堂、房舍乃至人行道,全是用木材,主要用落叶松建成。这里是萨哈林文明的中心,岛区长官的驻扎地设在这里。监狱坐落在主要街道附近,外表上跟兵营相像。亚历山大罗夫斯克不像我原来设想的那样,完全不是阴森恐怖的堡寨。

马车夫送我到了亚历山大罗夫斯克城郊屯。我们来到流放犯出身的农民的家里。我看了住房。小小的庭院,按照西伯利亚的方式铺着原木,四周围着栅栏。房子里有5间宽敞整洁的住屋,1间厨房,但是没有任何家具。女房东是个年轻的女人。她搬来一张桌子,5分钟后又拿来一个方凳。

"房费,包括烧柴在内,22卢布,不带烧柴,15卢布。"她说。

一个小时以后,她端着茶炊走了进来,唉声叹气地说:"您算是到了个倒霉的地方啦!"

她是当姑娘的时候跟随母亲到这里寻找父亲的。父亲是个苦役犯,直到现在还没有服满刑期。现在她嫁给了一个流放犯出身的农民。丈夫是个阴郁的老头,我在院子里曾见过他一面。他得了病,躺在凉棚下呻吟着。

"我想,我们唐波夫省现在正割麦子。"女房东说,"可是在这里,想也不敢想。"

的确没有什么值得看的,从窗里往外望去,只见有几垄卷心菜苗,旁边有几条很不像样子的排水沟,远处耸立着干枯的落叶松。男主人手按着腰,哼哼唧唧地走进屋里,对我抱怨起来,诉说着欠收的年景,寒冷的气候,养着牛马,雇有不少帮工,自己什么活都不干,讨了个年纪轻轻的老婆。而主要的是他早就取得了移居到大陆上去的权利,可是他仍然牢骚满腹。

中午,我到城郊屯散步。屯边有一幢很漂亮的带凉台的小房,门上钉着一块小铜牌。院子里住房旁边是一片商店,我走进去,想买些吃的东西。"商行"和"贸易委托栈"——在我保存的印刷和手抄的价格表中,这家小小的商店叫这个字号——的主人是流放犯。从前是近卫军军官,12年前由彼得堡地方法院判为凶杀罪犯。他已经服满苦役,现在经商,同时还承办旅行和其他各种委托事宜,为此而领取看守长一级的薪俸。他的妻子是自由民,出身于贵族,现在监狱医院里当医助。店里出售肩章上用的金星、土耳其糖果、截锯、镰刀以及女帽,夏用凉帽,式样时兴,美观大方,每顶价格从4卢布50戈比到20卢布不等。我正在和店员谈话的时候,店主走了进来。他穿着丝绸的常礼服,系着一条花领带。我们彼此认识了。"您肯赏光在我这里进午餐吗?"他邀请我说。

我同意了。我们一起向他的住宅走去。他的家里陈设舒适,一色的维也纳家具,摆着鲜花,还有一架美国八音琴和一把安乐椅。他每天午饭后都要坐在这把椅子上晃动着身子,闭目养神。除了女人外,我在餐厅里还遇见4位客人,他们都是官员。其中一位老头没有蓄须,两腮留着银白连鬓胡子,脸相很像剧作家易卜生。原来他是本地医院的医生。另一位也是老头,自我介绍说是奥伦堡哥萨克军的校官。这位军官一开始说话,就给我这样的印象:他为人善良,是位热诚的爱国者;他温顺、敦厚、老成持重,但是一旦谈起政治来,就完全不能控制自己了。他怀着真诚的情感讲起俄国的强大,轻蔑地谈论德国人和英国人,尽管他有生以来从没见过他们。据说,经海路来萨哈林的途中,他在新加坡想给太太买一条丝绸头巾。可是这要求他把俄国钞票兑换成美元,据说他对此大为光火,说道:"怎么!我得把我们的宝钞兑换成什么埃塞俄比亚的票子!"头巾因此没有买成。

午餐有苏波汤、炸子鸡和冰激凌,还有葡萄酒。

"此地大约何时落最后一场雪?"我问道。

"5月份。"店主回答说。

"不对,是6月份。"很像易卜生的那位医生说。

"我认识一个移民。"店主说,"他种的加利福尼亚品种的小麦,收成是种子的二十一二倍。"

但又遭到医生的反驳:"不对。您的萨哈林什么都不收。可恶的土地。"

"对不起,"一位官员说,"1882年小麦收成是种子的40倍,我很清楚这一点。"

"您不要相信。"医生对我说,"他们这是给您灌迷魂药呢。"

进餐时有人讲了一个故事,说俄国人占领萨哈林岛以后,开始欺侮基立亚克人,于是有一个基立亚克萨满便诅咒萨哈林,预言以后从岛上不会得到任何好处。

"果然如此。"医生叹息道。

午餐后,店主演奏八音琴,医生邀我到他家去住。

当天傍晚,我就住进了主要大街上的一所房子里。这儿离公署非常近。从这晚上起我开始洞悉萨哈林的秘密。医生告诉我说,在我来这里前不久,他在海滨码头上给牲口做防疫检查,同岛区长官发生过一场严重的龃龉,结果将军甚至抽了他一棍子;第二天宣布准予他呈请辞职,尽管他本人并没有提出辞呈。医生拿出一捆文件给我看,说是他为了维护公理和出于对人类的爱而写的。这是一些呈子、状子、报告和告密书等等的抄件。

"您住在我家,将军会不高兴的。"医生意味深长地眨了一下眼睛,说道。

翌日,我拜会了岛区长官科诺诺维奇。将军不顾劳累和公务繁忙,盛情接待了我,并且同我进行了一小时左右的谈话。他很有教养,知识渊博,此外还具有丰富的实际经验,来萨哈林任职之前,曾主管卡拉岛苦役地长达18年之久。他谈吐高雅,文笔优美,给人的印象是一位诚挚的、充满人道精神的人。我不会忘记同他谈话给我带来的快乐,他不断地表示厌恶体罚,这在开始时听起来多么令人愉快。肯南曾在他那本著名的书中对岛区长官赞佩不已。

将军得知我打算在萨哈林逗留数月,警告我说,这里生活艰难而枯燥。

"苦役犯、移民和官员,所有的人都想逃出这里。"他说,"我还不想逃,但我由于用脑过度,已感疲倦。这里要求大量的脑力劳动,主要因为事务零乱纷繁。"

他答应给我全力支持,但要求我等待一些时候,因为萨哈林正在准备迎接督军,所有的人都在忙着。

"我很高兴您住在我们医生的家里。"他在分手时说,"您将会知道我们的缺点。"

督军莅临之前,我在亚历山大罗夫斯克一直住在医生家里。生活很不一般。每当我早晨醒来,各种各样的声音都会提示我身在何处。窗户敞开着,一队戴着镣铐的囚犯在街上不慌不忙地从窗前走过,发出均匀的金属碰撞声。寓所对面的兵营里,为了迎接督军,士兵军乐手在演习进行曲,横笛吹一个调,低音长号奏另一个曲,竖笛响的是第三种腔,真是九腔十八调,一片嘈杂。而我们屋子里养的金丝鸟则啼鸣不已。我的房东医生在屋子里不停地来回走动,边走边翻阅法律大全,喃喃自语地说:"如果根据某条某款,我向某处提出呈请……"诸如此类等等。

要么他就坐下来,同儿子一道起草诉讼状。到街上去走走吧,外面又十分炎热。听说出现了旱灾。军官们穿上了白色军服,这并非每年夏季都是如此。街上的景象比县志里描述的要繁华得多。这是很容易解释的,因为正在准备迎接边疆区长官,而主要的原因是这里的居民成年人占绝大多数,他们每天大部分时间都在户外活动。这里在一块不大的地面上,聚集着一个千人的监狱和一所500人的兵营,杜伊卡河上正在紧张地架桥,街道上竖起几座牌楼,家家户户都在打扫和粉刷房屋,士兵在操练步伐。两匹马的和三匹马的马车,挂着串铃,在街上驰骋,这是为督军预备的马车。真像过节一样,一片繁忙景象。

马路上,一群土著居民基里亚克人向警察局走去,几条驯良的萨哈林看家狗向他们狂吠。这些狗不知为什么只向基里亚克人吠叫。又有一伙人走过来,是戴着镣铐的苦役犯,有的戴着帽子,有的光着头,拉着沉重的装满沙子的平板车,锁链发出哗啦哗啦的响声。几个孩子紧紧跟在车子后面。两侧是看押的士兵,他们满脸流汗,皮肤热得通红,肩上扛着步枪,有气无力地走着。苦役犯把沙子撒在将军官邸前的广场上,然后原路返回,镣铐声不绝于耳。一个苦役犯穿着印有红方标记的囚服,挨门串户地叫卖覆佃子浆果。当你走在街上时,坐着的人都会站起来,所有遇到的人都会脱下帽子。

苦役犯和流放移民,除了少数例外,一般都可以在街上自由行走,不戴镣铐,没有人看押,因此你每走一步都会遇到成群结伙的或单个的苦役犯。在民户的庭院里和屋子里也有这种人,他们充当车夫、看门人、厨师、厨娘和保姆。这种亲密的关系,起初使人很不习惯,感到困惑不解,不知所措。你从一处建筑工地附近经过,会看见几个苦役犯手里拿着斧头、锯子和锤子。这时你不禁会想,他这么一抢,你就得七魂出窍!或者你到一个熟人家去,偏巧他不在家,你坐下来给他写个便条,可是这时你的背后站着一个苦役犯——他的仆人,在等待着你,手里拿着一把刀,他刚才在厨房里用这把刀在削马铃薯。或者,清晨4点来钟,你被一种沙沙的声响惊醒,睁眼一看,只见一个苦役犯踮着脚尖,屏息呼吸,悄悄向你走来。怎么回事?这是要干什么?"擦擦皮鞋,大人!"我很快就看惯了这些,并且习以为常了。这里的太太们毫不介意地放孩子们随着充当保姆的无期苦役犯出去散步。

一位记者写道,他起初甚至对每一片矮树丛都感到害怕,在路上遇见一个囚犯,就得赶紧去摸摸大衣里面的手枪。后来他放心了,得出这样一个结论:"一般说来苦役犯们是群羔羊,懦怯懒惰,半饥半饱,只会向人讨好。"认为俄国囚犯只是由于懦怯和懒惰,才不杀害和抢劫路人,这未免把人类想得太坏了,或者说是不了解人。

阿穆尔督军考尔夫男爵乘海龙号兵船,于7月19日抵达萨哈林。在岛区长官官邸和教堂中间的广场上,他受到仪仗队、全体官员以及移民和苦役犯的隆重欢迎。演奏了我方才提到的那首乐曲。一位仪表非凡的老人端着本地制造的银盘,向他敬献了面包和盐。这位老人姓波焦姆金,从前是个苦役犯,后来在萨哈林发了家。我的房东医生也在场,他身穿黑色礼服,头戴无檐帽,手里拿着一份呈请书。我第一次见到萨哈林的民众,他们那种悲惨的特点并没有掩过我的眼睛:人群中有壮年男女,也有老人和孩子,但是唯独没有青少年,好像从13到20岁的年龄在萨哈林就根本不存在似的。我情不自禁地给自己提出一个问题:这是否意味着青年人稍一长成,只要一有可能,便都离岛而去了呢?

督军在到达的第二天,便开始视察监狱和移民区。移民们焦急地等待着他。所到之处,移民们都向他递交请求书或者口头提出请求。大家讲话时,有的是为自己,有的是代表全屯。讲演的艺术在萨哈林甚为高超，因为任何事情，离开讲演就办不成。在杰尔宾斯科耶屯，移民马斯洛夫在讲演中数次将官长叫做"最仁慈的统治者"。遗憾的是，求见考尔夫男爵的人们，远远都不是真正需要的。这里跟在俄国类似的情况一样，也表现出农民那种令人沮丧的愚昧无知：人们请求的不是兴办学校，不是公正地执行法律，不是做工赚钱之类的大事，而是各种鸡毛蒜皮的小事。比如，有人申请官府救济，有人请求准立子嗣，总之一句话，提出的请求都是地方当局可以满足的。考尔夫对待他们的请求非常关注和热心，他深深地为他们的不幸的境遇所感动，许下诺言，激发他们对美好生活的期望。在阿尔科沃屯，副典狱长报告说："阿尔科沃一切顺利。"男爵听了之后，指着秋播和春播小麦对他说："一切顺利，只有一点除外，就是阿尔科沃没有粮食吃。"亚历山大罗克斯克监狱，在他莅临之际，给犯人吃了鲜鹿肉；他巡视了所有的囚室，接受了请求书，下令除掉许多犯人的镣铐。

7月22日这天是法定的节日。祈祷和阅兵完毕之后，一个巡丁跑来报告说，督军大人要接见我。我去了。考尔夫十分亲切地接待了我，同我进行了半个小时的谈话。我们谈话时科诺诺维奇将军也在座。当时向我们提出一个问题：我是否负有官方使命？我回答说没有。

"最低限度您是接受某个学术团体或者报纸的委托吧？"男爵问道。

我的衣袋里本来是有记者证的，但是我不打算在报纸上刊登关于萨哈林的文章，因此不想把那些显然完全信任我的人引入五里云雾中。我回答说：没有。

男爵说道："我允许您自由出入任何地方，会见任何人。我们没有什么可隐瞒的。您在这里可以考察一切，将发给您自由出入所有监狱和移民屯的通行证，您可以利用您需要的文件。一句话，所有的地方都为您敞开大门。只有一点我不能允许您做，就是不准同政治犯有任何交往，因为我没有任何权力允许您这样做。"告辞时男爵说：

"明天我们再谈谈。请您带着纸来。"

这天，我出席了在岛区长官宅邸举行的欢迎宴会。我在这里几乎认识了萨哈林所有的政界人士。宴会进行时，演奏了乐曲，发表了演说。考尔夫为答谢对他的祝酒，发表了简短的演说。我现在还记得他的一些话。他说："我坚信，萨哈林'不幸者'的生活，比在俄国乃至欧洲某些地方都更轻松。在这方面我们需要做的事情还很多，因为善良之路是无穷尽的。"5年前他来过萨哈林一次，现在他认为这里进步显著，超过了预期水平。他的褒扬之词，同人们看到的饥饿、女流放犯普遍卖淫、残酷的肉刑等现象无法调和。但是听众还是应该相信他的话，因为现在同5年前相比，似乎可以说，黄金时代开始了。

晚上是灯会。街道被小油灯和五色火花照得通明。士兵、移民和苦役犯成群结队，一直游逛到深夜。监狱门大开。杜伊卡河一向破败，肮脏不堪，河岸光秃秃，如今两岸都装饰起五彩缤纷的灯笼和花火，火光倒映在河水里，把这条河装点得分外美丽，蔚为壮观。但是这很可笑，就像给厨娘的女儿穿上小姐的礼服一样。将军的花园里奏着音乐，歌手们唱着歌，还鸣了礼炮，有一门大炮还爆炸了。尽管如此热闹，街上仍觉烦闷无聊，既没有歌声，也没有手风琴声，连一个醉汉也没有。人们像幽灵一样游荡着，像幽灵一样缄默不语。苦役地尽管被花火照得五彩缤纷，但仍然还是苦役地。远处传来悦耳的乐曲声，但是永远回不了祖国的人听到这乐曲，只能产生绝望的哀愁。

我带着纸张去见督军。他向我阐述了对萨哈林苦役地和殖民区的看法，让我把他讲的都记录下来。当然，我很愿意完成这项任务。他建议我给记录下来的东西冠以这样一个标题——不幸者的生活记述。从我们最后一次谈话和我在他口述下记录下来的东西中，我得到一个信念，坚信他是一位宽厚、高尚的人，但是他对"不幸者的生活"了解的程度并不像他自己认为的那样。请看《不幸者的生活记述》中的一段话："任何人都没有被剥夺获取完全平等权的希望。不存在终身惩罚。无期苦役不超过20年。苦役劳作并不沉重。如果说沉重，那只表现在强制性劳动不给劳动者本人提供私利，而不表现在体力强度上。不披枷戴镣，不用人看守，不给剃光头。"

天气一直很好，晴朗，清新，很像我们俄国那里的秋天。黄昏尤为美妙。我永远不能忘怀那西方火红的晚霞，深蓝的大海和从山后冉冉升起的皎洁的明月。每当这样的黄昏，我都喜欢在哨所和新米哈伊洛夫斯科耶屯之间的河谷里往来驰骋。这里道路平坦，并排有小平板车轨道和电报线。从亚历山大罗夫斯克前行，河谷越来越窄，昏暗益发浓重，高大的牛蒡使人觉得很像热带植物。黑黝黝的群山从四面八方向你围过来。远处出现火光，那是燃烧着的煤炭，或森林中的大火。一轮明月，高悬中天。一幅奇幻的画面忽然使我感到恐怖：一个身穿白衣的苦役犯，驾着一辆小平板车，不断地用木杆撑地，沿着铁轨向我迎面奔来。我不禁打了一个寒噤！

"该回去了吧！"我问车夫。

苦役犯车夫把马车调转过来，望望四周的群山和火光，说道："这里真烦闷，大人！咱们俄国比这儿好。"

作者简介

契诃夫（1860～1904），19世纪末俄国伟大的批判现实主义作家，幽默讽刺大师，短篇小说的巨匠，著名剧作家。契诃夫生于小市民家庭，父亲的杂货铺破产后，他靠当家庭教师读完中学。1879年入莫斯科大学学医，1884年毕业后从医并开始文学创作。其代表作《变色龙》《套中人》堪称俄国文学史上精湛而完美的艺术珍品，为世界文学人物画廊中增添了两个不朽的艺术形象。契诃夫对中国人民怀有美好的感情，曾约高尔基一同访问中国，但因久病不治而未遂心愿。1904年7月15日因肺病恶化而辞世。

契诃夫像

· 美文赏析 ·

契诃夫的这篇文字写于旧俄时代，那时，萨哈林这个地方是著名的流放地，所以，这篇文章不能被当成一个普通的游记，契诃夫也不是简单地记录他的短暂的萨哈林之行。当我们看完全篇文章后，留在脑海中挥之不去的是岛上在苦难中生存的旧俄时代的苦役犯的影子，这显然不是一个美妙的画卷，所以，它不是一个风光游记。尽管我们可以认为那是作者作为俄罗斯知识分子一贯的苦难意识的折射，但是，在作者日常的、真实的、琐碎和确切的笔下，我们看到的是一个难能可贵的记录，一种忠于生存实际的考察。作为一个作家的伟大灵魂所在，作品所透露出的忧郁、理性和悲悯使这篇散文远远超出了一个普通游记的承担，在我们把它当游记来欣赏的同时，我们如果能产生基于作家灵魂深处所发出的声音之上的共鸣，其他的什么话都已经是多余的了。

□ 精美散文

美

泰戈尔

入选理由

泰戈尔的散文代表作之一
以优美隽永的语言阐明了科学看待美的态度
风格质朴，清新自然，深蕴哲理

夕阳坠入地平线，西天燃烧着鲜红的霞光，一片宁静轻轻落在梵学书院娑罗树的枝梢上，晚风的吹拂也便弛缓起来。一种博大的美悄然充溢我的心头。对我来说，此时此刻，已失落其界限。今日的黄昏延伸着，延伸着，融入无数时代前的邈远的一个黄昏。在印度的历史上，那时确实存在隐士的修道院，每日喷薄而出的旭日，唤醒一座座净修林中的鸟啼和《娑摩吠陀》的颂歌。白日流逝，晚霞鲜艳的恬静的黄昏，召唤终年为祭火提供酥油的牛群，从芳草萋萋的河滨和山麓归返牛棚。在印度那纯朴的生活，肃穆修行的时光，在今日静谧的暮天清晰地映现。

泰戈尔像

我忽然想起，我们的雅利安祖先，一天也不曾忽视一望无际的恒河平原上日出和日落的壮丽景象。他们从未冷漠地送别晨夕和晚祷。每位瑜珈行者和每家的主人，都在心中热烈欢迎迷人的景色。他们把自然之美迎进了祭神的庙宇，以虔诚的目光注望美中涌溢的欢乐。他们抑制着激动，稳定着心绪，将朝霞和暮色溶入他们无限的遐想。我认为，他们在河流的交汇处，在海滩，在山峰上欣赏自然美景的地方，不曾营造自己享受的乐园；在他们开辟的圣地和留下的名胜古迹中，人与神浑然一体。

暮空中萦绕着我内心的祈祷：愿我以纯洁的目光瞻仰这美的伟大形象，不以享乐思想去黯淡和去贬低世界的美，要学会以虔诚使之愈加真切和神圣。换句话说，要弃绝占有它的妄想，心中油然萌发为它献身的决心。

我又觉得，认识到真实是美，美是崇伟，不是件容易的事。我们摈弃许多东西，把厌烦的许多东西推得远远的，对许多矛盾视而不见，在合乎心意的狭小范围内，把美当做时髦的奢侈品。我们妄图让世界艺术女神沦为女婢，羞辱她，失去了她，同时也丧失了我们的福祉。

撇开人的好恶去观察，世界本性并不复杂，很容易窥见其中的美和神灵。将察看局部发现的矛盾和形变，掺入整体之中，就不难看到一种恢宏的和谐。

然而，我们不能像对待自然那样对人。周围的每个人离我们太近，我们以特别挑剔的目光夸大地看待他的小疵。他短时的微不足道的缺点，在我们的感情中往往变成非常严重的过错。贪欲、愤怒、恐惧妨碍我们全面地看人，而让我们在他人的小毛病中摇摆不定。所以我们很容易在寥廓的暮空发现美，而在俗人的世界却不容易发现。

今日黄昏，不费一点力气，我们见到了宇宙的美妙形象。宇宙的拥有者亲手把完整的美捧到我们的眼前。如果我们仔细剖析，进入它的内部，扑面而来的是数不清的奇迹。此刻，无垠的暮空的繁星间飞驰着火焰的风暴，若容我们目睹其一部分，必定目瞪口呆。用显微镜观察我们前面那株姿态优美的斜倚星空的大树，我们能看清许多脉络，许多虬须，树皮的层层褶皱，枝桠的某些部位干枯，腐烂，成了虫豸的巢穴。站在暮空俯瞰人世，映入眼帘的一切，都有不完美和不正常之处。然而，不扬弃一切，广收博纳，卑微的，受挫的，变态的，全部拥抱着，世界坦荡地展示自己的美。整体即美，美不是荆棘包围的窄圈里的东西，造物主能在静寂的夜空毫不费力地向世人昭示。

强大的自然力的游戏惊心动魄，可我们在暮空却看到它是那样宁静，那样绚丽。同样，伟人一生经受的巨大痛苦，在我们眼里也是美好的，高尚的，我们在完满的真实中看到的痛苦，其实不是痛苦，而是欢乐。

我曾说过，认识美需要克制和艰苦的探索，空虚的欲望宣扬的美，是海市蜃楼。

当我们完美地认识真理时，我们才真正地懂得美。完美地认识了真理，人的目光才纯净，心灵才圣洁，才能不受阻挠地看见世界各地蕴藏的欢乐。

作者简介

泰戈尔(1861～1941)，印度现代著名诗人、散文家。出身加尔各答市的望族，没有受过正规的学校教育，但在父兄的教导下，掌握了丰富的历史、文学知识。14岁时就有诗作发表。1878年赴英留学，学习英国文学和西方音乐。1880年回国后专门从事文学活动。1913年获诺贝尔文学奖，此后出访了欧洲很多国家及中国、日本和苏联等。他在诗歌方面的主要作品有抒情诗集《暮歌》《晨歌》《金帆船》《缤纷集》《园丁集》《收获集》《渡口》《吉檀迦利》和哲理短诗集《微思集》《故事诗集》等。在小说方面的代表作有长篇小说《沉船》《戈拉》《家庭与世界》，中篇小说《两姊妹》《四个人》，短篇小说《河边的台阶》《饥饿的石头》等。另外，还有戏剧《国王》《邮局》等。

美文赏析

《美》一文通过对黄昏美景的描绘，表达了作者对美的犀利而辩证的看法。作者运用类似中国古文中"兴"的写作手法，开篇为人们描绘了一幅壮观静谧的黄昏美景图，然而作者的本意不在赞扬黄昏日落之美，而是借此表达自己对美的真正内涵的看法。作者指出，美即真实、崇伟、整体，但认识美又不是件容易的事，现实生活中许多人只凭自己的好恶、感情，片面挑剔地看待世界和人，因而难以窥见世界和人身上的"美和神灵"。作者由此进一步指出，世间的人和事都有不完美和不正常之处，应"扬弃一切，广收博纳"，才能形成真正的"整体"美。文章风格质朴，清新自然，节奏和谐，深蕴哲理，读后给人以莫大的精神享受和思想启示。

□ 精美散文

对 岸

泰戈尔

入选理由
对一种理想生存环境的追求
一幅古朴美丽的图画
蕴含着人类最高的期盼

我渴望到河的对岸去，
在那边，好些船只一排儿系在竹竿上；
人们在早晨乘船渡过那边去，肩上扛着犁头，去耕耘他们的远处的田；
在那边，牧人赶着他们鸣叫着的牛游泳到河旁的牧场去；
黄昏的时候，他们都回家了，只留下豺狼在这满长着野草的岛上哀叫。
妈妈，如果你不在意，我长大的时候，要做这渡船的船夫。

据说有好些古怪的池塘藏在这个高岸之后。
雨过去了，一群一群的野鸟飞到那里去。
茂盛的芦苇在岸边四周生长，水鸟在那里生蛋；
竹鸡带着跳舞的尾巴，将它们细小的足印印在洁净的软泥上；
黄昏的时候，长草顶着白花，邀月光在长草的波浪上浮游。
妈妈，如果你不在意，我长大的时候，要做这渡船的船夫。

我要自此岸至彼岸，渡过来，渡过去，所有村中正在那儿沐浴的男孩女孩，都要诧异地望着我。
太阳升到中天，早晨变为正午，我将跑到你那里去，说道："妈妈，我饿了！"
一天完了，影子俯伏在树底下，我便要在黄昏中回来。
我将永不像爸爸那样，离开你到城里去做事。
妈妈，如果你不在意，我长大的时候，要做这渡船的船夫。

· 美文赏析 ·

《对岸》是泰戈尔一篇著名的散文。它用诗化的语言，为我们描绘了一幅美丽古朴、宁静的田园图画。作者像小孩子一样对对岸的世界充满着好奇与向往。但作者想做的只是"渡船的船夫"，最终依然回归到"妈妈"的温暖怀抱，作者善于用爱和希望来编织美好的世界，用诗的语言为我们展现一个理想中的两岸世界，他将对于理想的追求和对自己内心世界的坚守统一起来。

观 舞

高尔斯华绥

入选理由

余音绕梁三日不绝的艺术效果
超强的文字表现力
一篇让人如身临其境的名作

  某日下午我被友人邀至一家剧院观舞。幕启后，台上除周围高垂的灰色幕布外，空荡不见一物。不久，从幕布厚重的褶折处，孩子们一个个或一双双联翩而入，最后台上总共出现了十多个人。全都是女孩子；其中最大的看来也超不过十三四岁，最小的一两个则仅有七八岁。她们穿得都很单薄，腿脚胳臂完全袒露。她们的头发也散而未束；面孔端庄之中却又堆着笑容，竟是那么和蔼而可亲，看后恍有被携去苹果仙园之感，仿佛己身已不复存在，惟有精魂浮游于那缥缈的晴空。这些孩子当中，有的白皙而丰满，有的棕褐而窈窕；但却个个欢欣愉快，天真烂漫，没有丝毫矫揉造作之感，尽管她们显然全都受过极高超和认真的训练。每个跳步，每个转动，仿佛都是出之于对生命的喜悦而就在此时此地即兴编成的——舞蹈对于她们真是毫不费难，不论是演出还是排练。这里见不到蹩足欠步、装模作样的姿态，见不到徒耗体力、漫无目标的动作；眼前惟有节奏、音乐、光明、舒畅和（特别是）欢乐。笑与爱曾经帮助形成她们的舞姿；笑与爱此刻又正从她们的一张张笑脸中，从她们肢体的雪白而灵动的旋转中息息透出，光彩照人。

  尽管她们无一不觉可爱，其中却有两人尤其引我注目。其一为她们中间个子最高、肤褐腰细的那个女孩。她的每种表情每个动作都可见出一种庄重然而火辣的热情。

  舞蹈节目中有一出由她扮演一个美童的追求者，这个美童的每个动作，顺便说一句，也都异常妩媚；而这场追逐——宛如点水蜻蜓之戏舞于睡莲之旁，或如暮春夜晚之向明月吐诉衷曲——表达了一缕摄人心魂的细细幽情。这个肤色棕褐的女猎手，情如火燎，实在是世间一切渴求的最奇妙不过的象征，深深地感动着人们的心。当我们从她身上看到她在追求她那情人时所流露的一腔迷惘激情，那种将得又止的曲折神态，我们仿佛隐然窥见了那追逐奔流于整个世界并永远如斯

□ 精美散文

的伟大神秘力量——如悲剧之从不衰歇，虽永劫而长葆芳馨。

另一个使我最迷恋不止的是身材上倒数第二、发丝浅棕、头着白花半月冠的俊美女神，短裙之上，绛英瓣瓣，衣衫动处，飘飘欲仙。她的妙舞已远远脱出儿童的境界。她那娇小的秀颅与腰肢之间处处都燃烧着律动的圣洁火焰；在她的一小段独舞中，她简直成了节奏的化身。快睹之下，恍若一团喜气骤从天降，并且登时凝聚在那里；而满台喜悦之声则洋洋乎盈耳。这时从台下响起了一片窸窣与啧啧之声，继而欢声雷动。

我看了看我那友人，他正在用指尖悄悄地从眼边拭泪。至于我自己，则颧龈之上几乎一片溟濛，世界万物都顿觉可爱；仿佛经此飞仙用圣火一点，一切都已变得金光灿灿。

或许唯有上帝知道她从哪里得来的这股力量，能够把喜悦带给我们这些枯竭的心田；唯有上帝知道她能把这力量保持多久！但是这个蹁跹的小爱神的身上却蕴蓄着那种为浓艳色调、幽美乐曲、天风丽日以及某些伟大艺术珍品等等所同具的力量——足以把心灵从它的一切窒碍之中解脱出来，使之泛满喜悦。

作者简介

高尔斯华绥（1867～1933），英国现代著名作家。生于律师家庭。1890年毕业于牛津大学法律系，获律师资格。1891～1893年游历欧洲，1895年开始创作，早年受屠格涅夫影响较大。1906年发表的长篇小说《有产业的人》和第一个剧本《银盒》确立了他在文坛上的地位。他一生共创作了17部小说、26个剧本及短篇小说、散文等若干。主要作品有长篇小说《福尔赛世家》三部曲：《有产业的人》《骑虎》《出租》；《现代喜剧》三部曲：《白猿》《钥匙》《天鹅之歌》；以及戏剧作品：《银盒》《鸽子》和《忠诚》等。他的小说在真实的描绘中透露作者的褒贬，注重塑造典型性格，文笔自然流畅，故事情节跌宕有致。1932年，获诺贝尔文学奖。

高尔斯华绥像

·美文赏析·

高尔斯华绥是个天才的作家，对于人物的描写居然能写到如此的极致，正如他本身的贵族气质，《观舞》整篇文章中描摹的人物，都带着一种高贵的、优雅的风韵。天生带了一双艺术的眼睛，高尔斯华绥所到之处都满含艺术的气息。其实正是作家对于生活本身的挚爱，才会自觉地对于生活进行细致地观察，才会不断产生艺术创作上的灵感，这样才有了作者笔下各种栩栩如生的形象。

《观舞》中作者以惯用的树立典范的写作方法，塑造了两个典型形象：一个是"庄重然而火辣"的女猎手；一个是飘飘欲仙的"俊美女神"。作者用十分精练而优美的语言，将这两个人物写到极美的程度。这两种美，一个是不受任何形式束缚的狂野美的极致，一个是超凡脱俗美的典范。站在戏剧艺术的高度，描摹眼前的东西，这也许是作者同时作为一个剧作家的区别于一般作家之处吧。而这种高度所达到的艺术效果，如同刘鹗的《老残游记》之《绝唱》中对于白妞唱腔的评价："余音绕梁三日不绝，而又岂止三日？"高尔斯华绥高超的文字表现力，让我们终生难忘。

远处的青山

高尔斯华绥

入选理由
高尔斯华绥的散文代表作之一
反对战争、礼赞和平、具有浓厚的人道主义精神
运笔轻灵，语言明净含蓄，感性而细腻

不仅仅是在这刚刚过去的三月里（但已恍同隔世），在一个充满痛苦的日子——德国发动它最后一次总攻后的那个星期天，我还登上过这座青山吗？正是那个阳光和煦的美好天气，南坡上的野茴香浓郁扑鼻，远处的海面一片金黄。我俯身草上，暖着面颊，一边因为那新的恐怖而寻找安慰，这进攻发生在连续四年的战祸之后，益发显得酷烈出奇。

"但愿这一切快些结束吧！"我自言自语道，"那时我就又能到这里来，到一切我熟悉的可爱的地方来，而不致这么伤神揪心，不致随着我的表针的每下滴答，就又有一批生灵惨遭涂炭。啊，但愿我又能——难道这事便永无完结了吗？"

现在总算有了完结，于是我又一次登上了这座青山，头顶上沐浴着十二月的阳光，远处的海面一片金黄。这时心头不再感到痉挛，身上也不再有毒氛侵袭。和平了！仍然有些难以相信。不过再不用过度紧张地去谛听那永无休止的隆隆炮火，或去观看那倒毙的人们，张裂的伤口与死亡。和平了，真是和平了！战争继续了这么长久，我们不少人似乎已经忘记了一九一四年八月战争全面爆发之初的那种盛怒与惊愕之感。但是我却没有，而且永远不会。

在我们一些人中——我以为实际在相当多的人中，只不过他们表达不出罢了——这场战争主要会给他们留下这种感觉："但愿我能找到这样一个国家，那里人们所关心的不再是我们一向所关心的那些，而是美，是自然，是彼此仁爱相待。但愿我能找到那座远处的青

□精美散文

山！"关于忒俄克里托斯的诗篇，关于圣弗兰西斯的高风，在当今的各个国家里，正如东风里草上的露珠那样，早已渺不可见。即或过去我们的想法不同，现在我们的幻想也已破灭。不过和平终归已经到来，那些新近被屠杀掉的人们的幽魂总不致再随着我们的呼吸而充塞在我们的胸臆。

　　和平之感在我们思想上正一天天变得愈益真实和愈益与幸福相连。此刻我已能在这座青山之上为自己还能活在这样一个美好的世界而赞美造物。我能在这温暖阳光的覆盖之下安然睡去，而不会醒后又是过去的那种怏怏欲绝。我甚至能心情欢快地去做梦，不致醒后好梦打破，而且即使作了恶梦，睁开眼睛后也就一切消失。我可以抬头仰望那碧蓝的晴空而不会突然瞥见那里拖曳着一长串狰狞可怖的幻想，或者人对人所干出的种种伤天害理的惨景。我终于能够一动不动地凝视着晴空，那么澄澈而蔚蓝，而不会时刻受着悲愁的拘牵，或者俯视那光滟的远海，而不至担心波面上再会浮起屠杀的血污。

　　天空中各种禽鸟的飞翔、海鸥、白嘴鸭以及那往来徘徊于白垩坑边的棕色小东西对我都是欣慰，它们是那样自由自在，不受拘束。一只画眉正鸣啭在黑莓丛中，那里叶间还晨露未干。轻如蝉翼的新月依然隐浮在天际；远方不时传来熟悉的声籁；而阳光正暖着我的脸颊。这一切都是多么愉快。这里见不到凶猛可怕的苍鹰飞扑而下，把那快乐的小鸟攫去。这里不再有歉仄不安的良心把我从这逸乐之中唤走。到处都是无限欢欣，完美无瑕。这时张目四望，不管你看看眼前的蜗牛甲壳，雕镂刻画得那般精致，恍如童话里小精灵头上的细角，而且角端作蔷薇色；还是俯瞰从此处至海上的一带平芜，它浮游于午后阳光的微笑之下，几乎活了起来，这里没有树篱，一片空旷，但有许多炯炯有神的树木，还有那银白的海鸥，翱翔在色如蘑菇的耕地或青葱翠绿的田野之间；不管你凝视的是这株小小的粉红雏菊，而且慨叹它的生不适时，还是注目那棕红灰褐的满谷林木，上面乳白色的流云低低悬垂，暗影浮动——一切都是那么美好，这是只有大自然在一个风和日丽的天气，而且那观赏大自然的人的心情也分外悠闲的时候，才能见得到的。

　　在这座青山之上，我对战争与和平的区别也认识得比往常更加透彻。在我们的一般生活当中，一切几乎没有发生多大改变——我们并没有领得更多的奶油或更多的汽油，战争的外衣与装备还笼罩着我们，报刊杂志上还充溢着敌意仇恨；但是在精神情绪上我们确已感到了巨大差

别，那久病之后逐渐死去还是逐渐恢复的巨大差别。

据说，此次战争爆发之初，曾有一位艺术家闭门不出，把自己关在家中和花园里面，不订报纸，不会宾客，耳不闻杀伐之声，目不睹战争之形，每日唯以作画赏花自娱——只不知他这样继续了多久。难道他这样做法便是聪明，还是他所感受到的痛苦比那些不知躲避的人更加厉害？难道一个人连自己头顶上的苍穹也能躲得开吗？连自己同类的普遍灾难也能无动于衷吗？

整个世界的逐渐恢复——生命这株伟大花朵的慢慢重放——在人的感觉与印象上的确是再美不过的事了。我把手掌狠狠地压在草叶上面，然后把手拿开，再看那草叶慢慢直了过来，脱去它的损伤。我们自己的情形也正是如此，而且永远如此。战争的创伤已深深侵入我们的身心，正如严霜侵入土地那样。在为了杀人流血这桩事情而在战斗、护理、宣传、文字、工事，以及计数不清的各个方面而竭尽努力的人们当中，很少人是出于对战争的真正热忱才去做的。但是，说来奇怪，这四年来写得最优美的一篇诗歌，亦即朱利安·克伦菲尔的《投入战斗！》竟是纵情讴歌战争之作！但是如果我们能把自那第一声战斗号角之后一切男女对战争所发出的深切诅咒全部聚集起来，那些哀歌之多恐怕连笼罩地面的高空也盛装不下。

然而那美与仁爱所在的"青山"离开我们还很遥远。什么时候它会更近一些？人们甚至在我所偃卧的这座青山也打过仗。根据在这里白垩与草地上的工事的痕迹，这里还曾宿过士兵。白昼与夜晚的美好，云雀的欢歌，香花与芳草，健美的欢畅，空气的澄鲜，星辰的庄严，阳光的和煦，还有那清歌与曼舞，淳朴的友情，这一切都是人们渴求不餍的。但是我们却偏偏要去追逐那浊流一般的命运。所以战争能永远终止吗……

这是四年零四个月以来我再没有领略过的快乐，现在我躺在草上，听任思想自由飞翔，那安详如海面上轻轻袭来的和风，那幸福如这座青山上的晴光。

· 美文赏析 ·

《远处的青山》一文叙述了作者在历时四年之久的第一次世界大战之后，重登一座青山上的见闻和感受，抒发了作者憎恶战争，热爱和平、自然和生命的感情。作者以远处的一座青山为落笔点，纵情放飞自己的想象之鸟。战争期间作者曾登上这座青山，那时他是"为那新的恐怖而寻找安慰"，等战争结束后作者再次登上青山，心境自然大为不同，在作者眼中，青山是美、仁爱、和平的化身，这里的一切都无限欢欣、完美无瑕。随着作者的情绪流动，我们仿佛与作者一道，来到那美丽壮阔的远处的青山，亲身享受洋溢四野的和平之光。文章运笔轻灵，语言明净含蓄，感性而细腻，全文浸透着作者深刻的生命体验、丰厚的人生蕴涵和浓浓的人道主义情怀，读来让人赏心悦目、回味悠长。

□ 精美散文

伦敦塔

夏目漱石

入选理由

东方人眼里真实的欧洲历史与文化
沉重唯美的梦魇般的笔触
对生存和苦难的自觉体察

在两年的留学期间，我只去过伦敦塔一次。后来虽有过再去看看的念头，终究未果而作罢了。在这期间，也曾有人来约我同去，但我拒绝了。要是首次参观得到的印象被再次参观所破坏，未免可惜；若是被第三次参观一拂而尽，就太遗憾了。我想，参观"塔"嘛，宜以一次为好。

我到伦敦塔去，乃是在我抵达伦敦不久的事。当时，我连方位也不清楚，更不用说地理位置了。我那时的心情犹如一只兔子——一只突然被人从乡里丢弃在繁华中心区的兔子。走出门，怕被人流卷走；回到住处，又担心火车会出轨而撞到自己的房里来。可谓朝夕不安。我觉得在这种响声、这种人群中住上两年的话，自己的神经纤维当会像锅中的鹿角菜一样，变成黏糊糊的了。有时我甚至觉得：看来麦克斯·诺尔丹的《退化论》真是一大真理呢。

再则，我当时是一个不能像别的日本人那样带了介绍信去晋见某人、请求帮忙的人，也没有任何旧交在当地居住。因此，我只好带着惶惑的心情，在一张地图的引导下，每天出门游逛或办事情。当然，我不乘火车，也不坐马车，若是去利用这些头绪纷繁的交通工具，真不知道会被带到哪儿去呢！在这大都会伦敦市中纵横交错的火车、马车、电车、缆车，没有给我带来任何方便。事不得已，我只好来到十字路口就展开地图，在行人的推推搡搡中，定出自己前进的方向。查地图也搞不清楚时，我就向人问路；问不出名堂的话，我就找警察；警察也解决不了时，我再向别的人请教。一路上，我几乎逢人就招呼和询问，直到遇上识路的人为止。我就这样好不容易地到达了我的目的地。

我觉得，那时候出门去参观"塔"，好像只有这么办。"既不知来处，又不知去处"，这话固然禅味太重，但我现在确实不清楚我当时是经由什么路抵达"塔"下的，后来又是穿过什么街而回到宿处的。我绞尽脑汁也没有用，但是可以肯定，参观"塔"是确有其事的，那"塔"的情景至今历历在目。这真是向前不得要领、向后不知所以，只有忘前丢后的中间处是异常清晰的。我觉得自己犹如落到了划破黑暗的闪电梢上那样，瞬间即逝。这伦敦塔好像是我前世梦中的焦点。

伦敦塔的历史乃是英国历史的缩影。伦敦塔标志着那遮掩住"昔日"这一神奇物的帷幕已自行裂开，把佛龛中的幽光反射到20世纪来了。也可以说，伦敦塔标志着那使万物流逝的时光发生了回溯，让一瓣逝去的时代漂浮到现时代来了。意味着人血、人肉和人的罪孽的结晶物尚残留在马车和火车中的,是伦敦塔。

当我隔着泰晤士河,在塔桥上骋目眼前的伦敦塔时,竟出神得忘却了一切,不知自己是今人还是古人了。时值初冬,却很寂静。天空低垂在塔的上面,颜色就像碱水桶里的汁水被搅混后的样子。泰晤士河宛如融进了墙土似的,水流在勉强向前推进,不起波浪,也没有声响。一只帆船由塔下向前去,在没有风的河面上升帆驶船,那呈不规则三角形的白色羽翼仿佛老是停在原处似的。两条大驳船迎面而来,只看到一个船夫站在船尾处摇橹,但它们仍好像停在原处不动似的。塔桥的栏杆周围有白色的光影在闪动,那可能是海鸥。纵目四望,一切都是静止的,慵懒困顿,昏然而眠,令人有置身旧昔之感。其中,伦敦塔傲然而立,呈现出冷眼蔑视着20世纪的样子,俨然是一副"不管你火车奔腾、电车驰骋,只要历史存在,我就是如此"的神态。它那岿然雄伟的景象,至今令人惊叹。这建筑物俗称为"塔",而"塔"无非是一种通称,其实它是一座由诸多城楼组成的大城堡。并肩而立的城楼,形状多样,有圆形的,有方形的,但都呈阴郁的灰色,仿佛立志要把上世纪的纪念物永远流传人间。我觉得,若用石头做出二三十个那种九段的游游馆模型,然后并立在一起、置于放大镜下观看,就可以得到这"塔"的形象了。我久久地眺望着,站在饱含着暗褐色潮气的空气中,出神地凝望着。当20世纪的伦敦在我的心里渐渐消淡时,眼前的塔影就在我的脑中勾勒出一幅朦胧的历史图景,犹如晨起时喝的酽茶所冒出来的烟雾中透迤着尚未睡醒的梦的余韵,旋即又令我感到不安,仿佛有长手从对岸伸过来拽我似的。这就使纹丝不动、伫立凝望的我,顿时萌发出渡河去塔下的念头。长手在用力地拽我,我便移步渡河,跨上塔桥。长手一味地猛拽,我渡过塔桥后,一溜烟地奔到塔门处,这不啻是一块3万余坪的旧有大磁铁吸住了一小片在现世浮游的铁屑。走进塔门后回首望去,记得好像看到什么地方刻着这样的诗句:

从我,是进入悲惨之城的道路;
从我,是进入永恒的痛苦的道路;
从我,是走进永劫的人群的道路;
正义感动了我的"至高的造物主";
"神圣的权力","至尊的智慧"
以及"本初的爱"把我造成。
在我之前,没有创造的东西,
只有永恒的事物;而我永存;
你们走进这里,把一切希望捐弃吧。

走过干涸了的沟渠上的石桥,迎面有一座塔。此塔系用无棱角的圆形石头建造,呈大油桶状,仿佛巨人形的门柱似的屹立在左右,中间有建筑物勾联,人们可从这建筑物下面穿到对面。这就是所谓的中塔。略往前行,左侧出现高峙的钟塔,当敌人的铁盾、铁盔像铺盖在原野上的秋阳似的由远处渐次近来时,人们就撞响塔上的钟;当囚犯在月黑星稀的夜里看准壁垒上的哨兵有所不备而越狱出逃,并且从坠落的松明光影里销匿在黑暗中时,人们也撞响塔上的钟;当锋芒毕露的市民为反对君王的苛政而像蚂蚁一样聚集塔下骚动不已时,人们也撞响塔上的钟。这塔上的钟啊,可谓有事必鸣,常常是一味地响个不停,甚至像大水冲了龙王庙,竟是佛尊来此时也只顾鸣。这口在霜晨、雪月、雨天、风夜中鸣过无数次的大钟,眼下又在哪儿呢?我举

□ 精美散文

头仰望着爬有常春藤的古老钟楼，钟声已寂然绝响百年之久了。

再往前走几步，右侧就是逆贼门，门的上方高耸着圣托马斯塔。命名为逆贼门，听了就令人不寒而栗。自古以来，几千名在塔中度过了一生的囚犯，都是被当局用船押送到这门口的。囚犯一旦离了船而跨进此门，就再也沐浴不到人世间自由的阳光了。泰晤士河不啻是他们的三途川，这门也就是他们通往阴曹地府的入口。他们在波浪中摇晃着，被划到这犹如洞窟一样昏黑的拱形门下。当他们来到这如同鲸鱼张开口等着吸食沙丁鱼一样的地点，只听得厚实的栎木大门发出咯咯咯的声响，他们也就同人世间的光明永别了。他们也就这样，终于当了宿命鬼的牺牲物。只有鬼才知道他们什么时候送命——明天、后天，或者是10年之后。当船泊此门时，那船中的囚犯一路上又是怎么想的呢？每当划桨时，每当水珠滴在船舷时，每当划桨者的手动弹时，囚犯无不感到自己的生命受到一次又一次的威胁吧。一位白须垂胸、身穿黑色法衣的长者，步履踉跄地离船上岸，他就是克兰默大主教。那位青头巾裹至眉际、天蓝色的绸子衣服里套有锁子甲的英俊男子，乃是魏阿特。这一位是旁若无人地由船舷跳上岸来的，他的帽子上插有绚丽的鸟羽，左手扶着金刀的刀柄，饰有银扣的鞋子尖顺着石阶轻捷地移动，此人不正是罗里吗？我窥视昏暗的拱门下，心想，对面会不会出现水浪冲刷石级的波光呢？便引颈而望，但是不见水影。原来，自从堤坝工事完成以来，逆贼门同泰晤士河就完全无涉了。这吞进过诸多囚犯而吐出过诸多押送船的逆贼门，已经不能让人带着怀旧的情绪来听鳞波轻拍门下时所发出的声音了。不过，对面血塔的壁上依旧垂有着大铁环。据说，从前就在这铁环上系缆绳。

伦敦塔外景

旧时，伦敦人心目中的伦敦塔是个阴森可怖的建筑，简称为塔楼。始建于11世纪，最初作为守城要塞。经过几百年的扩建，这所位于伦敦桥以东泰晤士河北岸的恢宏建筑，其主体堡垒是叫作白塔的主楼，内外墙间有几个较小的塔楼相互毗连，外沿有一条水壕，侧翼是第三层围墙。因为伦敦塔看守森严，从这所塔楼里逃生的犯人寥寥无几。

向左拐去，可进入血塔的塔门。从前，这血塔囚禁过许多怨恨"蔷薇战争"的人。在这血塔中，人如草芥鸡犬，真可谓草菅人命，积尸如山。无怪乎要命名为血塔了。拱门下有着宛如岗亭似的东西，旁边的兵士戴着盔形帽，持枪而立，摆出一副正颜厉色的样子，但掩饰不了想快点儿交班以便到老地方去喝一杯和会会相好的神态。塔的外壁是用形状不规则的石块砌起来的，相当厚实。外壁表面粗糙不平，到处爬着常春藤，高处开有窗口，大概是塔壁很高的缘故吧，由下仰视，窗口竟是出奇地小，好像还嵌着铁格子。岗哨如石像似的纹丝不动，腹中却要想着与情妇调情的事。我站在一旁，翳手锁眉，聚精会神地仰视高处的窗口，看到淡淡的日影穿过铁格子，射到旧时代的有色玻璃上，不停地闪烁着反射光。不一会儿，像烟霭似的帷幕拉开了，想象中的舞台便在眼前清晰地浮现出来。窗的里侧垂着厚厚的帷帘，所以白天也是昏暗的。窗外的墙上不抹灰泥，是完全赤裸的石块。室和室之间置有永生永世不会变动的隔离物。只是在正中央6铺席大的地方，蒙有一块色调暗淡的织锦，底子呈青灰色，图案为浅黄色，绘着裸体的女神像，像的周围布满了蔓草花纹。在石壁的旁边，横着一张大床，深镂到坚实的栎木中心而刻成葡萄、葡萄蔓和葡萄叶子，在手足摩挲和触及过的地方，有光亮反射出来。床头有两个小孩，一个十三四岁，另一个是十岁左右。年幼的坐在床沿，半个身子靠在床柱上，两腿无力地垂着，右臂与倾侧着的脸都往前靠，依偎在年长的孩子的肩上。这年长的孩子把一本打开着的烫金的大书搁在年幼的孩子的膝处，右手放在打开着的那一页上。这手极美，宛如象牙揉成的。两人身穿黑如鸦翼的上衣，肤色显得格外白洁，尤其引人注目。这两个人，从头发的色泽、眼睛的颜色、眉宇鼻翼乃至衣饰，几乎无处不同，当是同胞弟兄。

哥哥用优美悦耳的声音读着那膝上的书："能在眼前浮现出自己临终时情景的人，是很幸福的。我日日夜夜期望着死的来临。我行将去主的面前，已无所畏惧……"

弟弟发出了令人怜悯的声音："阿——门——"这时远处刮来一阵厉风，摇撼着高塔，塔壁像要塌下去似的发出了鸣响。弟弟闻声后蜷缩起身子，把脸贴在哥哥的肩膀上，雪白的被子顿时鼓起了一块。哥哥又读起来："早晨时分，做好过不了黄昏的准备；到了晚上，不对明日寄予希望。视死如归才是好样的，贪生怕死最为可耻……"

弟弟又叫了声："阿——门——"声音在发颤。哥哥轻轻地把书倒扣过来，走近那小小的窗口，想望望窗外的景象。但是窗口太高，他的个子够不着，便搬来了凳子，站在凳子上踮起脚尖，只见冬日朦胧地笼罩着纵深百里的黑雾，宛如遍染着新屠后的狗血。哥哥掉过头来对弟弟说："今天又这么过去了？"弟弟只答道："真冷。"哥哥自言自语似的嘟哝着说："只要不杀死我们，可以把王位让给叔叔……"弟弟光是说："我要妈妈。"这时，只见对面挂着的那幅织锦上的裸体女神像飘动了两三下——尽管一点儿风也没有。

突然，眼前的场景换掉了，只见塔门前悄然站着一位身穿黑色丧服的女人，她的脸色发青，神情憔悴，但是全身散发出一种雍容华贵的夫人气质。不一会儿，随着开锁的响声，塔门嘎嘎嘎地打开了，门内出来一个男子，恭敬如仪地向妇人施礼。

"能见见吗？"妇人问道。

"不行哪。"男子带着同情的口气说，"我无法遵命，这是上面定下的制度，请您务必丢掉这种念头吧。从我来说，卖个人情当然很容易……"这时男子突然住口，环视了一下，界河中有鹈鹕悄声浮起。

妇人解下挂在项间的金项链，递给男子，说道："我只要偷偷地瞧一瞧就行。你要是拒绝一个女人的恳求，那就太冷酷了。"

男子用手指绕起金项链，沉思着。这时鹈鹕霍然钻入了水中。男子考虑了片刻之后，说道："看守牢房的人不违反牢规。公子都安好无恙，请您释念，安心地回去吧。"并把金项链奉还。妇人木然不动，只听得金锁链落在铺石地面上，响声铿然。

"一定不肯通融？"妇人问道。

"我实在爱莫能助。"看守人断然拒绝。

"阴森的塔影，坚硬的塔壁，冷的塔人。"妇人说着，潸然泪下。

场景又换了。

一个身穿黑衣的高大身影出现在院落的一角，仿佛是从古老的寒石壁里倏地一声窜出来的。他站在夜和雾中，茫然地环视着四周。不一会儿，又有一个同样装束的黑影从阴暗深处冒了出来。高个子仰视着高挂在塔楼角上的星影，说道："天黑了。"

"白天可不能露面。"另一个人答道。

"杀人的事也经历过好多次了，唯独今天，心中总感到有愧而不得安宁。"高的身影对矮的身影说。

"隔着织锦偷听两个孩子的交谈，真想罢手回家去呢。"个子矮些的坦率直言。

"收紧绳索的时候，那美如花儿的嘴唇在颤动呢。"

"晶莹的额上暴出了紫青色的筋纹。"

"那呻吟声现在还在耳际回旋呢。"

当黑影又消失在夜色中时，塔楼上的时钟敲响了。

想象出来的情景随着钟声而消失。站得像石像那样纹丝不动的岗哨，现在背着长枪，笃笃笃地在铺石路面上来回行走。他踱着步子，内心却沉浸在与情妇携手散步时的情景里。

从血塔下穿出来再往前走，有一个漂亮的广场。广场中央的地势略高，白塔就坐立在这高处。在塔群中，白塔最为古老，是昔日的中心建筑。纵深20间，宽18间，高15间，壁厚1丈5尺，4个角上耸立着角楼，到处都能见到诺曼时代留下的枪眼儿。1399年，国民们列举33条罪状而迫使理查二世让位，就是在这塔中进行的。在此塔中，理查二世曾面对僧侣、贵族、武士和法师，向天下宣告让位。当时，继承王位的亨利站起来，在额前和胸前划过十字，说道："凭着圣父、圣子、圣灵之名，我亨利在纯正的血统、赐福之神和挚友至交的帮助下，今日承继这大英帝国的王冠和王权。"

至于前王被黜后的命运如何，无人能道其详。当这位前王的尸体从波特·弗拉克脱城移至圣保罗教堂时，两万民众前往围观，只见遗容瘦骨嶙峋，无不为之震惊。有说是这理查二世曾被8个刺客包围，但他夺取了一个刺客手中的斧子，砍死2人，砍倒1人，但是被埃克斯顿来自背后的一击，终于饮恨而死。有人仰天叹道："不是这么回事，不是这么回事，理查乃是绝食而死的！"且不论哪一种说法更近事实，反正都不妙。帝王的历史是悲惨的。

据说楼下的那间屋子在历史上曾是瓦尔特·罗里被囚时起草《万国史》的地方。由此可以想见他那微倾着脑袋思索的情景——穿着伊丽莎白时期流行的短裤，把膝处扎有丝袜的右脚搁到左腿上，鹅毛笔的笔端停在纸面上。但是这间屋子是不开放的。

由南面走进去，顺着螺旋形的阶梯向上登，就是有名的兵器陈列所。兵器都是闪闪发亮的，仿佛时常有人擦拭。在日本时，我只是从历史和小说中接触过这些东西，可谓一点不得要领，眼下见了实物才无不清楚明了，实在乐不可支。不过欣喜只是一时的事，现在几乎忘光了，还是等于零。然而记忆中还留有盔甲的形象。我记得，其中数亨利六世的盔甲最为阔气，全以钢铁制成，到处镶有嵌饰，尤其可惊的是它魁梧异常，穿此盔甲的人至少是个身高7尺的大汉。我不胜崇敬地望着这盔甲，听得咯吱咯吱的脚步声朝我靠来。我回头一看，是Beefeater。一提起Beefeater，首先会想到那是只吃牛肉之类食物的人。其实不然，这Beefeater是伦敦塔的看守，头上戴的帽子像是用高筒礼帽改成的，身穿美术学校学生装模样的衣服，收紧着肥大的袖口，腰间束着带子。衣服上还有图案，不过，都是由一些互为直角的极其简单的直线构成，宛如中国人所穿的马褂上的图案。Beefeater有时还持枪，这是那种在柄端的短刃处垂着须毛的枪，在《三国志》中常常提到。这位Beefeater走到我的身后停下。他的身材不高，胖胖的身子，大部分的胡子已经白了。

"您是日本人吧？"他微笑着问道。

瓦尔特·罗里爵士像

瓦尔特·罗里出生于德雷克家乡德文郡乡下的小贵族之家，生得仪表堂堂，个子高大，因为对女王的殷勤讨好，他成为伊丽莎白女王的宠臣之一。后来，女王发现罗里欺骗了她，和她的一个仆从结婚，不单单是密而不告，还一再宣称对女王忠贞不贰。伊丽莎白女王无意原谅罗里，就将这对夫妇分别囚禁在伦敦塔。

我觉得自己不是在同当代的英国人说话，而是感到对方是从三四百年前的历史中钻出来的；要不，就是我突然邂逅了三四百年前的情景。我没有吭声，轻轻地点点头。对方说了声："请往这儿来。"我遵命跟着走去。他指着日本造的旧时器械，显露出"你看见了吗"的眼神。我又点了点头。他给我作了说明："这是蒙古人献给查理二世的。"我第三次点了点头。

从白塔出来，往博香浦塔去，其间陈列着大炮，是战利品。往前一点，有铁栅栏圈围，铁锁链上挂着牌子。走近一看，是旧时的刑场所在地。那些2年、3年，长的有10年之久被关在不见阳光的地下室的人，某一天突然被带到地面上来，置于这比地下室更恐怖的地方。当其见了阔别已久的春天，未及稍稍高兴一番，两眼也因目眩而未及分辨出物体的色泽时，白光闪闪的斧刃在3尺空间翻动的样子已先映入眼帘。也许是血液在人活着时早已发凉了吧，只见一只乌鸦飞下来，收起双翅，尖伸着黑嘴望着人，犹如饱含着百年碧血之恨而化为这怪鸟，长期地待在这不祥的地方。榆树在风中沙沙作响，只见树枝上也停着乌鸦。不一会儿又飞来一只乌鸦，也不知是从哪儿飞来的。有位少妇，带着一个7岁光景的男孩，站在一旁望着乌鸦。她有着希腊人的鼻子，眼睛如秋水似的珠光闪烁，配上雪白的脖子，构成柔和的曲线，使我为之心动。

男孩仰望着少妇，少见多怪似的说着："乌鸦，乌鸦。"接着央求道："乌鸦好像饥寒得难受，给它吃面包吧。"

少妇轻声说道："这乌鸦呀，什么也不想吃呢。"

孩子问："为什么呀？"

少妇用一种像是在长睫毛深处飘逸的眼神望着乌鸦，说了句："那乌鸦有5只。"没有回答

305

孩子的询问，摆出一副像是在冥思苦索的样子。我觉得这少妇与这乌鸦之间好像存在着某种不寻常的瓜葛。她说她同乌鸦的心绪如出一辙。眼前明明只有3只乌鸦，她硬说有5只。我不再理会这个怪女人，径自走进博香浦塔。

伦敦塔的历史就是博香浦塔的历史，博香浦塔的历史乃是悲惨的历史。当我一跨进这座在14世纪后半叶的爱德华三世时建造的3层古塔的一楼时，立即从四周的墙上看到了其中无不体现出足可谓百代遗恨的结晶纪念。一切怨恨、一切愤慨、一切忧郁和一切悲怆，融合着由这怨恨、愤慨、忧郁、悲怆之极而产生的慰藉，生就了91种题词，至今仍使见者为之心寒。那些在无情的四壁上，笔笔冷峭地使自身的不幸和定数铭刻在天地间的人，已葬身于"过去"这个无底洞中，徒有这些题词永远在人世闪烁。这种自我愚弄的行径，令人不胜诧异。世上有一种称之为"反语"的，说的是"白"，指的是"黑"；叫嚷着"小"，却让人感到"大"。而在一切"反语"中，恐怕没有比无意识地留给后世的"反语"更为凶猛的了。墓碑、纪念碑、奖牌、绶章，这一切的存在，无非都是让人从徒具形式的物质上去缅怀已逝去的时代。我觉得，那种认为身去迹留、足传吾人的人，不啻是忘了传世者无非是悼念逝者的媒介物而不是逝者本身尚存。我认为，让"反语"流传来世，乃是嘲讽吾生如泡影者的行为。我就不想在临死前留下什么告别人世的遗迹，我也不想让人在我死后立下什么墓碑，也无须杞人自忧而请人焚烧骸骨成齑粉、迎着猛烈的西风向太空散撒。

题词的笔迹当然各不相同。有的因多暇而用工笔楷书；有的因急躁或悲愤而在壁上刷刷刷地做着急就章，刻出的字迹颇为潦草；有的在刻有本家家徽的图案中点缀上古雅的文字；有的在描好的盾形中间留下了颇难读的句子。字迹不同，文字也不一样。英语当然少不了，有用意大利语的，也有用拉丁语的。左面刻着的"吾望在基督"，乃是僧侣帕斯留的话。这帕斯留是1537年被斩的。字旁的署名是JOHAN DECKER。这DECKER是何许人？不得而知。登上楼梯，见进口处刻着T. C.。这只是一个缩写，当然不知是何许人。再离开一段距离，密密麻麻地全是字迹，其右端绘着十字架，鸡心状装饰，两侧刻着骸骨和家徽。略往前移，见盾形图案的中间填写着这样的字句："命运徒使我枉然申诉。时间也已无多。我的星辰多悲惨，它紧紧随着我。"下面是："尊崇生民，爱慕众生，畏神敬王。"

可以想象得出，写这字句者的心中是什么样的滋味！恐怕世上不会有比这更痛苦的现象了。没有什么会比意识内容上无变化更为痛苦，没有什么会比活生生的身子给无形的绳索捆得动弹不得更为痛苦了。人活着就是可以自由活动，活着而不准活动，这就等于被夺走了生的意义，只要感到生的意义被夺，当然比死更为苦痛。把这壁上涂抹成如此模样的人们，无不尝到了这种比死更为惨痛的滋味。他们竭尽全力地忍耐自持，去同这种苦痛交战，最后实在不堪忍耐时，便利用断的钉头或尖尖的指甲，在无事中找事，在太平中流露不平，在平地上勾起波澜。他们题写的每一字、每一笔，都是在他们采取了号啕大哭、涕泪交流及其他一切可以做到的排遣手段之后，却仍然存在着无法排除的本能要求，于是不得不出现这种必然的结果。

再深入一步想想，既然降临人世，也就不能不活下去，完全不是贪生怕死，只是不能不活。"存者且偷生"，这符合耶稣、孔子以前的道义，也符合耶稣、孔子以后的道统。这是谈不出什么理由来的，无非是想努力活下去而已。凡是人，都得努力活下去。被囚于这狱中的人也不例外，也要遵循这一原则而努力活下去。但他们同时面临着必死的命运。他们的心中时时刻刻悬着一个问题：怎样才能活下去呢？一旦被关进这狱中，几乎无人不死。能活着再见天日的人，只有千分之一的比例。所以他们迟早得死。然而，古往今来的大真理叫他们努力活下去，一定要活下去。无奈何，他们便磨快自己的指甲，并用这尖利的指甲在坚硬的壁上刻了个"一"字。刻完"一"后，真理依旧在他们的耳边嘀咕：努力活下去，一定要活下去。他们便等受伤的指甲长好后，再刻了个"二"字。他们明知自己明天就可能在斧刃下骨肉横飞，却在坚冷的壁上徒然地刻出"一""二"以及线条和字，寄托求生的愿望。残留在壁上的这些纵横不一的痕迹，乃是他们执着求生的魂魄。我的想象之系追溯到这儿，顿时感到室内的阴冷气息好像已从我脊背上的毛孔中直往身内钻，不禁毛骨悚然。这么一来，我总觉得壁上潮湿不堪，便用指尖去碰了碰，只觉得湿漉漉、滑腻腻，有如触及了露珠。一看手指尖，竟染为鲜红色了。滴滴露珠正从壁角处向下挂，地板上有滴沥物形成的鲜红色纹理，呈不规则形状地相连着。我觉得这是16世纪时的血在向外洇。我甚至能听到壁中的呻吟声。这呻吟声在渐渐地近来，又变成了透过夜色而来的凄楚歌声。这里直通地下的窟穴，内中住着两个人。由鬼国吹来的阴风钻过石壁的裂隙，煽动着小煤油灯，使得本就昏暗的室中，不论是天花板还是四处的壁角，好像都在混沌的煤烟气中打旋。微弱的歌声一定出自窟穴中某人之口。此人把巨斧置于辘轳的砥石处，正高卷起衣袖，一味地磨着斧刃。边上丢着一把斧子，随着风的变化，白光光的斧刃会闪烁亮光。另一个人抱着胳膊而立，而看着砥石转动，脸部从胡须中露出来，半面沐浴着煤油灯光，这照亮的部分，颜色就像沾满了泥巴的胡萝卜。

"这样每天用船送过来，担任刽子手的人真够忙的呀。"长胡须的人说道。

"是啊，光是磨斧子，就够累人的。"唱歌的人回答。他身材矮小，眼睛内眍，肤色黝黑。

"昨天斩了个美人呢。"长胡须者不无遗憾地说道。

"哦，这女子长得虽美，颈部的骨头却硬得厉害。你看，这斧刃因此而缺了一块呢。"他说着，猛转辘轳。只听得咻咻咻的响声中，火星直向外绽。这磨斧者引吭高歌了：

那女子的头颈呀，

理该难砍；

在恋的怨恨前，

斧子卷了刃。

除了咻咻咻的响声，什么响动也听不到了。煤油提灯的光束在风中扇动，照着磨斧人的右颊，如同燃着的煤上有红光流动一样。

"明天该轮到谁了？"不一会儿，长胡须者问道。

"明天该轮到那个老太婆了。"对方若无其事地回答后，高昂地唱道：

风流浸染了头上的白发，

一旦砍下，

将被鲜血浸染。

辘轳在咻咻咻地转动，火星在不停地外溅。

"啊哈哈哈，现在可以了。"他翻动斧子，移近灯下，在灯影中查看斧刃。

"光是那个老太婆？没有别的人了？"长胡须者又问道。

"不，还有那早已谈起过的。"

"可怜哪！到底要问斩了，实在可怜！"

"觉得可怜，这又有何用呢？"他望着漆黑一片的天花板，喟然长叹。

这时，那窟穴、刽子手、煤油提灯等一齐消失了。只有我茫然地伫立在博香浦塔中。我顿时醒悟过来，却见身旁站着那个先前要给乌鸦喂面包的男孩子，而那位不寻常的少妇也依旧同孩子在一起。男孩子望着壁，颇吃惊地道："那上面画着狗呢。"少妇照例用那种犹如旧事物化身似的口气，斩钉截铁地答道："那不是狗。左边的是熊，右边的是狮子，这是达德利家的家徽。"说实在的，我本也以为那是狗或猪什么的，现在听了少妇的说明，越发觉得她是一位很不寻常的人了。于是，我不禁感到她方才说达德利时，那词句中好像蕴有着极大的力量，简直是在自报家门似的。我全神贯注地望着这两个人。少妇继续给孩子做着说明："刻这家徽的人叫约翰·达德利。"听她的语调，仿佛约翰是她的兄弟似的。她说："这约翰家有昆仲4人，我们可以从刻在熊和狮子周围的草花上，一点不差地指出这些弟兄来。"我仔细看去，果然，熊和狮子的外围刻有种草花，宛如油画外围的画框。

"这是橡实，当指阿勃罗斯；那是玫瑰，当指罗伯特；下面画的是忍冬吧，忍冬又名 Honeysuekle，所以是指亨利；左上方的那一团是天竺葵，这是指吉……"她说到这儿住口了。我见她生就的那副犹如珊瑚似的嘴唇在不断地哆嗦，简直像触了电一样，又像蛇面对鼠时吐出的舌尖。须臾，少妇清亮地诵读起写在家徽下的题词：

You that the beast do well be hold and see,

May do me with these where fore here mad they be

With aborders where in……

brothers' nanles Wholist to here he the grovn.

少妇以一种像是有生以来无日不背诵的调子朗读了一遍。说实在的，壁上的字极其难辨。就我来说，尽管仔细揣摩，也辨不出一两个字来。于是，我越发觉得这位少妇不可捉摸。

我感到气氛叫人不寒而栗，便穿过此地向前去。走过留有枪眼儿的壁角，眼前出现乱涂一气的点缀，也不知是图案还是文字，中间却用正楷写着一个小小的"简"。读过英国历史的人，大概不会不知道"简·格兰"这个名字吧，而且都会为她的红颜薄命和凄惨结局一掬同情之泪的吧。由于她丈夫的野心，她竟天真、从容地把18岁的年华献诸刑场。受到蹂躏的蔷薇花蕊中自有难以消失的馨香飘逸，至今仍使治史者感慨系之。有一则逸事谈到过那位懂得希腊文、能读柏拉图著作的一代学者阿什凯曼也为之瞠目结舌。我想，很多人都会把此逸事作为饶有诗兴者的好材料的吧。我伫立在"简"这个名字前一动不动。哦，与其说是不动，倒不如说是动不了更恰当。想象的翅膀已经展开了。

起初是眼前一片朦胧，看不见东西。过了一会儿，见黑暗中的某一点突然燃起了火光，火焰渐渐增大，其中好像有人在动。接着，慢慢地清晰起来，犹如望远镜被调节好了，景物也清晰地映入了眼帘。接下来，景象越来越大，由远而近。仔细一看，正中央坐着一个年轻女子，右侧站着一个男子。我觉得好像在什么地方见过这两个人。这么想着时，却见对方旋即向我靠近，在离我五六步的地方戛然而止。那男子乃是先前在窟穴中唱歌的矮子，眼睛下眍，皮肤黝黑。他左手持着磨毕的斧子，腰下挂着约为8寸长的短刀，精神抖擞地站着。我不禁为之一震。女子则在白手绢蒙住了眼睛的情况下，伸出双手探寻着搁置头部的砧礅。这搁置头部的砧磴,大小同日本的劈柴磴差不多,前侧装有铁环。磴前撒着稻草,看来是用来防止鲜血流淌的。身后的壁脚前倚着两三个女人,她们在失声痛哭,好像是侍女。教士身穿翻卷起白毛里子的法衣,拖着长长的衣裾,低头拉着女子的手,向砧磴处去。女子穿着雪白的衣服。披到肩上的金发不时像云一样地浮动。突然,我瞥见了她的脸,心中大为吃惊,除了被蒙住的眼睛,她的眉毛、长脸蛋以至纤柔的颈部,一如先前出现的那个少妇。我不由得要走上前去,但是脚动弹不了,一步也迈不出去。女子总算探寻到了斩首墩,用双手去触摸,嘴唇哆嗦着,这同先前给男孩解释达德利家家徽时的样子分毫不差。接着,她微侧着脑袋,问道:"我丈夫吉尔福德·达德利已经去天国了?"她的一绺头发甩过肩部,在轻轻地起伏。

罗伯特·达德利与伊丽莎白女王跳舞

罗伯特·达德利是伊丽莎白女王的宠臣,他精于马术、良马繁殖和格斗术——女王非常欣赏的个人技艺。身为达德利家族成员,他的祖父和父亲均以叛逆罪而身首异处。他父亲约翰·达德利在爱德华国王执政后期重权在握,先安排简·格兰夫人和罗伯特的弟弟吉尔福德结婚,尔后又策划让简·格兰继位爱德华——该举措在女王玛丽推翻简·格兰后,给约翰·达德利带来的是断头之灾。简·格兰夫人,如本文作者所说,因为达德利家族的野心,在继位9天后被关押在伦敦塔。不久,因为简·格兰不肯屈就信奉天主教而被斩首。

"不知道呢。"教士回答后,又问道:"你还不想归依正道吗?"

女子正颜厉色地回敬道:"我同我丈夫笃信的道才称得上是正道。你们的道是歪道,是旁门邪道。"

教士无话可说了。

女子便以比较从容的语调说道:"若是我的丈夫先行一步,我当追随而去;若是他比我迟走,我当替他带路。我们将循着正道走向真正的天国。"说完话后,她从容地把脑袋落在斩首磴上。

那个眼睛下眍、皮肤黝黑、身材矮小的刽子手"嗨"地一声拿起沉重的斧子。当我觉得自己的裤筒上好像溅着了两三滴血时,眼前的一切景象顿时消失得无影无踪。

环视周围,那带着男孩的少妇不知到何处去了,根本不见踪影。我带着一副像是中了邪的神态,茫然地走出了塔。回来时又从钟塔下通过,好像看到盖伊福克斯那形同闪电似的脸相在高高的窗口处探了一下,甚至听到了他的声音:"再早个小时的话……这3根火柴擦不亮,实在遗憾。"我自己也感到心绪有些不对头,急匆匆地走出了塔。跨过塔桥后回头望望,也许这是北方常有的气候吧,这一天不知从什么时候起也下起雨来了。这场蒙蒙细雨犹如钻过筛子孔的糠皮,黏合着充溢全城的尘土和煤烟,使天地间一片弥漫,而伦敦塔却像地狱的阴影似的挺立在其中。

我一个劲儿地赶回宿处,告诉房东:"今天去参观过塔了。"房东说:"那儿有5只乌鸦吧。"我听了不由得暗自吃惊不浅——哟!这房东也同那少妇沾亲带故吗?房东笑了,同时不当回事地解释道:"那是奉献给神的乌鸦,饲养在那儿是由来已久了,一旦不足5只,就会立即补足的。所以那群乌鸦永远是5只。"

□ 精美散文

为此，就在参观了伦敦塔的当天，我的想象已有一半被毁。我再向房东谈了壁上有题词的事。房东完全漫不经心地说道："哦，那些题字呀，都是鄙俗不堪者的劣迹，把好好的地方糟蹋得不像个样子。说是什么囚犯留下的笔迹云云，完全是无稽之谈，其中还有很多是有意伪造出来的呐。"

最后，我不胜惊讶地谈起遇见那漂亮少妇的事，谈到这位少妇讲了些前所未闻的事和流畅诵出那些无法辨认的题词的事。房东用非常轻蔑的语调说："那是很正常的事嘛。人们去参观前，都翻阅过旅游指南什么的，能讲出、念出那些玩意儿，又有什么可大惊小怪的呢！还有，你是说那女人很漂亮，对不对？我告诉你，伦敦有的是漂亮女人，稍不留神就会受其害的呐！"房东引出了一个新的严峻课题。为此，我的后半部分的想象也被毁了。房东是20世纪的伦敦人！

从此以后，我决定再也不同任何人谈这伦敦塔的事，而且再也不去参观了。

这篇作品虽然是煞有其事地信笔写出来的，实际上有一大半是想象出来的，敬请读者阅读时留心这一事实。在有关塔的历史上，我不时想物色一些戏剧性的有趣轶事来联缀，但是弄巧成拙，竟露出了许多斧凿的痕迹，也只好任之了。其中伊丽莎白（爱德华四世的妻子）来见幽禁中的两个王子的情节以及杀两王子的刺客所说的话，都取自莎士比亚的历史剧《理查三世》。莎翁在写克拉累斯公爵于塔中被杀时，用的是正面描写法；在写王子被勒死时，用的是侧面衬托法，借刺客的话从侧面来反映出剧里的情节。我从前读此剧时，就对这一段的描写饶感兴趣，所以现在也袭用了这种手法。当然，对话的内容和周围的气氛等，都是我凭空想象出来的，这同莎翁完全无涉。在这里，我还想就刽子手唱歌、磨斧一节做点儿说明。这一情节完全是取材于安斯沃思的小说《伦敦塔》，对此，我没有任何理由认为其中有我的创作成分。安斯沃思是在描写斩索尔兹布利伯爵夫人的事件时，提到斧刃崩掉一块的，我读那本书时，对刽子手大磨崩掉一块斧刃的刑用斧一节极感兴趣，虽然这段情节还不足两页的篇幅。还有，那一边磨斧一边满不在乎地大唱俗曲的情节也不过占去了十五六分钟的时间，但对全篇的戏剧性起着画龙点睛的作用，使人回味无穷。于是，我也就完全袭用了。不过，歌曲的内容、歌词、两个狱吏的对话、窟穴的昏黑情景等完全无涉的方面，则是我想象出来的。在这里，我想顺便把安斯沃思通过狱吏之口唱出的歌介绍一下：

像铅一样重的锋利的斧子，
一碰到人的脖子，头就滚落下来！
呼——呼——呼——呼！
安娜女王的雪白的头颈搁在断头台上，
静静地等待着那致命的一击；
斧子正好把她的头和身体一分为二，
砍得是那么快，那么准确，她一点没感到痛苦。
呼——呼——呼——呼！
索尔兹布利伯爵夫人，她不肯像高傲的夫人
那样，堂堂正正地死去。
我举起斧子，劈下她的脑袋，
此后，斧刃就有了缺口，变钝了。

呼——呼——呼——呼！
卡特琳·霍华女王给了我一笔赏金
——一条金项链，好让她舒舒服服地死去。
她这贵重的礼物没有白送，
因为我一斧就把她的头劈飞了！
呼——呼——呼——呼！

我很想把这歌词都译出来，但是力不从心，而且篇幅过长，遂作罢。

至于幽禁两位王子以及简·格兰被处死的地点问题，实在多得利于德拉克洛修的绘画，它使我的想象有了归结。我谨在此一表谢意。

用船押送来的囚犯中，有一个叫魏尔特的，他是名诗人的儿子，曾为了简·格兰而举兵。他们父子同名。我在这里说明一下，以免混淆。

照理说，我应该把塔中和塔周围的景物写得更详细一些，以便使读者在不知不觉中明了塔的情况，并有身临其境的感觉，但我撰此文的目的毕竟不是为了游览者，再说随着年月的流逝，对景物的印象实在模糊，所以动辄就会罗列一些主观性的词语，有时恐怕会使读者读后心中不快。为此，我先在这里打个招呼，敬请诸位谅解为幸。

作者简介

夏目漱石（1867～1916），原名夏目金之助，出生于江户（今东京）。明治维新后家道中落。1895年，放弃东京高师英语教师的教职，先后到四国松山市和九州熊本市第五高等学校任教。1900年以官费留学英国三年，观察到西方社会的种种弊病，特别是资本主义社会的"金钱万能"，使他感到十分厌恶。1903年回到日本，在东京帝国大学任教，并为高滨虚子主编的杂志《杜鹃》写俳句。1907年《朝日新闻》社请他为特聘作家，他便放弃了大学教授的职位，成为职业作家。直到他去世前大约10年时间里，先后写了10多部长篇小说，均在《朝日新闻》上连载。1916年12月9日因胃溃疡恶化辞世。

夏目漱石像

· 美文赏析 ·

《伦敦塔》使我们窥见了作者脆弱敏感的神经，在作者属于其天性的美学气质引导下，作者将注意力集中在伦敦塔用血与火记录的苦难历史上，这些属于历史和噩梦的事物包括风高月黑夜试图越狱的囚犯、中世纪蚂蚁一样在塔下聚集并骚动不已的人群、令人闻之不寒而栗的钟声、逆贼门、人在其中如草芥的血塔和墙壁上与事实不相称的象征爱与美的女神像、纹饰等。有人把本文当成夏目漱石的一篇小说来读，也不无道理，文中的许多段落充满了小说的意蕴，但是它实际已经脱离了作为一个小说的本质超越，哥哥与弟弟、脸色发青形容憔悴但散发着贵妇人气质的女人，寒气逼人的对话，这些属于夏目漱石风格的意象构成了其对人类爱和苦难的全部复杂感情。固然，作者是看到了真实的伦敦塔，但是作者文中的伦敦塔还是主要由联想构成，缜密的文字意象里涌动着一种使人窒息的梦魇的气息，光影斑驳中我们感受到的是作者对生命思考的精神疼痛和对死亡之美的迷恋。

□ 精美散文

红叶之旅

德富芦花

入选理由
日本美学传统的完美体现
朴素典雅的诗意语言
对现代文明的怀疑和焦虑

红叶

几年前，母亲就惦记着婆家住在京都的小女儿，碰巧，寄生木家的阿新、阿系两姊妹从南方来，加上我们全家一共6人，结伴前往京都。明治四十三年（1910年）11月中旬，这时节，采松菇已经晚了，赏红叶还有些早呢。

抵达京都的第三天，大家分别坐上车子，一起离开上京的姐姐家，顺高尾、槙尾、拇尾一路，观赏岚山的秋色。穿过堀川西阵，沿着坦荡的白土路向西奔跑。从丹波吹来的风凉飕飕的。前方是爱宕山，黛青色的山头，看上去仿佛戴着一顶唐人的官帽，俨然一副帝王的样子，向下俯视着。我们在御室下了车，低矮的樱树已经脱光叶子，显得空落落的。红黄相间的山门，映着八成红的枫叶，有些说不出的妙趣。我很喜欢这座御室。对面不远就是双冈。记得兼好曾经写过：爱戏耍的法师们带着徒儿，把饭盒埋在落叶里，后来却找不到了，我也去找找看吧。转了一圈儿，连个人影都没有，只能听到小鸟的鸣声。

车子驶向海林。挽着柴车的妇女，稻田里翻地的姑娘，都是一身漂亮的棉服，戴着手套，穿着布袜，头发梳理得亮光光的。看得出，劳动对于她们是很美好的。我所居住的武藏野，那里百姓家的女人们可不像这般自在，烈日晒着，狂风吹着，汹涌的水浸泡着，细细的沙尘飞扬着，钻进耳朵和鼻子。8年前，我从岚山徒步去高尾的时候，遭了一阵雨打，跑进梅林唯一的一家百姓家里，借了一件蓑衣。没有姑娘向我献棠棣花。一位老婆子拿出蓑衣说道："别把衣服糟蹋了。"于是，我把礼服翻转过来，披上蓑衣，歪斜着帽子，急急走向高尾。一群青年肩头挑着瓢盆等物，和女艺人合伙打着纸伞，从对面走过来，见了我嘲讽道："哟，这是唱的哪一出呀？是勘平打野猪的段子吧。"

眼下终于来到了高尾。下了车，叫车夫背着母亲，过了白云桥，登上神护寺境内观赏风景。这里，红叶才有五六分。来到一家茶馆，姐姐高兴地打开精心配制的饭盒，我们试着玩投磁盘的游戏。那磁盘离开手心，在空中翻了几个个儿，仿佛又要飞回手边似的旋了旋，落到了这边的山崖上，怎么也飘不到谷底去。山峦染上了各种色彩，清泷川打山间深谷中流过去。河下游被一道水堰挡住，绿矾般的水涨得满满的，褐色的落叶点点漂浮。

"为何要把水拦住呢？"

"听说用来发电哩,先生"。老板娘端着茶走过来说。

我香甜地吃着饭。

我们离开高尾,沿清泷川上行,经植尾到拇尾去。

拇尾比高尾来得潇洒。这里虽然位于高尾的上游,但枫叶比高尾红得多。从寺旁的茶馆望去,对面山上像是用绿青色画的几株杉树,把枫叶映照得格外鲜亮、美丽。这植尾寺里,从前有一位先辈在这儿避暑,我曾偕同朋友来玩过,还住了两三天,那是我12岁那年夏天的事。我们每日到寺下边的河里游泳,一天三餐吃的都是南瓜饭。从村里买些西瓜,在河水里浸透了再吃。如今,我到河里捡了一些红白石子作个纪念。清泷河是激起我许多回想的河流。打从住在拇尾那年之后又过了8年的一个秋天,我曾借口得脚气病而逃学,到爱宕山麓清泷川下游的一个村子,玩了一个月,埋头阅读《悲惨世界》。

我们从拇尾经广泽池往岚山。广泽池的水被戽干了,鲫鱼和泥鳅在泥里巴哒巴哒地响。岚山的枫叶比高尾还早。岚山和桂川依旧是美的。河的这岸是草葺的屋顶,显得风流。然而,有了自动电话亭,通了电车,也通了汽车,真是太煞风景了。"三船之才"早没了,也没有小督、祇王祇女和佛姬了,甚至连那半长和右卫门也见不到了。

"日暮归来春月明"。在与谢芜村的时代,大秦这地方充满浓郁的诗趣。我过这里,坐在归程的车子上,满腔不平无处可吐,心情闷闷不乐。

我固然是其中的一分子,但我想,日本国民为何要走上这条路呢?他们都是易受感动的理想实施者。他们是有志趣的国民,又是急功近利的国民。日本人一味遵照西洋人的劝告,决心削平东睿山,填平不忍池。他们也想在上方地方实行功利主义的理想。他们想打通千金难买的东山,将琵琶湖水引出来。烟尘、噪音和毒气,污染了鸭东一带。狭窄的街道上杀人电车嘎嘎作响。他们把大煞风景的东西带进岚山,连高尾山中也被水电站搅得一团糟。在努力、实利、富国等名义下,在偏执狂热的物质欲望的刺激下,心安理得地干着这一切。那些有头脑的西洋人会怎么看呢?

京都、奈良、伊势,只要能做到的,连同须磨明石的舞子海滨,都应该当做"日本之美"博物馆。我不希望那里有一根烟囱出现。破坏难得的天然,归除易失的史迹,其结果又能获得什么呢?那只能留下大煞风景的环境和人世,只能留下荒无生趣的灰烬,岂有他哉。

日本国好比是个没有主子、只有奴才胡作非为的家庭。要有一个为千年家国谋划的主脑,也不至于干下这样的蠢事。因为我爱日本,所以我不希望日本变成一个毫无趣味的国家。因为我爱京畿,所以当我看到被所谓文明继续践踏的京畿的时候,我是痛苦的。

义仲寺

在三井寺吃了螺丝糕,观赏湖上的风光。不管怎么说,琵琶湖是好。

旧时在赏红叶途中的日本妇女

□ 精美散文

赏红叶

日本人观赏红叶的风俗由来已久，这幅表现旧时男女赏红叶的绘画，是浮世绘大师铃目春信的代表性作品。"浮世"指现实社会，浮世绘是将世俗社会视觉化的风俗画，是一种享乐主义的绘画。

"那是睿山，那是比良。那里的湖水不是可以看到一团黑森森的东西吗？那就是唐崎的松树。"

我离开座位，指给同行的姊妹们看。看看表，早已过了2点。我们从远处远望罢唐崎的松树，下了三井寺，从码头乘上开往石山的小火轮。

正好是8年前的这个月。如今在朝鲜的内兄和我同车去看唐崎的松树，他说为了求得夫妻和睦，人人都来这里寻找。他笑着攀上松树，找到了两对四叶一头的鸳鸯枝来给我看。然后驱车回大津，乘小火轮去石山，到临湖的旅馆里吃鳗鱼和蚬，再乘公共马车经义仲寺回旅馆。秋雨时降时止的天气。

我将此事向他的妹妹——我的妻子讲述了一遍。这时小火轮鸣着汽笛在湖面上滑行，随后掠过膳所城。这里，不管何时看都有好水涌出来。湖水流到这里形成了河。钻过铁桥，再钻进濑田的长桥，到达石山的码头。

把随身行李寄放在湖畔旅馆，皮鞋和木屐踩在石山的石头上，发出叽叽响声。我们捡石子，拾红叶，拜谒了石山寺，看了昏暗的内阵里的宝物。不论是真是假，这里的"源氏之间"倒是个可居之处。我们又登上了观月堂。隔着河眺望笼罩在桃红色里的光秃的鸡冠山，眺望山上那座蜈蚣般的濑田桥。这座桥位于一弯湖水括成河流的地方。想象着月出的情景，良久不肯离去。

秋天的太阳无情地倾斜了。今夜决定住在宇治。我们一下山，连在湖畔的旅馆歇也未歇，就雇了车子，是两辆"二人座"。不在上方这个地方，是很少看到这种"二人座"的。妹妹平生头一遭坐这种车。

姊妹上了前面的车，我们三个乘后面的车紧跟着。车子顺濑田川岸平坦的道路向马场方向行驶。太阳即将下山，青白的云朵飘浮在湖上的天空。湖畔的村村寨寨腾起了夕雾。乌鸦鸣叫。来到粟津时，一排排松树笼罩着青碧的烟霞。

"这里就是木曾义仲战死的粟津哩。"我大声招呼前面那辆车。妹妹转回头来，可以依稀看见她那白皙的脸庞。

车子跑了一阵子，在镇上一处灯火明亮的房屋前停下来。

"这是什么？"

"义仲寺。"

我惊呆了。8年前，一个秋雨霏霏的寂寞的日子，我所见到的义仲寺，嵌在一个古风的小巷内，是个别有情趣的草庵。

我吃罢饭，敲了门，硬是进去了。寺内漆黑一片。我让车夫提着灯笼，向妻和小姊妹介绍丁木曾殿和芭蕉墓。

外面，火车和人声嘈杂不息。

宇治的早晨

到达宇治是晚上 9 时。去万碧楼菊屋，被引领到沿河的旅店。"近水楼台先得月"，这是中井樱洲山人题的匾额。

这里的饭店和我缘分不浅。我的伯父可是个优秀的美食家。维新初年，他曾住在这里，为了吃烤鳗鱼，把钱花个精光，连乘淀川"三十石"的钱也没有了。于是用布巾包着头，沿河堤一直步行到大阪。和伯父有着同样血统的我，当然也不例外。8 年前的秋天，我住进这座万碧楼，当时适值秋末冬初，我受到特别的待遇，用的是紫府绸的铺盖，吃的是不愧为伯父的侄子那样的饭菜。吃完了看看钱包，我非常不安，于是第二天我对房东说，我出外玩玩再回来，就乘上火车回京都了。当天因为有事，我没能再去，既懒得打电报，也不想写信就那么默不作声地搁着：第二天去宇治，到了万碧楼，带着一副逃跑后又回来的表情。尽管多送了些小费，但紫府绸的铺盖已经消失，代之而来的是半旧半新的棉被。主人当然不会记得了，我只有独自发笑。

关上玻璃门，这间客厅没有挡雨窗，两个烛台上的烛光也不很亮，隔着白色的格子门，河水飒然地响着，听了令人感到寒冷。打开门来一望，初九的月亮，照在宇治川的急流上，形成银光闪闪的碎片。传来了千鸟"比其比其"的鸣叫。

早晨起来洗罢脸，我套上旅馆的棉袍，大家也都是一副旅行的打扮，茶也没有喝，就出外参观了。宇治桥寒霜似雪，木屐咯吱咯吱走过去，在上面印下一个"二"字，"古时太阁先生叫人从这里汲水煮茶"。我以一个向导的口气讲解着。大家倚在那座突出的桥栏杆之间向下俯视。流水似箭，河面腾起银白的水汽。至今未变的柴舟眼见着从桥下向伏见方面驶去。朝阳从朝日山上冉冉升起。过了桥，从刚刚开门的通圆茶屋旁向东朝兴圣寺方向步行，忽觉有明丽的黄色炫耀于眼前，原来是小店里的柚子堆积如山。不知属于什么种类，个个如朱栾一般大。虽说身在旅途，也不忍一走而过，2 钱 5 厘买了 5 个，请店里送到万碧楼。

兴圣寺的后门南面，正对着宇治川的急流。我们登上了劈开岩石的名叫琴坂的坡道。左右石室上生长着槭树，一枝枝红黄斑驳的霜叶伸展着，一路上去，头戴云锦，脚踩翠缎。登了一段，穿过一扇中国式的小门，从这里回顾走过的坡路，可以看到宇治川的一段河水被嵌在门洞里。跌坐于金刚不动的梵山，唯有一片下界流转的消息。看着在门洞里闪烁而过的流水的影像，别有一番情趣。这座寺的结构真是别出心裁。穿过花匠精心制作的小院子，来到僧房，没有一个人。挂着断了尾梢的古旧的木鱼和小槌。敲了两三下，还没有人出来，又敲了四五下，几乎要敲破了。巨大的响声终于传到了里面，出来一个小沙弥。这里没有什么宝物好看，买了些画片作为纪念。

仿佛从天上来到了下界，可爱的坡道到底还是有个尽头。出了石门，河边系着几只小船，有的船上插着小旗。船老大上岸劝我们登船。

"怎么样，不乘船过去吗？"

"好，乘船吧。"

大家上了船。

远看河上，宇治川冲出狮子飞、米濑等几处逼仄的山隘，到这里终于流到了没有遮障的开阔地，好像离弦的箭一般，以不可阻挡之势，倾满河之水滔滔而下。上游两岸红黄驳杂的山峦，披着青碧的晨霭。山荫间的河水宛若千丈长五彩的锦缎，一旦流出山荫，来到朝阳映照的河段，那水就像睡醒了一般，流光溢彩，滔滔有声。整个河面轰然作响。

"真棒啊！"我不由放声叫道。

船老大嘎嘎地摇着橹，渡过了宇治川。

"多么漂亮的河水！"妻子从船舷用两手掬着水赞叹道。鹤子也学着她。

平等院靠近河岸处有座细长的小岛，听说叫做浮岛，从满布的枯葭中可以望见13层的石轮塔。

"那座塔是什么塔？好像先前未曾见过。"

"最近才挖掘出来的，那是宝塔。"

船老大作了说明。水流湍急，河面不足100米宽，流连之间已过了河，船驶抵平等院上手的岸边。

付了船钱，打这里的两三家茶馆前走过，我们掇拾着美丽的红叶，进入了平等院。

嫩草山之夕

奈良奠都1100周年纪念，街上到处是球灯、玩物和人的脸孔以及谈话声。前往下榻的猿泽池的三景楼，老板换了，店名也改成"新猫馆"这个怪里怪气的名字了。心中一阵厌恶，想了想，还是在这里下车了。

饮茶一碗，马上去参观。

上方客、东京哥儿、艺人、学生团体、西洋人……这活生生的现代，踩躏着历史，踩躏着怀古的幽情，也踩躏着诗和歌。鹿群带着惊异的神色。穿过杂沓的人流，先去拜谒春日祠。我们在乡间旅行时听说，若宫前面建筑了和式小楼房，穿过曲折的回廊，看到有一种树木生长在另一棵树身上，旁边立着木牌：寄生树。一位大阪一带长大的姑娘说："这就是良平啊！"阿新和阿系相视莞尔一笑。阿新悄悄掐了一片茶花树叶，留作纪念。

来到嫩草山的茶屋时，秋阳恹恹就要下山。五六个穿草鞋的女孩子从山上唿哨着滑行而下。

"怎么样，上去看看吧？"

"好，上去。"

把行走困难的阿新和鹤子留在茶店，我仍穿着皮鞋，两个女人换上租借的草鞋上山了。

听到名字就感到亲切的嫩草山，看上去实在是一座美丽而令人怀恋的山。8年前的11月初，来奈良的那天晚上，当我从三景楼的二楼眺望嫩草山美丽的姿影时，我的心有多么激动啊！嫩草山和笼罩着蓝色烟雾的春日山毗邻，包裹在貂皮般和暖而圆满的景色之中。凑巧，这时十五的满月照耀在上空，然而那时

高雄观枫图

画面上方可遥望到白雪皑皑的爱宕山，画家巧妙地将秋冬两季的景物在同一画面中糅合，图中我们可以看到，在红叶与秋草的掩映下，妇女和孩子们正开心地推杯换盏。

行色匆匆，竟未能登上山顶。现在才得以实现昔日的愿望。

经霜打枯的低矮的芒草、萱草和其他枯草丛中，有条游人踏出的小道，从山麓通到山顶，我们顺着其中的一条小路登上去，山比远看的要高，路比想象的要陡，脚下老是打滑，大约花了15分钟才到达山顶。额头和脊背出汗了。山顶比较平坦，从山下看不见的绝顶，重叠着横在这山的背后。唯一的一家茶店已经打烊，山上没有一个游人。

我们擦去额上的汗水，站在嫩草山顶，放眼眺望大和国的风景。

夕暮，太阳已经从河内的金刚山一带沉没了。一抹殷红的残照浸染了西南的天空。从西生驹、信贵、金刚山、南吉野，到东多武峰和初濑诸山，整个大和平原，逐渐罩上了苍苍的暮色。大和的国土包裹在晚山的屏障里，紫霭袅袅的村庄，枯黄的田野，明丽的河流，神武陵、法隆寺，一千年，两千年的遗迹，以及今日所有生息着的一切，在进入夜的安息之前，都在向太阳献出流连之情。

我们向山下大声吆喝了一声。一个人影离开长凳开始登山了，那是车夫背着鹤子来了。不一会儿，将要到达山顶时，鹤子下来了。

我们还在眺望，山下阿新的身影已经看不清楚了。

身后的枯草发出沙沙的响声，黄昏的天空蓦然映出两个大黑影。那是两头鹿。

脚下，奈良城灯火通明。传来熙熙攘攘的人声和物音，如蜂群般嗡嘤。

咚！山下敲响了晚钟。仿佛被这钟声惊起，乌鸦哑哑鸣叫，从山峦的夕暮飞向旷野的黄昏。

我们再次向平原望去，夕阳的余晖已经消褪，眼里的一切都包裹在苍郁的雾霭里。

大和的夜幕，现在降临了。

作者简介

德富芦花（1868～1927），日本小说家，生于熊本县。少年时受自由民权运动熏陶。1885年皈依基督教，曾向往托尔斯泰的创作和生活。1888年在熊本县任教，翌年入民友社任校对，并开始写作。1907年途经俄国时曾会见托尔斯泰。在幸德秋水事件中，曾发表《谋叛论》，反对天皇制政府的强权统治。1908年后在东京郊外开始了托尔斯泰式的晴耕雨读的生活。

德富芦花像

· 美文赏析 ·

《红叶之旅》是德富芦花的京都风情之旅，也是日本传统文化之旅，作者所处的时代正是日本更加被现代文明所侵蚀的时代，可以看出作者对传统的文明和自然风情是无限热爱的，那种安静诗意的所在已经在面临威胁，对纯净的古文明和自然的热爱使作者的笔调显得十分抒情和诗意，东方美学的意蕴深含其中，这样优美的文学作品并不是常常能够见到的，而那种对待自然的静观态度在现在的人中就更少见了。德富芦花对于景观极富敏感，体察细微，描绘新奇，这种极其细微传神的笔墨看似用力轻巧，其实蕴涵着作者对自然深切的爱，是爱培养了他的美感，所以，语言的使用在他那里才变得那么亲切，简单朴素而饶有诗意。

□精美散文

海 燕

高尔基

入选理由

高尔基的散文代表作
塑造了一个勇敢无畏的革命者的形象
饱含激情、短小精悍、脍炙人口

在苍茫的大海上,狂风卷集着乌云。在乌云和大海之间,海燕像黑色的闪电,在高傲地飞翔。

一会儿翅膀碰着波浪,一会儿箭一般地直冲向乌云,它叫喊着——就在这鸟儿勇敢的叫喊声里,乌云听出了欢乐。

在这叫喊声里——充满着对暴风雨的渴望!在这叫喊声里,乌云感到了愤怒的力量、热情的火焰和胜利的信心。

海鸥在暴风雨来临之前呻吟着——呻吟着,在大海上面飞窜,想把自己对暴风雨的恐惧,掩藏到大海深处。

海鸭也呻吟着——这些海鸭呀,享受不了生活的战斗的欢乐:轰隆隆的雷声就把它们吓坏了。

蠢笨的企鹅,胆怯地把肥胖的身体躲藏在悬崖底下……只有那高傲的海燕,勇敢地,自由自在地,在泛起白沫的大海上面飞翔!

乌云越来越暗,越来越低,向海面压下来,而波浪一边歌唱,一边冲向高空,去迎接那雷声。

雷声轰隆,波浪在愤怒的飞沫中呼叫着,跟狂风争吼。看吧,狂风紧紧抱起一层层巨浪,恶狠狠地将它们甩到悬崖上,把这些大块的翡翠摔成尘雾和碎沫。

海燕在叫喊着,飞翔着,像黑色的闪电,箭一般地穿过乌云,翅膀掠起波浪的飞沫。

看吧,它飞舞着,像个精灵——高傲的、黑色的暴风雨的精灵——它一边大笑,它一边号叫……它笑那些乌云,它为欢乐而号叫!

从雷声的震怒里——这个敏感的精灵——它早就听出了困乏,它深信,乌云遮不住太阳——是的,遮不住的!

狂风吼叫……雷声轰轰……

一堆堆乌云,像青色的火焰,在无底的大海上燃烧。大海抓住闪电的箭光,把它们熄灭在自己的深渊里。闪电的影子,这些像一条条火蛇,在大海里蜿蜒游动,一晃就消失了。

"暴风雨!暴风雨就要来啦!"

这是勇敢的海燕在怒吼的大海上,在闪电中间,高傲地飞翔;这是胜利的预言家在叫喊:

"让暴风雨来得更猛烈些吧!"

作者简介

高尔基(1868～1936),苏联无产阶级作家、社会主义现实文学的奠基人。幼年丧父,11岁就开始走上社会,做过报童、搬运工、跑堂等。1884年起定居喀山,同时开始参加革命活动。他依靠自学开始文学创作,早期作品如《伊吉尔老婆子》《鹰之歌》等有浪漫主义特色,但一些以流浪汉为题材的小说也很成功,如《玛莉娃》等。1899年发表的长篇小说《福马·高尔杰耶夫》标志着他的现实主义创作进入了成熟阶段。此后至十月革命前,他的主要作品有《母亲》、自传体三部曲的前两部《童年》《在人间》,还有剧本《底层》《小市民》等。苏维埃时期,他一方面主持了很多社会活动,一方面坚持创作,长篇小说《阿尔达莫诺夫家的事业》通过阿尔达莫诺夫一家三代的兴衰变化,概括了俄国资产阶级的命运。1934年,他主持了第一次全苏联作家代表大会,并担任作家协会第一任主席,为苏维埃文学事业的发展起了十分重要的推动作用。著名作家巴乌斯托夫斯基曾这样评价高尔基:"在高尔基身上体现着俄罗斯。如同没有伏尔加河我不能想象俄罗斯一样,我也不能想象没有高尔基。"

高尔基像

· 美文赏析 ·

《海燕》写于1901年,为高尔基的短篇小说《春天的旋律》的末尾一章。这是一篇饱含激情、短小精悍、脍炙人口的散文诗。作者运用象征手法,赋予海燕(象征无产阶级革命者)、大海(象征俄国广大革命群众)、暴风雨(象征俄国人民的革命斗争)、风云雷电(象征沙皇统治势力)、海鸥、海鸭、企鹅(象征俄国资产阶级政客)等特定的象征意义,并综合运用比喻、拟人、排比、对比、烘托、反复等手法,生动刻画出了海燕在暴风雨来临前矫健、迅疾、勇敢无畏地飞行于云里浪尖的英姿,塑造了一个大智大勇的革命者形象,抒发了自己对于革命的强烈期盼及乐观浪漫的政治热情。《海燕》发表后,在当时的俄国产生了巨大的社会影响,文章曾受到列宁的热情称赞。

□精美散文

刚果之行

纪德

入选理由
散文大师笔下真实的早期殖民地风情
文字中散发着炽烈明朗的美
一份人类学或者社会学的好材料

一觉醒来，但见景物辉煌。船驶进博洛博湖，太阳已出来了。湖面广袤无垠，平静无波，更无一丝微风可以吹皱湖水，真好比一面完整的贝壳，明净无瑕地反映着清澈的蓝天。东方，有几条很长的彩云，被旭日映染成紫红色了；西面，湖天都是珠贝色，略带一点淡灰，活像一只精美绝伦的螺钿，虽然万籁无声，但默默之中已有颤动，预示绚丽的日色将显得五彩缤纷。远处，几个小岛地势低矮，难以捉摸，似乎在什么流质上漂漂荡荡……这种神妙莫测的动人景色历时不长，接着，轮廓定型了，线条清楚了，我们才感到自己还站在地上。

有时候，清风徐来，那么清新，那么柔和，大家感到吸进肺腑的空气都是幸福之风。

整天，我们都在各小岛间穿梭巡游！有些岛巨树成荫，有些岛只长满了纸莎草和芦苇。树木枝叶交错，形象奇特，密密麻麻地沉浸在墨绿色的湖水中。偶尔也可看见一座村落，茅屋隐约难辨，但只要看见一丛丛棕榈树和香蕉树，就可以断定它的存在。这儿景色虽单调，但别具特色，留连其间，令人心旷神怡，我好不容易才离开它们去午休。

迷人的夕阳，因水面无波更加好看。几片浓云使天边暗了下来，但天空一角云散天晴，露出了不知其名的星星。

10月28日

……

被称为"大涝洼"的地区到了，这是公路的终点。那儿有许多挑夫在等候我们。我们的仆人带着其他的人打前站走了，约定在班比奥聚齐。时间已是下午2点。雨已停了。我们匆匆吃了一只冻子鸡就再次上路了。这儿离班比奥仅10公里，我们走去也不觉吃力。就一般的情况来说，我们很少乘坐"土轿"，一方面是喜欢走走路，另一方面也是为我们的轿夫省点力气。

"大涝洼"风景优美，稀奇古怪，前所未见。这块宽广的沼泽地两边是一片不高的森林。沼泽地上有葛藤和树枝铺架的栈道，供行人通过。沼泽上覆盖着一些水生植物，其中大部分都不认识。叶面宽大的海芋，高高地伸出了半开的喇叭形花朵，花上有深红色的斑纹，白茫茫一片，蔚为奇观。海草的茎杆上还有带刺的凹槽。500米之外就是河岸了。环境沉静得有点神秘味，偶尔可以听到几声看不见的鸟儿的歌声。许多低矮的棕榈枝叶低垂，浸泡在流水之中。我们乘独木舟到达曼贝雷河的对岸。这里，四面都是森林，景色更加诱人。各处都有流水，在木桩支撑的路上，常常架着小木桥。杂花也是有的：有淡紫色的凤仙花，还有一种花同诺曼底省的柳叶菜差不多。我直往前走去，高兴万分，心情激动得难以形容。啊！如果没有带着这一群老远就吓跑了兔子的挑夫，我真想在这儿留下来……有时候，这一队随从使我讨厌，使我心烦。我想尝尝孤独的味道，想置身于森林的包围之中，于是我加快脚步，跑着逃开，力图拉开和挑夫们的距离。但是，他们见我走远，立刻小跑赶上来和我走在一起。我不耐烦，又停步不走，把他们叫住，并在地上划一条线，不许他们越过，等我走远了，吹一下口哨他们才能走上来。但是，过了一刻钟以后，我又只好回来找他们，因为他们没有听懂我的话，所有的随从人员都站在原地一动也不动。

11月1日

……

在抵达我们下榻的多昆加—比塔以前，我们发现了3个破敝的小村庄，见到的全是妇女。同其他地方一样，男人都去割橡胶了。几个头人很远就来迎接我们，带来了三面锣，由一个残废老头和几个儿童敲着。离多昆加不远，下来迎接的也是妇女和孩子，他们高声呼喊、唱歌，拼命扭摆。最疯狂起劲的是最老的女人，成年的妇女手舞足蹈，样子古怪，显得吃力。所有的女人都拿着棕榈叶或巨大的树枝，有的为我们扇风，有的为我们清扫前面的道路，一如"进入圣地耶路撒冷"。妇女只围一片树叶或一块破布在阴部，叶柄从双腿间穿过，在后面用一根带子系住，当做腰带。有些妇女背后捆着一个大的坐垫，用新摘的或干了的树叶做成，看来有点可笑，同1860年欧洲妇女时兴的腰垫差不多。在我们停下休息的最后一个村庄中，妇女们全都用葛藤作为装饰。

班比奥派了一个人来通报我们即将到达的消息，他比我们早到两天。在我们进入或离开村里的时候，前后几百米的路面都割去了草皮，铺上白沙，有时在丛林深处也是这样，不知是何原因。有些地方，沙砾地上生长着一些美丽的淡紫色花草，类似卡特来兰（我在埃阿拉附近的

刚果民主共和国加兰巴国家公园里的沼泽地景观

森林散步时已经见过）。这种珊瑚红的大花，形如蒜瓣，我在泥土地里也见过，当地人吃它里面的果肉，果肉色白，有点茴香的气味。走近一看，它的叶子同小棕榈差不多大，高约 1.5 米。这些花难道是清扫路面后才露出来的？抑或是她们特为移植的？我甚至相信是她们特为移植上的。我喜欢这条沙路，人们把一切都铲除了，仅仅留下这些花朵。

每到一个村庄停下，我们就和头人谈话，劝他们。只要林产公司不按值付两个法郎一公斤，就不要把橡胶卖给他们。因为，头人对我们说，公司常常只付一个半法郎，要超过 50 公斤以后的才照两法郎计价。另外，我们还劝当地人学会称橡胶，因为他们不懂过磅的方法，只凭筐数计算，这就使公司的经手人有了压秤的机会。只要经手人稍不老实，而公司经理又不在场纠正，就会发生欺骗的事。

我们一停下，便有一大堆人急急忙忙向我们提出申诉，要求解决纠纷、受到保护等等。例如，有一个男人在他哥哥和姐姐的陪同下，来向我控告他的邻居和他怀孕三个月的妻子睡觉，使她小产了。他要求邻居为孩子的死亡付出 50 法郎的赔偿费，等等。

2月1日或2日

……

晚上并不太冷，但由于蚊子成群，船员们只能在大火旁睡觉。船停在一个小岛上，岛上有许多白山羊，不知道它们吃的什么，因为地上只有干燥的风化粗沙，稀稀疏疏地长着一点奇怪的草丛，就是我刚才提过的那一种，绿灰色的叶子，和山羊的白色倒也显得非常调和。很多山羊都有一只脚被拴在沙土中的木桩上，想来是要挤它们的奶，不让羊羔吃奶。在不远的地方有几间茅屋，说得恰当点就是几个临时的避风处。屋里有几个本地人，样子悲惨可怜，满面怒容。船长费了很大的劲才说服了其中的一个，为我们在群岛中领航。他们给我们带来了 4 个鸡蛋和一大碗羊奶。船长抓了一只山羊，真可以说是用武力强占的，但他留下了一个值 5 法郎的银币。卖的人还要两个法郎，他也只好照付。这是我第一次看到本地人维护售价，或者说是在讨价还价。别人早就对我们讲过，博尔地区的人性格倔强。在其他地方，不管什么东西，别人给得再少，那儿的人都没有异议。前天，我们的一个卫兵班长在一个村庄买了一只鸡，只给了半法郎。我对他说这是战前的价格，战后买一只鸡应付一个法郎。他被我说服了，和我回去补了一个小银币。由于他做了好事，我愿意付这一点钱，但他拒绝接受这个银币，把钱作为礼物，给了一个路过的孩子。

既然白人用半法郎就可买本地人一只子鸡，因此，本地人一看见白人下船上岸，一方面心惊肉跳，另一方面又设法把可怜的鸡价提高一点，这也是很自然的事。

我们又碰见了停靠在一个小岛附近的"莱昂布洛号"，并在船上看见了那个年老的领航员，他过去曾为"让蒂尔号"领航，横贯乍得湖。马尔克为他拍了照，出自好意，还给了他一大笔小费，使他感激不尽，面带笑容，眼含泪珠。

我们硬拉着这位老人当领航员，他一定没有想到会得到什么报酬。当我把一大笔小费塞进他的手里时，他一直板着的面孔松弛了。我和他开玩笑，笑他脸色阴沉，他也开始笑了，双手把我的手拉着，紧紧地握了又握，感动极了。多么正直的人！征服他们是多么容易啊！可恨的是某些人使用了各种鬼花招，又不深入了解，非要执行仇视土著的恶毒的政策不可，还想出各种借口，来为他们的粗暴行为、敲诈勒索与奴役虐待的种种恶行辩护，或者证明那是合理合法的哩！

风乍起，浪花扫荡甲板，我们简直找不到一个安静的立足之地。

作者简介

纪德（1869～1951），20世纪法国最重要的作家之一。生于巴黎，早年体弱多病，异常敏感。11岁时丧父，由母亲扶养并给予清教徒式的教育，酿成了他的叛逆性格。从15岁起，他对舅父的女儿玛德莱娜产生了纯洁的爱情；但是6年后，玛德莱娜拒绝了他的求婚。创作于1890年，于次年发表的处女作《安德烈·瓦尔特的笔记》，就是他给自己家庭和玛德莱娜的最后通牒，反映了他这一时期的思想。1895年，他终于同表姐玛德莱娜结婚，但婚后生活并不美满，致使妻子抑郁成疾，于1938年死去。

1925年，纪德去刚果、乍得旅行，目睹了非洲人在殖民主义统治下的生活惨状，回国后口诛笔伐，有力地鞭答了殖民制度。从此他的创作不再固守在美学与道德的象牙塔中，开始对社会问题发生兴趣。

纪德像

·美文赏析·

《刚果之行》是纪德出访非洲时写下的游记文字，纪德以日记的形式记下了在非洲的所见所闻，而在这些自然本身所焕发的美的深处，与风景不相称的事物出现了，作者看到的是属于殖民与被殖民者之间的矛盾、依存、对立和妥协，似乎是一种乱糟糟的生活，不公平的买卖，而作者在这些不公平的交易中看到的依然是当地土著人的正直。尽管作为一个散文大师，纪德对南非风景以及风景中的人表现出某种类似观光者的迷恋，对殖民地人民表现出一种人道的殖民心态，但是这篇文字仍然可以被看成是一个人类学或者社会学的好材料，作者在文章中记录的非洲的原始风情是真实的，非洲作为殖民地的社会形态生存方式也是真实的，黑人与白人之间的对立与妥协同样没有被回避或者掩盖。

□ 精美散文

在八月

蒲宁

入选理由
优美的景物描写
诗情画意的笔调
叙事抒情相结合的手法

  我爱的那个姑娘走了，可我还未曾向她倾吐过一句我的爱情，那年我仅二十二岁，因此她的离去使我觉得在茫茫人间就只剩下我孑然一身。那时正好是八月底，在我所客居的那个俄罗斯小城市里溽暑蒸人，终日一丝风也没有。有一回礼拜六，我在箍桶匠那儿下工后出来，街上空荡荡的，几无一人，我不想就回家，便信步往市郊走去。我在人行道上走着，街旁犹太人开的商店和一排排老式的货摊都已上好门板，不做买卖了，教堂在叩钟召唤人们做晚祷，一幢幢房屋把长长的阴影投到地上，可是炽热的暑气并未消退。在八月底的南方城市里经常会出现这种热浪滚滚的天气，那时连被太阳烤灼了整整一夏的果园里也无处不蒙着尘土。我感到忧伤，难以言说的忧伤，可是周遭的一切，不论是果园、草原、瓜地，甚至空气和强烈的阳光，却无不充满了幸福。

  在满是尘埃的广场上，有个美丽、高大的霍霍尔女郎站在自来水笼头旁。她穿着一件雪白的绣花衬衫和一条紧紧箍住胯部的墨黑的直筒裙，赤脚穿一双打有铁钉的皮鞋。她可真像梅洛斯的维纳斯，如果可以作这样的设想的话：维纳斯的脸被太阳晒黑了，双眸呈深褐色，露出一副愉悦的神情，前额开朗饱满，像这样的前额大概只有霍霍尔女人和波兰女人才会有。木桶灌满水后，她用扁担挑到肩上，径直朝我走来，她的身姿健美匀称，尽管这担晃动着的水很沉，可她却微微摆动身子，轻松自如地挑着，皮鞋橐橐有声地踏在木头的人行道上……我至今还记得我怎样彬彬有礼地站到一旁，给她让路，怎样久久地目送着她的背影！而在那条由广场经过山脚通往波多尔低地去的街上，可以望到嫩绿色的大河谷、牧场、树林和在它们后面的金黄色沙滩，还可以望到远方，那温柔的南国的远方……

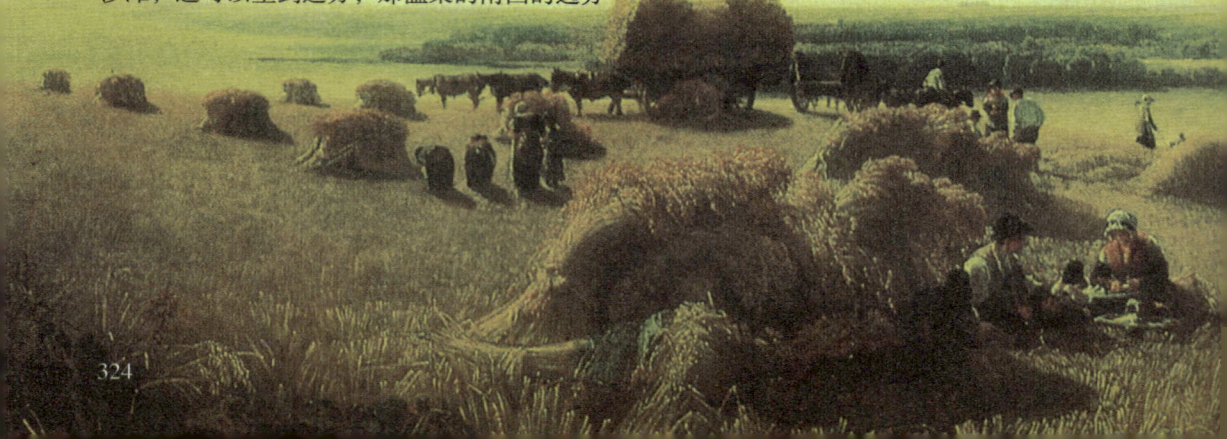

看来，我还从未像在那一瞬间那样喜爱俄罗斯，从未像在那年秋天那样向往终生这么生活下去，天天议论议论谋生的斗争，学学箍桶匠的手艺。后来，我站在广场上思忖了片刻，决定到市郊那两位托尔斯泰主义的信徒家里去串门。我下山向波多尔低地走去时，一路上碰到许多的出租双套马车疾驰而过，上边高坐着刚刚乘五点钟那班由克里米亚开来的火车到达的旅客。一匹匹拉货的大马，拖着满载箱子和货包的嘎嘎发响的大车，慢吞吞地朝山上驶去。化学商品、香草醛、蒲席的气息以及双套马车、尘土和游客（他们不知从什么地方游罢归来，反正一定是从风景如画的地方），重又在我身上激起了某种锥心的忧伤和甜蜜的渴望，把我的心揪紧了。我拐进两旁都是果园的窄小的胡同，在城郊走了很久。住在这一带郊区的"爷们"，全是工匠和小市民，在夏日的夜晚，他们天天都聚集到河谷里去作粗犷而奇妙的"游乐"，并用赞美诗的曲调齐声高唱忧郁动听的哥萨克歌子。可此刻"爷们"都在忙着脱粒。我走到了淡蓝色和白色土坯房的尽头，这儿已经是春汛时的河水泛滥区，河谷就由这儿开始，只见此地各处的打麦场上都有连枷在挥动。河谷里边一丝风也没有，热得就跟城里一样，于是我赶紧返身上山，那儿倒有开阔的台地。

台地幽静、安宁、开阔。极目望去，到处都是密密麻麻的、高高戳起的金黄色麦茬；在没有尽头的宽阔的道路上铺满厚厚的浮尘，使你走在上面时，觉得脚上仿佛穿着一双轻柔的丝绒鞋。周遭的一切：麦茬、道路和空气，无不在西沉的夕阳下灿灿生光。有个晒得黑黑的霍霍尔老人，脚蹬笨重的靴子，头戴羊皮帽，身穿颜色像黑麦面包的厚长袍，拄着根拐杖走了过去，那根拐杖在阳光下亮得好似玻璃棒。在麦茬地上成群地回翔着的白嘴鸦的翅膀也发出炫目的亮光，我不得不拉下晒得发烫的帽沿，挡住这亮光和热浪。在很远很远的地方，几乎是在天边，隐约可以望到一辆大车和慢吞吞地拉着大车的两匹犍牛以及瓜田里看瓜人的窝棚……啊，置身在这片宁静辽阔的田野上是多么惬意呀！但我魂牵梦萦地思念着的却是河谷后面的南方，她离我而去的那个地方……

离大路半俄里开外，在俯临河谷的山岗上，有一幢红瓦房，那里是季姆钦克家两兄弟巴维尔和维克托尔的小小的田庄，兄弟俩都是托尔斯泰主义者。我踩着干燥的扎脚的麦茬，朝他们家走来。农舍附近连人影都没有。我走到小窗口向里张望，那里只有苍蝇，成群结队的苍蝇：无论是窗玻璃上，天花板下面，还是搁在木炕上边的瓦罐上都停满苍蝇。紧连农舍是一排牲口棚；那里也没有一个人。田庄的门大开着，满院子都是牲畜粪，太阳正在把粪便晒干……

"您上哪儿去？"突然有个女人的声音喊住了我。

我回过头去，只见在俯临河谷的陡壁附近，在瓜田的田埂上，坐着季姆钦克家的长媳奥尔加·谢苗诺芙娜。她伸出手同我握了握，没有站起身来，我在她身旁坐了下来。

"闷得犯愁了吧？"我问道，然后默不作声地直视她的脸。

她垂下眼睛望着自己的光脚。她长得小巧玲珑。肤色黝黑，身上的衬衫挺脏，直筒裙也旧

325

□ 精美散文

了。她的模样活像被大人派来看守瓜田的小姑娘,不得不在烈阳下闷闷地度过长长的白昼。尤

她的脸蛋,更像俄罗斯乡村中豆蔻年华的少女。但是我怎么也看不惯她的衣着,看不惯她光着脚丫在牲畜粪和扎脚的麦茬地上走,我甚至都不好意思去看她那双脚,连她自己也常常把脚缩起来,不时斜睨着自己那些损坏了的趾甲。可她的脚却是纤小、漂亮的。

"我丈夫到河谷边上打麦去了,"她说,"维克多·尼古拉耶维奇上外地去了……巴弗洛夫斯基又叫官府抓了起来,为了他逃避当兵。您记得巴弗洛夫斯基吗?"

"记得。"我心不在焉地说。

我们两人都不作一声,久久地眺望着淡蓝色的河谷、树林、沙滩和发出忧郁的召唤的远方。残阳还在烤灼着我们俩,发黄了的长长的瓜藤像蛇一样纠结在一起,藤上结着圆圆的沉甸甸的西瓜。瓜也同样被太阳烤得发热了。

"您干吗不把心里话讲给我听?"我开口讲道,"您何必要这样苦自己呢?您是爱我的。"

她打了个寒噤,把脚缩了进去,闭上了眼睛;后来她把披到面颊上的头发吹开,露出一丝坚毅的微笑,说:

"给我支烟。"

我递给了她。她吸了两大口,呛得咳了起来,便把烟卷儿远远地掷掉,默默地沉思了一会儿。

"我打一大早起就坐在这儿了,"她说,"连河谷边上的鸡也赶来啄西瓜吃……我不懂,你凭什么以为这儿闷得叫人犯愁呢。我可挺喜欢这儿,非常喜欢……"

日落时,我走到了离这个田庄两俄里远的一处也是俯临河谷的地方,坐了下来,摘掉了帽子……透过泪水,我遥望着远方,恍恍惚惚看到在很远的地方有一座座南国燠热的城市,恍恍惚惚看到台地上的青色的黄昏和某个妇人的身姿;她和我所爱的那个姑娘已融合成为一个人,并且以她的神秘,以她那种少女般的忧郁充实了那个姑娘,而这种忧郁正是我在看瓜田的那个小巧的妇人的双眸中觉察到的……

作者简介

蒲宁(1870～1953),俄国作家,出生于没落的贵族家庭,曾当过校对员、统计员、图书管理员、报社记者。1887年开始发表文学作品。1901年发表诗集《落叶》,获普希金奖。十月革命后流亡国外,侨居法国期间主要创作有关青年时代的抒情回忆录。1933年蒲宁获诺贝尔文学奖。

· 美文赏析 ·

蒲宁擅长以充满诗意的笔调,描写俄罗斯迷人的田野景色:葱茏的树木,湿润的雾霭,芬芳的气息。《在八月》是蒲宁的一篇散文,作者以叙事的方式来做抒情散文,文章把自己的情感牵系于三个女性,以此来表达自己飘忽不定的希望。对这三个女子的描摹,作者采用了小说中塑造人物的方式,将人物的描写放在俄罗斯特有的八月风景中。他把自己心目中的三个女性写的美好、充满诱惑而又若即若离,这其实传达着作者对于未来的,一种迷茫而又带一丝甜蜜憧憬的复杂情感。而这种感情又有着一定的时代意义。在此基础上,再加以独特的俄罗斯风光的渲染,使散文在近似叙事的手法下充满了浓烈的抒情色彩。

静

蒲宁

入选理由

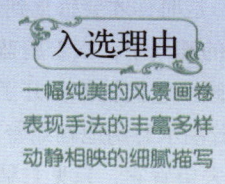

一幅纯美的风景画卷
表现手法的丰富多样
动静相映的细腻描写

　　我们是在夜里到达日内瓦的，当时正下着雨。拂晓前，雨停了。雨后初霁，空气变得分外清新。我们推开阳台门，秋晨的凉意扑面而来，使人陶然欲醉。由湖上升起的乳白色的雾霭，弥漫在大街小巷上。旭日虽然还是朦朦胧胧的，却已经朝气蓬勃地在雾中放着光。湿润的晨飔轻轻地拂弄着盘绕在阳台柱子上的野葡萄血红的叶子。我们盥漱过后，匆匆穿好衣服，走出旅社，由于昨晚沉沉地睡了一觉，精神抖擞，准备去作尽情的畅游，而且怀着一种年轻人的预感，认为今天必有什么美好的事在等待着我们。

　　"上帝又赐予了我们一个美丽的早晨，"我的旅伴对我说，"你发现没有，我们每到一地，第二天总是风和日丽？千万别抽烟，只吃牛奶和蔬菜、以空气为生，随日出而起，这会使我们神清气爽！不消多久，不但医生，连诗人都会这么说的……别抽烟，千万别抽，我们就可体验到那种久已生疏了的感觉，感觉到洁净，感觉到青春的活力。"

　　可是日内瓦湖在哪里？有片刻工夫，我们茫然地站停下来。远处的一切，都被轻纱一般亮晃晃的雾覆盖着。只有街梢那边的马路已沐浴在霞光下，好似黄金铸成的。于是我们快步朝着

日内瓦湖风光
日内瓦湖以著名的风景区与疗养胜地而闻名，面积约 580 平方公里。

□ 精美散文

被我们误认为是浮光耀金的马路走去。

初阳已透过雾霭，照暖了阒无一人的堤岸，眼前的一切无不光莹四射。然而山谷，日内瓦湖和远处的萨瓦山脉依然在吐出料峭的寒气，我们走到湖堤上，不由得惊喜交集地站住了脚，每当人们突然看到无涯无际的海洋、湖泊，或者从高山之巅俯视山谷时，都会情不自禁地产生这种又惊又喜的感觉。萨瓦山消融在亮晃晃的晨岚之中，在阳光下难以辨清，只有定睛望去，方能看到山脊好似一条细细的金线，迤逦于半空之中，这时你才会感觉到那边绵亘着重峦叠嶂。近处，在宽广的山谷内，在凉飕飕的、润湿而又清新的雾气中，横着蔚蓝、清澈、深邃的日内瓦湖。湖还在沉睡，簇拥在市口的斜帆小艇也还在沉睡。它们就像张开了灰色羽翼的巨鸟，但是在清晨的寂静中还无力拍翅高飞。两三只海鸥紧贴着湖水悠闲地翱翔着，冷不丁其中的一只，忽地从我们身旁掠过，朝街上飞去。我们立即转过身去望着它，只见它猛地又转过身子飞了回来，想必是被它所不习惯的街景吓坏了……朝暾初上之际有海鸥飞进城来，住在这个城市里的居民该有多幸福呀！

我们急欲进入群山的怀抱，泛舟湖上，航向远处的什么地方……然而雾还没有散，我们只得信步往市区走去，在酒店里买了酒和干酪，欣赏着纤尘不染的亲切的街道和静悄悄的金黄色的花园中美丽如画的杨树和法国梧桐。在花园上方，天空已被廓清，晶莹得好似绿松石一般。

"你知道吗，"我的旅伴对我说，"我每到一地总是不敢相信我真的到了这个地方，因为这些地方，我过去只能看着地图，幻想前去一游，并且时时提醒自己，这只不过是幻想而已。意大利就在这些崇山峻岭的后边，离我们非常之近，你感觉到了吗？在这奇妙的秋天，你感觉到南国的存在吗？瞧，那边是萨瓦省，就是我们童年时代阅读过的催人落泪的故事中所描写的牵着猴子的萨瓦孩子们的故乡！"

码头旁，游艇和船夫都在阳光下打着瞌睡。在蓝盈盈的清澈的湖水中，可以看到湖底的沙砾、木桩和船骸。这完全像是个夏日的早晨，只有主宰着透明的空气的那种静谧，告诉人们现在已是晚秋。雾已经消散得无影无踪，顺着山谷，极目朝湖面望去，可以看得异乎寻常的远。我们迫不及待地脱掉上衣，卷起袖子，拿起了桨。码头落在船后了，离我们越来越远。离我们越来越远的还有在阳光下光华熠熠的市区、湖滨和公园……前面波光粼粼，耀得我们眼睛都花了，船侧的湖水越来越深，越来越沉，也越来越透明。把桨插入水中，感觉水的弹性，望着从桨下飞溅出来的水珠，真是一大乐事。我回过头去，看到了我旅伴那泛起红晕的脸庞，看到了无拘无束地、宁静地荡漾在坡度缓坦的群山中间浩瀚的碧波，看到了漫山遍野正在转黄的树林和葡萄园，以及掩映其间的一幢幢别墅。有一刻间，我们停住了桨，周遭顿时静了下来，静得那么深邃。我们闭上眼睛，久久地谛听着，什么声音也没有，只有船划破水面时，湖水流过船侧发出的一成不变的汩汩声。甚至单凭这汩汩的水声也可猜出湖水多么洁净，多么清澈。

"划吗？"我问。

"慢着，你听！"

我把桨提出水面，连汩汩的水声也渐渐消失。从桨上滴下一颗水珠，然后又是一颗……太阳照得我们的脸越来越热……就在这时，一阵悠扬的钟声，从很远很远的地方飘至我们耳际，这是深山中某处的一口孤钟。它离我们那么远，有时我们只能隐隐约约听到它的声音。

"你还记得科隆大教堂的钟声吗？"我的旅伴压低声音问我。"那天我比你醒得早，天还刚刚拂晓，我便站在洞开的窗旁，久久地谛听着独自在古老的城市上空回荡的清脆的钟声。你还记得科隆大教堂的管风琴和那种中世纪的壮丽吗？还有莱茵省，那些古老的城市、古老的图画，还有巴黎……然而那一切都无法和这里相比，这里更美……"

由深山中隐隐传至我们耳际的钟声温柔而又纯净，闭目坐在船上，侧耳倾听着这钟声，享受着太阳照在我们脸上的暖意和从水上升起的轻柔的凉意，是何等的甜蜜，舒适！有一艘闪闪发亮的白轮船在离我们约莫两俄里远的地方驶过，明轮拍击着湖水，发出疏远、喑哑、生气的嘟囔声，在湖面上激起一道道平展的、像玻璃一般透明的涌，缓缓地朝我们奔来，终于柔情脉脉地晃动了我们的小船。

"瞧，我们已置身在崇山的怀抱之中，"当轮船渐渐变小，终于隐没在远处以后，我的旅伴对我说，"生活已留在那边，留在这些崇山峻岭之外了，我们已进入寂静的幸福之邦，这寂静之邦何以名之，我们的语言中找不到恰当的字眼。"

他一边慢慢地划着桨，一边讲着、听着。日内瓦湖越来越辽阔地包围着我们。钟声忽近忽远，似有若无。

"在深山中的什么地方有一座小小的钟楼，"我想道，"独自在用它回肠荡气的钟声赞颂着礼拜天早晨的安谧和寂静，召唤人们踏着俯瞰蓝色的日内瓦湖的山道，到它那儿去……"

极目四望，山上大大小小的树林都抹上了绚丽而又柔和的秋色，一幢幢环翠青秀的美丽的别墅正在清静地度过这阳光明媚的秋日……我舀了一杯水，把茶杯洗净，然后把水泼往空中。水往天上飞去，迸溅出一道道光芒。

"你记得《曼弗雷德》吗？"我的同伴说，"曼弗雷德站在伯尔尼兹阿尔卑斯山脉中的瀑布前。时值正午，他念着咒语，用双手捧起一掬清水，泼向半空。于是在瀑布的彩虹中立刻出现了童贞圣母山……写得多美呀！此刻我就在想，人也可以崇拜水，建立拜水教，就像建立拜火教一样……自然界的神力真是不可思议！人活在世上，呼吸着空气，看到天空、水、太阳，这是多么巨大的幸福！可我们仍然感到不幸福！为什么？是因为我们的生命短暂，因为我们孤独，因为我们的生活谬误百出？就拿这日内瓦湖来说吧，当年雪莱来过这儿，拜伦来过这儿……后来，莫泊桑也来过。他们都孑然一身，可他们的心却渴望整个世界都幸福。当

群山环抱中的日内瓦湖

□精美散文

年所有的理想主义者，所有的恋人，所有的年轻人，所有来这里寻求幸福的人都已弃世而去，永远消逝了。我和你有朝一日，同样也将弃世而去……你想喝点儿酒吗？"

我把玻璃杯递过去，他给我斟满酒，然后带有一抹忧郁的微笑，加补说：

"我觉得，有朝一日我将融入这片亘古长存的寂静中，我们都站在它的门口，我们的幸福就在那扇门里边。你是否记得易卜生的那句话：'玛亚，你听见这寂静吗？'我也要问你：你有没有听见这群山的寂静呢？"

我们久久地遥望着重重叠叠的山峦和笼罩着山峦的洁净、柔和的碧空，空中充溢着秋季的无望的忧悒。我们想象着我们远远地进入了深山的腹地，人类的足迹还从未踏到过那里……太阳照射着四周都被山岭锁住的深谷，有只兀鹰翱翔在山岭与蓝天之间的广阔的空中……山里只有我们两人，我们越来越远地向深山中走去，就像那些为了寻找火绒草而死于深山老林中的人一样……

我们不慌不忙地划着桨，谛听着正在消失的钟声，谈论着我们去萨瓦省的旅行，商量我们在哪些地方可以逗留多少时间，可我们的心却不由自主地离开话题，时时刻刻地向往着幸福。我们以前所从未见到过的自然景色的美，以及艺术的美和宗教的美，不论是哪里的，都激起我们朝气蓬勃的渴求，渴求我们的生活也能升华到这种美的高度，用出自内心的欢乐来充实这种美，并同人们一起分享我们的欢乐。我们在旅途中，无论到哪里，凡是我们所注视的女性无不渴求着爱情，那是一种高尚的、罗曼蒂克的、极其敏感的爱情，而这种爱情几乎使那些在我们眼前一晃而过的完美的女性形象神化了……然而这种幸福会不会是空中楼阁呢？否则为什么随着我们一步步去追求它，它却一步步地往郁郁苍苍的树林和山岭中退去，离我们越来越远？

那位和我在旅途中一起体验了那么多欢乐和痛苦的旅伴，是我一生中所爱的有限几个人中的一个，我的这篇短文就是奉献给他的。同时我还借这篇短文向我们俩所有志同道合的萍飘天涯的朋友致敬。

·美文赏析·

《静》是一篇写景抒情的游记散文，因为它的文字的醇美，我们几乎可以把它看成是自然本身，这种对自然的忘我的欣赏使作者和读者的心灵都得到了最好的净化，去除一切烦恼，重返对世界和生命本身的热爱。蒲宁是伟大的散文家，他的文字可以反映一个时代艺术的美学风貌。在这篇文章中，蒲宁所有的用笔都在于穷尽可能去描述日内瓦湖的"静"，给读者一个真正的静的感受，这个描述首先从视觉展开，一个雨后的无声的世界："由湖上升起的乳白色的雾霭，弥漫在大街小巷上。""温润的晨飔轻轻地抚弄着盘绕在阳台柱子上的野葡萄血红的叶子。""远处的一切，都被轻纱一般亮晃晃的雾覆盖着。"但是这些都不是与日内瓦湖有关的"静"，当作者来到日内瓦湖时"不由得惊喜交集地站住了脚"。晨岚中亮晃晃的萨瓦山、凉飕飕的、温润而又清新的雾气、蔚蓝、清澈深邃的湖水以及海鸥，这些都是构成日内瓦湖的"静"的不可或缺的事物，当作者看到在阳光下打着瞌睡的游艇和船夫时，日内瓦湖揭开了面纱。作者泛舟于湖上，"有一刻间，我们停住了桨，周遭顿时静了下来，静得那么深邃。我们闭上眼睛，久久地谛听着，什么声音也没有。"作者已经开始用心来听日内瓦湖的"静"了。这种"静"还由极远处的钟声衬托出来，当钟声出现后，我们感到这种美是古老和永恒的。作者用全身心去感受，然后用优美准确的文字通篇描写纯自然，纯粹自然的非凡的美，使人陶醉。

330

我的梦中城市

德莱塞

入选理由

德莱塞的散文代表作之一
一幅20世纪初的纽约都市世俗图
收入多国散文选本

它是沉默的，我的梦中城市，清冷的、肃穆的，大概由于我实际上对于群众、贫穷及像灰沙一般刮过人生道途的那些缺憾的风波风暴都一无所知的缘故。这是一个可惊可愕的城市，这么的大气魄，这么的美丽，这么的死寂。有跨过高空的铁轨，有像峡谷的街道，有大规模攀上壮伟广市的楼梯，有下通深处的踏道，而那里所有的，却奇怪得很，是下界的沉默。又有公园、花卉、河流。而过了二十年之后，它竟然在这里了，和我的梦差不多一般可惊可愕，只不过当我醒时，它是罩在生活的骚动底下的。它具有角逐、梦想、热情、欢乐、恐怖、失望等等的哗鸣。通过它的道路、峡谷、广场、地道，是奔跑着、沸腾着、闪烁着、朦胧着，一大堆的存在，都是我的梦中城市从来不知道的。

关于纽约——其实也可说关于任何大城市，不过说纽约更加确切，因为它曾经是而且仍旧是大到这么与众不同的——在从前也如在现在，那使我感着兴味的东西，就是它显示于迟钝和乖巧，强壮和薄弱，富有和贫穷，聪明和愚昧之间的那种十分鲜明而同时又无限广泛的对照。这之中，大概数量和机会上的理由比任何别的理由都占得多些，因为别处地方的人类当然也并无两样。不过在这里，所得从中挑选的人类是这么的多，因而强壮的或那种根本支配着人的，是这么这么的强壮，而薄弱的是那么那么的薄弱——又那么那么的多。

我有一次看见一个可怜的、一半失了神的而且打皱得很厉害的小小缝衣妇，住在冷街上一所分租房子厅堂角落的夹板房里，用着一个放在柜子上的火酒炉子在做饭。在那间房的四周，她有着充分空间可以大大地跨三步。

"我宁可住在纽约这种夹板房里，不情愿住乡下那种十五间房的屋子。"她有一次发过这

□ 精美散文

纽约向来被称为"富人的天堂，穷人的地狱"，在其表面繁荣的背后，隐藏着深刻的社会危机，贫困、失业是司空见惯的现象。图为一位失业的工人表情忧郁地坐在帝国大厦顶上，在为自己的生活发愁。（摄于20世纪初）

样的议论，当时她那双可怜的没有颜色的小眼睛，包含着那么的光彩和活气，是我在她身上从来不曾看见过，也从来不再见到的。她有一种方法贴补她的缝纫的收入，就是替那些和她自己一般下等的人在纸牌、茶叶、咖啡渣之类里面望运气，告诉许多人说要有恋爱和财气了，其实这两项东西都是他们永远不会见到的。原来那个城市的色彩、声音和光耀，就只叫她见识见识，也就足够赔补她一切的不幸了。

而我自己也不曾感觉到过那种炫耀吗？现在不也还是感觉到吗？百老汇路，当四十二条街口，在这些始终如一的夜晚，城市是被从西部来的如云的游览闲人所拥挤。所有的店门都开着，差不多所有酒店的窗户都张得大大，让那种太没事干的过路人可以看望。这里就是这个大城市，而它是醉态的，梦态的。一个五月或是六月的月亮将要像擦亮的银盘一般高高挂在高墙间，一百乃至一千面电灯招牌将在那里霎眼。穿着夏衣戴着漂亮帽子的市民和游人的潮水；载着无穷货品震荡着去尽无足重轻的使命的街车；像嵌宝石的苍蝇一般飞来飞去的出租汽车和私人汽车。就是那轧士林也贡献了一种特异的香气。生活在发泡，在闪耀；漂亮的言谈，散漫的材料。百老汇路就是这样的。

还有那五马路，那条歌唱的水晶的街，在一个有市面的下午，无论春夏秋冬，总是一般热闹。当正二三月间，春来欢迎你的时候，那条街的窗口都拥塞着精美无遮的薄绸以及各色各样缥缈玲珑的饰品，还再有什么能一样分明地报告你春的到来吗？十一月一开头，它便歌唱起棕榈机、新开港以及热带和暖海的大大小小的快乐。及到十二月，那么同是这条马路上又将皮货、地毯、跳舞和宴会的时候，陈列得多么傲慢，对你大喊着风雪快要来了，其实你那时从山上或海边回来还不到十天哩。你看见这么一幅图画，看见那些划开了上层的住宅，总以为全世界都是非常的繁荣、独处而快乐的了。然而，你倘使知道那个俗艳的社会的矮丛，那个介于成功的高树之间的徒然生长的乱莽和丛簇,你就觉得这些无边的巨厦里面并没有一桩社会的事件是完美而沉默的了!

我常常想到那庞大数量的下层人,那些除开自己的青春和志向之外再没有东西推荐他们的男孩子和女孩子,日日时时将他们的面孔朝着纽约,侦察着那个城市能够给他们怎样的财富或名誉,不然就是未来的位置和舒适,再不然就是他们将可收获的无论什么。啊,他们的青春的眼睛是沉醉在它的希望里了!于是,我又想到全世界一切有力的和半有力的男男女女们,在纽约以外的什么地方勤劳着这样那样的工作——一片店铺,一个矿场,一家银行,一种职业——唯一的志向就是要去达到一个地位,可以靠他们的财富进入而留居纽约,支配着大众,而在他们认为是奢侈的里面奢侈着。

你就想想这里面的幻觉吧,真是深刻而动人的催眠术哩!强者和弱者,聪明人和愚蠢人,心的贪馋者和眼的贪馋者,都怎样地向那庞大的东西寻求忘忧草,寻求迷魂汤。我每次看见人似乎愿意拿出任何的代价——拿出那样的代价——去求一啜这口毒酒,总觉得十分惊奇。他们是展示着怎样一种刺人的颤抖的热心。怎样地,美愿意出卖它的花,德行出卖它的最后的残片,力量出卖它所能支配的范围里面一个几乎是高利贷的部分,名誉和权力出卖它们的尊严和存在,老年出卖它的疲乏的时间,以求获得这一切之中的不过一个小部分,以求赏一赏它的颤动的存在和它造成的图画。你几乎不能听见他们唱它的赞美歌吗?

作者简介

德莱塞(1871～1945),美国现代小说家。生于印第安纳州特雷浩特镇,童年在困苦生活中度过,中学没毕业就去芝加哥谋生,曾上过一年大学。1892年受聘为记者和编辑,走访了芝加哥和纽约等城市,广泛接触和了解了社会生活。德莱塞的创作可分前后两个时期,俄国十月革命是他思想和创作的转折点。他的代表作有长篇小说《嘉莉妹妹》《珍妮姑娘》《欲望三部曲》《"天才"》和《美国的悲剧》等。这些作品基本是批判现实主义的,揭露了资本主义社会繁荣表面下的罪恶和社会的贫富对立。尤其以真人真事为原型的《美国的悲剧》,写一个穷教士的儿子为追逐权力和金钱而成为杀人犯的故事,揭露了利己主义和金钱至上的观念对人的腐蚀。另外,他在创作中较早使用了弗洛伊德学说的一些理论来塑造典型形象,如潜意识、幻觉、梦境和性的压抑与升华等。

德莱塞像

·美文赏析·

《我的梦中城市》选自德莱塞的散文集《一个大城市的色彩》。文章通过对20世纪初美国垄断资本主义时期纽约的城市生活的描写,揭示了美国社会表面繁荣的背后所隐伏的深刻的社会危机。文章通篇贯穿对比的手法,以互相对立的两组事物或现象之间所产生的强烈反差,准确生动地展示了纽约城市生活的内在实质:梦中城市的清冷、静穆,现实城市的沸腾、朦胧;缝衣女工的贫困生活,纽约城的喧嚣、繁华等。文章语言凝练,笔调沉郁,行文流畅自然,凸显了美国城市日常生活里潜藏的不易为人察觉的社会危机,告诫人们不要沉湎于浮华的城市生活,要看到在表面的繁华下潜伏于整个社会中的深刻精神危机。

□ 精美散文

论老之将至

罗素

入选理由
罗素的散文代表作之一
一篇传达精神自由的快乐和使生活本身获得
解放的勇气的哲理散文

虽然有这样一个标题，这篇文章真正要谈的却是怎样才能不老。在我这个年纪，这实在是一个至关重要的问题。我的第一个忠告是，要仔细选择你的祖先。尽管我的双亲早逝，但是考虑到我的祖先，我的选择还是很不错的。是的，我的外祖父六十七岁时去世，正值盛年，可是另外三位祖父辈的亲人都活到八十岁以上，至于稍远些的亲戚，我只发现一位没能长寿，他死于一种现已罕见的病症：被杀头。我的一位曾祖母是吉本的朋友，她活到九十二岁高龄，一直到死，她始终是让子孙们全都敬畏的人。我的外祖母，一辈子生了十九个孩子，活了九个，还有一个早早夭折，此外还有过多次流产。可是守寡之后，她马上就致力于妇女的高等教育事业。她是格顿学院的创办人之一，力图使妇女进入医疗行业。她讲起她在意大利遇到过的一位面容悲哀的老年绅士，她询问他忧郁的缘故，他说他刚刚失去了两个孙子。"天哪！"她叫道，"我有七十二个孙儿孙女，如果我每失去一个就悲伤不止，那我就没法活了！""奇怪的母亲。"他回答说。但是，作为她七十二个孙儿孙女的一员，我却要说我更喜欢她的见地。上了八十岁，她开始感到有些难于入睡，她便经常在午夜时分至凌晨三时这段时间里阅读科普方面的书籍。我想她根本就没有工夫去留意她在衰老。我认为，这是保持年轻的最佳方法。如果你的兴趣和活动既广泛又浓烈，而且你又能从中感到自己仍然精力旺盛，那么你就不必去考虑你已经活了多少年这种纯粹的统计学情况，更不必去考虑你那也许不很长久的未来。

至于健康，由于我这一生几乎从未患过病，也就没有什么有益的忠告。我吃喝皆随心所欲，醒不了的时候就睡觉。我做事情从不以它是否有益健康为根据，尽管实际上我喜欢做的事情通常是有益健康的。

从心理角度讲，老年须防止两种危险。一是过分沉湎于往事。人不能生活在回忆当中，不能生活在对美好的往昔的怀念或对去世的友人的哀念之中。一个人应当把心思放在未来，放到需要自己去做点什么的事情上。要做到这一点并非轻而易举，往事的影响总是在不断地增加。人们总好认为自己过去的情感要比现在强烈得多，头脑也比现在敏锐。假如真的如此，就该忘掉它；而如果可以忘掉它，那你自以为是的情况就可能并不是真的。

另一件应当避免的事是依恋年轻人，期望从他们的勃勃生气中获取力量。子女们长大成人之后，都想按照自己的意愿生活。如果你还像他们年幼时那样关心他们，你就会成为他们的包袱，除非他们是异常迟钝的人。我不是说不应该关心子女，而是说这种关心应该是含蓄的，假如可能的话，还应是宽厚的，而不应该过分地感情用事。动物的幼子一旦自立，大动物就不再关心它们了。人类则因其幼年时期较长而难于做到这一点。

我认为，对于那些具有强烈的爱好、其活动又都恰当适宜、并且不受个人情感影响的人们，成功地度过老年绝非难事。只有在这个范围里，长寿才真正有益；只有在这个范围里，源于经验的智慧才能不受压制地得到运用。告诫已经成人的孩子别犯错误是没有用处的，因为一来他们不会相信你，二来错误原来就是教育所必不可少的要素之一。但是，如果你是那种受个人情感支配的人，你就会感到，不把心思都放在子女和孙儿女身上，你就会觉得生活很空虚。假如事实确是如此，那么当你还能为他们提供物质上的帮助，譬如支援他们一笔钱或者为他们编织毛线外套的时候，你就必须明白：绝不要期望他们会因为你的陪伴而感到快活。

有些老人因害怕死亡而苦恼。年轻人害怕死亡是可以理解的。有些年轻人担心他们会在战斗中丧生。一想到会失去生活能够给予他们的种种美好事物，他们就感到痛苦。这种担心并不是无缘无故，也是情有可原的。但是，对于一位经历了人世的悲欢、履行了个人职责的老人，害怕死亡就有些可怜且可耻了。克服这种恐惧的最好办法是——至少我是这样看的——逐渐扩大你的兴趣范围并使其不受个人情感的影响，直至包围自我的围墙一点一点地离开你，而你的生活则越来越融合于大家的生活之中。每一个人的生活都应该像河水一样——开始是细小的，被限制在狭窄的两岸之间，然后热烈地冲过巨石、滑下瀑布。渐渐地，河道变宽了，河岸扩展了，河水流得更平稳了。最后，河水流入了海洋，不再有明显的间断和停顿，而后便毫无痛苦地摆脱了自身的存在。能够这样理解自己的一生的老人，将不会因害怕死亡而痛苦，因为他所珍爱的一切都将继续存在下去。而且，如果随着精力的衰退，疲倦之感日渐增加，长眠并非是不受欢迎的念头。我渴望死于尚能劳作之时，同时知道他人将继续我所未竟的事业，我大可因为已经尽了自己之所能而感到安慰。

作者简介

罗素（1872～1970），英国哲学家、数学家、散文家、社会活动家。生于贵族世家。1890年入剑桥大学学习。大学前三年专攻数学，第四年转攻哲学。1908年当选为英国皇家学会会员。1910年后任剑桥大学讲师、研究员。20世纪50年代后主要从事社会活动。1950年获诺贝尔文学奖。一生著书甚丰，内容涉及哲学、数学、社会学、政治、历史、教育等诸多面。主要著作有《数学原理》《哲学问题》《婚姻与道德》《西方哲学史》《罗素自传》等，其散文创作亦有很高的成就。

·美文赏析·

这是一篇论述如何正确对老年和死亡的散文。文章分三个部分。第一部分论述了"怎样才能不老"这一问题。作者以自己的外祖父、外祖母、祖父及曾祖父为例，提出"保持年轻的最佳方法"是自己要有广泛而浓烈的兴趣和活动，随心所欲地生活。第二部分论述了老年人需要避免的两种危险：过分沉湎于往事和依恋年轻人，告诫老年人应着眼于未来，做点有益的事，这样长寿才有价值。最后一部分以河水作比衬，规劝老年人抛开因"害怕死亡"而产生的"苦恼"，坦然面对死亡。文章行文灵活自如，语言清新素朴，境界崇高，向人们传达了精神自由的快乐和使生活本身获得解放的勇气的思想。文章在赋予死亡以从容优雅的诗意美的同时，给人以清爽的精神享受，读后令人深思。

□ 精美散文

郁金香

德佩雷拉

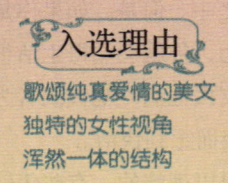

入选理由
歌颂纯真爱情的美文
独特的女性视角
浑然一体的结构

透过一扇窗子，人们可以看到很多东西。我就曾经坐在自家的窗前，一面绣着花边，一面目睹了女邻居的罗曼史。

我的邻居是一个织花边的女工。她人长得漂亮，但家境贫寒。她有两个追求者和一株栽在蓝瓷花盆里的郁金香。

我邻居和我住的那条街很背静，所以既无车辆来往，也很少有行人。过往人等全是当地的住户。像巴黎所有的街巷一样，那条街很窄，几乎每家的阳台上都挂有色彩鲜艳的宽红边遮阳布帘。

前面已经说过，我的邻居很穷，所以，她家的阳台上没有挂帘子。不过，太阳并未能阻止姑娘时常到阳台上去照看她的郁金香。

那株没有几片叶子的柔弱小花，是我邻居时刻记挂在心的事情。每天晚上她都把它搬进卧室，怕它会受到北风的摧残；清晨再重新搬出来；中午阳光炽烈的时候，她就用一小块麻布给罩起来。她不时地跑进跑出，不是掸去沾染枝叶的尘土、摘掉偶然发现的枯叶，就是浇水、捉虫。

在当地的条件下，郁金香是长不好的，只有在炎热的地方，它才能长得枝繁叶茂。正是由于这个原因，我的邻居才对她的花盆那么精心地加以照料。早在好几个月之前她就把种子埋进了土里，直到现在它才初具样子，开始抽枝发芽，尽管还很柔弱、单薄，但毕竟还是就要开花了。

从姑娘挨近花盆时脸上流露出来的欣喜神态，我猜想这株花的枝头一定已经长出了第一个花骨朵儿了。

后来，我从这位漂亮的女工跟她楼上的邻居——她的追求者之一——的谈话中得到了证实。

"您一定非常高兴吧。几个月的苦心总算有了结果。很快您就能亲手摘下一朵美丽的郁金香啦。您打算把它和您的心一起送给谁呢？"

姑娘非常羞怯地回答：

"可能什么人也不给，我决不会把这朵朝思暮想的鲜花给摘下来的。它应该就在原来的枝头上凋谢。我还没有蠢到那种地步，让自己花费的如此巨大的心血毁之于一个短暂的瞬间。这是一个原因啰，再说，我还想过我还没要把我的心和这朵郁金香一起送给别人呢。"

"您瞧，我的好邻居，时间不饶人哪。春天已经到了，这可是谈情说爱的大好时机。您看那些小鸟，没有一只是独自飞翔的。您再瞧瞧这些花盆，全都在开花了。还有什么可说的呢？就说您这迟迟不开的郁金香吧，今天，终于结了一个花骨朵儿。我的好邻居！您就可怜可怜我吧，您就痛痛快快地答应接受我做您的丈夫吧！"

女工的脸上泛起了红晕。

"您需要的不是妻子，而是理智。"

"如果您爱我，我就会有理智的。"

姑娘楼下的邻居是一个拘谨而又漂亮的小伙子，此刻，也正好站在自家的阳台上。他听了两个人的对话之后，皱了皱眉头，但却没动声色，因为他也爱着那个织花边女工。

我是在绣花的时候，从窗口发现这个不善交际的小伙子的秘密的。不过，时至今日，他和心中的恋人一共也没有说过几句话。

我觉得他既腼腆又内向，既敏感又多情。

很久以前，我偶然发现，有一次，他趁女邻居不在的空隙，把一封信扔到了她的阳台上。

他是否收到了回信，我不得而知；不过每当姑娘来到阳台上的时候，他几乎连仰起头来跟她表示爱慕之情的勇气都没有，只能简单的寒暄几句。

"天气真好，小姐！"

"是啊，真好。对我的郁金香来说，可真是再好不过了。"

"您不再为它担心啦？"

"不啦，已经不担心了，现在它长得可好啦，又长出了两片叶子。"

"谢天谢地，您总算如愿了。您为这株花可真是操尽了心啊！"

"是啊，的确是这样，我把空闲时间全搭上了。"

"您的空闲时间实在少得可怜，小姐！我看您太辛苦了……有时候，已经很晚很晚了，我还见您房里的灯光映在对面的墙上。您会累病的。"

"不会的，我身体很好。上帝会保佑我的。"

"但愿如此。"

小伙子的声音微微发颤，美好的憧憬使他的眼睛显得更加美丽。可是，姑娘却没法看到他眼神的含义，因为他已经闭上了眼睛。

"回头见，先生。"姑娘说着转身走进屋里。

"回头见，小姐。"

这种一向质朴的谈话，给我留下了极好的印象。

我的女邻居的确太忙。我总是看见她手里拿着编织针，不停地织呀、织呀，简直就像一只不知闲的小蜘蛛。她织出来的花边是多么轻巧、多么精美啊！……真可以说，仿佛一阵风就能吹破。一会儿是条边，一会儿是荷叶边，一会儿方，一会儿圆。丝线在她手中的活计上面宛如蝴蝶一般随意飞舞，看着它，真会觉得眼花缭乱。

□精美散文

姑娘用她那双巧手麻利而又熟练地摆弄着根根丝线，又是穿、又是扯、又是捋。丝线也真听话，总是乖乖就范。

姑娘整天忙碌。她有时候嘴里哼着歌儿，有时候我又觉得她是在凝神沉思，好像手头碰到了难题。

楼下的邻居显然是放心不下，总是默默地仰望着她的阳台。

楼上的邻居却老是兴高采烈、笑容可掬，也常常低头注视着同一个地方，并且总能找到甜言蜜语和姑娘搭讪：

"您的脸蛋儿越来越漂亮，真像是两朵盛开的玫瑰。"

姑娘进进出出，虽然没有直接对答，但唇边却笑意盎然。

这位风流少年可能最后如愿吗？

这是谁也说不清楚的。姑娘还没有表露她的心愿，不过，这位小伙子却老是在用话语、用笑脸、用炽热的眼神把她纠缠。

在姑娘专心致志地编织着花边的同时，小伙子正在巧妙地铺排着俘获她的情网。这已经是由来已久的事情了。他能成功吗？谁知道呢？

我的女邻居终于盼来了这个欣喜的时刻：今天早晨花苞绽开了，一朵美丽的郁金香，红得像是一团炽烈的炭火，迎着春光展开了自己的花瓣。

姑娘喜不自胜，第一次忙中偷闲，心醉神迷地站在那初放的花前。

我坐在自己的屋角里分享着她的欢乐，并且尽量不引起姑娘的注意。她楼下的邻居也一定非常高兴，不过，他不在家。这是我从他那关着的阳台玻璃门上知道的。可是，她楼上的邻居却赶上了，如同表述大家的喜悦心情一般，连连发出赞叹：

"太好了！太好了！现在咱们来好好庆祝一番！郁金香开花了。求求您，我的邻居……把这朵花送给我吧！我每天都在算着它开花的日子，比您还着急呢。它是属于我的，我有权得到它。您要是不给我，我也会把它偷到手的。它属于我，因为我爱您。街上没有人，谁也听不见。让

我再说一遍：我爱您，我喜欢您，我崇拜您！把花送给我吧，我的好邻居！请您把它给我吧，否则，我就从这儿下去自己动手摘啦！"

小伙子说得很坚决。看样子要贸然采取行动。姑娘像一只受惊的鸽子一样犹豫不决，她满面绯红，两手颤抖，虽然这样，但她的唇边和眼角却似乎流露出某种满意神情……

"邻居，快把花给我！"

他的语气像是命令，不过，却又非常得体，强制之中包含着并未尽言的柔情蜜意。

"快点，快点！会有人来的。快把花给我……要不，我马上就从这儿下去自己动手啦！"

姑娘恳求地仰起脸，想要自卫，但小伙子却投给她火一般深情目光。这还不算，他还做出了想要从阳台下来的样子。

姑娘被吓坏啦，终于屈服了。她走到花盆跟前，摘下花扔到楼上，然后就跑进卧室，隐没在屋子里了。

楼上的邻居得意地拾起了花朵，热切地吻了一下，就插进了衣领上的扣眼里。他先是哼起轻快的小调，没过一会儿，就随身带着那朵花从家里走了出去。

这时，我难过地想着那朵刚刚开放就被摘了下来的郁金香。同时也凄然想起……不过，我的痛苦与我邻居的罗曼史毫无关系；那么，咱们还是只讲有关她的事情吧。

那位幸运的小伙子走后不久，美丽的姑娘就又来到阳台上用麻布罩起了花盆，因为阳光又变得火辣辣的了。

这真是一个令人欢快的明媚早晨。整个天空犹如一顶硕大无朋的蓝缎华盖。

这时候，那位一大早就出了门、整个上午都没露面的楼下邻居，突然出现在阳台上了。

姑娘一看见他，就轻轻地发出了一声惊叫，我也跟着叫了一声……因为，这位急匆匆赶回来的人手里拿着一朵鲜红的郁金香……

姑娘和我都感到困惑不解，期待着……

"小姐，"小伙子恭恭敬敬地仰起脸说道，"今天早上我出门以前，看到您的花盆里开出了第一朵花，可是当我现在回来的时候，却非常痛心地发现它被扔到了街上。这条街上只有您养着郁金香，所以我猜想这是您的。后来看到花盆里果然没有花了，知道这花确实是您的，一定是

339

□ 精美散文

风把它吹落到了街上。幸好我来得及时，才能把它捡回来还给它的主人。您拿去吧，小姐。如果您愿意，我就上楼给您送去。"

小伙子的脸上带着质朴的甜蜜神情。当他举目凝望女友的时候，眼睛里闪烁着温柔的光芒。小伙子手举郁金香站在阳台下面，真是一幅情趣无穷的图画。

当楼下邻居说话的时候，姑娘心中真是百感交集。她脸上流露出惊奇、气愤、鄙夷和轻蔑的表情，不过，此刻却似乎又满含着一片柔情，带着甜蜜的笑意。

小伙子还憨厚地站在那里重复着：

"小姐，这是您的郁金香；如果您愿意，我就上楼给您送去。"

然而，结果姑娘却说：

"不，不，先生，不要给我啦；如果您喜欢，那您就留下吧……"

"那怎么行！"小伙子怯生生地说，"我可以把这朵花留下？"

姑娘也羞涩地回答：

"对，您可以留下，我希望您把它留下……"

两个人都不再说话了，这时，正有一群欢快的燕子吱吱喳喳地从街上飞过，好像是在为此时此刻唱着赞歌。

作者简介

德佩雷拉（1872~1968），墨西哥女作家。著有长篇小说、短篇小说、诗歌、散文多部。《郁金香》是其比较有代表性的一篇叙事散文。她文笔细腻、擅长抒情，作品具有地方特色和当代风范。

·美文赏析·

《郁金香》是墨西哥女作家德佩雷拉的一篇叙事散文。文章以郁金香作为线索，讲了一个女孩和两个青年的情感故事，并借故事来表达作者对于爱情的看法。文章以女性作家独特的视角来关注青年一代的爱情世界，并运用散文诗式的语言来表达，使读者在欣赏女作家细腻文笔的同时，享受浓烈的抒情气息。

文中有三个人物：漂亮但出身贫寒的女工、楼上善于甜言蜜语的小伙子、楼下腼腆内向的青年，这三个人的性格发展是随着故事情节的展开而一步步丰满的。郁金香是一条贯穿文章始终的线索，串起不同性格的几个人物。郁金香的种植、抽芽、成长、打苞、盛开的经过，可以代表美丽姑娘的爱情成长过程，而玫瑰的采摘者就成了俘虏姑娘爱情的人。但当郁金香盛开的花朵被花言巧语者无理地采摘而又遭无情遗落时，多情而憨厚的小伙子手捧被遗弃的鲜花讷讷告白，爱情的纯真境界也得到了最纯真的境界。"小伙子手举郁金香站在阳台下面，真是一幅情趣无穷的图画"，这样的语言，正表示了作者对这种朴素、真挚的爱情的赞同。

另外，诗歌化的语言，使这篇散文充满欢快的节奏感，让读者在享受朴素纯真思想滋养的同时，领受文采的优美。

林中小溪

普里什文

入选理由
至真至纯的艺术境界
文笔清丽，意境隽永
写景散文中的名篇

如果你想了解森林的心灵，那你就去找一条林中小溪，顺着它的岸边往上游或者下游走一走吧。刚开春的时候，我就在我那条可爱的小溪的岸边走过。下面就是我在那儿的所见、所闻和所想。

我看见，流水在浅的地方遇到云杉树根的障碍，于是冲着树根潺潺鸣响，冒出气泡来。这些气泡一冒出来，就迅速地飘走，不久即破灭，但大部分会漂到新的障碍那儿，挤成白花花的一团，老远就可以望见。

水遇到一个又一个障碍，却毫不在乎，它只是聚集为一股股水流，仿佛在避免不了的一场搏斗中收紧肌肉一样。

水在颤动。阳光把颤动的水影投射到云杉树和青草上，那水影就在树干和青草上忽闪。水在颤动中发出淙淙声，青草仿佛在这乐声中生长，水影显得那么调和。

流过一段又浅又阔的地方，水急急注入狭窄的深水道，因为流得急而无声，就好像在收紧肌肉，而太阳不甘寂寞，让那水流的紧张的影子在树干和青草上不住地忽闪。

如果遇上大的障碍物，水就嘟嘟哝哝地仿佛表示不满，这嘟哝声和从障碍上飞溅过去的声音，老远就可听见。然而这不是示弱，不是诉怨，也不是绝望，这些人类的感情，水是毫无所知的。每一条小溪都深信自己会达到自由的水域，即使遇上像厄尔布鲁士峰一样的山，也会将它劈开，早晚会到达……

太阳所反映的水上涟漪的影子，像轻烟似的总在树上和青草上晃动着。在小溪的淙淙声中，饱含树脂的幼芽在开放，水下的草长出水面，岸上青草越发繁茂。

这儿是一个静静的深水潭，其中有一棵倒树，有几只亮闪闪的小甲虫在平静的水面上打转，惹起了粼粼涟漪。

水流在克制的嘟哝声中稳稳地流淌着，他们兴奋得不能不互相呼唤：许多支有力的水都流到了一起，汇合成了一股大的水流，彼此间又说话又呼唤——这是所有来到一起又要分开的水流在打招呼呢。

水惹动着新结的黄色花蕾，花蕾反又在水面漾起波纹。小溪的生活中，就这样一会儿泡沫频起，一会儿在花和晃动的影子间发出兴奋的招呼声。

有一棵树早已横堵在小溪上，春天一到竟还长出了新绿，但是小溪在树下找到了出路，匆匆地奔流着，晃着颤动的水影，发出潺潺的声音。

有些草早已从水下钻出来了，现在立在溪流中频频点头，算是既对影子的颤动又对小溪的奔流的回答。

就让路途当中出现阻塞吧，让它出现好了！有障碍，才有生活：要是没有的话，水便会毫无生气地流入大洋，就像不明不白的生命离开毫无生气的机体一样。

途中有一片宽阔的洼地。小溪毫不吝啬地将它灌满水，并继续前行，而留下那水塘过它自己的日子。

有一棵大灌木被冬雪压弯了，现在有许多枝条垂挂到小溪中，煞像一只大蜘蛛，灰蒙蒙的，爬在水面上，轻轻摇晃着所有细长的腿。

云杉和白杨的种子在漂浮着。

小溪流经树林的全程，是一条充满持续搏斗的道路，时间就由此而被创造出来。搏斗持续不断，生活和我的意识就在这持续不断中形成。

是的，要是每一步没有这些障碍，水就会立刻流走了，也就根本不会有生活和时间了……

小溪在搏斗中竭尽力量，溪中一股股水流就像肌肉似的扭动着，但是毫无疑问的是，小溪早晚会流入大洋的自由的水中，而这"早晚"就正是时间，正是生活。

一股股水流在两岸紧挟中奋力前进，彼此呼唤，说着"早晚"二字。这"早晚"之声整天整夜地响个不断。当最后一滴水还没有流完，当春天的小溪还没有干涸的时候，水总是不倦地反复说着："我们早晚会流入大洋。"

流净了冰的岸边，有一个圆形的小湾。一条在发大水时留下的小狗鱼，被困在这水湾的春水中。

你顺着小溪会突然来到一个宁静的地方。你会听见，一只灰雀的低鸣和一只苍头燕雀惹动枯叶的歙歙声竟会响遍整个树林。

有时一些强大的水流，或者有两股水的小溪，呈斜角形汇合起来，全力冲击着被百年云杉的许多粗壮树根所加固的陡岸。

真惬意啊：我坐在树根上，一边休息，一边听陡岸下面强大的水流不急不忙地彼此呼唤，听它们满怀"早晚"必到大洋的信心互打招呼。

流经小白杨树林时，溪水浩浩荡荡像一个湖，然后集中流向一个角落，从一米高的悬崖上落下来，老远就可听见哗哗声。这边一片哗哗声，那小湖上却悄悄地泛着涟漪，密集的小白杨树被冲歪在水下，像一条条蛇似的一个劲儿想顺流而去，却又被自己的根拖住。

小溪使我留连，我老舍不得离它而去，因此反而觉得乏味起来。

我走到林中一条路上，这儿现在长着极低的青草，绿得简直刺眼，路两边有两道车辙，里边满是水。

在最年轻的白桦树上，幼芽正在舒青，芽上芳香的树脂闪闪有光，但是树林还没有穿上新装。在这还是光秃秃的林中，今年曾飞来一只杜鹃：杜鹃飞到秃林子来，那是不吉利的。

在春天还没有装扮，开花的只有草莓、白头翁和报春花的时候，我就早早地到这个采伐迹地来寻胜，如今已是第十二个年头了。这儿的灌木丛，树木，甚至树墩子我都十分熟悉，这片荒凉的采伐迹地对我说来是一个花园：每一棵灌木，每一棵小松树、小云杉，我都抚爱过，他们都变成了我的,就像是我亲手种的一样,这是我自己的花园。

我从自己的"花园"回到小溪边上,看到了一件了不得的林中事件:一棵巨大的百年云杉,被小溪冲刷了树根,带着全部新、老球果倒了下来,繁茂的枝条全都压在小溪上,水流此刻正冲击着每一根枝条,还一边流,一边不断地互相说着:"早晚……"

小溪从密林里流到旷地上,水面在艳阳朗照下开阔了起来。这儿水中蹿出了第一朵小黄花,还有像蜂房似的一片青蛙卵,已经相当成熟了,从一颗颗透明体里可以看到黑黑的蝌蚪。也在这儿的水上,有许多几乎同跳蚤那样小的浅蓝色的苍蝇,贴着水面飞一会就落在水中;他们不知从哪儿飞出来,落在这儿的水中,他们的短促生命,就好像这样一飞一落。有一只水生小甲虫,像铜一样亮闪闪,在平静的水上打转。一只姬蜂往四面八方乱窜,水面波纹却纹丝不动。一只黑星黄粉蝶,又大又鲜艳,在平静的水上翩翩飞舞。这水湾周围的小水洼里长满了花草,早春柳树的枝条也已开花,茸茸的像黄毛小鸡。

小溪怎么样了呢?一半溪水另觅路径流向一边,另一半溪水流向另一边。也许是在为自己的"早晚"这一信念而进行的搏斗中,溪水分道扬镳了:一部分水说,这一条路会早一点儿到达目的地,另一部分水认为另一边是近路,于是他们分开了,绕了一个大弯子,彼此之间形成了一个大孤岛,然后又重新兴奋地汇合到一起,终于明白:对于水来说没有不同的道路,所有道路早晚都一定会把它带到大洋。

我的眼睛得到了愉悦,耳朵里"早晚"之声不绝,杨树和白桦幼芽的树脂的混合香味扑鼻而来。此情此景我觉得再好也没有了,我再不必匆匆赶到哪儿去了。我在树根之间坐下去,紧靠在树干上,举目望那和煦的太阳,于是,我梦魂萦绕的时刻翩然而至,停了下来,原是大地上最后一名的我,最先进入了百花争艳的世界。

我的小溪到达了大洋。

作者简介

普里什文(1873～1954),出生于一个破败的地主家庭。代表作有长篇小说《恶老头的锁链》,中篇小说《人参》,长诗《叶芹草》,游记特写《在鸟类不受惊的地方》,物候学札记《大自然的日历》。

· 美文赏析 ·

普里什文善于描写大自然,讴歌与大自然紧密相连的人的创造性劳动。森林、小溪、花朵、蘑菇是普里什文文章中常见的自然景物,他一方面擅长对这些自然景物进行生动地描摹;另一方面,又多将主题放在对物外之境的追求上。他笔下的大自然,生机勃勃,色彩斑斓,充满着令人感动的人间哲理和诗意。《林中小溪》是普里什文一篇比较知名的写景散文。作者以轻快、流利的文笔写春日小溪生机勃勃的姿态。通篇运用拟人手法,使笔下的小溪更增加了生命气息。而小溪不知疲惫流淌,对远方孜孜不倦的追求,也正是作者乐观向上精神的反映。"有障碍,才有生活","我们早晚会流入大海",这些富有人生哲理的语句,更显示了作者对于生活和未来的美好向往。

□精美散文

生活对我意味着什么

杰克·伦敦

> **入选理由**
> 健康人生态度的流露
> 热情的感染力
> 一个无产阶级革命者的成长之路

我出生在一个工人家庭，很早就显得热情洋溢，有雄心壮志，富于理想；我的环境是粗野、鄙俗、不文雅的。我不是向前看，而是往上瞧。我处在社会的底层。在这里生活肉体上和精神上所赐予的是肮脏和不幸；在这里肉体上和精神上都同样忍饥挨饿，遭受折磨。

在我上面耸峙着巍峨的社会大厦。我认为唯一的出路就是往上爬。很早我就决定在这幢大厦里进行攀登。在上层，男人们穿黑衣服和硬胸衬衫，妇女们穿漂亮的长裙。他们大吃大喝，食不厌精，心广体胖，至于精神方面，我知道在我上面的人，都大公无私，心地纯洁高尚，学识渊博。我读了"海滨文库"的一些小说，才了解这一切，在这些小说里，除了坏人和女投机分子外，所有的男人和女人都是嘉言懿行，兰心蕙性。总之，我像承认太阳升起一样，承认上层社会的人都是善良、高尚、文雅的，所有这些带来了举止端庄和可敬的品德，使得生活有意义，报偿了人们的辛劳和痛苦。

但是要向上攀登脱离工人阶级不是很容易的——特别是当他具有理想和抱负。我住在加利福尼亚的一个牧场，很难找到攀登的阶梯，我早就在打听投资的利率，童稚的头脑里为了领略人类卓越的创造和增加财富而操心。我进一步弄清了各种年龄工人的工资等级和生活费用。从这些材料我得出结论，如果我从现在开始劳动和积蓄，当我50岁时，就可以停止劳动，通向高一层社会的门将向我打开，可以进去分享一份欢乐和美好。当然我断然决定不结婚，但我完全忘却工人们的巨大灾难——疾病。

我要求过的不仅仅是一种节衣缩食、拮据贫乏的生活。10岁时，我就成为一个城市大街上的报童，改变了向上的看法。在我周围仍然是同样的肮脏和不幸。在我的上层，仍然是等待着我的可以达到的天堂；但是有了一个不同的攀登阶梯。现在这个阶梯就是做生意。为什么我不把收入积攒起来，投资于政府公债，我用五分钱买两份报，转手之间就卖一角，把我的资本增加一倍？做生意的阶梯是为我配备的阶梯，我幻想成为一个秃头的成功的商业大亨。

这些倒霉的幻景！在我16岁时我就已经得到了"王子"的称号，这称号是一帮凶手和窃贼封给我的，我被他们叫做"捕蠔贼王子"，那时我已经攀登上了做生意阶梯的第一级。我是一个资本家，我拥有一条船和一套偷捕牡蛎的完整设备。我开始剥削我的同胞。我有一个船员。作为船长，我占有所有战利品的三分之二，给那位船员三分之一。虽然他和我一样艰苦劳动，而且冒着失去生命和自由的风险。

这一级是我攀登做生意的阶梯的顶点。有一天晚上我去袭击一群中国渔民。绳索和渔网都是值钱的。我承认这是抢劫，但这是地道的资本主义精神。资本家通过回扣、拒付赊账款以及收买参议员和法官，对同胞进行巧取豪夺。我用的仅仅是粗暴的手段。这就是唯一的区别。我使用了一杆枪。

然而我的船员那天晚上却显得很不卖力。对于这种人资本家通常是一顿臭骂，因为，说真的，不卖力会增加开销和减少利润。我的船员造成了这两方面的损失。由于他的疏忽使主帆着火，把它付之一炬。那晚上没有得到任何利润，我破产了，无力花65美元去买一张新的主帆。我离开了我的停泊着的船，登上一艘海湾海盗船，溯萨克门托河而上，准备进行一次袭击。然而就在途中，另一帮海盗袭击了我的

少年杰克·伦敦和他的狗

船。他们抢走一切东西，甚至锚；后来我找到了漂流的船壳，把它卖了20美元。我从攀登上的第一级滑了下来，再也不去攀登那做生意的阶梯。

从此以后，我遭受其他资本家的残酷剥削。我有力气，他们靠它赚钱，而我自己却过着清苦的生活。我是一个水手，一个海岸散工，一个码头搬运工；我在罐头厂、工厂和洗衣房工作；我锄草地，清洗地毯，擦窗户。我从来没有得到过我劳动的全部产品。我瞧着罐头厂主的女儿，她坐在马车里，我懂得正是我的部分力气，拖着这辆有橡皮轮胎的马车前进。我瞧着工厂厂主的儿子，他正在上学，我懂得正是我的部分力气，支付他的酒费和学费。

但我对这并不憎恨。所有一切都处在一场竞争中，他们是强者。很好，过去我也曾是强者。我要打通一条道路去置身他们之间，还要用别人的力气来赚钱。我不害怕劳动，我爱艰苦的劳动。我愿比过去更加紧张更加辛勤地劳动，最后成为社会的一根支柱。

就在这时，我有幸找到一个和我有同样想法的雇主。我愿意劳动，他更愿让我劳动。我认为我是在学一门手艺。其实我替代了两个人。我认为他是培养我成为一名电工；事实上他每月从我身上赚50美元；我替代的两个人每人每月拿40美元；我干两个人的活每月只拿30美元。

雇主用沉重的劳动把我累得要死。人们爱吃牡蛎，但是太多的牡蛎会使人对那种佳肴倒胃口。对我也是如此。过多的劳动使我厌恶它。我不愿再看见劳动，我逃避劳动。我变成一个流浪汉，挨家挨户乞讨。在美国大地漂泊，在贫民窟和监狱里干苦力活。

我出生在工人家庭，现在我已经18岁，还处在我刚开始的那条线下。我被打落在社会底层。被打落在苦难的地下深处。我是在地狱里，在深渊里，在人类的污水池里，在我们文明的废墟上与停尸所里。这是被社会所忽视的社会大厦的一部分。由于篇幅关系我在这儿把它从略，我要讲的是在那里看到的使我大吃一惊。

在惊恐中我沉思。我看到我所居住的复杂的文明世界真够愚钝。生活不过是饮食和居住。为了获得食物和住所，人们出卖物品。商人卖鞋，政治家出卖人格，人民代表除掉少数例外，出卖信誉；几乎所有的人都出卖他们的节操。女人也一样，她们流落街头或者尚为神圣的婚约所羁束，愿意出卖她们的肉体。一切东西都是商品，所有的人都买和卖。工人所能出卖的商品

□精美散文

杰克·伦敦（右一）和他的水手朋友们

是力气，工人的节操在市场上是没有价格的。工人有力气，而且只有力气能出卖。

但是有一个差别，一个重要的差别。鞋和信誉和节操有办法更新，它们是永久的存货。在另一面，力气却不能更新。当商人卖鞋，他不断补充他的存货，但没有办法去更新劳动者的力气存货。他出卖的力气越多，留给自己的就越少。它是他的唯一商品，每天他的存货在减少，到头来，他不是早夭，就是出卖或关掉他的铺子。他是一个力气的破产者，他一无所有，跌入社会的底层，悲惨地死去。

我进一步懂得，脑力也是一种商品，它和力气不一样。出卖脑力的人只有在他的鼎盛时期，即50或60岁时，他的货品能以空前高的价格出卖。但一个劳动者在45或50岁就筋疲力竭或身体垮了。我曾在社会的底层待过，可不愿把那里当作住所。那儿的水管的排水沟是不卫生的，空气恶浊得令人窒息。如果我不能住在社会的厅堂，无论如何也要力图住进阁楼。其实那儿的膳食不佳，但至少空气是清新的，因此我决定不再出卖力气，我要成为一个脑力出卖者。

于是开始狂热地追求知识，我回到加利福尼亚，打开书本。当我装备我自己成为一个脑力商人，不可避免地我要钻研社会学。我发现在某些书中科学地制定了我自己业已得出来的简单的社会学概念。在我出生之前，其他伟大人物已经解决了我所有思考过的问题，而且大大超过我。我发现我是一个社会党人。

社会党人是革命者，因此他们致力于推翻现在的社会，去建立一个未来的社会。我也是一个社会党人和一个革命者，我加入了工人阶级和革命知识分子的行列，我第一次过着知识分子的生活。在这里我发现了许多聪慧的知识分子和卓越的智者；在这里我遇见了身强力壮、才思敏捷的同时满手是茧的工人阶级成员；拒绝拜金主义而被免职的传教士；教授们被那些屈从统治阶级的大学所绞杀和抛弃，因为他们学识渊博并力图使之应用于人类事物。

在这里我还发现对人类的热烈信念，光辉的理想，大公无私，自我克制和舍身赴义——所有这些都是精神世界中壮丽的激动人心的东西。这里的生活是纯洁的，高尚的，活泼的。在这里生活改善着它自己，变得美好和愉快；我乐于生活，我接触过一些伟大人物，他们赞美高尚的精神，鄙弃金钱。他们关心啼饥号寒的贫民窟儿童胜过金碧辉煌的商业扩展和世界帝国。在我周围的是崇高的目标和英雄主义行为，我的日日夜夜都是阳光和煦，星光灿烂，火焰在我眼前永远燃烧着。圣杯，基督的圣杯，热情的人类，长期以来的受难和受虐待，最终得到了拯救。

我，愚昧无知的我，认为这是预先尝到了上层社会生活乐趣。自从我在加利福尼亚读了"海滨文库"的小说后，便失去了许多幻想。我注定还要失去许多至今仍保留着的幻想。

作为一个脑力商人我是成功的，社会的门对我大开着。我登堂入室，我的幻灭在迅速增长。我坐下来同社会的主人们，同社会主人的妻女们共餐。淑媛们穿着漂亮的长裙，使我吃惊的是我发现她们和下层妇女具有相同的体质与天赋。

不是这些，而是她们的实利主义使我大为震惊。说真的，这些装束入时的漂亮妇女也侈谈理想和道德；但是撇开她们的言论，她们生活的基调是实利主义。她们是这样自私！她们资助各种慈善事业，并以此向人吹嘘，然而她们的锦衣玉食都是用沾满童工、汗流浃背的工人以及妓女们的鲜血的利润买来的。当我谈到这些事实，天真地希望她们立刻脱下她们染血的绸衣和珠宝，她们却显得激动愤怒，喋喋不休地说什么是铺张、酗酒和天生的邪恶导致下层社会的贫困。当我谈到了不应归罪于一个六岁的孩子，说他铺张、酗酒和邪恶，他饿得半死，被迫到一家南方纺织厂每晚干12小时活，这些淑媛们就大肆攻击我的私生活，把我叫做"煽动者"——就这样结束了这场争论。我来往于那些身居高位的人们中——牧师、政客、商人、教授和记者之中。我同他们一块吃肉，一块饮酒，一块乘汽车，研究他们。我发现他们对于腐败现象、糜烂的生活麻木不仁，他们是没有被埋葬的死人。

我遇到这样一些人，他们祈求和平反对战争，但却把枪支交给工贼们去射杀他们自己工厂的罢工工人。我遇到过这样一些人，他们对职业性拳击赛的残忍义愤填膺，但同时却参与食物的掺假，每年杀害的婴儿比满手鲜血的义律王杀的人还多。

我在旅馆和俱乐部，在家里和火车卧车以及轮船的躺椅上同工业巨头们谈话，对他们知识之贫乏感到惊奇。另一方面，我发现他们做生意的知识都是畸形发展的。我还发现，他们的道德，凡是牵涉到生意经的等于零。

这些温文尔雅、贵族气派十足的绅士是木偶戏的导演，是各大公司的工具，他们掠夺孤儿寡妇。这些绅士还附庸风雅，他们搜集善本书，充当文学的保护人，却向一个脑肥肠满面色阴郁的市政机器老板交纳保护费。这些编辑们刊登专利药品广告，却不敢在他的报纸上透露这些所谓专利药品的真象，因为害怕失去广告。他们反而把我叫做造谣生事的恶棍，因为我告诉他，他的政治经济学是陈旧的，他的生物学还是普林尼时代的。

这位参议员不过是一位粗鲁的没有文化的机器业大亨的工具、奴仆和小小傀儡；这位州长和这位最高法官也是如此；这个人严肃热烈地侈谈理想主义的美妙和上帝的仁慈，恰恰就是他在商业交易中出卖了他的同伙。这个人是教堂的支柱，又大量资助到国外传教，却让他商店中的女售货员每天工作10小时，而获得的工资不足糊口，因此他直接鼓励卖淫。这个人向大学捐赠讲座基金，但在一件经济案件中却在法庭上作伪证。这位铁路巨子丧失了绅士和基督徒的身份，当他给两位工业巨头中的一位以秘密回扣并同他们在一场殊死斗争中抱成一团。

我发现我不爱住在社会的厅堂里了。在理智上我感到厌烦它。道义精神上对它十分厌倦。我想起了我的知识分子，我的理想主义者，

20世纪初生活在纽约市贫民窟里的穷人

☐ 精美散文

我的被免职的传教士，被压垮了的教授和心地纯洁有阶级觉悟的人。我想起我的那些阳光和煦、星光灿烂的日日夜夜，在那里生活是一个甜美的奇迹，一个无私的道德高尚的精神乐园。我瞧见在我前面燃烧着圣杯。

我回到工人阶级中来了，我生长于斯，是其中的一个成员。我不再打算往上爬。那强加在我头上的社会大厦，不再使我感到愉快。我感兴趣的是大厦的基础。我安心劳动，手执铁锹，同知识分子、理想主义者和有阶级觉悟的工人肩并肩，不时给大厦狠狠地一撬，使它动摇。总有一天，当我有了更多的人手和铁锹，我们定会把它推翻，连同它的腐朽生活、没有埋葬的死人、它的穷凶极恶的自私自利的腐败的实用主义。然后我们要清扫地下室，建设一所人类的新居。在那里没有华丽的厅堂，在那里所有的房间都明亮、畅爽，在那里所呼吸的空气将是清洁高尚、活泼的。

这就是我的展望。我期待着有一天，人们获得的进步将远较填满肚皮更有价值，更崇高。有一天将有一种更好的刺激去推动人们行动，而今天这种刺激就是填满肚皮。我对人类的高尚和美德持有信心。我坚信精神上的美好和大公无私将战胜贪得无厌。最后，我的信心在工人阶级。正如某些法国人说的，"在时间的楼梯上永远震响着木屐往上走，擦亮的皮靴向下行的声音。"

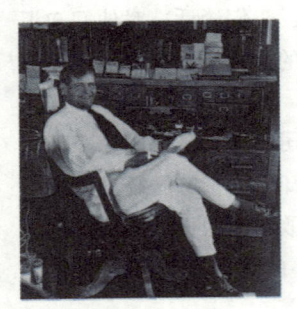

杰克·伦敦像

作者简介

杰克·伦敦（1876～1916），美国作家。生于破产农民家庭，从小靠出卖劳力为生，曾卖报、卸货、当童工。成年后当过水手、工人，曾去阿拉斯加淘金，得了坏血症。从此埋头读书写作，成为职业作家。19世纪90年代他参加社会主义运动，1905年后参加社会党的活动，此间创作了一些优秀的现实主义作品。到后期，杰克·伦敦逐渐脱离社会斗争，追求个人享受。1916年他在精神极度苦闷空虚中服毒自杀。

· 美文赏析 ·

经历会影响一个作家的思想和创作，如同一株花朵，它枝叶的繁茂程度，或多或少是取决于它受到浇灌的程度。一个人经历的风雨，就如同一株小花受到的浇灌，生活的风风雨雨浇灌了他，他的人生会随之丰盈，他的思想也会随之圆熟。《生活对我意味着什么》记录了美国著名作家杰克·伦敦丰富的人生之路，这篇文章以自传体的形式，向我们展露了一个真实的杰克·伦敦。

他出生在美国加利福尼亚州一个普通的工人家庭，童年时就饱尝了贫穷困苦的滋味，8岁的时候，为了谋生，不得不到一个畜牧场当牧童。10岁以后的他，开始在旧金山附近的奥克兰市当报童。16岁时，他失业了，不得不在美国东部和加拿大各地流浪，住在大都市的贫民窟里。这就是《生活对我意味着什么》中，杰克·伦敦真实的少年生活。然而这一切并没有阻止他"狂热地追求知识"，这种追求的执着又使他发现"人类的热烈信念，光辉的理想"，最终使他的信心在工人阶级中，"在时间的楼梯上永远震响着木屐往上走"。

《生活对我意味着什么》虽然是一篇随笔，但却充分体现了作者作品中一贯的现实主义风格，多少年来一直深深吸引着不同时代、不同经历的读者。我们品读着这篇文章，也在拜读着杰克·伦敦的一生。

农 舍

黑塞

入选理由

浪漫主义风格的典范之作
气韵空灵，文笔优美
个人生存际遇的写照

　　我在这幢房屋边上告别。我将很久看不到这样的房屋了。我走近阿尔卑斯山口，北方的、德国的建筑款式，连同德国的风景和德国的语言都到此结束。

　　跨越这样的边界，有多美啊！从好多方面来看，流浪者是一个原始的人，一如游牧民较之农民更为原始。尽管如此，克服定居的习性，鄙视边界，会使像我这种类型的人成为指向未来的路标。如果有许多人，像我似的由心底里鄙视国界，那就不会再有战争与封锁。可憎的莫过于边界，无聊的也莫过于边界。它们同大炮，同将军们一样，只要理性、人道与和平占着优势，人们就感觉不到它们的存在，无视它们而微笑——但是，一旦战争爆发，疯狂发作，它们就变得重要和神圣。在战争的年代里，它们成了我们流浪人的囹圄和痛苦！让它们见鬼去吧！

　　我把这幢房屋画在笔记本上，目光跟德国的屋顶、德国的木骨架和山墙，跟某些亲切的、家乡的景物一一告别。我怀着格外强烈的情意再一次热爱家乡的一切，因为这是在告别。明天我将去爱另一种屋顶，另一种农舍。我不会像情书中所说的那样，把我的心留在这里。啊，不，我将带走我的心，在山那边我也每时每刻需要它。因为我是一个游牧民，不是农民。我是背离、变迁、幻想的崇敬者。我不屑于把我的爱钉死在地球的某一点上。我始终只把我们所爱的事物视作一个譬喻。如果我们的爱被钩住在什么上，并且变成了忠诚和德行，我就觉得这样的爱是可怀疑的。

□ 精美散文

再见，农民！再见，有产业的和定居的人、忠诚的和有德行的人！我可以爱他，我可以尊敬他，我可以嫉妒他。但是我为模仿他的德行，已花费了半辈子的光阴。我本非那样的人，我却想要成为那样的人。我虽然想要成为一个诗人，但同时又想成为一个公民。我想要成为一个艺术家和幻想者，但同时又想有德行，有家乡。过了很久以后，我才知道不可能两者兼备和兼得，我才知道自己是个游牧民而不是农民，是个追寻者而不是保管者。长久以来我面对众神和法规苦苦修行，可它们对于我却不过是偶像而已。这是我的错误，这是我的痛苦，这是我对世界的不幸应分担的罪责。由于我曾对自己施加暴力，由于我不敢走上解救的道路，我曾增加了罪过和世界的痛苦。解救的道路不是通向左边，也不是通向右边，它通向自己的心灵，那里只有上帝，那里只有和平。

从山上向我吹来一阵湿润的风，那边蓝色的空中岛屿俯视着下面的另一些国土。在那些天空底下，我将会常常感到幸福，也将会常常怀着乡愁。我这样的完人，无牵挂的流浪者，本来不该有什么乡愁。但我懂得乡愁，我不是完人，我也并不力求成为完人。我要像品尝我的欢乐一般，去品尝我的乡愁。

我往高处走去时迎着的这股风，散发着彼处与远方、分界线与语言疆界、群山与南方的异香。风中饱含着许诺。再见，小农舍，家乡的田野！我像少年辞别母亲似的同你告别：他知道，这是他辞别母亲而去的时候，他也知道，他永远不可能完完全全地离开她，即使他想这样做也罢。

作者简介

黑塞（1877～1962），20世纪著名的德语作家和诗人，生于德国，晚年入瑞士籍。著有诗集《浪漫主义之歌》，小说《在轮下》《荒原狼》等。1946年获诺贝尔文学奖。

黑塞像

· 美文赏析 ·

"由于他的富于灵感的作品具有遒劲的气势和洞察力，也为崇高的人道主义理想和高尚风格提供一个典范"，黑塞的作品曾经在1946年获得诺贝尔文学奖。我们可以通过品读散文《农舍》来体味黑塞作品这种独特的艺术风格。

《农舍》中，文章用一种散文诗的形式为读者勾画了一幅作者的心灵之图。作者向往一种没有归属的"游牧者"的生活方式。他"鄙视边界"，认为这是"战争与封锁"的根源，作者也依恋家乡温暖的"小农舍"，但又不愿放弃"艺术家和幻想者"的理想，这种矛盾造成了作者精神的痛苦。作者追求的最高生存境界，不是一定界线中的和平与安定，不是对某一种形式的"忠诚和德行"，而是没有国界的爱和欢乐，这不只是作者，也是人类的最理想的生存状态。作者在文章的最后为我们描绘了一幅浪迹天涯的流浪图，前方"散发着彼处与远方、分界线与语言疆界、群山与南方的异香"，作者放逐着自己的理想，与家乡、与小农舍挥手告别。这是作者的追求，也是作者的无奈，它表现了高度文明中的人类思想者对人类生存际遇的不懈关怀和执着追求。

林 中

瓦尔泽

入选理由

字里行间流露着作者对真实生存际遇的思考
让我们重新看清自己心灵深处曾经的执着
文字优美，景物描写引人入胜

伫立林中，这片森林陡陡地高出我们的城市。纷纭的思绪匆匆闪过我的脑际，但却没有一个念头够得上美好。我追思自己的思想，我思考了又思考。傍晚降临林中。透过树干和枝桠我已看到下面城市闪亮的灯光。此时，月亮，这个苍白高贵的魔术师，从一朵云彩后面钻了出来，于是一切变得神样的美，于是我与周遭的万物都被魔化。我以为我已死去。月亮的笑容是无与伦比的妩媚，和蔼与善良。善良崇高的上帝就是这样向他的创造物微笑的。

森林中下起轻轻细雨，林中还有一种朦胧的预感和轻微的动静。除此之外，一切静悄悄，仿佛在一间远僻高阔的大厅里。我眼睛望着月亮，心中想起一位女子。仿佛唯有它，那高挂在天空的苍白的月亮才肯向我悄悄吐露心曲。她是我先前的女友，我们相互之间变得陌生了，不再互致问候，不再凝眸相视。然而我却一如既往，非同一般地爱着她，她依然是我最为宝贵的。也许她也像往日那样喜欢我。我忍不住笑了。当一个人作为崇高可爱的森林的朋友置身林中，敬拜月亮，这是多么愉快的事。我身上宛若默默注入了勇气，仿佛从今起一切邪恶、一切烦恼、一切丑恶都将不再临到我头上。我悠然穿行于寂静的林中，月把它迷人的光辉洒向树木，我越来越走入林木深处，四周全是枝丫，弥漫着幽灵般的静谧。黑暗中不时有点点闪亮。苍穹一片幽暗，深沉快乐的魔力。我多想在此长卧，不愿再走出森林，不再想明亮、喧闹的白昼，唯有永恒的夜晚，欢乐、静寂、安详、和平与爱情，为我所求。

作者简介

瓦尔泽（1878～1956），瑞士人，20世纪早期现代主义的先锋作家。14岁毕业后开始漂泊无定的生活，他陆续创作了诗、散文、小说等许多作品。1933年住进精神病院，直至去世。

· 美文赏析 ·

《林中》以月照丛林为作者情思萌发的背景，作者在看厌了城市的繁忙拥挤之后，将这片森林看作是与心灵交汇的圣地，在这样的情况下，再平常不过的月影，也变得妩媚而和蔼，而且此时还下起轻轻细雨。在这样的静谧、朦胧的月夜，在这远离尘嚣的大自然，与此时此情相配的只有那超越时光隧道的永恒的真情。

在寺院门口

纪伯伦

入选理由
文笔优美,寓意深刻
以诗歌的手法为文
用感悟来诠释抽象的爱情

为了谈论爱情,我用圣火洁净了我的双唇。但当我开口讲话时,却发现我是个哑巴。

在我懂得爱情之前,我引吭高唱爱情的歌曲。但当我懂得爱情时,我口中的歌词却变成了微弱的喘息,我心中的曲调变得深沉。

人们啊!过去,你们曾经向我询问爱情的美妙与新奇。那时,我和你们讲起来津津有味,令你们兴奋,使你们心驰神往。而如今,爱情给我挂满了绶带,该轮到我向你们发问:什么是爱情所遵循的道路,什么是它的内涵和特点,你们中间谁能给我作出解答?我要向你们就我本身发出提问,我要向你们探询我的内心,你们谁能够向我的心表明我的心迹?谁能向我本人阐明我的自身?

否则,就请你们告诉我这火焰是什么?它在我胸中熊熊燃烧,它吞噬了我的活力,熔化了我的感情和情趣。

那只既柔嫩又粗野的无形的手是谁的呢?在我孤独寂寞之时,它攫住我的灵魂,将那快乐的苦涩与悲痛的甜美混合而成的美酒倾注在我的心里。

夜阑人静之时,无数只翅膀在我的床边拍打、呼扇,使我不能入睡,观察着我所不知道的事情,倾听着我未曾听到过的声音,凝视着我未曾看到过的事物,思考着我不明白的问题,感受着我不曾意识到的东西。我不时地长嘘短叹,叹息之中蕴含着忧伤与痛苦,对我来说,这比爽朗的欢声笑语更加亲切,更加可爱。在这夜深人静的黑夜,我向一种无形的力量屈服投降了,它把我折磨得一次又一次地死去活来,直至黎明,晨光照亮了我卧室里的每个角落我才闭上眼睛,那醒时的幻影仍在我那疲倦的眼睑中间颤动着,我慢慢地进入了梦乡。梦幻蹒跚而至,爬上我的石头床。

我们所谓的爱情到底是什么呢?

请你们告诉我!躲在时代之后,隐蔽在客观事物的背后,待在人们的良心里的那无形的秘密是什么?

是一切结果的起因,又是一切起因所造成的结果的那种绝对观念又是什么?

那种觉醒是什么呢?它和生与死密切相关,而又从生和死中创造出比生更加奇特,比死更加深沉的梦。

请你们告诉我,人们啊!请告诉我,你们中间可有谁当爱情用它的手指触摸到他的灵魂时,他仍躺在生活的床榻上沉睡不醒?

你们中间可有这种人,当他心爱的姑娘向他发出召唤时,他舍不得丢下自己的父母,舍不得离开自己的故乡?你们中间可有这样的人,当他为了要去与他的心上人相会而不肯漂洋过海,不肯横穿浩瀚的沙漠,不肯翻山越岭,不肯跨越山涧与河谷?

一个青年,倘若他的恋人远在天涯海角,当他嗅到了她芳香的气息,感觉到她纤纤细手的温柔,耳边响起了她那甜润的音调时,他能否不心驰神往?

一个人如果知道,神能够听到他的祷告,并会给他以丰厚的回报,他怎能不在神灵面前甘愿把自己化作香烟,作为祭品奉献?

昨天,我站在寺院门前,向过往行人询问有关爱情的秘密和它的好处。

于是,有一位身材瘦弱、愁眉苦脸的中年人正从我面前经过,当我问他时,他唉声叹气地说道:"爱情的天性就是软弱,这是从人类始祖那里继承下来的。"

这时,又有一个腰圆臂壮的青年走来,笑吟吟地说道:"爱情是一种意志,它与我们共存,它把我们的今天和昨天的岁月同未来连接起来。"

随后,有一位妇女满脸愁云地唉叹道:"爱情是一种杀人的毒药,在火狱洞穴里翻滚的黑蛇吸食了它,黑蛇把它喷入空中,表面裹上一层甘露,撒向人间,于是干渴的灵魂如饥似渴地吸吮它,陶醉于一时,苏醒一年,然后便永远地死去。"

一个面若桃花的少女走来,满面春风地说道:"爱情是多福河水,黎明的新娘把它倾注在强健的灵魂里,使灵魂飘飘欲仙,高高升起,在黑夜的繁星面前凝聚,唱着赞歌沐浴在白昼的阳光里。"

一个身着黑色衣衫,髯髯长须的男人走过我的面前,蹙额皱眉,开口道:"爱情是盲目的蠢行,它随着青春的到来而开始,又随着青春的结束而告终。"

一个满面春风、潇洒英俊的青年兴高采烈地说:"爱情是一门高深的学问,能使我们心明眼亮,神灵能看到的东西我们都能看见。"

随后,有一个盲人走了过来,他靠手杖探路,痛哭流涕地说:"爱情就是一片浓重的雾霭,把心灵团团围住,遮住它的视线,使它看不到大自然中的如画美景。只能看到自己倾斜的影子在岩石间抖动,只能听到自己的呐喊在山谷间回荡。"

一位怀抱吉他的青年从我面前走过,边唱边说:"爱情是神奇的光芒,它发自敏感的灵魂深处,照亮了它身边的一切,于是它看到世界就像行进在绿色草原上的一支浩浩荡荡的大军,生活犹如一场美梦,且无醒时。"

一个驼背老叟拖着沉重的双脚蹒跚而来,脚下好像拖着两个破布团一样,战战兢兢地说:"爱情就像疲倦的身体躺在幽静的墓穴中得到了安息一样,就像惊恐的灵魂在永恒世界的深处享受到了安宁一样。"

353

□ 精美散文

  一个五岁的孩童欢笑着经过我的面前,他说:"爱情就是我的爸爸,爱情就是我的妈妈,只有我的爸爸和妈妈才懂得爱情。"

  白昼已经过去。人们经过寺院门前,每个人都在议论爱情,实际上也是在给自己画像。他们自觉自愿地公开宣布了生活的秘密。

  夜色降临,过往行人都已归去,一片寂静。我听见从寺院里传出的声音说道:"生活本来就是由两半组成的,一半是冰冰冷冷,一半是烈火熊熊。而爱情就是那熊熊燃烧着的那一半。"

  随后,我进了寺院的门,跪拜祈祷,高声喊着:"主啊,让我成为火焰的圣餐!神灵啊,让我变成圣火的美味!阿门!"

作者简介

  纪伯伦(1883～1931),黎巴嫩现代著名诗人、散文家,旅美派代表作家。出生在黎巴嫩北部,12岁时随母亲到美国,两年后回国学习。1908年因发表小说《叛逆的灵魂》激怒当局,再次前往美国,后到法国学习。1912年起定居纽约,从事文艺创作活动。他的早期创作以小说为主,主要有短篇集《音乐》《草原的新娘》和中篇小说《折断的翅膀》等,具有强烈的叛逆精神,矛头直指封建暴政,同时形成了情节淡化的散文诗化的风格。定居美国后,以散文和散文诗创作为主,用阿拉伯文发表了散文诗集《泪与笑》、长诗《行列》等,用英文发表了散文诗集《先驱者》《先知》等。其中《先知》通过一位东方智者的"讲说",谈到了爱、婚姻等26个方面的问题,用诗般的语言讲述哲理,充满了诗化的智慧和诗意的美,是融合东西方文学传统革新之作。

纪伯伦像

·美文赏析·

  《在寺院门口》是一篇纪伯伦和读者一起探讨爱情话题的散文。优美如诗的文字和感性的思想,使"爱情"这个抽象的、无形的事物在作者的笔下变得生动丰满。

  《在寺院门口》中,纪伯伦通过不同身份、不同年龄的人的口向我们诠释爱情的含义。在年轻人的眼中,爱情是甜美的、充满诱惑的;在中年人的眼中,爱情是脆弱的、靠不住的;在老年人眼中,爱情是平静的、安详的;沉浸在甜美爱情中的人觉得它是"多福河水",爱情失意的人觉得它是"杀人的毒药";浪漫的人觉得它神奇,现实的人认为它盲目而无意义。但无论哪种看法,都没有否定爱情本身的巨大震撼力,君不见《在寺院门口》中对爱情发出诅咒、怨恨之声的人们,要么是"唉声叹气",要么是"痛哭流涕",如果不是对爱情充满过巨大的憧憬,对爱情全心投入过的人,又如何会如此地痛彻心扉呢——爱之深才会痛之切。

贪心的紫罗兰

纪伯伦

入选理由
纪伯伦的散文代表作之一
文章情节跌宕，深蕴哲理
笔调委婉，哲理深刻

在一座孤零零的花园里，有一株紫罗兰，花瓣艳丽，芳香四溢，幸福愉快地生活在同伴当中，得意扬扬地在群芳之间左右摆动。

一天早晨，紫罗兰戴着露珠桂冠，抬眼环望四周，看到一朵玫瑰花，躯干苗条，翘首天空，恰似一柄火炬，插在宝石灯上。

紫罗兰咧开她那蓝色的嘴唇，叹息道："唉，在群芳当中，我最不走运；在百卉之中，我的地位最低！大自然把我造就得如此低矮渺小，我只配伏在地上生存，不能像玫瑰那样，枝插蓝天，面朝太阳。"

玫瑰花听到邻居紫罗兰的哀叹，笑着摇了摇头，然后说："百花群里，你最糊涂。你真是身在福中不知福啊！大自然赋予你芳香、文雅和美貌，这都是别的花草所没有的。你还是赶快打消你这些奇怪的念头和有害愿望吧！满足天赐予你的福气吧！你要知道：虚怀若谷，地位无比高尚；贪得无厌的人，永远贫困饥荒。"

紫罗兰答道："玫瑰花，你之所以这样安慰我，因为你已得到了我想得到的一切；你之所以用格言来掩饰我的低下地位，因为你伟大高尚。在倒霉者的心中，幸运儿的劝诫是何等苦涩；在弱者面前慷慨陈词的强者，何其冷若冰霜！"

大自然听了玫瑰花与紫罗兰之间的对话，禁不住打了个寒战，继之提高了嗓门，说："紫罗兰，我的女儿，你怎么啦？我了解你，你朴实无华，小巧玲珑，温文尔雅。究竟是贪欲缠住了你的心，还是虚荣占据了你的心？"

□ 精美散文

紫罗兰乞怜道："力大恩深的母亲，我谨向您倾诉我心中的恳求和希望，万望您答应我的要求：让我变成一株玫瑰花，哪怕只有一天。"

大自然说："你不知道你的要求意味着什么。你不知道华美外观的背后所隐藏的巨大灾难。倘若你的身躯变高，外貌改变，成为一株玫瑰花，恐怕到时候连后悔都来不及了。"

紫罗兰苦苦哀求："改变我的外貌吧！让我变成一株身躯高大、昂首蓝天的玫瑰花……到那时，不管怎样，我的愿望总算实现了。"

大自然无奈："叛逆的傻瓜，我答应你的要求！倘若遇到灾祸，你只能抱怨自己太傻。"

大自然伸出她那无形的神手，轻轻触摸紫罗兰的根部，顿时出现了一株高出群芳之首、色彩斑斓夺目的玫瑰花。

那天傍晚，天色突变，乌云急聚，狂风骤起，撕破世间沉寂，电闪雷鸣、疾风暴雨一齐向花园袭来。刹那间，万木枝条尽折，百花躯干弯曲，枝长杆高的花木被连根拔掉，幸免者只有伏在地面上、隐身石缝间的矮小花木荆棘。

与此同时，那座孤零零的花园也遭受了其他花园所经历的浩劫，而且有过之而无不及。

风暴未息，乌云未消，已见园中花落满地。风暴过后，只有隐蔽在墙根下的紫罗兰安然无恙。

一位紫罗兰少女抬起头来，望着园中花木败落的惨状，得意地微笑了。她当即呼唤同伴："姐妹们，快来看哪！看看风暴是怎样对待那些盛气凌人的高大花木的吧！"

另一位紫罗兰姑娘说："我们低矮，匍伏在地面上，但经过暴风骤雨，我们安然无恙。"

第三位紫罗兰姑娘说："我们虽然体躯微小，但暴风雨没把我们压倒。"

就在这时，紫罗兰王后走了出来。她发现昨天还是紫罗兰的那株玫瑰就在自己身边，只见它已被风暴连根拔掉，叶子散落了一地，仿佛身中万箭，被风神抛到了湿漉漉的草丛之间。

紫罗兰王后挺起腰杆，舒展叶片，大声呼唤："我的女儿们，你们仔细看看！这株紫罗兰为贪欲所怂恿，变成一株玫瑰花，挺拔一时，不久被抛入万丈深渊。但愿这能成为你们的明鉴。"

那株玫瑰花战栗着，使尽全身力气，上气不接下气地说："知足安分的傻姐妹们，听我对你们说：昨天，我像你们一样，端坐在绿叶中间，满足于天赐之福。知足是一个难以逾越的障碍，将我与生活的风暴隔离开来，使我心地坦然，无忧无虑，无难无灾。我本来可以像你们一样，静静匍伏在地面，冬来以雪花裹身，没有弄明大自然的秘密，便与同伴一起步入死一般的沉寂。我本来可以避开那令人贪婪的事情，弃绝那些超越我自身天性的东西。可是，我在静夜里听上天对人间说：'存在的目的在于追求存在以外的东西。'于是，我背弃了我的灵魂，一心想得到我不应得到的东西。正是这种贪欲，使背弃心理变成一种巨大力量，使我的内心渴望变成了异想天开的幻想，于是，我要求大自然——大自然不过是我们内心梦想的外观——将我变成一株玫瑰花。大自然立即让我如愿以偿。大自然常用她的偏爱与渴望改变自己的形象。"

玫瑰花沉默片刻，又自鸣得意地说："我当了一个小时的皇后。我用玫瑰花的眼睛观看了宇宙，用玫瑰花的耳朵听到太苍窃窃私语，用玫瑰花的叶子感触光明。诸位当中，谁能得到我这份光荣？"

尔后，玫瑰花弯下脖子了，用近似喘息的声音说："我就要死去了。我心中有一种特殊的感触，这是在我之前的紫罗兰不曾有过的。我就要死去了。我终于了解了我出生的有限天地之外的一些事情。这就是生活的目的。这就是隐藏在昼夜间发生的偶然事件背后的真正实质。"

玫瑰花合上叶子，浑身一颤，便死去了。此时此刻，她的脸上绽现出神圣的微笑——愿望实现后的微笑——胜利的微笑——上帝的微笑。

· 美文赏析 ·

《贪心的紫罗兰》是一篇意韵隽永的优美散文，文章以童话式的笔调，象征性地塑造了一位不甘寂寞、平淡的生活，追求斑斓、崭新的生活，最终为之献出自己生命的理想追求者的形象。全文分为两大部分。第一部分叙述了"贪心"的紫罗兰一心要变为美丽的玫瑰并最终如愿以偿的故事。第二部分叙述了变成玫瑰花的紫罗兰遭遇暴风雨袭击而"丧身"的故事。文章情节跌宕，深蕴哲理，拟人、比喻、象征手法以及对话式和内心独白的表述方式，使文章生动自然，朗朗上口。作者以委婉的笔调，借紫罗兰之口，向人们传达了一个深刻的哲理：人生存在的目的在于追求存在以外的东西。

□ 精美散文

夜 莺

劳伦斯

入选理由
乐观向上的精神
生动的文字中传达时代个性
美好生活的赞歌

塔斯卡尼处处有夜莺。在春季和夏季，除了午夜和日中，它们终日歌唱。在树繁叶茂的小树林里，树木像铁线蕨垂挂在岩石上那样悬在山边，溪旁，大约清晨四点，你就能听到夜莺在那里，在苍白的晨曦中重新开始歌唱："您好！您好！您好！"夜莺的歌声，是世界上最欢快的声音。因为这声音无比欢快，光辉灿烂，蕴藏着巨大的力量，所以每次听到它，都会感到惊奇，使人异常激动。

"夜莺开始歌唱了。"你会自言自语地说。它在拂晓前歌唱，那时星星好像正由矮小的灌木丛冲上广阔无垠的朦胧夜空之中，然后隐藏起来，随即消失了。但日出之后，歌声继续回响，而你每次重新惊异地侧耳倾听时，总是想不通。"为什么人们说它是一种悲伤的鸟类呢？"

它是整个鸟类王国里最吵闹、最不体谅别人、最任性和最活泼的鸟。对任何了解夜莺的歌唱的人来说，都无法弄清约翰·济慈为什么用"我的心儿痛，瞌睡麻木折磨"来开始他的《夜莺颂》。你听到夜莺银铃般地高叫："什么？什么？什么，济慈？心儿痛，瞌睡麻木折磨？特拉——拉——拉！特哩——哩——哩哩哩哩哩哩哩哩！"

而为什么希腊人说他，或她，是在树丛中为失去的爱偶伤心哭泣，我也不得而知中世纪的作家用"唧——唧——唧！"表示夜莺喉咙里迅如闪电似的滚动。这是一种野性的、饱满的声音，比孔雀尾巴上的翎斑更加鲜艳多彩：

那光鲜的褐色夜莺是那样多情，
为了伊堤罗斯而停了一半歌声。

他们用"唧！唧！唧！"来说明她正在啜泣。至于他们怎么会听到那种声音的，那简直是个谜。除非是耳朵倒长的人，否则人们什么时候会听到夜莺"啜泣"，真是莫名其妙。

不管怎样，它是一种雄性的叫声，一种十分强烈、没有掺杂的雄性叫声。是纯粹的断言。没有丝毫暗示的影子，也不是空虚的回声。根本不像空洞的、声音低沉的钟声。绝无什么孤寂可言。

也许，正因为如此，济慈才即刻感到了孤寂。

孤寂！这两字犹如一声晨钟
把我敲回到自己立脚的地方！

也许原因就在这儿：夜莺歌唱时，为什么每一个忠于上帝、侧耳倾听的人听到的都是小天使们银铃般的叫声，而他们却听到树丛中的啜泣？也许正是因为人与人之间存在差异的缘故吧。

因为，事实上，夜莺的歌唱具有清脆、感人的活泼，具有使人驻足伫立的质朴的自信。这是一种神采洋溢的叫声，一种熠熠生辉的交织呼唤，恰如创造世界的第一天，天使们突然发现自己被制造出来时情不自禁地发出的叫喊声。之后，在天堂的灌木丛里，天使们准有一番喧嚷："哈啰！哈啰！你瞧！你瞧！你瞧！这就是我！这就是我！多么神——神——神奇的事情！啊！"

为了享受"嗨！这就是我！"这歌唱似的断言的纯洁美，你必须侧耳倾听夜莺的歌声。也许，为了在视觉上完美地享受同样的断言，你会瞧一眼正在抖动自己全部翎斑的孔雀。在所有创造完美的造物之中，这两种也许是最完美的；一种是无形的、喜悦的声音，另一种是无声却看得见的东西。虽然夜莺具有内在的生气勃勃，使人感到一种亲切、跳跃的神秘感，但如果你确实看到它，它不过是一只貌不惊人的灰褐色小鸟。这好比孔雀，真要发出声音时，确实难听至极，但它仍给人以深刻印象：从恐怖的热带丛林中传出的非常可怕的叫声。实际上你可以在锡兰看到孔雀在高高的树枝上叫嚷，接着展翅掠过猴群，飞进那沸腾的、黑暗的、深不可测的热带森林里。

也许由于这个缘故——喜爱天使或喜爱魔鬼的纯粹真实自我断言——夜莺使某些人感到悲伤。而孔雀往往使这些人愤怒。这是包含一半妒忌的悲伤。造物主把夜莺造得那么明确欢快，富有、光明的上帝之手赐予它永久的新意和完美。夜莺因自己的完美而啾啾欢唱。孔雀则满有把握地抬起它所有的青铜色和紫红色的翎斑。

这——这小小完美的造物之作的啾啾断言——这显示鸟类无瑕之美的绿色闪光——根据它在视觉或听觉上所给人的不同印象，使人感到愤怒或孤寂。

听觉远不如视觉狡诈。你可以对人说："我非常喜欢你，今天早晨你看上去真美。"虽然你的声带可能出自不共戴天的仇恨而在震动，但她会深信不疑。

听觉十分愚蠢，它会接受任何数量的语言假币。但是，若让一丝仇恨之光进入你的眼睛或掠过你的脸庞，它立刻就会被察觉。视觉既精明又迅如闪电。

由于这个缘故，我们马上会发觉孔雀一切炫人的、雄赳赳的自信；并且不无轻蔑地说："漂亮羽毛能打扮出个好外表。"但当我们听到夜莺的声音，我们不知道自己听到了什么，只知自己感到悲伤、孤寂。所以我们说悲伤的是夜莺。

让我们重复一遍，夜莺是世界上最不悲伤的东西；甚至比浑身发光的孔雀更不知悲的。它没有什么可悲伤的。它知足常乐。它并不自负。它只是感到生活美满，鸣啭表白——喊叫"唧唧"作响，吃吃发笑，颤声啾啾，发出长长的、嘲弄原告的呼叫，进行表白，断言和欢呼；但它从不叽呱学舌。它的声音是纯粹的音乐，只要你不往里填词的话。但夜莺的歌在我们心中激起的感情是可以用语言表达的。不，这也不是事实。听到夜莺歌唱时，一个人的感

晨曦中的夜莺

情是无法用语言形容的。这种感情远比语言纯洁得多，所有的语言都已被污染。然而我们可以说，它是一种人生美满的欢快之情。

　　这并非妒忌你的幸运，
　　而是你的幸福使我太欢欣——
　　因你呀，轻翼的树神，
　　在长满绿榉，
　　音韵悦耳、无数阴影的地方，
　　引吭高歌，赞颂美夏。

可怜的济慈，夜莺欢欣他只好"太欢欣"，自己内心根本不快乐。所以他想要饮用使人害臊的灵泉，和夜莺一起归隐到阴郁的森林中。

　　远远地隐没，消散，完全忘却
　　你在树叶间从未知道的事情，
　　忘却疲倦，狂热和恼恨……

这是男性人类十分悲伤、美丽的诗句。不过下面一行却令我感到有点滑稽可笑。

　　人们坐在这里听着彼此的悲叹；
　　瘫痪的老人抖落几根愁切的仅存的白发……

这是济慈，根本不是夜莺。但这位悲伤的男性仍然试图离开人世，进入夜莺的世界。葡萄美酒不会把他带去。然而，他还是要去的。

　　去呀！去呀！我要飞往你处，
　　不乘酒神和他群豹所驾的仙车，
　　却靠诗神无形的翼翅……

不过，他没有成功。诗神无形的翼翅没把他带进夜莺的世界，只把他带进灌木丛里。他还留在外面。

　　我暗中倾听；唉，有好多次
　　我差点爱上了安闲的死神……

除非运用对比，夜莺从未使哪个人爱上安闲的死神。这是夜莺绝对纯洁的自我陶醉的明亮火焰与济慈渴望忘记自我，永远渴望超越自我的惶恐的思想火花之间的对比：

　　在半夜毫无痛苦地死去，
　　你却如此狂喜地尽情
　　倾吐你的肺腑之言！
　　你将唱下去，我的耳朵却不管用，
　　听不到你的安魂曲，像泥块一样。

如果能使夜莺明白诗人在怎样答复它的歌唱，夜莺会感到十分惊奇。它将会因惊讶而从枝头上跌下来。

因为当你回答夜莺时，它只会叫得更欢，唱得更响。假设在邻近的灌木丛里另有几只夜莺随声附和——它们总是如此——那么，这蓝白色的声音火花便会直冲云霄。假设你，一个凡夫俗子，碰巧坐在浓阴遮蔽的河岸上跟你心爱的女子热烈地争辩着，为首的那只夜莺会像第三幕中的卡鲁索那样越唱越响——简直是一阵卓越的、突然爆发的狂热音乐，把你压倒，直至你根本听不到自己说话、吵架的声音。

事实上，卡鲁索颇具夜莺的特征——唱歌时像鸟一样突然爆发出神奇的活力，表现出充实和悠然自得。

你并不是为死而生的，不朽的神鸟！

饥馑的年代不会糟蹋你；

不管怎样，在塔斯卡尼还不至于如此。夜莺们总是刺刺不休。而布谷鸟却显得遥远，声音低沉，低低地、半遮半掩地叫着拍翅而过。也许英格兰的情况真的与众不同。

我在今晚听见的歌声

古代的君王乡民也听到过：

也许就是打动露丝悲哀的心房

那一首歌，那会儿她怀念故乡，

站在异国的麦田中泪滴千行；

为什么哭泣？总是哭泣。我感到奇怪，在帝王之中，狄奥克力第安听到夜莺的鸣啭时眼泪汪汪了吗？乡民中的伊索也是这样吗？而露丝真的泪滴千行？作为我，我很怀疑是这位年轻的女士逗得夜莺开始歌唱的，就像卜伽丘的故事中手捧着活泼的小鸟睡觉的可爱姑娘那样——"你的女儿像夜莺般活泼，她捧着只鸟儿在手中。"

当母夜莺轻轻地坐在鸟蛋上，听到它的老爷们儿鸣啭歌唱时，它会怎么想呢？它大概很喜欢听，因为它照常洋洋得意地孵着它的蛋。它大概喜欢它的老爷们儿的高谈阔论甚于诗人谦卑的呻吟：

如今死亡要比以往更壮丽，

在半夜毫无痛苦地死去……

对母夜莺来说，这可没有什么用处。人们要为济慈的范妮感到惋惜，也理解她为什么一无所有。这般美妙的夜晚本应给她带来多少乐趣！

也许，说来说去，如果雄夜莺无论痛苦与否，半夜里不想停止歌唱，母鸟就可得到更多的生活乐趣。深夜的用处更大。一只让母鸟独自去抱蛋，自己只管尽情高歌的雄鸟，或许比一只悲叹呻吟的鸟更合母鸟的意，即使它的呻吟是表示对它的爱恋。

当然，夜莺歌唱时完全没有意识到小小的、无光泽的母鸟的存在。它也从来不提它的名字。但它清楚地知道，这歌的一半是它的；就像它知道那些蛋一半是它的一样。就像它不要它进来踩踏它的那窝蛋一样，它也不要它加入它的歌唱，唠唠叨叨，不成腔调。男人、女人，各司其职：

再会！再会！你凄切的颂歌

消失……

它从来不是凄切的颂歌——它是踌躇满志的卡鲁索。但何必跟一位诗人争辩呢。

作者简介

劳伦斯（1885～1930），英国诗人、小说家、散文家。出生于诺丁汉郡的伊斯特伍德村一个矿工家庭，父亲是煤矿工人，母亲当过小学教师。劳伦斯少年时代在诺丁汉矿区上学，后到诺丁汉大学学院学过植物学和法律。当过会计、厂商雇员和小学教师。1910年母亲的去世给他很大的打击，后与大学教授的夫人弗丽达一见钟情，弗丽达的爱情给他很大鼓舞，两人于1914年结婚。他在第一次世界大战中发表的长篇小说《虹》，因触犯当局战时利益而被禁毁。这段时间他处境艰难，几乎一蹶不振。战争结束后他开始了流亡生涯，先后到过意大利、德国、澳大利亚、美国、墨西哥等地。1928年，私人出版了有争议的最后一部长篇小说《查泰莱夫人的情人》，但英美等国直到20世纪60年代初才解除对此书的禁令。1930年3月2日劳伦斯因患肺结核死于法国尼斯附近的旺斯镇，骨灰安葬在美国新墨西哥州的一个农场。

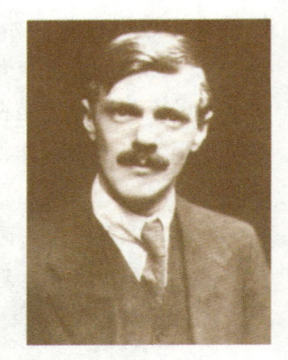

劳伦斯像

· 美文赏析 ·

劳伦斯在散文创作中始终尊重自己的真实情感、不随波逐流，使自己的创作自成风格。《夜莺》是作者一篇十分有见地的散文，读《夜莺》可以让我们更好地解读这位20世纪上半期英国最有争议的作家。

"夜莺"，是西方作家经常用来入文的一种鸟儿。《夜莺颂》就是18世纪末，英国著名诗人济慈的一首名诗。本文《夜莺》也是劳伦斯的散文名篇。而同是写"夜莺"，劳伦斯和济慈的表现主题和艺术风格却迥异。走进《夜莺》我们可以看到一个不同于济慈的、另一种性格的英国大作家，如果说济慈是一个悲天悯人的诗人，那么劳伦斯就是一位开朗、健朗的生活者。在济慈眼中，夜莺是悲歌的挽唱者，它热烈、痛苦、孤寂。而劳伦斯听出的夜莺的歌唱曲调，却是欢乐的、自由的，它是作者眼中乐观的天使。相同的意象在不同人眼中是不同的，而这种差异更多的代表着两人不同的人生态度，而且都分别具有各自时代所在特色。劳伦斯的个性特点，代表资产阶级成熟时期的大胆创新精神。而济慈的悲悯，也自有新兴资产阶级在痛苦中追求理想的时代烙印。

比睿古寺记游

若山牧水

入选理由
东方文化的浓墨重彩
浓厚的古典气息和隐逸思想
自在随意的语言风格

我到达山上的宿院时，天色已近黄昏。本想游览大殿之后再休息，可是我疲劳已极，一见院门上挂着"天台宗香社留宿处""普通参拜者留宿处"的大木牌，两条腿便迈不开步了。

走进大门，一片盛开的白花映入眼帘。我随便瞧了一眼，竟没想到是几株樱花。已是5月下旬了，竟还开得这么繁盛！刚这么一想，我马上意识到自己已身在深山老林之中了。我踏着庭石，走过长满青苔的院子，来到正门口。偌大的建筑物里几乎空无人迹，叩问数声仍不见回答。无可奈何，只得在那儿呆立了一会儿。这时，突然传来一阵鸟鸣。那轻轻的凄凉的叫声似曾在哪儿听见过。聆听许久，忽然记起这是筒鸟的声音。我仿佛在这深山中意外地遇上了故友，紧张的心情顿时放松下来。环视周围，到处都是郁郁葱葱的杉树林，那清晰而又悲凉的鸟鸣便是从这暮色苍茫的树林中连续不断地传来的。

整个宿院的房屋是沿坡修建的。我发现最下边的房子升起了缕缕炊烟，那儿似乎有人。于是我离开正门朝那边走去。房门敞开着，我跨进门限，里边是个宽敞的土间，一个老太太正在灶前烧火，火势很旺。我当即寒暄了一句，走到她身旁，说明要在此住上五六天的意思。老太太十分惊讶，并用怀疑的眼光盯着我，冷漠地答道："现在这儿不接待住两宿以上的客人。"

听到这个回答，我如同挨了当头一棒，一时惊得无言可对。本来，我爬上这座比睿山既不是为烧香拜佛，又不是为游山玩水，我是带着紧急任务而来的。即必须利用这次旅行来完成由我主持的和歌杂志的编辑工作，而且早在三四天前，在京都时就已接到东京寄来的全部稿件，当时本想就地加紧完成编审任务，但是由于我很久没去京都了，久别重逢的朋友往来自然频繁，因而很难抽出时间从容地完成计划，而且向印刷厂发稿的日期已迫在眉睫，逼得我无计可施，便想起上山这一着。有多次游山经验的朋友也赞成我的想法，认为是个好办法。并告诉我说山上有专门

樱花与寺宇构成绝妙的景致

□ 精美散文

樱花是日本的国花，在日本的古寺中随处可见。

留宿的地方，不限日期，谁都能租。我当即提着沉甸甸的诗稿出发了。我是自京都至大津，又从那儿转乘轮船横渡琵琶湖到达坂本，然后再从坂本径直踏上山路的。陡峭的山路令人惊奇不已，一路上怀着长期以来对深山老林生活的向往，我步履艰难地爬到这里。

正因为这样，老太太这番出人意料的回答，弄得我不知所措。我又央求了两三次，她的态度变得益发冷淡，看样子我再迟疑不决，很可能会被逐出门外。

于是我放弃原来的想法，说了声："好吧，那我就住一宿。"说完脱掉了木屐。我的两脚已经痛得不能久立了。

我被引进一个房间，室内光线已很暗淡。我累得像瘫了一样，一屁股坐了下来。这时，从这空荡的房子的一角传来了诵经声。我侧耳一听，刚才那筒鸟的叫声又响了起来。这声音比山鸠的啼声响，比猫头鹰的啼鸣更为凄凉。我静静地听着那既无开始，又无终结的鸟鸣，方才那满腔的怒火和沮丧的心情不知不觉已经烟消云散。此时，胸中充满了无法表达的寂寞和怀念。我起身推开窗子，外边还亮着。狭小的庭院对面是一片杉林。我漫不经心地看了看四周，突然发现透过大杉树的缝隙，能看见远处闪着的亮光。我立刻意识到那是琵琶湖！诵经声不知何时已经停止，而筒鸟仍旧频频啼叫。间或夹杂着那些叫不出名字的小鸟的啼鸣。我依窗而立，终于感受到一种无法忍受的凄清。偶然想起京都朋友那番上山不愁住处的话，心中快快不乐，便匆匆走出了房门。不出所料，从宿院爬上一段石阶之后，有一家茶馆。我买了瓶酒，匆匆返回，打算吃饭时解解馋。回来的路上曾看到一所大房子上挂着"食堂"二字的木牌。心想可能是好多人聚在一起用餐。尤其这儿是寺院附设的留宿处，恐怕不便公开饮酒。想到这儿，便举瓶欲饮。正在这时，昏暗的窗外冒出个人头来。原来是个十四五岁的小和尚。这小和尚问道："要我给你买酒吗？""酒……这儿让喝吗？""在这屋喝，没人看见的！"

"是吗？那好，给我买一瓶！多少钱？""3角3分！"听他这么一说，我心中想这小鬼还赚我一分钱呢。刚才买的那瓶是3角2分！

"是吗？给你3角3分。喏，这是给你的！"

说着，又扔给他一个硬币。

他像只小狗一下消失在黑暗中，很快又从后院跑了回来，从窗上把酒瓶递给我。

"给你烫一下好吗？"

"不用了，就这么喝。"

他一直扶窗而立。

"我琢磨你是个好喝酒的人！"

最后，他这么说了一句便走了。

我一面苦笑着，迅速呷了一口凉冰冰的酒。接连喝下几口之后，渐渐地感到精神抖擞起来。

窗前的庭院已没入黑暗之中,远处的山峰还有一点灰白色,但山下的湖水已经看不见了。筒鸟也销声匿迹了。屋内仍是一片漆黑。任它黑去吧!这种听其自然的心绪,反而使四周的黑暗显得亲切起来。不一会儿,走廊里响起了脚步声,方才那个小和尚端来一盏昏暗的煤油灯。他的个头比我想象的要矮得多,并且在灯光下他的脸显得很凶。

翌晨,漫天乌云。周围一片浓雾,我几乎连窗户都不敢开。我来到院子里,不知是天上的雨滴,还是树上的水珠,冷冰冰的水滴不住地往脸上滴落。

我不甘心就此离去,便再次央求老太太留我数日,她却措词含糊,不置可否。后来才知道,如果多给她几个小费,她一定会留我的,可当时我没想到这点。当小和尚来通知吃早饭时,他告诉我不能多住,并且说如果今天要下山就请快去吃饭。我一听火冒三丈,当即决定离开,于是匆匆走了出去。我想先把山上重要的古迹游览一番再说,便独自悠闲自在地沿山径走去。因为是清晨,全山的总寺根本中堂的大门紧闭着,山上更无行人。只有我一个人惴惴不安地走在这羊肠小路上,杉树梢上的水珠簌簌地往下洒落。近来我对各种不如意的事已逐渐习惯了。我怀着极大的乐趣来到山上,却又不得不如此沮丧地速速离去,觉得实在划不来,不过现在我还有充分的时间来考虑下一步的计划。我决定今天下山,然后在湖畔寻觅一个幽静之处,来完成审稿工作。

不知为何,我对此山感怀至深。也许是因为当日的满山云雾才促使我有此感觉的吧。林梢上好像刮起了风,大滴的水珠淅沥而落;仰望天空,一片白茫茫,不知是云是雾,连绵不断地飞驰而去。不仅高大的树梢摇来摆去,连那脚下路边茂密的绿树青草也在随风起伏。当我驻足观看时,一股恐怖感袭上心头。

我向净土院走去,路标上写着从根本中堂至净土院有三里地。听说这个寺院是收纳本山的开山祖传教大师遗骨的地方,今年正是大师逝世1100周年。还听说此山全盛时期有3000和尚,山上山下布满了殿堂,如今寺院仅存30处,而住人者不过十六七处而已。全山面积近20平方公里,满山苍杉翠柏,遮天盖地。我沿小径前行,走到高岗处,见到一个小茶馆。那不断飘动的云雾从茶馆的破旧屋檐边飞了过去。我朝屋里一瞧,一个老大爷正在忙着烧火,那红红的火苗着实温暖可亲,于是我步履蹒跚地走到跟前。老大爷看见我这个大清早出现的不速之客,显出惊异的神色,从屋里走了出来。他是个须发皆白,体格健壮的高个子。仅交谈几句,我就感觉出他是个和善的老人。无意中我讲起昨晚遇到的不快,并问他有否熟识的寺院让我住上五六日。他寻思片刻后说道:"有。我替你问问看,不过现在刚起床,你也看到这儿就我一个人,不能马上离开。我女

琉璃光寺的五轮塔
此塔系日本琉璃光寺门派之一香积寺的镇寺之物,创建于1442年。此塔虽为禅宗寺庙,但塔形却是日本传统样式。五轮塔是日本宗教建筑的代表作。

□ 精美散文

儿她很快会从山下上来的；她一来我就让她去帮您打听。您趁这工夫可以到那边去转一转。"听了这番出乎意料的亲切之言，我高兴极了。如果能找到住处那该多么幸运！我再次拜托老人务必为我解难。这时，我重新扫视了一下小屋，店头摆着粗点心、夏柑、香烟等，里边挨着"土间"铺了两三块草垫。我问老大爷是否经常一人在此？他说晚间一年到头都是单身在此，白天老伴和姑娘从山下上来。他还说由于闲居无聊才开这么个小铺的，现在已经习惯了，反觉这样更舒服些，说罢笑了起来。

小茶馆背后是个又宽又深的山涧。不知不觉间已经稀薄下来的雾气，变成了密集的白云，布满深谷，天空露出了几片蓝色。我说了声："好吧！我去转一下。找房子的事就拜托您啦！"便走出了茶馆。周围一片寂静，连只麻雀也看不见的净土院内泉水喷涌，泉边盛开着美丽的石楠花。这一带每隔三五百米就有一座有来历的寺院，如释迦殿、五轮塔等。我走出净土院后，把这些殿堂逐个游览了一遍，再回到茶馆一看，只有大批中学生模样的游客，却不见茶馆的姑娘上来。于是我又去攀登比睿山的最高峰四明岳。据说这里是古代平将门登临之处。他曾在此一面俯视京都皇城，同时心中立下夺取天下的宏图大志。从这儿望去，确实四面苍茫，自丹波路向江州方向伸延的山脉，在漫无际涯的云天之下，起伏连绵，煞是壮观。由于高处冷风逼人，无法久立。于是我走下峰顶，来到一块平坦的松林，林木稀疏，而且因常年的风吹雨打，枝干虬曲。我在此躺了一阵，一只黄莺藏在松枝深处不停地鸣唱，怎么也不肯远飞，看样子它的窝巢就在近处。我由此往下走，再次返回茶馆。老大爷看见我就说，他姑娘刚来就被他打发去询问住处了，看来问题不大，请我稍等一会儿。这时，我看到茶馆里摆着两三瓶酒，便买下一瓶，没有温烫就慢慢喝了起来。不大工夫，一个20岁上下、肤色略黑、长得很是招人喜欢的姑娘，从山涧走了上来。老大爷和她交谈了三两句之后，那满口无牙的面部顿时堆起了笑容，回头看了看我。我见这般情景不由得也会心地笑了起来。

事情办得挺顺利，不过据老大爷说，那座寺院是比睿山上荒圮最甚的寺院，虽然有个住持，但平时并不住在寺中，他兼管山下的寺院，所以无事是不来的，只有个看寺的老头儿常住寺中，因此要留宿只能和看寺人一块儿搭伙。老大爷关心地问我是否吃得消，我回答说这正是我所期望的。我非常高兴自己的愿望能得到满足。我递过斟满凉酒的杯子，劝他也喝一杯，他兴致勃勃地走到我跟前，接过酒杯，一饮而尽。我笑着说："老大爷也喜欢喝酒呀！"他说："正因为爱喝这口酒，才能在这深山密林中待得住哪！"此时正好没有游客，我和他便慢慢地对饮起来。喝到一半，他像突然想起什么似的，对我说道："先生要是在寺里喝酒的话，让那看寺的老头儿也尝尝。哪怕一杯也好，他比我更爱喝酒。他家原是山下有钱的大户，全给他喝光了。现在既无妻室又无儿女，孤寡一人住在寺内。"老大爷说话的语气极为诚恳。我当即回答说："没问题。"

善福院的释迦堂
善福院相传由荣西创建，原寺名为广福禅寺。释迦堂约建于1327年以前，与其他禅宗佛殿明显不同的是此释迦堂的屋顶极端狭窄，且材质粗犷。

并说我哪天也离不开酒，正好有个酒友相伴。说话间，从山涧方向慢腾腾地走上来一个高个老头儿，头剃得亮光光的，嘴角和眼睛显得有些呆滞。"哝，他来啦！"茶馆老大爷说着便起身迎候，并打招呼说："又给你添麻烦啦！"那老头儿道："我那儿什么也没有，听说客人没住处，就让他在那儿凑合吧！"说着向我们走了过来。我也起身寒暄了几句。老头儿只是默默地眨着眼，向我点了个头。姑娘见他那表情，觉得十分滑稽，便两手掩面笑了起来。茶馆老大爷也笑道："先生，这个老爷子耳朵背，听不见你说话的声音。"其实我的声音比一般人高得多，这么大声音还听不见，岂不等于聋人？！要和这样一个老头儿在那荒凉的寺院过上五六天！我不得不重新打量一下我面前这个木然而立、满脸皱纹的高个儿老头。

一会儿，这个老大爷便领我走下山涧。一路上但见那杉树比先前看到的更加古老苍劲，而草径却变得愈来愈狭小。路程相当远。我说："好远呐！"老大爷说："哪里，从茶馆算起不过一里半路！"我问他这一带还有没有别的寺院，他说最近的是释迦殿，不过那里无人居住，所以我们这儿实际如同一座孤寺。

果然，这是座孤零零的寺院，四面是茂密的森林。大殿的外部颇为壮观，到里边一看却是满目凋敝的不堪之状。老大爷指着一个房间说："哝，这屋已经收拾好了。"我走了进去，脚一踏上草席就有一种湿漉漉的感觉。屋子中间的地炉里堆满了红红的炭火。我独自呆呆地坐了一会儿，突然听到一阵猛烈的声响，走到窗前一看，山野不知何时已变成一片白茫茫的云山雾海，大雨哗哗地下了起来。

作者简介

若山牧水（1885～1928），是宫崎县一位医生家的长子。在延冈中学上学时开始向杂志社投稿，1904年，19岁的他进入大学后与尾上柴舟和前田夕暮等人组成车前草社，进行文学创作。期间他爱上一个有夫之妇，深陷苦恼之中，为此，创作了抒写心情的浪漫诗歌。1908年他出版第一部诗集《海之声》，后来恋爱失败，转而关注现实，专攻自然诗，对于恋爱、酒、自然等有着独特的感受，并创作了不同凡响的短歌。他的妻子若山喜志子也是有名的诗人。他于1928年9月17日，因肝硬化去世。

若山牧水像

· 美文赏析 ·

若山牧水是日本的一位诗人，作品充满了东方的古典气息和隐逸思想，这一点在他的散文作品里也可以看出来，《比睿古寺记游》恰好就能说明这个问题。比睿山是日本的三大灵山之一，是佛教名胜之地，在日本的战国时代曾被烧毁过。若山牧水很少写游记，所以他游比睿古寺，并且写下一篇游记，说明他是心向禅仪的。文章的语言非常平和细腻，娓娓到来，充满了清净幽雅的气息，入题便是樱花、鸟鸣、暮色和苍茫的树林，接下来的事情只是作者在山寺里的小住，但是这个小住正好给作者带来了荒野独处的情趣。作者写到的几个人物也都是在这里过着与世无争的清净生活，粗淡简陋，甚至似乎脾气都颇怪异。而此后的一个小茶馆使作者的心绪感到亲切起来，待住宿安排妥当，"突然听到一阵猛烈的声响，走到窗前一看，山野不知何时已变成一片白茫茫的云山雾海，大雨哗哗地下了起来。"行文到了无拘束，无头尾，或者说一头撞入，憮然收尾，也足见作者性情。

□ 精美散文

当玫瑰花开的时候

佩德罗·普拉多

入选理由
以感性的方式解说抽象
语调平和恬淡
对爱情的深刻诠释

老园丁培育出许多优良品种的玫瑰花。他像蜜蜂似的把花粉从这朵花送到那朵花，在各个不同种类的玫瑰花中进行人工授粉。就这样，他培育出了很多的新品种。这些新品种成了他心爱的宝贝，也引起了那些不肯像蜜蜂那样辛勤劳动的人的妒羡。

他从来没有摘过一朵花送人。因为这一点，他落得了一个自私、讨人厌的名声。有一位美貌的夫人曾来拜访过他。这位夫人离开的时候，同样也是两手空空没有带走一朵花，只是嘴里重复嘟哝着园丁对她说的话。从那时起，人们除了说他自私、讨人厌之外，又把他看成了疯子，谁也不再去理睬他了。

"夫人，您真美呀！"园丁对那位美貌的夫人说，"我真乐意把我花园里的花全部都奉献给您呀！但是，尽管我年岁已这么大了，我依旧不知道怎样采摘下来的玫瑰花，才能算一朵完整而有生命的玫瑰花。您在笑我吧？哦！您不要笑话我，我请求您不要笑话我。"

老园丁把这位漂亮的夫人带到了玫瑰花园里，那里盛开着一种奇妙的玫瑰花，艳红的花朵好像是一颗鲜红的心被抛弃在蒺藜之中。

"夫人，您看，"园丁一边用他那熟练的布满老茧的手抚摸着花朵，一边说，"我一直观察着玫瑰开花的全部过程。那些红色的花瓣从花萼里长出来，仿佛是一堆小小的篝火喷吐出的红通通的火苗。难道把火苗从篝火中取出来还能继续保持着它那熊熊燃烧的火焰吗？花萼细嫩，慢慢地从长长的花茎上长了出来，而花朵则出落在花枝上。谁也无法确切地把它们截然分开。长到何时为止算是花萼，又从何时开始算作花朵？我还观察到当玫瑰树根往下伸展开来的时候，枝干就慢慢地变成白色，而它的根因地下渗出的水的作用，又同泥土紧紧地结合起来了。

"结果我连一朵玫瑰花该从哪儿开始算起都不知道，那我怎么能把它摘下来送给他人？要是硬把它摘下来赠送给别人，那么，夫人，您知道吗？一种断残的东西其生命是十分短暂的。

"每年到了十月，那含苞待放的玫瑰花蕾绽开了。我竭力想知道玫瑰是在什么地方开始开花的。我从来也不敢说：'我的玫瑰树开花了。'而我总是这样欢呼着：大地开花了，妙极啦！

"在年轻的时候，我很有钱，身体壮实，人长得漂亮，而且心地善良，为人忠厚。那时曾有四个女人爱我。

"第一个女人爱我的钱财。在那个放荡的女人手里，我的财产很快地被挥霍完了。

"第二个女人爱我健壮的体格，她要我同我的那些情敌去搏斗，去战胜他们。可是不久，我的精力就随着她的爱情一起枯竭了。

"第三个女人爱我英俊的容貌。她无休止地吻我，对我倾吐了许许多多情意缠绵的奉承话。我英俊的容貌随着我的青春一起消逝了，那个女人对我的爱情也就完结了。

"第四个女人爱我忠厚善良。她利用我这一点来为她自己谋取利益，最后我终于看出了她的虚伪，就把她抛弃了。

"在那个时候，夫人，我就像是一株玫瑰树上的四朵玫瑰花，四个女人，每人摘去了一朵。但是，如果说一株玫瑰树可以迎送一百个春天的话，那么一朵玫瑰花只能有一个春天。我那几朵可怜的玫瑰花，就是如此这般地，一旦被人摘下，也就永远地凋零了。

"自此以后，从来没有人在我的花园里拿走过一朵花。我对所有到我这花园来的人说：'你什么时候才能不热衷于那些被分割开来的、残缺不全的东西呢？假如你真能把每件事物的底细明确地分清楚，假如你真能弄清玫瑰长到何时算作花萼，又从何时开始算作花朵的话，那么，你就到那玫瑰开花的地方去采摘吧！'"

作者简介

佩德罗·普拉多（1885～1950），智利现代主义诗人，也写哲理小说。作品通过对一般事件的引申，总结出人生的哲理，主要有《一个乡村的法官》和《阿尔西诺》。

· 美文赏析 ·

《当玫瑰开花的时候》是佩德罗·普拉多的一篇散文，以讲故事的形式向人们传达了作者所理解的爱情观。

文中写了一个老园丁种花的故事，他的玫瑰花色彩美丽、品种优良，但却从不让人采摘。接着他以自己年轻时的感情经历为依据为旁人解释了不愿轻易摘花的缘故，阐明了自己的爱情观。他认为爱情就像一株有生命的玫瑰树，在人们采摘之前，要看到它的全部面貌，单纯采撷部分只能导致短暂生命的消亡。正因为"一种断残的东西其生命是十分短暂的"，所以他建议人们在真正要采摘爱情这朵花时，要先弄清每件事物的底细，就像弄清"玫瑰长到何时算作花萼，又从何时开始算作花朵"，这样，也许我们才能真正地包容彼此的优点和缺点，才可能长久地守住一份爱情，使它直到永远。

□ 精美散文

父亲与我

拉格奎斯特

入选理由
儿童眼里的丛林秘密
成长中对世界的第一次恐惧体验
真实细腻和温情的描写

我们刚走入森林，四周便响起了鸟雀的啁啾和其他动物的鸣叫。燕雀、柳莺、山雀和歌鸫在灌木丛里欢唱，它们悦耳的歌声在我们的身边飘荡。地面上铺满了一层厚厚的银莲花，白桦树刚绽出淡黄的叶子，松树吐出了新鲜的嫩芽，四周弥漫着树木的气息。在太阳的照射下，泥土腾起缕缕蒸气。这里处处充满了生机。野蜂正从它们的洞穴里钻出；昆虫在沼泽地里飞舞；一只鸟突然像子弹似的从灌木丛中穿出，去捕捉那些虫类，而后，又用同样速度拍翼而下。正当万物欢跃的时候，一列火车呼啸着向我们驶来，我们跨到路基旁，父亲把两指对着礼帽，朝车上的司机行礼，司机也舞动一只手向我们回敬。这一切都在瞬间完成的。我们继续踏着枕木往前走，枕木上的沥青在烈日的曝晒下正在熔化。这里交杂着各种气味，有汽油的，有杏花的，有沥青的，也有石楠树的。我们迈着大步，尽量踩在枕木上，因为轨道上的石子太尖，会把鞋底磨坏的。路轨两旁竖着一根根的电线杆，人从旁边擦过时，它们会发出歌一般的声音。这真是一个迷人的日子！天空晶蓝透明，不挂一丝云彩。父亲说，这种天气是不多见的。过不久，我们来到铁轨石右侧的燕麦地里。我们在这里认识的那个佃户，有一块火种地。燕麦长得又整齐又稠密，父亲带着行家的表情观察着它们，随后脸上露出满意的神态。

这时，暮色降临了，森林起了变化，几乎快变成一片黑色。我们加快起脚步，母亲现在一定焦虑地等待我们回家吃饭。她总是提心吊胆，怕有什么事会发生。这自然是不会的。在这样好的日子里，一切都应该安然无事，一切都会叫人称心如意。天空越来越暗，树的模样也变得奇怪，它们伫立着静听我们的脚步声，好像我们是奇异的陌生人。在一棵树上，有只萤火虫在闪动，它趴着，盯视黑暗中的我们。我紧紧抓住父亲的手，但他根本不看这奇怪的光亮，只是走着。天完全黑了，我们走上那座桥，桥下可怕的声响仿佛要把我们一口吞掉，黑色的缝隙在我们的脚下张大嘴，我们小心地跨着每道枕木，使劲拉着手，怕从上面坠下去。我原以为父亲会背我走的，但他什么也不说。也许，他想让我和他一样，对眼前的一切置之不理。我们继续走着。黑暗中的父亲神态自若，步履匀稳，他沉默着，在想自己的事。我真不懂，在黑暗中，他怎会如此镇定。我害怕地环顾四周，心扑通扑通地狂跳着。四下一片黑暗，我暗想：好险呵，一定要死了。我清楚地记得那时我确实是这样想的。铁轨陡然地斜着，好像陷入了黑暗无底的深渊。电线杆魔鬼似的伸向天空，发出沉闷的声音，仿佛有人在地底下喁语，它上面的白色瓷帽惊恐地缩成一团，静听着这些可怕的歌声。一切都叫人毛骨悚然，一切都像是奇迹，一切都变得如梦如幻，飘忽不定。

作者简介

拉格奎斯特（1891～1974），瑞典诗人、戏剧家、小说家。主要作品有诗集《天才》，剧本《疯人院里的仲夏夜之梦》，小说《侏儒》《大盗巴拉巴》等。1951年因作品《大盗巴拉巴》获诺贝尔文学奖。

拉格奎斯特像

·美文赏析·

《父亲与我》是一篇回忆性散文，拉格奎斯特十分清晰地回忆了10岁的小男孩"我"与父亲的一次远足。作者在文章一开始，不厌其烦地写父子俩出门后的经过，非常琐细，非常清晰，渐渐地，你感受到了一个10岁男孩的幸福。那是一种没有被世事打扰的、不掺杂质的平和、温暖与快乐。他已不似鸿蒙初开时那样混沌，而是对世界早已睁开了惊讶的眼睛，看见了它的色彩与美丽，但从母亲的子宫里带来的温暖与安全感依然完整地驻扎在孩子的心中，所以这种幸福，是十分纯粹的，也是令作者难以忘怀的。这一天之所以令作者难以忘怀的更重要的原因，还在于，也许它看似平凡的一天，但在"我"的成长过程中，它却是一次历史性的转折。孩子从出生到懂事之前，在父母温暖的爱护之下，感受着幸福。那时，只有阳光、雨露和生命的光辉灿烂。渐渐地，他发现世界并不如此！并非只有快乐、阳光和温暖，还有黑暗和恐惧，有许多未知的东西，随时可能剥夺父母赋予我们的这最初的生命的温暖与幸福。意识到这些之后，孩子开始长大。这种经历，或许是每个人都经过的，但并不是每个人都能对它进行这样的思考，而更少的人能用这样的散文和象征性手法，把它深刻地表达出来。这，就是作者的高明。

□精美散文

金蔷薇

帕乌斯托夫斯基

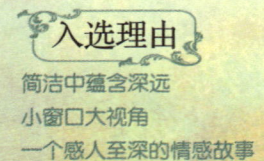

入选理由

简洁中蕴含深远
小窗口大视角
一个感人至深的情感故事

记不起来了,这段关于一个巴黎清洁工约翰·沙梅的故事是怎样得来的。沙梅是靠打扫区里几家手工艺作坊维持生活的。沙梅住在城郊的一间草房里。本来可以把这个郊区大加描绘一番,以使读者离开故事的本题。不过,也许值得提一笔:直到现在巴黎城郊仍然还留存着一些古老的碉堡。在这个故事发生的时候,这些碉堡还被金银花和山楂子等杂草所覆盖着,一些野鸟就在这里造了巢。

沙梅的草房便在靠北面一个堡垒的脚下,与洋铁匠、鞋匠、捡烟头的乞丐们的破房子为邻。

要是莫泊桑曾经对这些草棚住房的生活发生过兴趣的话,那他或许会再写出几篇出色的短篇小说来。说不定,它们还会在他的永恒的光荣上添上新的桂冠呢。

可惜除了暗探以外,谁也没来瞻望过这些地方。就是那些暗探,也仅仅在搜索贼赃的时候才会光临。

邻居们管沙梅叫"啄木鸟",从这里,可以想象得出他是瘦瘦的,鼻子尖尖的,帽子底下总是翘出一绺头发,好像一簇鸟雀的冠毛。

以前，沙梅也过过好日子。在墨西哥战争的时候，他在"小拿破仑"军团里当过兵。

沙梅福星高照。他在维拉克鲁斯得了很重的热病。于是这个害病的兵，没上过一次阵，就给遣送回国了。团长借这个便，把他的女儿苏珊娜，一个八岁的女孩子，托付沙梅带回法兰西去。

团长是个鳏夫，所以到哪儿都不得不把自己的女儿带在身边。但是这一次，他决定和女儿分手，把她送到里昂的妹妹家里去。墨西哥的气候会夺去欧洲孩子的生命。况且混乱的游击战，造成了许多难以预料的危险。

在沙梅的归途上，大西洋蒸散着暑气。小姑娘终日沉默着。甚至看着从油腻腻的海水里飞跃出来的鱼儿，都没有一点笑容。

沙梅照顾苏珊娜无微不至。当然他也明白，她期望他的不仅是照顾，而且还要温柔。可是他，一个殖民军团的大兵，能想得出什么温柔来呢？他有什么办法使她快活呢？掷骰子吗？或者唱出兵营里粗野的小调吗？

但总不能老是这样沉默下去。沙梅越来越频繁地感到小姑娘用困惑的目光望着他。最后他决定把自己一生的经历片片断断地讲给她听，把英吉利海峡沿岸一个渔村的极琐碎的小事情都回想了起来：那里的流沙、落潮后的水洼、有一口破钟的小礼拜堂、给邻居们医治胃病的他的母亲。

在这回忆里，沙梅找不出任何能使苏珊娜快活的有趣的东西。但是叫他奇怪的是，小姑娘却贪婪地倾听着这些故事，甚至常常逼他翻来覆去地讲，在一些新的小事情上追根问底。

沙梅竭力回想，想出了这些详情细节，最后，简直连他自己都不敢相信是否真正有过这些事情了。这已经不是回忆，而是回忆的淡薄的影子。这些影子好像一小片薄雾似的随即消散了。的确，沙梅从来也没想到他还要来重新回想他一生中这一段多余的时期。

有一次，他朦胧地想起一朵金蔷薇的故事来。在一家老渔妇的屋子里，在十字像架上，插着一朵做工粗糙、色泽晦暗的金蔷薇；不知道是他看见过这朵金蔷薇呢，还是从旁人那儿听到过这朵蔷薇的故事。

不，说不定，他有一次甚至亲眼看见过这朵金蔷薇，并且还记得它怎样闪烁发光，虽然窗外并没有阳光，而且在海峡上空咆哮着惨厉的风暴。沙梅越来越清楚地想起了这朵蔷薇的光辉——低矮的天花板下面的几点明亮的火光。

全村的人都很奇怪：为什么这位老太婆没有卖掉这个宝贝。要是卖掉它，她可以得到很大一笔钱。只有沙梅的母亲一个人肯定说卖掉这朵金蔷薇是有罪的，因为这是当她，这位老太婆，还是一个好笑的小姑娘，在奥捷伦一家沙丁鱼罐头工厂做工的时候，她的情人祝她"幸福"送给她的。

"这样的金蔷薇在世界上不多，"沙梅的母亲说，"可是谁家要有它，就一定有福。不只是这家人，就是谁碰一碰这朵蔷薇都有福。"

沙梅当时还是个孩子，他焦急地等着老太婆有一天会幸福起来。但根本连一星幸福的模样也看不出来。老太婆的房子不断为狂风所摇撼，而且在晚上屋子里边灯火也没有了。

沙梅就这样离开了村子，没等看到老太婆的命运有什么好转。只过了一年，在哈佛耳，一个相识的邮船上的火夫告诉他，老太婆的儿子忽然从巴黎来了。他是一个画家，满腮胡子，是

□ 精美散文

一个快乐的古里古怪的人物。从那个时候起,老太婆的茅舍已经跟以前大不相同了。里面充满了生气,过着无忧无虑的日子。据说,画家们东抹一笔西抹一笔可能赚大钱呢。

有一次,沙梅坐在甲板上,拿他的铁梳子给苏珊娜梳理她那被风吹乱了的头发,她向他说:

"约翰,有没有人会给我一朵金蔷薇?"

"什么都可能,"沙梅回答说,"絮姬,你总也会碰见一个怪人送你一朵的。我们那一连有一个瘦瘦的士兵。他可太走运了。他在战场上捡到了半口坏了的金假牙。拿这个我们整连人都喝了个够。我还是在安南战争的时候呢。醉醺醺的炮手为了寻开心,放了一炮,炮弹落到一座死火山的喷火口上,就在那里爆炸了,不料火山也开始喷烟爆发起来。鬼晓得这座火山叫什么来着!仿佛叫克拉卡·塔卡。爆发得可真够瞧的!毁了四十个老乡。想想看,就因为这么半口旧的金假牙,死了这许多人!后来才晓得这个金假牙是我们上校丢掉的。当然,这件事情暗中了结了:军团的威信高于一切。不过那一次我们可真喝了个痛快。"

"这是在什么地方?"苏珊娜怀疑地问。

"我不是告诉你了——在安南。在印度支那。在那个地方,海洋冒着火,就和地狱一般,而水母却像芭蕾舞女的镶花边的小裙子。而且那个地方,那种潮湿劲儿呀,一夜工夫,我们的靴子里就长出了蘑菇!若是我撒谎,就把我吊死!"

以前,沙梅听过很多当兵的说谎话,但他自己从没说过。并不是因为他不会说谎,只不过是没有这种需要。而现在他认为使苏珊娜快活是他的神圣职务。

沙梅把小姑娘带到了里昂,当面把她交给了一位皱着黄嘴唇的高个子妇人——苏珊娜的姑母。这位老妇人满身缀着黑玻璃珠子,好像马戏班子里的一条蛇。

小姑娘一看见她,就紧紧地挨着沙梅,抓住了他的褪了色的军大衣。

"不要紧!"沙梅低声说,轻轻地推了一下苏珊娜的肩膀,"我们当兵的也不挑拣连里的长官。忍着吧,苏珊娜,女战士!"

沙梅走了。他好几次回头张望这幢寂寞的屋子的窗户,连风都不来吹动这里的窗幔。在窄狭的街道上,能听见小店里的悾偬的时钟报时声。在沙梅的军用背囊里,藏着苏珊娜的纪念品——她辫子上的一条蓝色的揉皱了的发带。鬼知道为什么,这条发带有那么一股幽香,好像在紫罗兰的篮子里放了很久似的。

墨西哥的热病摧毁了沙梅的健康。军队也没给他什么军衔,就把他遣散了,以一个普普通通的大兵身份,去过老百姓的生活了。

多少年在同样贫困中过去了。沙梅尝试过各种卑微的职业。最后,成了一个巴黎的清洁工。从那时起,灰尘和污水的气味,总没离开过他。甚至从塞纳河飘过来的微风中,从街心花园中衣衫整洁的老太婆们兜售的含露的花束里,他都嗅到了这种气味。

日子溶成为黄色的沉渣。但是有的时候在沙梅的心灵里,在这些沉渣中,浮现出一片轻飘的蔷薇色的云——苏珊娜的一件旧衣服。这件衣服曾有一股春天的清新气息，也仿佛在紫罗兰的篮子里放了很久似的。

苏珊娜，她在哪儿呢？她怎么了？他知道她现在已经是一个成年的姑娘了，而她父亲已经负伤死了。

沙梅总想要到里昂去看看苏珊娜。但每次他都延期了，直到最后他明白已经错过了时机，苏珊娜完全把他忘记了。

每逢他想起了他们临别时的情景，他总骂自己是笨猪。本来应该亲亲小姑娘，而他却把她往母夜叉那边一推说："忍着吧，苏珊娜，女战士！"

大家都知道清洁工都在夜深人静的时候工作。这有两个原因：首先是因为由紧张但并不是常常有益的人类活动所产生的垃圾，总是在一天的末尾才积聚起来，其次是巴黎人的视觉和嗅觉是不许冒犯的。夜阑人静的时候，除了老鼠而外，差不多没有人会看到清洁工的工作。

沙梅已惯于夜间的工作，甚至爱上了一天里的这个时辰。尤其是当曙光懒洋洋地冲破巴黎上空的时候。塞纳河上漫着朝雾，但它从来也没越出过桥栏。

有一次，在这样雾蒙蒙的黎明里，沙梅由荣誉军人桥上经过看见了一个年轻的女人，穿着淡紫色镶黑花边的外衫。她站在栏杆旁边，凝望着塞纳河。

沙梅停下了步子，脱下了尘封的帽子说道：

"夫人，这个时候，塞纳河的河水是非常凉的。还是让我送您回家去吧。"

"我现在没有家了。"女人很快地回答说，同时朝着沙梅转过脸来。

帽子从沙梅的手里掉下来了。

"苏珊娜！"他绝望而兴奋地说，"苏珊娜，女战士！我的小姑娘！我到底看到你了！你恐怕忘记我了吧。我是约翰·埃尔奈斯特·沙梅，第二十七殖民军的战士，是我把你带到里昂那位讨厌的姑母家里去的。你变得多么漂亮了啊！你的头发梳得多好呀！可我这个勤务兵一点也不会梳！"

"约翰！"这个女人突然尖叫一声，扑到沙梅身上，抱住了他的脖子，放声大哭，"约翰，您还和那个时候一样善良。我全部记得！"

"咦，说傻话！"沙梅喃喃地说，"我的善良对谁有什么好处？你怎么了，我的孩子？"

沙梅把苏珊娜拉到自己身旁，做了在里昂没敢做的事——抚着、吻着她那华丽的头发。但他马上又退到一边，生怕苏珊娜闻到他衣服上的鼠臊味。但苏珊娜挨在他的肩上更紧了。

"你怎么，小姑娘？"沙梅不知所措地又重复了一遍。

苏珊娜没回答。她已经止不住痛哭。沙梅明白了，暂时什么也不要问她。

"我，"他急急忙忙地说道，"在碉堡那边有一个住的地方。离这里有些儿路。屋子里，当然，什么也没有。然而可以烧烧水，在床上睡睡觉。你在那儿可以洗洗脸休息休息。总之，随你愿意住多久。"

苏珊娜在沙梅那里住了五天。这五天巴黎的上空升起了一个不平凡的太阳。所有的建筑物，甚至最古旧、煤熏黑了的，每座花园，甚至沙梅的小窠，都像珠宝似的在这个太阳的照耀下灿烂发光。

谁没体味过因浓睡着的年轻女人的隐约可闻的气息而感到的激动，那他就不懂得什么叫温柔。她的双唇，比湿润的花瓣更鲜艳，她的睫毛，因缀着夜来的眼泪而晶莹。

是的，苏珊娜所发生的一切，不出沙梅所料。她的情人，一个年轻的演员，变了心。但苏珊娜住在沙梅这里的五天时间，已经足够使他们重归于好了。

沙梅也参与这件事。他不得不把苏珊娜的信送给这位演员，同时，当他想要塞给沙梅几个苏作茶钱的时候，他又不得不教训了这个懒洋洋的花花公子要懂得礼貌。

不久，这个演员便坐着马车接苏珊娜来了。而且一切应有尽有：花束、亲吻、含泪的笑、悔恨和不大自然的轻松愉快。

当年轻的人们临走的时候，苏珊娜是那样匆忙，她跳上了马车，连和沙梅道别都忘记了。但她马上觉察出来，红了脸，负疚地向他伸出手来。

"你既然照你的兴趣选择了生活，"沙梅最后对她埋怨地说，"那就祝你幸福。"

"我还什么都不知道。"苏珊娜回答说，突然眼眶里闪着泪光。

"你别激动，我的小娃娃。"年轻的演员不满意地拉长声音说，同时又重复道，"我的迷人的小娃娃。"

"假如有人送给我一朵金蔷薇就好了！"苏珊娜叹息说，"那便一定会幸福的，我记得你在船上讲的故事，约翰。"

"谁知道呢！"沙梅回答说，"可是不管怎样，送给你金蔷薇的不会是这位先生。请原谅，我是个当兵的。我不喜欢这种绣花枕。"

年轻人互相看了一眼。演员耸了耸肩膀。马车向前开动了。

通常，沙梅把一天从手工作坊扫出来的垃圾统统扔掉。但是在这次跟苏珊娜相遇之后，他便不再把那从首饰作坊扫出来的垃圾扔掉了。他开始把这里的尘土悄悄地收到一起，装到口袋里，带到他的草房里来。邻居们认为这个清洁工"疯了"。很少有人知道，在这种尘土里有一些金屑，因为首饰匠们工作的时候，总要锉掉少许金子的。

沙梅决定把首饰作坊的尘土里的金子筛出来，然后把这些金子铸成一块小金锭，用这块金锭，为了使苏珊娜幸福，打成一朵小小的金蔷薇。说不定像母亲跟他说过的，它可以使许多普通的人幸福。谁知道呢！他决定在这朵金蔷薇没做成之前，不和苏珊娜见面。

这件事沙梅对谁也没说过。他怕当局和警察。狗腿子们什么事想不到呢。他们会说他是小偷，把他关到牢里去，没收他的金子。怎么说也罢，金子本来是别人的。

沙梅在没入伍之前，曾经在村子里给教区神甫当过雇工，所以他懂得怎样筛簸谷子。这些知识现在用得着了。他想起了怎样簸谷子，沉甸甸的谷粒怎样落到地上，而轻的尘土怎样随风远扬。

沙梅做了一个小筛机，每天深夜，他就在院子里把首饰作坊的尘土簸来簸去。在没有看到凹槽里隐约闪现出来的金色粉末之前，他总是焦灼不安。

不少日月逝去了，金屑已经积成可以铸成一小块金锭。但沙梅还迟迟不敢把它送给首饰匠去打成蔷薇。

他并不是没有钱——要是把这块金锭的三分之一作手工费，任何一个首饰匠都会收下这件活计，而且会很满意的。

问题并不在这里。跟苏珊娜见面的时辰一天比一天近了。但从某一个时候起，沙梅却开始惧怕这个日子。

他想把那久已赶到心灵深处去了的全部温柔，只献给她。只献给苏珊娜。可是谁需要一个形容憔悴的怪物的温柔呢！沙梅早就看出来，所有碰上他的人，唯一的愿望便是赶快离开他，赶快忘记他那张干瘪的脸，松弛的皮肤和刺人的目光。

在他的草房里有一片破镜子。偶尔沙梅也照一下，但他总是发出痛苦的骂声，立刻把它扔到一边去。最好还是不看自己——这个蠢笨的、拖着两条风湿的腿蹒跚着的丑东西。

当蔷薇终于做成了的时候，沙梅才听说苏珊娜在一年前，已经从巴黎到美国去了，人家说，这一去永不再回来了。连一个能够把她的住址告诉沙梅的人都没有。

在最初的一刹那，沙梅甚至感到了轻松。但随后他那指望跟苏珊娜温柔而轻快的相见的全部希望，不知怎么变成了一片锈铁。这片刺人的碎片，便在沙梅的胸中，在心的旁边，于是他祷告上帝，让这块锈铁快点刺进这颗赢弱的心里去，让它永远停止跳动。

沙梅不再去打扫作坊了。他在自己的草房里躺了好几天，面对着墙。他沉默着，只有一次，脸上露出一点笑容，他立刻拿旧上衣的一只袖子把自己的眼睛捂住了。但谁也没看见。邻居们甚至都没到沙梅这里来——家家都有操心的事。

守望着沙梅的只有那个上了年纪的首饰匠一个人，就是他，用金锭打成了一朵非常精致的蔷薇，花的旁边，在一条细枝上，还有一个小小的、尖尖的花蕾。

首饰匠常常来看沙梅，但没给他带过药来。他认为这是无益的。

果然，沙梅在一次首饰匠来探望他的时候，悄悄地死去了。首饰匠抬起了清洁工的头，从灰色的枕头下，拿出来用蓝色的揉皱了的发带包着的金蔷薇，然后掩上嘎吱作响的门扉，不慌不忙地走了。发带上有一股老鼠的气味。

晚秋时节。晚风和闪烁的灯光，摇曳着苍茫的暮色。首饰匠想起了沙梅的面孔在死后是怎样改变了。它变得严峻而静穆。首饰匠甚至觉得这张面孔的痛楚，是非常好看的。

"生所未赐予的而死却给补偿了。"好转这种无聊念头的首饰匠想到这里，便粗浊地叹息了一声。

首饰匠很快就把这朵金蔷薇卖给了一位不修边幅的文学家；依首饰匠看来，这位文学家并不是那么富裕，有资格买这样贵重的东西。

显然，首饰匠给这位文学家叙述的金蔷薇的历史，在这次交易中起了决定性的作用。

我们感谢这位年老的文学家，多亏他的杂记，有些人才知道从前第二十七殖民军的兵士约

□精美散文

翰·埃尔奈特斯·沙梅一生中的这段悲惨的经历。

顺便提一提，这位老文学家在他的杂记中这样写道：

"每一个刹那，每一个偶然投来的字眼和流盼，每一个深邃的或者戏谑的思想，人类心灵的每一个细微的跳动，同样，还有白杨的飞絮，或映在静夜水塘中的一点星光——都是金粉的微粒。

"我们，文学工作者，用几十年的时间来寻觅它们——这些无数的细沙，不知不觉地给自己收集着，熔成合金，然后再用这种合金来锻成自己的金蔷薇——中篇小说、长篇小说或长诗。

"沙梅的金蔷薇我觉得有几分像我们的创作活动。奇怪的是，没有一个人花过劳力去探索过，是怎样从这些珍贵的尘土中，产生出移山倒海般的文学的洪流来的。"

"但是，恰如这个老清洁工的金蔷薇是为了预祝苏珊娜幸福而做的一样，我们的作品是为了预祝大地的美丽，为幸福、欢乐、自由而战斗的号召，人类心胸的开阔以及理智的力量战胜黑暗，如同永世不没的太阳一般光辉灿烂。"

作者简介

帕乌斯托夫斯基（1892~1968），出身于莫斯科一个铁路员工家庭。从中学时代起他就醉心于文学，1912年发表了第一个短篇小说。在俄国十月革命和国内战争时期，他广泛地接触社会生活，当过红军、记者及报社编辑。这期间他创作了许多作品。卫国战争时期他还当过战地记者。

· 美文赏析 ·

帕乌斯托夫斯基的作品多以普通人、艺术家为主人公，突出地表现了对人类美好品质的赞颂，具有动人的抒情风格。《金蔷薇》是作者于1956年发表的一本创作札记，本文《金蔷薇》是此书中的一篇。札记能以此文命名，足见散文《金蔷薇》的出色。《金蔷薇》其实是记载了一个具有传奇的情感故事。故事的主人公是一个平凡、不起眼的老清洁工，而这样一个衣衫褴褛、生活粗糙的人物，却也有关于美丽金蔷薇的感情瓜葛。所以单从故事本身来看，他就一反东西方情感文章中一贯的郎才女貌的模式。借助于普通人的生活来反映人类最质朴、最美好的情感，是帕乌斯托夫斯基超越常人之处。

沙梅是作者赋予了普遍感情意义的一个人物，作者写了他青年、老年两个不同的年龄阶段，他的一生从没有过大人物的生活体验，听到看到的也都是最平常的东西。但他对于苏珊娜的感情却比任何纯真的感情都毫不逊色。

大川河的水

芥川龙之介

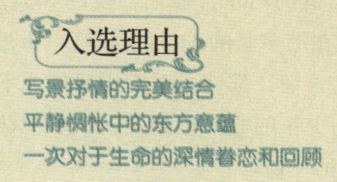

入选理由
写景抒情的完美结合
平静惆怅中的东方意蕴
一次对于生命的深情眷恋和回顾

我出生在靠近大川端的一条街上。走出家门，穿过一条环绕着黑色的墙垣、柯树绿荫蔽天的横纲町的小路，就能一边看着开阔的河床，一边来到那条百本杭的河岸前。从儿时一直到中学毕业，我几乎每天都要路过这条河流。我很熟悉这里的水和船、桥梁和滩头，也很熟悉那些出生在水上、生活在水上的忙忙碌碌的人们。每当盛夏午后，踏着滚烫的沙地去学游泳路过这里时，自然而然领略到散发在空气中的清新的水汽。随着年龄的增长，至今我还时时想起，感到它的亲切。

我怎么会这样地爱上这么一条河流？我怎么会对浑浊而微温的流水产生无限的眷恋之情？连我自己也迷惑不解，无法说清。只是很久以前就开始的，每当我见到那河水，不知为什么，总想掉泪，总有一种说不出的既感寂寥又似乎得到慰藉的感觉。它会把我从这个现实世界引向遥远的浮想联翩的精神世界，引起无限的怀思与追忆。因为有这样的心情，又由于它能够使我品尝慰藉和寂寥，因而我无比地爱上了这大川河水。

银灰色的薄雾，油一般的蓝蓝河水，惴惴不安似的声声汽笛，运煤船上的茶褐色的三角风帆；所有这些河上的景色，全都唤起我无限的哀愁，使我幼小的心灵颤栗不已，如河堤上的柳叶迎风飒飒。

这3年来，我一直在东京山手郊外杂木林中的书室里，过着潜心读书的生活。但是，就是

大川河有一种永恒的迷人的美，它承载着作者关于童年和青年的诸多美好回忆。

□精美散文

在这种深居简出的平静生活中，我还是不忘每月两三次去大川河畔，眺望那里的长流。在书室沉寂宁静的气氛中，我总是兴奋和紧张，使我心慌意乱。那似乎宁静却又流着的大川河水和它的水色，完全把我那种难以忍受的慌乱的心绪融入了清寂而又奔放的无限眷恋与怀念之中。这就像是经过长途跋涉、费尽周折朝圣归来又重新踏上故乡的一种心情。因为有了大川河的水，我才能重温真挚纯朴的感情。

我曾无数次看过那河边的洋槐，面对蓝蓝的河水，每当初夏的和风拂过，枝头轻轻摇曳，雪白的槐花便一朵朵地飘落；也曾无数次地在那多雾的 11 月的夜晚，听过一群群白鹤在那黑黝黝的河水上空发出声声寒鸣。所见所闻的这一切，都使我对大川河依恋不舍，再次唤起我对它的爱恋。每当那样的时刻，我那容易颤抖的少年的心，正如夏天从水中钻出来的黑蜻蜓的翅膀一样颤动着，总以惊异的目光瞧着周围发生的一切。

当我斜靠在夜间捕捞的渔舟的船舷，凝视着默默流动着的暗沉沉的河水，特别当我感到从那漆黑的夜里和幽暗的水中飘出的"死"的气息时，我深深地感觉到一种无依无靠的不安与寂寥已经向我袭来。这种感受是多么深切呀！

每当我见到大川河的流水，我就不能不怀着十分钦慕的心情，想起意大利画家邓南遮和他那满腔热情倾注在意大利水都威尼斯夜幕降临的景物上的心情。伴着寺院的钟声和天鹅的悠然长鸣，水都夜色渐深，月亮像是沉入水底似的，露台上的蔷薇花和百合花都披上了一层银辉，使它们显得更为苍白。威尼斯的游艇简直像漆黑的棺柩，就像在这里面漂浮着，一桥划向另一桥，一切恍若梦境。

受大川河水爱抚的许多市镇里巷，都是我十分恋念难忘的地方。从吾妻桥到下游的驹形、并木、藏前、代地、柳桥或是多田的药师前、梅堀、横纲等地沿岸——处处都叫人留恋眷念。大川河流波平如镜，泛出了苍翠的微波细浪，随着湖水带来清冷的海潮水味，同时还给所有大街小巷的人们送来令人怀念的哗哗流水声。大川河亘古直泻南流，它的水声传遍远近各地，流水声在阳光辉耀的各地窖的白壁与白壁之间，在光线暗淡的纸窗木屋之间，还在许多银灰色的初放嫩芽的槐柳街树之间到处回响，传入人们的耳中。啊，那涛声真使人难忘。那蓝蓝的带有草绿色的长河，不分昼夜地喃喃自语，执拗而又颇似得意地拍打着两岸的石崖。班女也好，业平也好；我对武藏野的过去虽不了解，但远至江户净瑶璃的许多作者，近到河竹默阿尔翁，在他们的剧作中，为了强有力地表现歌舞伎剧中杀场的气氛，他们常借用这大川河凄凉的水声和浅草寺幽咽的钟声来作衬托。如"十六夜"和清心投河自尽时，在源之丞初次见到江湖女艺人一见倾心时，又如在夏天的黄昏，天空蝙蝠交织，补锅的松五郎挑着担子走过两国桥时，大川河水也是和今天一样地拍打着当时的船埠码头，滋养着当年岸边的青青芦苇，并从猪牙船的船舷哗哗地流逝，发出忧郁的低吟。

大川河的流水声，似乎在渡船上听最为扣人心弦。如果我的记忆无误，在吾妻桥和新大桥间渡口原有五处。这五处渡口中，驹形渡口、富士见渡口、安宅渡口三处，不知在什么时候，一个个地相继废弃不用了。现在只剩下从一桥到浜町的渡口和从御藏桥到须贺町的渡口，这两处还依然存在。和自己的童年时代相比，河道改变了，那些长满芦荻的河滩也已经无影无踪了。现在仅有这两处渡口还依然如故，还使用着从前的浅水船，船上还坐着与过去依稀相似的老船夫，风貌依旧，仍然一日数次地往来于碧波之上，蓝蓝绿水，与堤上的柳叶一色。我虽没有什么事，但还是常去乘坐这样的渡船。渡船随波荡漾，宛如摇篮。身体被波浪轻轻地摇晃着，有一种说不出的快感。尤其是在傍晚时分，愈晚愈能深刻领会到渡船幽静的情趣。船舷很低，外面是一片光滑的绿波，它发出青铜似的暗淡的光。宽广的河面，一望无际，直到被远处的新大桥挡住视线为止。两岸的家家户户均已融混在灰暗暮色之中。周围已是繁灯点点，灯光映在纸糊窗门的格扇上，黄黄的浑浑的在夜雾中飘浮。难得有一两艘传马船张着灰色的半帆，随着涨着的潮水上驶。可是，所有的船静悄悄的，静得甚至连船上有没有掌舵的人也很难知道。平时我面对着这种静静的船帆，吸着平滑绿波送来的潮水气息，这时总感到好像读了霍夫曼斯塔尔的诗《往事》似的，有一种说不出的凄凉。此外，还自然而然地感到，我的心绪之潮，与夜雾笼罩下的大川河水，合唱出同一旋律的歌。

但是，使我迷恋的——似乎可以这样说，不仅仅是大川河的水声，而且还有那几乎在任何地方也很难看到的弥弥漫漫、一望无际的平滑的波光和使人感到的温暖。

举例来说，海水像碧玉，却颜色绿得过深，绿得过浓。而完全不觉得潮水涨落的上游，又可以说水色如翡翠，绿得过浅，绿得过淡。只有那淡水与海水交汇处，奔流在平原的大河流，可以使人感到清冷的蓝色中夹着浑浊的黄色，有一种温暖的感觉，使人总感到它的亲切温和而有人情味。它还示人以真谛，使人觉得生活诱人。正因为大川河流过红土的关东平原，还在东京这样的大都市里静静流过的缘故，它显得浑浊，并泛起波纹，好像是一个难以侍奉的犹太老爷，整天嘟哝着，但正是这河水却又给人一种平稳满足、和蔼可亲及柔软温存的感觉。而且尽管它与别的河流同样都在都市里流着，而大川河却直接地不断地与神秘的大海相沟通，因而它的水并不像连接各河流的水渠那么深暗得像沉睡似的，总感到唯独它才是在生气勃勃地流着，并且感到这生气勃勃的川流不息的永无止境的河水是多么不可思议。在吾妻桥、厩桥、两国桥之间，看到那像香油般的蓝蓝的大川河水始终深深浸泡着花岗石及砖砌成的桥墩，它那给人以欢欣的感觉就更不用说了。在河岸边河水里映出船行的白色灯笼，倒映出袅袅丝

日本东京湾一景

柳和飘动的银色柳叶。闸门关闭时发出的和三弦琴一般温润的声音，对着红芙蓉花叹息黄昏的来临，河面的波纹常被胆小的鸭子的羽毛所乱。河水在冷冷清清的厨房下静静地闪烁流过，那深沉凝重的水色里，蕴藏着一种难以描述的温情。随着两国桥、新大桥、永代桥相继接近大河的出海处，大川河水就明显带有太平洋暖流的深蓝色调，在那满城噪音与尘埃的空气之下，大川河水宛如阳光洒落在马口铁上，反射出闪闪烁烁的光灿，懒洋洋地摇晃着满载煤炭的大传马船和白漆已经驳落的旧汽船。这时，人和大自然已经不知不觉地完全融合在一起了。这都市的水色给人的温暖总是不会消失。

尤其在傍晚，夜幕徐徐降临，河面上的水汽冉冉而上，晚霞余辉未尽，这时候的大川河真是具有无法比拟的绝妙色调。我凭靠着渡船的舷，无意中独自举目眺望着那夜雾渐合的河面上，在那深暗的绿波远处，在黑糊糊的房子上空，看到一轮明月徐升，我禁不住流下泪水。这恐怕是我终生难忘的。"所有城市都有它自己的特有气息。佛罗伦萨的特有气息就是伊利斯的白花、尘土、薄雾和古代绘画的油漆味。"（麦列日科夫斯基语）如果有人问我："东京"的气息是什么？恐怕我会毫不犹豫地回答说：是大川河的水的气息。不，不光是水的气息，还有大川河的水色和大川河水的流水声。这些也应该是我所爱的"东京"的色彩与声音。正因为有了大川河，我才爱"东京"；正因为有了"东京"，我才热爱生活。

作者简介

芥川龙之介（1892～1927），日本小说家。生于东京，本姓新原。生后9个月，母亲精神失常，乃送舅父芥川家为养子。芥川家为旧式封建家族。龙之介在中小学时代喜读江户文学、《西游记》《水浒传》等，也喜欢日本近代作家泉镜花、幸田露伴、夏目漱石、森鸥外的作品。1913年进入东京帝国大学英文科。学习期间与久米正雄、菊池宽等先后两次复刊《新思潮》，使文学新潮流进入文坛。1916年大学毕业后，曾在横须贺海军机关学校任教，后辞职。1919年在大阪每日新闻社任职。1921年以大阪每日新闻视察员身份到中国旅行。1927年7月由于健康和思想情绪上的原因，服毒自杀，时年35岁。

芥川龙之介像

· 美文赏析 ·

大川河在芥川龙之介的故乡，所以《大川河的水》实际上是芥川龙之介关于童年和青少年时期的美好记忆，在文中，作者用优美的包含深情的抒情笔调回答了这样的问题："我怎么会这样地爱上这么一条河流？我怎么会对浑浊而微温的流水产生无限的眷恋之情？"作者用平静而深情的语言向读者提供了可以作为答案的鲜活的风物画卷，呈现在读者面前的是一个母性的和作者的生命体验融为一体的大川河，以及与大川河有关的一切事物：河边的洋槐、雾中的白鸽、夜间捕捞的渔舟、寺院的钟声，以及受到大川河爱抚的市镇，大川河的变与不变的一切。可见，作者对大川河有一种浓得化不开的感情，作者为我们静静地讲述了大川河托起的和哺育着的生命，使这扑面而来的风景有着一种永恒的迷人的美，可以比作作者生命的记忆，大川河的最大特点就是宁静的流动，它使游子思归。一如大川河的流水本身的特点，这篇游记的文字风格充满了优雅宁静的古典气息。

肖邦故园

伊瓦什凯维奇

入选理由

一个灵魂对另一个伟大灵魂的深刻理解
文笔亲切平和，抒情优美
感情深邃沉稳，真挚感人

热那佐瓦沃拉。一百多年前，弗雷德雷克·肖邦的摇篮就放在这儿的一间小室里。我们简直不能想象这地方当年的模样。它曾经是个相当热闹的处所，斯卡尔贝克家族在这儿修建了一座宫殿式的府邸。院子里和花园里想必到处是人，热热闹闹，充满生机：有大人，有小孩，有宾客，有主人，有贵族，有下人，还有家庭教师。这个贵族府邸同邻近的村庄往来甚密，而且还经营一部分田地，这儿原先也该有牛栏、马厩，有牛，有马，有犁，有耙，有谷仓，还有干草垛。

过去生活的痕迹已荡然无存。正如我说过的那样，如今甚至难以想象昔日那种繁荣的景况。热那佐瓦沃拉经历过暴风雨的变迁，它的历史，一如整个波兰的历史，充满了惊心动魄的事变和无法解释的衰落。19世纪，这儿是个被人遗忘了的角落。它化为了灰烬，或者说，变成了一个坟场。火灾、掳掠、外加经营不当，完全摧毁了宫殿式的豪华府邸和数不清的附属建筑。不仅很少有人记得，这儿曾住过一位瘦高个子的法语教师，就连这府邸里难逃涅墨西斯追逐的主人，也被人忘于脑后。富丽堂皇的建筑群，贵族老爷们养尊处优的生活场所已消失得无影无踪，唯独留下一座简朴的小屋，一幢小小的房宇。它正是昔日法语教师和他的妻子，也是这家主人的一个远房亲戚的住房。这幢小屋既然得以幸存，一定是受到了什么光辉的照耀或是某位神明的庇护，才能历尽沧桑，而未跟别的楼舍同遭厄运。它也度过了自己的艰难岁月，有很长一段时间，谁也记不得什么人曾经在这里出生。然而，它一直保留了下来，不意竟在伶仃孤苦之中一跃而成了波兰人民所能享有的最珍贵的古迹之一。它成了不仅仅是波兰人朝拜的圣地，举行精神宴会的殿堂，参观游览的古迹，而且，就像第一个提出要整修这幢小屋，在此建立一座永久性纪念碑的那位外国钢琴家那样，时至今日，为数众多的外国音乐家、钢琴家、作曲家都把造访这个伟大艺术的摇篮、这个喷射出了肖邦伟大音乐的不竭源泉，看成是自己一生的夙愿。

这幢清寒的小屋，远离通衢大道，茕茕孑立于田野之间，隐蔽在花园的密林深处，这正好应了一句箴言：神飞荒野，乐在自由。否则如何理解，恰恰是在这贵族府邸简陋的侧屋里会诞生出世界上最伟大的音乐天才之一呢？肖邦正是那些造就了今天称之为欧洲文化的伟人中的一个，他的作品不仅为欧洲的音乐增辉，而且使整个欧洲文化放出异彩。他的创作是如此博大精深，又是如此有意识地自成一体，因此，可以毫无愧色地说，他的艺术是世界文化的不容置辩的组成部分。

□ 精美散文

艺术家的创作，无疑跟各自出身的环境，跟生活周围的景色有着密切的联系，艺术家跟陶冶他的景物之间的联系比一般人所想象的要紧密得多。童年和青春时代常常给人的一生打下深深的烙印。在最早的孩提时代曾拨动过他心弦的一个旋律，往往会反复出现在成熟的艺术家的作品之中，在这里，还会半自觉地，有时则完全是不自觉地呈示出儿时之国同创作成熟时期的渊源关系。

当你第一次到法国，比如说，是在早春时节，经过枫丹白露抵达巴黎，沿途看到红褐色的树木、平静的水面、茂密的灌木丛和皮埃尔·卢梭珍爱的那些牧场，那时，你才能真正理解印象派的绘画艺术。但是，并非只有伟大的法国绘画艺术才由是而放其光彩，实际上，整个法国音乐，自古至今都跟笼罩这一带景物的缥缈轻雾，跟树木和牧场的斑斓色彩，跟从地面反射的和折射在云层中、在石楠丛上的光线分不开。只有到了枫丹白露才能懂得德彪西和塞维拉克音乐中淡淡的哀愁，拉威尔音乐中的色彩和声以及弗朗西斯·普朗克音乐中的法国民歌成分。

要更好理解肖邦音乐同波兰风光的联系，可以说任何地方也无法同这朴素的马佐夫舍村——热那佐瓦沃拉相比了。乍一看，这种说法或许显得有些荒诞不经。这瘠薄的土地，这平原小道和麦草覆盖的屋顶；跟肖邦音乐所赐予我们的无限财富和充分享受又会有何共同之处呢？但是，只要我们进一步观察，就不难发现，事情并不那么简单。我以为，我们对马佐夫舍风景的价值估计过低了。

诚然，它没有那种招摇的俏丽。但它蕴藏着许多细微的色调变化，只有久居这一带的人才会跟这里的景致结下不解之缘，才能看到这些形、声和色彩的微妙差别，并且给予应有的评价。

我不知道，这儿的风光是否能使一个外国人赏心悦目。两次世界大战之间的一位波兰作家尤利乌什·长登·班德罗夫斯基曾经思考过这件事，他说：

"不知这儿的景观是否算是和谐，一条小路犹犹豫豫蜿蜒伸展，时隐时现，若有若无，终于披着一身沙土消失在牧场边缘，不知这儿的布局是否合理，那边一片森林，这边一排麦草盖顶的茅舍，逶迤延向山丘。当你登上山头，你会看到溪谷里有一条弯弯曲曲、流水潺潺的小河正慢悠悠地流淌，尽管未受什么阻挡，也无须绕什么大弯。而在它身后则是梦一般的平原——那延绵不断的灌木林就像萦绕地面的青烟，使这片平原显得格外迷茫。

"啊，这样的景色！单调、模糊、无棱无角。此外便是细雨纷纷，烟笼雾罩。"

这是秋天的景色。但是，一年之中还有其他季节。每个季节都有自己的魅力和色彩。

一年四季都得细心观察这些色彩。春天，丁香怒放，像天上飘下一朵朵淡紫色的云霞；夏天，树木欣欣向荣，青翠欲滴；秋天，遍野金黄，雾缭烟绕；冬天，大雪覆盖，粉妆玉琢，清新素雅，在这洁白的背景上，修剪了枝条的柳树像姐妹般排列成行，正待明年春风得意，翩翩起舞。这四

少年肖邦
年幼的肖邦双脚踏着脚板，脸部全神贯注地弹奏钢琴，以精彩的演奏款待他的朋友们。

季景色里包含的美，是何等的朴素，淡雅。然而，又是何等的持久，深沉！

这片土地的景色正是肖邦音乐最理想的序曲。谁若真想探究肖邦音乐的精神，理解肖邦音乐跟波兰有着何等密切的联系，谁就应悉心体会欧根·德拉克洛瓦所谓的"蔚蓝的色调"，它是波兰景色和在这大平原上诞生的艺术家的音乐的共同色调。

肖邦在法国
肖邦在最适合于他的音乐的场所——沙龙，为他的亲密听众举行了一场钢琴独奏音乐会。

从画面讲，这儿的景色并不引人注目。这是个大平原，一马平川。这儿既没有悬崖峭壁，也没有峡谷峻岭。坦荡的平原，一眼望不到边，开阔而单调。无论是布祖拉河，还是肖邦家门口的乌塔拉特河都在这里拐弯，穿过平坦的牧场流去。抬眼一望，便会看到一棵棵孤零零的参天老树，傲然屹立，也会看到许多低矮的灌木丛，还可看到绿树掩映下的古旧房舍，它老态龙钟，却说明了昔日的文化水准。耕种的土地一直延伸到地平线的远方，黑麦地、燕麦地阡陌纵横，开花的荞麦一片洁白，甜菜的茎叶绿宝石似的晶莹。

亚当·密茨凯维支歌唱过这片土地，他那支传神妙笔描写过"如画的田野"，描写过阡陌上"静静的梨树成行"。可是，密茨凯维支并不了解波兰内地，他从未到过日思夜梦的马佐夫舍地区，他的双脚从未踏上过这片原野。维斯瓦河畔的华沙，就是点缀在这广袤的原野上的一朵绚丽的鲜花。

然而，肖邦却是在这儿出生的。自然，任何一个书呆子都会说，肖邦在热那佐瓦沃拉只不过是度过了出生后几个月的时光，后来他的双亲便迁居华沙了。须知肖邦对这出生之地怀有无限的眷恋之情，经常跟他心爱的妹妹卢德维卡一起探望故里。青春年少的肖邦总爱坐在这小河边，坐在小桥旁的这棵大树下。他从华沙来此，总要走这条遍植垂柳的普通小道。当年的柳条亦如今日一样柔媚。甚至在去巴黎之前的几个星期，他还专程从首都来到这里，跟故园告别。在他心目中，这小小的庄子说不定就是整个祖国乡村的象征。今天，我们目睹此情此景，思想深处也会闪现出整个马佐夫舍地区的风貌，肖邦也目睹过这一切，他热爱这茅舍、小桥、流水。他就是在那缱绻的秋日，怀着无限依恋、惜别的心情，告别了这一切，途经巴黎，浪迹天涯。不料这一别竟成永诀，成了为寻找虚幻的金羊毛而一去不返的远征。

1848年，当肖邦自爱丁堡给友人格日玛瓦写信的时候，眼前兴许也浮现出了故园景色。他在信中写道："我对妻子一点也不想，可我怀念我的家、我的母亲、我的姐妹。愿上帝保佑她们万事如意！我的艺术何在？我的一腔心血在什么地方白白耗尽了……我如今只能依稀记得国内唱的歌。"因此，可以说，不仅肖邦眼前浮现出了故乡的景色，而且，耳边又回荡起了多半是在这儿第一次听见过的歌。

我们恰好能在肖邦的玛祖卡曲和夜曲里找到这平原的歌声——凡是他那些直接留下了这儿

□ 精美散文

时之国画面的作品，我们都能发现一缕乡音。

流亡生活、高度的文化修养、痛苦的心境和肖邦对自己使命的不凡见解，使这些画面复杂化了，或者说，像一层雾遮蔽了这些画面。弗雷德雷克的伟大创作远离了热那佐瓦沃拉。绚丽的大都会风光，频繁的旅行，丰富的经历，给他提供了另一种创作灵感。但是，既然他在自己生命的末日，在那遥远、寒冷的爱丁堡又怀念起"我的家、我的母亲、我的姐妹"，我们就有理由想象，故乡的朦胧景色也回到了他的心中。而今，我们也怀着激动的心情瞻仰这些大树，这些灌木丛和这一片清凌凌的水。倘若此刻我们听到，或者亲自弹奏伟大作曲家临终前的最后一组玛祖卡曲，我们必能从中听到昔日国内歌声的淡淡的旋律。由于他半世坎坷，命运多舛，也由于关山阻隔，有国难投，这一组玛祖卡曲似乎是被万种离情、一怀愁绪所滤过而净化了，跟乡村的质朴相距甚远，但它们无疑是出自故里，跟这片土地有着千丝万缕的联系。

在漫长的岁月里奇迹般地保存下来的小屋，曾经一度被用作马厩或猪圈，变得面目全非。"可爱的质朴啊！"卡登·班德罗夫斯基写道："小屋的前一部分成了畜栏、鸡舍，成了保护鸡、猪和奶牛的地方，而后边的一部分，则由这些牧畜的主人一家用作栖息之所……"

如此凋敝的状态竟然得以振兴，实在令人惊叹。破落的小屋被改建成了一座小巧玲珑的典型的波兰庄园，室内朴素、优雅的陈设使人想起波兰住宅当年的格调。这儿没有一件家具，没有一样物品是来自肖邦昔日真正的住宅，然而，每逢我们通过敞开的门，从一个房间望到另一个房间，当我们远远看到钢琴的轮廓，我们就会感到，他在这里，在这些房间里走来走去，一旦游人散尽，他便会坐到琴旁，按动琴键，继续自己抒情或华丽的即兴创作。

当我们在他降生的那间凹形小室里看到一只插满鲜花或绿枝的大花瓶，我们就会想到那不是花瓶，而是一个源泉，它喷射出金光闪闪的清流——他是音乐取之不尽、用之不竭的清流。

世界各地的人都向这清流涌来，为取得一瓢饮，为分享这馨香醉人的玉浆。当人们在秋季或者夏季的周末，来到这小屋的周围，静静地倾听室内的钢琴演奏的时候，再也没有比它更动人的景象了。世界上最杰出的钢琴家都把能在这间房子里弹奏一曲肖邦的作品，表示对这圣地的敬意而引为莫大的荣幸。

那时，房前屋后往往挤满了听众。有年轻人，也有老人；有新来的听众，他们是第一次来此领略肖邦的天才所揭示的无限美好的世界，也有常来的老听众，对于他们，每次都是莫大的精神享受，每次都能引起甜蜜的回忆。回顾自己一生中幸福时光，回顾这伟大的音乐激起的每一次无限深刻的内心感受。也有人想起，曾几何时，连肖邦的音乐也成了违禁品！只能偷偷摸摸地在一些小房间、小客厅里秘密演奏，只有寥寥无几的人才能进入那些房间。他们去听肖邦的音乐，不只是为了证明我们祖国文化的伟大，同时也为了证明一个民族的精神生活是无法窒息的。因而这美好的音乐有时也是斗争的武器。舒曼把它称为藏在花丛中的大炮，不是没有根据。

肖邦于1849年拍摄的照片
那年，他的艺术生命就像他痛苦的呼吸一样，似乎被窒息了。刚满39岁的他，写了两首玛祖卡舞，却没有力气誊清它们。

在参加周末音乐会的时候,尽管我们身边是形形色色的听众,我们也能重复一遍德居斯太因侯爵对肖邦说过的话:"我听着您的音乐,总感到是在同您促膝谈心,甚至,似乎是跟一个比您本人更好的人在一起,至少是,我接触到了您身上那点最美好的东西。"

肖邦之家的最大的魅力之一,正是在于我们能感受到在同肖邦"促膝谈心"。

人们有时会由于事情多,工作忙,任务完成得不尽如人愿,或由于一些打算落空而发愁;有时又会在频繁的文化活动中碰到某些草率从事或令人不安的现象,因而思想上对大众文化产生了疑虑,那时,只要到肖邦之家去听一次周末音乐会,便能重新获得对波兰文化的信心,相信它已渗透了民族的最深层。

能这样欣赏肖邦音乐的人,便善于从许多表面现象、日常琐事、小小的烦恼以及讨厌的劳碌奔波里发掘出生活中最深刻的美和最有价值的东西。

到了肖邦之家,会亲眼见到,而且确信,作为民族的最坚韧的纽带,作为民族精神的支柱和基础的伟大艺术具有何等不可估量的威力。密茨凯维支的诗,肖邦的音乐,对于波兰人而言,就是这样的支柱。

我们带着惊讶和柔情望着这幢实为波兰民族精华的朴素的小屋。它像一只轮船,飘浮在花园绿色的海洋里,花园里的一草一木,都经过了精心的栽培,因为这花园也想与肖邦的音乐般配。

我们跟许多人一起来到这里,凭吊伟大艺术家的故居。我们怯生生地站在门边,对这璞玉浑金的处所发出声声赞叹。

人们怀着虔诚的心意朝觐圣地,
普普通通的屋宇,质朴无奇。
只因在这儿降生的是你……
须知当年也曾有三个博士
凭星指路,匆匆赶到一间贫寒的马厩里。
……

这是诗人的说法,而我们却在揣度,这房舍,这花园在一年中的什么时节最美?是秋天,是夏日,还是春季?

春天,栗树新叶初发,几乎还是一派嫩黄色,它们悬挂在屋顶的上方,犹如刚刚出茧的蝴蝶的娇弱的翅膀。粉红色的日本樱花,宛如在旭日东升的时候飘在庄园上空的一片云彩。如此娇嫩的色调,酷似一首最温柔的曲子,又如落在黑白琴键上的轻盈的速奏。

夏天,水面上开满了白色和黄色的睡莲,那扁平的叶子舒展着,像是为蜻蜓和甲虫准备的排筏。睡莲映照在明镜般水中的倒影,宛如歌中的叠句。肖邦之家的夏,往往使人浮想联翩,使人回忆起肖邦那些最成熟的作品。尤其是黄昏时分,水面散发出阵阵幽香,宛如船歌的一串琶音,而那银灰、淡紫的亭亭玉立的树干,排列得整整齐齐,有条不紊,宛如F小调叙事曲开头的几节。清风徐来,树影婆娑,花园里充满了簌簌的声响。这簌簌声,这芬芳的香味,使我们心荡神驰,犹如是在聚精会神地倾听这独具一格的音乐的悠扬的旋律、清丽的和声。

秋天又别有一番风味。这是乡村婚嫁的季节,时不时有一阵小提琴声传到这里,飘到金黄的树冠下,飘到寂静的草坪上,它提醒我们,此刻正置身于玛祖卡曲的故乡。当我们漫步在花园的林荫小道,当我们踏上玲珑剔透的小桥,落叶在脚下踩得沙沙响。作为悠悠往事"见证者"

□精美散文

的树叶,就像忧伤的奏鸣曲中那结尾的、令人难忘的三重奏,它们以自己干枯的沙沙声招来了那么多的思绪,那么多的回忆,那么多的乐曲。我们望着树上光秃秃的枝柯,悄声哼起了一支歌曲:

树儿自由地生长

叶儿轻轻地飘落……

于是,我们开始理解那个客死远方巴黎的人的深沉的郁闷:久别经年,他只能依稀记得"国内唱的歌"。

然而,这里最美的是冬天。请看吧!四野茫茫,白雪覆盖的房舍安然入梦。花园的树木变成了水晶装饰物,且会发出银铃般清脆的响声,就像昔日挂在马脖子上的铃铛。如今既没有马,没有雪橇,也没有狐裘,更没有裹着狐裘的美女。既没有玛丽亚·沃金斯卡也没有德尔芬娜·波托茨卡,亦不见那第一位情人——康斯丹齐亚·格瓦德科夫斯卡。没有母亲,没有姐妹——只有无边的静寂。一切都成为往事了。

只有他还住在这里,独自一人在雅致的房间里来回踱步。只有微弱的琴声在抗御风、雪和寂静。只有音乐长存。

倘若你在这样一个隆冬季节,站在这小屋的前边,望着被积雪压弯了的屋顶、光秃秃的树枝、黑洞洞的窗口,你就会感到,你是和肖邦在一起。

你是在和肖邦促膝谈心。

作者简介

伊瓦什凯维奇(1894～1980),波兰作家。多次获波兰国家文学奖和国际文学奖。著有长篇小说《红色的盾牌》、剧本《假面舞会》等。

伊瓦什凯维奇像

·美文赏析·

伟大的波兰音乐家弗雷德里克·肖邦不满20岁就成为华沙公认的钢琴家和作曲家。在他29岁那年,德军攻占波兰,以后肖邦一直漂泊异国,大部分时间在法国度过,直到长眠于巴黎的拉雪兹公墓,但他的心脏被运回祖国。在国外的日日夜夜,肖邦无时无刻不在思念着祖国,他创作了很多具有爱国主义思想的钢琴作品,以此抒发自己的思乡情、亡国恨。肖邦的音乐成为最有力量的波兰人的音乐,就像"藏在花丛中的一尊大炮",向全世界宣告:"波兰不会亡!"作为肖邦的同胞,作家伊瓦什凯维奇对肖邦怀有深深的敬意,他选取肖邦故园为切入点,介绍了作曲家肖邦故居的历史和现状,追叙了肖邦不平凡的一生,尤其着重表现了肖邦对祖国的眷恋和那种无法割舍的深沉的爱。

388

欧洲的城市

森田玉

入选理由
女性视野的欧洲风情
对城市个性的微妙捕捉
敏感细腻的笔触充满女性独有的魅力

雨淅淅沥沥地下着，一颗须仰视才见的大树，枝繁叶茂，树梢沉甸甸地垂下来，不停地摇曳着。从被雨水淋湿的绿叶的空隙里可以看得见对面的砖楼，它像个沉默无语的巨人似的，浑身湿漉漉地站在那里。长满美丽的嫩芽的树篱环绕四周，院中汽车摆成一排，这里大概是公寓吧，好像正在等待着住在这里的主人出来似的，一片肃穆，长满绿叶的枝条轻轻摆动，更加诱发了周围的宁静气氛。

"阴雨的伦敦……"这话不期而然地出现在脑海里。伦敦这城市，即便是晴天也好像下着蒙蒙细雨，给人以潮湿的感觉。当然欧洲的城市不光是伦敦，巴黎也好，阿姆斯特丹也好，都是不定在什么时候说下雨就下雨，很快又说

雨中的伦敦城
英国首都伦敦位于英格兰东南部的平原上，跨泰晤士河，距离泰晤士河入海口88公里。伦敦受北大西洋暖流和西风影响，属温带海洋性气候，四季温差小，夏季凉爽，冬季温暖。空气湿润，多雨雾，秋冬尤甚，有"雾都"之称。

晴天就晴天，不像日本，要说晴天就是整天朗朗晴空，万里无云。不过据本地人说，眼下这么冷是反常的，巴黎的说法是核爆炸造成的。同样是下雨，比起巴黎来，伦敦更让人感到深沉宁静，也许可以说是这城市所具有的特性吧。

离开东京正好一个月过去了。这30天的旅程是：巴黎10天，荷兰10天，伦敦10天。仅仅10天工夫，要谈论对该城市的印象是很危险的。可是另方面，据说第一印象最能抓住其性格特点，这也不见得是假。例如住在巴黎的人说，在巴黎住得越久，越弄不清楚关于巴黎的事，什么都写不出来。但对来旅游的我们来说，想写的东西有的是，一个接一个的新鲜印象在催促着自己，因而时常埋怨时间不够。我想映入行色匆匆的旅游者眼中的景象，不失为这城市性格的一个侧面吧。在巴黎可以见到鸽子在汽车前面安闲地走着，在阿姆斯特丹和伦敦就看不见这样悠闲的风光。麻雀敢飞到河岸茶座的桌子上来啄食点心渣，这是在荷兰。而在伦敦却见不到摆在道旁的咖啡店，当然也就不会有麻雀飞来的画面。

荷兰实在是个开朗的国度，即便是下雨天也明朗宜人，女人穿的西服，似乎也喜欢单纯

鲜艳的颜色。另外，在荷兰有种二人行必拐臂的习惯。不仅是年轻的一对情侣或上了年纪的一对老夫妻，就是一对女学生、一对老太太、一对男孩子，都挽着胳膊走路。特别是老太太彼此挽着胳膊走路，令人感觉新奇。到公园里，这种老年人很多，有的织毛活儿，有的聊天，有的瞧着走路的人。荷兰是个社会保障制度发达的国家，养老院的设备完善，很多人上了年纪主动要求到养老院里来。他们星期日到孩子们的家里去做客，过生日时则召唤儿孙到自己这来庆祝一番。据说养老院里也备有这种地方。总之，互相不添麻烦，而又享受着生活的乐趣。一对老太太拐着胳膊散步，就是这种生活方式的表现之一吧。

　　令人感兴趣的是，年轻的女人们挽着胳膊走时，即便从远处看，这一对也是艳丽夺目的，因为她们很考究彼此服装颜色的配合。例如一方穿着雅致的黄色上衣，下面是深咖啡色的裙子。对方则穿着白上衣，下面是浅绿色的裙子；这四种颜色配合起来非常之美。另一对儿，一个穿浅绿色的上衣，下穿白地红格的裙子，对方则穿柠檬色的上衣和深绿色的裙子，彼此挽着胳膊走在公园的树丛之中，在绿荫的衬托之下，这四种颜色格外醒目。在荷兰还流行鲜明的藏青色，常见年轻的女孩子穿它。这是种多少有点土气的颜色，但对于皮肤白皙，脸蛋红润，坠腮脸的荷兰女孩子来说，却奇妙的非常合适。在巴黎几乎看不见穿这种颜色的女孩子。

　　关于这颜色，还有一段小插曲呢。不久以前，有位刚从日本来的人和我一起在饭店吃饭。对面有个穿这颜色的女孩子和另一个好像是她朋友的女孩子也在吃饭。一看就像荷兰姑娘，白皮肤，坠腮脸，极可爱的脸蛋。当我说："多可爱的姑娘呀，是从荷兰来的呀！"这时刚从日本来的那位说道："不，不对，那是巴黎姑娘，还用法语说话呢。"大概他不知道荷兰的姑娘都用法语讲话，穿的那衣服的颜色也是荷兰姑娘喜欢的颜色，巴黎人是不穿这种颜色的。

　　那么巴黎女人穿什么颜色的呢？如果有人问我，却很难回答。大概是以黑色为基调，各种颜色的都穿。简直可以说是善于穿各种颜色的衣服，这样说也许更贴切。眼下是旅游的季节，在巴黎市内有很多外国来的人走在街上。如果有巴黎的女人参杂其中，一眼就能认出是巴黎的人走过来了。她并没有特别引人注意的打扮，因为根本没有什么流行的颜色，说不出哪是巴黎的颜色来，大概只看她那走路的身姿和动作，不知怎的就给人以轻快之感，马上便意识到了巴黎。

　　仅一海之隔，去到伦敦一看，伦敦的女人毫不介意地穿着土气的衣服，她们无视颜色的配合，即便颜色完全不调合，也一点不在乎，起初甚至使我想到伦敦女人是否色盲。在巴黎看不见的荷兰流行颜色藏青色，在伦敦就常常可以看到，但不同于荷兰的是，它一点也不鲜艳，还和灰色什么的配合在一起，看着既土气又沉闷。观看百货店的橱窗时，有深蓝色的成套西装，有把深茶色和浅茶色巧妙配合在一起的质量很好的上下身分开的女西装，使人想到这也许就是伦敦的真

正颜色。不巧的是还没有遇见过真正穿这衣服的人，但我饶有兴味地想着，既然商店里有，就一定有人穿，不久总会碰得见的。关于服装谈的太多了，而对于初次访欧的我来说，感受最深的要算是，生长于铁和石头之间的人与生长在纸和木之间的人的不同。

不久以前曾去牛津大学参观，这里的大学与日本的不同，是由几个学院组成的一个综合大学。正像京都紫野的大德寺，是由几个寺院构成一个大德寺。并且每所学院又都有宿舍，学生全生活在那里面。学院里也有教堂，走廊、食堂，很像日本禅宗的佛寺似的。只不过日本全是木结构的，而这里却全是石砌的。看见石头走廊的铺石路磨损的样子，就想起了日本僧房的木头走廊劈裂起刺的样子。别管木头怎样起刺，它也是温暖的，用手一摸有种柔软的感觉。而石头则是冰冷坚硬的。从一降生起就在这冷酷的铁石中磨炼长大的人，与在木头柔软的肌肤中间娇惯长大的人之间的不同，越想越觉得这是个说也说不完的问题。

还有一个问题，荷兰也好，巴黎也好，伦敦也好，全都非常爱花，无论到什么地方都摆着花，但这些花的颜色也跟日本的不同。如果说日本的花是水墨丹青的日本画的话，这里则是浓涂重抹的油画。牛津大学学院的院里也开满姹紫嫣红的鲜花，牡丹就是纯粹的牡丹色，还有种叫匹纳斯的花，像葱的球状花似的，它高高地探出头来，尖上开着一团小花。这花的颜色就像明亮的蓝钻掺杂着青灰色似的，它很美，但总觉得有点怪，越看越不对劲。昨天晚上和剧作家福田恒存、音乐评论家吉田秀和聚在一起时，谈起这花来，福田先生说他喜欢。我说，那么你有资格当纯粹的英国人了，我不够资格。蓝色的花，在野草丛中，只有一朵悄悄地开在那里，才幽雅宜人，值得怀念，像那样群花齐放，真有点吃不消，就像受不了石头那股冰凉刺骨的劲头一样。

作者简介

森田玉，日本女作家，以散文、随笔著称。主要作品有《木棉随笔》等。

· 美文赏析 ·

日本女作家森田玉以散文随笔著称，她的大量作品散发着东方女性独特的魅力，当然，其思想和感受也充满了现代感。《欧洲的城市》是一篇概括的游记散文，是东方女性眼中的欧洲，在作家的眼里，这些欧洲的城市因为陌生而新奇，但是，这恰好就是西方文明之于东方文明的区别和特色所在吧，正如作者说，"第一印象最能抓住其性格特点"，"在巴黎住得越久，越弄不清楚关于巴黎的事，什么都写不出来"。而对于旅游的作者而言，则是"新鲜印象在催促着自己"。对于一个东方的女性而言，欧洲的城市有什么特点呢？作者先是写到了雨中的伦敦，不单是雨天，"即便是晴天也好像下着蒙蒙细雨，给人以潮湿的感觉"。而欧洲的城市"都是不定在什么时候说下雨就下雨，很快又说晴天就晴天"。同样是下雨，比起巴黎来，伦敦更让人感到深沉宁静。荷兰则是明朗的，女人的衣服也是单纯鲜艳的，而巴黎，女人的衣服则以黑色为主调，"根本没有什么流行的颜色"。伦敦呢？"女人毫不介意地穿着土气的衣服"。在作者眼里，欧洲的城市不约而同地都爱花，但是，不同于东方的"水墨丹青"，欧洲的花是"浓涂重抹的油画"。注意力集中在天气、服饰和花草上，这大概就是森田玉作为一个女性自然而然的视角所在，将这些东西写得非常鲜活细腻，历历在目，也大约是女性独有的细致和敏感使然吧。

□ 精美散文

花未眠

川端康成

入选理由
一篇具有美学价值的名篇
东方人的审美视角
含蓄隽永的语言风格

川端康成获诺贝尔文学奖时的情景

我常常不可思议地思考一些微不足道的问题。昨天一来到热海的旅馆，旅馆的人拿来了与壁龛里的花不同的海棠花。我太劳顿，早早就入睡了。凌晨四点醒来，发现海棠花未眠。

发现花未眠，我大吃一惊。有葫芦花和夜来香，也有牵牛花和合欢花，这些花差不多都是昼夜绽放的。花在夜间是不眠的。这是众所周知的事。可我仿佛才明白过来。凌晨四点凝视海棠花，更觉得它美极了。它盛放，含有一种哀伤的美。

花未眠这众所周知的事，忽然成了新发现花的机缘。自然的美是无限的，人感受的美却是有限的。正因为人感受美的能力是有限的，所以说人感受到的美是有限的，自然的美是无限的。至少人的一生中感受到的美是有限的，是很有限的。这是我的实际感受，也是我的感叹。人感受美的能力，既不是与时代同步前进，也不是随年龄而增长。凌晨四点的海棠花，应该说也是难能可贵的。如果说，一朵花很美；那么我有时就会不由自主地自语道：要活下去！

画家雷诺阿说：只要有点进步，那就是进一步接近死亡，这是多么凄惨啊。他又说：我相信我还在进步。这是他临终的话。米开朗基罗临终的话也是：事物好不容易如愿表现出来的时候，也就是死亡。米开朗基罗享年89岁，我喜欢他的用石膏套制的脸型。

毋宁说，感受美的能力，发展到一定程度是比较容易的。光凭头脑想象是困难的。美是邂逅所得，是亲近所得。

这是需要反复陶冶的。比如唯一一件古代美术品，成了美的启迪，成了美的开光，这种情况确实很多。所以说，一朵花也是好的。

凝视着壁龛里摆着的一朵插花，我心里想道：与这同样的花自然开放的时候，我会这样仔细凝视它吗？只摘了一朵花插入花瓶，摆在壁龛里，我才凝神注视它。不仅是限于花。就说文学吧，今天的小说家如同今天的歌人一样，一般都不怎么认真观察自然。大概认真观察的机会很少吧。壁龛里插上一朵花，要再挂上一幅花的画。这画的美，不亚于真花的当然不多。在这种情况下，要是画作拙劣，那么真花就更加显得美。就算画中花很美，可真花的美仍然是很显眼的。然而，我们仔细观赏画中花，却不怎么留心欣赏真的花。

夜樱

作者简介

川端康成（1899～1972），日本现代派文学先驱、小说家。童年时父母、祖母、姐姐和祖父相继去世，26岁时未婚妻与他分手，这些苦难经历使他饱尝世态炎凉，对他的创作生涯产生了重大影响。1924年创办《文艺时代》杂志，成为日本"新感觉派"作家的代表。1968年获诺贝尔文学奖。1972年自杀。主要作品有小说《雪国》《古都》《千只鹤》，散文集《我在美丽的日本》等。

· 美文赏析 ·

川端康成的《花未眠》表现的是美学问题，主要是关于人的审美能力和审美体验问题。

文章开始说的是作者半夜醒来的发现，看见凌晨四点盛开的海棠花的哀伤美，作者认为它是"美极了"，由此而引发了作者对一系列审美问题的阐述。接下来，作者就审美能力问题发表自己的看法，认为人感受美的能力是有限的，然后借米开朗基罗的话，"事物好不容易如愿表现出来的时候，也就是死亡"来说明真正感受美是很难的。基于这一点，如何培养敏锐的审美能力，如何得到高层次的审美体验，就需要我们不断地"邂逅"和"亲近"自然，"反复陶冶"。其次还得"认真观察自然"，这样才能区别于"今天的小说家"和"今天的歌人"，才能不至于停留在庸俗、肤浅的审美层面上。此外，认真的审美态度和必要的审美环境，也是应当重视的。总之，川端康成的《花未眠》要求人们要不断接近自然并养成好的观察习惯，对培养青年一代的审美能力，具有很好的美学指导意义。

□ 精美散文

我的伊豆

川端康成

入选理由
川端康成的散文代表作之一
文章意境优美灵动，文字含蓄凝练
字里行间渗透着难以名状的美感

伊豆是诗的故乡，世上的人这么说。

伊豆是日本历史的缩影，一个历史学家这么说。

伊豆是南国的楷模，我要再加上一句。

伊豆是所有的山色海景的画廊，还可以这么说。

整个伊豆半岛是一座大花园，一所大游乐场。就是说，伊豆半岛到处都具有大自然的惠赠，都富有美丽的变化。

如今，伊豆有三个入口：下田，三岛修善寺，热海。不管从哪里进去，首先迎迓你的，是堪称伊豆的乳汁和肌体的温泉。然而，由于选择的入口不同，你定会感到有三个各不相同的伊豆呢。

北面的修善寺和南面的下田这两条通道，在天城山口相会合。山北称外伊豆，属田方郡，山南称内伊豆，属贺茂郡。南北两面不仅植物种类和花期各异，而且山南的天空和海色，都洋溢着南国的气息。天城火山脉东西约四十四公里，南北约二十四公里，占据着半岛的三分之一。海面的黑潮从三面包围着半岛。这山，这海，便是给伊豆增添光彩的两大要素。倘若把茶花当作海岸边的花，那么，石棉花就是天城山上的花。山谷幽邃，原生林木森严茂密，使你很难想像这原是个小小的半岛。天城山是闻名的狩鹿的场所，只有翻过这座山峦，才能尝到伊豆旅情的滋味。

依山临水、美丽如画的伊豆半岛一带风光

开往热海的火车时髦得很,称为"罗曼车"。情死是热海的名产。热海是伊豆的都会,它是在关东温泉之乡中富有现代特征的城市。倘若把修善寺称为历史上的温泉,那么,热海便是地理上的温泉。修善寺附近,清静,幽寂;热海附近,热烈,俏丽。伊豆到伊东一带的海岸线,令人想起南欧来,这里显示着伊豆明朗的容颜。同是南国风韵,伊豆的海岸线多像一曲素朴的牧歌啊。

伊豆有热海、伊东、修善寺和长冈四大温泉,共有二三十个喷口,仅伊东就有数百处泉流。这些都是玄岳火山、天城火山、猫越火山、达磨火山的遗迹。伊豆,是男性火山之国的代表。此外,热海的间歇泉,下加茂峰的吹上温泉,拍击着半岛南端的石廊崎的巨涛,狩野川的洪水,海岸线的岩壁,茂盛的植物……所有这些,都带着男性的威力。

然而,各处涌流的泉水,使人联想起女乳的温暖和丰足,这种女性般的温暖与丰足,正是伊豆的生命。尽管田地极少,但这里有合作村,有无税町,有山珍海味,有饱享黑潮和日光馈赠、呈现着麦青肤色的温淑的女子。

铁路只有热海线和修善寺线,而且只通到伊豆的入口,在丹那线和伊豆环行线建成之前,这里的交通很是不便。代之而起的是四通八达的公共汽车。走在伊豆的旅途上,随时可以听到马车的笛韵和江湖艺人的歌唱。

主干道随着海滨和河畔延伸。有的由热海通向伊东,有的由下田通向东海岸,有的沿西海岸绵延开去,有的顺着狩野川畔直上天城山,再沿着海津川和逆川南下……温泉就散缀在这些公路的两旁。此外,由箱根到热海的山道,猫越的松崎道,由修善寺通向伊东的山道,所有这些山道,也都把伊豆当成了旅途中的乐园和画廊。

伊豆半岛西起骏河湾,东至相模湾,南北约五十九公里,东西最宽处约三十六公里,面积约四百零六平方公里,占静冈县的五分之一。面积虽小,但海岸线比起骏河、远江两地的总和还长。火山重叠,地形复杂,致使伊豆的风物极富于变化。

现在,人们都那么说,伊豆的长津吕是全日本气候最宜人的地方,整个半岛就像一个大花园。然而在奈良时代,这里却是可怕的流放地。到源赖朝举兵时,才开始兴旺发达起来。幕府末期,曾一度有外国黑船侵入。这里的史迹不可胜数,其中有范赖、赖家遭受禁闭的修善寺,有掘越御所的遗址,有北条早云的韭山城等。

请不要忘记,自古以来,伊豆在日本造船史上,发挥着重大的作用,这正因为伊豆是大海和森林的故乡啊。

· 美文赏析 ·

《我的伊豆》是川端康成的散文集《我在美丽的日本》中的名篇,文章描写了伊豆半岛的风景,抒发了作者热爱自然的情怀。文章开始以一组排比句,形象地点明伊豆在日本的历史地位、景色的异常美丽。接着作者将视野放在进入伊豆的三个入口处,从不同角度以清逸幽雅的笔调,对伊豆的山形水色倾情渲染。作者想象丰富,将无生命的静默的自然情境生发为有声有色的艺术情境。文中穿插了有关热海男女殉情风俗和伊豆历史的描写,使文章轻笼一种幽婉感伤的古典情韵。文章意境优美灵动,文字含蓄凝练,字里行间渗透着一种难以名状的美感和不露声色的感染力。

□精美散文

归来的温馨

聂鲁达

入选理由
聂鲁达的散文代表作之一
散发着浓郁的爱国思乡之情
收入多国散文选本

我的住所幽深，院内树木繁茂。久别之后，房子的许多去处吸引我躲进去尽情享受归来的温馨。花园里长起神奇的灌木丛，发出我从未领受过的芬芳。我种在花园深处的杨树，原来是那么细弱，那么不起眼，现在竟长成了大树。它直插云天，表皮上有了智慧的皱纹，梢头不停地颤动着新叶。

最后认出我的是栗树。当我走近时，它们光裸干枯的、高耸纷敏的枝条，显出莫测高深和满怀敌意的神态，而在它们躯干周围正萌动着无孔不入的智利的春天。我每日都去看望它们，因为我心里明白，它们需要我去巡礼，在清晨的寒冷中，我凝然伫立在没有叶子的枝条下，直到有一天，一个羞怯的绿芽从树梢高处远远地探出来看，随后出来了更多的绿芽。我出现的消息就这样传遍了那棵大栗树所有躲藏着的满怀疑虑的树叶；现在，它们骄傲地向我致意，并且已经习惯了我的归来。

鸟儿在枝头重新开始往日的啼鸣，仿佛树叶下什么变化也未曾发生。

书房里等待我的是冬天和残冬的浓烈气息。在我的住所中，书房最深刻地反映了我离家的迹象。

封存的书籍有一股亡魂的气味，直冲鼻子和心灵深处，因为这是遗忘——业已湮灭的记忆——所产生的气味。

在那古老的窗子旁边，面对着安第斯山顶上白色和蓝色的天空，在我的背后，我感到了正在与这些书籍进行搏斗的春天的芬芳。书籍不愿摆脱长期被人抛弃的状态，依然散发一阵阵遗忘的气息。春天身披新装，带着忍冬的香气，正在进入各个房间。

在我离家期间，书籍给弄得散乱不堪。这不是说书籍短缺了，而是它们的位置给挪动了。在一卷十七世纪的严肃的培根著作旁边，我看到艾·萨尔加里的《尤卡坦旗舰》；尽管如此，它们倒还能够和睦相处。然而，一册拜伦诗集却散开了，我拿起来的时候，书皮像信天翁的黑翅膀那样掉落下来。我费力地把书脊和书皮缝上，事前我先饱览了那冷漠的浪漫主义。

海螺是我住所里最沉默的居民。从前海螺连年在大海里度过，养成了极深的沉默。如今，近几年的时光又给它增添了岁月和尘埃。可是，它那珍珠般冷冷的闪光，它那哥特式的同心椭圆形，或是它那张开的壳瓣，都使我记起远处的海岸和事件。这种闪着红光的珍贵海螺叫 Rostellaria，是古巴的软体动物学家——深海的魔术师——卡洛斯·德拉托雷有一次把它当做海底勋章赠给我的。这些加利福尼亚海里的黑"橄榄",以及同一处来的带红刺的和带黑珍珠的牡蛎,都已经有点儿褪色,而且盖满尘埃了。从前,就在有这么多宝藏的加利福尼亚海上,我们险些遇难。

还有一些新居民,就是从封存了很久的大木箱里取出的书籍和物品。这些松木箱来自法国,箱子板上有地中海的气味,打开盖子时发出嘎吱嘎吱的歌声,随即箱内出现金光,露出维克多·雨果著作的红色书皮。旧版的《悲惨世界》便把形形色色令人心碎的生命,在我家的几堵墙壁之内安顿下来。

不过,从这口灵柩般的大木箱里我找出了一张妇女的可亲的脸,木头做的高耸的乳房,一双浸透音乐和盐水的手。我给她取名叫"天堂里的玛丽亚",因为她带来了失踪船只的秘密。我在巴黎一家旧货店里发现她光彩照人,当时她因为被人抛弃而面目全非,混在一堆废弃的金属器具里,埋在郊区阴郁的破布堆下面。现在,她被放置在高处,再次焕发着活泼、鲜艳的神采出航。每天清晨,她的双颊又将挂满神秘的露珠,或是水手的泪水。

玫瑰花在匆匆开放。从前,我对玫瑰很反感,因为她没完没了地附丽于文学,因为她太高傲。可是,眼看她们赤身裸体顶着严冬冒出来,当她在坚韧多刺的枝条间露出雪白的胸脯,或是露出紫红的火团的时候,我心中渐渐充满柔情,赞叹她们骏马一样的体魄,赞叹她们含着挑战意味发出的浪涛般神秘的芳香与光彩;而这是她们适时从黑色土地里尽情吸取之后,像是责任心创造奇迹,在露天地里表露的爱。而现在,玫瑰带着动人的严肃神情挺立在每个角落,这种严肃与我正相符,因为她们和我都摆脱了奢侈与轻浮,各自尽力发出自己的一份光。

可是,四面八方吹来的风使花朵轻微起伏、颤动,飘来阵阵沁人心脾的芳香。青年时代的记忆涌来,令人陶醉:已经忘却的美好名字和美好时光,那轻轻抚摩过的纤手、高傲的琥珀色双眸以及随着时光流逝已不再梳理的发辫,一起涌上心头。

这是忍冬的芳香,这是春天的第一个吻。

作者简介

聂鲁达(1904～1973),智利著名诗人、散文家、社会活动家。生于铁路工人家庭。早年在圣地亚哥智利教育学院学习。1927年进入外交界,历任南美、亚洲、欧洲多国领事。1945年当选国会议员并加入智利共产党。1948年流亡海外。1952年回国。1957年任智利作家协会主席。1971年获诺贝尔文学奖。

聂鲁达像

· 美文赏析 ·

《归来的温馨》一文叙述了作者久别故园之后回到家中时的百感交集之情。作者开首直接点题,直抒胸臆,接着尽情铺陈,运用拟人手法,细腻描绘了一幅幅让人倍感温馨的意象:花园里的灌木丛"发出我从未领受过的芬芳";昔日亲手栽种的小杨树已长成参天大树;"鸟儿在枝头重新开始往日的啼鸣";散乱的书籍和沉默的海螺撩起我青年时代的回忆;连"我"一向反感的玫瑰花,也因她的匆匆开放,发出波涛般神秘的芳香与光彩,而使"我"心中渐渐充满柔情。文章笔调细腻,饱含真情,情景交融,充满诗情画意,极富艺术感染力。

□ 精美散文

春将至

井上靖

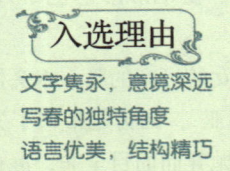

入选理由
文字隽永，意境深远
写春的独特角度
语言优美，结构精巧

过了年，把贺年片整理完毕，就会感到春天即将来临的那种望春的心情抬起头来。

翻开年历，方知小寒是一月六日，一月二十一日为大寒。一年中，这时期寒气最为凛冽。实际上日本列岛的北侧正被厚厚的积雪覆盖着，南半部的天空也多是呈现着欲降白雪的灰色。当然也时有遍洒新春的阳光，却不会持久，灰色天空即刻就会回来，寒气也相随而至，不几天即将降雪吧。

严冬季节，寒气袭人，理所当然；在这种情况下等待春天的心情，是任何人都会产生的。不光是住在无雪的东京和大阪，即便是北海道和东北一带雪国的人们，依然是没有两样的。总之，生活在全被寒流覆盖着的日本列岛的一切人，不管有雪，抑或是无雪的地方，只要新年一过，都会感到春日的临近，而等待着春天。

我喜爱这种等待春天的心境。住在东京的我，尽管是很少，但也能捕捉到一点春天的信息。今晨，从写作间走下庭院中去，只见一棵红梅和另一棵白梅的枝上长满牙签尖端般小而硬的蓓蕾。

我的幼年在伊豆半岛的山村度过，家乡的庭院多梅树，初春季节齐放白英。没有樱树，也没有桃树，只种了一片小小的梅林。也许是幼年时代熟悉梅树，直到过了半个世纪的现在，依然喜爱梅花。梅花，对于我，已经成为特殊的花。

如今，故乡家院里的梅树减少了，而且年老了，已经看不到幼年时代那种纯白的花朵。即便同是昔日的白花，却略含黄色，并不像《万叶集》和歌中吟咏的酷似雪花的那样洁白了。

今朝春雪降，洁白似云霞；梅傲严冬尽，竞相绽白花。
犹如观白雪，缓缓降天涯；朵朵频飞落，不知是何花。

前一首的作者是大伴家持，后者是骏河采女。读了这类和歌，那种纯白的沁人心脾的白梅，

立刻就会浮现于眼帘。

故里家中的梅树都已枯老，但东京书斋旁的唯一的一株白梅，却尚年轻，因而花是纯白的。

梅树过早地长出坚硬的小蓓蕾，这个季节可还没着花。正是在这尚未着花的时刻，自然地培育着一种望春的心情吧。水仙的黄花，山茶的红花，恐怕是这个季节屈指可数的花朵了。

去岁之暮接近年关的时候，我瞻仰桂离宫，广阔的庭园里也未看到花开，只见落霜红和朱砂根的蓓蕾，在广阔庭园的角落里，隐约地闪烁着动人的红光。这个季节，仿佛是树木的蓓蕾代替花朵炫耀着自己的地位。

乘此雪将融，会当山里行；且赏野橘果，光泽正莹莹。

这也是大伴家持的歌。野橘即是紫金牛，我觉得紫金牛的红色小蓓蕾映衬着皑皑白雪的光景，也许确实具有踏雪前去观赏的价值哩。

前面讲过，我喜爱这种在几乎无花的严冬季节等待春天的心情。每日清晨，坐在写作间前廊子的藤椅上，总是发觉自己沉浸在这样的情致之中。眼下还是颗颗坚硬的小蓓蕾，却在一点点长大，直到那繁枝上凛然绽满白花，这种等待春天的情致始终孕育在心的深处。

我出国旅行，总是初夏和仲秋季节回来。当然，也并非出于什么理由做了这样的决定，而是自然而然形成的结果。然而，如今却想在什么时候，在那春天已有了信息却难于降临的二月底或三月初，结束国外旅行，重踏日本的土地。那时，我想一定会深刻地感受到日本节气变化的微妙，和随之改换面貌的日本这一季节景物的细致美。

然而，这种等待春天的一、二、三月期间，大气中的自然运行，却是非常复杂微妙，春天决不是顺顺当当地走向前来的。

小寒、大寒，大致都是一月初或月中，因此，新春一月便是一年中最冷的时节，一直要持续到二月四日的立春时分。当然，这不过是历书上的事，实际上也并不如此规规矩矩。有时小寒比大寒还要冷，又有时大寒都不那么冷，等到二月立春之后，才真正冷上一阵子。不，与其说冷上一阵子，毋宁说这种情形居多。

但是，尽管只是历书上写着，立春这个词，也蕴含着一种难以言状的明朗性。过年了，春天就近了；春天近了，等到春天到来的心情便活跃起来。历书上的立春，使人涌起一种期待：这回春天可真要来了！

实际上，春天总是姗姗来迟，寒冬依然漫长，然而，千真万确，春天正在一步步走近，只是很难看到它会加快步子罢了。这种春日来临的步调，恐怕是日本独有的；似乎很不准确，实际上却准确得出乎意料。

人们都把立春后的寒冷叫做余寒，实际上远远不是称为余寒的一般寒冷。这时候，既会降雪，一年中最冷的寒气也会袭来。然而，即便是这种寒气，等一近三月，便一点一点地减轻，简直是人们既有所感，又无觉察的程度。

不过，即便进了三月，春天依然没有露面。只是弄好了，没有阳光、天色和树木的姿容，会不觉间给人以春的感觉，余寒会变成名副其实的春寒。这样，与此同时，连那些从天上降下的东西，那种降落的样子，也会多少发生些变化。那就是"春雪""淡雪"和"春霰"。总之，春寒会千方百计改变着态度，时而露出面孔来，时而又把身子缩了回去。

在这样的三月里，有一次寒流袭击了日本列岛的中部，正是三月十三日奈良举行汲水活动

□ 精美散文

的当口。近畿一带，奇怪的是这时节却受到寒流的洗礼。也正在此时，我在东京的家，三月初开始着花的白梅达到盛开时分。每年，当我望见白梅盛开，便又一度想到历书上的记载。于是发现，大抵上相当于汲水日，或在其以前或以后两三天，并且就在两三天里气温下降，十分寒冷。我的眼前浮现出，在奈良古寺的殿堂里，松枝火炬照亮黑暗的情景。看来，也许并非照亮了黑暗，而是照亮了寒流。这时节的春寒，确实是不容怀疑的。

白梅是在汲水时节盛开，红梅却只乍开三分。白梅在三月末凋零殆尽，红梅却进了四月，还多是保存着凋余的疏花。在那白梅开始凋落的时分，杏花和李花就开始着花，好不容易春天才正式来到人间。

然而，三月末，或是四月初，我家的红梅繁花正盛的时节还要再来一次寒流。那正是比良湾风浪滔滔的季节。自古以来，就流传着比良大明神修讲《法华经》之时，琵琶湖便风涛大作，寒气袭来。实际上，这时节京都和大阪地方还要经受一次最后的寒流袭击。不只是京阪一带，东京也是如此。

这样，与杏、李大致同时，桃树也开始着花。杏树的花期较短，刚刚看到开了花，一夜春风就会吹得落英缤纷，或是小鸟光临，一霎时变成光秃秃的。李花虽不像杏花那样来去匆匆，但也是短命的。比较起来，依然是桃花生命力强，一直开到樱花换班的时节。

今年恐怕也与往年相似，一、二、三月之间，寒流会在日本列岛来来往往，梅树的蓓蕾就在这中间一点点长大吧。日本的大自然，在为春天做准备的家当，既十分复杂，又朝三暮四，但是总的看来，恐怕也还是呈现着一种严格地遵循既定规律的动向。梅、杏、李、桃、樱，都在各自等待时机，准确地出场到春天的舞台上来。

作者简介

井上靖（1907～1991），日本作家，生于北海道旭川的一个军医家庭，从中学起就酷爱文学。1936年毕业于京都大学哲学系，随后进入大阪每日新闻社。第二次世界大战后从事文学创作。起初写诗歌，之后写小说。短篇小说《斗牛》写于1947年，1950年荣获芥川奖，这使他踏上了专业作家道路。其后40余年，曾多次访华。历任日本文艺家协会理事长、日本笔会会长。1976年获日本政府颁发的文化勋章，曾任日中文化交流协会会长。

·美文赏析·

《春将至》是日本作家井上靖的一篇散文。它和大多数赞春、颂春文章的不同之处在于：它没有正面写春天，而是将目光放在冬去而春未到的"春将至"的时节，重在抒写一种心境，歌颂一种等待中的喜悦。

作者将盼春之情放在一种等待的过程中，前半部分写几种渐放的蓓蕾，后半部写日益变化的春寒。不管是自然之景或时节的描写，作者都重在写一种过程，在过程中让人体味一种纯粹情感的悸动。他没有将这种情感体验放于具体的实景描摹之上，而是沉醉于"春将至"之时精神的欣喜之中，倾心于这种将得到而未得到的心灵体验。而人心灵的最高境界不正是这样一种"未得到"的希望状态吗？对于人生来说亦是如此，"得到"只是一种形式，而在这个形式之外，真正的让人颤栗的不正在于过程中的企盼吗？

400

日 落

列维·斯特劳斯

入选理由

关于落日的恢宏而深沉宁静的画卷
一次不同寻常的美的体验
融深邃的哲理性的议论及绚丽的描写为一体

　　科学家把黎明和黄昏看成同一种现象，古希腊人亦是如此，所以他们用同一个字来表示早晨和晚上。这种混淆充分反映出他们的主要兴趣在于理论的思辩，而极为忽视事物的具体面貌。由于一种不可分割的运动所致，地球上的某一点会运动于阳光照射的地区与阳光照不见或即将照见的地区之间。但事实上，晨昏之间的差异是很大的。太阳初升是前奏曲，而太阳坠落则是序曲，犹如老式歌剧中出现于结尾而非开始的序曲。太阳的面貌可以预示未来的天气如何，如果清晨将下雨，太阳阴暗而灰白；如果是晴空万里，太阳则是粉红的，呈现一种轻盈、被雾气笼罩的面貌。但对一整天的天气情况，曙光并不能做出准确的预告，它只标明一天天气进程的开始，宣布将会下雨，或者将是晴天。至于日落，则完全不同。日落是一场完整的演出，既有开始和中间过程，也有结尾，它是过去12个小时之内所发生的战斗、胜利和失败的缩影。黎明是一天的开始，黄昏是一天的重演。

　　这就是人们为什么更多地注意日落而较少注意日出的原因。黎明给予人们的只是温度计和晴雨表之外的辅助信息，对于那些处于低等文明之中的人们来说，只是月相、候鸟的飞向和潮汐涨落之外的辅助信息。日落则把人类身体难以摆脱的风、寒、热、雨种种现象组合在一起，组成神秘的结构，使人精神升华。人类的意识活动也可以从那遥远的天际反映出来。当落日的光辉照亮了天空的时候（如同剧院里宣布开演时并非是传统的3下锤声，而是突然大放光明的脚灯），正在乡间小路上行走的农民停止脚步，渔夫也拉紧他的小船，坐在即将熄灭的火堆旁的野主人，会朝天空眨眨眼睛。回忆是人的一大快乐之一，但回忆并非都是快乐，因为很少有人愿意再经历一次他们所津津乐道的疲倦和痛苦。记忆就是生命，但是另外一种性质的生命。所以，当太阳如天上某种吝啬的神灵扔下的施舍一般，落向平静的水面时，或者当那圆圆的落日把山脊勾勒成如同一片有锯齿的硬叶时，人们便在短暂的幻景中得到那些神秘的力量以及雾气和闪电的启示，它们在人们心灵深处所发生的冲突已经持续了一整天了。

　　因此，人们的心灵深处肯定进行过激烈的斗争，否则，外观现象的平淡无奇不足以说明气候为何有如此壮观激烈的变化。今天这一整天，似乎没有发生什么可书可记之事。将近下午 4 点，正是一天中太阳开始失去清晰度而却光辉不减的时候，也正是仿佛有意为掩饰某种准备工作而在天地之间聚集起一片金光的时候，"梦多妊"号改变了航向。船身随着微微起伏的波涛摇动，每一次轻摇，人们都会更加感受到天气的炎热，不过船行的弧度极不易觉察，人们很容易把方向的改变误认为是船体横摇轻微的加剧。实际上，没有人注意航向已经改变，大海航行，无异于几何移位。没有任何风景告诉人们已经沿着纬度线缓缓地走到了什么地方，穿越了多少等温线和多少雨量曲线。在陆地上走过 50 公里，可以使人有置身于另外一个星球的感觉，可是在茫茫大海上移动了 5000 公里，景色还一成不变，至少没有经验的人看来如此。不必忧虑路线和方向，也不必了解那凸起的海平线后面目力难及的陆地，对这一切，船中的旅客可以完全不加以理会。他们觉得自己仿佛被关进了一个狭小的空间，被迫要在这里度过事先已经确定的天数，他们之所以以此为代价，不仅因为有一段行程要完成，更主要的是享受一下从地球的一端被运到另一端而无须动用自己的双脚的特权。由于上午迟迟不愿起床和慵懒的进餐，他们都变得虚弱无力，无精打采，吃饭早已经不能带来感官的愉快，而只是一种消磨时间的方式，所以他们尽力使时间拖长，以便填补度日如年的空虚。

实际上，没有任何事情可做，不需要人们花费任何力气。他们当然知道，在这个庞然大物的深处的某个地方安装着机器，有人在那里工作，使之运转。但工作着的人们并不想让别人去看望他们，乘客没想到要去看望他们，船上的官员也没有想把两者拉在一起。人们只能在船上懒散地踱来踱去，看着一名水手往通风器上刷油漆，几名身穿蓝工作服的服务员不甚卖力气地在头等舱的走廊上推着一个湿墩布，看到他们，人们才意识到轮船在向前行进，生锈的船身被海浪拍打的声音，隐约可闻。

5 点 40 分的时候，西方似乎出现了一个结构复杂的空中楼阁，充塞了天地，它的底部完全呈水平方向，大海仿佛由于某种不可理解的运动突然升高，倒立在天空的海水中间似乎有一层厚厚的难以看见的水晶。在这个庞大的结构的顶端，仿佛受反转的地心引力的作用，是变幻不定的框架，膨胀的金字塔和沸腾的泡沫，你中有我、我中有你地向高空伸展。那些沸腾的泡沫既像云彩又像建筑的装饰线脚，因为看起来很光滑，仿佛是镀金的木头圆雕。这个遮天蔽日、一团混沌的聚合物，色彩昏暗，只有顶端，闪烁着道道明亮的光辉。

在天空更高的地方，金色的光线变成没精打采的曲线，交织在一起，它们仿佛不是由物质组成，只是纯粹的光线而已。

顺着海平线向北望去，那种巨大的空中楼阁变小了，在四散的云片中渐渐升高，它的后面，在更高的地方，仿佛现出了一条带子，顶端呈五彩缤纷之状。在接近太阳——此时尚看不见——的一侧，阳光使之罩上了一个明亮的边缘。再往北看，各种构造的形态已消失，只剩下那条光带，暗淡无光，溶入大海。

同样的另一条带子出现在南方，但顶端布满石板状的大块云朵，犹如支柱之上的座座石屋。

把背对着太阳，向东方望去，可以看见两群重叠在一起向长处延伸的云块。因为阳

光在它们的背后，所以远景上那些小丘状、膨胀着的堡垒，都被阳光照亮，在空中呈现出交织的粉红、深紫和银白。

与此同时，在西方的那一片空中楼阁之后，太阳正在缓缓下坠。在日落的每个不同阶段，有某道阳光可能会穿透那一片浓密的结构，或者自己打开一道通道，光线于是把障碍物切成一串大小不同、亮度各异的圆片。有时候，阳光会缩回去，仿佛一只握紧的拳头，此时，云制的手套只让一两个发光而僵直的手指露出来。或者有时候，仿佛是一条章鱼，爬出了烟雾弥漫的洞穴，然后又重新退回了洞中。

日落有两个不同的阶段。开始时太阳是建筑师，后来（当它的光线只是反射光而非直射光的时候），太阳变成画家。当它在海平线上消失的时候，光线立刻变弱了，形成的视平面每时每刻都更为复杂。强烈的光线是景物的敌人，但在白天与黑夜转换的时刻，却可以展现一种奇幻和转瞬即逝的的结构。随着黑暗的降临，一切都变得平淡无奇了，如同色彩美丽的日本玩具。

日落第一阶段开始的准确时间是 5 点 40 分～5 点 50 分。太阳已经很低，但还没有触及海平线。太阳开始在云层结构下面出现的一刹那，如同蛋黄一样喷薄而出，把一片光辉洒在它仍然没有完全摆脱的云层结构上，光芒四射之后，立刻就是光芒的回缩，周围黯淡下来，于是在海平面和云层底端的空间之中，出现了一道迷蒙的山脉，开始时在一片光辉之中影影绰绰，继而变得昏暗和棱角峥嵘。与此同时，扁平的山体也变得庞大起来。那些坚实黑暗的形体缓缓移动，如同一群候鸟在飞越广阔火红的大海，于是那一片火红逐渐从海平线向天空延伸，揭开了色彩缤纷阶段的序幕。

渐渐地，夜晚的庞大结构消失了。充塞着西方一整天的庞然大物，此时像一块轧制的片状金属，被一种来自背后的光辉照亮，光辉始而金黄，继而朱红，最终变为桃红。已经扭曲变形和正在缓缓消失的云块，也被光辉溶化和分解，如同被一阵旋风裹挟而去。

由云雾织成的无数网络出现在天空时，它们形状各异，有水平的，倾斜的，垂直的，甚至螺旋形的，向四面八方伸展。随着阳光的减弱，光线把它们一个接一个地照亮（好像琴弓忽起忽落，拨动不同的琴弦一样），使每个网络仿佛都具有它所特有而随意的色彩。每个网络在光辉中出现的时候，都是那样干净、清晰，像玻璃丝一样，又硬又脆，然后就渐渐地解体了，仿佛因为其组成的物质暴露在一个充满火焰的天空而无法忍受高温，变黑了，分解了，越来越薄了，最终从舞台上消失，而让位于另外一个新组成的网络。到最后，各种色彩都混合在一起，变得难以分辨，如同一个杯子里不同颜色和不同浓度的液体，起初还层次分明，接着渐渐地混合在一起。

在此之后，人们就很难跟踪观察远方天际上的景观了，那每隔几分钟甚至几秒钟就重复出现的景观。当太阳触及西部海平线的时候，东方的高空中突然出现了一些以前看不到的紫色彩云，彩云不断扩展，不断增加新的细部和色彩，然后从右至左地缓缓消失，仿佛被一块抹布慢慢而毫不犹豫地擦掉。几秒钟之后，澄澈深灰色的天空重新出现在云层堆积的堡垒之上。当那一片堡垒渐呈灰白的时候，天空却一片粉红。

在太阳那边，在原来的那条老带子后面，出现一条新的带子，前者灰白昏暗，后者红光闪烁。当这后一条光带的光辉暗淡下去的时候，顶端那尚未被人注意的斑驳的色彩，此时渐渐扩展开来，其下部爆发为一片耀眼的金黄，其上部的闪光演变为棕色和紫色。人们似乎在显微镜下，顿时看清了那些色彩的结构：成千上万条纤细白、光线，仿佛支撑着一个骨架，使之呈现出浑圆的形状。

此时，太阳直射的光线业已全部消失，天空中剩下了红黄两色，红色如同虾和鲑鱼，黄色如同亚麻和干草。五色缤纷的色彩也开始消逝。天空的景观重新出现白色、蓝色和绿色。然而，海平线上还有些角落在享受着某种短暂而独立的生命。左边，一道没有被人发现的面纱突然出现，像是几种神秘绿色的随意混合。颜色然后渐渐转成艳红、暗红、紫红和炭黑，犹如两支炭条在一张粗糙的纸上留下了不规则的痕迹。在这道面纱的后面，天空呈现出高山植物般的黄绿色，那条光带依然一片昏暗，轮廓完整清晰。西边的天空，那水平状纤细的金线发出最后的闪光，可是北边近乎完全黑了下来，那些小丘状的堡垒，在灰色的天空下，变成乳白色的隆起。

白日消逝，夜晚降临，这一系列近乎完全相同而又不可预测的过程，乃是最为神秘不过的事情。种种迹象，伴着变化不定和焦虑，突现于天空。没有能预测这一特定的夜晚采取什么形式降临。仿佛由于一种神秘的炼金术的作用，每种颜色都成功地变化为其互补色，可是画家要获得同样的效果，则必须在他的调色板上加入一管新的颜料。然而，对黑夜而言，它可以调出无穷无尽的混合色，它开始展现的只是一种虚幻的景象。天空由粉红变成绿色，其真正原因是某些云彩变为鲜红的颜色而我却未曾注意，对比之下，原本是粉红的天空就呈现出绿色，因为这种粉红的色调太淡，无法和那种新出现的强烈色彩相抗衡。不过，天空颜色的变化并没有引起我的注意，因为由金黄变为红色不像由粉红变为绿色那样令人惊讶。黑夜就这样仿佛在神不知鬼不觉之中降临了。

于是，金黄与紫红的颜色开始消逝，黑夜代之以自己的底片，温暖的色调让位于白色和灰色。黑夜的底片上慢慢现出一种海景，悬于真正的大海之上，那是由云彩组成的一幅广阔无垠的银幕，缓缓散成丝缕，变成座座平行的半岛，如同在一架低飞而一翼倾斜的飞机上所看到的平坦而布满黄沙的海岸，仿佛正把箭头射入海中。白日的最后几道光芒，低低地斜射到云朵组成的箭头上面，使其外表很像坚硬的岩石，人们眼前的整个幻象因此更为壮观。那些如岩石般的云朵，平时展现在光辉与黑影的刻刀下，但此时的太阳仿佛已经无力在斑岩和花岗岩上使用它明亮的刻刀，而只能把变幻不定和浩如烟海的物质，当做它的雕刻对象，不过，这位正在徐徐下坠的雕刻家依然保持着固有的风格。

随着天空渐渐变得澄澈起来，人们看到那如同海岸一般的云彩中，出现了海滩、泻湖、成堆的小岛和沙洲，它们被天上那个平静的大海所淹没，同时在不断分解的云层中形成许多峡湾和内湖。由于环绕那些云朵箭头的天空很像海洋，也由于海洋通常反映天空的颜色，所以天空的景观乃是一种遥远景观的再现，太阳将再次在那遥远的地方坠落。此外，只要看看天空底下的真正的海洋，海市蜃楼般的幻景就会立刻无影无踪：它既不是正午的灼热，也非晚餐后的美妙和波浪轻摇。几乎从水平方向而至的光线，只把涌向它们那个方向的海浪照亮，海浪的另一面则一片黑暗。膨胀的海水于是现出鲜明浓重的暗影，如同脱胎于一种金属。一切透明的景象全部消失。

于是，通过一个很自然，却又始终无法觉察和迅疾的过渡，夜色取代了暮色，一切均不复原来的样子。天空，在临近地平线的地方，是一团漆黑，高处则呈土黄色，最高处是一片蔚蓝，被白日结束逼得四处逃窜的云朵业已呈现支离破碎之状，很快就只剩下了干瘪的病态的道道黑影，如同舞台上的布景支架，演出结束，灯光熄灭，立刻显现出其可悲、脆弱和临时搭就的本来面貌，它们所制造的幻象，并非出自它们本身，只不过是利用灯光和视角所造成的错觉而已。不久之前，云间还是那样活跃鲜明，每时每刻变化无穷，此时则被固定在一个痛苦而无法改变的模式里，将和渐渐黑暗下去的天空融为一体。

作者简介

列维·斯特劳斯（1908～2009），法国著名人类学家，结构主义人类学的创立者。此文是作者的一篇航海札记。

· 美文赏析 ·

这篇文字是法国著名人类学家列维·斯特劳斯的手笔，通篇大量的笔墨对大自然中一个常见的现象——日落作了最为详尽的描述，但是它并不是一篇科学报告，而是气势恢宏的散文作品。作为一篇航海札记，作者在文字里充分调动了语言的各种手段，穷尽语言所能达到的各种可能，深邃的哲理性议论，缜密的思考，极为丰富细腻的描写和叙述，使整篇文章气势磅礴而又深沉宁静。日落开始了，这是大自然最为华丽的演出，列维·斯特劳斯开始了笔端最为绚丽的描述，尽显着妙不可言的人间胜景，作者告诉我们："日落有两个不同的阶段"在这两个壮观的阶段里，充满了各种夸张的颜色，而大海和天地是宁静无声的，因为色彩变化的丰富和作者描述的准确细致，使得文字进行得也同日落一样缓慢。

□ 精美散文

听 泉

东山魁夷

入选理由
诗为心声，画为心境
普通的自然之景传达深达的意境
东方美文的典范

鸟儿飞过旷野。一批又一批，成群的鸟儿接连不断地飞了过去。

有时四五只联翩飞翔，有时候排成一字长蛇阵。看，多么壮阔的鸟群啊！……

鸟儿鸣叫着，它们和睦相处，互相激励，有时又彼此憎恶，格斗，伤残。有的鸟儿因疾病、疲惫或衰老而失掉队伍。

今天，鸟群又飞过旷野。它们时而飞过碧绿的田原，看到小河在太阳照耀下流泻；时而飞过丛林，窥见鲜红的果实在树荫下闪灼。想从前，这样的地方有的是。可如今，到处都是望不到边的漠漠草原。任凭大地改换了模样，鸟儿一刻也不停歇，昨天，今天，明天，它们继续打这里飞过。

不要认为鸟儿都是按照自己的意志飞翔的。它们为什么飞？它们飞向何方？谁也弄不清楚，就连那里领头的鸟儿也无从知晓。

为什么必须飞得这样快？为什么就不能慢一点儿呢？

鸟儿只觉得光阴在匆匆忙忙中逝去了。然而，它们不知道时间是无限的，永恒的，逝去的只是鸟儿自己。它们像着了迷似的那样剧烈，那样急速地振翅翱翔。它们没有想到，这会招来不幸，会使鸟儿更快地从这块土地上消失。

鸟儿依然忽啦啦拍击着翅膀，更急速，更剧烈地飞过去……

森林中有一泓清澈的泉水，发出叮叮咚咚的响声，悄然流淌。这里有鸟群休息的地方，尽管是短暂的，但对于飞越荒原的鸟群说来，这小憩何等珍贵！地球上的一切生物，都是这样，一天过去了，又去迎接明天的新生。

鸟儿在清泉边歇歇翅膀，养养精神，倾听泉水的絮语。鸣泉啊，你是否指点了鸟儿要去的方向？

泉水从地层深处涌出来，不间断地奔流着，从古到今，阅尽地面上一切生物的生死、荣枯。因此，泉水一定知道鸟儿应该飞去的方向。

鸟儿站在清澄的水边，让泉水映照着身影，它们想必看到了自己疲倦的模样。它们终于明白了鸟儿作为天之骄子的时代已经一去不复返了。

鸟儿想随处都能看到泉水，这是困难的。因为，它们只顾尽快飞翔。

鸟儿想错了，它们最大的不幸是以为只有尽快飞翔才是进步，它们以为地面上的一切都是为了鸟儿而存在着。

不过，它们似乎有所觉悟，这样连续飞翔下去，到头来，鸟群本身就会泯灭的，但愿鸟儿尽早懂得这个道理。

我也是鸟群中的一只，所有的人们都是在荒凉的不毛之地上飞翔不息的鸟儿。

人人心中都有一股泉水，日常的烦乱生活，遮蔽了它的声音。当你夜半突然醒来，你会从心灵的深处，听到幽然的鸣声，那正是潺潺的泉水啊！

回想走过的道路，多少次在这旷野上迷失了方向。每逢这个时候，当我听到心灵深处的鸣泉，我就重新找到了前进的标志。

泉水常常问我：你对别人，对自己，是诚实的吗？我总是深感内疚，答不出话来，只好默默低着头。

我从事绘画，是出自内心的祈望：我想诚实地生活。心灵的泉水告诫我：要谦虚，要朴素，要舍弃清高和偏执。

心灵的泉水教导我：只有舍弃自我，才能看见真实。

舍弃自我是困难的，甚至是不可能的，我想。然而，絮絮低语的泉水明明白白对我说：美，正在于此。

作者简介

东山魁夷（1908～1999），日本画家，原名新吉，画号魁夷。生于横滨，1931年毕业于东京美术学校。1934年留学德国，在柏林大学哲学系攻读美术史。历任日本画院展审查员、常务理事长、顾问等职。他擅以西方的写实眼光捕捉日本风光之美。1969年获文化勋章和每日艺术大奖。1976年5月访问我国桂林，在桂游览期间，并作画撰文。他长于散文写作，著有《东山魁夷文集》（11卷）。

·美文赏析·

在平淡的文字里，流淌着作者炽热的生命激情，将生命哲思、人生感悟自然地流露于诗情画意的描写中，是东山魁夷的散文的独特之处。《听泉》是东山魁夷一篇有名的美文。我们可以通过品读这篇文章，来感受他高超的艺术表现方式。

作者在文中有两个具体的表现意象："鸟""山泉"。作者写鸟成群地飞翔，而山泉是可以让鸟儿小憩的休息之地，它们可以借此来"养养精神"，看看自己疲惫的身姿。作者用拟人的手法赋予这两个事物人类特有的思想和灵性，通过它们之间的相互联系，来暗示人类世界的一种生存状况：为外物所累，在对高度文明的追求中丧失自我，失去人类心灵的平和和幸福体验。这里"泉水"成了人类心声的象征，"听泉"也成了作者希望人类返璞归真的召唤。

□ 精美散文

四季生活

沃罗宁

入选理由
文风亲切朴素
一篇优美的写景状物散文
充满人情味、人性美、富于生活情趣

每当清早，我拉起用木条制成的黄色百叶窗时，都能看见她。她高耸、挺拔，永远伫立在我窗前。秋夜，她消溶在幽暗之中，不见了；而你若相信奇迹，便会以为她走到别的地方去了，因为不见了。但刚一露出曙光，白昼的一切尚在酣睡，隐约感到清晨的气息时，她又已出现在原处了。

我凝视着她，不禁萌生出奇思异想。她想必有自己的生命吧。又有谁知道，如果苍天赋予我认识大自然全部完美的感官，也许我眼前会展现出一个神奇的世界。这个世界具有一切生物所固有的伟大的和渺小的感情，这些感情人是无法理喻的。然而我仅有五种感官，况且由于人类历尽沧桑，这些感官已不那么灵敏了。

而她生机勃勃！她日益茁壮，逐年增高。如今我得略微抬头，才能从窗口看见她那清风般轻盈的，透亮的树梢。可十年前半个窗框便能把她容纳下。

春

她的枝条刚刚摆脱漫长的严冬，还很脆硬，犹如加热过度的金属。春风吹过，枝条叮当作响。鸟儿还没在枝叶浓密的枝头筑巢。然而她已苏醒。这是一天清晨我才知道的。

邻居走到她跟前，用长钻头在她的树干上钻了个深孔，把一根不锈钢的小槽插进孔中，以便从槽中滴出浆汁。果然，浆汁滴了出来，像泪珠那样晶莹，像虚无那样明净。

"这并不是您的白桦。"我对邻居说。

"可也不是您的。"他回敬我。

是啊，她长在我的围墙外。她不是我的。但也不是他的。她是公共的，确切些说，她谁的也不是，所以他可以损害她，而我却无法对他加以禁止。

他从罐子里把白桦树透明的血液倒进小玻璃杯里，一小口一小口把它喝干。

"我需要树汁，"他说，"里面有葡萄糖。"

他回家去了，在树旁留下一个三公升的罐子，以便收集葡萄糖。树汁像从没有关紧的龙头里一滴一滴地迅速流下来。既然流出这么多树汁，那么他破坏了多少毛细管哟……她也许在呻吟？她也许在为自己的生命担忧？我不得而知，因为我既没有第六感觉，也没有第七感觉，更没有第一百感觉，第一千感觉。我只能对她怜悯而已……

然而，一个星期后，伤口上长出一个褐色的疤。她自己治好了伤口。恰恰这时她身上的一颗颗苞芽鼓胀起来，从苞芽里绽出嫩绿的新叶，成千成万的新叶。目睹这浅绿色的雾霭，我心里充满喜悦。我少不了她，这棵白桦树。我对她习惯了。我对她永远伫立在我的窗前已经习惯了；而且在这不渝的忠诚和习惯中，蕴蓄着一种令我精神振奋的东西。的确我少不了她，尽管她根本不需要我。没有我，就像没有任何类似我的人一样，她照样生活得很好。

夏

她保护着我。我的住宅离大路一百米左右。大路上行驶着各种车辆：货车，小轿车，公共汽车，推土机，自卸卡车，拖拉机。车辆成千上万，来回穿梭。还有灰尘。路上的灰尘多大啊！灰尘飞向我的住宅，假若没有她，这棵白桦树，会有多少灰尘钻进窗户，落到桌子上，被褥上，飞进肺里啊。她把全部灰尘吸附在自己身上了。

夏日里，她绿荫如盖。一阵轻风拂过，它便婆娑起舞。她的叶片浓密，连阳光也无法照进我的窗户。但夏季屋里恰好不需要阳光。沁人心脾的阴凉比灼热的阳光强百倍。然而，白桦树却整个儿沐浴在阳光里。她的簇簇绿叶闪闪发亮，苍翠欲滴，枝条茁壮生长，越发刚劲有力。

六月里没有下过一场雨，连杂草都开始枯黄。然而，她显然已为自己贮存了以备不时之需的水分，所以丝毫不遭干旱之苦。她的叶片还是那样富有弹性和光泽，不过长大了，叶边滚圆，而不再是锯齿形状，像春天那样了。

之后，雷电交加，整日在我的住宅附近盘旋，越来越阴沉，沉闷地——犹如在自己身体里——发出隆隆轰鸣。入暮时分，终于爆发了。正值白夜季节。风仿佛只想试探一下——这白桦树多结实？多坚强？白桦树并不畏惧，但好像因灾难临头而感到焦灼，她抖动着叶片，作为回答。于是大风像一头狂怒的公牛，骤然呼啸起来，向她扑去，猛击她的躯干。她蓦地摇晃了一下，为了更易于站稳脚跟，把叶片随风往后仰，于是树枝宛如千百股绿色细流，从她身上流下。电光闪闪，雷声隆隆。狂风停息了。滂沱大雨从天而降。这时，白桦树顺着躯干垂下了所有的枝条，无数股细流从树枝上流下，像从下垂的手臂流到地上。她懂得应该如何行动，才能岿然不动，确保生命无虞。

七月末,她把黄色的小飞机撒遍了自己周围的大地。无论是否刮风,她把小飞机抛向四面八方,尽可能抛得离自己远些,以免她那粗大的树冠妨碍它们吸收更多的阳光和雨露,使它们长成茁壮的幼苗。是啊,她与我们不同,有自己的规矩。她不把自己的儿女拴在身旁,所以她能永葆青春。

那年,田野里,草场上,山谷中,长出了许多幼小的白桦树。唯独大路上没有。

若问大地上什么最不幸,那便是道路了。道路上寸草不生,而且永远不会长出任何东西来。哪里是道路,哪里便是不毛之地。

秋

太阳躲开我的住宅,也躲开白桦树。树叶立刻开始发黄,而且越来越黄,仿佛在苦苦哀求太阳归来。但太阳总是不露面。瓦灰色的浮云好似令人焦虑的战争的硝烟,向天宇铺天盖地涌来,又如巨浪相逐,遮蔽了一切。云片飞得很低,险些儿触及电视天线。下起了绵绵秋雨。雨水淅淅沥沥地下着,从一根树枝滴落到另一根树枝上。霪雨不舍昼夜,一切都变得湿漉漉的了,土地不再吸收雨水,或者是所有的植物都不再需要水分了吧。

夜里,我醒来了。屋里多么黑暗,多么寂静啊……只听见雨珠从树枝上滴下时发出的簌簌声。萧瑟而连绵不绝的秋雨的簌簌声好生凄凉啊。我起了床,抽起烟来,推开窗户,于是看见了她那在秋日的昏暗中依稀可辨的身影。她赤身露体,任凭风吹雨打。翌日凌晨,寒霜突然降临。随之又是几度霜冻,于是白桦树四周铺上了一圈黄叶。这一些全都是发生在寒雾中。然而,当树叶落尽,太阳露出脸来时,处处充满忧郁气氛,尤其是在她周围。因为就在不久前,这里还是青翠葱茏,一切都光艳照人,欣欣向荣。过去,一切都是这样美不胜收,朝气勃勃,如今却突然消失了。将要下起蒙蒙细雨来,树叶将要腐烂发黑,僵硬的树枝将要在冷风中瑟缩,水洼将要结冰。鸟儿将要飞走。死寂的黑夜将要拖得很长,在冬季里它将会更加漫长。暴风雪将要怒吼。严寒将要肆虐……

冬

我离开家了。我不能留在那里,为不久前还使我欣喜和对生活充满信心的事物的消亡而苦恼。我搭机飞向南方。到了辛菲罗波尔之后,我便改乘出租汽车了,我又惊又喜地仔细观看温暖的南国的苍翠。一见黑海,我便悄声笑了。

浩淼、温暖的海。我潜进水里,向海底,向绿色的礁石游去。我喝酸葡萄酒,吃葡萄,筋疲力尽地躺在暖烘烘的沙滩上,眺望大海,观看老是饥肠辘辘,为了一块面包而聒噪的海鸥。接着我又游进温暖的海水,攀上波峰,滑下浪谷,又攀上去。我又喝酸葡萄酒,吃烤羊肉,钻进暖烘烘的沙子里。在我身边的也是像我一样从自己的家园跑到这片乐土来的人们。大伙儿欢笑啊,嬉戏啊,在海滩上寻找斑斓的彩石,尽量不想家里发生的事情。这样会更轻松、更舒坦些。但要抛弃家园是办不到的,就像无法抛弃自己一样。

于是我回家了。四周一片冰天雪地。她也兀立在雪堆里。我不在时,刺骨的严寒逞凶肆虐,把她的躯干撕破了。撕裂得虽不严重,但落上一层雪的白韧皮映进我的眼帘。我抚摸了一下她的躯干。她的树皮干瘪、粗糙。这是辛勤劳作的树皮,同南方的什么"不知羞耻树"的树皮迥然不同。这里，一切都是为了同霪雨、暴雪、狂风搏斗。所以，像平时见到她时那样，我又萌生出各种奇思异想。我暗自忖度：你看哪，她不离开故土，不抛弃哺育自己和自己的儿女的严峻的土地。她没有离去，而只是把自己的苞芽藏得更严实，裹得更紧，使它们免遭严寒的摧残，开春时迸发出新叶，然后培育出种子，把它们奉献给大地，使生命万古生存，永葆青春。是啊，她有自己的职责，而且忠诚不渝地履行这些职责，就像永远必须做那些为了生存下去而必须做的事情一样。

北风劲吹，像骨头似的硬邦邦的树枝互相碰撞，劈啪作响。刮北风的时间一向很长，一刮就是一个星期，两个星期。这一来，一切生物都得倍加小心，更何况天气严寒呢。好在我的住宅多少保护着她。但她毕竟还要挨冷受冻啊。严寒要持续很长时间，以致许多赢弱的生命活不到来年开春。但她能活到这个季节。她挺得住，而且年复一年地屹立在我的窗前……

作者简介

沃罗宁，1913年生于圣彼得堡一医生家庭。1939年毕业于高尔基文学院。1941年加入共产党。卫国战争期间曾任战地记者，1955年至1963年任《外国文学》杂志主编，1962年起任《文学报》主编、苏联作家协会书记处书记，1971年被选为苏共中央候补委员，1973年为苏联社会主义劳动英雄。

1937年开始发表作品。著有长篇小说三部曲《这事发生在列宁格勒》（1944年）、《丽达》（1945年）、《和平的日子》（1947年），长篇小说《我们这里已是早晨》（1949年，1950年获斯大林奖金）、《生活的年代》（1956年）、《我们选择的道路》（1960年）、《围困》（共5卷，1968～1975年，1978年获苏联国家奖金）、《胜利》（1978～1981年）等，中篇小说《远方星辰的光辉》（1962年）、《未婚妻》（1966年）等。

· 美文赏析 ·

《四季生活》是一篇优美的写景状物散文，文风亲切朴素，没有哗众取宠的华丽语言，以其可读的思想性，给读者以心灵的滋养。这篇文章有以下艺术特色：

分节的片断描写。文章以春、夏、秋、冬四个季节为时间线索，又以每个季节为落脚点对白桦树进行描写，这样使文章显得整齐有序，便于读者对文章思想性清晰地把握。

拟人手法的运用。作者将白桦塑造成一个坚强、温暖的女性形象，拟人手法的运用使本无生命的大自然和植物，变得有血有肉，充满人性美、人情味。在作者传神的描写中，白桦成了一个在春、夏、秋、冬变换中，永远守候家园的母亲，她温婉坚韧，是作者心中难以舍弃的依恋。

将生活情景融于写景状物中。作者始终用第一人称的写法，以"我"作为中心展开文章，将白桦树的四时之景融于"我"的日常生活中，这样更增加了写景状物文章的生活气息，使读者在一个个生活场景的描写中，享受自然之趣。如春景中"我"和邻居的争执、冬景中"我"的离去与归来，都使文章富于生活情趣。

生之爱

加缪

入选理由
诸多意象的营造
诸多场景的展现
在错综复杂的表象中发掘对人生的思考

巴马的夜，生活缓慢地转向市场后面的喧闹的咖啡馆，安静的街道在黑暗中延伸直至透出灯光与音乐声的百叶门前。我在其中一家咖啡馆待了几乎一整夜。那是一个很矮小的厅，长方形，墙是绿色的，饰有玫瑰花环。木制天花板上缀满红色小灯泡。在这小小空间，奇迹般地安顿着一个乐队，一个放置着五颜六色酒瓶的酒吧以及拥挤不堪、肩膀挨着肩膀的众宾客。这儿只有男人。在厅中心，有两米见方的空地。酒杯、酒瓶从那里散开，侍者把它们送到各座位。这里没有一个人有意识。所有的人都在喊叫。一位像海军军官的人对着我说些礼貌话，发散着一股酒气。在我坐的桌子旁，一位看不出年龄的侏儒向我讲述自己的生平。但是我太紧张了，以致听不清他讲些什么。乐队不停地演奏乐曲，而客人只能抓住节奏，因为所有的人都和着节奏踏脚。偶尔，门打开了。在叫喊声中，大家把一个新来者嵌在两把椅子之间。

突然，响起一下钹声，一个女人在小咖啡馆中间的小圈子里猛地跳了起来。"21岁。"军官对我说。我愣住了。这是一张年轻姑娘的脸，但是刻在一堆肉上。这个女人有1.8米左右。她体形庞大，该有300磅重。她双手卡腰，身穿一件黄网眼衫，网眼把一个个白肉格子胀鼓起来。她微笑着，肌肉的波动从嘴角传向耳根。在咖啡馆里，激情变得抑止不住了。我感到这儿的人对这姑娘是熟悉的，并热爱她，对她有所期待。她总是微笑着。她总是沉静和微笑着，目光扫过周围的客人，肚子向前起伏。大厅里所有的人都喊叫起来，随后唱起一首看来众人都熟悉的歌曲。这是一首安达卢西亚歌曲，唱起来带着鼻音。打击乐器敲着沉闷的鼓点，全部是三拍的。

她唱着，每一拍都在表达她全部身心的爱。在这单调而激烈的运动中，肉体真实的波浪产生于腰并将在双肩死亡。大厅像被压碎了。但在唱歌时，姑娘就地旋转起来，她双手托着乳房，张开红润的嘴加入到大厅的合唱中去，直到大厅里所有的人都卷入喧哗声中为止。

她稳当地立在中央，汗水漉漉，头发蓬乱，直耸着她笨重的、在黄色网眼衫中鼓胀的腰身。她像一位刚出水的邪恶女神。她的低前额显得愚蠢，她像马奔驰起来那样只是靠膝盖的轻微颤动才有了生气。在周围那些兴奋得跺脚的人们中间，她就像一个无耻的、令人激奋的生命形象，空洞的眼睛里含着绝望，肚子上汗水淋漓。

若没有咖啡馆和报纸，就可能难以旅行。一张印有我们语言的纸，我们在傍晚试着与别人搭话的地方，使我们能用熟悉的动作显露我们过去在自己家乡时的模样，这模样与我们有距离，使我们感到它是那样陌生。因为，造成旅行代价的是恐惧。它粉碎了我们身上的一种内在背景。不再可能弄虚作假——不再可能在办公室与工作时间后面掩盖自己（我们与这种时间的抗争如此激烈，它如此可靠地保护我们以对抗孤独的痛苦）。就这样，我总是渴求写小说，我的主人公会说："如果没有办公时间，我会变成什么样？"或者："我的妻子死了，但幸亏我有一大捆明天要寄出的邮件要写。"旅行夺走了这个避难所。远离亲人，言语不通，失去了一切救助，伪装被摘去（我们不知道有轨电车票价，而且一切都如此），我们整个地暴露在自身的表层上。但由于感觉到病态的灵魂，我们还给每个人、每个物件以自身的神奇的价值。在一块幕布后面，人们看到一个无所思索的跳舞的女人，一瓶放在桌上的酒。每一个形象都变成了一种象征。如果我们的生命此刻概括在这种形象中，那么生命似乎在形象中全部地反映出来。我们的生命对所有一切天赋于人的禀性是敏感的，怎样诉述出我们所能品味到的各种互相矛盾的醉意（直到明澈的醉意）。可能除了地中海，从没有一个国家于我是那样遥远，同时又是那样亲近。

无疑，我在巴马咖啡馆的激情由此而来。但到了中午则相反。在人迹稀少的教堂附近，坐落在清凉院落的古老宫殿中，有阴影气氛下的大街上，则是某种"缓慢"的念头冲击着我。这些街上没有一个人。在观景楼上，有一些迟钝的老妇人。沿着房屋向前，我在长满绿色植物和竖着灰色圆柱的院子里停下。我融化在这沉静的气氛中，正在丧失我的限定。我仅仅是自己脚步的声音，或者是我在沐浴着阳光的墙上方所看见掠影的一群鸟。我还在旧金山哥特式小修道院中度过很长时间，它那精细而绝美的柱廊以西班牙古建筑所特有的美丽的金黄色大放异彩。在院子里有月桂树、玫瑰、淡紫花牡荆，还有一口铁铸的井，井中悬挂着一只锈迹斑斑的长把金属勺，来往客人就用它取水喝。直到现在，我还偶尔回忆起当勺撞击石头井壁时发出的清脆响声。但这所修道院教给我的并不是生活的温馨。在鸽子翅膀干湿的扑打声中，突然的沉默浓缩在花园中心，而我在井边锁链的磨击声中又重温到一种新的然而又是熟悉的信息。我清醒而又微笑地面对诸种表象的独一无二的嬉戏。世界的面容在这水晶球中微笑，我似乎觉得一个动作就可能把它打碎，某种东西要迸散开来，鸽子停止飞翔，展开翅膀一只接一只地落下。唯有我的沉默与静止使得一种十分类似幻觉的东西成为可以接受的，我参与其中。金色绚丽的太阳温暖着修道院的黄色石头。一位妇女在井边汲水。一小时之后，一分钟、一秒钟之后，

413

□精美散文

也可能就是现在,一切都可能崩溃。然而,奇迹接踵而来。世界含羞、讥讽而又有节制地绵延着(就像女人之间的友谊那样温和又谨慎的某些形式),平衡继续保持着,然而染上了对自身终了的忧虑的颜色。

我对生活的全部爱就在此:一种对于可能逃避我的东西的悄然的激情,一种在火焰之下的苦味。每天,我都如同从自身中挣脱那样离开修道院,似在短暂时刻被留名于世界的绵延之中。我清楚地知道,为什么我那时会想到多利亚的阿波罗那呆滞无神的眼睛或纪奥托笔下热烈而又呆钝的人物。直至此时,我才真正懂得这样的国家所能带给我的东西。我惊叹人们能够在地中海沿岸找到生活的信念与律条,人们在此使他们的理性得到满足并为一种乐观主义和一种社会意义提供依据。因为最终,那时使我惊讶的并不是为适合于人而造就的世界——这个世界却又向人关闭。不,如果这些国家的语言同我内心深处发出回响的东西相和谐,那并不是因为它回答了我的问题,而是因为它使这些问题成为无用的。这不是能露在嘴边的宽容行为,但这宽容只能面对太阳的被粉碎的景象才能诞生。没有生活之绝望就不会有对生活的爱。

在伊比札,我每天都去沿海港的咖啡馆坐坐。5点左右,这儿的年轻人沿着两边栈桥散步。婚姻和全部生活在那里进行。人们不禁想到:存在某种面对世界开始生活的伟大。我坐了下来,一切仍在白天的阳光中摇曳,到处都是白色的教堂、白垩墙、干枯的田野和参差不齐的橄榄树。我喝着一杯淡而无味的巴旦杏仁糖浆。我注视着前面蜿蜒的山丘。群山向着大海缓和地低斜。夜晚正在变成绿色。在最高的山上,最后的海风使风磨的叶片转动起来。由于自然的奇迹,所有的人都放低了声音,以致只剩下了天空和向着天空飘去的歌声,这歌声像是从十分遥远的地方传来的。在这短暂的黄昏时分,有某种转瞬即逝的、忧伤的东西笼罩着。并不只是一个人感觉到了,而是整个民族都感觉到了。至于我,我渴望爱如同他人渴望哭一样。我似乎觉得我睡眠中的每一个小时从此都是从生命中窃来的……这就是说,是从无对象的欲望的时光中窃来的,就像在巴马的小咖啡馆里和旧金山修道院度过的激动时刻那样,我静止而紧张,没有力量反抗要把世界放在我双手中的巨大激情。

我清楚地知道,我错了,并知道有一些规定的界限。人们在这种条件下才从事创造。但是,爱是没有界限的,如果我能拥抱一切,那拥抱得笨拙又有什么关系?在热那亚有些女人,我整个早上都迷恋于她们的微笑。我再也看不见她们了。无疑,没有什么更简单的了。但是词语不会掩盖我的遗憾的火焰。我在旧金山修道院中的小井中看到鸽群的飞翔,我因此忘记了自己的干渴。我又感到干渴的时刻总会来临。

作者简介

加缪（1913～1960），法国小说家、戏剧家、评论家。加缪靠奖学金读完中学，1933年起以半工半读的方式在阿尔及尔大学攻读哲学。同年，参加巴比塞倡导的反法西斯运动。1937年开始记者生涯。第二次世界大战期间，加缪积极参加了反对德国法西斯的地下抵抗运动，先任《共和晚报》主编，后在巴黎任《巴黎晚报》编辑部秘书。德军侵法后参加地下抗德组织，负责《战斗报》的出版工作。1957年，获得诺贝尔文学奖。1960年1月4日因车祸卒于荣纳省的维尔布勒万。

加缪像

·美文赏析·

　　加缪在文章中，并没有明确的表示对于某些具体事物的鲜明观点，他只是不断在给我们制造一个又一个场景，一个接一个的意象。先是"巴马"夜生活中的咖啡馆，拥挤的人群，接着是这样一个哄乱场面中出场的焦点人物，一堆肉的肥胖姑娘。这些场景，激起了"我"的激情而沉浸其中，最终只是感到"各种互相矛盾的醉意"，"遥远而又亲近"。"人迹稀少的教堂附近"，"清凉院落的古老宫殿""有阴影气氛的大街"，"沐浴着阳光的墙上方的一群鸟"，这些意象在喧闹之后的宁静午后，不经意地出现在"我"的视野中，作者曾经麻木的心，也随之被触动。生活中曾经有过的挚爱，曾经拥有却已经失落的梦想，再一次撞击"我渴望爱"的心灵。作者将自己朦胧的、不确定的追求，放在看似芜杂、没有规律的各种意象中，正是反映了作者对现代文明中的人格失落和精神困境的一种困惑。而题目"生之爱"和文章字里行间所流露出的感情倾向，正是作者既想融入这种现实而又渴望超越这种现实的复杂情感的体现。

415

□精美散文

你们不要忘记翠鸟的名字
——萨福在累斯傅斯山上致离别的姑娘们

布吕克纳

入选理由
作者对生命不流于庸俗状态的召唤
文字优美而富有风情
蕴含着作者深刻的生命体验

你们真美呀,姑娘们!我教会了你们编织花环,它们今天装饰着你们的发辫。你们轻盈地舞蹈着,向女神致意。你们的声音清脆得像云雀的晨歌。莫回首!我教你们成为幸福的人并使别人幸福。我站在阴影里,让全部阳光都照射到你们身上。你们是我的作品,现在,我把你们献给了女神阿芙罗狄特。我没有使你们作好怎样当女人的准备,原谅我吧。就在今天晚上,一只男人的手将会伸进迪卡的头发。今天,你们的男人将要解开我教给你们用巧妙的方法结成的带子,你们将会满足他们未受过约束的欲望,并听从他们发号施令。

让那些把你们称为自己人的人们幸福吧,让那些将离开你们的人们倒霉吧!

我爱你们大家。我通过一个人爱你们大家,我通过你们爱并尊敬阿芙罗狄特这位爱情、青春和美的女神。你们再一次聚集到我跟前来吧!把我围在你们中间,在女神面前遮住我那已经变得苍老的身躯。不要哭泣,姑娘们!我看见你们的手臂正向以后将属于你们的男人伸去。但是,你们不要忘记米蒂利尼的花园,不要忘记萨福!你们已经习惯了自由,你们的白天在嬉戏与跳舞中逝去。有人告诉你们,今天是你们一生中最美、最伟大的一天。因为人人都相信了,所以你们也不怀疑。我对你们所期望的东西保持沉默。我没有教给你们忍受痛苦的艺术。然而,忧虑正等待着你们。这是义务啊!夜里,你们将再也听不到小鸡的叽叽声,因为有一个男人睡在你们身旁,他喝得酩酊大醉、鼾声如雷。早晨,唤醒你们的不再是小鸟的鸣啭,而是正长出第一颗牙齿的小孩的哭声。我忘了告诉你们关于孩子长牙的事情。你们将不得不省吃俭用,再也不能乱花钱;你们将谈论变味的油,而不会再谈什么阴影浓密的油棕榈树。你们将为水缸里是否有水而操心。当你们打发使女去泉边取水时,可别忘了你们曾怎样对着泉水梳妆打扮,怎样在水里沐浴嬉戏!不要忘记翠鸟的名字!你们曾经同声念过的那些词语,都变成了诗歌。阿芙罗狄特就在你们中间,她微笑着靠在鲜花盛开的石榴树上。到处都是花朵,都是春天,都是渴望。我没有告诉你们,这一切都将消逝。你们生活在一个没有尽头的今天里,你们打发了一天又一天。你们曾赤身裸体,光着脚丫在草地上行走,你们的步履那么轻盈,连草茎都不会踩折。你们学会了不损坏神允许生长的一切。你们小心翼翼地将蜗牛从路上拿开,放到路边。谁也不曾伤害过一条蜥蜴。如今,你们却要把一只鹌鹑温暖的躯体拿在手里,不得不扭断它的脑袋,拔掉它的羽毛,掏出它的内脏。看见你们做这些事,我将一言不发。你们的婆婆正等待着你们用平静的手把那只鸟收拾干净。

在今天最初的时刻，夜幕还笼罩着山谷，只有山头被那初升的太阳照亮，我起来，掐了一朵玫瑰，放在我宠爱的迪卡头上，花中的露珠滴在她梦一般的面颊上，那就是泪珠。我让黑夜逝去，毫无睡意地躺着等待黎明。当你们消磨着生命的时候，我正清醒地面对着死神。我对你们将缄口不言，丝毫也不泄露关于孤独的事情，一点儿也不。我是一棵树，你们是树叶。我教你们认识雾霭，用植物和星辰的名字称呼你们。你们吹笛、弹琴、唱歌，空中回荡着你们的欢声笑语。我说：歌唱你看见的事物吧！演奏你听见的声音吧！我在树叶上写诗，然后又把它们揉碎，撒向风里。一首诗像一棵树。它起初枝荣叶茂，秋天到来时，树叶飘零。我的诗像大海的涛声在你们玫瑰红的耳廓里发出响声，当你们年老时，当你们记起可爱的苹果树林时——我们曾在那下面紧挨着小憩，呼吸过蜂蜜的芬醇——那时候，大海的波涛将给你们带回我的歌声。阿芙罗狄特曾经是你们的女主人，从现在起，你们的女主人变成了丰腴的女神赫拉，我不得不痛苦地献出你们。

我爱小伙子的美，但我更爱姑娘的美，因为她们的性情更含蓄，更深沉。可是，我怎能将美的事物与美的事物相比！谁在爱，谁就不进行比较，爱情是无可比拟的。在那充满温柔的日子里，我的手轻轻地抚摸着阿班蒂斯发烫的身体。对阿芙罗狄特来说，美与媚是她的目的。当你们打扮自己并将香气馥郁的茴香编织成花环给另一个人戴上时，多好啊！阿班蒂斯的鬈发披散在肩头，同阿波罗的鬈发一样，金灿灿的。

你们习惯了自由，像小鸟一样啁啾、鸣啭，在泉边洗濯，夜晚在枝头的窝里栖息。可是，明天人们将把你们用暴力禁锢起来。你们将变得像家禽一样，你们将停止歌唱。不要相信他们的许诺！他们今天用许许多多礼物压住你们。你们还不够美吗？为什么还要给胳膊套上镯子，给手指套上戒指？他们将把你们少女的头掩藏在头巾下面。

迪卡！戈吉拉！阿班蒂斯！当你们靠在坚实的岩壁上，唱起那甜蜜的歌时；当你们跃过岩石的时候，你们每一个人都像位女神。

我将呼唤着你的名字，波涛将吞没我悲凉的声音。然后，我将听从神的安排。昨天我还爱着阿班蒂斯，明天我将爱上阿纳克托利亚。昨天我还感到有所渴望，今天我却忍受着分离的痛苦，永远是同样的荒凉的感觉。爱情像一个容器，它装满时会溢出，而当它空虚时却必须重新装满，像冬天里雨中的储水池。

我教你们懂得了温柔。在男人发现你们的身体之前，你们已经先发现了它。迪卡，你曾让我抚摸，是我的温柔不再使你感到满足，你才要求别人的快乐吗？我的诗歌，我的微笑，都是对你的，这你知道，你玩弄自己的脚趾，这种表示是对我的，那使我感到幸福。女人的爱比男人的爱更隐秘。年迈的男人和他喜欢的男孩一起在大街和广场上自由地漫步，这一个是老师，另一个是学生。双方都努力要成为出类拔萃的人并使别人得到荣誉和快乐。青春和老年，是一个整体，它们必须先分开，然后再重新相聚，交换角色。今后，你们自己也将成为萨福，给年轻的姑娘们上课。一切都将在时间的长河中绵延不断。

我喜欢倾听年老的智者们讲话，观察他们那曾留下汗水和泪痕的面孔，我看到了他们过去的辛苦和未来的忧愁，年轮爬上了他们的手腕，棕色的老人斑使他们的皮肤令人望而生畏。在我的诗歌中，人们找不到凯尔克拉斯的名字，他是我的丈夫，他曾经想控制我。我忘却了男人

417

□ 精美散文

们给我们造成的欢乐与痛苦,一个男人把我变成了我的女儿克勒斯的母亲,我又不得不把她许给一个男人,正如我现在不得不把你们奉献出去一样。

我的话训消失在我曾教给你们唱的歌中。你们就要离开我了,但爱罗斯仍留在我的身旁。当你们年老的时候,你们要想着萨福。她在你们年轻的时候,已经老了。

快乐将在温暖的阳光里与你们为伴,快乐在花园中,快乐在反射着光辉的波浪里。女人爱的是长久的、永恒的东西,男人爱的是能带走的东西。他们爱马,他们爱船。

姑娘们一年年长大,愿你们为她们感到高兴并使她们快乐!过一会儿,我将把自己打扮起来,为的是越过阿赫隆的这最后一次旅程。如果死亡是一种更美的东西,神就不会长生不老了。他们将在哈得斯生活,留下,不再回到人间。我站立在洛伊卡得山的岩石上,当我的脚想跳起来时,我的双手却紧紧地抓住岩石。轻飘飘的茄香草的茎秆就足以将我擎住。难道我得等着,让卡隆来接我吗?为什么我不心甘情愿地做将来必须做的事情?

年龄将使我佝偻吗?我的理智会迷乱吗?我的声音会消失吗?众神啊!萨福将变成什么人?当我迈向死亡跳下去时,谁将拉住我的手?难道往日的幸福不再使我感到温暖了吗?难道我不再是萨福——累斯博斯山上人人赞扬的女诗人了吗?难道我必须回到怨声怨气的女人合唱队中去?

我爱年轻的法翁!为了得到他,我竟把你们全奉献出去。去吧,我的姑娘们!

作者简介

布吕克纳(1921~),德国女作家。著有散文集《假如你讲了,苔丝德蒙娜》共11篇,每篇代一位著名女子自抒心灵。她擅长用女性的视角来关注女性的心灵世界,文笔清新脱俗,内容言之有物,现实性极强。

·美文赏析·

走进《你们不要忘记翠鸟的名字》,我们在作者优美而富有情趣的文字中,感到更多的是一种残酷。这种残酷如同让你突然见到,当年曾经摇曳多姿的小松树多年后凹凸不平、藏青色的粗糙树皮,这样的情形让人追忆,但又无奈着岁月的一去不回。

作者在文中叙述女性的由鲜嫩、轻盈到"怨声怨气"直至苍老的过程,其中又带上了作者本人深刻的生命体验。她说自己爱着"姑娘的美",因为"她们的性格更含蓄更深沉",这种爱,使她不愿看到她们因岁月的流逝而变得麻木、粗糙。作者说"可别忘了你们曾怎样对着泉水梳妆打扮,怎样在水里沐浴嬉戏!不要忘记翠鸟的名字!"这样的提醒,从更深意义上讲,是在提醒每一位女性要爱护自己,要保持住我们曾经有过的追求和梦想,要拒绝真实的生活带给我们的平庸。这样看来,题目中的"翠鸟"就可以看成是女性的一个永恒梦想,"你们不要忘记翠鸟的名字"就成了作者对于生命不流于庸俗的召唤了。

与海明威相见

马尔克斯

入选理由
客观品评人物的态度
文笔流畅，感情真实
不失为大家之作

  1957年春天一个阴雨连绵的日子，他偕同妻子玛丽·海尔希漫步走过巴黎圣米歇尔大街时，我一下子便认出了他。他在街对面，正朝着卢森堡公园那个方向走去。当时他虽然已经59岁，但当他出没于一个个旧书摊、隐没在巴黎大学青年学生的人流中时，竟显得那样生气勃勃，富有活力，人们哪里会想象到，他的一生只剩下最后四年时间了。

  瞬间，我仿佛像以往那样，觉得自己被分割在自我的两个对立的角色之间。我不知道是否应该上前请求谒见，还是穿过林荫大道，向他表达我那谦卑的钦慕之心。但不管出于哪种原因，我都感到极为不便。我只是把两手握成杯形放在嘴边，如同丛林里的壮汉那样，站在人行道上，朝对面大声喊道："艺——术——大——师！"欧内斯特·海明威明白，在这一大群学生中不可能会有另一位大师的，于是他转过身来，举起手，亮着孩子般的噪音，用卡斯蒂利亚语对我高声叫道："再见了，朋友！"这就是我见到他的唯一时刻。

  那时，我是个28岁的哥伦比亚记者，曾发表过一篇小说，并获过一次奖，但我当时却游荡在巴黎街头，毫无目的和方向。我的文学大师是两位各具特色的北美小说家。那时，读了他们发表的每一部作品，但我并没有将这些作品当做一般读物来读，而是作为文学想象中的两种迥然不同的，却又各自独树一帜的风格来仔细研读的。一位大师是威廉·福克纳。我从未有过眼福见到他，只能在梦里想象，他就是卡蒂埃·布莱森拍摄的著名相片上的那个衣着朴素的农夫，只见站在他身旁的是两条小狗，他那长长的衣袖连同手就搭在狗的身上。另一位大师就是从街对面向我道别的那个生命短暂的人，他留给我的深刻印象是：我生活中仿佛发生过某件事，而且这件事总是萦绕我的一生。

  我不知道这话是谁说的：小说家读别人的小说只是想领会这些小说是怎样写出来的。我相信这话千真万确。我对浮现在纸页表面的那些秘诀并不满足：我们翻过书来就会发现隐于其间的缝口。我们以某种不可言喻的方

海明威（左）和他捕获的马林鱼在哈瓦那码头

419

□ 精美散文

海明威在西班牙的一间酒吧里喝酒

法把书分解到它的实质部分，在弄清楚了作者的发条装置之奥秘后，我们再把它回复原样。但把气力花在分解福克纳的书上，则是令人沮丧的，因为他似乎没有一个写作的有机体，而是盲目穿过那圣经的宇宙，宛如一群放在满桌是水晶玻璃的店铺里的山羊。人们力图剥去他纸页表面的东西，但随即映入眼帘的便是弹簧和螺丝钉，不可能再回复原样了。相比之下，海明威的灵感要少些，激情和狂热也少些。他极其严肃，把那些螺丝钉完全暴露在外，就像装在货车上那样。也许鉴于那个原因，福克纳便成为一位与我的心灵有着许多共感的作家，而海明威则是一位与我的写作技巧最为密切相关的作家。这不仅仅是因为他的书本身，而且还有他在写作这门学问的技巧上的造诣确实令人惊叹折服。他在巴黎与乔治·曾林曾顿的历史性会见中，始终阐明了这样一点——恰好与浪漫主义的创作观相反——言简意赅对写作是颇为有益的：一个主要的困难就是如何把词句组织好；难以写下去时，重新读一读自己的作品还是颇为值得的。这样可以使自己时刻记住：写作始终是艰苦的劳动；一个人可以在任何地方写作，只要那里没有来客和电话就行了；正像人们常说的那样，新闻工作埋没作家的才华之说是不真实的，与其相反的是，只要他迅速摆脱这个职业就行了。"一旦写作变成你的主要癖好和极大的快乐"，他说，"那么只有死亡才能止住它"。最后，他对我们的教诲是，他发现，当一个人知道第二天该从什么地方接下去写时，那么他当天的工作就必须停下。我认为，我此外再没有得过任何写作方面的忠告了。这不多不少，正好是医治作家那最可怕的忧郁病的灵丹妙药：因为作家早晨起来常常面对着空空如也的一页稿纸而陷入极度的痛苦之中。

海明威的所有作品都洋溢着他那闪闪发光、但却瞬间即逝的精神。这是人们可以理解的。像他那样的内在紧张状态是严格掌握技巧而造成的，但技巧却不可能在一部长篇小说的宏大而又冒险的篇幅中经受这种紧张状态的折磨。这是他的性格特征，而他的错误则在于试图超越自己的极大限度。这就说明，为什么一切多余的东西在他身上比在别的作家身上更引人注目。如同那质量高低不一的短篇小说，他的长篇也包罗万象。与此相比，他的短篇小说的精华在于使人得出这样的印象，即作品中省去了一些东西，确切地说来，这正是使作品富于神秘优雅之感的东西。当代一位伟大作家豪尔赫·路易斯·博尔赫斯也有着与之相同的局限，不过他并不想超越这些限度。

弗郎西斯·麦康柏对狮子开的那一枪表明，作为打猎这门课也有不少学问，但这一枪也是作为对写作这门学问的一个积累总结。一篇短篇小说中，海明威描写一头利瑞尔公牛擦过斗牛士的胸部，犹如"猫转弯子"而返回头来。我十分谦恭地认为，那种观察在某种蠢举中是一个富有灵感的部分，而这种蠢举只有最庄重的作家才具备。在海明威的作品中，可以发现这种简单而又令人眼花缭乱的东西比比皆是，它揭示出这一观点：写作如同冰山，如果要想得到下面的八分之七部分的支撑，就必须打好坚实的基础。

注重技巧无疑是海明威始终未能在长篇小说领域里博得声望的原因所在，他往往以其训练有素、基础扎实的短篇小说来赢得声誉。他在谈到《丧钟为谁而鸣》时说，他对于这本书的构思没有一个预先想好的计划，而是在每天写作时都有所发明创造。他没有被迫承认：这是显而易见的。相比之下，他那瞬间即激起灵感的短篇小说则是无懈可击的。正如五月的一个下午，他在马德里一家膳宿公寓里写下的那三篇小说那样，当时一场暴风雪迫使圣伊希德罗城的节日斗牛赛取消了。正如他告诉普林普顿的那样，那三个短篇都得到权威人士的鉴定。根据我的鉴赏力，沿着这条线索看去，他的力量最为压抑的一篇就是其中最短的一篇：《雨中的猫》。

海明威最后的捕猎

但是，即使《过河入林》看上去好像是在嘲弄自己的命运，在我看来，这部最不受青睐的小说却是最有魅力和最富于人性的。正如他自己披露的那样，这本书开始写时，是当做短篇来处理的，后来写偏了，误入了长篇小说的松树林中。要理解这样一位杰出的艺术大师这么多结构上的缝隙，确实是很难办到的。同样，看出这么多文学结构上的误差也并非轻而易举之事；而且对话又是那样矫揉造作，甚至是凭空杜撰出来的，然而这些却又出自文学史上一位杰出的巨匠的手笔。这本书1950年问世时，招来的批评是猛烈的，但也是不正确的。海明威感到自己受了巨大的伤害。他在哈瓦那为自己作了辩护，他拍了一份充满激情的电报，这对这样身份的作家来说，未免显得有失尊严了。这本书不仅是他的最佳之作，而且还是他最富于个人感情的作品，因为他是在一个动荡不定的秋季的早晨写完这本书的，当时他对已经逝去的那些不可弥补的岁月怀有思念之情，对生命之余的最后那几年有着令人心碎的预感。

他从没有在任何一本书中把自己放在一种这样与世无争的地位。他怀有一种完美和温柔之感，并没有感觉到一种使他的作品与生活结为必不可少的感情的方式：胜利是徒劳无用的。他的主人公死得那么平静、那么自然，但却蕴育着他本人后来自杀的不祥之兆。

当一个从事创作的人活了这么长时间，一直怀有这样强烈的感情和慈爱之情，他就不会采取任何方式使自己的作品脱离现实生活。在圣米诺言尔广场的那家咖啡馆里，我花费了许许多多的时光来读书；因为在他看来，这家咖啡馆对于写作是颇为适宜的，那里似乎有一种欢乐、温暖、明净和友好的气氛。

意大利、西班牙、古巴——半个世界都留下了海明威的足迹，而这些地方他只是淡淡提及。在科希马尔这个哈瓦那附近的小村子里，在《老人与海》中孤独的渔夫居住

海明威家里的猫

海明威家里有很多猫，数量多到它们自己有间房子。

□ 精美散文

的地方，安放着一个纪念他英雄业绩的匾，上面挂有镀了金的海明威半身像。在古巴一个庄园的住所里，他一直居住到逝世的前夕。那座房屋在树荫中仍保持着完整无缺，里面仍旧陈列着他的各类藏书，安放着他的猎物和写字台，放着故人的那双大鞋子，以及他生前从世界各地弄来的许许多多的生物小玩意，这些东西直到他逝世之前还属于他所有。现在他虽然离开了人间，但这些东西却仍然存在着，他曾经以占有它们的魔法赋予它们灵魂，而现在它们则同这颗灵魂共存。

作者简介

马尔克斯（1927～2014），哥伦比亚作家、记者和社会活动家，拉丁美洲魔幻现实主义文学的代表人物。生于马格达莱纳省阿拉卡塔卡镇。父亲是个电报报务员兼顺势疗法医生。他自小在外祖父家中长大。13岁时，就读于教会学校。18岁进国立波哥大大学攻读法律，中途辍学。1948年进入报界，长期从事文学、新闻和电影工作。1972年获拉美文学最高奖——委内瑞拉加列戈斯文学奖，1982年获诺贝尔文学奖。

马尔克斯的重要作品有长篇小说《百年孤独》（1967年）、《家长的没落》（1975年）、《霍乱时期的爱情》（1985年），中篇小说《枯枝败叶》（1955年）、《恶时辰》（1961年）、《没有人给他写信的上校》（1961年）、《一件事先张扬的凶杀案》（1981年），短篇小说集《蓝宝石般的眼睛》（1955年）、《格兰德大妈的葬礼》（1962年），电影文学剧本《绑架》（1984年），文学谈话录《番石榴飘香》（1932年）和报告文学集《一个海上遇难者的故事》（1970年）、《米格尔·利廷历险记》（1986年）等。

马尔克斯像

·美文赏析·

曾经当过新闻记者的马尔克斯的散文以其丰富灵活的表现题材，随意洒脱的文笔备受读者关注。他对人生的深刻感悟，对人文精神的独特见地，对现代人生存境遇的思考，使其散文更具有可读的思想性。用朴实而又洒脱的语言，贴切地反映普通人的生活和感情，并让人在他所营造的那种亲切氛围中有所感悟。《与海明威相见》是他比较有名的一篇散文，我们可以通过阅读，来体味马尔克斯散文的这种艺术风格。

《与海明威相见》中写了多年前，自己还是一个年轻记者时与喜爱的作家海明威不期而遇的情形，虽然时隔多年，但给读者展现的画面依然清晰如昨日，加上其中字里行间流露的情感，更表现了作者对于这位作家的钦慕之情。但作者对于作家海明威的喜爱，并没有妨碍他比较客观地评价海明威的创作。接下来他对于海明威文学作品的看法，是在具体的研究和深入地理解了海明威作品之后，发表的比较中肯的见解。他认为海明威的短篇小说技巧娴熟，富于神秘优雅之感，但又恰恰是注重技巧使海明威始终未能在长篇小说领域里博得声望。作者从海明威的性格出发，表示了对这种现象的理解，但却没有为1950年海明威为自己的作品《过河入林》作辩护隐讳，作者觉得这样做未免有失尊严。作者站在一定的历史高度，在客观的基础上，对海明威的钦慕之情一直流露于字里行间。遵从自己真实的感受而又不违背客观，也许这正是有过新闻记者经历的马尔克斯的高明之处吧。

与荒诞结婚

琼·迪迪昂

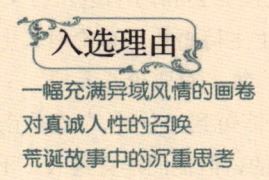

入选理由

一幅充满异域风情的画卷
对真诚人性的召唤
荒诞故事中的沉重思考

要是在内华达州克拉克县的拉斯维加斯举行婚礼,新娘必须发誓自己已十八岁,或已得到父母的允许。而新郎则必须发誓自已二十一岁,或已得到父母的赞同。另外,还得有人付上五元钱买一张结婚证书(在星期天或度假日则要十五元。除了中午十二点到一点,晚上八点到九点以及清晨四点到五点以外,克拉克县府办公楼每天任何时候都办结婚证书)。除此之外再也不需要什么了。在美国的这些州中,内华达既不需要婚前血液检查,也不需要在签发结婚证

时髦婚姻

这幅画隐约有讽刺的意味。画面中每个人都停下手中的事情倾听教堂的《婚姻进行曲》。而屋子里零乱不堪,东西摆了一地。妻子正陶醉在音乐之中,手舞足蹈。丈夫瘫坐在椅子上,似乎对这样的生活充满了无奈的感觉。

□ 精美散文

书之前或之后让你等候一段时间。人们从洛杉矶出发，驶过莫哈韦沙漠，甚至在拉斯维加斯的灯光像海市蜃楼一般出现在地平线上之前，就能隐隐约约见到在远处月光下的景色中赫然耸起的招牌："您想结婚吗？斯特里普街第一家免费结婚证书咨询处。"也许拉斯维加斯的结婚业在一九六五年八月二十六日晚上九点至半夜这段时间里达到了最高效率。在平常的日子，这也许是个普普通通的星期四，但碰巧总统发布了命令，于是这一天便成了人们想靠结婚来逃避兵役的最后一天了。那晚有一百七十一对男女以克拉克县和内华达州名义结为伉俪，他们中的六十七对只有一名治安法官詹姆斯·A.布伦南先生主持婚礼。布伦南先生在沙丘街主持了一对婚礼，另外六十六对则在他自己的办公室内主持，每一对要价八元钱。一位新娘把自己的婚纱借给了另外六位新娘。"我把婚礼的时间从五分钟缩短到三分钟，"布伦南先生后来这样谈起自己的赫赫战功。"我其实可以给他们举行集体婚礼的，但他们毕竟是人，不是牲口。当人们结婚时，总期望能得到更好的服务。"

人们在拉斯维加斯结婚真正期待的东西——也就是从最大的意义上来说，他们预期的事情——使人感到难以理解和自相矛盾。拉斯维加斯是美国新拓居地当中最极端、更富讽喻意义的地方，这是一个在金钱万能和使人获得即刻满足上表现出如此怪诞和美丽的地方，一个由暴徒和那些制服口袋里装着抗心绞痛药丸的应召女郎定下基调的地方。几乎所有的人都意识到在拉斯维加斯没有"时间"这个概念，没有白天和黑夜，没有过去和将来（然而，没有一个拉斯维加斯的卡西诺赌场能像雷诺的哈罗德俱乐部那样使人失去时间感。该俱乐部不分昼夜每隔一段时间便发布一份报道外界消息的油印"公告"）；在这儿人们也没有此刻身在何处的地点感。一个人正站在一望无边的不友好的沙漠中间的公路上，看着一个闪烁着"宇宙星团"或"恺撒宫"的八十英尺高的招牌。不错，但这又能解释什么呢？这个令人难以置信的地理位置，更加强了那种在这儿发生的一切与"真实的"生活毫无关系的感觉；内华达州内诸如雷诺和卡森这样的城市是牧场城镇，抑或西部城镇，是一些其背后有着历史必然性的地方。但拉斯维加斯却似乎只存在于观者的眼中。拉斯维加斯的一切使它成为一个极富刺激性而又极其有趣的地方，对于那些想要穿上缀有法国尚蒂伊花边、配上一头窄一头宽的袖子和一个可拆卸的装饰性拖裙的波士顿烛光缎子礼服的姑娘来说，这地方真是古怪得很。

然而拉斯维加斯的结婚业看来正是迎合了那种冲动。"自一九五四年以来始终保持着真诚和庄重"，一所专供结婚用的小教堂是这样做广告的。在拉斯维加斯有十九座这样的结婚小教堂，竞争十分激烈，每座小教堂都大做广告，宣传自己能提供比别家更好、更快而且暗示比别家更真诚的服务："我们的摄影是最好的"，"您的婚礼场面将录制成唱片"，"您的婚礼将充满烛光","蜜月旅馆","免收交通费：包括从汽车旅馆到结婚登记处到教堂再回到旅馆的全部路线","宗教或世俗仪式任您选择","化妆室","鲜花供应处","戒指专卖处","登报启事","提供证婚人","大停车场"。所有这些服务项目，就和拉斯维加斯的其他项目（桑拿浴、工资单支票兑换、绒鼠毛皮大衣出售或出租）一样，每周七天，每天二十四小时服务，这些服务项目的出台或许是基于这样的想法：结婚就像掷骰子赌博一样，是一种要趁赌运好的时候赶紧下注的游戏。

民法上的婚礼

这幅画描绘了19世纪一对新人结婚仪式的现实场景。画中这位新娘是当时一位有名的高级妓女。

然而散布在斯特里普街的那些筑有祝愿井、镶嵌彩色玻璃纸窗、备有人工制作的花束的小教堂，最令人吃惊的是它们的那么多业务不是给人提供便利，不是在歌舞女伶和小歌星之间牵线搭桥。当然，也不是完全没有这种情况。（一天晚上十一点钟光景，我在拉斯维加斯看到一个身穿橘黄色超短裙、染着一头火红色头发的新娘倒在新郎的怀中，从斯特里普的一家教堂中跌跌绊绊地出来。这新郎长得像《迈阿密辛迪加》这类电影中的可怜的侄子一样。"我得去接孩子们了，"新娘抱怨道，"我得找个人来看管孩子，我要去看午夜戏。""你要的都是合理的，"新郎说着拉开凯迪莱克牌豪华轿车的门，扶着她一头倒在坐椅上。）是拉斯维加斯看来能提供"便利"以外的东西；它向年轻人推销"高雅"，推销恰当的礼仪的摹本，这些年轻人不知道如何才能获得"高雅"，如何作出种种安排，如何按规矩操办一切。在斯特里普街，整个白天和傍晚人们都能见到那些婚礼聚会，聚会者在过街人行道的刺目的灯光下等候着，在停车场上心神不安地站立着，与此同时，受雇于西部小教堂（"明星们的婚礼场所"）的摄影师正在摄下这一场景：新娘头戴面纱，脚穿白色缎子浅口皮鞋；新郎通常穿白色晚礼服，甚至还带了一两个随从，一个妹妹或一个穿着粉红色双面横棱缎的最亲密的朋友，一袭飘动的帐幔，一束康乃馨。风琴手奏起《一旦爱上就将永远》，然后是几小节《天鹅骑士》。于是母亲便哭了起来；继父因自己的尴尬身份，便邀请小教堂的女招待和他们一起去沙滩喝酒。那位女招待带着职业性的微笑婉言拒绝，此刻，她已将兴趣转移到等候在外的一对对新人了。一个新娘出去了，另一个新娘进来了，小教堂门上的招牌又一次亮了起来："欲举行婚礼者，请稍等片刻。"

我上一次在拉斯维加斯时，来到斯特里普的一家餐馆，正巧和这样的一个婚宴毗邻。婚礼刚举行完毕，新娘身上依然穿着结婚礼服，母亲仍佩着胸花。一个神态厌倦的侍者给除了新娘以外的所有人都斟上几口淡红色的香槟（说是"由饭店付账"），新娘因年龄太小，按规定不予侍酒。"你需要喝点比这更刺激些的东西"，新娘的父亲向他的新女婿放肆地打趣道；这种关于新婚之夜的老一套的玩笑有种过分乐观的性质，因为新娘明显地已有了好几个月的身孕。后来酒

□ 精美散文

又斟了一巡,这次不再是免费的了。新娘开始哭了起来。"今天真是太好了,"她呜咽道,"就像我所希望所梦想的那样。"

作者简介

琼·迪迪昂,生于1934年,美国当代女作家。主要作品有《小河》《演员生涯》《一本祈祷书》《迈阿密》等。

· 美文赏析 ·

琼·迪迪昂的《与荒诞结婚》展现的是一种真实的人类生活。它或许极具讽喻意义,或者荒诞,但至少是真实的,没有任何虚伪掩饰的。

走进《与荒诞结婚》,我们看到的是一个超越原始而又超越现代的人群,用作者的话说"极富刺激性而又极其有趣的地方"。在这个地方,人们延续着一种约定俗成的习惯,婚姻非常自由和自主。但它又不是原始荒乱的,并没有使人感到十分的不安。在这个过程中,有结婚业为其提供正常的程序,有亲朋好友的祝贺和宴会。只要年龄允许,只要人们相爱,就可以以婚姻的方式互订终身。而结婚业也只是向人们"推销'高雅',推销恰当的礼仪的摹本"。人们选择这里是因为,"这些年轻人不知道如何才能获得'高雅',如何作出种种安排,如何按规矩操办一切"。它没有"文明世界"中,结婚前烦琐的、用来证明其正式意义的程序,但它至少少了现代文明中,结婚双方互不信任的猜忌,至少还"真诚和庄重";它没有现代文明伪装起来的严肃和崇高,但它至少比庄重化、崇高化的猥亵要单纯;它也并不完美,但至少其中还有美好的真情。相形比较,现代与古老,文明与荒诞,谁高谁下,只能交于读者去评价。

声 明

本书在编辑过程中，由于有些作者或译者通信地址不详，未能及时取得联系，特此表示歉意。敬请原作者或译者见到本书后，及时与我们联系，我们将按照国家有关规定向您支付稿酬及赠送样书。

联系电话：010-58815857

联 系 人：刘老师